魔術師ペンリックの仮面祭

ロイス・マクマスター・ビジョルド

庶子神祭を目前にした運河の町ロディ。大神官庁での仕事にいそしんでいたペンリックは診療所から患者を診て欲しいとの依頼を受ける。海で救出された若者が、魔に憑かれて錯乱していたのだ。ペンリックは魔を剝がすことができる聖者を見つけるが、患者は祝祭に沸く町に逃げこんでしまった……。「ロディの仮面祭」ほか、海賊に襲われたペンリックが囚われの姉妹とともに脱出を図る話「ラスペイの姉妹」、義兄が指揮をとっている砦で蔓延する疫病の原因を探る「ヴィルノックの医師」の中編３作を収録。ヒューゴー賞シリーズ部門受賞シリーズ第三弾。

魔術師ペンリックの仮面祭

ロイス・マクマスター・ビジョルド
鍛 治 靖 子 訳

創元推理文庫

目次

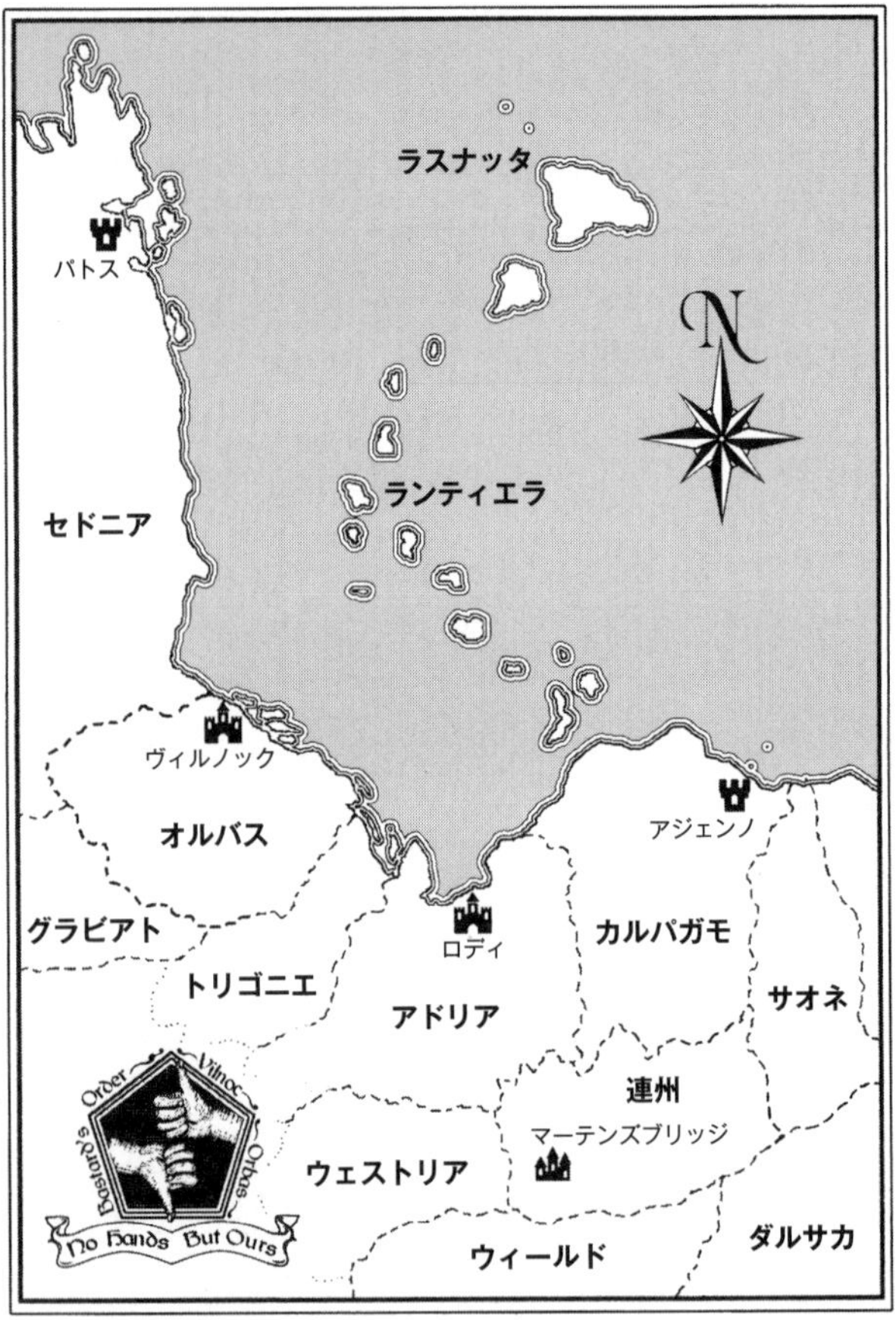

ラスナッタ
パトス
N
ランティエラ
セドニア
ヴィルノック
オルバス
アジェンノ
グラビアト
ロディ
カルパガモ
トリゴニエ
アドリア
サオネ
Bastard's Order Vilnoc Orbus
連州
マーテンズブリッジ
ウェストリア
No Hands But Ours
ダルサカ
ウィールド

魔術師ペンリックの仮面祭

ロディの仮面祭

Masquerade in Lodi

登場人物

ペンリック（ペン）……アドリア大神官の宮廷魔術師
デズデモーナ（デス）……ペンリックの魔
オジアル……アドリア大神官
ビゾンド……大神官の秘書
イセルネ・リケロン……父神教団の神官
リイ……イセルネの息子
リナタス……診療所の上級医師
リエスタ……ガルズ島庶子神教団の宗務館長
キーオ……庶子神教団の聖者
アウリエ・メリン……交易船でのリイの同室者

大神官庁事務官が鼻の頭をぬぐった。汗がしたたり落ちて、あやうく紙を汚しそうになったのだ。

「真夏のロディで手紙を筆写する以上につらい仕事があるでしょうか」

「真冬のマーテンズブリッジで死体を切り刻むことでしょうね」ペンリックは反射的に答え、あわててくちびるを閉ざした。

うだりながらも真面目に仕事をしていた事務官が、手をとめて目を瞠《みは》った。

「なんですって？　そんなことをしていらしたのですか……魔術のためでしょうか」

そして、ペンリックと彼の内に棲《す》まう魔がひそかに真夜中の墓暴きをしていたのではないかと怪しむように、わずかに身をひいた。

「母神の診療所での、解剖の授業です」ペンリックはいそいで釈明した。「ご遺体はおもに、信徒の方々がご献体くださったものでした」

それと、市の衛兵がもちこんできた身許不明の死体や、引き取り手のない死体だ。毎春、氷の解けた湖からひきあげられる死体は、教育的には有用だったが最悪だった。

「ああ、ペンリック学師は医学生をなさってたんですか。知りませんでした」

〈いえ、わたしが教えるほうだったのですけれど〉

ペンは手をふってその言葉を退けた。これ以上は進めたくない話題だ。医師という職のことなど考えたくもない。この手の会話は遠いマーテンズブリッジできっぱりと終わらせてきた。そしていま、彼とかつての挫折のあいだには、巨大な山脈がそびえ立ちふさがっている。ありがたいことだ。彼を苦しめたのは死者ではない、死にゆこうとする者たちだ。

「わたしの手にあまる仕事だとわかったので、諦めました」

デズデモーナが声を出さずにうなったことで、この問題に対する自己譴責《けんせき》を固く禁じられていることを思いだした。破れば魔から説教をくらう。自身の身体をもたず、神殿魔術師としての力を与えてくれる彼の魔は、ペンリックに取り憑《つ》く以前、二百年以上にわたって十人の女の身体をわたり歩いてきたためか、芸術的なまでにすばらしい説教をしてくれる。

〈あらあら〉

〈口やかましくてしつこい説教でもありますね〉

〈いい子にしていないと、その紙に染みをつけますよ〉

この混沌の生き物は、退屈すると、じつにさまざまな方法でそれを実行してしまう。ペンは思わずにやりとくちびるをゆがめ、最後の段落を翻訳するべく意識を集中した。

事務官の言い分はもっともだ。マーテンズブリッジにいた六カ月前、室内をこの暖かさにしようと思ったら、薪代がずいぶんかかったにちがいない。運河を見おろす窓からはいってくる湿っぽい悪臭が、ロディの暑さをいっそう不快にする。海風が吹いてくれれば少しはましになるのだけれど。ペンリックは鵞筆《がひつ》を走らせた。ウィールド語で書かれた手紙の最後の行を、大神官にも読めるようアドリア語に翻訳し、事務官にわたす。そして事務官がそれを複写し、分類整理するのだ。

午前中のひと山の、これが最後の一枚だ。重要な問題も、緊急を要する案件もなかった。今日の仕事はこれで終わる。

〈時間つぶしのつまらない仕事〉デスが鼻を鳴らした。〈わたしたちの無駄遣いですね〉

〈あなたはそうでしょうけれど、わたしは気持ちよく働いているんです〉

そう言いながらも、自由に使える午後の時間を思うと心がはずむ。神殿図書館にどっぷりつかってもいい。この大神官庁に住みはじめて四カ月、まだまだ探検し尽くしたとは言い難い。ペンリックは鵞筆のインクをぬぐってのびをした。

〈明日は有名なロディの庶子神の日ですよ〉デスがぶつぶつとこぼしはじめた。〈なのに、家の中にこもって過ごすつもりなの？　準備やパーティがいまやたけなわだというのに！〉

〈みんな出かけてしまうから、ひとりになれるんじゃありませんか〉

考えただけでわくわくする。とはいえ明日の夜は、大神官に随行しなくてはならない。第五神を誉《ほ》むる式典には、祝宴や仮面劇がふくまれる。なかでも、神殿に誓約を捧げたカストラー夕聖歌隊による演奏は、天上の音楽とまごうばかりに美しいという。それだけはずいぶん楽しみにしている。

上長が目を通さなければならない手紙とその翻訳を選りわけ、丁寧《ていねい》な会釈とともに立ちあがった。残りのものの処理は上級事務官にまかせればいい。事務官のほうでも、混沌の魔がいつまでも書類のそばに張りついていては嬉しくないだろう。ペンは、信仰心あふれる敬虔で美しい絵画やタペストリで飾られた廊下を抜け――過去の高位聖職者の好みはさまざまに異なるため、〝だいたいにおいて信仰心あふれる〟というべきだろうか――オジアル大神官の私室にむかう大理石の階段をおりていった。

吹いてもいない風をとりこもうというのか、扉はあいたままだった。どうぞはいってくださいといわんばかりだ。ペンは脇柱をノックして首をつっこんだ。暑さに耐えられなかったのだろう、白髪のオジアルは五色のローブを脱いで壁の鉤《かぎ》にひっかけ、気楽な格好で書き物デスクにむかっていた。薄汚れた緑のタバードをつけた母神教団の少年平信士が、気づかわしそうにすぐそばをうろうろしている。オジアルが手をふってペンの入室を促《うなが》すと、少年は顔をあげて息をのんだ。

「ウィールド語の書簡です」ペンリックは小声で言って、紙束をテーブルにおいた。

「ああ、ご苦労だったね」

大神官はそれらにざっと目を通し、それから椅子の背にもたれ、目をせばめてペンリックを見つめた。

「ペンリック学師、今日はどういう予定でいたのかね」

〈過去形なんですね〉むっつりと考えながらも、しかたなく答えた。

「ほかにご指示がなければ、ルチア学師の本の翻訳を進め、それから図書館に行きたいと思っています」

「ああ、思っていたとおりだ」オジアルは父親のような笑みを浮かべた。位階の階梯をのぼってこの地位につく以前、父神教団で訓練を受けてきた名残だろう。「今日はあなたにとって、はじめてのロディの庶子神祭前夜だ。そしてあなたは庶子神の神官ではないか。これを逃す手はないだろう。今日はもう休みをとって、黴《かび》臭い大神官庁を出なさい。そして、わが町があなたの選んだ神をどのように褒め称えるか、見てきなさい。だがその前に……」

〈ほうら、そうくると思ってましたよ〉デスがつぶやいた。

「ここにいるテビ信士が、〈海の贈り物〉の——ああ、知っているとは思うが、北西港の近くにある船乗りのための慈善診療所だ——そこの主任医師からの依頼状を届けてきたのだよ。つい先日、ロディの漁師の網にひっかかったかわいそうな物狂いを診るため、神殿能力者をよこしてほしいという。何日か海で漂流していたら頭がおかしくなっても不思議はないが、医学的に見て、この者はどうもそれだけではなさそうだと、マスター・リナタスは主張している」

　オジアルが一枚の紙を指にはさんでさしだした。ペンリックは慎重にそれを受けとった。簡潔なメモで、大神官の説明以上のことはほとんど何も書かれていない。名なし患者の推定年齢——二十代前半——と、肌や髪の色だけ。だが、褐色の肌、黒い巻き毛、茶色の目というのは、アドリアの民の半分に該当するし、涎《よだれ》を垂らし、手足をばたつかせ、言葉が出ないという描写が示唆する状況は、そう、あまりにも多い。

「医学的な問題と超常的な問題を的確に見わけることに関しては、まさしくあなたが適任と思えるのでね」――片手をあげて、抗議しようと口をひらきかけたペンを押しとどめ――「純粋な助言だけでいいのだよ。医師の恐ろしい推量が見当違いだったら――たいていはそうなのだがね――安心させてやって、そのまま帰ってくればいい」

〈そのとおりですね〉デスがおちつきはらってつぶやいた。

〈あなたはただ、出かける口実がほしいだけでしょう〉

〈それもそのとおりだけれど。悪い？〉

オジアルが信士にむきなおった。

「テビ、わたしの祝福とともに、ペンリック学師をおまえのあるじのもとへ案内しなさい。学師はまだロディに慣れていないから、裏路地で迷子になったり、運河に落ちたりしないよう、気をつけてあげるのだよ」小さな笑い声とともにペンリックにむきなおり、「祝祭のあいだ、一度もその白いローブが運河に浸からずに終わってしまっては、庶子神の日を正しく過ごしたとはいえないのだけれどね」

ペンはかろうじて、上長のジョークにふさわしい笑みを浮かべた。上長であると同時に、救い手でもある。大神官が大神官庁での雇用をすばやく受諾してくれたおかげで、ペンは春になって街道の雪が解けるとすぐさま、マーテンズブリッジから逃げだすことができたのだ。軽く頭をさげるしぐさに、心からの謝意がこもる。

「承知いたしました」

テビは義務を果たすべくペンにさきだって部屋を出ながら、すばやく肩ごしにふり返った。その視線には少なからぬ警戒心がこもっている。ペンのいまの着衣はこの都でもありふれたアドリア風のものだが――季節にふさわしい薄いリネンを素材とする、立襟の首筋まできっちりとボタンをとめ、腰からふくらはぎまでスリットのはいった細身の白い上衣で、平服の上に気軽に羽織ることができるものだ――テビが気にかけているのはそれではない。彼の不安はもっぱら、ペンの左肩にとめられた、銀と白とクリーム色の紐を組みあわせた三重の輪の徽章《きしょう》にむけられている。単なる神官ではなく、正規の魔術師であることを示す徽章だ。もし今夜、町にくりだすつもりなら、上衣も徽章も櫃《ひつ》にしまっておくべきかもしれない。運河に落ちる心配があるためだけではない。

ペンは親しみをこめて会釈を返したが、テビはさほど安堵したふうでもなかった。この衣裳によって大人たちがすぐさま敬意を寄せてくることは、しかたがないと受けとめている。だが、子供を怖がらせてしまうのは心外だ。少なくとも、神殿のしるしの意味を教えこまれている子供たちは、みな彼を怖がる。

〈案内などいりませんよ〉大神官庁の脇扉から運河ではない街路に出たときに、デスが言いだした。〈ロディの道なら、ちゃんとおぼえていますからね〉

〈百年以上も昔の道をですか〉

デスの以前の乗り手の中でも、高級娼婦《クルティザン》のミラと、考えてみればミラの召使だったウメランも、長くこの町に住みついていた——百年以上も前のことだが。

〈島は動きませんからね。それはもちろん、橋ができたり落ちたり、新しい建物が立ったりはしますけれど〉——いまも彼らの目の前で、そうした建物をつくるべく足場と石のあいだで作業員がわめきたてている——〈でも、船乗りの診療所にならちゃんと案内できますよ。いままでも〝船酔い宿〟と呼ばれているのかしらね。それに、ルチア学師もいろいろな任務で何度かこの町を訪れていますよ〉

ルチアはペンの前のデスの所有主だ。ペンは彼女から、まったく思いがけず、魔とその能力を引き継いだ。さまざまな知識と技も。ものの見方も。そして、そう、彼自身のものではない記憶もだ。いつかはこの記憶にも違和感をおぼえなくなる日がくるのだろうか。

日陰になった狭い街路を抜け、やや濁《にご》った緑の運河沿いに進んでいく。運河を縁取る色の薄い石壁には、潮の満ち干によって黒い筋が描かれている。温かな緑の匂いがあたり一面に充満してはいるものの、不快ではない。五つの橋をわたり、行商人でにぎわう色とりどりの広場をふたつ抜けると、明るい光と鷗《かもめ》の鳴き声で、海辺に出たことがわかる。

繋船柱《けいせんちゅう》や埠頭や桟橋や私設造船所のあいだを抜けていく。かなり遠くに、ロディの有名なガレー戦艦を生みだす巨大な国立造船所の壁が見える。また角を曲がって、新たな街路と広場にはいった。広場の一辺全域をふさいで、温かみのある灰色の石造りの四階建て建物がそびえている。少年が分厚い木製扉を抜けてペンを案内した。両開き扉の片面が、昼のあいだはつねに開放されたままになっているのだ。スツールに腰かけていた門番が立ちあがったが、すぐさまテビに気づき、手をふってふたりを通した。好奇心あふれる門番の視線を受け、ペンリックは通りしなに丁寧に祝福を与えた。

二階にあがり、薬師の部屋を通りすぎると、書斎があった。テビがその脇柱をノックする。大神官の書斎に比べると、狭く、ごたごたしていて、優雅さにも欠けている。

「マスター・リナタス？」

室内の男がすわったままふり返った。使いに出した少年を目にして、革のように硬くなった顔に生気がよみがえる。がっしりとした筋肉質の男で、胡麻塩《ごましお》頭を無造作に刈りあげ、洗濯と着用をくり返したためよれよれになった実用的な緑のスモックを着ている。上級医師であることを示す徽章は、肩ではなく、デスクにおいた真鍮《しんちゅう》の台からぶらさがっている。

「ああ、もどったんだな」

そして男はペンに気づいた。どたどたと立ちあがったが、身長差はなおいかんともしがたく、彼はわずかに目を瞠ってペンを見あげた。

「母神の祝福のあらんことを」

リナタスはもちろん徽章の意味を理解しているはずだ。ペンは簡潔に告げた。

「ペンリック学師です。能力者が必要ということで、大神官庁より派遣されてきました」

みずからの言葉を証明するべく、医師自身が書いた手紙をさしだす。

リナタスはなおも目を瞠ったまま、それを受けとった。

「なんと！　学師殿は、その、ウィールドの方なんでしょうか」

ペンのあまりにも色の淡い金色の三つ編みと、あまりにも青い目と、乳のように白い学者の肌から推測したのだろう。

「いいえ、出身は連州です」

「ああ、なるほど。あの山岳地方からきた商人に会ったことがありますよ。そうしょっちゅうってわけじゃありませんがね。いや、それにしても。アドリア語がとてもお上手だ！」

「語学は得意なんです。おかげで大神官庁で雇ってもらえました」

医師は肩をすくめ、ありがたいことにペンの外見についての言及を打ち切り、より緊急な問題に話題を移した。

「いちばん手っとり早いのは、そのかわいそうな若者のところに学師殿をお連れすることでしょうな。わたしはこれまで、熱射病や怪我や飲みすぎ、溺死寸前や単に恐慌にかられた者など、さまざまな患者を見てきましたが、これは……うむ。こっちです。ああ、テビ、ご苦労だったね、お疲れさん。婦長のところにもどっていいよ」

少年は頭をさげて走り去った。ペンはリナタスについて奥の階段をあがり、上階へとむかった。

「その人の身許はまだわからないのですか」

「ええ。ごくたまに話すときはロディの人間のように聞こえますが、あとはわけのわからないことを言ったり、泣きさけんだり、妙な金切り声をあげたりするばかりなんです。寝台から落ちて、立ちあがれず、床の上でのたうったり……ほかの患者が不安がるから、個室に移しましたよ。熱があったんですけれど、感染症ではなく、日にさらされたためだったようで、もうおさまりました」

ペンは舌を噛んで、卒中の症状についてならべたてたくなる衝動をこらえた。彼がここにきた目的はただひとつ――その患者の症状は思いも寄らない呪詛《じゅそ》のせいなどではないと、医師に保証してやることだ。物語ではよく登場するものの、現実でめったに起こる出来事ではない。それがすんだらさっさと帰ろう。嗅ぎ慣れた、清潔ではあるが特徴的な診療所のにおいに、少しばかり気分が悪くなる。

〈しっかりなさい〉デスがなだめてくれる。

〈大丈夫です〉

〈ふふん〉

リナタスがドアをあけると、そこは寝台がひとつあるきりの狭い部屋だった。困り果てた顔の看護人が、日焼けした若い男を寝台に押しもどそうとしている。若者は不器用に看護人に殴りかかりながら、哀れっぽい声をあげている。

〈デス、視覚を〉

ペンは室内にはいって足をとめた。魔の視野と本来の視野が重なった不可思議な世界が、目ならぬ目いっぱいにひろがる。たぶん、これを見ているのは精神なのだろう。

〈おお〉

〈あらまあ、庶子神の涙にかけて〉デスがささやいた。〈ほんとににぐっちゃぐっちゃね〉

日焼けした若者の中で、魔が暴れていた。生まれたばかりで混乱している脆弱な素霊ではなく、短命な獣一匹を宿主としたことがあるだけのものでもない（無知な混沌の魔に取り憑かれた獣はみな短命に終わる）。これはまずまずの密度をもった魔で、かつて人間に取り憑いていたこともある。だがそれから……

木の年輪を調べるように、デスがその魔の層を読みとっていった。

〈素霊。鳥。また鳥。人間――男の子ですね。むごい殺され方をして、無理やり若い魔を奪いとられてしまいました。邪悪な殺人者。でもその男も、薄汚れた方法で手に入れた戦利品を長くとどめておくことはできませんでした。そして、海豚。ロクナル人が――海に沈めたんです。こればかりはわたしにも異論はありません。すぐに具合が悪くなりました。一度手に入れた人間性をぽっきり折りとられ、根っこだけを残してばらばらになったようなものですからね。嘆き悲しみながら――そんなことができるかどうかはわかりませんけれど――べつの海豚に飛び移りました。また具合が悪くなりました。でも一頭めよりはゆっくりだったみたい。そしてこの若者を見つけました。ものすごい混乱。死にそうなものが溺れそうなものを励まして……。彼、魔が飛び移ってきたとき、自分は頭がおかしくなったと思ったようですね。無理もありません。さらに海の中で悪夢のような時間を過ごして、それから手がのびてきて、ひきあげられた。

ええ、そう、いえ、あら……〉

いまふるえたのは彼だろうか、デスだろうか。そう。もちろん、ふたりともだ。

若者が暴れるのをやめてふり返った。まっすぐにペンと――デスを見つめ、身体をこわばらせる。口がひらき、すさまじい悲鳴がとどろいた。ふたりの魔術師が出会ったとき、〈視覚〉は双方向に働くのだ。

ペンはあわててあとずさり、部屋をとびだして思いきりドアを閉めた。肩が背後の壁にあたる。懸命に呼吸しようとした。

訓練を受けて飼い馴らされた神殿の魔にとっても、デスの密度は恐ろしいものであるという。この野生の魔は、デスのことをどう思っただろう。悲鳴がしだいに弱まっていく。ああ、想像できそうだ。ときとして、あまりにも豊かな自分の想像力が厭《いと》わしくなる。

〈ほとんどいつも、でしょ〉デスも息を切らしている。〈でもいまは否定しませんよ、そういうことなのでしょうね〉

驚きのあまり目を丸くしたリナタスが、つづいて部屋から出てきた。

「ペンリック学師！　いったいどうしたんですか。真っ青ですよ」くちびるをすぼめ、「いや、これは比喩的表現だとつねづね思っているんですが――ショックを受けたときの顔色というなら、むしろ灰色でしょう。なんといっても、あなたの肌はもともと真っ白なんですからね」

ペンは深く息を吸った。さらに何度か。

「マスター・リナタス、あなたの推測があたっていました。あれはまともな狂気ではありません」待て、その表現は矛盾しているのではないか。「ええと、その、ふつうの狂気ではないんです。あの患者は魔に取り憑かれています。海豚から――というか、二頭の海豚を経て引き継いだものです。その海豚の前は、溺死したロクナル人でした。そのロクナル人はある召使の少年から魔を盗みとったのですが、その少年の前はごくあたりまえの鳥が二羽。形のない素霊も、ほとんどその影響は受けていません」

「なんと、一瞥《いちべつ》しただけでそれだけのことがわかるんですか」

「いえ、経験です。きわめて豊富な経験のおかげです。経験がどのような効果をもたらすか、あなたもご存じでしょう」かろうじて皮肉っぽく片眉をあげ、「でなければ、わたしをここへ呼んだりはなさらなかったでしょうから」

ペンはそこでまっすぐに身体を起こした。

「患者はどうかわかりませんが、この魔は明らかに狂っています」

リナタスはその言葉を理解し、一瞬言葉を失った。じつのところ、自分の曖昧《あいまい》な疑惑が証明されるなどと、考えてもいなかったのではないだろうか。だが彼は、すぐに立ちなおって実際的な問いを放った。

「では……どうすればいいでしょうかね」

「このまま個室に隔離していてください。見境なく無秩序を放出するでしょうから。周囲の人や物に危険のおよぶ可能性があります。患者自身にとっても危険です」デスに申し訳ないことになるなとためらいながら、「白の神に仕える聖者に、魔を引き剝がしてもらわなくてはなりません」

〈今回ばかりは文句なんか言いませんよ〉むっつりとしたデスの思考が届く。

ロディに聖者がいることは知っているが、点在する庶子神教団宗務館のどれに、もしくはどの家に行けば、そうした力をもった聖者が見つかるのか、即座に答えることはできない。この狂人を聖者のところに連れていくよりは、聖者をここに連れてくるほうが簡単だと思うのだけれど、どうだろう。

「大神官にお願いして、手配しましょう」

さらにしばしの時間をかけておちつくと、ふたたび思考が働きはじめた。残念なことに疑問はどんどん増えていくばかりで、それも、犬に追いまわされた鳩の群のようにあちらへこちらへと散らばっていく。

「あの患者を連れてきた人と話をしましたか。いつのことでしょう」

「少しだけですよ。二日前の夜。ああ、部屋にもどって、すわって話しませんか」

リナタスはまだ医師の目でペンを見ている。もう顔色はもどったと思うのだけれど。

下の階の書斎で、リナタスはペンをスツールにすわらせてぬるいお茶を押しつけ、ちゃんと飲むまでしっかりと監督した。散らばった鳩がおちついてきた。順番にいこう……

「どこであの患者を見つけたか、聞いていますか」

リナタスは悲しげにうなりながら、自分の椅子に腰をおろした。

「陸から五リーグほどの場所でと言ってましたね。泳いでいて潮流に流されたって距離じゃない。たぶん、船の甲板で足をすべらせたか落ちたかしたんでしょう。いまのところ、港にもどって行方不明者を報告している船はありませんが」

「船乗りでしょうか」

「いいえ、そうは思いませんね。肉体はとても健康です。さもなけりゃ、こんな災難にあって生き延びることはできませんよ。でも、あの手は労働者のものじゃないな」リナタスはそれを説明するように両手をもちあげ、握ったりひらいたりしてみせた。「水夫や漁師の手ははっきりわかるんですよ」

長くここに勤務しているのだから、もちろん豊富な経験に裏づけられた言葉だ。

「では、高級船員ですか。それにしては若すぎないでしょうか」

「ロディでは、船長の子弟が若くから見習いとして交易船に乗るんです。ですがあの患者は、どちらかといえば乗客だったんじゃないでしょうかね」

ペンはインクが染みつき胼胝《たこ》のできた自分の指を見おろした。

「事務官とか学者だという可能性は……」

「ふむ、あまりそうは見えませんね。もしかしたら、仕事熱心じゃない著述家かもしれません。意味がわかるまともな話をしているときの口調は、粗野でも貴族的でもなかったです」こんどはリナタスが、好奇心あふれる視線でペンを見つめた。「あの男は、なぜあなたを見てあんな悲鳴をあげたんですか」

「ああ、わたしではありません。わたしの魔を見たからです。デズデモーナといって、わたしの口を使えば自分で挨拶もできます。デス、お行儀よくしてください」

デスがにっこりと笑った。ペンリックにも、彼女が出てきたために表情が変わったことが自覚される。

「お行儀よくですって？　いったい誰にむかって話しているのかしらね。ええ、いいですよ。従順な神殿の召使らしく、上品にふるまいますよ。はじめまして、マスター・リナタス。ペンの面倒を見てくださってありがとうございます。この子ときたら、自分で自分の面倒も見られないんですからねえ。ああ、デス、もうそれで充分です」

デスが調子にのって困った状況を引き起こす前に押しとどめた。

〈まあ、つまらない〉

それでもデスは、短時間であれ外に出られたことで満足し、おとなしくひっこんだ。何よりも自分の存在が認められたことを喜んでいる。

リナタスの太い眉が吊りあがった。

「いまのは……冗談じゃないんですよね。いえ、冗談なんですか」

「ちがいます。みな冗談だと思うようですけれど」ペンはため息をついた。「お好きなときに自由に話しかけてくださってかまいません。わたしが耳にしたことはすべて、彼女も聞いています」

「……彼女って。いえ、つまり、魔は身体をもたないんでしょう？」

「話せば長くなります。二百年にわたる物語ですから、いまはそんなことで時間をつぶさず、患者の話にもどりましょう。ええと、その、あなたは神殿魔術師について、どれくらいのことをご存じでしょうか。ふつうの魔術師でもかまいませんが」

「これまで魔術師の患者を診たことはありませんね。町でもめったに出会いません。儀式のときに神殿で見かけるくらいかな」

とはいえ、白いローブも徽章もつけていない魔術師なら、リナタスも気づかないまま市場などで何度か出くわしているだろう。稀少な人材ではあるものの、ロディの神殿は比較的、魔術師に恵まれている。この貧しい診療所には縁がないかもしれないが、ロディの母神教団は複数の医師魔術師を抱えている。ただし、ペン自身は大神官直属であるため、通常の宗務館ヒエラルキーには属していない。

「では、最低限の知識として、優位性について説明しましょう」ペンは語りはじめた。「純粋に霊的な生き物である魔は、肉体をもたなくてはこの物質世界で存在を維持することができません。問題は、その肉体を支配するのがどちらになるかです。人が魔を支配することも、魔が人を支配することもあります――通常、人が支配権をもったときは〝乗り手〟と呼ばれ、魔に支配されたときは〝乗っとられた〟といいます。訓練を受けていない魔は、たいていの場合、人を支配しようとします。ですが、混沌の生き物であるため、ほとんどの魔はそうした作業にむいていません。訓練されていない魔が優位に立ったときは、ひどく興奮してまわりのものを壊そうとする酔っぱらいみたいになります」〈超常的な力をもった酔っぱらいですが〉

〈なかなかいい説明だと思っていたのに、最後の最後でなんですか。そこだけはいただけませんね〉デスが皮肉る。

「もうひとつ心得ておいてほしいのですが」ペンは彼女の言葉を無視してつづけた。「素霊は庶子神の混沌からこの世界ににじみだしてきた欠片《かけら》で、はじめはみな、何も書かれていない石板のようなものです。そしてつぎつぎと宿主を移っていくあいだに、宿主から性格を獲得していきます。そうですね、木版印刷のように〝複写〟されるといっても間違いではないと思います。いずれにしてもそうやって、人と同じように学習し、人生の経験を積んでいきます。ですから、人がみなそれぞれ異なっているように、魔もみなそれぞれ異なった存在となります。おわかりになりますか」

ペンは期待をこめて視線をあげた。これは魔に関する基本講義のキーポイントなのだが、誤った先入観に縛られた聞き手は、しばしばここで脱落してしまう。さらには、この時点で詳細や例外について語ってはならない。それはわかっているのだが、それでも、単純化してしまうのはどうにもつらい。

リナタスは〝それから？〟と促すように手をふった。まだ完全に納得したわけではなくとも、理解したいという意欲が見える。

「話を問題の魔にもどしましょう」どちらが支配しているかは知らず、あの若者と同じく、名前のない魔だ。「あれはひどい損傷を受けています。あの魔は最初にロクナル群島のどこかに出現しました。ええと、その、異端の四神教を奉じるあの国は、魔術師や第五神に仕える人たちにとってよい場所ではありません。魔がはじめに取り憑いたのは、偶然に出会った鳥で、二番めも同じでした。あの地でもべつに珍しいことではありません。宿主が死ぬと、魔はつねに、より強力な――実際には、より複雑な存在形態をもつ宿主を、見つけようとします。鳥による複写を得た魔は、つづいて、おそらく十歳くらいと思われる召使の少年に飛び移りました。少年は四神教徒ですから、もちろん自分の身に何が起こったのか理解できず、相談したり助けを求めたりできる相手もいませんでした。ですが少年の周囲にいたひとりの大人——たぶん彼自身も召使だったのではないかと思うのですが、その男が少年の異常に気づき、是が非でもその魔法の力を手に入れたいと考えたのです。虐《しいた》げられている男にとってすれば、それくらいの危険など、どうということもなかったのでしょう。そこで少年を誘いだし、ひそかに殺してその力を盗みました」

リナタスが驚きにのけぞった。

「なんてことだ」

「前例のないことではありません。人を殺して何かを奪おうとする人間はどこにでもいます。ですがその試みは……たいていの場合、加害者が考えているようにはうまくいきません」咳払いをして、「里居の魔術師もどきとしてのその男のキャリアは、明らかに短いものでしたが、神殿の関心を呼ぶだけの長さはあったのでしょう。魔が問題となったとき、ロクナルでは、わたしたち五神教徒とはまったく異なる対処方法を——ただし、彼らにとってはじつに効果的な方法をとります。男は海に連れだされ、溺死させられました。そうすれば、魔がほかの人間に飛び移ることができないからです。周囲に飛び移れるだけの大きさをもった生き物がいなければ、魔はそのまま、そうですね、〝死ぬ〟という言葉がもっとも適切でしょうか」

もしくは〝消滅する〟だが、まあそれは細かい話だ。

「ですが今回は、すぐ近くに生き物が――好奇心あふれる海豚がいたのです。以前の宿主より劣等な生き物に移ると、成長しつつあった魔の個性は大きな損傷を受けます。劣等な転移をおこなった魔が保護された例は、わたしも一度しか見たことがありません。そしてそれは、そもそもからして驚くほど安定した魔でした」

「魔を保護するっていうんですか」〝いったいどうして〟といわんばかりだ。

リナタスの声にこもる困惑に、デスはいささか気分を害している。ペンは肩の徽章に触れ、彼女にかわって説明した。

「魔に教育をほどこし、理解と敬意をもって接すれば、彼らはわたしたちにすばらしい贈り物を与えてくれます。扱いを誤れば死を招くことになりますが、力をもった複雑な機構にそうした危険はつきものです。水車、船、猟犬、要塞、鋳物《いもの》工場――人間だってそうでしょう。むざむざ滅ぼしてしまうのは不幸な損失です」

リナタスもみずからの職において、そうした不幸な損失を幾度となく目撃してきたにちがいない。くちびるをゆがめているさまを見るに、とりあえずはしっかりと話についてきている。

「この魔は二度、損なわれています。一度はもちろん人から獣に移行したときですが、殺人を犯した召使の残像のほうがより大きな損傷をもたらしています。そうした傷だらけの魔がしばしば優位に立つので、あの患者は狂気にかられているように見えるのです。ぶつぶつつぶやいている言葉にときどきロクナル語がまじっています。もっとも、海豚の言葉はわたしにもわかりません」

「わたしとしては、今回の件でそこがもっとも不思議に思えますな」リナタスが言った。「学師殿の話どおりのことが起こったのだとしたら、あの患者は、死にかけている海豚に助けられたことになりますよね」

「いいえ、それほど奇妙なことでもないと思います。魔は運と不運を司る神の、そう、所有物なのですから。かの神はご自身のやり方で魔を監督しておられます。今回の出来事には、白い手のしるしがいたるところに見受けられます」

ペンにとっては、そんなこともはじめてではない。

「つまり、奇跡だっていうんですか」リナタスの声が、大きさも高さも、はねあがった。

「ある意味ではそうです。人は神々のことを恩恵を出し惜しむ倹約家のように言いますが、どちらかといえば、気のむいたときにだけ行動を起こすご都合主義者というほうがふさわしいかもしれません。溺れかけていたあなたの患者は、どの神にかはわかりませんが、助けを乞うたでしょう――わたしだったら必ずそうします。庶子神はおそらくそれを見て、ご自身の魔をうまく回収するよい機会だと判断なされたのでしょう」

いまペンは庶子神の〈視点〉で考えている。独特の風変わりな神学を説明しようと幾度も試みた結果、身につけたものだ。作り話をしているのではない、あたりまえだ。少なくとも、神が与えたもうた情報をもとに思考している。

「それよりもわたしが疑問に思うのは、そもそもあの患者がどうして船を離れたかです。庶子神が甲板から突き落としたわけではないでしょう。もちろん、彼の身許も気にはなります。でも、その、聖者によって魔が引き剝がされればすぐに正気がもどりますから、彼みずからがすべての事情を語ってくれるでしょう。ですからそうした問題は、まとめて自然に解決するはずです。ともかく善はいそげです」

ペンは立ちあがった。

「ではまたあとで。ああ、メッセージを送るかもしれません。魔はなんとかして支配力をふるおうとしますが、患者自身が優位に立つこともときどきはあるでしょう。そのときに話を聞いてください——アドリア語を話すと思います。たぶん」

ペンはそこで、つぎの忠告をためらった。これは賢明だろうか。もしかすると、彼自身にあらぬ疑惑を招いてしまうのではないか。いや、それでも言っておくべきだ。

「それと、魔は嘘をつくことがあります」

〈人間だって嘘をつきますよ〉デスがつぶやいた。〈魔よりもしょっちゅうね〉

リナタスが立ちあがろうとデスクに手をついた。

「テビに大神官庁まで送らせますよ」

「いえ、大丈夫です。道ならわかりますから」

「こちらには、いつおもどりになりますか」リナタスの声には不安がまじっている。

「わかりません。でも、できるだけはやくもどります。今日一番の急を要する案件ですから」

廊下のほうであわただしい足音が響く。緑のタバードをつけた男——さっき上の階にいた看護人——が首をつっこみ、室内を見まわしてつぶやいた。

「ここにもいない」

「グナーデ、どうしたんだ」リナタスがたずねた。

「申し訳ありません。室内便器を片づけてるあいだに、あの患者がいなくなっちまったんです。ほんの一瞬だったんで――まだ外には出てないと思います」

「テビに言って手伝わせなさい」

「わかりました」看護人はまたばたばたと去っていった。

リナタスの全身はまだ緊張したままだ。

「以前も抜けだしたことがあるのですか」ペンはたずねた。

「昨日は取り憑かれたみたいに病室の中を歩きまわってましたね。でも足もとはかなり不安定でした。遠くまで行くことはできんでしょう」

だが不安げに顔をしかめているところを見ると、そう確信しているわけでもなさそうだ。

「デス」ペンは声に出してたずねた。「あの患者はまだ診療所内にいますか」

魔のめくるめく知覚が三次元にひろがっていく。肉体に宿る魂が、さまざまな色彩の光となって見える。いまにも消えそうに漂う灰色の幽霊は無視する。古い建物にはつきものだし、ましてや診療所となればその数も多い。それに比べれば、傷を負った魔のオーラは、灯台のように輝いて見えるはずだ。

「いませんね」デズデモーナがペンの口を借りて答えた。

リナタスがはっと視線をあげる。

「あの患者は出ていってしまいましたよ。ずいぶんせわしないこと」

ペンとデスの登場が引金となったのだろうか。

〈その可能性はありますね〉デスが認めた。〈あの魔は間違いなく、わたしたちのことを危険と認識したのでしょう。どのように危険なのか、はっきりしたことはわからなかったでしょうけれど。そこのところは、過去の、そして現在の宿主が、神殿のやり方をどこまで知っているかによりますね。ロディの狂気の若者《マッドボーイ》はロクナル人より多くの知識をもっているでしょうし、どちらも海豚や鳥よりはいろいろなことを知っていますからね〉

正気を失い優位に立った混沌の魔が、ロディを歩きまわっている……。その可能性はあまりにも恐ろしい。ペンは心の中でウィールド語の悪態をついた。

リナタスが立ちあがった。

「わたしも捜索を手伝いましょう」ペンはため息とともに申しでた。


患者が正面玄関から逃げだしたのでないことは、門番の話からすぐさま判明した。一階にある残り三つの出入口のうち、ふたつは内側から施錠されていた。残る選択肢はひとつしかない。ペンはリナタスとテビを従えて狭い脇道に踏みだし、左右を見わたした。問題の若者がまだ視界にとどまっていれば、とんでもなくラッキーというものだ。

「海豚に支配されているなら、海にもどろうとするかもしれません。溺れた、もしくは溺れかけた人間が優位に立っているなら、正反対でしょうけれど」ペンはくちびるを噛んで港を指さした。「おふたりは港のほうをさがしてください。もしあの若者が海に飛びこんでいたら、昼間のこの時間です、目撃者がいるでしょう。左右にわかれて、騒ぎが起こっていないか調べてください。わたしは町に行ってみます」

理にかなった提案に異を唱える者はなく、ペンは満足して最初の十字路まで進み、そこでふいにためらって足をとめた。

「デス、もしあなたが正気を失くした魔だったら、どこに行きますか」

ご機嫌斜めなまま鼻を鳴らす感覚。

〈わたしはちゃんと正気を保っていますからね。それに、わたしだったらもっとずっとうまくやりますよ〉

ペンは虚《むな》しくぼんやりと、建物にはさまれた細長い青空を見あげた。

すぐさま馬鹿にしたような言葉がもどる。

〈何度も説明しているけれど、わたしは空は飛べませんからね。もちろんあの魔だって同じですよ〉

正気を失ってはいても、若者は家に帰ろうとするかもしれない。だが、それはどこだろう。

〈あの魔の能力で、若者のふりができるでしょうか。彼を知っている人を騙せるくらいに〉

偽装としてはそれがもっとも簡単だろう。

ためらうような沈黙。

〈支配権を譲って内側にこもれば、坊やが家まで連れていってくれるでしょうね。でもそうし

たら、もう二度と優位をとりもどせなくなる可能性もあります〉

正気を失った若者がほんとうにロディ生まれなら、この町の迷路もすべて心得ているだろう。深く根をおろすにつれて、その知識は少しずつ魔のものになっていく。だがいますぐというわけではない。ペンははじめてデスと契約したときの混乱を思いだした——正式な合意というよりも、むしろ病気にかかったみたいだった。もちろん、あとでゆっくり話し合いをもつことになったのだが。

そのいっぽうで、可能なかぎり海から遠ざかろうとするならば、それは——彼は——彼らは、潟《ラグーン》の町から本土に通じる本街道にむかわなくてはならない。診療所で風呂を使い、髭を剃り、食事をしてはいるが——だぶだぶのシャツとズボン姿で、靴も履かず、金もなく、どこまで行くことができるだろう。

遠くまでは行けない。ペンは歯を食いしばってまっすぐ歩きながら、デスの知覚を限界までひろげた。このように混みあった場所では、周囲にあまりにも多くの魂がうごめいているため、どうしても制限がかかる。街路と運河がまじわる広場に出た。幾艘もの舟がつながれ、忙しく荷があげおろしされて、にぎやかな市場がひらかれている。男が、女が、子供が、鮮やかな野菜や果物や花、その他さまざまな品を売り買いしている。耳にはいる騒ぎはただただ陽気だ。〈視覚〉に情報があふれ、圧倒される。

〈デス、どうやってこれに耐えているのですか。何もかもがごちゃまぜです〉

肩をすくめるイメージ。

〈わたしはこれ以外のものを見ることができませんからね〉

この〈視覚〉が自分のものになったとき、ペンはまず最初に、これを遮断する方法を知ろうとした。無理からぬことだった。神々から切り離されたかわいそうな幽霊が見えるからではない――もちろん、当時は動揺せずにはいられなかったけれども。いま何よりもつらいのは、訓練を受けた頭脳が勝手に〝診断〟をくだしはじめることだ。通りすがりの見知らぬ人が死にかけているかどうかなんて、ほんとうに知りたくはないのに。

〈いずれみんな死ぬんですよ〉デスが言った。

〈二百年も生きていると、思考も長期的になるんですね〉

〈それなりに苦労はありましたけれどね〉

ロディのマッドボーイも、ペンのように優れた識別能力をもっていないかぎり、いまごろはきっと亡霊に悩まされているはずだ。ということは、あまり人がいない場所をさがしたほうがいいのだろうか。ロディにそうした場所は少ない。となると、改めて本土への脱出の可能性を考慮すべきか。

いやいや。その前に獲物に名前をつけよう。意識がふたつあるのだから、名前もふたつ必要だ。いつまでも〝ロディの狂気の若者《マッドボーイ》〟と〝混乱した魔《デイレインジド・デーモン》〟と呼ぶのは忍びない。

〈だったら、〝マッド〟と〝ディー〟でいいんじゃないかしらね。ペンとデスみたいに〉

デスが面白そうに提案し、ペンはくるりと目をまわした。

そのあたりを一周して診療所の玄関にもどると、リナタスとテビがちょうど海岸から帰ってきたところだった。誰も連れてはいない。

問いかけの視線に、リナタスが肩をすくめた。

「こっちは駄目でしたよ。学師殿はどうですか」

ペンはかぶりをふった。

「わたしの探査はこの島の半分におよぶのですが」

ロディはいくつもの島が集まった町だ。何世紀もかけて発展してきたにもかかわらず、いまもなお、杭や浚渫船《しゅんせつせん》を土台とした建造物によりつながっている部分もある。

「魔が関わっている以上、今後この問題は、母神教団ではなく庶子神教団が扱うことになります」つまりはペンの膝に投げられるということだ。「彼は、狂気よりもはるかに危険なものを撒き散らします。それに対処することは、魔術師か聖者にしかできません。ですがまずは大急ぎで、街道城門の衛兵に彼の人相書きを送り、監視するよう伝えてください」

若者の外観を伝えただけではなんの役にも立たないが、それでもできるかぎりの手は打っておこう。

「衛兵に、見つけてもけっして近づかず、すぐに使者を……ええと」理想をいえば〝ペンに〟なのだが、彼は町じゅうを歩きまわっている。居場所をつきとめるのは、獲物をさがすのと同じくらい困難だ。「オジアル大神官のオフィスに送るよう、伝えてください。もし何かわかったら、あなたがたもそのようにお願いします」

ということは、ペンのつぎの仕事は大神官庁での報告ということになる。メッセージ預かり所に指定されたことを知らせておかなくてはならない。まずはそこからだ。

ペンはおざなりな祝福のしぐさでリナタスに別れを告げ、五つの橋をわたって大急ぎで大神官庁にむかった。もしものときのために、〈視覚〉はフルにひらいておく。それは、ぎっしりと文字のつまった本を飛ばし読みするようなものだった。あちこちの段落でしじゅう意識がつまずき、ひっかかってしまう。必要なのは通りすぎる人々が魔を宿しているかどうかだけで、それは瞬時に判別できるのに。予想以上に疲労困憊して大神官庁にたどりつき、デスの知覚をひっこめたときは、心底ほっとした。マッドボーイもここまでくることはないだろう。

足をひきずるように階段をあがり、大神官の秘書マスター・ビゾンドがいる二階のオフィスにむかう。部屋の前であやうく誰かとぶつかりそうになった。こざっぱりとした父神教団の黒いローブをまとった壮年のご婦人だ。肩につけた黒と灰色の徽章は最高位神官のもので、紫の筋が法曹の専門家であることを告げている。彼女が大量の書類を抱えていたので、ペンは反射的にドアをあけ、そのまま押さえてやった。いくぶんぼんやりとした感謝の会釈が返る。当然の成り行きとして、ペンは彼女のあとからビゾンドのデスクにむかうことになった。

ビゾンドは痩せた白髪の男で、大理石の階段のように、半永久的にこの大神官庁の一部となっている。視線をあげて法律家を認めると、めったに動かない石のような顔に精いっぱい会釈に近いものが浮かんだ。

「ああ、イセルネ学師」

女が短い会釈を送った。

「ヴィンドン訴訟事件の遺書と書類のコピーです。わたくしの要約も添えてあります」

「おお、ありがとうございます。お待ちしていました」

骨ばった手がすばやく書類の束をつかみとり、なんらかの判断に基づいて選りわけはじめた。その沈黙の中で、任務を終えて緊張がほぐれたのだろう、女が穏やかな好奇心をこめてペンに目をむけた。

「ペンリック学師、でいらっしゃいますわね。オジアル大神官の新しい魔術師の」

ペンは軽く頭をさげた。

「そうです。学師殿とは、確か図書館でお目にかかったことがあります」

ペンの記憶にある黒い目の学師——堂々たる壮年の美女は、大神官庁記録保管庫を忙しげに出入りしていた。あのときペンにむけられた視線は、不躾《ぶしつけ》ではなかったが友好的でもなかった。たぶん、忙しさのあまり余裕がなかったのだろう。

「ええ、気がついておりましたわ」

たいていの人が気づく。この身長と目と髪だ。それに徽章。そして、大神官庁でささやかれている噂。

「マーテンズブリッジで、宮廷魔術師として王女大神官に仕えていらしたというお話はほんとうですの？」

「はい。ですが残念ながら、殿下は昨年亡くなられました。新任の王女大神官は東都からご自身の魔術師を連れてこられたので、わたしは新しい雇い主をさがさなくてはならなくなりました」

　そのとき、マーテンズブリッジの母神教団からは、これまでのように非公式な働き方ではなく――実質的にたいしたちがいはないのだが――正規の最高位医師魔術師として正式な誓約を捧げるよう、とんでもなく強力な要請があった。だがそのことは口にしない。逃げだすようにロディに移ってこられたのは、彼自身にとっても予想外の展開だった。

〈ふふん〉デスが鼻を鳴らした。〈オジアルは最初の問い合わせにとびついたじゃありませんか。わかっているでしょう、あなたのことをよい装飾品だと考えているんですよ〉にやりと笑うような感覚。〈鑑賞用としてもなかなかですものね〉

　書類の束に目を通すにはかなりの時間がかかりそうだ。ペンは足の重心を移し替えながら口をひらいた。

「マスター・ビゾンド、お仕事中に申し訳ありませんが、ちょっとした緊急の用件があるのです」

　ビゾンドの顔が集中を破られたいらだちにゆがみ、それから、最高級徽章をつけた魔術師であるペンが〝ちょっとした緊急の用件〟と呼ぶものに対する漠然とした不安を浮かべた。彼は驚きのこもった鋭い声でたずねた。

「なんでしょう」

　ペンはすぐさま〈海の贈り物〉訪問について、細かい部分を省略して簡潔に語った。

「つまるところ、すでに本街道を越えているのでないかぎり、若者を乗っとって優位に立った魔が、ロディを自由気ままに歩きまわっているのです」

「それは……まずいことなのでしょうか」

「若者にとってはよくないことです。若者に出会った人にとってどうかは、なんとも言えません。わたしはもちろん若者をさがしにもどるつもりでいますが、それはそれとして、ロディの聖者がどなたで、どこにおられるかを教えていただきたいのです」

「どの聖者でしょう」

「何人もいらっしゃるのですか」

「父神教団には下級聖者が三人います。母神教団の六人は居場所がばらばらですね。姫神教団にも何人かいたと思います。御子神教団はあまり聖者を必要としていないようです」

「いえ、わたしが言っているのは、わたしの教団の聖者なのですが」

ビゾンドの眉が驚愕に吊りあがった。

「ご存じないのですか」

魔を食らう白の神の使徒はデスがけっして会いたがらない相手なのだという説明をこらえ、ペンは簡単に答えた。

「わたしはロディにきたばかりなので……」

「ああ、そうでしたね。キーオ聖者なら、ガルズ島の宗務館孤児院で会えます。場所はおわかりになりますか」

「ええ」ふたりを代表してデスが答えた。

ペンはつづけて、ビゾンドのオフィスをメッセージ預かり所に指定したことを説明した。ビゾンドはしだいに困惑を深めながらも抗議はしなかった。ペンの話に納得したからなのか、それともペンが怖くなったからなのか、どっちだろう。イセルネの驚愕の視線を受けながら、いそいで街路にもどるペンの耳に、ビゾンドのつぶやきが聞こえてきた。

「五柱の神々の、われらを守りたまわんことを……！」

〈魔に取り憑かれた若者から？　その祈りをかなえたもう神はひと柱しかおられませんが〉

〈あら、あなたから守ってほしいってことかもしれませんよ〉デスがいつものように、面白そうにまぜかえした。

ふたたび大神官庁を出ながら、ペンはためらった。歩くのと、舟を頼むのと、どちらがはやいだろう。デスが頭の中に簡単な地図を描いて助言してくれた。

〈舟になさい。ガルズ島はものすごく遠くて、橋ではつながっていませんからね〉

〈わかりました〉

ペンはむきを変えて、中央船溜まりの端、神殿広場にもっとも近い船着場にむかった。五、六艘のほっそりとした舟が接岸して、商人や神殿関係者、町役人などが乗り降りしている。どの舟も客寄せのために、船主船頭の好みにあわせ、さまざまな色彩に塗られ、装飾されている。そのため、船着場全体がとんでもなくけばけばしい。赤、オレンジ色、黄、緑、青。塗り立ての鮮やかなもの、風雨にさらされて色褪せたもの。縞模様、渦巻き模様、四角模様。動物の彫刻飾りもある。錫《すず》や銅の象嵌《ぞうがん》がきらめいている。

白い衣の彼が手をあげると、二、三人の船頭が顔をそむけて、あらぬかたをながめはじめた。だがひとりの老人が帽子を押しあげ、にっこりと笑って手招きしてくれた。ペンは慎重に、揺れ動く湿った厚板の真ん中におり、さしだされた擦り切れたクッションに腰をおろした。痩せた尻にはもう少しやわらかなクッションのほうが心地よいのだが、いまはしばらく足を休められるだけでありがたい。

「祝祭前夜、庶子神の目がおれらにとまらず通りすぎてくれることを祈りますよ。学師さま、どちらにお連れしましょうかね」船頭が愛想よくたずねる。

ペンは律儀に、ひたい、くちびる、臍《へそ》、下腹部、心臓に触れる五聖印を結び、親指の裏で二度くちびるをはじいた。

「ガルズ島にお願いします」

「孤児をお訪ねになるんですかい」

ぐいと押しやられた舟が、ゆらゆらと船溜まりに漕ぎだしていく。

「宗務館です」

船頭は四角い船尾に陣取り、ロックをきしませながらリズミカルにオールを操っている。速度は出ないが安定した動きで、不規則に船殻《せんこく》にあたる波が音楽を奏でているかのようだ。両足の脇できーきー音をたてる継ぎ目に目をむけたが、麻屑とタールでしっかりふさがれている。太陽に温められた詰め物から、海の暮らしの匂いが漂ってくる。

〈デス、混沌があふれださないよう気をつけていてください〉

〈ふふん〉

明るい午後の陽射しの中で、きらめく船溜まりを見まわした。ありとあらゆる大きさと種類の船が、いたるところで動き、あるいは繋留されている。なかでもいちばん目を惹くのは、帰国してきたばかりの商船団だ。丸っこい船体の商船三隻の上で、船員たちが楽しげな大声をあげ、帆をおろしながら投錨《とうびょう》場所に移動しつつある。心にかかる不安がなければ、もっとそうした光景を楽しめるのに。デスは彼の内側で波に揺られながら、おちつくことができず、いまにも船酔いを起こしそうになっている。

〈デス、あなたなら神殿の魔として働いているあいだに、魔を回収するこうした仕事を何度も経験しているでしょう〉デスを元気づけようとたずねてみた。〈たとえば、お気の毒なティグニー学師の件とか。あれはそれほど昔というわけでもなかったはずです〉

〈ああ、そうですね。あの馬鹿ときたら。はじめて教団から魔をもらったとき、すぐにもわたしやルチアに勝ってみせると得意満面だったのですよ。魔が優位に立って逃亡したとき、わたしたちはマーテンズブリッジにいませんでした。ですが帰国と同時に、追跡の仕事を押しつけられて。トリゴニエ横断なんていうとんでもない旅になりましたよ。オルバス国境の町でようやく追いついたんですけれど、それというのも、あの馬鹿がどうしようもない快楽に溺れて長居しすぎたからなんです〉

〈魔にはよくあることですね〉ペンは楽しげに皮肉った。

魔は機会さえあれば、盗んだ、もしくは共有している肉体を楽しもうとする。十年をともに過ごしたいま、ペンはデスのそうした傾向にも当惑をおぼえることがなくなった。そう、たいていの場合は。

〈人間だってそうでしょ〉デスが言い返す。〈人と魔の両方が欲望に屈したら、もう誰にもとめられませんよ。わたしだって、ちゃんとバランスがとれていなければ、こんなに長く存在することはできませんでしたからね〉彼女はつんと澄ましてつづけた。〈どっちにしても、ティグニーの魔は、そう、淫欲や憤怒ではなく、飽食と怠惰に耽溺《たんでき》していましたね。そのおかげで行動が鈍くなったんです。最初に傲慢《ごうまん》と嫉妬にはまったのはティグニーでしたけれど〉

ペンは、いまデスがならべた悪徳について考えてみた。

〈貪欲はどこにあてはまるのですか〉

〈真ん中あたりかしらね。貪欲はだいたいにおいて、未来を想像して、もしくは未来に不安を抱いて生じる欲求でしょ。優位に立った魔は、あまり未来を思い描く力をもたないのですよ〉

〈なるほど〉

ペンが眉をひそめているあいだにも、舟はガルズ島の船着場に近づいていく。

〈それで、あなたはティグニー学師を聖者のもとに連れていったのですか、それとも、聖者を学師のところに連れていったのですか。そのときもやはり、イダウの老ブロイリン聖者だったのでしょう?〉

よぼよぼなのに偏屈な老人だった。忘れようにも忘れられるわけがない。神を宿して輝く彼の目を見ていると、無限の宇宙に飛びこむような思いがしたものだ。

〈あれより十五年も前のことですからね、まだそんなによぼよぼじゃありませんでしたよ。偏屈さは変わっていなかったけれど。ティグニーを彼のもとにひきずっていったんです〉

〈どうやって連れていけばいいか、その方法を検討しなくてはなりませんね〉

〈方法というか、脅しと力づくで、ですね。ルチアの護衛兵が力をふるって、ルチアとわたしが脅しをかけました〉

〈今回も、この狂った魔を圧倒することができますか〉

〈……たぶんね〉

〈たぶん、なのですか〉ほのかな疑念が気に入らない。〈今回のほうが間違いなく、ティグニー学師の魔より弱いと思うのですが〉

〈魔は未来を思い描く力をもたないと言ったでしょう。恐怖は貪欲の対極をなすもので、視野をせばめてしまうんですよ〉

〈つまり、ティグニー学師の魔も、どのような運命が自分を待ち受けているかを知れば、心底ふるえあがっただろうということですか〉

〈恐怖も、度が過ぎて耐えられなくなると、絶望に転じます。もしくは、他からの影響を受けやすい無気力ですね〉

〈一種の解放でしょうか〉

〈ちょっとちがいますね〉

「無口な学師さまですなあ」島の船着場に舟を寄せながら、船頭が言った。

〈頭の中はしゃべりどおしですけれど〉「すみません。いろいろと考えなくてはならないことがあるもので」

謝罪の言葉に、船頭はぴくりと眉をあげた。

「祝祭やらなんやらで、第五神に仕える方々はお忙しいんでしょうなあ」

「そうですね」だがペンの場合は祝祭のためではない。

「騒ぎすぎてその白い衣が運河に浸からんよう、気をおつけなせえましよ」船頭は声高に笑った。

〈どうして会う人会う人みんな、白い衣と運河がどうとか言うんでしょう〉

身体をもっていたら、デスはにやりと笑っていただろう。実際にはペンのくちびるがゆがんだだけだったが。

〈期待しているんでしょうね、きっと〉

舟は海草に縁取られた石の埠頭に完璧な接岸をしてのけた。客の微笑に勇気づけられたのか、船頭はさらに言葉をつづけた。

「学師さま、お帰りをお待ちしましょうかね」

そして、穏やかな舟旅にかかった料金を告げた。ペンは首にかけた巾着から硬貨をとりだし、ロディを訪れる観光客の多くと同じく、舟賃が法によって定められ、すべての公共船着場に掲示されていることに感謝した。

「どれくらい時間がかかるかわからないのです」

マッドボーイのことを考えてみる。いったいどこで、何をしているのだろう。

「ですが、長くかかるとは思えません。そうですね、待っていてください」

そして、船頭がさしだした革のようにごつごつした手に、前金としてさらに半分の額を足し、段をのぼっていった。

ガルズは辺鄙《へんぴ》な島で、中心部に比べて建物の数が少なく、庭や果樹園や家畜のために充分なスペースをとりながら、ぱらぱらと家屋が点在しているだけだ。ロディ中心部に位置するあわただしい神殿区画では味わうことのできない、田舎風のゆったりとした空気が漂っている。庶子神教団の宗務館はすぐにわかった。船着場近くの海岸から館の外壁まで、まっすぐ運河が通っていたのだ。いまは水門もあがっている。

〈ここは以前、ある商人の邸宅だったのですよ〉デスが思い出話をはじめた。〈いつもあの水門から商品を出し入れしていました。子供がなかったので、亡くなるとき、孤児院にしてくれと邸と財産を教団に寄付したんです。ミラの時代の話ですね。しばしば贔屓《ひいき》の客とこのあたりまできていたので、よく知っています。ミラの舟ときたら、絹の天幕を張って、漕ぎ手には揃いのお仕着せをあつらえて、とんでもなく華やかなものだったんですよ〉昔を懐かしむため息。

〈何もかも変わってしまいましたねえ……〉

百年の歳月を経て、生煉瓦《れんが》はやわらかくなり、いまでは蔦《つた》よりほかに城壁をよじのぼる危険な敵はいない。

午後だからか、背の高い木製の扉はなかばあいたままで、楽しげな声がこぼれてくる。中にはいると、小運河の終着点で二艘の舟が陸にひきあげられ、種々雑多な子供たちに囲まれていた。子供たちは笑いさざめき議論をかわしながら、リボンや旗や、さまざまな色の布切れを集めて小さな手でつくりあげた花輪などを、ありとあらゆる場所に飾りつけている。いくぶん汚れた白い信士のタバードをつけたふたりの大人が、穏やかにそれを見守っている。はいってきたペンに気づいて、ふたりが問いかけるような視線を投げてよこした。

「何かご用でしょうか」ひとりの男がたずねた。

正面の運河からはいるべきだっただろうか。それにしても、どうすれば聖者に会えるだろう。面会を求める使者をさきに送っておいたほうがよかったのかもしれない。

「大神官庁のペンリック学師といいます。宗務館長にお目にかかりたいのですが」

「ええ、どうぞ、こちらです、学師さま」

ペンの左肩に用心深く、だがいかにも興味深げな視線を投げて、男は踏み均らされた前庭を横切って館へとむかった。二階建ての堂々たる建物で、正面の壁は肌理《きめ》の細かいクリーム色の石、窓枠と扉は褐色に塗られている。

「ああ、あそこにおいでになりました」

役職を示す銀の鎖章をさげた男が正面扉から出てきて、どこか取り乱したようすであたりを見まわした。ペンと同じような仕立ての白い衣を着ている——ただし、ペンのものよりもくたびれていて、袖口に散るインクの染みは少ない。男はすぐさまペンに気づき、眉を寄せた。中年の役人——聖職者というよりも、あらゆる教団の支柱ともいうべき事務官の趣が強い。

三人は低い階段の下でむかいあった。信士が頭をさげてペンを紹介してくれた。

「リエスタ学師さま、こちらはペンリック学師さまです。大神官庁からいらしたとか」

「ああ」答えるリエスタの声には、驚きではなく納得がこもっている。

「とつぜんの訪問となったことをお詫びします」ペンは礼儀正しく釈明した。「ですが、ロディの聖者と緊急に相談したいことがありましたので。こちらにお住まいとうかがいました」

「ええ、そのとおりです」当惑のこもった視線は、なおもペンリックから離れない。「ペンリック学師、あなたの神殿魔に何か問題が生じたのでしょうか」

「いえ、そうではありません」デスが無言のまま憤慨しているので、あわてて弁明する。「わたしは大神官より遣わされてきました」――そう、見るからに若い頼りなげな外見をしているのだから、大神官の権威を借りてもべつにかまうまい――「ある問題を解決するために、聖者のお力が必要なのです。その、聖者はここにいらっしゃるのですね」

「はい、キーオ聖者は庭園です。そこで待っているので、あなたをお連れするようにと」

リエスタは手をふって信士を孤児の監督にもどし、古い館をとりまく板石を敷いた小道へとペンを案内した。

「聖者はわたしがくることをご存じだったのですか」驚くべきことだが、神に触れられた聖者ならあり得ないことでもない。

「そのようです」宗務館長は奇妙に疲れ果てた声で答え、ため息をついた。「わたしもついさっき知らされたばかりなのですが」

かつては立派だったろう庭園に、実用的な野菜や果樹が見本刺繍《ししゅう》のように整然とならんでいる。ひとりの信士と、おそらくこれも孤児なのだろう、ふたりの子供が、奥のほうで膝をついて草抜きをしている。残るひとりは、熟しきっていない実の重みで枝が垂れさがった、古い桃の木の下のベンチに腰かけていた。まだ少女といってもいいような若い娘だ。ごくあたりまえの色褪せた青いドレスの上に、地位を示す飾りが何ひとつない、薄い白い上衣を無造作に羽織っている。ペンは驚きのあまり、ぱちぱちと目をしばたたかせた。

〈驚くようなことでもありませんよ〉とデス。〈聖者には誰だってなれるんです、わかっているでしょう。魂の内に、神々がこの世界に手をのばすための空隙《くうげき》をもってさえいればね……もちろん魔術師にはそんな空隙はありませんけれど〉

この聖者の内に、いま、神はましまさぬ。さもなければ、デスはもっと激しい反応を示していただろう。歩み寄りながら、ペンはキーオの外見を観察した。

黒髪をシンプルな三つ編みにして背中に垂らし、白いリボンを結んでいる。肌は典型的なアドリア人の蜂蜜色。アンバーブラウンの目が、あごと鼻の目立ついくぶん細長い顔に、形よくおさまっている。健康に恵まれれば、中年になっても堂々たる美貌と呼ばれるだろう。老年になれば痩せて、いくぶん恐ろしげに見えるかもしれない。だが花の盛りのいまは、いかにも好ましい容貌だ。はちきれそうな胴着を見るに、最初に推測した年齢をもう少し上に修正するべきだろうか。悩むところだ。

〈なんとも言えませんね〉とデス。〈成長のはやい娘もいますし——ミラがそうでしたよ。ヴ

アシアはその反対でしたね〉

ありがたいことに、デスは十人のご婦人の成熟期について、ひとつひとつ細かく例をあげることなく、そのままひっこんでくれた。

キーオもまた同じような関心をもってペンを見つめている。

「まあ」驚きの声があがった。「あなたって、ぜんぜん思ってたような人じゃないのね」

〈おたがいさまだと思います〉

細くなった彼女の目に浮かんでいるものは、落胆ではない。だがペンのことをどう思っているか、はっきりとはわからない。

リエスタはふたりを簡単に紹介し、最後につけ加えてたずねた。

「それで、ペンリック学師、いったい何があったのですか」

ペンは耳を掻きながら、ふたたび今回の事件について説明した。今日すでに一度、語っているため、それほど大変ではない。だが、キーオは聞き手としてビゾンドとまったく異なる立場にある。魔についての基本講義をくり返す必要はない。だが……もちろんイダウの聖者のように多くの経験を積んではいないだろう。

〈聖者にとって経験は問題になりませんよ。それは神のものですから〉デスが反論した。〈その点についてはご心配いりませんね〉

船から落ちた若者の話を終え、ペンはためらいがちにたずねた。

「人から危険な魔を取り除いた経験はありますか」

彼女はほっそりとした肩をすくめた。

「未熟な素霊を獣から引き剝がすみたいな仕事がほとんどよ。四年前、はじめて庶子神の訪ないを受けたときもそうだったわ。この島の、ある家の牛が病気になったの、病気だと思ったのね。放っておいたらほんとに病気になってたわ。あたしが治したように見えたんでしょ、とっても喜んでもらえた。それから、神殿の能力者が、魔に取り憑かれた猫を連れてきたの。それであたしの力が証明された――最初からそう言ったってよかったんだけど、十四の小娘の言葉なんて誰もまともに聞いてくれやしないでしょ。ひと騒動あって、それからいろんなものがちこまれるようになって、どんどん素霊を退治していって。それで、あたしはここにいるのよ、いまもね」

リエスタはいくぶんこわばった笑みを貼りつけたまま、彼女の話に耳を傾けている。

キーオは晴れやかに語った。

「本土に行ったことだってあるのよ。一度は鶏の素霊に憑かれてしまった女の人のため。一度は馬だったわ」

ペンは思わず魔に憑かれた鶏を思い浮かべようとして、自制した。デスがこの世界にやってきて最初に憑依《ひょうい》したのは丘陵地帯に棲息する野生の牝馬で、そのつぎは雌ライオンだった。そういうことだ。

〈その女は鶏を食べたのかしらね。ライオンが馬を食べたみたいに〉デスが言った。

〈もちろん、食卓にあげるために絞めようとしたのでしょう〉

魔は大喜びですぐさま飛び移っただろう。最終的には不運に終わってしまったわけだけれども。そう、たとえば猫の場合はどうだろう……？

〈いや、気にしてはいけない〉

兎《うさぎ》のシチューの作り方を語る古い諺《ことわざ》を思いだす。『まず魔をつかまえろ』だ。

「優位に立った魔は、まだロディのどこかに隠れているはずです。わたしはこれから、それをさがしにいきます。見つけたら、ねじ伏せてあなたのところに連れてきます」

魔は間違いなく最大限の抵抗をするだろうが、それはそのときのことだ。渡る前に橋のことを考えても、乗る前に舟のことを心配しても、しかたがないではないか。

「ですが、まずは聖者に話を通しておいたほうがいいと思ったのです。その、魔を連れてもどるのにどれくらいかかるかわからないのですが、あなたはここにいてくださいますね」

彼女はきまりが悪くなるほどじっとペンを見つめ、おもむろに答えた。

「ううん……あたしもいっしょに行ったほうがいいと思う」そして目をきらめかせながら背筋をのばし、「うん、そうよ……完璧！」

リエスタが息をのんだ。

「キーオ、いけません。今宵、町はとんでもない騒ぎなのだから。ここにいたほうがずっと安全です」

「大神官さまの宮廷魔術師がいっしょなのよ。衛兵十人より頼りになると思わない？」茶目っ気たっぷりに、〈反論できるものならしてみるがいいわ〉と挑んでいる。

なぜだろう、ふいにデスから笑いのようなものが伝わってきた。

キーオがぴょんと立ちあがった。

「それじゃ決まりね。荷物、とってくる」

話し合いはまったくおこなわれなかった。この若い娘のエスコートを引き受けたいかと、彼にたずねる者もいなかった。まさしく聖者、〝神の器〟だ。そのいっぽうで……マッドボーイが見つかったとき彼女がそばにいてくれるなら、その場で魔を除去することができる。面倒な段階がすべて省かれる。ふむ……

リエスタが駆け去る彼女の背を見送り、うめき声をあげてベンチにすわりこんだ。ペンもその隣に腰をおろした。

「あの子を通して神が語っておられたのでしょうか」リエスタがもの悲しげにたずねた。

〈いいえ〉と答えるべきか、〈はい〉と答えるべきか。

「わたしたちの神は不可思議な方法で語りかけてきます。正直な話、たいていの場合は頭にくるほど曖昧です。ですから、はっきり〝いいえ〟と答えることはできません」

「おわかりでしょうが、あの子もそのことはよくよく承知しています」リエスタはため息をついた。「ああもちろん、あの子が〝神に触れられた者〟でないということではありませんよ。ときどきではありますが、ほんとうにおかしな言動を……奇っ怪なふるまいをしています。それ以外のときも、あの年頃にはありがちなことですが、型破りで扱いにくい娘です。問題は、わたしが話しかけている相手がどちらなのか、わたしに話しかけているのがどちらなのか、わたしには確かな判断ができないということなのです。それを気づかれてからというもの、あの子はまったく手に負えなくなってしまいました。ですが、わたしはいまもやはりあの子の責任者なのです」

ペンは同情をこめてうなずいた。

「彼女はここで、この孤児院で育ったのですね」

「ええ、捨て子でした。きっと、ロディの娼婦が館の門前においていったのでしょう。よくあることです。はじめはごくふつうの女の子だったのですよ。口数も少なく、勉強もそこそこにできました。ここを出て、婦人服の仕立屋に見習いとしてはいるはずだったのですが、結局はこんなことになってしまいました」

「つまり、仕立屋の見習いにはならなかったのですね」

「誰も考えていなかったことです。大神官さまがお調べになって、あの子をここにとどめおくよう、神学を勉強させるよう、神殿の与える仕事をさせるよう、お命じになったのです。とはいっても……いつもうまくいくわけではありません」

ようやく理解できた。この男は、キーオではなくペンのことを案じているのだ。この娘はエスコート役の鼻面をつかんでひきずりまわすと、聖者を貶める言葉を使わず、それとなく警告しようとしている。だがそれをいうならば、デスは女としての経験を二百年にわたって重ねた大ベテランだ。

〈デス、彼女をうまく扱えますか〉

〈女の子としてならお安いご用。聖者としては……。でもまあ少なくとも、わたしはそのリエスタとはちがって、話しているのがどちらか判断することくらいはできますからね〉

「大丈夫だと思います」経験からというよりも、希望的観測に近い言葉になった。「庶子神は魔をとりもどしたいとお考えのはずです。彼女を連れていけば、きっとわたしの探索もはかどるでしょう」

「庶子神は間違いなく、あの子をお守りくださるでしょう」言葉とは裏腹に、リエスタの声からは自信が感じられない。

むべなるかな。神に触れられていようとも、聖者も所詮、人である。徒人《ただびと》と同じく、その肉体はもろい。そしてその肉体なくして、神々はこの世界に手を触れることができない。

〝神々はわたしたちを死から守ってはくださらない。生からこぼれ落ちるときに受けとめてくださるだけだ〟という言葉がある。これを言い換えれば、〝わが聖者を運河で失うなかれ！〟となる。いいだろう。

タバードをつけた女の信士がひとり、思いきったように近づいてきた。明日の祝祭の準備について上司に質問があるようなふりをしているものの、大神官庁からきた謎めいた客人を近くで見たいというのが本音だろう。リエスタが彼女に、お茶をもってくるようにと命じた。蜂蜜を加えた冷たいお茶と、葡萄《ぶどう》とチーズとパンをのせた皿が供された。ひどい空腹に気づいて、ペンはありがたくそれらを頂戴した。走りまわるのに夢中で、昼食を摂ることをすっかり忘れていたのだ。

軽食がすっかり片づいても、キーオはまだあらわれなかった。あの船頭が正直者であればいいのだけれど。まあ、あの船頭がいなくなっていても、べつの舟を見つければいい。この時間、船溜まりには多くの舟が出入りしている。

やっとのことで聖者がもどってきた。うさんくさく思えるほど満足そうな顔に、軽やかな足どり。頭のうしろでまとめあげた三つ編みには、すてきな簪《かんざし》が何本か刺さっている。彼女の動きにあわせて、簪の先端にぶらさがったガラス玉が揺れてきらめく。白い上衣は咽喉《のど》もとまでボタンをとめているが、裾からは異なる色のスカートがひらひらとのぞいている。そして手には、妙な形にふくらんだリネンの袋がぶらさがっている。ペンは当惑してそれを見つめた。

「それじゃ行きましょ！」彼女が宣言した。

もちろん異存はないものの、町にもどってからいったいどうすればいいのだろう。ただひとりの獲物を求めて、ロディの全住人を相手に超常的な力を無駄にふるいながら、行き当たりばったりに、もしくは系統だてて町じゅうをさぐっていくよりも、もっとよい方法を考えるべきだ。イダウの老人こそが聖者の典型だと思いこんでいたため、ペンはこの宗務館で、つぎにどう進めばいいか、賢明にして慈愛に満ちた助言が得られることをなんとなく期待していた。だが求めていたものがリードされることなら、いまそれが与えられている——キーオがペンの手をつかんでひっぱっている。彼女がうしろむきに歩きながら陽気に手をふって、陰鬱《いんうつ》な顔のリエスタに別れを告げる。気をつけて行きなさいと、父親のように注意する彼の声に送られて、ふたりは古い建物の角を曲がった。

門のところで思わぬ伏兵にあって出発が遅れた。子供たちが、舟の飾りを見てくれとキーオにせがんできたのだ。ペンも彼女にならい、頭を絞って賛辞をならべたが、子供たちは明らかにキーオの評価のほうを喜んでいるようだった。

宗務館を離れながら、彼女が肩ごしに微笑した。

「庶子神の日にはいつも、あたしもああやって舟の飾りを手伝ってたの」

「明日の祝祭に使うのですか」彼女が当惑をこめて見あげてきたので、「わたしは数カ月前にロディにきたばかりなのです」

「ああ、そうなんだ。ロディじゅうの宗務館と孤児院が舟を出して、庶子神に敬意を表して運河をパレードするの。あなたの宗務館はやらないの……?」

「わたしは大神官庁の直属ですから」

「最初に大神官さまが出てらして、祝福してくださるのよ」

「競漕もあるのですか」

面白そうな笑み。彼女のくちびるによく似合っている。この娘は見かけよりもずっと鋭いのかもしれない。

「もちろんよ」

〈もちろん、ですか〉

ペンの見るかぎり、ロディではありとあらゆる行事が、自分たちの舟や腕前を披露する絶好の機会とされるらしい。大祝祭日であろうと、ささやかな祝日であろうと。結婚式も、葬式も、推進式も、ギルドの記念祭も。大公宮や大神官庁で高位の人事がおこなわれたときも。庶子神の日におこなわれる、娼館の健康的なご婦人たちによる競漕は、とりわけ観客のあいだで人気が高い。

「あたし、小さいときに二度、宗務館のパレード舟に乗せてもらったことがあるの。選ばれた子はみんな大興奮なのよ。ものすごくきちんと可愛くしていられたら、観客の誰かが家に連れて帰ってくれるんじゃないかって期待して。見習い弟子でもいいけど、養子にしてもらえたらもう最高よね。ときどきあることらしいけれど、あたしは駄目だったな」彼女の微笑がゆがんだ。「あたし、ものすごくがっかりしたのよ。だけどそのあとで、もっとすてきな〈養い親〉があたしを見つけてくださったんだもの。あのときは悲しかったけれど、いま考えたらそれでよかったのよね」

そして彼女は挑むようにくいとあごをあげた。いまの最後の言葉は、ほんとうにそのまま受けとめてしまっていいものだろうか。

船着場ではありがたいことに、さっきの船頭が、つばのひろい帽子で顔を隠して寝そべっていた。ふいにキーオがたずねた。

「あなた、お金もってる?」

「ええと、大神官から充分な俸給をいただいていますが」

「いま手もとにもってるかって言ってるのよ」

「ああ、それなりの額をもっています。もし思いがけない支出があったら、そのときは部屋にもどってとってきます」

この衣裳と徽章を見せて雇い主の名を告げたら、一時的な信用貸しをしてもらえるかもしれない。めったに外に出ず大神官庁で静かな生活を送っているため、これまで一度もためしたことはないけれども。

「だったらいいわ」

彼女が満足そうにきっぱりうなずくと、髪飾りが揺れて小さな虹をつくった。

報酬つきの待ち時間を終えて起きあがった船頭が、とつぜん若いご婦人を抱きあげたペンを見ながら、真面目な顔を取り繕おうとしている。ふたりの服装を見れば、神殿関係の用件であると正しく推測できるはずだ。船頭はいくつかの助言を与えただけで、ひやかすことなく彼女を受けとって舟の中におろした。全員がおちついて揺れがおさまり、舟はふたたび船溜まりを横切りはじめた。多くの舟が行き来する水面が、傾きはじめた太陽の光を受けて、とろりとした金色に輝いている。

どんどん時間が過ぎていくことを思うと、不安のあまり光の美しさを味わう気分にもなれない。狂った魔は支配した若者をロディのどこに隠そうとするだろう。人目につかない片隅だろうか。それとも、今宵どっとくりだしてくる聖夜の群衆の中だろうか。

ふり返ると、キーオが白い上衣のボタンをはずしていた。その下からあらわれたのは、さっきまで着ていた乙女らしい慎ましやかな淡青色のものとはちがって、胸あきが大きく、紺とクリーム色の縦縞が織りこまれた洒落《しゃれ》た布地に、リボンとレースがあしらわれたドレスだった。

よく手入れされてはいるが、新しくはない――孤児院ではしばしば、裕福な後援者のご婦人の衣裳簞笥《だんす》から、少しばかり傷んだ贅沢《ぜいたく》なドレスが贈られてくる。キーオは自分の手でこのドレスを補修したのだろうか。ドレスの仕立屋になれるチャンスを失ったことを、残念に思っているのだろうか。

キーオは上衣をたたんで袋にいれ、かわって、祝祭用の仮面をとりだした。スパンコールをあしらった絹の仮面で、縁飾りに使われている青と白の羽根が印象的だ。彼女はそれを目の前に掲げ、にっこりと笑った。もっと年長の、神秘的な女に見える。これは警戒すべき変化だろうか。だがデスは単に面白がっているだけだ。ならば気にしなくても大丈夫だろう。

ペンの驚きを感じとったのだろう、彼女が言った。

「このドレス、明日の誕生日に着るはずだったの」

マスクをおろすと、もとのキーオがもどってきた。

「祝祭前夜に出かけるんだったら、いまから着たっていいわよね」

「庶子神の日に生まれたのですか。それは運命ですね」

幸運か不運か、どちらの運命であるかはたいてい口にされない。

彼女は肩をすくめた。

「べつに特別なことじゃないわよ。真夏にひろわれた捨て子はみんな、ちゃんとした記録がなかったら、庶子神の日が誕生日ってことにされるの。晩御飯にはいつも、みんなに美味しいカスタードのお菓子が出るのよ」

「そうなのですか」ペンはやっとのことで返事をした。

つぎにどうすればいいか、なんの考えも浮かばないまま、神殿区画の船着場に到着した。段をあがるキーオに手を貸しながら、ペンはたずねた。

「どのように探索をおこなえばいいか、庶子神より何か指示はありませんか」

彼女はかぶりをふって答えた。

「まだなんにも」

驚くことでもない。もし神がキーオにささやきかけていたら、デスから強烈な反応があったはずだ。ここにいるのは聖者キーオではなく、まだ孤児のキーオだ。

「何かメッセージが届いているかもしれないので、まず大神官庁に行ってみましょう」

街道衛兵が獲物を捕らえ、彼らを待っているという知らせがあるのではと期待するのは、楽観的にすぎるというものだろう。

〈ふつうの衛兵では捕らえておけませんよ〉デスが指摘する。

それにしても、この魔と、魔に取り憑かれて錯乱した宿主は、どうやって武装兵と戦うのだろう――デスなら、数さえそれほど多くなければ、簡単に片づけてしまえる。とはいえ、まんまと診療所を脱走したコンビだ。軽んじていい相手ではない。さらにまずいことに、この魔は乗騎の生命になんの執着ももっていない。かわいそうなマッドボーイが、たとえば剣で殺されたら、すぐさまべつの宿主に飛び移るだけのことだ。

〈やれやれ〉

腕をさしだすと、キーオは小さな笑みを浮かべて自分の腕をからませてきた。大神官庁にもどるにあたって、ふたたび〈視覚〉をひろげつつ、べつの道をたどることにした。町の中央広場の周囲を抜けながら、ペンはみずからの過ちに気づいた。このままいけば絞首台のそばを通ることになる。だがありがたいことに、絞首台は空で、それをとりまく騒々しい群衆もいなかった。そもそもが、罪の代償を見ておのが行動を正そうとするのではなく、楽しもうとするような連中だ。

絞首台は明日もこのままだろう。庶子神の日には処刑がおこなわれない。囚人のためではなく、死刑執行人に休日を与えるためだ。執行人は、第五神のマントのもとに集ういささかいかがわしい職業のひとつで、神学的にいえば、神学校で訓練された神官であるペンの保護下にある。だがそうした霊的指導はたいてい、正規の役職をもって教団に属している神官の仕事となる。処刑された魂は、神々から切り離されて消滅していく幽霊とならないかぎり、どの神に受け入れられてもおかしくはない——見物人たちにとっては、しばしば混乱のもとになることであるが。

広場を横切って仕事に、もしくは夕食へといそぐ、ごくふつうの生きた人々が、圧迫感をもってペンにせまる。目ざとく気づいたのだろう、キーオが彼を見あげてたずねた。

「ねえ、その〈視覚〉、苦しくないの?」

「そうですね……」キーオにむかって〝イエス〟と答えたくはない。「負担ではありますが、我慢できないほどではありません」

なんらかの結果が得られるなら、はるかに耐えやすくなるのだが。大神官庁の入口にたどりつくまでのあいだ、見えてくるのはひどく入り組んだ人間ばかりで、それ以外のものは一度も感知されなかった。

キーオの輝くような魂は、その中でも単純なほうだ。それでもデスの〈視覚〉はその周囲をすべり抜けていく。

〈庶子神があなたをはじきだしているのですか〉

〈ちがいますよ〉デスが短く答えた。〈ペン、あなたは崖っぷちを歩きたいと思いますか〉

〈ええ、崖のむこうをのぞきたければ平気で歩きます〉

〈あらまあ。さすがに連州の山で育った背高のっぽだわね〉

デスの高所恐怖症は遠い昔に染みついてしまった性癖だ。文句をつけることはできない。魔は独自のやり方で人よりも長く生きる。ペンはデスの恐れ知らずなやり方にすっかり慣れてしまっているが、危険を顧《かえり》みないからといって、不屈の精神をもっているわけではない。

〈お行儀よくいきましょうね。あなただってあなたなりの、どうにもならない恐怖を抱えているじゃありませんか〉考えこむような沈黙。〈あなたの場合、肉体的なものより精神的なもののほうが強いけれど、どっちにしても同じくらい致命的ですよ。腕の傷はもう消えたかしら〉

〈はい、ありがとう。すみませんでした〉

〈それでいいわ〉

沈みゆく夕日に照らされて、大神官庁の飾りたてた正面柱廊がほの暗いピンクにきらめいている。ビゾンドの部屋に行くと、上級秘書は今日の仕事を終えてすでに帰宅し、かわって夜間事務官がデスクについていた。

「ああ、わたしがここに居残る原因になった方ですね」男がため息をついた。

諦めているとはいえ、祝祭前夜に仕事をいれられて嬉しいはずはない。メッセージは何も届いていなかった。いらだちのあまりウィールド語で悪態をつきたくなったが、それにはまだはやすぎる。キーオはこの機会にと、絶対的に信頼できる管理人に袋を預けて身軽になった。

神殿広場にもどる前に、正面入口を飾る彫刻群をじっくりながめたいと聖者が主張したため、しばしの遅れが生じた。彫刻の多くは戦による略奪品だ。貧しい者が盗みを働くと絞首刑にされるのに、大々的な略奪は褒め称えられる。この世界はいったいどうなっているのだろう。

「それで、これからどうするの？」空はまだ明るいものの、ひろがりつつある暮色を見まわしながら、キーオがたずねた。

ペンは顔をこすって考えた。

「最初にもどってやりなおすというのはどうでしょう。〈海の贈り物〉です。少なくとも、あそこはこの追跡劇のはじまりですから。それに、マスター・リナタスのもとに何か報告が届いているかもしれません」

ペンリックとデスという脅威が去ったと知り、魔が、食事を与えられ面倒を見てもらえる場所にもどってくることはあり得るだろうか。ひと筋の藁《わら》ほどの希望にすぎないが。

往路とはべつの、遠まわりの海岸線を通ってもどることにした。五つではなく七つの橋をわたり、デスなしではいささか怖いような暗い路地を抜けていく。だが、デス以上に危険なものなどありはしない。運河沿いの道はいつもより明るい。祝祭の華やかなドレスに身を包み、仮面をつけた人々を運んで行きかう舟の艫《とも》で、いくつものランタンが掲げられ揺れているせいもある。絹のような夜の水に刻まれた波跡で、光だけではなく笑い声もまた揺れている。

日が暮れると、裕福な家の邸内では節度あるパーティがひらかれる。

〈みだらなパーティもですよ〉デスが口をはさんできた。〈全盛期、ミラはいつも楽しんでいましたね〉

運河通りを見おろす上層階のまばゆい窓から、楽の音が降ってくる。いつもなら運河脇で店をひらいている市場は、住人たちの祝祭のために場所を譲っている。老いも若きもがいっしょになって架台《かだい》テーブルに食料をならべたり、地元の居酒屋が屋台を出したりしている。まだ夜もはやいため、聞こえてくる金切り声は主として、興奮して走りまわる子供たちのものだ。臨時合唱隊を結成して聖歌を歌いはじめたテーブルもある。酒宴歌を歌いはじめる者もいる。さらに酔いがまわった連中は、その両方がまじりあった滑稽《こっけい》歌をがなっている。じつに気のきいた歌が聞こえてきて、ペンはにんまりと笑った。

「おお、べっぴんさんじゃないか。その〝口〟で聖なる接吻をしてくれよ」

右手から酔っぱらいの声が響き、ペンはくるりとむきを変えて、陽気な声の襲撃者から聖者を守るべく身構えた。だが、男が狙ってきたのはペンリックだった。彼はすっと、果実酒の匂う息を避けて身をかわした。この男はきっと、前夜祭が正式にはじまる日没よりずっと前から、勝手に祝祭をはじめていたのだろう。ペンは歯ぎしりをしながら、男がよろめいた勢いを利用して近くの運河へと押しやった。盛大な水しぶきがあがる。同じくらい酔っぱらいながらもそれほど色気を出してはいない仲間たちが、どっと騒々しい笑い声をあげ、男をひっぱりあげようとふらふら近づいてきた。

「おみごと、学師さま！」

ひとりがすれちがいながら声をかけ、肩をぶつけてこようとしたが、ペンはそれもまたするりとかわした。そしてキーオの肘をつかみ、混みあった広場を横切って、より安全そうな建物の脇へとむかった。途中ですばやくふり返り、愚か者が無事救出されたことを確かめる。ロディの運河は歩いて渡れるほど浅いものもあるが、十フィートや二十フィート、それ以上の深さで、不注意な者をのみこんで悲劇的な結末をもたらすものもある。だがいまのひと幕は、無事に喜劇のまま終わりそうだ。

キーオは少なくとも面白がっていた。琥珀《こはく》色の目がランタンの光を受けてきらめく。

「あんなこと、しょっちゅうあるの？」

「年がら年中です」ペンはむっつりと答えた。

そして、怒りをこらえながら上衣の埃をはたいた。夜になっても蒸し暑いままで、涼しくならない。この格好では暑すぎる。機嫌も悪くなろうというものだ。

「腹を立てるのも馬鹿らしいことです。ですがときどき、拒絶されたことで機嫌を損ねる——

ああ、その、求愛者がいて、困ることもあります。危険なことにもなりかねません」

「あなたにとって危険なの？」

「その男にとって危険なんです」

もしくはそのご婦人にとって。もっとも、女はふつう、腹を立てても暴力に訴えようとはしない。毒をふくんだ言葉になら耐えることができる。

「ああ、そうよね」こんどはキーオがつぶやく番だった。こっそり何かを考えているようだが、そのひとつが思わずこぼれた。「それで、あなたに求愛して成功した人っているの？」

「あんなタイプはごめんです」ペンはため息をついた。「そして、わたしが話をしたいと思うような物静かな読書好きは、わたしがほかの人たちといっしょにいたら、そっとそのままひっこんでしまいます。けっしてあのような行動に出ることはありません」

キーオはあたりを見まわすと、晴れやかな顔で背筋をのばし、彼を近くの屋台にひっぱっていった。

「これで解決するわよ。今夜はこれ以上時間をとられたくないんでしょ。ほら、自分でひとつ買いなさい」

その店には、安い簡素なものからとんでもなく高価なものまで、じつにさまざまな意匠の祝祭用仮面が誇らしげに飾られていた。これは聖者の命令だろうか。それとも、この娘はただ、彼が単なるエスコートではなく、もっと恋人らしく見えることを望んでいるのだろうか。

女店主の穏やかな視線に見守られながら、ペンは棚の中でもっとも飾り気のないリネンのマスクに手をのばした。キーオがその手首をつかみ、考えこみながら助言した。

「駄目よ。あなたにはこっちのほうが似合うと思う」

そして、いかめしい白ライオンの仮面を彼にわたした。力あふれるみごとな細工だが、値段もまたその芸術性にふさわしいものだ。

ペンはこの娘に、長期にわたる彼の魔の歴史や、その奥に埋もれる雌ライオンの話をしてはいない。これは偶然の一致だろうか。それとも何かの徴候だろうか。

いずれにしても、彼はキーオの言葉に従ってその仮面を購入した。

「いいわ」彼女はいかにも嬉しそうにうなずいた。「このほうがずっと堂々として見える。あごと口もとが似合ってないけど、でもこれで、よっぽどとんでもない求愛者じゃないかぎり、みんな思いとどまるわね」

その広場を去る前に、彼はまたキーオの求めに応じて、ほっそりとした手首に巻く摘みたての白い花の腕輪、煮こみ肉を包んだ薄いパンケーキ、そして、飴でくるんだ棒つき果実を買うことになった。少なくとも、棒つきキャンディは歩きながらでも食べることができる。

運河沿いに歩きながら、なおも知覚をひろげ、流れるように行きかう魂を調べつづけた。街路で、水路で、周囲の家屋の中で。あまりにも多くの魂。あふれかえるほどの魂。魔を帯びたものはない。さぐりながら、歩き、食べ、話していると、ひどく気が散ってしまう。運河からはできるだけ距離をとって、なおかつキーオと運河のあいだに自分の身体をおいておく。

「あなたはお金をもっているのですか」ペンはふと思いついてキーオにたずね返した。「つまり、いま手もとにということですが」

ペンとはぐれてしまったら、少なくともガルズ島にもどる舟代くらいはもっていなくては困る。もし船頭が納得して乗せてくれさえすれば、宗務館についたときに誰かが清算してくれるだろうけれども。

「もちろんもってないわよ」彼女は答えた。「あたしの生活費はみんな宗務館が出してくれてるんだもの。めったにないけど、旅行のときだって」

「神殿から報酬は出ないのですか」

「あたしに？」

「出ているはずです。イダウのブロイリン聖者も、確か報酬を受けておられました」

べつの国で、べつの神殿の管理下におけることではあったけれども。それでも、だ。

「ほんとうに?!」ぱっと視線をあげ、それからためらいがちに、「それって、いくらくらいなのかな」

「はっきりとはわかりません。あの方は引退していましたけれど、以前はパン職人で、それなりの財産をもっていたはずです。出張していただきたいときは、宗務館が旅費をもちました。もちろん報酬はべつです。金銭に執着しないのが、お歳のせいか職業柄なのかはわかりませんが、それでもそれなりの暮らしをしておいででした」

「聖者に〝報酬〟が出るなんて、考えたこともなかった」

「神官や魔術師と同じように、聖者も神殿のために働いているのですから」

〈そうねえ……厳密には同じじゃないわね〉デスがつぶやいた。

「魂は神のものかもしれませんが、肉体は肉体として報酬を得る権利があります」

「そんなこと、これまで誰も教えてくれなかった」

彼女はくちびるをとがらせた。もしかして、計算しているのだろうか。

〈デス、わたしたちは混沌をつくりだしてしまったのでしょうか〉

〈これは完全にあなたひとりでやったことですからね、ペン〉短い間をおいて、〈もちろん、わたしは全面的に賛成しますけれど〉

キーオの仮面が、新たな関心をこめて彼のほうにむけられた。

「あなたはその魔をもって長いの？」

「十九のときからです」

「すごい！　いまのあたしより、ひとつ上なだけじゃない」

「そうですね」自分はほんとうにそんなに若かったのだろうか。

〈ええ、そうですよ〉デスがため息をつく。

「十年前のことです。不思議ですね。もっと長いような気がします。わたしの人生の三分の一ですから」

そして、聖者としての四年は、短いキーオの人生のほぼ四分の一にあたる。ペンは興味をもって問い返した。

「孤児院でさびしくはありませんでしたか。神のお召しがあったあとのことですけれど」

彼女の口が当惑をこめて丸くなった。これまで一度も、そんな質問をされたことがないのかもしれない。

「前とは変わっちゃった。昔っからの友達は離れていったし。でもどっちにしたって、そのころにはみんな、それぞれ見習い仕事についてばらばらになるはずだったから。カルパだけはべつよ。かわいそうに、あの子はずっと五歳のままなの。ええそうよ、神官さまたちがよってたかって、山ほどの神学書をあたしに読まそうとしたわ。だけど、あたし、本は好きじゃない。子供たちに料理や裁縫を教えてるほうがずっと楽しいな」それから改めて、「こんなことを言ったからって、あなたは怒ったりしないわよね」

「ちっともかまいません。確かに学術書の中には、その、やたらと仰々しく書かれたものもありますから」

「そうなの。それに、間違ってるのよ」彼女は顔をしかめた。「少ししたら、あたし、どの著者がほんとに知ってる人で、どの著者が教わったことをくり返しているだけなのか、わかるようになったの。そう話したんだけど、神官さまたちはお気に召さなかったみたい」

「まあ、そうでしょうね」ペンは苦笑した。

「ウィールドにも、馬が盗まれてから厩の戸に鍵をかけるっていうような諺はある?」

「そのままの諺があります」

「そんな感じなの。神官さまたちも、神学書もみんな」

いかなる言葉でも語ることのできない想像を絶する巨大な存在と直接むかいあった、あの魂が揺すぶられる体験がよみがえる。ペンは思いなおした。若く世馴れない娘で、本が好きではなくとも、キーオはある深遠な次元において、けっして無知なわけではない。

「ルチア学師の死によってデズデモーナを得た話は何度となくくり返してきたので、いまでは決まりきった語り物のようになってしまっています。ですが、ブロイリン聖者との体験を説明しようとすると……」

つづく沈黙の中で、キーオが微笑した。

「そうよ。そのとおりなの」

つぎの角を曲がると、さらに狭い通りに出た。ここに運河はない。だがペンは、暗闇の中でつまずかないよう、彼女の腕を離さずにいた。牛馬の往来がないため、ロディの街路は内陸の町に比べ清潔だし、人の排泄物は大半が潮の満干で洗い流されてしまう。だが、残念ながらすべてではない。

「魔術師でいるって、さびしくない？」とつぜん彼女がたずねた。

「いいえ。わたしはけっしてひとりになることがありませんから」

他人の宮殿の狭苦しい部屋にこもって過ごしたこの十年をふり返って、考えてみる。

「ですが、人がわたしの徽章を地位のしるしと見ているのか、避けるべき疫病のもとと見ているのかは、わたしにもよくわかりません」

彼女が小さな笑い声をあげた。

「聖者をやってるけれど、あたし、あんまり魔術師と話したことはないの。あたしのところに素霊を届けにきて、仕事が終わったらさっさと帰ってしまうんだもの」

さっき通りすぎた町の絞首台を思い浮かべる。

「デズデモーナが以前、それは処刑を見るようなものだと言ったことがあります。魔にとって、ということですけれども。ですからさほど驚くことでもありませんね」

「あなたの魔はとってもおちついてるのね」

「こうした経験はこれまでもありましたから。わたしは一度、デスは二百年にわたって」

彼女はうなずいた。

「はじめのころ、教団のために素霊を処分するのって、神聖な仕事っていうより、神さまの台所のために鶏を絞めるようなものだって思ってたわ。ほんものの鶏は生き残ってるわけだけど。それから馬よ。馬と言ったら」

「存在しない仮説上の馬ではなく、実在する馬のことですね」

彼女はふいに、嬉しそうにあいているほうの手をふった。

「庶子神がはじめて受け取りを拒否した魔だったの。ほんとに立派な馬で、すごく大切にされてて、子供を乗せてパレードするよう訓練されてたの。とっても綺麗《きれい》で！　あんなに艶々した毛並み、見たことないわ。でも、庶子神に追い返されたの。神殿魔として訓練して、魔術師候補生に引き継がせなさいって。飼い主の家族は、ずっと馬といっしょにいられるとわかって、とっても喜んでた」

「教団としてはとても寛大な処置ですね。それに賢明です」

「あなたの魔だって知ってるはずよ。乗り手が死を迎えたら、毎回門の前に立って審判を受けるんだから。そして毎回、追い返されるの。ええと、十二回、だっけ?」

その話はしていないはずだが。

「ええ、そうです」

何度もその道をたどってきたいま、デスはその門が狭くなったように感じているのではないだろうか。

〈そうですね〉デスがつぶやく。

キーオはもの思わしげに話をつづけた。

「あたし、それまではいつも〝お仕事〟のたびに庶子神の悲しみを感じてたの。喜びを感じたことってなかった。でもそのときにやっと、自分がなんのためにここにいるか、わかったの。あのすてきな馬みたいなことがまた起こってくれないかって、ずっと期待してるの」

「教団も同じだと思いますよ」ペンは答えた。「ですが残念ながら、このマッドボーイの魔は、そうした例にはならないでしょう」

〈ええ、なりませんね〉デスがきっぱりと断言した。

ひろびろとした北西港に出ると、運河からそれとなく漂っていた下水臭が海特有の強い異臭に変わった。ここにはあまり照明がない。市場で松明《たいまつ》持ちからランタンをもらっておくべきだっただろうか。

「魔術師は夜目が利きますが、あなたも闇の中で見えるのですか」ふと思いついてたずねた。

彼女はかぶりをふった。

「あたしの目はほかの人とおんなじ。庶子神が降臨したもうたときだけ、すべてを見ることができるの。望んでも望まなくてもね」

「ああ」

いまはありがたいことに、診療所の正面入口で明るく輝くランプが道案内となってくれる。木のドアは半開きで、中から興奮した声が聞こえてきた。ペンはドアを押しあけ、夜間の急患に備えてランプや壁の燭台が明るく輝いている、ひろびろとした入口ホールにキーオをひきいれた。

夜の門番と口論しているのは、怪我をした船乗りでも、今夜のことだから酒を飲みすぎて気分が悪くなった貧しい船乗りでもない。驚いたことに、それはイセルネ学師だった。だが、午後に会った、いかにも有能な役人然としたイセルネではない。ドレスの上に黒い上衣をだらしなく羽織り、三つ編みにしてピンでとめた艶やかな髪はほつれているし、顔には動揺と疲労がまざまざと浮かんでいる。門番の前に立つ彼女は、いまにもとびかかろうとしている犬のように、緊張のあまり小刻みに全身をふるわせていた。

明かり持ちとして供をしてきたのだろう、ランタンをさげた若い男が、不安げに彼女のすぐそばに従っている。だがその身形《みなり》は召使ではなく、商人らしいおちついたものだ。灰色のジャケットは太股のなかばあたりの丈で、裾に襞《ひだ》がはいっている。ぴったりとしたズボン。銀の飾り鋲《びょう》を打った革ベルトと短剣。痩せて背が高く、髪と肌の色は典型的なアドリア人だ。その若者が、悩ましげに引き締めていたくちびるをひらいた。

「明日、出直してきたほうがいいんじゃないでしょうか」

イセルネは焼けつくような視線を投げつけて若者を黙らせ、門番にむきなおった。

「マスター・リナタスがいらっしゃらなくても、本人に会った人が誰かおられるでしょう。夜間担当者でも。誰でも」

ペンリックはライオンの仮面を首のうしろにまわした。キーオは仮面をつけたまま、彼の腕にしがみついて半歩さがっている。ふいに恥ずかしくなったわけではないと思うのだが、そこはどうだろう。ペンは安心させるように彼女にうなずきかけ、進みでてその場をさえぎった。

「こんばんは。わたしはペンリック学師。この午後、正気を失った漂流者を調べるため、マスター・リナタスのもとに派遣されてきた神殿能力者です。逃亡したあの若者です。あのあと発見されたか、もどってきたかと思って立ち寄ったのですが、どうでしょう。それとも、何か伝言がありますか」

イセルネがはっとしたようにふり返って彼を見つめた。

「ペンリック学師！　このあとあなたをさがそうと思っていたのです」

「どういうことでしょうか」

イセルネは何か言いたげに手を動かしているが、どこからはじめていいかわからないようだ。法律家でも言葉につまることがあるのか。

連れの若者が哀れむような視線を彼女にむけ、かわって答えた。

「ぼくはアウリエ・メリンといって、セドニアに荷を運ぶ春の輸送船団に雇われていたんです。イセルネ学師のご子息、リイ・リケロンも、お父上の指示で同じ船に乗っていました。この午後、ロディにもどってきたところなんですが」

そこでみずからを律するように息を吸い、

「リイはある夜、船から海に落ちたんです。ぼくはその知らせをご家族に伝えるよう言われて。一週間くらい前、最後にトリゴニエに寄港しようというときでした。無駄な希望を与えるのはかえって心ないことだと思うんですけれど……」つらそうにイセルネを示し、「お母上にとっては、ひどいショックでしょう」

「捜索はしたのですか」ペンはたずねた。

メリンは残念そうにかぶりをふった。

「最後に目撃されたのが夜で、いなくなっているとわかったのが朝ですから、そのあいだに五、六十マイルは進んでいます。捜索しても無駄でした」

「海が荒れたのでしょうか」

「いいえ、風はいくぶん強かったけれど、静かな夜でした。月がなかったので、甲板はひどく暗かったんです」

マッドボーイの外見がごく平均的であったことを考えると、行方不明になったメリンの同僚の肉体的特徴をたずねても意味はない。今日の午後、ペンは、おそらく若者の母親であろうイセルネの前で彼に関する基本的情報を簡単に説明したが、彼女はまったく気にかけるようすも不安も見せなかった。数時間後に届いたメリンの知らせが、息子は無事帰国の途についていると信じていた静かな心を粉々に打ち砕いたのだ。まったく異なる神に誓約を捧げているのだから、イセルネの家で庶子神祭が大々的に祝われることはないだろう。それでもたぶん、無事の帰宅を祝う晩餐か何かが楽しく計画されていたのではないだろうか。ペンはマッドボーイの容姿をほとんどおぼえていないが、魔に引き裂かれたあの魂なら、百歩離れたところからでも、石壁を通してだって感知できる。

夜の門番にむきなおってたずねた。

「マスター・リナタスはもう帰宅なさったのですね。そして、わたしへのメッセージは何もないということですね」

「はい、学師さま」門番はほっとしたように、逆上していない客の問いに答えた。

「あの漂流者の患者とじかに接した人が、ほかにもいるはずです」昨日、彼が混乱に陥れた病棟の患者でも証言はできるだろうが、動揺している親族の相手なら、診療所職員のほうがうまくやってのけるだろう。「看護人のグナーデはまだいますか」

「確認させます」

門番は立ちあがり、入口からつづくアーチのひとつにむかって声をかけた。少年信士が食べていたパンをあわててのみこみ、すぐさま階段を駆けあがっていった。

キーオは無言のまま、注意深く見守っている。ペンが感覚をひろげていることにも気づいているだろうか。べつのアーチを抜けて、閉ざされたドアをいくつも通りすぎて。治療室でいくつかの魂が動いている。医師と、苦しんでいる患者と、助手と、心配そうな同行者。誰も魔を帯びてはいない。ペンの仕事ではない。

足音が聞こえた。ひとつではない。視線をあげると、ありがたいことに、グナーデを連れた少年だった。

「ああ、昼間いらした魔術師ですね」グナーデはペンリックをおぼえていてくれた。「あなたがさんざん怖がらせたせいで、あのかわいそうな若者は逃げだしてしまったわけですけれど」

ペンは後半を無視した。イセルネもそうしてくれればいいのだけれど。

「ではあれ以後、彼についての情報ははいっていないのですね」

グナーデはうなずいた。

「注意してはいるのですが」

ペンはイセルネをふり返った。ほっそりとした手を不安そうに動かしながらも、口をはさみたい思いをかろうじてこらえている。

「学師殿、ご子息には何か特徴となるような傷痕とか刺青《いれずみ》がありますか」

「いいえ――出発したときは何もありませんでしたわ」それからメリンに目をむけて、「航海のあいだに何かそうしたことがあったかもしれませんが」

「ぼくの知るかぎりは何も」とメリン。

「衣類はどうなんですか」キーオがたずねた。

いままで彼女を一顧だにしていなかったメリンが、興味深げな視線をむけた。

マッドボーイは、そう、清潔だが擦り切れたシャツとズボンを身につけていた。おそらく診療所に寄付された古着だろう。

「漁師に連れてこられたときに着ていたものがあるはずですね」ペンはたずねた。

「海に攫《さら》われてしまって、たいしたものは残っていませんけれど」とグナーデ。「ごらんになりたければ、喜んでお見せします」

イセルネにむけたグナーデの視線に困惑がこもっている。ペンは説明した。

「こちらのイセルネ学師は、あの患者の母上かもしれないお方です。もちろんごらんになりたいでしょう」

マッドボーイが船から落ちたときに新しい服を着ていたら、それも意味はなくなるが。

グナーデは門番から鍵を受けとり、ランプをもって、左側のアーチにむかった。四人の訪問者がのろのろとそのあとに従う。キーオはふたたび最後尾にさがった。口をひらかないのは、じっと耳を傾けているからだろう。

廊下を進み、グナーデがドアの鍵をあけた。そこは狭い倉庫で、やすりがけの板を組んだ質素な棚がずらりとならび、衣類やさまざまな所持品がもとの持ち主ごとにまとめられている。グナーデは部屋の中央におかれた板テーブルにランプをのせ、棚を数えはじめた。

「確かこのあたりに……ああ、これです」

そして、海のにおいをとどめたわずかばかりの布と革製品をもってふり返り、テーブルにひろげた。イセルネの連れは気分が悪くなったかのようにあとずさったが、彼女はとびついてすばやく選りわけはじめた。くちびるを噛んで失意に顔をゆがめたまま、なんの特徴もない破れたズボン、質素な革のベルト、ずたずたになったシャツ、こわばって異臭のする片方だけの靴下をながめる。塩のこびりついた刺繍ハンカチを手にして、ふいに動きがとまった。かがみこむように、ランプの光の下で布地をひろげる。

「あの子のものです。リイのものですわ」

「確かですか、マダム」看護人がたずねた。

淡々とした口調は、疑惑ではなく、動揺した親族に対する経験豊かな看護人の気遣いを示している。

「わたくしがこの手で刺繍したのですから。では、あの子は生きているのですね！」

たとえマッドボーイが――いや、〝リイ〟だ、とペンは心の中で訂正した――目の前で死からよみがえったとしても、こみあげる歓喜の涙で彼女の両眼がこれ以上に輝くことはなかっただろう。くちびるがひらき、溺れかけながらようやく水面まで浮かびあがってきたかのように、息を吐く。

「海で亡くなってはいなかった。おお、まさしく奇跡です！　どの神に祈ればよいのでしょう」

これが奇跡なのだとしたら、ペンの神が得意とすることで有名な、とんでもない落とし穴がすぐそばで口をあけているかもしれない。ペンは咳払いをした。

「これでずいぶん事態が進展したことになります。でもまずは、彼を見つけなくてはなりません」

メリンがハンカチから視線をあげて、もの悲しげな声をあげた。

「まったく理解できないんですけれど！　ぼくのもってきた知らせで学師さまの頭がひっくり返ったみたいで、それで、ぼくとしてはこんな夜中に学師さまをひとりでこんなところまで行かせるわけにはいかなかったからお供したわけですけれど。だけど、この、魔とか狂人とかいった戯言《たわごと》はいったいなんなんですか」

「わたくしの頭はしっかりしています」イセルネがきっぱりと反論した。「ひっくり返ったのはわたくしの世界です」

庶子神は混沌と不運の神だ。そう、わかっている。

「海に落ちた若者を、魔に取り憑かれた海豚が見つけて、魔は彼に飛び移りました。今回の出来事におけるこの部分は、おそらく偶然ではないでしょう。そこはわたしの言葉どおりに受けとめてください。とつぜん精神に侵入されたリイにとって、この経験は頭がおかしくなったとしか思えなかったはずです。懸命に泳いで疲労していたことも、魔の憑依を容易にしたかもしれません。いずれにしても、魔が優位に立って――彼を支配したのです。説明すれば長くなります。神殿の魔は容器となる人間に利益をもたらしますが、この野生の魔は明らかに狂気にとらわれています。漁師に助けられたとき、リイは間違いなく、理性を完全に失っているように見えたでしょう」

「五柱の神々にかけて、なんておぞましい話だ」メリンが狼狽《ろうばい》の声をあげて聖印を結び、それからグナーデにむきなおった。「あいつは話ができたんですか」

「ええ。ですが、意味のあることは何も。自分の名前も言えませんでした」

メリンは恐ろしそうに息を吐いて、さらにたずねた。

「それって、治るんですか」

ペンはイセルネに目をむけた。彼の言葉にしがみつこうとしている。

「治ります」きっぱりと答え、〈なんとかやってみます〉という言葉をのみこんだ。「見つかりさえすれば」

そしてキーオを前に押しだした。彼女は羽根のついた仮面を押しあげて真面目な顔をあらわし、じっとイセルネを見つめながら腰をかがめた。大波のような母親の感情に、ペンほどふりまわされてはいないようだ。というか——奇妙な話ではあるけれども——むしろ、魅了されている？　つまるところ、彼女は孤児なのだから。

「ガルズ島の庶子神宗務館に所属するキーオ聖者です。いまは、その、わたしに協力していただいています。リイを見つけさえすれば、彼女が」——〝魔を食べる〟という言いまわしは説得力に欠けるのではないか。

〈でも嘘ではないでしょ〉デスがつぶやく。

「白の神の恩寵《おんちょう》により、魔を引き剝がしてくれます」ペンはよどみなくつづけた。「肉体的にも精神的にも大変な経験をしていますから、回復にはしばしの時間がかかるでしょう。ですが、ご自宅でゆっくり静養すれば、いずれすっかりよくなります」そして、励ますようにイセルネにむかって会釈を送った。

イセルネはじっとキーオを見つめた。驚きが、狂暴なほど強い希望に変わる。

「ほんとうに……？」

「はい、イセルネ学師」キーオが丁寧に、かつ真剣に答えた。

とっさの判断による行動か、もしかすると、これまでも混乱し動揺した――依頼人だろうか、嘆願者だろうか――相手に、それなりの経験を積んでいるのかもしれない。細かい問題は、エスコートしている護衛役が処理してくれるのだろうけれども。

「息子さんを助けるため、あたしにできる全力を尽くします」

「神々に感謝します」

〈正確にいえば、白の神に感謝を、ですけれど〉

だがそれも、すぐというわけにはいかない。

「彼の捜索、ぼくも手伝いますよ」メリンが申し訳なさそうに顔をゆがめながら、申しでてくれた。「一週間前に、海でちゃんと捜索するべきだと主張しなかった償いに」

「わたくしもお手伝いいたします」イセルネが決然とあごをもちあげて言った。

ぞろぞろ行列をつくるのはいやだ。松明持ちもいらない。ペンはのらりくらりと答えた。

「イセルネ学師はご自宅にもどったほうがいいと思います。もしかすると、ご子息が家への道を思いだすかもしれません」

彼女はくいと首をそらして顔を輝かせた。

「思いだすかもしれないとおっしゃるのですか」

「その可能性はあります。ですが、その……」心が痛むけれど、警告しておかなくてはならない。「優位に立った魔がご子息のふりをすることもあります。もしご子息が帰宅したら、警戒されるような行動は慎んで、即刻わたしに使いをよこしてください」

いかにも気に入らない話だが、それでもイセルネはしっかり理解したようだった。

「ご自宅まではこのメリンに送ってもらえばいいでしょう。ところで、お宅はどちらですか」

「遠くはありません。ウィールドマン運河――ここと国立造船所のあいだの港につながる運河ですけれど、それ沿いにあります」

大商人の大邸宅がならぶ町の中央運河ほど立派ではないが、そこにいたる途上の、ときとしてはそこからおりてきた、勤勉に働く者たちが住まうそれなりの邸がある区画だ。

「ぼくはあなたといっしょに行きたいんですけれど」メリンが不満そうにペンに訴えた。

「だったら、みんなでイセルネ学師をおうちまで送りましょうよ」キーオが言いだした。「そうしたら、少なくともおうちがどこにあるか、わかるでしょ」

納得のいく妥協案に全員が賛成した。診療所で何か新たな進展があったら、どのような時間であっても必ず大神官庁にメッセージを送るよう、門番に念入りな指示を与えて、ペンはふくれあがった一行を率いて夜の中にもどった。

イセルネの邸は運河に面していた。邸そのものを目にしながらぐるりとまわって橋をわたり、さらに狭い街路を抜けて、正面だろうか裏口だろうか――ペンにはどちらともわからなかった

——水に接していない入口にたどりつく。イセルネについて階段をあがり、二階の玄関にむかう。地上階というか運河階は、商人である夫のための倉庫になっていて、一家はそれより上の階で暮らしているのだ。イセルネは大きな鉄の鍵をとりだしたが、それを使うまでもなく、軽くひいただけで扉があいた。彼女はみずからの不注意さに顔をしかめた。

「とびだしたときに、鍵をかけるのを忘れていたようです」

イセルネはそのとき、悲嘆とそれ以上に激しい狂気じみた希望の双方に突き動かされ、マッドボーイと同じくらい正気を失っていたのだろう。

中にはいると、壁の燭台《しょくだい》でぼんやりと明るい玄関ホールだった。驚いた顔の女中が、いちだんと鮮やかな光を放つランタンを手にしている。女中の背後に、ひどく狼狽したふたりの若い娘がかたまっていた。

「お母さま」年上のほう、というか、少なくとも背の高いほうがかすれた声をあげた。「わたしたち、お母さまがどこへ、どうして行ってしまわれたのかわからなくて……」

キーオと同じくらいの年頃だろう。上等のドレスを着て、首に白いリボンを結び、仮面を手にしているところを見ると、母をさがしにではなく、べつの目的で外出しようとしていたことは明らかだ。イセルネもすぐさまそれを見抜いた。

「わたくしが家を出てまだ一時間ですよ。なのにもうそのありさまですか」

真の怒りできしむ鋭い声に、三人がすくみあがった。娘たちは明らかに、兄についての知らせを——生死のどちらについても——耳にしていない。イセルネは何も告げず、不幸な使者メリンを連れてとびだしたのだろう。

「わたしたち、ストーク島宗務館のパーティに行こうとしていただけよ」若いほうの娘が抗議した。「ビッカを連れていくし、ずっといっしょにいるから！　白の神の神官さまたちがいらして、祝福してくださるわ！　危ないことなんて何もないから！」

「危ないのですよ」イセルネが食いしばった歯の隙間から絞りだした。「とりわけいまは危険です。今夜はもう、これ以上のごたごたはごめんです……」そして乱れた髪に手をやり、深いため息をついた。

年長の娘が顔をあげ、自宅の玄関ホールに白の神の神官が立っているのに気づいた。ほんの一瞬ペンに見惚れ、そのままキーオへ、そしてメリンへと視線を移す。

「セル・メリン、おもどりになったのね！」さらに熱意をこめて、「リイもいっしょ？　まだお父さまの荷物と格闘しているの？　それとも、もうすぐもどるのかしら」

メリンはあとずさった。困り果てた身ぶりとともに、答えられない問いをそのままイセルネにひきわたし、姉妹にむけて苦しげな微笑を送る。

「ロニエル、レピア。お聞きなさい」

イセルネの声が張りつめ深刻さを帯びていることに気づいたのだろう、ふたりは祝祭の興奮を静め、不安を浮かべた。

「リイは……」イセルネはどう説明したものかとためらい、無難な言葉を選んだ。「ひどく具合が悪いのです」

姉娘——ロニエルだったか？——が息をのんだ。

「それで、どこにいるの？　誰かが連れて帰ってくれるの？」

彼女の顔からは喜色がすべて消え失せている。〝ひどく具合が悪い〟が〝死んだ〟の婉曲表現ではないかと疑っている。

メリンが女主人の顔に視線を走らせ、ペンよりもさきに口をひらいた。

「頭をひどく打ったんです。その、荷卸しをはじめたときに、起重機で。それで、おかしくなってしまって。幻覚に襲われたんでしょう、ものすごく怖がって、ぼくたちのことがわからなくなって。町の中に逃げこんでしまったんです。それで、ぼくたちはいま、リイをさがしているんです」

〈まあ、よく口がまわること〉とデス。

〈商人ですからね。なんでもとっさに答えられなくてはならないのでしょう〉

だが彼の言葉は、超常的な現象を省略しながらも状況の本質的な部分をほぼ網羅《もうら》していて、何も知らない者には耳当たりのよい説明になっている。

〈そうですね。だけど、その選択は母親がするべきでした〉とデス。

〈彼はイセルネ学師がはじめた言い訳をさらに展開しただけです〉

そのイセルネは、頼んでもいない助けを受けて、不満そうに手をひらいたり閉じたりしている。

「わたくしは、何か報告が届くか、もしかしたらリイ本人がもどってきたときのために、うちにいなくてはなりません。あなたがたふたりは寝室にもどっておとなしくしていなさい」

そして女中のビッカに渋面をむけた。きっと彼女には、あとでまたべつの処分がくだされるのだろう。

兄の危機と母の動揺が胸に刺さったのか、姉妹は肩を落とし、反論をこらえて口を閉じた。

「ぼくはリイをさがしにいきます」姉妹に話しているようでありながら、いくぶんこわばったメリンの微笑はもっぱらロニエルひとりにむけられている。「神殿からも、ここにおられるペンリック学師という助けをお借りすることができましたし」とペンを示す。

不可思議な来客の意味を知って、ロニエルが〝おお〟とひらいた口に手をあてた。そして、ペンとキーオにむかって謝罪した。

「わたしたちの家のことで聖夜をだいなしにしてしまって、申し訳ないと思います。学師さま、そして——」

彼女はキーオをどう判断すればいいか迷ったあげく、祝祭を楽しもうと町に出ていたカップルと結論したようだった。そのうえで、彼女の愛情に料金が発生しているかどうかで悩んでいる。結局、無難なところで妥協した。

「お嬢さん《ミス》も。どうぞ、セル・メリンにできるだけのご助力をお願いします」

わざわざ時間をかけて、主導権が誰にあるかという誤解を解く必要はない。聖者もただ、仮面の下で微笑しているだけだ。彼女が親しみをこめた会釈を送ると、姉妹からわずかな当惑が返った。

「だけど、そんな怪我をしてどこに行けるかしら」レピアが言いだした。

「遠くまでは行けないと思います」メリンが答える。「運がよければ、朝、目覚めるころまでには何か知らせがあるでしょう」

怪我をした兄がどこかに隠れていると想像し、彼女の顔がくしゃりとゆがんだ。できればこの姉妹から、兄について聞きたいとも思う。母親以上のことを知っているわけではなくとも、母親とはべつの視点で兄を見ていたにちがいないのだから。そして、リイの同僚であり、明らかに家族ぐるみのつきあいのあるメリンもまた、異なる情報をもっているはずだ。

だがイセルネは、おそらく長くこらえてきた辛抱《しんぼう》の限界に達したのだろう、女中の怪しげな監督のもと、きっぱりと姉妹を上の階に追いやった。キーオは階段をあがるふたりを、好奇と羨望のこもる視線で見送った。母親が娘を叱るのは愛情ゆえの行為だ。聖者ともあろうものが……嫉妬にとらわれたりはしないだろうけれども。

娘たちの足音が消えると、イセルネは玄関ホールにむきなおり、こわばりを解こうとするように両手で顔をこすった。そしてペンリックに訴えた。

「二時間前、わたくしはひとり息子の死を夫に伝える手紙をどう書けばいいか考えようとして、頭がおかしくなりそうでした。いまは……このことをどう書けばいいか、見当もつけられずにいます」

「セル・リケロンはどちらにいらっしゃるのですか」ペンはたずねた。

「木材の取引で山岳地帯のほうに行っております。わたくしどもはここロディで、楽器や家具の職人が必要とする特別な品を供給しているのです。毎年のことで、いつもなら夏遅くになってから出向くのですが、今年はリイがひとりでセドニア行きの春の輸送船団に乗りこむことになりましたので」彼女はそこで苦しそうに言葉をとめた。「手紙を書くのは明日でもかまわないでしょう」ペンは言った。「そのころまでには、つぎの知らせがはいっています。きっと、よい知らせです」

そんな約束をして大丈夫だろうか。

「ええ、そうですね」

イセルネはしゃっきりと身体をのばして息をつき、ホールの片隅に積まれた品に視線を落とした。いくつかの箱。装飾入りの革鞘にはいった短剣、それと何枚かの衣類だ。

「待っているあいだに、あれを調べて片づけてしまいましょう。どうせ眠れそうにありませんから」

「船室に残っていたリイの荷物はあれでぜんぶです」メリンが言った。「荷車ひとつで運べました。セル・リケロンの荷は、受け取り手がいないので、まだ船に積んだままです。人足がみんな祝祭で出はらってしまいましたから、しばらくそのままにしておくほかありません。もしよろしければ、明後日にでもぼくがその仕事をお引き受けします」

彼女は顔をしかめて手をふり、その申し出を退けた。

「リポルの代理人に行かせますから、大丈夫です」

〈リポル？〉きっと、商人である夫の名前だろう。

〈彼女、このメリンって男が気に入らないみたいね〉デスが言った。

〈悪い知らせをもってきたからでしょうか〉

〈さあ、どうかしら……〉

イセルネはためらいがちに爪先で箱の山をつついている。もし持ち主が死んでいたらどれほどこの荷解きが苦しいかと、考えているのかもしれない。ペンは改めて、それが現実にならないよう努力することを心に誓った。

「ぼくにわかるかぎりでは」メリンが言った。「今回の航海に関する書類と信用状は、みんなそこにはいっています。残念ですけれど、財布と胴巻は、海に落ちたとき身につけていたみたいです。荷物の中にはありませんでした。胴巻の重みで深く沈んだのかもしれませんね――今回の航海はずいぶん実入りがよかったようだから」

どちらの品も、診療所倉庫の湿った衣類の中には見当たらなかった。きっとリイを海からひきあげて診療所まで運んだ癖の悪い幾本もの手が、駄賃をとっていったのだろう。

「あの子が財布をなくすまいとして溺れたりせず、さっさと手放す分別をもっていてくれたことを神々に感謝します！」イセルネが熱く語った。「それは愚かな勇者がやることです」

メリンがゆがんだ笑みを浮かべた。

「ぼくがそんなことをしたんだったら、雇い主にこっぴどく叱られてしまいますね」

「あらまあ」母の軽侮の声には、こん棒で殴るほどの重みがこめられている。「お金も代理人もなくしてしまうなら、その雇い主のほうがもっと愚かですよ」

イセルネとしてはペンリックと同じく、一刻もはやく捜索をはじめたいはずだ。別れの挨拶は短かった。

「キーオ聖者」イセルネがぎこちなく腰をかがめた。ひざまずくまでもなく、嘆願の気持ちはこれ以上ないほど明らかだ。「今宵、わが家とわたくしの心が抱く希望のすべてを、あなたの神の手にゆだねます」

「その希望は、間違いなく受けとめられることと思います」

キーオは厳かなしぐさで仮面をはずして正式な祝福を与え、さらに親指の裏でくちびるをはじいた。この娘が教団によって教えこまれたしぐさを見せるのは、これがはじめてのことだ。ペンの見るかぎり、これまでのキーオは若い素霊と同じくらい自然だったのだ。

階段をおりて通りにもどるころ、キーオの顔からはさっきまでの陽気さがすっかり消え失せていた。そんな彼女がまた仮面をつけて紐を結ぶ。メリンがランタンをもちあげ、あごで左右を示してたずねた。

「それで、どっちに行けばいいのかな」

「あなたに何か考えがあるのではと期待していたのですが」ペンはうなるように答えた。「この野生の魔は、たとえ優位に立っていても、ロディについては何も知りません。土地勘はすべてリイから得ます。〝正気のリイならどこに行くか〟とたずねても、おそらく無意味でしょう。ですが、彼のような、もしくはあなたのような人は、生命の危険を感じたとき、どこに隠れようとするでしょうか」

メリンが息を吐いた。

「なんて質問だ」そしてランタンを脇におろしてじっくりと考えこんだ。「ロディでは千もの路地が入り組んでいて、そのすべての角や隅が隠れ場所になるし、屋内だってきりがない。夜のこんな時間に人のいない場所といったら、店、作業場、倉庫、役所――はないな。中心部の島の周囲には桟橋や波止場があって、さらにたくさんの島とつながっている。どう考えてもこんな狩りは無理だよ」

「まったく不可能というわけではありません。わたしは百歩の距離までくれば、どのような壁や路地や運河があいだに立ちふさがっていようと、魔を感知することができます」

目まぐるしいほどにうごめき、休まることのないこの町の人々の魂。そのどこかに、一本の鋭い棘《とげ》がとびだしている。

「だけど……」メリンが言いかけて首をふった。「いや、気にしないでいい。ただ、リイを見つけたとして、あんたたちが何をするつもりなのか、よくわからないんだ」

ペンリックは肩をすくめた。

「怪我をさせないように、それでも全力で押さえつけます。そのあいだにキーオ聖者が神を召喚し、処置がおこなわれます。すぐに終わります」〈そうあってほしいものです〉

「そのあと、リイはもとにもどるのか?」

「ええ、おそらく疲れきっているでしょうけれど」

そして、間違いなく感謝してくれる。〝狂気ではない若者《アンマッドボーイ》〟となってこの追跡劇を終えるほうがいいに決まっている。

「あとは彼を家に送り届け、イセルネ学師にまかせるだけです」

「なるほど。わかったように思う」メリンは顔をしかめた。「つまり、リイは海での試練でひどく傷ついているということだな。それに、診療所を逃げだしてから、どんな目にあっているかわからない。もし聖者に解放される前に死んでしまったら、どうなるんだ」

「これまで以上に厄介なことになります。彼の〝死〟がご家族にもたらすだろう衝撃のことだけではありません。彼が死を迎えた瞬間、魔はもっとも近くにいる人間に飛び移ります。つまり、もう一度最初から捜索しなおさなくてはならないのです。しかもその場合、情報はいまよりずっと少ないでしょう」

「だけど、ペンリック学師やキーオ聖者は大丈夫なのか」彼は改めてキーオにむかって軽く一礼した。どこか厚かましい雰囲気がある。「そのためには、ふたりもあいつに近づかなくてはならないんだろう?」

「わたしたちはすでにふさがっているので、魔の入りこむ余地がありません。魔術師も、聖者も、ウィールドの巫師《ふし》も大丈夫です――ロディでウィールドの巫師に会うことはないと思いますけれど」ウィールドの商人はいるが。「そうでない人はみな、近くにいては危険です」

たとえばメリンも。はっきりいえば、この若者はひどく邪魔だ。

「それは……怖い話だな。魔をほしがっているやつにとってはべつなんだろうけれど」

彼の視線がさまよい、好奇心をこめてペンの肩の徽章をとらえた。

「この魔をほしがる者はいません」ペンは断言した。「神殿も間違いなく拒否します。表面にリイの記憶がとどまっているにしても、飼い馴らすことができないほどの狂気にとらわれているため、なんの役にも立ちません」

　考えこんでいたメリンが、ふいにぎょっと驚愕をあらわした。

「待ってくれよ。つまり、その魔はリイを記憶してるってことなのか」

「魔が飛び移ったら、その新しい宿主はリイの記憶をもつことになります。神学的に正確な比喩ではありませんが、以前の所有者全員の幽霊に取り憑かれるのだと考えればいいかもしれません」さらに、「そして、その幽霊が話しかけてくるのです」

〈そんな、いかにもひどい話だぞみたいな言い方をしなくてもいいでしょ〉デスが鼻を鳴らした。〈あなたはわたしたちといることを楽しんでいるじゃありませんか〉

〈あなたがた十人だって、慣れるのは大変だったでしょう〉

「その幽霊は自分の死を記憶しているのか」

「はっきりと」

　メリンの肩が引き攣《つ》った。

「ぞっとする」

「いずれ慣れます」

　メリンが太い眉を寄せた。

「魔はいつまでも存在することはできないんだよな、どうしてなんだ」

「聖者がいます。事故が起こることもありますし、しだいに衰弱していくこともあります。幸いにも、ということですね。さもなければ、みな首まで魔に浸かって身動きがとれなくなってしまうでしょう」〈わたしの首だけではなく〉「それはそれとして、教団による注意深い管理を受けて非常に長く存在しつづける魔もあります。わたしの魔デズデモーナは、二百年以上存在しつづけています」

メリンが、感銘を受けたともぎょっとしたともつかない表情を浮かべた。

「どっちに行くの？　右？　左？　選んでちょうだい」キーオが促し、くちびるをすぼめて背後の階段の上へと視線をむけた。「ほら、いたずらに長引かせちゃ気の毒よ」

〈そうですよ〉デスも同意する。

そういえば、彼女の歴代の乗り手のうち、六人が母親だった。子を失った者もいるのだろうか。

〈二百年ですからね。ある意味、わたしたちは子供たち全員よりずっと長生きしているのですよ〉

〈ああ、そういうふうに考えたことはありませんでした〉

〈いまだって、そんな話はしたくありませんね〉

〈わかりました〉

「あちらからはなんの指示もありませんか」ペンは聖者にたずねた。

「いまのとこは」

いるのだろう。

〈もちろんないでしょうねえ〉

これまでどの地域を捜索したか、考えようとした。もうごちゃごちゃで、わからなくなっている。マッドボーイだとてじっとしているわけではないのだから、たぶんそれでもかまわないのだろう。

「左だ」メリンが指さした。

ペンは肩をすくめて左をむき、先頭に立って、ごったがえした人混みの中心へと足を進めた。ロディのすべてがいつもと異なる顔を見せている。うまくすれば中心を見つけて、そこから螺《ら》旋《せん》状に捜索をひろげていけるかもしれない。

走査しながら、歩きながら、話をすると、自分の足につまずいてしまう危険がある。それでもペンはメリンにたずねた。

「あなたとリイは船で同室だったのですね。リイやその家族とは、以前から知り合いだったのですか」

「親しくなったのは船でいっしょになってからだよ。ぼくは今回、いまの雇い主の代理人として航海してたんだけれど、それ以前はリイの父上の従弟のところで働いていたんだ。だから、以前から知り合いかと言われたらそのとおりだ」長いため息。

〈彼は何を思い悩んでいるのでしょう〉

〈あら、わからないの？　イセルネの玄関ホールであからさまだったじゃありませんか〉

〈わたしはあそこで、ほんとうにいろいろなものを追いかけていましたから〉

「では、あなたとリイは、パートナーというよりはライヴァルだったのですか」

「うん、まあ、友達のようなライヴァルかな。いつか未来の航海ではパートナーになれるかもしれない。ぼくはずっと、セル・リケロンのもとで働きたいと希望していたんだ。とても評判のいい人だからね。でもさきに今回のチャンスがきたんだ」

「いまの雇い主のところにも、綺麗なお嬢さんがいらっしゃるの？」キーオが面白そうにたずねた。

メリンは鼻を鳴らしたが、べつに腹を立てているわけではなさそうだ。

「いや、残念ながらね。残念なのはそれだけじゃなくて、たくましい息子が四人もいる。だからどんなに必死で働いたって、雇われ代理人が出世できる可能性はまったくないんだ」

もちろん結婚によって一族にはいりこめる可能性もだ。もっとも、庶子神の親指のもとにかわされる長期的な関係でも、経済的には同様の利益が得られる。仕事におけるパートナーが、べつの意味でもパートナーになるというわけだ。だがペンの見たところ、メリンの目は女性以外にむけられてはいない。ありがたいことだ。好みを言わせてもらえるなら、ペンとしてはふっくらとしたご婦人がいい。残念ながら、どれほど魅力的でもキーオは対象外となる。〝いつなんどき魔を食らう神とつながるかわからない娘〟なんて、恐ろしすぎるではないか。

〈お礼を言っておきましょうね〉デスがつぶやいた。〈あなたがそっち方面にのぼせあがっていたら、とんでもないことになっていたでしょうからね〉

ペンのくちびるがゆがんだ。

「あなたはセラ・ロニエルが好きなんでしょ」キーオがメリンにむかって指摘した。

ばつが悪くて赤面したのか、手にしたランタンの光の中でメリンの頬が色を増す。彼はこくこくとうなずいて答えた。

「誰だって好きになるだろ。立派な家の令嬢で、年頃で――でも両親のガードがものすごく固くって、貧乏人にはとても求愛なんかできないんだ。リイはいい友達だったけど――いまも、これからもそうであってほしいと思っているけれど、でもこの点に関してだけは、あいつも学師たる母上と同じくらい頑固だったな」

ああ、イセルネの嫌悪がそのまま影響しているのだろう。裕福な家の娘と貧しい求婚者。よくある話だ。

メリンがあごをこわばらせた。

「ぼくがそれなりの資産家になれたら、そんな問題もみんな解決するんだ」

「あなたのご家族は貿易商ではないのですか」ペンはたずねた。

「うん、ぼくはアドリア奥地の農村で生まれたんだ。よくある話だよ。子供が多すぎるから、長子以外はみんな、野良猫みたいに自分の運命をさがしにいかなきゃならない」

ペン自身も七人兄弟の末っ子だ。同情せずにはいられない。だがペンの場合は、運命のほうが彼を見つけてくれた。〝庶子神の左手が〟といってもいいかもしれない。

〈ふふん〉とデス。〈たとえしみったれた領守におさまったって、あの狭っ苦しい山あいの城じゃ幸せになんかなれっこなかったでしょうね〉

〈領守なんかになっていたら、末っ子よりもっと不幸だったでしょう。わたしはうんざりするような仕事をみんな長兄に押しつけることができて、大喜びだったんです〉

そしてその長兄は、そうした仕事を手に入れることができて大喜びだった。つまりはそれで四方丸くおさまるというわけだ。

「だけどご家族は」キーオがメリンに言った。「少なくともあなたを仔猫みたいに袋につめて溺れさせたりはしなかったんでしょ」

〈捨てることもなかった〉

望まれない私生児でも、白の神の戸口に届けられた者はまだしも幸運だ。ロディの運河は多くの秘密をのみこみ、そのまま押し流してしまう。

メリンが苦々しさをひらめかせた。

「ああ、ぼくをロディに送りだしただけだよ。自分たちにかわって、この町がぼくを滅ぼしてくれるようにってね」

ペンリックははじめから、彼のことを、不幸な魂を抱えた若者だと見抜いていた。話を聞いていると、メリンの不幸は、ペンが抱えこむことになった彼の同室者にふりかかった災難よりも根が深い。とはいえ、いま彼の魂にかかずらっているわけにはいかない。いたるところに存在する、あまりにも多くの魂。どれも目的のものではない。それでも。三人は――デスもいれれば四人は――しばらくのあいだ黙りこくったまま、迷路のような道を進んだ。足が痛くなってきた。

信仰の篤《あつ》さに関係なく、明日も仕事のある人々がひきあげていくにつれて、裏通りは静かになっていった。だがロディの娼婦は休日をとったりしない。いまも暗い片隅にしけこんで熱心に商売にいそしんでいる。ペンはキーオをそうした隅から遠ざけようとしたが、彼女自身は驚いても怖がってもいなかった。

「もちろん平気よ」心配そうな彼の問いに、キーオが小声で答えた。「あの男の子たちは自分のレディに夢中で、あたしたちにとびかかる気なんてまったくないでしょ。あなたが気をつけなきゃならないのは、あぶれてる連中だわ」

〈賢い娘ね〉デスが同意した。

みだりがわしい物音が薄れていく物陰をふり返りながら、キーオが言った。

「かわいそうに、ああいう街娼はあんまりこの町に大切にされてないのよね。娼館やあいまい宿に囲われてる娼婦ほど、税金を搾りとることができないから。ロディじゃ、レディたちの支払う賦課金《ふか》で毎年ガレー船がつくられてるんだって。ねえ、そんな船だったら、有名な高級娼婦《クルティザン》の名前をつければいいのにって思わない？　だけど結局は、つまんないおじいさんの名前になっちゃうのよ」

〈ロディのミラ〉号と名づけられた堂々たる戦艦が波を蹴立てていくさまを思い浮かべ、ペンは驚きのあまり笑い声をあげた。

〈どんな敵でも圧倒してのけるでしょうね〉デスはいかにも得意そうだ。

改めて心をおちつかせ、キーオの洞察力について考えた。庶子神孤児院の住人は、ロディという色彩豊かなタペストリの裏側についても、おおまかな知識をもっているようだ。キーオは必要とあれば、いかにも温室育ちの娘のようにふるまうこともできる。だが実際にはそんな娘ではない。ひそかに隠しもっている、あの無限の空間につづく秘密の扉をべつとしても。

路地の入口で足をとめた。路地のむこうには、油の切れることのないランタンと、船着場脇の柱にとりつけられた鉄籠の中で踊る篝火《かがりび》に照らされた、明るい市場がひろがっている。暗い水がオレンジがかった黄色い筋をうねうねと反射している。

ここではパーティが最終段階に突入していた。家族連れは姿を消し、若者やそれより年配の独り者たちが酒を飲み、酔っぱらい、あるいは泥酔して、運河に嘔吐《おうと》したり放尿したり、声高に罵《のの》りあったあげくに殴りあいをはじめたりしている。居残っている女たちの中には、連れと同じくらい酔っぱらっている者もある。だがその多くは、せっせと商売にいそしんだり、ただひたすら色気をふりまいたりしている。

ペンは群衆を避けて市場の隅をまわっていこうとしたが、そのときキーオがかすかな匂いを嗅ぎつけてあごをもちあげた。

「ああ、まだ串焼きがある。買いましょうよ。あれなら立ちどまらなくたって、歩きながら食べられるもの」

ワインの屋台をべつとして、残っている店はもう少ない。だがそんな一軒で、店主が炭をいれた鉄鍋を三脚台にのせ、網の上でジュージュー音をたてながら串焼きを裏返していた。じめじめとした深夜の空気の中で、ただひとつ食欲を誘う匂いが、煙となって渦を巻いている。とつぜん唾がわいてきた。そういえば、もう何時間も何ひとつ口にしていない。マッドボーイに追いつくつもりなら――追いついたときのためにも、体力をたくわえておかなくてはならない。〝聖者に食事を与える〟こともちろん、今夜の神殿の仕事にふくまれるはずだ。

キーオに手をふって了解の意思を伝え、人混みを縫って心をそそる三脚台へとむかい、行列にならんだ。

〈巾着切りに気をつけなさい〉デスがつぶやいた。

この広場に魔はいない。ペンは安心してデスの拡張知覚をゆるめていたのだが、改めていま少しだけひろげた。首のうしろがうずく。鋭い短剣で紐を切り、酔っぱらったふりをしながらぶつかって、財布を盗んでいこうというのだろう。だが驚いたことに、その手は肩の徽章へと近づいていった。蝶がとまったほどの重さもない。

ペンは驚きのあまり、男が徽章をはずすという微妙な仕事に成功するかどうか、数秒待ってみようかと思ってしまった。男はとうぜん、その答えを〝イエス〟と信じているだろう。

〈残念ながら、ノーです〉

手をのばして掏摸《すり》の手首をとらえ、なめらかな一動作で男を前にひきだした。医師魔術師の正確さで脇の下の神経をひねる。神経が切れるほどではないが、腕全体が痺れて動かなくなる強さだ。

「度胸だめしですか、それとも死にたいのですか」男の耳もとでささやく。

「度胸だめしでした！」男が悲鳴をあげた。「すみません、すみません、学師さま！　悪ふざけのつもりだったんです！　庶子神の日に免じて、お許しを！」

もちろん、悪ふざけなどであるはずがない。この男はそれを生業《なりわい》としているのだ――素人にしてはあまりにも手際がよすぎる。視野の隅に、おそらく仲間なのだろう、にやにや笑いながら成り行きを見守っていた二人組が、とつぜんの逆転劇にあわてて物陰にひっこむのが見えた。この状況にいたるまでの会話が見えるようだ――「よし、賭けようや。あの痩せっぽちの魔術師の肩から徽章をとってきてみせるぜ！」――ペンがごくふつうの神殿神官だったら、成功していたかもしれない。

恐怖と卑屈さのまじった不快な笑みだ。ペンは深呼吸して心をおちつけ、ささやくような小声で説教をつづけた。

「あなたの手は丸一日、使い物にならないでしょう。治安官につきだしたら、切り落とされてしまうところです。これを神に与えられたよい機会として、祈りを捧げ、安易だった職業の選択についてとっくりと考えなさい。五度の失敗でも手を失ったりしない仕事が望ましいでしょう。あなたには技術があります。それをよりよい目的のために使いなさい」

ペンは〝もと加害者転じて被害者〟を解放した。男はぺこぺこ頭をさげ、謝罪の言葉をつぶやきながらあとずさり、くるりと背をむけて走り去った。

ペンはため息をついた。

〈デス、わたしの説教は効果があったでしょうか〉

〈まず無理でしょうねえ。でもまあ、感動的な試みではありましたよ。どちらの面においてもね〉魔は魔らしく面白がっている。

もしかしたら、〝酒をやめなさい、盗みをやめなさい！〟と忠告したほうが的確だっただろうか。徽章なら衣裳櫃にあとふた組、予備がないわけではないのだが。

上衣とシャツの下をさぐり、ありがたいことにまだちゃんとそこにあった財布をひっぱりだして、串焼き肉三本の代金をはらった。ガーリックの匂い。あとはよくわからない。今夜はこんがりと焦げ色がついている。ワインの屋台で足をとめて、肉を流しこむために香りのよい赤い飲み物を買っていこうか。さらに時間をとられることになるが、じつに誘惑的な考えだ。狐色の串焼きを手にもったまま、キーオとメリンはどこだろうとあたりを見まわした。

ふたりの姿はなかった。

ペンは〝当惑〟した。だが〝不安〟になる必要はないと、自分自身と激しくなった動悸に言い聞かせながら、ざっと広場を見わたした。キーオの華やかなストライプのドレスは、揺らめく影の中でも目立つはずだ。成果なし。デスの魔の知覚を最大限までひろげた。いまなら、通りのむこう端からでも友人に気づくように、かなりの距離があっても魂を見わけることができる。いない。

ふり返ってもう一度広場をチェックした。とうぜんながら、掏摸とその仲間はすでに姿を消している。ペンが串焼きを買っているわずかなあいだに、彼にもデスにも気づかれず、無理やりキーオとメリンを連れ去るような真似が、あの連中にできるとは思えない。それに、理由もない。

〈そうですね〉デスが同意する。

だが魔の声にも不安がまじっているということは……

このあたりの運河には脇の歩道がなく、両側とも建物に直接波が打ち寄せている。運河から市場にはいろうと思えば、船着場に舟をつけるしかない。いままでは水上の往来も少なく、たくましい船頭が何人か、酔っぱらった客をつぎつぎと家に送り届けているだけだ。

陸上の出入口は三カ所。いま三人がやってきた路地。あとのふたつはどこに通じているのかわからない——道というものは、ある方向にむかっているからといって、ずっとそのままつづくわけではないのだから。

ペンは丸石を敷きつめたひろいほうの道を選び、無駄にならないよう串焼き肉をかじりながら、早足で進んだ。腹は減っているのに、新たな不安を抱えた胃に肉が重くこたえる。百歩ほど進むと道が狭まり、隙間なく邸宅に囲まれた行き止まりとなった。ロディの鼠《ねずみ》ならその隙間を抜けていけるだろうが、パーティドレスを着た娘と、誰であれその連れには無理な話だ。彼女にはメリンがついている。ペンはそう言って、自分自身と、脈拍と、胃をなだめた。キーオはまったくの無防備というわけではない。

〈聖者を見失ってしまいました！〉

リエスタ学師に報告する自分の姿を思い浮かべる。おちつけ。もちろん、一時的にはぐれてしまっただけだ。

広場にもどり、残ってぼんやりしていた数人と、それほどぼんやりしていない屋台の店主数人に問い質したが、成果はなかった。客たちはひどく酔っぱらっていたし、店主たちは客を酔わせるのに忙しかったのだ。時間を無駄にしたと顔をしかめ、最後の街路にむかった。一分後、最初の十字路が三つの選択肢をつきつけてきた。

ペンは足をとめて、亡き父が語った二羽の兎を追おうとする猟犬の話を思いだした。父の教訓では、結局二羽とも逃してしまう。血迷ったようにぐるぐるさがしまわっても無駄だ。さっきからずっとそれをやっている。

ふたりともが攫われたのでないとすれば、片方がもう片方を説得して姿を消したのだ。だが、どっちがどっちを？　キーオは確かに衝動的に行動しかねない娘だ。出会って間もないころなら、彼女が神殿の堅苦しいエスコートにうんざりし、もっと楽しい相手を求めて逃げだしたのだと考えたかもしれない。だが、狂乱したイセルネとの出会いでそんな思いは消えたはずだ。ということは、彼女には彼女なりの理由があったのだろう。神の啓示を受けたのだろうか。何を、どのようにと想像するだけで、わめきだしたくなる。

メリンが彼女を連れていったと考えても、困惑は消えない。ペンリックという恋のライヴァルから、狙った獲物を巧妙に引き離したのだろうか。だがメリンはキーオに対してまったくその手の関心を示していなかったし、そもそもよっぽど勇敢な男でないかぎり、聖者に言い寄ろうなどと考えもしない。

〈〝文なしの孤児〟という点でも、メリンにとっては対象外でしょうね〉デスが評した。

イセルネもデスに同意するだろうか。だがそれはちがう。メリンはふたりと同じくらい、この捜索に熱心だった。それだけは間違いない。

「デスはメリンをどう思いますか」

疑惑まじりの答えが返った。

〈そうですねえ。わたしは魂を見ることはできるけれど、あなたと会話をかわすように魂の思考を聞くことはできませんからね。便利なんだか不便なんだか、いかにも庶子神の贈り物ですよ。メリンは動揺していたけれど、それも当然でしょう。悪意よりは決意が大きかったし、それを上まわって恐怖が感じられましたね。何よりも恐怖が勝っていました。リイのために、リイが陥っている危険な状況を恐れているのだろうと思っていたのだけれど〉

つまりメリンは、動機の細かいことはわからないまでも、やはりリイを見つけたいと思っているはずだ。ならば……二兎を追っているのではないかもしれない。兎は一羽だけか、たとえ二羽だとしても同じ方向に進んでいるのではないか。

〈まださがしていないのはどこだろう〉

心の中のロディ地図でこれまでのルートを復習してみた。この町はマーテンズブリッジの十倍は大きく、またマーテンズブリッジはペンの故郷、山あいのグリーンウェルの町の十倍はある。だがその大半はすでに捜索済みだ。ガルズ島を除いて周辺の島には手をつけていないが、文なしの狂人がどうやって潟《ラグーン》をわたっていけるというのか。いかにペンでも想像がつかない。

〈海豚がまじっているにしても、まさか泳いでいこうとはしないでしょうねえ〉とデス。

〈ええ〉

ああ、ペン自身がまださがしていない場所がひとつだけあった。診療所からイセルネの邸までのルートを除く、診療所近くの港だ。事件が起こってすぐのころ、リナタスとテビが狂人と騒ぎを求めて調査している。魔に取り憑かれたリイに、海辺の騒ぎにまぎれて彼らの目を逃れることはできただろうか。

〈簡単に〉

ペンなら見つけられただろうが、徒人《ただびと》たる彼らの目には無理だ。

この可能性を見逃していたとは。ペンはウィールド語で毒づいた。

いなくなった同室者の行方について何か新たなことを思いついたのだとしたら、なぜメリンはそれをペンリックに伝えなかったのか。状況がどんどん気に入らなくなっていく。彼にとっては闇でない暗がりの中に歩みいった。恨みをこめて、メリンの分の串焼きにかぶりつく。石と水の迷路を抜けて港までもどる二十分のあいだに、主として手をあけたいためではあったものの、キーオの串焼きも片づけてしまった。彼に何も告げず姿を消したペナルティだ。

ロディで系統だった道筋をたどることは困難だが、診療所のむこうの海岸線までまっすぐに進み、そこから国立造船所にむかってもどることにした。真夜中を過ぎた闇の中にも驚くほど多くの魂がある。祭りの果てによろよろと家路につく者たちだけではない。停泊した船で眠っている船乗り。掘っ建て小屋やあばら屋にもぐりこんでいる者たち。二人連れの夜警とすれちがった。犯罪者よりもむしろ火災を警戒している。もちろん、どちらの場合も警報は発するだろうけれども。

ひとりの夜警がランタンをもちあげ、光の中で金白色にきらめくペンを見て顔をしかめた。それから、神官の上衣と徽章――それも、今宵の主役たる第五神の教団徽章だ――を見てとり、おずおずと敬意をこめて頭をさげた。

「学師さま。こんな遅くにご苦労さまです」

「遺憾ながら。わたしは、その、病人をさがしているのです。このあたりにきたのではないかと思って。それと若い男女のふたり連れなのですが……」

ペンは行方不明の三人の外見を告げた。長々しい説明を省略したため、すべてがいわくありげに聞こえ、彼を見る夜警の目に不審の色が浮かぶ。いずれにしても、彼らが任務についたのは日が暮れてからで、ペンの求める相手を見かけてはいなかった。ふたりはまた、別れぎわにペンが与えた祝福を、やはり不安そうに受けたのだった。

ウィールドマン運河の河口までさがしても成果はなく、ぐるりとまわって橋にむかった。イセルネの邸のある街路を抜け、玄関の前を通ったが、足はとめなかった。デスの〈視覚〉は、リイがまだもどっていないと告げている。三階の鎧戸《よろいど》の隙間からランプの明かりが漏れている。あそこに、眠ることもできずに待っているご婦人がいる。

〈いたずらに長引かせるのは酷だ……〉

むかうべき方角さえわかっていれば、走りだしたいところだ。

港にもどった。このあたりは主として、ロディの漁師たち――マッドボーイを海からひきあげたような連中の縄張りだ。索具、干してある網、木箱、魚罠、夜のあいだだけ岸にひきあげられた小型ボートなどが湿った砂の上にころがって、とんでもない障害物コースをつくりあげている。何艘かのボートが裏返しになって、船殻の修理や手入れを待っている。デスの〈視覚〉がなければ、ボートの下にもぐりこんだその男を見つけることはけっしてできなかっただろう。マッドボーイではない。メリンでもない。漁師だろうか。それとも浮浪者？ いや、そうではない……

〈具合が悪いのでしょうか〉

〈そうみたいですね〉デスが不安そうに答える。〈でもわたしたちの問題とは……〉

ペンは膝をついて、ほかの者の目には真っ暗にしか見えないだろう場所をのぞきこんだ。荒い息づかいは、眠っているのでも酔っているのでもない。頭を殴られている。みずからそこにもぐりこんだのか、放りこまれたのか。強盗にあったのかもしれない。

〈そのようですね〉デスがつぶやいた。

身につけているのは下着だけ。年齢は二十代。船乗りとも商人ともつかないが、栄養状態がよいところを見ると、町の物乞いではない。〝物乞いから盗もうとする者があるだろうか〟という問いには、〝物乞いよりも貧しく、絶望にかられた者なら〟と答えが返る。この男の場合は衣服だ。財布もだろうか。ペンは歯を食いしばり、冷えきった足首をつかんで、ひっくり返したボートの下から男をひきずりだした。

黒髪にこびりついた血はもうほとんど乾いている。つまり、怪我をしたのは二時間くらい前ということだろう。出血が多いのは表面的な頭皮の傷だからだ。脳震盪《のうしんとう》ではあまり血は出ない。頭蓋に骨折はなく、ありがたいことに内出血は起こしていないようだ。

上向きの魔法を使えば、衝撃と頭の傷と失血を補って治癒を促すことができる。その代価は物陰にひそむ港の鼠一匹で充分だし、それならばすぐさま手にはいる。いままでまったくかじられずにすんだのが不思議なくらいだ。ペンは息を吸って、手慣れた基礎的な治癒魔法を呼び起こそうとした。彼を悲惨のどん底に突き落とした昔の出来事を思いだしてはならない。もうこんなことはやらないつもりだったのに、なぜしようとしている……

沈黙を守っているのが、淡々としたデスの意思表示だ。

いまだひりひりと痛むおぞましい記憶に身体がふるえるのをこらえ、両手を通して傷ついた身体に秩序を送りこみ、かわりにそれよりもわずかに大きな無秩序を吸収する。

彼の……患者？　拾い子？が、うめきを漏らした。ペンはあたりを見まわして木切れをさがし、砂に突き立て、手を触れて火をつけた。間にあわせの明かりで長くはもたないが、その必要もない。この男が貼りついた目蓋《まぶた》をこじあけたときに、恐ろしい影にのしかかられていると思わなければ、それだけでいい。

男のあごが動き、手がのびて頭に触れた。黒い目にようやく光がもどる。その目が真ん丸になってペンを見つめた。

「おれは死んだのか」かすれた声がたずねた。

もし鼠に見つかっていたら、朝までにそうなっていただろう。

「ありがたいことに、まだ生きています」

「……白の神が迎えにきてくださったのかと思った。どんな間違いをしでかしてしまったんだろうと」

「わたしは白の神の走り使いにすぎません」

「よかった。そんなことになっていたら、お袋が悲しんだだろう……」

もつれ血のこびりついた髪を、指がそっとまさぐる。

「ひどく殴られたようですね。誰に殴られたのか、わかりますか」たずねながら、不穏な考えが浮かんでくる。

男は手をさまよわせて自分がほとんど裸であることに気づき、一瞬混乱に襲われてさけんだ。

「おれの一張羅《いっちょうら》のダブレットが！」骨ばった足をすりあわせて、「上等のブーツも！　財布がなくなってるのはしかたないにしても、男のズボンを盗んでどうしようってんだ」それからすぐに、「ああ、吐きそうだ……」

そして咳きこんだので、手を貸してうつむきにしてやった。嘔吐物から判断するに、ワインパーティに参加していたようだ。

「うう、夏の母神よ、われを助けたまえ……」

「歩けるようになったら、〈海の贈り物〉診療所まで送ります」ペンは言った。

息の音はおそらく礼のつもりだろう。

「服を盗んだ者を見ましたか」質問を再開した。

「ほんの一瞬だったけどな。家に帰ろうとして港通りを歩いてたんだ。真夜中の一時間前くらいだったかな——ところで、いまは何時なんだ?」

「真夜中の一時間すぎくらいですね」

気を失っていた時間として、最悪ではない。とはいえ、けっして楽観できるものでもない。

「裸足の若いやつで、ひとりだった。何かぶつぶつつぶやいていた。酔っぱらってるんだろう、べつに危険じゃないと思って、まったく気にかけないですれちがったとたん、星が見えたんだ。で、つぎに見えたのがあんたってわけだ」

男は片肘をついて身体を起こし、あたりを見まわしてから、顔をしかめてまばたきした。そしてふたたびうめきをあげながら仰向けになった。

「このすぐ近くだった」

「どんな相手でしたか」

「身長も体格も、おれと同じくらいだったな。おれより少し若かったかもしれん。ずいぶんみすぼらしかったが、なんせ暗かったから、はっきりとはわからん」

「髪は?」

「黒くて、もつれてた」

ペンはおそらく無駄だろうと思いつつ、リイ・リケロンの身体的特徴をくり返した。

服を盗まれた男は首をふり、それから頭を抱えた。

「うわ、おれは……もしかしたら?」

もちろんちがう。そうではない。ペンは改めて犠牲者に触れてみた。魔に荒らされた気配はない――マッドボーイが魔法で暴力をふるうことに対する神学的危険を理解しているとは思えない。それでも、武器としては板か折れたマストのようなもので充分だったのだろう。

だが、もしそれがほんとうにマッドボーイだったとしたら、二時間前にまだこのあたりにいたということだ。そしていまでは、金も服ももたない浮浪者ではない。移動や脱出もしやすくなっている。

〈だけど、夜明けまで閉ざされているのだから本街道を越えることはできませんよ〉デスが口をはさんだ。〈舟に乗らないかぎり、今夜はロディに足止めですね〉

盗んだ金で舟を雇うことはできるが、庶子神の祝祭前夜であろうとなかろうと、この時間に客を乗せようという舟は多くない。それでも、自力で水辺までひきずっていける力があれば、小型ボートを手に入れることができないわけではないし、桟橋で舫《もや》いを解くこともできる。だが、そうした盗難をふせぐため、夜のあいだはたいていオールがとりこまれている。

「財布にはどれくらいはいっていたのですか」ペンはたずねた。

目眩《めまい》を起こしたのか、殴られた男は一瞬、質問が理解できないようだった。

「家を出たときよりは減ってたけれど。遊びで使っちまうつもりはぜんぜんなかったから」

「ダブレットは何色ですか」

男はさらに混乱し、目を細くして彼を見つめた。

「なんだって？　……ワインレッド、だと思うけど。布地もいいやつで、二回しか袖を通してなかったんだ」そしていかにも残念そうにため息をついた。

数分後、男はペンに促されて立ちあがった。だが片腕をペンの肩にかけて動こうとすると、新たな吐き気に襲われて身体がふるえる。ふたりは尻をぶつけあうようによろめきながら、舗装された港通りにあがった。腹は立つけれども、ここからは逆もどりしなくてはならない。これまで曖昧な手がかりを追ってさんざん時間を無駄にしてしまったが、この強盗被害者は、今夜の庶子神の幸運とも呼ぶべきものだ。教団に寄付を申しでたほうがいいかもしれない。

足をひきずりながらさほど進まないうちに、さっきとはべつの二人組の夜警がやってきた。ペンはほっとしてこの拾い子をひきわたし、〈海の贈り物〉に送り届けるよう指示した。

「診療所の人に、これはペンリック学師の指示だと、いま現在調査中の問題に関わりのある人だと、伝えてください。それでわかるはずです。必要なら、この人のための費用はわたしの教団が支払います」

最後のひと言でようやく、ふたりの夜警は思いがけない任務外の仕事を引き受けるつもりになった。ペンはそこではっと気づいて、殴られた男が無事に診療所まで送り届けられるよう、夜警の手に二枚の硬貨を握らせた。むきを変え国立造船所のほうへと歩きはじめたペンの背中に、なおも盗まれたダブレットを惜しむ間延びした声が聞こえてきた。

夜が更けて涼しくなったにもかかわらず、魔法を使ったために汗がにじんでくる。魔法の基礎を扱った本の中で、ルチア学師が「魔術的摩擦」と呼んでいたものだ。この午後は、その本のアドリア語翻訳をするつもりだったのに。ペンは歯ぎしりをした。

「デス、鼠か何か、いませんか」

一瞬、あたりをさがす気配。

〈あそこですね〉

下水溝の暗がりの中で、それよりも黒いものが動いている。死体をかじる大きく醜い港の鼠には、可愛さなど欠片もない。治癒で生じた混沌の滓を注入すると、鼠は甲高い声をあげて死んでいった。さらに足を進めながら、親指の裏でくちびるをはじき、支配する生き物を一匹犠牲として与えたもう庶子神に感謝を示した。

歩幅をひろげる。キーオ聖者を見失ってからずいぶんになる。はっきりいってメリンはどうでもいい。あの馬鹿がキーオをどこかに放りだしていく可能性はあるだろうか。

〈それはまずい、とてもまずい〉

港通りがまた行き止まりになってしまった。運河が通りを横切り、すぐそのさきで、倉庫や物置に囲まれた小さな船溜まりとなっている。建物はどれも隙間なく立ちならび、夜のあいだは水門を閉じて鍵がかかっている。きらめく水が黒い壁に打ち寄せている。そのむこうを見極めようとしているとき、デスの張りつめた思考が届いた。

〈見つけたわ〉

〈庶子神に感謝を！　やっと！〉

意識を集中してデスの〈視覚〉をたどった。

三つの魂。メリン、キーオ、そして、魔に支配され傷つき苦しんでいる魂――今日の、いや、いまからだと昨日の午後に、診療所で見た魂だ。鮮やかに記憶に残っている。三人がそろっている。困惑と怒りと恐怖が、周囲を包む霧と同じくらい濃い。

〈どこだ……？〉

船溜まりのむこう岸にある倉庫だ。何かまずいことが起こりつつある。追い詰められたマッドボーイが聖者を襲っているのだろうか。ペンといえども、水をわたってまっすぐ進むことはできない。ぐるりとまわっていかなくては。

それでも走ることはできる。船溜まりをめぐってむこう岸につづく通りだと思っていたのに、気がつくと町のほうにむかっていた。いらだちのうなり声があがる。二軒の家のあいだに細い路地がある。すり抜けていくとまたべつの通りに出た。一方にむかえば港にもどる。そしてもう一方は、船溜まりのむこう岸に立つ倉庫群に通じている！

目指す倉庫の扉は両開きで、錠がおり、さらには内側から閂《かんぬき》がかかっていた。ほかに中にはいれそうな場所といえば、宙につづく二階の入口だけだ。その上に、荷物をあげおろしするための起重機が据えられている。デスは錠をはずすことはできるが、重い閂を扱うのは難しい。ペンは息を切らしながらかがみこんで扉を調べた。

キーオの悲鳴が聞こえた。恐怖なのか怒りの声なのかはわからない。ペンは反射的に荒っぽい行動に走った。魔法と強力な蹴りの組み合わせをくらって、錠と閂と扉が内側にはじける。それにつづいてペンがとびこむ。そして狂ったようにあたりを見まわした。

さまざまな荷物や梱《こり》、材木などが視野をさえぎっている。そのむこうに、オレンジ色の光がひろがっている。荷物にぶつかりながら狭い通路を抜けると、水門の脇で荷物を整理するための、ひろいスペースに出た。木箱にのったメリンのランタンが、なんとも奇っ怪な光景を照らしだしていた。

メリンとマッドボーイがすさまじい勢いで取っ組みあっている。それ自体はべつに不思議ではない。聖者がきたのだから、魔は生命がけで戦おうとする。いささか乱れた格好のキーオが、少し離れて、それでもふたりのまわりをぐるぐるまわっている。仮面ははずれてぶらさがっているし、まとめた三つ編みはなかば崩れ、頰には新しく赤いみみず腫れが走っている。

メリンは片手にベルトナイフを構え、もう一方にしろめの水差しをもって楯のかわりにしている。マッドボーイの武器は長めの短剣だ。間違いなく、いま身につけているワインレッドのダブレットとズボンとブーツについていたものだろう。

「人殺しめ。意気地なしのこそ泥め」マッドボーイがうなった。

その告発の言葉により、不思議なことに、すべてが逆転したように感じられた。鋼がしろめにあたって鋭い音をたてる。

「キーオ！」メリンが死に物狂いの声をあげた。「はやくやれよ！　この馬鹿娘が！　大急ぎだ！」

「犬を呼ぶのとはちがうのよ！」彼女が怒鳴り返す。「ご自身の都合にあわせてしか訪れてはくださらないの！　ちゃんと説明したでしょ！」

空洞となった穏やかな魂に、もしくはそうした魂を通して。いまのキーオは逆上し、興奮にかられ、そんな状態からはほど遠い。

〈疲れきって絶望にかられたら、静寂と同じ効果が得られますよ〉デスが言った。

〈いまはそれも無理です〉

取っ組みあうふたりのむきが変わり、メリンがペンに気づいた。

「ああ、あいつがきちまった！」

ペンが期待していたような救援を喜ぶ声ではなく、どちらかといえば強い嫌悪がこもっている。

〈狂った魔がさきです。謎はあとでいい〉

少なくとも、まだ何にも火はついていない。この魔は学習速度が遅く、もっとも基本的な魔法すら習得してはいないようだ。それとも、海豚だから火を使うという発想がないのかもしれない。

取っ組みあっていたふたりが、息を切らしながらぱっと離れた。綱渡りをするような足どりで、つぎのきっかけを求めて円を描いてさぐりあう。

魔が友人メリンと戦おうとしているのだから、本来ならリイは、できるだけそれをさまたげようとするのではないか。それに、海での試練による肉体的疲労も、魔のスピードと力を弱めている。身体が引き攣ったり無意味な動きが加わったりよろめいたり、そのほかにもさまざまな障害が起こるはずだ。なのに、いま両者は心をあわせ、一途に攻撃者に立ちむかっている。

〈ふたりがともにひとつの願望を抱いたとき……〉

それに魔としては、夢中でメリンを意識している人間に従うのではなく、神殿魔術師のほうにより大きな脅威をおぼえるべきではないか。魔はみずからを大きく解放している。ペンはためらわなかった。

熟練した技で二カ所の神経をひねった。右手と左脚だ。麻痺《まひ》した指から短剣がこぼれ、身体を支えきれずに脚が崩れる。マッドボーイは苦痛の悲鳴をあげて床に倒れた。

メリンがとびかかろうとしたが、ペンのほうがはやかった。抱えこむようにひきとめ、ナイフを握る手をとらえた。

「もう充分です、メリン。終わりました。彼は倒れています」

メリンは身をよじりながらも、やがて静かになった。ペンは慎重にようすをうかがってから、手を離した。

「ああ」キーオがじれったげな声をあげた。「ご降臨だわ、や、っ、と」

そして重い荷物をもちあげるかのようにぐいと背筋をのばし、髪を背後にはらった。

彼女が進みでて、マッドボーイのひたいに手をあてる。デスがひっこんだことで、神が到来したのだとわかった。とはいえ、ほかに逃げる場所もない彼女のことだ、ペンの内側で恐怖にふるえながら小さなボールのように縮こまっているだけだ。ひきこもってしまうのはしかたがないけれども、知覚の大半とすべての魔力をもっていってしまわなければいいのに。まったく無防備なまま、ひとり残されてしまうのだから。

キーオが深く息を吸って口をひらき、ごくりとのみこんだ。わずかに残された〈視覚〉により、猛々しく怒り狂ったおぞましい魔がずるずるとひきだされ、彼女の中に、そして神の中に吸収されていくのが感じられた。マッドボーイの苦悶のさけびは、憑依していた魔が引き剝がされると同時にふいに静まり、ごく人間的なリイ自身のうめきに変わった。

「うげえ」キーオがむせながら言った。「こいつはひどいわ。もう最っ低」そして吐き気をこらえるかのように、何度も唾をのみこんだ。

これだけの時間をかけて汗を流し、革靴を磨り減らして、聖者をこの対決の場に……奇跡の場に導いてきたものの、すべては一瞬で終わってしまった。奇跡……殺害……存在の消滅。聖者という死刑執行人は、庶子神の日であろうと休みをとることはできない。

目ではなく心にひらめくものがあった。時間にしては一瞬だが無限の深さをもつ、果てしない目眩のような感覚。庶子神が獲物をもって去っていった。残された霊妙な芳香は、〈愛《めぐ》し子よ、よくやった〉というささやきだったかもしれない。

はっきりとはわからない。それはペンにむけられたものではなかったのだから。これ以上あからさまな顕現《けんげん》に耐えることはできない。だがキーオの素朴な顔は、つかのま内なる光に満たされ、胸を打つほど美しく輝いている。神学的にはまさしく〝霊威〟という言葉がふさわしい。だがそれだけではとうてい足りない。

ふたたび自分ひとつの心になったリイが、ふらつきながら立っているキーオを、畏怖をこめてぼんやりと見あげている。

「おお……！」祈りのような息を吐く。

まさしく祈りだったのだろう。

　メリンは、マッドボーイがふたたび立ちあがって攻撃してくるのを待ち構えるかのように、前後に首をふっている。ペンリックは魔から解放された若者の前に膝をついた。あまりひどく傷つけていなければいいのだけれど。神経そのものを断ち切ってはいないから、しばらくすればおさまるだろう。一時間ですむか、一日かかるか、それはわからない。自身はなかば背をむけていたし、彼の魔は神との接触からまだ立ちなおっていなかったため、ペンはメリンの動きを把握していなかった。そしてその一瞬、メリンが短剣をふりかざし、ペンリックにむかってとびかかってきたのである。

「いったい何を――！」

「駄目よ！」

　キーオが悲鳴をあげて、ドアに体当たりするような勢いで、肩からメリンにぶつかっていった。おかげでメリンはバランスを崩し、最初の一撃はペンの背中に突き立つことなく、袖をかすめるだけで終わった。ペンはとっさに床に両手をついた。

　メリンがかっと目を見ひらき、歯をむきだして、脇からの思いがけない攻撃にむきなおった。ランタンの光を受けて短剣がきらめく。致命的な一撃をくらわそうとしている。武器をもたないキーオは、簪を抜きとってふりまわした。メリンがそれを見て嘲笑する。

　ペンはまた立ちあがった。

〈なんてことだ、デス――！〉

「何をしているのです、狂ったのですか」メリンにむかってさけんだ。

戦闘熱に浮かされて、敵と味方の区別がつかなくなったのだろうか。マッドボーイよりさらに狂暴になっている。

「戦いは終わりました！」

ペンは改めて彼をひきとめようと、前に進みでた。

「終わっちゃいない」

メリンがあえぐように言って、ふたたびペンリックにむかって短剣をつきだした。ペンは自力でかろうじて刃をかわした。このところ、書斎にすわって過ごす時間が多すぎたかもしれない――

そしてふたりの戦士は、怒りに燃えた若い女が全体重をかけてくりだす六インチの鋼の軸には、男の上腕を貫いて胴に縫いとめるだけの力が秘められていることを知ったのだった。先端がとがっていようといまいと、それは関係ない。メリンが悲鳴をあげて短剣を落とし、無事なほうの手できらめくガラス玉に爪を立てた。よろめきながらも、その手をさらにのばして、キーオにつかみかかろうとする。彼女が甲高い声をあげてあとずさった。

やっとのことでデスの力がもどってきた。ペンリックは彼女の魔法を使って、メリンの座骨神経をひねった。念のため、両方ともだ。すさまじい激痛が両脚に走り、メリンは絶叫とともに床に倒れた。

〈遅かったですね〉ペンは息を切らしながら魔にむかって言った。

〈ごめんなさい……〉

「いったい何が」

口をひらきかけたが、垂木のあいだでこだまするメリンの悲鳴のせいで、何を言っても聞こえそうにない。ペンは顔をしかめ、かがみこんで彼の咽喉に触れようとした。ばたばた暴れまわるためにうまくいかず、もう一度やりなおす。窒息させることなく声帯を麻痺させるのは微妙な技なので、離れた場所からおこなうことはしたくないのだ。悲鳴そのものがとまったわけではなく、声が出ないまま、ひいひいという息の音だけがつづいた。

「そのほうがいいわね」キーオがふるえる声で言った。

「そうですね」耳鳴りがおさまり、ペンはかすれた声で答えた。

それから立ちあがって、呼吸と、ばらばらになった思考を整えようとした。

「なんでこいつが気にくわないか、自分でもずっと不思議だったのよ」キーオが言いながら、頰の赤い傷に触れた。

ちょっと待て。これはメリンのしわざか、それともマッドボーイか。〝庶子神が降臨したもうたときだけ、すべてを見ることができる〟とキーオは言った。まさしくそのとおりなのだろう。彼女はいまここで、いったいどんな内的世界を目撃したのだろう。キーオにむきなおりながら、リイからも視線をはずさない。リイは不器用に身体を起こし、痺れた手を動かそうとしている。

「ですが、庶子神の歯にかけて、いったい何があったのですか。いえ、まず――あなたがたふたりはなぜ、わたしをおいて市場を離れたのですか」

片方の爪先で慎重に、陸にうちあげられた魚のように口をぱくぱくさせながらのたうっているメリンを示した。

「ほんとにとつぜんだったんだけど、こいつ、セル・リケロンが隠れているところの見当がつくって言いだして、あたしの腕をつかんだの」キーオがいかにもいらだたしそうな声で答え、前腕をこすった――指の形に新しい痣《あざ》が浮かんでいるのを見て、ペンは眉をひそめた――「そして、ちょうど客をおろしたばかりの舟にひっぱりこんで、港に行けって船頭に命令したの。あなたならきっと〈視覚〉を使ってあとを追えるだろうと思ったから、声はあげなかったし、文句も言わなかった――そんな必要ないと思ったのよ。つまり、あたしは魔のところに行きたかったんだし、こいつはあたしを魔のところに連れていこうとしてたんだもの」

彼女はそこで周囲を見まわしながらリイにたずねた。

「それで、セル・リケロン、ここはなんなの？　なぜここにきたの？　だって、セル・メリンが言ったとおり、ほんとにあなたはここにいたんだもの」

まだ苦痛にふるえる身体を懸命に動かしながら、リイが答えた。

「ここは父と叔父が共有している倉庫です。叔父と呼んでいるけれど、正確には父の従弟です。メリンが叔父に雇われていたころ、何度かいっしょにここで作業をしたことがあります。それからメリンは叔父のもとを去ったので、この春の航海で同室になるまで、会ったことはありませんでした。ええと、そのことはご存じなんですよね」そしてペンをふり返り、「あなたは、診療所で会ったあの恐ろしい魔術師ですよね——もちろんそうですよね、ぼくのためにきてくださったのだから。学師さまと神と、そして……聖者さまでしょうか」

キーオを見つめる茫然とした表情から察するに、リイはこの奇跡を——聖なる処刑を、ごく間近でまざまざと目撃したにちがいない。優位に立っていた魔の破滅を、どれくらいみずからの体験として受けとめたのだろう。それは、解放、恐怖、畏怖のどれだったのだろう。それとも、その三つがわかちがたく混じりあっていたのだろうか。

デスが身ぶるいした。

「ここなら安全に隠れていられるし、どうやればもぐりこめるかもわかっていましたから」リイはつづけて説明した。

〈どうやればもぐりこめるかは、メリンもおぼえていたみたいね〉デスが言った。〈何も壊さずにはいってきたんだから〉

入口の破壊を後悔しているようにも聞こえるが、きっとふりだけだろう。

「たいしてコントロールできるわけじゃなかったんですけれど、とにかく魔を母や妹に近づけたくなくて。彼女たちのことはご存じなんですよね。ああ……」リイは新たな不安をこめて赤い袖を見おろし、それからペンを見あげてふるえる声で言った。「学師さま、ぼくは……ぼくは、今夜、人を殺してしまったかもしれません。少なくとも、盗みを働きました」

では、リイはマッドボーイの行動を記憶しているのだ。なかなかに興味深い。

「心配はいりません。その人は亡くなっていませんし、怪我もすぐに回復します。持ち物を返す機会もあるでしょう」リイがなおも取り乱しているので、ペンはさらにつけ加えた。「神殿は、少なくともわたしの教団は、それがあなたの所業でないことを理解していますし、問題になったときは弁護に立ちます」

キーオが鼻に皺《しわ》をよせた。

「だけど、どうしてわかるのよ、その人が……いえ、気にしないで」

リイが不安と安堵のいりまじった息を吐いた。

「いまのいままで、すべてがもうぐちゃぐちゃに混乱していたんです。ずっと熱に浮かされてひどい悪夢を見ていたみたいな」彼の視線が驚嘆をこめてふたたびキーオにむけられる。

「あの、それでですね」ペンは切りだした。「ええと——なぜメリンはあなたを殺そうとしたのでしょう」

「もう一度殺そうとしたと言うべきでしょうね」

リイの黒い眉が怒りを帯びて寄せられる。キーオへの崇拝の色を消して、リイはぎろりとメリンをにらみつけた。

「こいつはぼくを船から突き落として溺れさせたんです」

「どうして?」ショックを受けたふうでもなく、キーオがたずねる。

「雇い主の金を盗んでいるところを、ぼくに見られたからです」声が熱を帯びた。「ぼくは馬鹿だった。金をもどすよう説得できると思ったんです。そして黙っていれば、すべてがもとどおりになるって。だから夜、甲板でふたりきりで話しあいました。あいつ、最初は金でぼくの沈黙を買おうとしたんです。まるでぼくが――！　でも結局は、ぼくを黙らせるもっと確実な方法を選びました」

「争っている最中の事故だったのですか」ペンはたずねた。

「確かに取っ組みあいにはなりました。ぼくは殴られて、意識が飛んでしまったんです。あいつは冷静に財布をとりあげ、それからぼくを抱えあげて、手すりごしに海に投げ落としました」改めてよみがえった怒りに、くちびるが引き締まる。

「賄賂を節約したわけですね」〈明らかに故意です〉「彼は胴巻の話もしていましたが――それもとりあげたのですか」

「胴巻は船室の櫃にしまってました。あとからあいつが見つけたかどうかは知りません」ふいに不安を濃くして、「その、櫃の鍵は財布にはいっていて、あいつはそれも知っていたんです」

「もし盗まれていたら、のちの捜索で彼の持ち物の中に見つかるでしょう。お父上のことはわかりませんが、たとえ見つからなかったとしても、お母上はまったく気になさらないと思いますよ」

「母に会ったのですか」リイは目を見ひらき、それから新たな恐怖に息をのんだ。「ああ、家族にはぼくが溺死したという知らせが届いていますよね！」よろよろと立ちあがろうとしながら、「家に帰らなくては！」

キーオが彼の脇に膝をつき、頑固な馬をなだめるようにぽんぽんと肩をたたいて、静かに何かをささやきかけた。まだ不安そうにあえぎながらも、やがてリイはおちつきをとりもどした。

支離滅裂な話ではあったが、おかげでそれまで判然としなかったメリンの動機が明らかになった。冷酷な欲、発見されることへの激しい恐怖。おおいなる罪のリストに、恐怖も加えたほうがいいかもしれない。

〈ほんとうに、恐怖も同じくらい大きな害をもたらしますね〉デスが言った。

破壊された入口のむこうから張りつめた声がかかった。

「おい！　そんなところで何をしている！」

用心深い足音とともに、国立造船所のタバードをつけたふたりの男があらわれた。造船所管理局は休日の夜も、いや、おそらくは休日の夜だからこそ、いつもどおりの警備態勢を敷いているのだ。さほど驚くことでもない。むしろ警備員のほうが驚いているだろう。ひとりがランタンを掲げ、もうひとりが短剣を抜いて構えた。

「悲鳴が聞こえた」

〈あらあら、厄介事ですね〉とデス。

〈そうでもないです。わたしの対応しだいでしょう〉

〈それじゃ、この場はあなたにまかせましょうか。神殿神官さまの権威を思いきりふりまわしてやりなさいね〉

キーオがあとずさってリイに寄り添った。ペンは前に進みでて、心から歓迎するように熱い声をあげた。

「警備員がきてくれたとは、五柱の神々に感謝します!」

剣先はわずかしかさがらず、ランタンをもった男のもう一方の手が腰の警棒にかかる。

「殺人事件を未然にふせいだところなのです」

ペンはつづけたが、警備員は納得した顔を見せなかった。ペンが到着したとき、誰が誰を殺そうとしていたかという問題はおいておこう。メリンは躍起になって目撃者を排除しようとしていたが、聖者が仕事を終えるまで魔のついた相手を殺そうとはしなかった。魔に関するペンの講義をちゃんと聞いていたという点では、褒めてやってもいい。

メリンは今夜、リイが魔に取り憑かれて生き延びたという思いがけない神の贈り物をくつがえそうと、危うい衝動にかられ、どんどん嘘と犯罪を積み重ねていった。彼の欠点リストに〝無思慮〟も加えておこう。まんまとリイを殺したら、そのあとはキーオを片づけるつもりだったのだろうか。〝死体をどこに隠すか〟という問題は、運河が縦横に走るロディでは即座に解決される。思い描いただけで気分が悪くなる。

〈庶子神の、なんとみごとにタイミングを計りたもうたことか〉

このふたりの聞き手には、もっとも新しく、もっとも明白な事実だけを伝えればいい。

「この男は」とメリンを指さし「ついさっき、愚かにもわたしを刺し殺そうとしました」

嘘ではない。

「ああ、まだ名のっていませんでしたね。わたしはペンリック・キン・ジュラルド学師、オジアル大神官の宮廷魔術師です」

リイが大きく目を見ひらいた。ふたりの警備員もだ。とはいえ当然ながら、警備員は完全に疑惑を消したわけではない。それでもロディにおいて、オジアルの名は、魔術師でない者でも最大の奇跡を起こすことができる魔法の言葉なのだ。

「そしてこちらのご婦人は、わたしの同僚にして、わが教団に属するキーオ聖者です」ペンはいかにも所有権を主張するように、立ちあがった少女のかたわらに寄り添った。

それなりにうまくいっていたのに、聖者と呼ばれた娘をしげしげとながめて、警備員の顔に深い不信が浮かんだ。薄汚れ、髪も衣服も乱れた若い娘。羽目をはずした祭りの参加者か、娼婦か、貞操もしくはべつのものを狙って男に襲われかけた被害者か。もしかするとそのぜんぶかもしれない。キーオはくいとあごをあげて、きっぱりと侮蔑の視線を返したが、それでもわずかにペンリックのそばに寄った。

盗んでしまった衣類に対する激しい後悔を抑えこんで、リイが口をひらいた。

「ここはぼくの父セル・リポル・リケロンの倉庫だ。ぼくは息子のリイ。この男はアウリエ・メリンといって、盗人だ。ほかにもいろいろな罪状があげられる」

警備員は、三人が窃盗の現場を見つけて阻止したと考えるかもしれない。それならそれでいい。メリンはまだ立ちあがることができず、咽喉を押さえたまま、穴のあいた浮き袋のようなかすれたうめきを漏らしている。

「その男は出血しているな。それに、なぜ話せないのだ」剣をもった男がメリンを示してたずねたが、手を貸して立たせようとはせず、視線はペンリックにむいたままだった。

「魔法です」これは事実だ。「同じく魔法によって、いまはまだ歩くこともできません。さきほども言ったように、彼はナイフでわたしを刺そうとしたのです。運んでいくなら、ふたりほど手伝いを呼んだほうがいいかもしれません。そのうちに動けるようになります。どこでもいいから監禁できる場所に連れていって、明日、神殿か町の役人がきて正式な調査をおこなうまで閉じこめておいてください」

このごたごたは今後、法的な問題として、ペンリックではない権威筋にまかされる。ありがたいことだ。だがもちろん、あとで証言を求められるだろう。文書にして提出するだけでいいだろうか。

「声がもどったら、この男は間違いなく嘘を語りはじめるだろう」リイが苦々しい声で言った。

「われわれの前では、全員がそうだ」ランタンをもった男が答える。

鋭い視線はそれが誰と特定してはいないものの、いま話している者たちも例外ではないと告げている。もし警備員が判断を誤り、間違った者を逮捕したら、イセルネ学師は助けにきてくれるだろうか。

〈イセルネは財務関係の法律家ですよ、ペン〉

〈まさしく人間というものを知っていますね〉

〈むろんそうでしょうねえ〉

ここで結論をくだしてこの場を切りあげれば、これ以上時間を無駄にせずにすむ。

「ずいぶん遅くなりました。わたしは被害者を自宅に、聖者を教団宗務館に送らなくてはなりません」夜明けにふたりでもどったりしたら、リエスタはいったいなんと言うだろう。考えたくもない。「倉庫の持ち主が修繕の手配をするまで、入口に見張りが必要ですね。あなたがたならしっかり手配してくれそうです、おまかせしてもいいでしょうか」

〈うまくもちあげましたね〉とデス。〈それじゃ、ついでにたっぷり祝福してあげなさいな〉

ペンはその言葉に従った。だが、財布をとりだして、見張りと、深く追求せずにおいたものの細々とした用件のための前払いとしてわたしした現金のほうが、祝福よりもずっと大きな効果をもたらしたようだった。すべてが終わったとき、ペンの財布には、ガルズ島にもどる舟賃も残されてはいなかった。

〈イセルネに借りればいいでしょ〉デスが言った。〈きっと喜んで貸してくれますよ〉

いまとなっては、メリンを無事監獄に放りこむためなら、財布が空になったってかまわない。そう、たとえば、ロディじゅう逃亡者を追いまわしたあげく、当の相手が運河に落ちて、盗んだ胴巻の重みで溺死してしまったなんて結末よりは、はるかに効率的だし面倒もない。

〈面白みはありませんけれどね〉とデス。〈あなたのとんでもなく豊かな想像力、ほんとにわたしのお気に入りですよって、言ったことはありましたっけ?〉

〈それはご自分のことでしょう、つむじまがりの魔のお姉さま〉

メリンが強引に目的を果たし、その同じ運河からキーオとリイの腐乱死体をひきあげる光景をまざまざと思い浮かべると、怒りすらわいてこない。ロディの運河は、凍えるようなマーテンズブリッジの湖よりもはるかに温かく、死体の保存にはむいていない。

三人にむけられる警備員の目からはまだ疑惑が消えていないものの、この厄介な問題すべてを日勤の手にわたせるという見通しが、ペンの現金とイセルネ学師の名前と指示をあわせたよりも彼らの心を動かす役に立ったようだった。ふたりは手分けして仕事にかかった。ひとりが残って見張りに立ち、もうひとりが増援を求めにいったのだ。ペンはそのあいだに、キーオとリイを連れてこっそりと抜けだした。これ以上尋問者が増えて、すべてをもう一度説明させられるのはまっぴらだった。

神経をいじられたリイの脚は、まだまともに動かない。ペンは彼の腕を肩にまわし、ひきずるように立ちあがらせた。リイが思わず漏れそうになったうめきをこらえた。

聖者をさきに壊れた入口にむかわせたが、彼女は最後の瞬間にもどってくると、梱の中をさぐって落ちこんでいた簪をひろいあげた。それから膝をつき、まだメリンの腕からつきだしたままのガラス玉を握り、歯を食いしばってぐいと引き抜いた。床に血が飛び散り、メリンが身体を引き攣らせてうめく。彼女はメリンの灰色のジャケットで、簪の軸を濡らしている血を手際よくぬぐいとった。

キーオはふたりのそばにもどり、乱れた三つ編みをまとめなおして簪でとめた。少しばかりゆがんでいるかもしれない。それでもリイは、その揺るぎない手つきを、あからさまな賛嘆をこめて見つめていた。

「これでいいわ」彼女はメリンのランタンをとりあげて宣言した。「それじゃ、行きましょ」

〈デス、いまこの場を仕切っているのはわたしではないのですね〉のろのろと少女のあとに従いながら、ペンは思考した。

〈あなたは今夜、一度だって仕切ったことなんかありませんよ。それは神に触れられた者の仕事に決まっているじゃありませんか。あなたは気がついていなかったかもしれないけれど、わたしはちゃんと知っていましたよ〉

〈……ああ、そうだったのですね〉


夜も更けに更けきった時間。祭りを徹底的に楽しんだ者たちがよろめきながら家にむかい、早朝の働き手たちはまだ外に出てきていない時間だ。ペンがリイを支えているため、キーオがランタンを高く掲げている。だがそれも、イセルネの邸につく前にオイルが切れてしまった。月が出ている。それほど高くはないものの、立てこんだ家と家の隙間から青白い光が射しこんでくる。

キーオが肩ごしにふり返った。

「白い服を着てるからかな、あなた、幽霊みたいに光ってるわ」

「幽霊はたいてい、もっと灰色をしています」

「そうなの？　あたしが見る幽霊はそんなことないわよ」

「神によって浄化されているのかもしれませんね」

そのやりとりを聞いて、リイのひたいに皺が寄った。

最後の角を曲がると、その通りでただひとつ灯っている明かりが目にはいった。イセルネの邸の玄関で、ランプが鎖に吊るされている。賭けてもいいが、このランプのオイルだけは夜明けまでけっして尽きることがないだろう。

「階段です」

入口の階段の前で、ペンはさらにしっかりリイを支えようとした。だが、彼の無事なほうの脚がペンの予想以上の力を発揮した。熱のこもった顔があがる。懸命の努力のせいばかりでなく、彼の身体がふるえているのがわかる。

手をあげてライオンの顔をかたどったノッカーに触れるやいなや。屋内であわただしい足音が響いた。二度めのノックをする間もなく、いそいであとずさる。扉が勢いよくひらいたときに、はじきとばされて階段をころがり落ちる羽目になってはたまらない。

「ああごはしらのかみがみにかんしゃをぶじだったのですね！」

ペンはわずかによろめいた。イセルネがふたりに――というよりはむしろリイに、とびついてきたのだ。彼女は一瞬、四本か六本の腕をもっているかのように、息子を抱きしめると同時に怪我をしてはいないかと彼の身体をさぐりまわした。

キーオはかたわらに立ってそれをながめていた。彼女の顔には、ひそやかで、穏やかで、そして深い喜びのこもった微笑が浮かんでいる。

「右手をどうしたの？」

イセルネはリイの力のはいらない手をとってたずね、それから、ほんのわずかだけ息子から身を離して、ようやく思いだしたというようにペンにたずねた。

「この子はもう大丈夫なのですね」

あの狂った魔でも、これほどの歓迎の邪魔をすることはできなかっただろう。

「はい、キーオ聖者とわたしたちの神のなされる技により、以前のままのご子息にもどっています」

イセルネが大きく安堵の息を吐いた。

「手と脚の麻痺はわたしの魔法のせいです、申し訳ありません。ですが、聖者が無事に任務を果たすには」——母親の前で〝マッドボーイ〟という呼び名を使うのはまずい——「魔を抑えておかなくてはなりません。そしてもちろん、魔は抵抗しますから」

「でも——あら——どうぞ、どうぞ、おはいりくださいませ」彼女は三人を玄関ホールに導きいれ、もう一度闇の中をうかがった。「セル・メリンはごいっしょではないのですか」

「ええ、長い話になりますが、あとで説明します」ペンは答えた。

「わかりましたわ」

イセルネはしっかりと扉を閉め、閂をおろした。それからリイをふり返ってたずねた。

「横にならなくて大丈夫？　お医師を呼んだほうがいい？　食事の用意はしてあるのだけれど」

「ペンリック学師はお医師の技も心得ているんですよ」キーオが口をはさんだ。「だから、今夜、もうひとりのお医師を呼ぶ必要はないと思います」

それはそうだが、キーオはどこまで知っているのだろう。これもまた、話していないはずのプライヴェート事項だ。

「〈海の贈り物〉で過ごした数日のあいだに、海で太陽にさらされた疲労はある程度回復しています。それに関してはもう医師は必要ありません。手足の麻痺はしばらくすれば治ります」

その時期については、慎重に口にせずにおく。

「ええ、ですがペンリック学師は、いったいこの子に何をなさったのですか」イセルネの渋面は、ありがたいことに、怒りよりもむしろ当惑をあらわしている。

「治癒の魔法を学べば、習得し得るかぎりの傷つけるための魔法をも教わることになる——それで説明になるでしょうか。コインの両面というわけです」

医師魔術師がごくわずかしかおらず、神殿によって厳格に管理されているのはそのためだ。ありがたいことに、イセルネはペンとペンの以前の職についてそれ以上の質問を重ねることなく、目の前の問題に意識をもどした。

「食事は嬉しいな」リイが言った。「それに、すわりたい。それから横になりたい。もうくたくただよ。だけど、ああ、母さん、話したいことがものすごくたくさんあるんだ。ほんとうにとんでもない話で、まだ目眩がしている」

事実、彼はまだ救助者の肩につかまっている。だが、ペンに責任があるのは肉体的な部分のみだ。

「父さんはもうもどっている?」

「来週もどる予定だけれど、知らせを送ればいそがせることはできますよ」

「そうだね。父さんに知らせなきゃならないことがあるんだ。ニグス叔父さまにも」

「食堂に食事の用意があります。ペンリック学師とキーオ聖者もごいっしょにどうぞ」腰をかがめる礼《カーテシー》と手招きを同時にしようとした結果、手をふりながらの軽い会釈になってしまった。

ペンはまだ脚が不自由なリイを助けながら、示されたアーチをくぐって玄関ホールを出た。リイの左脚は、さっきよりもずいぶん動くようになっている。よかった。キーオが火の消えたランタンとふたりの仮面をサイドテーブルにのせて、あとからついてきた。

イセルネの言葉は大袈裟《おおげさ》ではなかった。リケロン家の食堂テーブルには、十人前もありそうな食事がならんでいたのだ。種々雑多な食品の寄せ集めともいえる。つまりは、眠りに見放されたご婦人が、真夜中過ぎに侵略軍のように厨房《ちゅうぼう》をあさって集めてきたものだ。コールドミートの端切れ。チーズ。生の果物と乾燥果実。ゆで卵。キャベツサラダ。ナッツ。焼きたてのパンとケーキ。カスタードとジャムタルト。体力回復のハーブティー。ワインと水。

「すごい量ですね」ペンはつぶやいた。「いったい何人前のつもりだったのでしょう」

「これ、きっとお祈りなのよ」キーオもまたペンの隣でつぶやいた。

〈そうでしょうね〉デスが同意した。

ペンがリイをすわらせているあいだに、イセルネはいそいで手洗い用水盤とタオルと小さい綺麗な白い石鹸をもってきた。彼女はそれをまずキーオに、つづいてペンにさしだし、最後が息子だった。洗おうとしても、リイの手はまだ動きにくそうだ。右隣の席についていたキーオが、そっと彼に手を貸した。

リイが無事なほうの手をあげて、彼女の頬の黒くなった痣に触れた。

「これはぼくがやったことなんでしょうか。申し訳ありませんでした、キーオ聖者」

彼女はたじろぐことなく、肩をすくめてその謝罪を受け流した。

「あれがあなたじゃなかったこと、あたしにはちゃんとわかってるわ。どっちにしても、悪いのはメリンよ。あたしをあんなふうにあなたの前に押しだしたんだもの。悪態をつくんじゃなくて、お祈りを唱えるべきだったのにね」

イセルネがリイの左隣に陣取ったため、ペンはしかたなく向かい側に腰をおろした。

「なんのお話なのかしら」

リイとキーオが交互に語る倉庫での対決の物語は、とうぜんながら恐ろしく支離滅裂だった。とりわけ、すさまじく腹を減らしたリイは、つねに口いっぱいに食べ物を頬張ったまま話そうとするため、よけいにわけがわからなくなる。その夜そこにいたるまでの混沌たる出来事を、時間をさかのぼってそれぞれの立場からとびとびに語っても、やはり状況はまったく改善されない。リイは母の前では、魔が優位に立っていたあいだの熱に浮かされたような経験を、できるだけ省略して語ろうとしている。それでも、男を襲って衣類を奪ったこと、いまもまだそれを身につけたままでいることは、ぎこちなく告白しないわけにはいかなかった。そこでペンもしかたなく、安堵と慰めになるだろう言葉を添えてやった。

「待って」イセルネが両手をあげた。「最初にもどってちょうだい。メ、メ、メリンがあなたを船から突き落としたというの？　事故ではなくて？」

リイが吐きだすようにさらに長い物語をするあいだ、彼女はじっと歯を食いしばっていた。

メリンに対する告発と、なぜそうなったかの説明のあいだに、交易や経理に関する細かな報告と、じつに多くの名前がまじる。ペンには何がなんだかわからないが、イセルネはしっかり理解している。冷静さはともかく、少なくともリイの知力は回復しつつあるようだ。

「横領着服。ええ、まあそうでしょうね」イセルネが言った。

「驚かないの？　ぼくはびっくりしたんだけれど」とリイ。

「そう、あなたにも話しておくべきでしたね。メリンはニグスのところにいたときから問題があって、だからリポルは関わろうとしなかったのですよ。ニグスはメリンに盗癖があるのではないかと疑っていたのだけれど、なくなったお金はみなほかでも説明がつくものでしたから──ほんとうに狡猾《こうかつ》だったのですね。だからニグスは、法廷でそれを証明することはできないと考えて、結局、熾烈《しれつ》な戦いをくりひろげていたライヴァルのひとりにメリンを推薦することで、その問題を解決しました。盗癖と同じくらい怪しげな解決方法だと思ったのだけれど、でもわたくしは相談を受けませんでしたからね」

「あいつがロニエルに言い寄るの、どうして母さんは嫌がるんだろうって、ずっと不思議だった。あいつが貧乏だからだと思っていたよ」

彼女は鼻を鳴らして答えた。

「わたくしたちが結婚したとき、リポルはもっと貧乏でしたよ。大変なときもあったけれど、一生懸命働くことでそれを乗り越えてきたのです。その才能を、不正直な近道をとることでだいなしにしたりせずにね」さらなる熱をこめて、「それはそうと、海に落とされたあとは、何が起こったのですか」

リイは視線をそらした。日焼けした顔の下に隠されていた疲労が、くっきりと浮かびあがる。

「あんまり腹が立ったもんだから、最初は怖がることも忘れていた。でもぼくの悲鳴は誰にも届かなくて、そのまま船は見えなくなってしまった。月が出ているあいだはそれを見て、それに星座からも、どっちが東かは判断できた。夜が明ければ太陽が出る。たどりつけるとは思わなかったけれど、それでもできるかぎりはやってみようと、岸にむかって泳ぎはじめた。疲れてきて、どんどん速度が落ちていって、結局、浮いているのがやっとになってしまった。ぼくは、そう、ほんとうにいろんなことを考えたよ。やるべきだったこと、やるべきでなかったこと、結局やろうとしなかったすべてのこと」

イセルネは両手をくちびるにあて、だが話をさえぎりはしなかった。キーオは真面目な顔で、身をのりだすように耳を傾けている。

「それから、ものすごく不思議なことが起こったんだ。海豚だよ」リイはつづけた。「夜明けごろ、もうこれ以上は泳げないってときに、ぼくの下にやってきたんだ。あんなに近くで海豚を見たことはなかったし、もちろんさわったこともなかった。海豚の皮膚って、濡れた革みたいに、なめらかで冷たくてしっかりしてるんだ。でこぼこしていたけれどね。いまから思うと、あの瘤《こぶ》は腫瘍《しゅよう》だったんじゃないかな。割れてじくじくしているものもあったし、記憶の中で苦痛が感じられたから。またがるのは難しかったけれど、あいつは優秀な馬みたいに待っていてくれた。ほんとうだよ。ぼくたちはたっぷり一日かけて、アドリアにむかってゆっくり進んだ。

そして、あいつは死んでしまった。ぼくから離れて海底に沈んでいった。そのあとぼくは、恐怖のためにとうとう気が狂ったんだと思った。漁師のことはほとんどおぼえていない。まるきり混乱していたんだ。さがしだして、お礼を言わなくてはいけないな」

「ええ、そうですね」イセルネが熱い声で同意した。

「診療所の人たちなら知っているかもしれません」ペンは言った。「あの脳震盪を起こした人の衣類と財布を返しにいくとき、たずねればいいでしょう。彼にもある意味、感謝すべきです」

「その人、自分があなたに感謝すべきだってこと、わかってるかしら」キーオが興味深そうにペンにたずねた。

そう、もし鼠がもっとすばやく、もっと飢えていたら。マッドボーイがもっときつく殴りつけていたら。彼の生命は失われていただろう。ペンは手をふってそれを退けた。

「感謝など必要ありません。すべては庶子神祭前夜の出来事です」

ペンの休日でもあったはずの。

「その衣類は、明日、わたくしが届けてきましょう」

イセルネの言葉に、その件を思いだして動揺していたリイが深い感謝を浮かべた。

「イセルネ学師が出向いてくださるなら、すべてが穏便に運ぶでしょう。最高の人選だと思います」ペンも同意した。「メリンについては、法的な問題が山ほどあるようですが」

ありがたいことに、ペンの神殿の義務は魔と聖者だけで終わる。正義に関わる問題は、市当局とべつの神の仕事だ。

アーチのほうから、眠そうで不機嫌な若い女の声が響いた。

「ご馳走を食べてるの？　なのに起こしてくれなかったの？」そこで息をのみ、「リ、リイ！」

ペンは顔をあげた。リイが椅子の上で身体をよじってふり返る。ロニエルがナイトドレスの裾をからげて駆け寄り、兄にとびついた。イセルネが思わず上体をそらす。ロニエルはものすごい勢いで兄を抱きしめ、いかにも不安そうにその髪に指をすべらせた。さっきの母による出迎えの妹版というところだ。

「頭は大丈夫？」

「頭？　ずいぶんよくなったよ、やっとひとりになれたからね」

まさぐる指が、瘤も血の塊もさぐりあてなかったので、彼女はさらにたずねた。

「それじゃ、頭が割れたんじゃなかったのね」

「ああ。頭が割れたのはべつの人だよ。だけどペンリック学師の話だと、あの人もすぐによくなるって」

「え？」

ふたりはよく似た混乱を浮かべ、顔を見あわせたまま、まばたきをした。

ペンリックはリイに説明した。

「診療所であなたをさがすイセルネ学師とメリンに会って、ここに寄らせてもらったのですが、メリンはあなたが溺れそうになったことも、魔のことも、話そうとしませんでした——メリン自身も知ったばかりで、庶子神の歯にかけて、きっと驚いていたのでしょう。もちろん真実を告げようともしませんでしたけれど、そっちの理由は明らかです。そして彼は妹御に、あなたは船がロディについてから荷卸し中の事故で頭を打ち、そのまま姿を消したと話したのです」

「あの野郎」リイがうなった。「そもそも、あいつはなんだってここにきたんだ」

「最後の寄港地トリゴニエにむかう途中、あなたが船から落ちて行方不明になったって知らせを、お母さまに届けにきたのよ」キーオが言った。「船で同室だったし、ご家族とも知り合いだから、その役目を言いつかったんだって言ってたけど、あれ、絶対に自分から志願したのよね。よけいなことが伝わったりしないように」

とんでもない話にリイのあごががくんと落ちた。イセルネも怒りをあらわにしている。キーオは考えこみながらさらにつづけた。

「なんていうか、あの神経には感心するしかないわね。自分が殺した相手のお母さんを前にして、あれだけぺらぺら出鱈目《でたらめ》をならべられるんだから。必死で汗をかいてたのは知ってるけれど、その理由まではわからなかったわ」

「ねえ、どういうことなのよ！」ロニエルがさけんだ。

母は自分の席を譲りたくなかったのだろう、娘をテーブルの向かい側、ペンリックの隣にすわらせた。そしてリイがもう一度、さっきの話をくり返した。海に落ちたところから、父の倉庫における生命がけの戦いまでの事情が簡単に説明されるあいだに、ロニエルは大きく目を見ひらいたまま、フルーツタルトをふたつ、ピスタチオをひと山、たいらげた。

リイが言葉とめて、咳払いをした。

「もしおまえがメリンを憎からず思っていたんだったら、残念だけれど」

ロニエルは顔をゆがめた。

「べつにどうということないわよ。あの人、何かと色目を使っていたけれど、お父さまと叔父さまのところで働いている若い人はみんなそうだもの。自分より運のいい人が我慢できなくて、腹を立ててばかりいたわね。そしてあの人の話だと、誰もかもがそれにあてはまるの。こんなことまでしでかすなんて、夢にも思わなかったけれど」

「公平を期して言うならばですが」ペンは口をはさんだ。どうやらまだ神学校での討論の習慣から抜けだせていないようだ。「彼もけっして最初から人殺しを計画していたわけではないと思います。おもな目的は盗みでした。ですがリイに見つかってしまったため、軽率かつ衝動的なやり方で修正をはかろうとし、どんどん事態を悪化させていったのです」改めて熟考し、「最後には聖者を刺そうとしました。救いようもなく愚かな行為です」それからキーオにむかって顔をしかめ、「わかっているでしょうが、庶子神もあなたを刃から守ることはできないのですよ」

キーオのくちびるがくいともちあがった。

「あら、守ってくださるわよ。だってあなたをよこしてくれたじゃないの」

ペンはおだてられた喜びと恐怖のまじったうめきをあげそうになり、無花果《いちじく》にかぶりついた。

「聖者ですって……?」ロニエルが咀嚼を中断して、かすかな声でささやく。

「ちょうどそのことを話そうとしていたところなんだ」リイが、疲れた顔に情熱に近いものを浮かべて、キーオに視線をむけた。「神殿はああやって魔を処理するんですね。いえ、あなたには自覚がないのかもしれませんけれど。ぼくもこれまで、ちゃんと理解していたとはいえません。ただ、白の神の教団から誰かがきて、そうした問題にけりをつけてくれるのだと、ぼんやり考えていただけなんです」

「ロディの大神官の管轄では、その〝誰か〟があたしになるの」キーオがむかいの席のロニエルにためらいがちな微笑をむける。

「その、さきほどお会いしたときに、キーオ聖者を紹介しませんでしたっけ」ペンはたずねた。つぎつぎと事件が起こるものだから、混乱していて記憶がない。

「キーオ聖者ですって……？」ロニエルが首をふった。「紹介いただいてません！　学師さまのことだって、ちゃんと紹介してもらっていません」そこで改めて気がついたように、「ほんものの魔術師がうちにきてくださっていたの？　みんな、大切なことは何ひとつ、わたしには教えてくれないんだわ」

娘たちがこっそり抜けだそうとしていたことを思いだしたのだろう、イセルネが苦々しくくちびるを噛んだ。あれでは秘密を打ち明ける気になれなくてもしかたがない。

イセルネが辛辣《しんらつ》な言葉を吐いて長年にわたる母娘喧嘩を蒸し返す前にと、ペンはいそいで言葉をはさんだ。

「申し訳ありませんでした。わたしはペンリック・キン・ジュラルド、オジアル大神官の宮廷魔術師です。こちらはキーオ聖者、わが教団の聖者で、ガルズ島の宗務館に所属しています。

わたしはそもそも、海で救助され〈海の贈り物〉に連れてこられた患者を調べるため、大神官に派遣されたのです。そしてそのあとはごらんのとおりです」

ペンはリイを指さし、つづいてとんでもない騒ぎとなったこの夜全体を示した。

ロニエルが眉をひそめて兄にたずねた。

「魔に取り憑かれるって、どんな感じ？」

そしてすばやくペンに視線を投げたのは、自分の隣にもまた魔がすわっていることに気づいたからだろう。それでも彼女はペンから距離をとろうとはしなかった。

リイが当惑をこめて手をふった。

「熱にうなされて恐ろしい悪夢を見ているみたいだったよ。いつまでもつづいて、目を覚ますことができない。ぼくのものじゃない記憶が頭の中に流れてくる。恐ろしいものもあった——誰かの首を絞めている場面と、首を絞められている場面。あれがいちばん強烈だったな。あのロクナル人はメリンよりおぞましかった。ただただ不思議なものもあったよ——水の中を泳いでるんだ。体重がまったく感じられなくて、ぐいぐい力強く進んでいって、とても楽しい。ばたばた暴れる魚を生きているままかじる。これはちょっと気持ち悪いかな。それから、ぼくの身体が勝手にロディじゅうを歩きまわっている。ぼくの身体がぼくが選んだんじゃない行動をするのを、ただ見ていることしかできない。でも怪我の痛みや空腹はぼく自身が感じる。神の訪いがあって魔が取り除かれたとき……ぼくは……」声が途切れた。

キーオは静かな笑みを浮かべて耳を傾けている。

リイが彼女にむきなおった。

「あなたはいつもこんなことをしているのですか。毎回、神の訪いを受けておられるのですか」

キーオは首をかしげた。

「教団の指示で素霊のもとに遣わされるたびに。いつ、何回って決まっているわけじゃないけれど、だいたい一年に四回から六回くらい」

「それは——その経験は——あなたに何か……変化をもたらしましたか」

リイ自身が変わったように？

その問いを好意的に解釈したのだろう、キーオは真剣に考えこんだ。

「神さまのおかげで……世界がひろがった、かしら？」

ひろがったのは彼女の魂かもしれない。それにしても、キーオはあの途方もない広大さを年に六度も体験しているのか。ペンの人生において、神と直接対面したのは一度だけだが——今回で二度になる——それはもう想像を絶する体験だった。

「どうして耐えられるのですか。魔はどうしようもないくらい恐ろしいのに」

「あの魔はほんとにほんとにひどかったものね」キーオは同意をこめてため息をついた。「この世界にきたばかりの素霊の場合は、鶏を絞めるような感じよ。超常的な鶏だけれど、それでも同じ。あんまり嬉しい仕事じゃないけれど、あたしは慈悲をこめて、できるだけはやくこなすようにしてるの」

では、倉庫での仕事は人を縛り首にするようなものだったのだろうか。キーオがそれ以上説明しなかったので、ペンも口をつぐむことにした。

「これからもずっと聖者をつづけるのですか」リイがたずねた。

「庶子神しだいね。それを決めるのはあたしじゃなくて、庶子神なの。あたしは、いつ終わりがきてもおかしくないと思ってるわ」

ペンはそこで口をはさんだ。

「マーテンズブリッジ近郊で庶子神に仕えるイダウの聖者は、三十年以上もその任についておられます。もうかなりのお歳ですが、わたしの知るかぎり、いまも現役のはずです」

ブロイリン聖者は壮年期に神のお召しを受けたはずだ。それなりの物語があったのだろうが、残念ながらペンは聞いていない。そもそも魔術師は、聖者のまわりをうろついて仲よくなったりしないものだ。

「庶子神教団はずっとあなたをガルズ島に囲っているの？　その……塔の上のお姫さまみたいに？」ロニエルがたずねた。

この比喩のほうが〝監獄の囚人〟よりもずっと好ましい。

キーオは驚いたように笑いだした。

「リエスタ学師は——宗務館でのあたしの上長なんだけれど——できればそうしたいと思ってるみたい。だけど、あたしは春の姫神じゃなくて庶子神に仕えてるんだから、世界からひきこもってなきゃならない義務はないの。好きな人生を選べるはずなのよ。ねえ、ペンリック、ブロイリン聖者はパン職人だったって言ってたわよね。あの仕立屋はどうしてるかなあ……。あたしはもう子供じゃない。それでもガルズ島にとどまってるのは、外に出てもひとりではやっていけないからよ」考えこみながら、「リエスタ学師は、だからあたしにお金をくれないのかしら」

「そんなことはないでしょう」ここは如才なく答えておいたほうがいい。

「きっと、倹約が習慣になってしまっているのよね」キーオは寛大に結論した。「孤児院にはいつだって、食べさせなきゃならない口がいっぱいあるんだもの」

「聖者は結婚できるの？」ロニエルがたずねた。熱烈な好奇心をこめながらも、その口調は不躾ではない。

どちらにとっても危険な話題であることに気づき、そしておそらくはキーオに気まずい思いをさせまいとしたのだろう、イセルネが答えた。

「父神教団の司法官をしている下級聖者ふたりにお会いしたことがありますけれど、その方たちは結婚していますよ。おふたりで夫婦でした。どのような寝物語をするのでしょうね。母神教団の祭司で聖者という方も知っています。何年か前、遺書の作成をお手伝いしたのです。ですから聖者も結婚しますよ。たぶん、ふつうの人とまったく同じように、なのでしょう」

「あら、わたしが知りたかったのは、庶子神教団ではどうかしらということよ。そちらでは、その、庶子神への遠慮で、結婚しないいんじゃないかしらって」

「いいえ、庶子神教団の人たちも結婚はします」ペンリックは咳払いをした。「結婚する魔術師は少ないかもしれません。たぶん、魔と共生しているため、夫や妻には不向きなのでしょう。

それでも、デズデモーナの――ああ、わたしの魔なのですが――彼女の以前の乗り手で、結婚した人は五人います。五人とも、魔術師になる前のことですけれど。でも、魔術師と魔術師の結婚はけっしてあり得ません。混沌の魔ふたりがひとつの家に住まうのは、なんといえばいいか、混沌の供給過剰になるのです」

もしくは、ひとつの宮殿に混沌の魔ふたりが住まうのは、というべきだろうか。ペンはそのせいでマーテンズブリッジを追いだされたのだ。

「魔術師と聖者はどうなの？」我慢できなくなったのか、ロニエルがつづけた。

彼女はいま、結婚という人生の大きな節目を迎える年頃にさしかかっている。この手の厄介な関心を抱くのはそのせいだろう。

「ロニエル」母親が目をくるりとまわしてたしなめた。

「それはありませんね」ペンが口をひらく前に、デスがきっぱりと否定した。

「まあ、残念」ロニエルはちらりと兄に視線を送り、静かに梨をたいらげた。

〈魔術師と聖者は、友人にならなれるでしょうか〉

〈あいだにテーブルをはさめば大丈夫かもしれませんね〉答えながらも、デスは新たな発見に困惑している。〈ひとつ寝台は近すぎます〉

〈そうですね〉

「あの……キーオ聖者の宗務館では、その、客を迎えることはできるのでしょうか」リイがためらいがちにたずねた。

キーオがほっそりとした肩をもちあげた。

「ガルズ島までいらしてくださるなら」さらにロニエルにむかって、「孤児院に塔はないのよ。囚人としてじゃないなら、塔に住むのも面白いかもしれないわね。きっと、船溜まりや町がすてきによく見えるわ。女子寮なんかよりずっといい。でもあたし、聖者になったとき、宗務館に自分の部屋をいただいたの。きっと寮でつぎの孤児のためのベッドが必要になったんだわ」

ロニエルが目を輝かせ、梨の芯をふりまわした。

「ねえ、お訪ねしてもいいかしら。行ってみたいわ」

リイが驚愕の視線を妹に移した。

「それは、それは、ほんとにいい考えだ」

そのひと幕をながめながら、デスが声に出さずに笑いはじめた。

〈あの子はたったいま、兄上の愛情を獲得したわね〉

〈なんですって?〉

〈あら、鈍いのね、ペン〉

イセルネが思慮深く結論した。

「みんなでうかがいましょう。帰宅したら、リポルもきっと、キーオ聖者にお目にかかってお礼を申し述べたいと考えるでしょう」

思いがけない提案に、ロニエルはいっそうの喜色を浮かべ、リイは母に感謝の視線を投げた。

〈イセルネも気づいているのでしょうか〉

〈それはもう、きっと〉

イセルネは慈愛あふれる微笑を聖者にむけている。若い未婚の娘に、というべきだろうか。その両方かもしれない。

「でも気をつけてね」キーオが言った。「リエスタ学師が孤児院への寄付をお願いしてくるわ。大神官さまでも船頭でも、誰がきても必ずそうなのよ」

「その方とはよい友人になれそうです」イセルネは平然と答えた。

ロニエルが椅子の上でとびはねた。

「ああ、そうよ。お父さまがもどられたら、みんなで一日がかりでお出かけしましょ」

「歓迎するわ」とキーオ。

イセルネの申し出が、その場かぎりで忘れられてしまう社交辞令ではなく、心からの約束であるとわかったのだろう、キーオの顔もまた熱意を帯びてきた。

「この家のみなさま、全員大歓迎するわ」

キーオに見惚れるか顔から皿につっこむかというリイの戦いは、どうやら皿が勝利をおさめつつあるようだ。彼ら全員、もうひと口もはいらなくなるまで存分に飲み食いした。なかでもロニエルとキーオの食欲は目覚ましかった。テーブルに残ったものは勝手になんとかすればいい。寝台の誘いを受けているのはリイひとりではない。鎧戸の隙間から灰色の光が射しこんできはじめた。庶子神の日の夜明けが訪れようとしている。

「わたしはキーオ聖者をガルズ島まで送っていかなくてはなりません」ペンは部屋全体にむか

って宣言した。

この時間ならもう大丈夫だろう。ほんの一瞬、宗務館の船着場に髪も服も乱れた娘を荷物のようにおろし、そのまま舟を返してもどろうかとも考えたが、それは卑怯というものだ。聖者は今夜、すばらしい度胸と勇気を示してくれた。だからペンも……そう、魔術師の名誉にかけて――いや、べつになんでもいいけれど――それに応えなくてはならない。

〈教団と白の神のために！〉

熱弁をふるう自分の姿を思い描いてみるが、彼の神は間違いなく笑いとばすだけだろう。

「ええ、そうですわね」

イセルネもまた、若い客にむけていた好奇心満々の観察をやめる時間だ。

「もう遅いというか、もう朝ですものね」そして穏やかな顔を息子にむけ、「リイ、そろそろお休みなさいな。そんなに大きくなってしまったのだから、眠りこんだあなたを運んでいくことはできませんよ」

リイは疲れきったうめきをあげたが、ペンとキーオが席を立つと、しゃきっと姿勢を正した。そしてどうにか立ちあがり、椅子の背につかまったまま、彼女にむかって危うげに一礼した。

「キーオ聖者。またすぐにお目にかかれますね」

キーオはひたい、くちびる、臍、下腹部、心臓に触れる五聖印を結んで祝福し、親指の裏でくちびるをはじいて、それを彼のひたいに押しつけた。

「そのときまで、白の神があなたをお守りくださいますよう」

「白の神はこれまでもぼくを守ってくださっていた。そうですよね？　あなたにはおわかりでしょう」

謎めいた微笑。だがその謎はリイと共有されている。

「ええ、そうね」

ペンはキーオについて玄関ホールにもどった。帰港する船を案内する水先船のようだ。そこでさまざまに別れの挨拶がかわされたあと、ペンはきまり悪さをこらえながら、舟賃を貸してもらえないかとイセルネに頼んだ。もごもごとした言い訳を封じるように、充分な貨幣が心地よくわたされる。来週にも大神官庁で彼女を見つけて必ず返そうと、ペンはみずからを慰めた。

ウィールドマン運河の河口にあるもっとも近い船着場までの道筋を、イセルネが丁寧に説明してくれた。そこに行けば、仕事を待っている深夜の、もしくは早朝の船頭が見つかるだろう。ほんの二秒ほど、金を節約してふたたび町を横断し、中央船溜まりにあるガルズ島にもっとも近い船着場まで歩こうかと思案した。

〈やめておこう〉

リケロン邸の扉が閉ざされ、リイを階上の寝室に送りこむ母と妹の幸せそうな声を、そして、ペンの自負心が発する頼りなげな抗議の声を閉めだした。

のぼりくる朝日によって霧深い岸辺の空気が銀色に変わるころ、船着場に到着した。眠たげではあるが、ありがたいことに無口そうな船頭が、あわただしい庶子神の日の仕事をはじめようと待機していた。進行方向にむかった席にキーオをすわらせ、ペン自身はそのむかいに腰をおろした。ぐいと押しだされた舟が、眠気を誘うように穏やかに揺れながら進んでいく。

ざらざらする目をこすっているうちに、思いだしたことがあった。

「そういえば、お誕生日おめでとうございます、キーオ聖者。あとでカスタードのお菓子が食べられますね」

「ええ、きっと。庶子神の日にはすてきなご馳走が出てくるのよ。リエスタ学師のお説教を我慢したあとだけれど。庶子神を祝う午後のゲームが終わったら、子供たちはもうぺこぺこにお腹をすかせてるの。だけどいま、あたしはもうお腹いっぱい」首をのけぞらせて明るくなりつつある空を見あげ、「イセルネ学師はほんとうに気前のいいお母さんね。リイもロニエルもレピアも、自分たちがどんな幸運に恵まれているか、わかっているのかなあ」

それはきっとリポルもだ。あの一家をまとめている強力な接着剤が誰なのか、考えるまでもない。

「ほんとにすてきなご家族」キーオはつづけた。「養女にしてもらえるんなら、あんなおうちがいいって、ずっと思ってたんだけどな。でもあたしはもう大人になっちゃったから」そしてまた、〝あたしは気にしてないわ〟と言いたげに、片方の肩をすくめる。

「あなたが見ているのは、ひとつの家族が何年にもわたる努力を乗り越えてきた結果としての姿です」ペンはさりげなく言った。「努力そのものは見えていません。わたしの実家も大家族でしたけれど、わたしは末の子だったので、家族のはじまりを知ることはできませんでした。

そしてたいていの子供は、家族の最後を見届けることなく、さっさと逃げだしていくのです」

兄ドゥロヴォは傭兵隊にはいって悲惨な最期を迎えた。姉たちはごくあたりまえに結婚して家を出たが、いまのところみな元気にしている。そのいっぽうで、長兄ロルシュはこれからも、永久にその中心にとどまる。だが彼はその代償として領守の地位を得たことで、みずからを納得させている。そしてペンリックは……。そう、彼はつねに〝みにくいアヒルの子〟だった。

〈いまは白鳥になりましたよ〉デスが言った。〈ごらんなさい。ちゃんと白い羽根をまとっているじゃありませんか〉

昨夜の冒険のあとで、ひどく汚れ、しわくちゃになっているけれども。混沌の神を象徴する色として、白という選択はひどくまずいものに思える。

姉たちのことを考えると同時に、若い娘が家族を得るにはもうひとつべつの方法が——ごく伝統的な方法があることに思い至った。だが、貿易商の一族が持参金のない花嫁を受け入れるだろうか。財政的に豊かな孤児院ではささやかな持参金を用意することもあるというが、たいていは弟子入り費用を捻出するのがやっとだ。キーオの頭にそんな考えを吹きこむのはよいことではない。ペンはかわって口にした。

「以前、王女大神官が言っておられたのですが、わたしたちにとっては友人こそが、神が家族のかわりに与えてくださった贈り物なのです」

ワインでほろ酔いになりながらの、真夜中の会話だった。もっとも、ウィールドの聖王一族にとっての家族は、ペンの考える家族とはまったく異なるものなのかもしれないが。

〈そんなにちがってはいませんよ〉とデス。

なぜ彼女がそんなことを知っているのだろう。

ペンの借り物のジョークに、キーオがにっこりと笑った。

キーオが孤児であるという状況は、ペンの魔法では解決できない。神の手にゆだねるしかないだろう。庶子神に祈りを捧げるときは、慎重にふるまわなくてはならないのだけれども。

〈あらあら、なんてことでしょうね〉デスが鼻を鳴らした。〈庶子神の手がひと晩じゅうこの鍋をかきまぜていたこと、気がついていないの？　たぶん、もっと前からですよ。あなたはひと言だって口をきく必要なんてありませんね〉

倹約して？　ご都合主義で？　いや、その両方かも……

〈きっとリイならやってのけますよ。若くて、精力的で、そして感謝の気持ちでいっぱいなんですから……〉

〈助けだそうにも、このお姫さまは塔に住んではいませんが〉ペンは指摘した。

〈才気あふれるお金持ちですからね。お姫さまを救いだすために、塔をつくりあげてしまうんじゃないかしら〉

〈はあ〉

いずれにしても、キーオが幸せになってくれればそれでいい。その〝幸せ〟がどのような種類のものであってもだ。

キーオが身体を起こして、きらめく水のむこうを指さした。

「ねえ、見て！　庶子神祭パレードの舟が集まりはじめてるわ」

ペンは彼女の示すほうに目をむけた。片側に五本のオールを備えた、小型ガレー船ともいえそうな大型の舟が一艘、彼らに追いついてこようとしていた。白く塗った、もしくは白く塗りなおした上に、銀もしくは銀に見せかけた錫の渦巻き模様が描かれている。花綱と花がいっぱいに飾られ、小旗が風にはためいている。

「あれ、グラス島の宗務館の舟よ」

キーオが言って大きく手をふった。舟の者たちも手をふり返す。笑顔で手すりにもたれていた女がペンの神官服に気づき、祝福の言葉をさけびながら白い花輪を投げた。距離が足りず、水に落ちてしまう。キーオが舟のむきを変えさせ、身をのりだした。舟が傾き、ペンは座席にしがみついた。キーオは花輪をひろいあげると、軽くふって水をはらい、ぽんと自分の頭にのせた。少しばかりゆがんでいる。

「グラス島の孤児院も舟を出しているのですか」ペンはあたりを見まわしながらたずねた。

宗務館の舟のあとには、じつにさまざまな種類の飾りたてた舟がつづいているけれども、子供の姿はわずかしかない。

「ううん、グラス島に孤児院はないの」

「いままで気がつかなかったのですが。あなたも今日のパレードに参加する予定だったのではありませんか」

養子候補としての顔見せではなく、誉れ高き聖者として。もしそうだったら、送り届けるのが遅すぎたことになる。しまった。

「ううん、どこの教団も、聖者はあまり公の場に出さないの。父神と母神のところは特にそう。請願者にしつこくつきまとわれてしまうから。あたしの仕事は特殊だから、請願者もこないけれど。くるのはほんとうにあたしを必要としている人だけ。そういう人はちゃんと案内されてくるわ」にやりと笑って、「あなたみたいにね」

庶子神祭の前夜、〝案内された〟というよりも、〝わけがわからないままひっぱりこまれた〟というほうが正しいような気もする。

「パレードに最高の天気になりましたね」とだけ言っておいた。

潟《ラグーン》の穏やかな風が心地よく顔にあたる。だが正午までには日陰がほしくなるだろう。

「庶子神の日はいつもそうでさあ」船頭がはじめて口をひらいた。

もちろんこれまでも会話を聞いてはいたはずだが、やっと目が覚めてきたのだろう。気の毒なことだ。だがペンの知るかぎり、天気だけは、誰もがどこででも口にしていい話題だ。

「風が吹くこともありますがね、それをいうなら、春分のほうが危ないやね。おれは冬至に父神のパレードにも舟を出しますがね。寒いし、霧が出てたりしたらもう憂鬱《ゆううつ》このうえなしってもんでさあ。手があかぎれになっちまいますしね」

船頭はうんうんとうなずき、自分の台詞《せりふ》を言い終えて満足したといわんばかりに、リズミカルに舟を漕ぐ仕事にもどっていった。

五柱の神がそれぞれ五つの祝日をもつ。五神教の国では、庶子神祭はつねに母神の夏至につづいて真夏に催される。残り三つの聖日には、それぞれの来歴に応じて、春分秋分冬至があてられている。

〈四神教徒は、わたしたちの神の閏日を父神の冬至にあわせてくるのですよ〉とデス。〈そうすれば、庶子神を制御できると思っているのですね。不運の日として断食や祈禱にいそしみ、誰も外出したり、新しい仕事をはじめたりはしません〉そこで考えるように、もしくは記憶をさぐるように言葉をとめてから、〈若いウメランは、いつもとても退屈がっていましたね〉

ペンは目を細めてのびをした。乗客が船底で丸くなっていびきをかきはじめても、船頭はさほど驚かないだろう。もう何年にもわたって、祭りに疲れた客を数えきれないほど家まで送り届けているのだから。こんな時間に、このように不思議な夜を過ごした客を乗せたことはないだろうけれども。

キーオは黙りこくって、中央船溜まりに近づくにつれて移り変わる景色をながめている。ペンほどではないにしても、ようやく疲労に屈しはじめたのだろう。彼女といると、自分がずいぶん歳をとったような気がしてくる。こんな気持ちにさせられる相手はめったにない。

デスが鼻を鳴らすようなイメージを送ってきたが、ペンは賢明にもそれを無視した。

水に手を浸してもの思いに沈むキーオを見ているうちに、ペンはふと思い当たった。リケロン家のテーブルで今夜の聖者としての仕事を語るにあたって、彼女はある側面については完全な沈黙を守った。教団を同じくする神官として、今夜のペンには単なる護衛以上の役目があるはずだ。ペンが彼女を守ったのと同じくらい、彼女のほうでも彼を守ってくれたことを思うと、いささか面映いが。

〈この子には庶子神のお導きがあるんですよ、ペン。あなたの導きなんか必要ないでしょう〉

いかにも。それでも……

〈まあ、やってみましょう〉

どうやってはじめればいいか、一瞬の間があいた。

「十九のとき、まるきり無能で、魔術師としての新たな職業についてほとんど何も知らなかったわたしは、デスの処分がブロイリン老人にどれほどの心痛をもたらすか、まったく考えもしませんでした。わたしの前にあらわれたあの人は、すでに権威にあふれ、動かざる山のごとく世界に存在していたからです。庶子神がわたしの魔の受け取りを拒みたもうたとき、驚きはしていましたが……そう、不快そうではありませんでした。わたしはただ、あの人はこれまで、もっとひどいものをたくさん見てきたのだろうと考えただけでした。そのうちの一件はわたしも知っています。変節した神殿の魔で、完全な人格を備えていましたが、連れもどされ庶子神によって滅ぼされました」

優位に立ったティグニーの魔の記憶はあまりにもおぞましく、デスも進んで共有してくれたわけではない。

キーオが手の水滴をはらって彼にむきなおった。

「ペンリック、あなたってばほんとに気がまわるのね。リエスタ学師とは大違いだわ」

「そうですね」ペンは肯定するように手をひらいた。

短い沈黙。それから。

「そうね、あたし、今回のがとんでもなくおぞましいやつだったこと、どっちかといえば喜んでる。あたしの仕事にはいろいろいやな面もあるけれど、少なくとも悩まずにすんだもの。これが庶子神からの誕生日の贈り物だったとしても……そう、返却はできないわよね」

「〝良い〟が必ずしも〝すてき〟と等しくなるわけではありませんから」

陽光の中で、疲れた若い顔をじっくりとながめた。いまや太陽は町を見おろし、湿気の多い銀色の空気を黄金の薔薇《ばら》色に染めている。気持ちよく晴れた日になるだろう。暑いだろうけれども。

「大丈夫ですか」

「うん……そのうち大丈夫になる」それからかすかな笑い声を漏らし、「仕事のあとで、そんなふうにきかれたの、はじめてよ。鶏の素霊に取り憑かれた女の人を助けたとき、みんなその人に大丈夫かってたずねてたけど、あたしには誰も何も言ってくれなかった。あたし自身だって考えもしなかった。あの素霊は、女の人にそんなに長いあいだ取り憑いてたわけじゃなかったから、人間性もほとんどなくて、影を消すみたいな感じだった。でも今回のは……そうじゃなかった。完全な人格をもってたの。ほんとに、完全な人格だったのよ」視線が、通りすぎていく岸辺の景色をたどる。「庶子神は、おんみずからつくりだしたもうたものの運命を、嘆き悲しんでおられたわ」

彼女は自分の手がその運命によって汚れたと感じているのだろうか。

「わたしの数えたところ、あの魔は七つの生を経ています。そのいくつかはとても短いものでしたけれど。そしてゆがみ、闇を宿していました。どのような乗り手でも、あそこまで堕《お》ちた魔を癒すことはできなかったと思います。庶子神がどれほど工夫を重ねようとも」

「あたしもそう思う」そして彼女はペンにむきなおった。「あなたの魔はもっともっとたくさんの生を経てるんでしょ。でも闇を宿してはいない。光り輝いてるわ。ものすごく大きな曲がりくねった洞窟を照らす、色つきのランタンみたい」

デスはあの魔が滅ぼされた瞬間、夜の恐怖に怯えて毛布の下に頭を隠した子供のように、何も見てはいなかった。だが白の神の肩ごしにながめていたのなら、キーオの目から逃れられるものなど何ひとつない。そうした瞬間がごく短いのはよいことなのだろう。おかげで聖者は、正気を保ったままこの世界にもどってこられる。たいていの場合は、であるが。

ペンを見つめる好奇の視線が、ひたむきな真剣みを帯びた。

「ねえ、何をそんなに深く悲しんでるの?」

ああ。では、彼女が本質を見抜いたのは、デスやメリンやリイだけではなかったのだ。

ペンは苦しげに肩をすくめた。

「人はみな、いずれ孤児になるとわかったからです。王女大神官はわたしにとって第二の母でした。昨年、お隠れになったときは、実の母を失ったほどにも悲しかったです」

その別れから何カ月もしないうちに、第一の母もまた亡くなった。だから、その比較はほぼ正確だ。そのような比較に意味があるとは思えないが。

キーオはくいと背をそらしてそれを受けとめ、それからまた身をのりだした。

「ねえ、それだけじゃないでしょ」

ペンは顔をしかめ、それ以上のことなんてない、たいしたことじゃないと受け流そうとした。だが今朝のキーオは、聖者としても若い娘としても、嘘でごまかすことなどできそうにない。とりわけ、たったいまペン自身が、彼女から真実をひきだしたところなのだから。

心を決めて息を吸った。

「わたしは神殿の医師魔術師として、新しい仕事に夢中で取り組んでいました。お世話になった人々みんなを喜ばせたかったからです。能力が足りなかったわけではありません。そうだったらずっと簡単に職を離れることができたでしょう。問題だったのは技術ではなく……たぶん、性格だったのだと思います」デスが厳しい叱責をはじめようとするのをいそいでかわし、「職と魂の不均衡といってもいいでしょう。深刻な不均衡です。それによって何かが壊れました」

〈壊れたのはあなたの心でしょうね〉とデス。感傷を削ぎ落とした乾いた口調だった。〈わたしもあの場にいたのだから、わたしに嘘はつかないでくださいね。そもそもはあなたのミスですよ。自分のもとにきた患者すべてを助けられると考えていたのですから……。その努力をしなかったわけではないけれど〉

挫折した医師と、超常的な死刑執行人……。キーオもまた、生命や死がつかみどころなくすり抜けていくあの虚しい感覚を、いやというほど知っているのだろう。

〈ああ〉

ペンは神経質に前腕をこすった。

「ほんとうに、こんな話をするつもりではなかったんです」

「うん、わかってる」とキーオ。

意識を集中するように首をかしげるその姿が、ペンに不安をもたらす。

「……あたし、思うんだけど、庶子神がこの世界にとどめておこうと望んだのは、きっとあなたの魔ひとりだけじゃないわ」

「それは……わたしも……知っています。そのメッセージをきわめて明確に受けとったことがあります。昨年秋のある朝、マーテンズブリッジを見おろす丘の中腹で。おかげでわたしは、その正午におこなわれるはずだった母神教団の任命式に出られなかったのですけれど」

〈その腕を血まみれのまま放置することに成功していたら、あなたといっしょにわたしも連れていかれてしまったんだってこと、わかっているんでしょうね〉デスが不満そうにこぼす。

〈あのときもそう言いましたよ。もっともあなたには、なんにも聞こえていないようでしたけれどね。まあ、正気じゃなかったんでしょうね〉

〈すみませんでした。もうあんなことはしません〉

〈ほんとにね〉

怒りのこもるわざとらしい咳払い。さまざまなものが……隠されている。たぶん、愛情も。

「そして、わたしはいまここにいるのです」ペンは結論した。

〝ロディに〟なのか、〝この世界に〟なのかは、言わずにおく。

「それで、あなたはいまここにいるのね」キーオは確固たる気骨をわかちあおうとするかのように、きっぱりとうなずいた。これもまた、返却不可能な誕生日の贈り物だ。「よかった、嬉しいわ」

中央運河の入口に近い船溜まりに、聖パレードの舟が集まっていた。キーオが歓声をあげて、祝福を与えるためにくりだしてきた大神官の華やかな御座船を指さす。ぎっちりと二列にならんだ漕ぎ手。吹き流しや旗。遠目でちっぽけに見える高位聖職者や役人たちは、華やかな最高礼服に身を包んでいる。楽士と聖歌隊が上甲板で奏でる甘く涼やかな楽の音が、水の上をわたってくる。もし今朝その場にいあわせたら、ペンは、肘で群衆を押しのけてでもあの舟に乗りこもうとしただろう。だがいまは、肘で群衆を押しのけてでも寝台にもぐりこみたいばかりだ。ガルズ島の孤児の舟はもうすでに出発し、パレードに加わっているだろう。まばゆいばかりの光景にすっかり見惚れ、ついとふり返った瞬間、ふたりの乗った舟が目的地に到着した。

ペンはそこで、行方のわからぬ子を待ってひと晩眠れずにいた親がイセルネひとりではないことを知った。突堤の端に、脚をぶらぶらと揺らしたまま、リエスタ学師が腰かけていたのだ。膝に肘をついて背を丸め、首が上下に動いているのはうたた寝をしているのかもしれない。

ふたりの乗った舟が石にこすれる音で、彼がはっと顔をあげた。

「キーオ！」

リエスタははねるように立ちあがって水辺への階段を駆けおり、両手をさしのべてキーオを舟から助けおろした。残されたペンはあわててバランスをとった。もちろん、舟賃も支払わなくてはならない。

湿った花冠が酔っぱらいのようにかしいでいるのが決定打となって、キーオの外見は〝だらしない〟から〝ふしだら〟に格上げされてしまった。階段をのぼってふたりに近づきながら、ペンはそう結論した。キーオは黙ってにやにや笑っているばかりだ。さらにはペン自身も、目は充血していまにもふさがりそうだし、顔はしまりなくたるみ、二日酔いにしか見えないだろう。ずっと心配していた保護者にとって、どれも納得できるものではない。

「ふたりとも、ひと晩じゅういったいどこに行っていたのですか」リエスタが問いつめた。怒鳴るというよりも、首を絞められたような声だ。

「あら、ペンリック学師のおかげで、あたし、もう最高にすてきな庶子神前夜祭を過ごしたのよ！」キーオが陽気に答えた。「町じゅうを歩きまわって、パーティに参加して、お祭りの屋台で食事して、優位に立った魔を追いかけて、その乗り手を助けて、人殺しをつかまえたの。すって。ペンリック学師はおまけに、強盗にあった被害者を生き返らせて、巾着切りを改心させたんですって。巾着切りの改心がちゃんとつづくかどうかは、庶子神にもわからないでしょうけれどね」小狡そうな笑みがさらにひろがって、駄目押しをする。「おまけにあたし、とってもすてきな男の子に会ったのよ。そのご家族にもね」

彼女はこのかわいそうな学師をからかっているのだろうか。しかも、彼が漏らすいらだちまじりのため息を聞くかぎり、これがはじめてというわけでもなさそうだ。

「キーオ……」

生真面目な神殿事務官と聖者の関係は、これまで想像していたようなものではないのかもしれない。ペンはリエスタの立ち位置を、〝口やかましい〟から〝翻弄《ほんろう》されている〟に変更した。その夜の驚くべき出来事について、彼がペンリックに説明すら求めようとしないこともまた、意味深長だった。若い娘がひと晩行方不明となれば、父親がわりの保護者としては相手の男をどれほど非難しても足りないだろうに、そうした思いをペンにぶつける気配もない。ペンリックとしては、どんな非難も甘んじて受けるつもりでいたのだが。

またリエスタは、キーオが簡単ながら挑発するような報告をしたにもかかわらず、彼女が嘘をついているかもしれないとは微塵《みじん》も考えていない。興味深いことだ……

そうだ、これを言っておかなくてはならない。

「おそらく、市の司法官が殺人事件の調査にくると思います。それも明日以後になるでしょうけれど。聖者の証言だけでは足りないようでしたら、大神官庁のわたしのところにくるよう言ってください」

それを聞いても、リエスタの心が安らいだようすはない。

キーオが慰めるようにリエスタの腕をぽんぽんとたたいた。

「魔については、あとでちゃんとした報告書を出すわ、約束する。教団のファイルにおさめられるようにね。でもいまはとにかく、身体を洗って寝たいの」

「そうですか」怒りが抑えこまれる。「いいでしょう、では……」

ペンリックはふたりとならんで、宗務館に通じる連絡運河沿いの道を進んだ。若い娘のエスコート役として、戸口まで送らねばならないと、義務感のようなものにかられたのだ。

リエスタが横目で彼を見て言った。

「では、あなたもご無事だったのですね」

質問に皮肉がまじっている。ペンは、メリンの短剣がどれほど危ういところまでせまったかを思いだした。腕の傷はもう乾いている。袖についた血の染みはあとでなんとかしよう。

「かろうじてというところでした。わたしには心強い護衛がついていたので」皮肉をまじえず答えた。

キーオが、ぶらさげた仮面の羽根をいじりながらにやりと笑った。

「このひと晩、白い衣が運河に浸からずにすんだのは奇跡です」ペンはつけ加えた。運河に浸からなかったからといって、まったく無事だったわけではない。徹底的な洗濯と繕いが必要だ。

キーオが頬をふくらませて立ちどまった。ふたりの男も否応なしに足をとめる。

「ずいぶんがっかりしてるみたいね、ペンリック学師。混沌の神とロディの評判を守ってくれる人がいないって？　庶子神の日だもの、捧げ物をしなくちゃね。あなたの仮面、わたしてくれる？」

ペンは困惑しながら仮面をさしだした。疲労で頭が空っぽになっていたのかもしれない。

キーオがペンを自分のほうにむきなおらせ、立ち方をあれこれとなおしはじめる。どういう意味なのかと口をひらきかけた瞬間、彼女はペンの胸に両手をあて、力いっぱい押したのだった。切石の縁を越えて。うしろざまに。運河の中へ。大きな水音が響く。口の中に水がはいってきたため、驚愕の悲鳴が途切れた。

貼りつく海草をかきわけ、水しぶきをあげて、どうにか足がついた。いざ気がついてみると、ここの水は胸の深さまでしかなかった。

〈デス！　なぜ守ってくれなかったのですか！〉

〈ここの水は、今夜通ってきたどこの運河よりもきれいですからね。それに、わたしはただの魔ですよ、聖者のご意志に逆らえるわけがないでしょう〉

〈こういうときだけ、やたらと殊勝ぶるんですから〉

それとももしかすると、デスはあの〝ものすごく大きな曲がりくねった洞窟を照らす、色つきのランタン〟という賛辞がことのほか気に入って、キーオの側に寝返ったのかもしれない。

〈それはありませんね〉彼女が断言する。〈それで、目は覚めた？　元気になった？　しゃっきりした……？〉

視線をあげた。笑いころげているキーオの顔と、諦めのにじむリエスタの顔が、のぞきこんでいる。彼を突き落とした手が、こんどは彼を助けようとさしのべられる……。これこそ、彼らの神にふさわしい象徴ではないか。

ペンはしかたなく、笑い返してその手をとった。

ラスペイの姉妹

The Orphans of Raspay

登場人物

ペンリック（ペン）……オルバス大神官の宮廷魔術師
デズデモーナ（デス）……ペンリックの魔
レンシア・コルヴァ……海賊に囚われていた少女
セウカ・コルヴァ……レンシアの妹
ジェデュラ・コルヴァ……姉妹の母。故人
ウービ・ゲタフ……姉妹の父。ザゴスルの貿易商
ヴァルビン……海賊船の船長
ファルン……ラスナッタの奴隷商人
マルレ……ダルサカの身代金仲介人
ゴディノ……ランティエラ神殿の管理人
ニキス……ペンリックの妻
アデリス・アリセイディア……ニキスの双子の兄。オルバスの将軍

すさまじい衝撃。ペンリックは棺桶のような寝棚から、それよりもわずかにひろいだけの船室の床に投げだされた。同時に、深い眠りから覚めて何がなんだかわからない混乱状態に放りこまれる。あたりは漆黒《しっこく》の闇だ。無意識のうちに、デズデモーナの暗視能力を呼び起こした。だがこの狭い場所に、いまさら見るべき新しいものはない。動く可能性のあるものは昨日のうちにしっかり縛りつけておいた。思いがけない嵐に突入し、船は前後左右に激しく揺れながら――そう、いまはどこにいるのだろう。乗員がしっかり把握してくれていればいいのだけれど。もちろん、ペンリックには知るよしもない。

恐ろしい揺れや船材のうめきはそのうちにおさまった。だからこそペンは、不安と吐き気に襲われながらも、どうにか眠ることができたのだ。だが、いま外から聞こえてくる怒鳴り声やわめき声はどういうことなのか。嵐の中で船を操る船乗りたちの声ではない。怯えのにじむ甲高い声。暗礁にでも乗りあげたのだろうか。

〈デス、外はどうなっているのですか〉

彼女の答えは短かった。

〈海賊ですね〉

〈こんな真夜中に？〉

そもそもこんな闇の中で、二隻の船がどうやって相手を見つけることができるのだろう。

〈もう朝ですよ〉デスが答えた。〈まあそれはそれとしても、運の悪いこと〉

海賊はどこの沿岸地域でも島でも知られるトラブルだが、ペンの船が現在いるはずの、ヴィルノックのわが家から一日か二日というこんな南の海域ではなく、もっと北のほうに出没するはずではなかったのか。なんということだ。こんなことにかかずらっている暇はない。はやくわが家に帰りたいのに。


ペンリックは神殿魔術師であり、彼が知るかぎりにおいて最強の混沌の魔を内に宿している。このささやかな貨物船にはトリゴニエで乗りこんだのであるが、彼はそのずっと以前から、もし船に乗っているときに邪悪な海賊による襲撃を受けたら、敵味方双方の乗員に彼の特質と職業を知られることなく、どうやって魔法で防御すればよいか、巧妙にして賢明な方法をいくつも考えだしていた。とはいえ彼の想像する海賊船は、晴れわたった午後、静かな海に登場し、たっぷり時間をかけて接近してくるはずだったのだが。

魔術師と、魔術師に力を与える混沌の魔は、船に不運をもたらすと考えられているため、ほとんどの船長はそもそも船に乗せようとしない。したがって、本質としてはじつに穏やかな神殿学者であるペンリックも、海路をとらなくてはならないときはいつも身許を隠すことにしている。海賊はきっと、彼という障害を手っとり早く処理しようとするだろう。はやい話が、漕ぎ座から波うつ水面までの距離を移動させるだけでいい。

〈ええ、そうね〉デスが冷やかに同意した。

二百年にわたる人生の中で、彼女もまた海に投げこまれた経験がある。彼女の以前の乗り手の中でも不運だったその女の記憶が、パニックとともにあふれてくる。ペンは懸命にそれを抑えこんだ。いま現在のパニックだけで手いっぱいなのだから。

アドリア語とセドニア語の怒声にまじって、ロクナル語が聞こえる。ペンはまだぼんやりしている顔をこすって身体を起こし、熱心に耳を傾けた。

船乗りはみな魔術師を嫌うが、ロクナルの異教徒は、神学校で教育を受けた神官としてペンリックが仕える第五神を忌避し、庶子神を崇める者すべてを憎悪して、四角四面な自分たちの信仰に強制的に改宗させるか、もしくは独特の方法で処刑する。厳密にいえば、ペンは庶子神を崇めているわけではない。彼と庶子神の関係はそれよりはるかに複雑なものだが、海賊はきっと、神学的な細かい点にはそれほどこだわらないだろう。だがそのいっぽうで、海賊はひどく迷信深い。つまるところ、手っとり早く船から投げだされるとしたら――その前に拷問されるにしてもされないにしても――

〈もちろんされるでしょうね〉デスがうなるように口をはさむ。

――それは魔法のせいよりもむしろ、白の神の神官というペンの職業による可能性のほうが高い。持ち物を調べられたら、どちらも明らかになる。庶子神教団の衣服、神殿徽章《きしょう》、持ち運んでいる手紙や書類。すべて封をした櫃《ひつ》にきっちりとしまって、寝棚の下に押しこんである。それに、トリゴニエで手に入れた三本の古い巻物だ。翻訳はもちろん、まだ読み終わってもいない。海賊があの価値に気づくはずもない。ペンは身ぶるいした。

ふり返り、殴りつけるようにして船室の奥にある小さな舷窓をあけた。この部屋は船尾に位置している。どんよりとした朝の光がはいってくる。もちろん彼の肩幅でこの窓から抜けでられるはずはないし、みずから身を投げて襲撃者たちの手間を省いてやるつもりなどさらさらないけれども。櫃をもちあげて窓にあてた。ちょうどいい大きさだ。それでもなお、ペンはためらった。

デスがもどかしげに蓋の周囲に熱い無秩序をほどこし、封印をよりいっそう強固にした。

〈わたしたちよりもちゃんと浮きますよ。さっさと投げてしまいなさい〉

鍵をかけたドアに大槌をたたきつけるような音がとどろき、ぎくりとした拍子に箱を押した。

〈庶子神よ、白の神たる第五神よ、われを愛したもうならば、この櫃のふたたびわれとめぐりあわんことを〉

呪文というより祈りに近い。櫃が落ちた水音は騒音にまぎれて聞こえなかったが、外の怒鳴り声は静まりつつあるようだ。

〈どっちが勝ったのだろう〉

ドアをたたく凶暴な音がその答えだった。バアンとドアが内側にひらく。ペンはその瞬間、ふり返って膝をついた。嘆願と降伏を示しながら、もしはいってくる海賊が剣をふりまわしていたら、その狙いより身を低くしようという意図もあった。

薄明るい灰色の光が、槌をもった男のたくましい肩を縁取っている。ペンはまばたきをしながら、外に目をむけた自分のほうが、中をむいた男よりはっきりものが見えることを思いだした。それを裏づけるかのように、男が驚きの声をあげた。

「女か？」

ペンリックは、今回にかぎってこの鬱陶《うっとう》しい勘違いをいそいで訂正するつもりはなかったのだが、デスがつぶやいた。

〈この場面で女であることは、あなたが考えているほどよいことではありませんよ〉

三つ編みがほつれかけた輝く琥珀《こはく》金の髪、碧眼《へきがん》、美しい顔、一見しただけなら〝すらり〟と形容できる細い肢体。これまでも女に間違えられたことはある。この淡い色合いは、生まれ故郷である連州の山岳地帯ではごくありふれているが、海に面したセドニア、アドリア、カルパガモとその諸島では、めったに見られないものだ。いずれにしても、男はいますぐ彼の金髪の頭をぶち割ろうとはしなかった。

ペンはその隙を狙って、いかにも説得力のあるインクの染みがついた両手をさしのべ、標準アドリア語でさけんだ。

「わたしは祐筆です！」

男が暴力に酔いしれていなければ、〝乱暴しないでください、わたしには利用価値があります！　そして無害です！〃という言外の意が読みとれるはずだ。

だが、もしそれが伝わらなかったら。ペンは、これがはじめてではないものの、デスの魔法で人を殺すことが神学的に――いや、神官として禁じられていることを残念に思いつつ、男の神経を麻痺《まひ》させるべく身構えた。禁じられているのは直接的な殺害だ。とはいえ、海賊どもを全員殺すことができたとして、それでどうなるというのか。それからどうすればいい？　訓練を受けた乗員であろうとひとりでは動かすことのできない船に乗ったまま、どことも知れない海に取り残されるだけだ。船がどこかの岸に――願わくばロクナル群島ではないところに――漂着するまで生き延びることができれば、そのときは話がべつだが。

……奴隷商人の登場を期待することになるとは、なんと奇妙なめぐりあわせだろう。

槌をもった男がペンの肩をつかみ、甲板へとひきずりだした。船はまだ揺れているが、波はもう甲板まで届いてはいない。膝が板にこすれる。チュニックとズボンという格好で寝棚にはいってよかったと思うものの、素足のままなのが残念だ。薄暗い船室の外は、灰色の雲におおわれた冷やかな夜明けだった。スレート色の海とあいまって、方向の見当がつかない。またべつの男が身をのりだすように、じろじろと獲物をながめた。

「いや、こいつは男だ」ドアを壊した男が、いかにも残念そうに、ついさっきの自分の言葉を否定した。

無念のあまり男が槌をふりまわして襲いかかってくることのないよう、ペンは嘆願をこめてもちあげた両手をそのまま維持した。

「ま、そうは見えんだろうがな」

「父神のキンタマと母神のデカパイにかけて」ふたりめの男が野卑な声をあげた。

　アドリア語だ。ふたりとも、島訛りのアドリア語を話している。では、さっきロクナル語でさけんでいたのは誰なのだろう。この船の乗員はほとんどがセドニア語を使っていた。だがそれももう聞こえない。

「あと十歳若けりゃ、その痩せた尻でひと財産つくれるんだがな」

〈あと二十歳ではないでしょうか〉ペンはむかむかしながら心の中で訂正した。

　さほど努力をせずとも、本気で身体がふるえはじめる。

「手は傷つけないでください！」

　祐筆にとって、目と手は何ものにもかえがたい大切な道具だ。目のことはあえて口にしなかった。

「ふん。いい子にしてるんだな。でなきゃその手を切り落としてやる」

　槌の男が脅すように言って査定を終え、かがみこんでペンのベルトをはずした。短剣は鞘ごと自分の腰に吊るし、革紐の部分を巧みに使って、痛いほどしっかりとペンの両手を背中で縛りあげる。短剣はさほど惜しくなかった。人に突き立てるよりも鵞筆《がひつ》を削る作業にむいている、細く鋭い刃なのだが。たとえ裸にむかれようと、彼がこの船でもっとも危険な人間であることに変わりはない。

〈この二隻の船で、だ〉ようやくあたりを見まわす余裕を得て、いまの言葉を訂正した。

その海賊船は、沿岸交易の貨物船よりもすっきりと細く小さかった。右舷船首を貨物船の中央部に密着させせて停まっている。貨物船は二本マストで、海賊船は一本マストだが、たぶんむこうのほうがはやく動けただろう。貨物船は嵐をやりすごすためにほとんどの帆をおろしていたし、材木やら安物の陶磁器といった荷を山ほど積みこんでいる。いずれにしても、襲ってきたのは、軍に所属するオール船でも、どこかの政府の命を受けた私掠船でもない。ちょっとした漁にも、ちょっとした輸送にも……チャンスがあればちょっとした盗みや実入りのいい人攫《ひとさら》いなどにも利用できる、薄汚れた典型的なカルパガモ諸島製汎用船だった。金持ちの交易船から貴重品を奪い、のちのちのトラブルを避けるために乗員ごと船を沈めてしまうような、大胆不敵な仕事はしない。もっとも、そうした金持ちの船は警備が固い。そしてペンとしては、慎ましい海賊のほうがありがたいというものだ。

湿った甲板のあちこちにまだ生々しい血が点々としているが、死体はない。無価値な死体は身ぐるみはがされ、すでに海に投げこまれたのだろう。船首のほうを見ると、乗員の生き残りが集められ、捕虜よりも大勢で、おそらくは捕虜よりも凶暴な襲撃者に囲まれていた。デスの勘定によると、ほとんど数は減っていないという。よかった。

だがペンの人数調査はそれで終わったわけではない。心の内でため息をつきながら思考した。

〈デス、視覚をください〉

色彩を失いながらも、まだ鮮明な生の形を保っている新しい幽霊が二体、死に動揺したまま甲板をふらふら歩きまわっていた。どちらの船の乗員なのかはわからない。ペンは心の中で彼らのために救いの祈禱を捧げようとしたが、そのあいだにもひとりに神が訪れ、〝ここではないどこか〟にひきあげられていくのが見えた。父神だ。湿った暖かな空気の中に雪が吹きつけてくるような、冬の気配が感じられた。もうひとりは行き先が定まらず、迷っている。

庶子神のさまざまな特性のひとつに、はぐれ者の神、五柱のほかの神々が引き受けようとしない魂の最後の拠り所というものがある。犯罪者、死刑執行人、孤児、娼婦、庶子、魔術師、ある種の画家や楽士、同性愛者、そして、そう、海賊だ（だいたいにおいて、ペンは娼婦を相手にするのは嫌いではない。彼女たちとはうまくやっていける）。神学的に、庶子神の神官は彼ら全員の面倒を見なくてはならない。だが幸いなことに、その全員を好きになる必要はない。ほかに引き受け手がいないときに、彼らへの義務を果たせばいいだけだ。

死者が神々から切り離される現象に関しては、ふたつ――いや、三つの原因があげられる。本人の魂が、恐怖や憎悪や絶望から神との結びつきを拒否する場合。めったにないことだが、魂が生前の罪によってあまりにも腐敗し損なわれているため、庶子神すらもが受け入れようとしない場合。そして、魂がふり返ることばかりに夢中になって前を見ることができず、方向を失ったり混乱したり、もしくは超常的な出来事にとらわれたりして、生とその後の生のあいだに存在するつかのまの曖昧《あいまい》な時空の中で迷ってしまう場合だ。ペンリックは何度か、そうした魂のもつれをほどいてやったことがある。忘れられない体験だ。

いまここをとびまわっている幽霊には、とりたてて超常的なところはない。十代後半か二十代前半の蟹股《がにまた》の若者で、記憶のままに死んだときの衣類を着用している。船乗りのズボンとチユニックだが、それだけではどちらの船の乗員ともわからない。それなりに経験を積んだペンが診断したところでは、混乱と絶望のため、この場につなぎとめられているようだ。

　すでに膝はついているものの、両手を背中で縛られているため、聖印を結ぶことができない。親指で順番に指をはじきながら、心の中でそれぞれの指に対応する神の名を唱えた。海賊どもに職業を知られてはならないため、死者のための祈禱を声に出すことはしない。そもそも死者への頌徳は、主として会葬者のためのものだ。神々には、そして当の死者には、無言の祈りで充分通じる。

　頭の中で言葉を紡ぎ、閉じたくちびるの背後で舌だけを動かす。幽霊が近づいてきた。これは、幽霊にとって何が障害になっているかを判断するまでのウォーミングアップにすぎない。若者はただ途方に暮れている。アドリア語をセドニア語に切り換えて、最初からやりなおした。まだ当たりではないようだ。この場で自分を見ることのできる人間がペンひとりだと気づいたのだろう、幽霊がペンに意識を集中しはじめた。だがペンには若者の声を聞くことができない。肉体のない口から空気中に押しだされる言葉には、音がともなっていないのだ。それでも、若者の口の形から求めていた手がかりが得られた。

　ロクナル語に切り換えた。デスのいわく、ペンのロクナル語は少しばかり古めかしいものの、上級ロクナル語を使う者にも、卑俗なロクナル語を使う者にも、充分に通じるはずだ。

〈ああ、この若者はロクナルの四神教徒なのですね〉

　希望し期待していた冬の父神にも秋の御子神にも拒絶されたということは、海賊の仲間なのだろう。

〈あなたは何者だ〉若者の見ひらかれた目がさけんでいる。

魔を宿した見知らぬ金髪の男が放つ、風変わりな霊的オーラに魅入られている。デスのそれはきっと、何ファゾムもの深さに見えるだろう。

「四神教の信仰を固守するなら、このような職業を選ぶべきではありませんでした」気がつくとペンは小声でささやいていた。「もしくは改宗するべきでした。いまではもう遅すぎます。白の神があなたを招いていますが——長く待ってはいただけないでしょう」

ペン自身は見ることができないものの——けっして見るつもりもないが——この空のむこうのどこかに、あの巨大な〈存在〉が感じられる。デスも同様なのだろう。彼の内側にひっこんでつぶやいている。

〈せめて、餌を撒いて神々をおびきよせるような真似はしないでほしいものですね〉

〈わたしがやっているのではありません〉

死は神々への扉をひらく。それはほかの何者にもできないことで——唯一の例外が聖者だ。もちろんペンは聖者ではない。また逆に、混沌の魔を滅ぼす力をもっているのは神々だけであるが、その神々もまた生あるものに宿らなくてはその力をふるうことができない。だからいま、デスはどうにか恐怖をこらえている。

〈デス、わたしもときどきは、誓約を捧げた仕事を果たさなくてはならないのです〉だがそれは、神殿に対する誓いではない。

〈ええ、わかっていますとも……〉

デスはぼやきつつも、果敢に――とペンには思えた――神の突風を真っ正面に受けながら、彼に力を与えつづけている。彼女はペンとともに過ごしたこの十三年で、見違えるほどの成長を遂げた。彼に守られているという自信だろうか。

「大丈夫ですよ」若者に語ったが、正直なところ、なんの根拠があるわけでもない。

ただひたすら見つめていれば最終的に信じてもらえるというのは、神官の能力だろうか、それとも詐欺師の能力だろうか。そもそも、ちがいはあるのだろうか。要するに、生まれてからずっとどう考えるべきかを人の意見に頼ってきた若者は、最後の最後において変化するためにも誰かの許可を必要とするのだ。そして、この若者に神々に受け入れてもらえるチャンスがあるとしたら、それはいましかない。

「大丈夫です。五柱の神々があなたの旅路を祝福しています」

〈ほんとうに?〉混乱しながらも、若者の口が言葉を形作る。

「ええ。手をさしのべてくださっている神はひと柱だけですが、その手は力強く、想像されるような地獄に落とされることは、けっしてありません」

未知の世界に連れていくことにはなるだろうけれども。現実のむこうにある未知の世界については、ペンも幾度か垣間見たことがある。神学校である教師が言っていたが、子宮にいる赤児が誕生の痛みを乗り越えたさきにある生の世界を想像できないように、人がその未知の世界を知ることはけっしてできないのだという。ペンはいまもときどき、不安とともにその比喩について考える。

できれば一年をかけてこの若者を教育したい。ペン自身は選んでいなくともペンを選んでくれた神を否定するよう四神教徒の教師たちが若者に刷りこんだ嘘の教えに反論したい。だがそのどちらもかなえられそうにない。それでも……いかにも不器用なペンの言葉と行為が、翻意に必要な力を発揮したのだろう。幽霊と〈存在〉がふいに彼の〈視覚〉から消えた。

苦労に報いて、聖なる手が頭を撫でてくれるわけではない。これは聖者の仕事ではないのだから。ペンは神の回路となったわけではないし、なることもできない。彼の内にはすでにべつのものが棲《す》みついている。彼にいまできるのは、神のために人を説得することだけだ。ペンは安堵の吐息とともに、幻視から解放された。

だが、ひと息つくこともできなかった。物質世界から意識を離している時間が少しばかり長すぎたのだ。捕虜がヒステリーを起こしてうわ言をつぶやいていると思ったのだろう、槌の男が顔を殴りつけてきた。ありがたいことに、武器でではなく平手でだ——しだいに明るくなってきた光の中で見ると、恐ろしいことに、男がもっているのはセドニア軍で使われる錆《さび》の浮いた古い巨大な戦槌だった。男はさらにペンのチュニックの襟首をつかみ、甲板をひきずっていった。ペンはひきずられながら、現実に意識をむけなおした。

「おい、何をひきずってるんだ」またべつのがさつな声がたずねた。

「白兎《うさぎ》さ」ペンをつかんだ腕が、面白がるように乱暴に揺すぶる。「祐筆だとよ。さて、こいつをどうしてくれようか」

「上玉じゃねえか。晩飯にしてもいいな。娘っこどもといっしょに船倉に放りこんどきな」

「大丈夫かな」

がっしりとした指が手首を縛るベルトを確かめ、曲がるはずのない方向へと彼の腕をもちあげる。ペンは悲鳴をあげながら、これが演技だったらいいのにと願った。

「背中で手を縛ってあるんだ、何ができる？　こいつをどうするかは、あとで考えよう」

〈大丈夫って、誰に対して？〉

考えているあいだにも、ふたりの海賊にかつがれて手すりを越え、もう一隻の船の甲板にどすんと投げ落とされた。マストとブーム、スパーとロープなどが一瞬目にはいったものの、すぐさま甲板にとりつけられた重たげな木製の格子がもちあげられ、暗い四角い穴の中へと放りこまれた。ありがたいことに、頭から、ではなかった。

身長よりもわずかに深い穴にすぎなかったが、両腕でバランスをとることができなかったため、斜めに落下して隔壁にぶつかり、それから床に倒れた。横になったまま呼吸を整えているあいだに、頭上で蓋が閉まった。灰色の四角がならんだ黒い格子だ。古い木材とタール、魚と腐った油、こぼれて気の抜けたワインなどのにおいが漂う闇の中で、それらを圧倒するように、新しい小便と嘔吐《おうと》物の異臭が鼻を刺す。最近のことではないものの、もっとひどい牢獄に閉じこめられたことだってある。

そして何よりも重要なことに、彼はひとりではなかった。

……もちろん、ペンはいつだってひとりではないのだが、それとはべつに、ということだ。

暗視能力を呼び起こすだけでいい。いつだってそこにある。すぐさま闇がひいていった。

〈デス、ありがとうございます〉

〈お安いご用よ〉

彼女もペンと同じくらい好奇心を燃やしている。海賊が槌の届かないところにいて、魂をとりこむ神々がひきあげていったいま、恐怖はすでにおさまっている。

うめきをあげながら身体を起こし、隔壁に片方の肩を預けた。船倉の片隅、ペンからできるだけ距離をとった場所に——といっても六フィートにすぎない——ふたつの小さな人影がうずくまっている。

〈子供ですね〉

反対側の隅に移動しようとしたが、そこが厠として使われていることに気づき、いまの場所にとどまることにした。デスが彼の思考の切れ端をとらえ、手首の紐をほどいてくれた。ペンはベルトを本来の位置に締めなおし、より楽な姿勢で壁にもたれ、長い脚をのばして現状を検討した。

少女がふたり。八歳と十歳くらいだろうか。たぶん姉妹だと思うが、幼い子供の丸い顔はみな同じように見える。服装はごくふつう。簡素だが丁寧《ていねい》に仕立てられたふくらはぎ丈のチュニックに、編んだ染紐をベルトにしている。小さな上着。革のサンダル。医師という職業を拒否しながら、どうしても反射的に健康状態をチェックしてしまう。咽喉《のど》が渇いていて、空腹で、痣《あざ》があって、緊張している。でも骨は折れていないし、大きな傷もない。

〈心配するほどひどくはないですね〉

だが、これからひどくなる可能性はある。

ペンは乾いたくちびるを舐めて、努めて優しい声で語りかけた。まずはアドリア語をためしてみよう。

「こんにちは、お嬢さんたち」

ふたりはあとずさり、いっそう強く抱きあったまま、怯えた目で彼を見つめている。

ではセドニア語だ。

「きみたちを傷つけるつもりはありません」

やはり駄目か。ダルサカ語で挨拶の言葉をくり返す。それからイブラ語を使うと、少女たちからぴくりとわずかな反応が返った。いいだろう、ではもうひとつ……

「こんにちは」上級ロクナル語の〝教師より生徒に対する〟文法だ。「わたしはマスター・ペンリック。祐筆です。きみたちの名前は?」

たがいにしがみついた腕の力はなおもゆるんだ気配を見せない。長い沈黙のすえ、年上の少女がいくぶん唐突に口をひらいた。

「あたし、字が書ける。少しだけ」

親睦を深めようとしてくれたのだろうか。それとも、自分は無価値ではないと主張したのだろうか。いずれにしても、勇気をふりしぼって話しかけてくれたのだから、それに報いなくてはならない。

「それは立派ですね」

負けまいと思ったのか、小さいほうも主張した。

「あたし、絵が描ける」

間違いなく姉妹だ。ペンのくちびるが、見せかけではない微笑を浮かべた。

「それで、きみたちのことはなんと呼べばいいのでしょうか」

年長の少女が息をのんで、それから答えた。

「あたしの名前は、レンシア・コルヴァ」

「あたしはセウカ」小さいほうが眉をひそめ、それから「コルヴァ」とつけ加えた。

セウカはロクナルの名で、レンシアはイブラの名だ。そしてコルヴァは……。コルヴァという名は興味深い。また、ふたりのアクセントを聞いてわかることもある。姉妹が話しているのは、群島の純粋なロクナル語ではなく、大イブラ半島の北部沿岸地帯を支配するロクナル公国で使われる旋律的な派生語だ。そして、ペンの主張する地位を自分たちよりも高位のものとして、礼儀に則った文法を使っている。ロクナルの君主だったら、祐筆など召使と見なすだろう。もしくは——ペンは陰鬱《いんうつ》な気持ちで思いだした——奴隷だ。

格子から射しこむしだいに明るくなっていく光の中で、年長の少女の頭が短い茶色の巻き毛におおわれていることがわかった。もうひとりのカールはさらにきつく、色も赤みを帯びている。はね返っておさまりの悪いその髪を、薄汚れたリボンを使ってうなじでまとめている。ふたりとも明るい色の目をしているようだが、まだはっきりとは見わけられない。痩せていて、いまは空腹だけれども、飢えているというほどではない。

「あなたも海賊につかまったの？」レンシアがたずねた。

「残念ながら」ペンは身をのりだし、当然のように頭痛に襲われ、ふたたび隔壁にもたれかかった。「嵐で船酔いになって、それから眠っていたのです。オルバスのヴィルノックにもどるはずだったのですが」

ヴィルノックで妻が——幸運にもまだ不安にかられることなく——待っているのだと話せば、姉妹も安心するだろうか。

〈駄目だ〉

いましばらくは、ニキスをはじめ、こちらの弱みになりそうなことはすべて、しっかりと胸の内にとどめておかなくてはならない。そうした言葉を口にすれば、パン屑を鳥に撒いてやるように、きっとこの姉妹にも効果をあげられるのだろうけれども。

「あたしたち、ロディの父さまに会いにいくはずだったの」レンシアが言った。「だけど、みんなめちゃめちゃになっちゃった」

「父さま、アジェンノにいるはずだったの。だけどいなかったの」セウカがむっとしたような声で訴える。

アジェンノは、サオネとの国境に近いカルパガモの主要港だ。イブラ半島からロディまでのおよそ八百マイルにわたる東西海岸線の、ほぼ中間点にあたる。ペンリックも生まれ故郷を離れているけれども、この姉妹はそれ以上に遠くまでやってきたことになる。

〈ふうん〉デスが言った。〈百年前、イブラでは娼婦を〝コルヴァ〟と呼んでいたのですよ。〝鴉娘《からす》〟という意味ですね。蔑称というわけではないけれど。でも〝父さま〟とはなんだか釣りあいませんね。その通称が名字になったのでしょうけれど……〉

「では、ロディのマスター・コルヴァなのですか」ペンはつづけてたずねた。

「ううん、父さまはマスター・ウービ・ゲタフっていうの。ザゴスルの貿易商よ」レンシアが熱心な声で訂正した。

ザゴスルはイブラの首都であり、さまざまな荷が集散する貿易の中心地でもある。

「母さまが亡くなったあと、タスペイグが手紙を書いてくれたんだけど、父さまはお仕事でアジェンノに行ったたって返事がきたの。だから、タスペイグはあたしたちをアジェンノに連れていったの。だけど取引所の人たちは、父さまはロディに行ったたって。それでもって、タスペイグはもうそれ以上どこにも行こうとしなかったの」

タスペイグというのもまたロクナルの名前で――少なくともロクナルに由来する名前だ。

「タスペイグというのは親戚の人ですか」

セウカが首をふり、くりくりの巻き毛が揺れた。

「ううん、母さまが雇ってた人。親戚はいない。母さまは孤児だからって言ってた」

ブーツがどんどん沼に沈んでいくのがはっきりとわかる。

「父さまは母さまのため、ラスペイに小さな家を借りてくれてたの」セウカがつづけた。「あたし、あの家が大好きだった。暑いときは裏庭に張りだしたベランダで寝るの。だけど領主さまが、母さまなしにあたしたちだけでそこに住むことはできないって」

ラスペイは、半島西部に位置するジョコナ公国の穏やかな港町だ。なるほど、ザゴスルを拠点とする貿易商ならば、この町を沿岸貿易の個人的終着点としてもおかしくはない。

「きみたちの父さまは、ザゴスルにも家族をもっているのではありませんか」

レンシアが顔をしかめた。

「うん。奥さんと、子供も何人か。父さまは、一度も会いに連れてってくれたことはないけど。母さまは、〝むこうの人〟は知らないんだから、会いたいなんてせがんじゃ駄目だって」

おそらく、その〝むこうの人〟が正妻なのだろう。夫の庶子を許容してくれる正妻もたまにいるが、ほとんどはちがう。この姉妹は完全な孤児ではなく、片親を失っただけだが、イブラ法では庶子であり、もし母親が正式な第二夫人でなければ、ジョコナ法によっても庶子ということになる。

そして、ふたりはいまここにいる。ペンリックもここにいる。この出会いは、神学的に考えて、果たして偶然だろうか。

「ジョコナからきたのですね」ペンはため息をついた。「それで、きみたちは五神教徒なのですか、四神教徒なのですか」

ふたりははっと緊張し、不安そうに視線をかわしあった。

「あなたはどっち？」しばしの間をおいて、レンシアが慎重にたずねた。

「五神教徒です」ペンはきっぱりと答えた。「わたしの国ではそれがふつうです」

国といってもひとつではない。この年月、冬の厳しい連州から遠くまで、いくつもの国を経てきた。

ふたつの小さな肩が緊張を解いた。

「父さまは五神教徒よ」レンシアが答えた。「母さまが言ったの。あたしたち、おうちでは五神教徒でいいけど、外に出たら四神教徒でなきゃ駄目だって。だから……わかんないや……ちょっとずつ?」

一瞬、子供をすら怯えさせる宗派争いの愚かしさに、新たな憎悪がこみあげた。

いいだろう。この船倉において、訓練を受けた神官魔術師は、白の神が保護する子供にとってすばらしい贈り物になる。もちろん、まともな大人なら誰だって無力な子供を守らねばならないと考えるだろうが……

〈神々は倹約家ですからね〉デスがつぶやいた。

いくぶん得意そうに、ペン自身の以前の言葉をうまく引用している。

〈そうみたいですね〉

一度でいいから、祈りに答えて彼を派遣するのではなく、答えそのものを与えてほしいものだけれど。

〈それで、わたしたちはどこへ行くのかしらね〉

身体のない魔ではあるが、ペン自身のものではない自分の目をもっていたら、きっと面白そうに細めていただろう。

〈ロディですね、もちろん〉馬の背に荷物を積むように、両肩にずっしりと新しい重みがかかったのがわかる。〈なんとかしましょう〉

隔壁ががちゃがちゃがんがんと音をたててふるえる。どすどすと足音が響く。格子のむこうから、アドリア語とロクナル語の大声が聞こえる——悲鳴ではなく、命令やその返事を怒鳴る声だ。船が大きく横揺れした。貨物船から離れたのだ。はためいていた帆をぴんと張り、貨物船が海賊船のあとに従う。

〈デス、どう思いますか〉

もういい加減に、状況をよりくわしく調べ、どのような手が打てるか考えるべきだろう。

〈乗員をふた手にわけましたね。たぶん、貨物船をそのまま戦利品にして、二隻そろって目的地にむかうつもりなんでしょう。捕虜や略奪品を売りはらえる港にね〉

どこの港か——それが何より重要だ。戦時中はどこの国でも、捕虜にした敵を自国に連れ帰り、身分や地位に応じて身代金を請求したり奴隷として売ったりする。海に面した国々のあいだでは絶えず争いが起こっているものの、いまの季節に本格的な紛争が勃発したという話は聞いていない。この海賊はおそらく、金儲けを主とするまったく独立した集団なのだろう。

さまざまな言語がまじっていることも手がかりとなる。アドリア語を使うカルパガモは、北から東に弧を描く山だらけの島々の覇権をめぐって、ロクナルと争っている。ロクナルの本国である群島とのあいだには公海がひろがっていて、大陸に近い島々はカルパガモが堅持しているものの、ときおりアドリアやダルサカが割りこんでくることもある。弧の先端部の島々は、だいたいにおいてロクナルの大公たちが押さえている。中間部の島々は、領有権をめぐって抗争の的になっているか、争いのないときは中立の緩衝地帯として取り残されている。この雑多な船乗りたちは、そうした過酷な環境におかれた中立の島のどこかからやってきたのだろう。ペンとしては、五神教徒と四神教徒が協力関係を結ぶにしても、もっとよい目的のために力をあわせてくれればいいのにと願わずにはいられない。

ウメランは、成り行きによってデズデモーナの、人間としては六番めの所有者になった女だが、ダルサカの軍事侵攻によって故郷の群島から連れ去られ、南のロディに売り飛ばされた戦争犠牲者だ。ロクナルの捕虜となった大陸の人間は、北の群島で売られる。どちらの場合も、捕虜の気力をそぐために同じ方法がとられる。本来の家族、社会、言語、宗教から切り離し、不安定な状態のまま、寄る辺のない見知らぬ土地に放りだすのだ。彼らはその地で労働を搾取されることに甘んじながら、こつこつと自由を買い取る資金をためるか、買い主が慈悲心を起こして解放してくれることを願うしかない。ウメランは、デスの五番めの所有者であるロディの高級娼婦《クルテイザン》ミラによってその恩恵を与えられた。とはいえ、ミラの死によってその魔を受け継いだのは、計算外のことだった。

ウメランの経験は百年ほど時代遅れだし、ペンとしては、彼女の悲惨な記憶を掘り起こしたくもなく、その記憶が自分の夢に侵入してくるなどまっぴらなのだが、それでも彼女はどんな巻物よりも優れた情報源だ。肯定的にとらえなくてはならない。

幾層も重なったデズデモーナの十二分の一をなすウメランが、不機嫌そうに鼻を鳴らした。ペンは心の中で、敬意をこめて会釈を送った。つまるところペンは、彼女のおかげでロクナル語を知ることができたのだから。もっとも、それを自由に使いこなせるようになったのは、その後の彼自身の努力の賜物《たまもの》だが。

緩衝地帯の島には、各国からけちな商人や交易商が集まってくるため、捕虜は南北のどちらに売り飛ばされるかわからない。沿岸地方の男たちとペンリックは、たぶん北に売られることになるだろう。ガレー船で奴隷になるのと鉱山で奴隷になるのと、どちらのほうが死の危険がより大きいかはコイントスのようなものだが、なんとしても両方とも阻止しなくてはならない。女の捕虜には通常、故郷でこなしていたものとほとんど変わらない家庭的な仕事が課せられる。糸紡ぎ、機織り、菜園の手入れ、掃除洗濯、料理、子供の世話。そして、子供を産むこと。ジョコナの姉妹にはどのような運命が用意されているのだろう。ほかの者たちとはべつの場所に閉じこめられ、比較的痛めつけられていないとはいえ、それはけっして思いやりや優しさによるものではない。

いずれにしても、痛みやすい略奪品はさっさと処分しなくてはならないし、乗員をふた手にわけているのだから、海賊たちはまっすぐ島の港にむかうだろう。新たな獲物と戦って海賊側の負けとなり、救出される可能性は望めそうにない。

「きみたちの父さまは、貿易商としてお金持ちですか」コルヴァ姉妹にたずねた。「ロディの父さまのもとに手紙が届いたら、身代金をはらってくれるでしょうか」

マスター・ゲタフがまだロディにいるかどうかは、あまたある不確定要素のひとつだ。だが、奴隷としての売値よりも高額の身代金を約束できれば、ふたりの身の上はずっと確かなものになる。現在地もわからずあたふたしている魔術師にくっついているより、よっぽど安全だ。

ふたりは驚いたように顔を見あわせた。これまで考えたこともなかったのだろう。なるほど。

「たぶん……その、そんなにお金持ちじゃないと思う」レンシアが言った。

「父さま、いつもプレゼントをもってきてくれた」セウカが、やはりためらいがちにつけ加えた。

マスター・ゲタフは長年にわたって愛人を囲ってきた。とはいえ、すべての寄港地に家族をもっているとも思えない。おそらくこの姉妹の一家だけだろう。いまは身代金の線は保留したほうがよさそうだ。

〈もうお荷物をおろそうというの?〉デスがつぶやいた。

〈真面目に問題と取り組んでいるんです。ほんとうに、とんでもない朝になりました〉

〈この船くらい五分で沈められますよ〉

〈わかっています。少なくとも、乾いた陸にあがるまではおとなしくしていてください〉そこで少し考えてから、〈陸についたら、あなたにまかせるかもしれません〉

〈あら、プレゼントかしら〉混沌を撒き散らすチャンスがもらえそうだと、わくわくしている。

〈デスはわたしの愛人ではないでしょう。ありがたいことに〉

とはいえ彼女は婚姻の新床に、そしてあらゆる契りの場に、つねに第三者として立ちあっている。ニキスの聡明さと寛容さを、すべての神々に感謝したい。だがいまは、ニキスのことを考えるのはやめておこう。募る不安に理性が失われ、愚行を犯してしまいそうだ。

考えなくてはならないことはいくらでもある。彼は姉妹に「ちょっと失礼」と声をかけて、厠に使われている片隅にむかった。船倉の端で床面が低くなり、液体がたまっている。おかげで船が揺れても排出物が室内にひろがることはない。それでも、ああ。

〈なんとかしたいですね。この下はどうなっているのですか〉

〈……ビルジとバラストですね〉

海賊どものハンモックでないことがなんとも残念だ。

〈排水路をひらきましょう。そっと〉

デスが少しばかりの混沌を注入し、ペンリックが秩序を加え――というか、少なくとも狙いを定め、不揃いな穴が液溜まりの底にあいた。そこで彼は姉妹を意識しながら、慎み深く用を足した。

衛生状態が改善したいま、つぎの問題は清潔な飲料水の入手だ。簡単な仕事とはいえ、容器がない。このように湿気の多い空気なら、指をふって水を抽出し、口か何かで受けとめるだけでいいのだが、同室者たちの目からは隠しておきたい。姉妹が四神教徒の国で、魔術師についてどのようにとんでもない話を聞かされてきたのか、わかったものではない。もっとも、それは五神教徒の国でも似たようなものだ。いずれにしても、彼の贈り物に対して姉妹の示す最初の反応が、パニックになるだろうことは間違いない。

〈この船に、ほかに捕虜はいますか〉デスにたずねた。

周囲が二重に見えるめくるめく魔の知覚が訪れる。まるで彼自身のもののように。いつか、自分のものなのかデスのものなのか、区別できなくなる日がくるかもしれない。気持ちがせいてあえて区別しようとしないときなど、彼の意志とデスの魔法の境界は、すでに定かではなくなっている。

船尾にもうひとつの船倉。鬱々《うつうつ》とした六人の捕虜。怪我をしている者もいる。ペンの船の乗員ではない。あの船の乗員は、ペンを除き、全員が自船に閉じこめられている。いまこの時点では、海賊船の乗員は捕虜よりかろうじて多いにすぎないが、襲撃してきたときの無頼集団はむろん獲物を圧倒する数だった。ペンの貨物船は、この旅における二番めの戦利品として、海賊どもの備蓄を増やしたのだ。

「きみたちはいつからここにいるのですか」コルヴァ姉妹にたずねた。「なんという船に乗っていて、どこで襲われたのですか。大きな船ではなかったのでしょうけれど」

獅子は大きな雄牛をも倒すが、野犬は兎や鼠《ねずみ》や屍肉《しにく》を食らってようやく生きていく。

レンシアが首をふった。

「タスペイグがアジェンノで大きな船に乗せてくれたの。ロディまで行くはずだったんだけど、木食い虫が出たから、べつの港にはいっちゃった。だからあたしたち、ロディのほうに行く小さな船をさがしたの。お金は父さまがはらってくれるからって約束した。ほかにも乗ってるお客さんがいて、その人が、お金をはらうから、さきに北のほうのどこかの島に行ってくれって言いだして。そこに海賊がきたの」

たまたま狙われたのか、それとももしかすると、その金持ちの乗客というのが偽者で、手頃な獲物を選んで待ち伏せ場所までおびきよせる役目をになっていたのかもしれない。もしほんとうにそうなら、その狡猾《こうかつ》なくそ野郎には、あとでペンみずから目にもの見せてやる。

「船長は抵抗したんだけど、殺されちゃった」――気分が悪くなったかのようにセウカが身ぶるいした――「それで、あとの人はすぐに降伏したの」

「あれって……六日前、だったかな?」レンシアが自信なげに言って、ぐっと何かを噛み殺した。「それから嵐がきたの。いまどこにいるのか、あたしにはわかんない」

「大変な冒険をしてきたのですね」呼び起こされた記憶で涙腺が崩壊しないよう、あえて明るい声をかけた。

レンシアが顔をしかめた。

「あたし、冒険は好きじゃない」

「同感です」ペンも言って、ゆがんだ笑みを浮かべた。

それから三つ編みの下でうなじをこすり、立ちあがると、格子を通して斜めに射しこんでくる日溜まりの中に歩み入った。雲は晴れたようだ。雲におおわれた海域を過ぎただけかもしれない。姉妹がぽっかりと口をあけて彼を見あげた。

この時間なら、光は東から射しているはずだ。ということは、風や潮流に対するタッキングを考慮にいれても、船はだいたい北にむかっていることになる。まあ、それも当然だろう。ペンは上にむかって、標準アドリア語で怒鳴った。

「すみません！　水をください！　食事も必要です！」これに関わっているかぎりは。「お願いします！」

船の樽から汲んできた水よりデスがつくりだす純粋な水のほうが好ましいが、水を頼めば容器がついてくる。それを手に入れれば、三人で使える。

まだ縛られているように見せるため、いそいで両手をうしろで組んだとき、格子のむこうに顔があらわれた。無精髭が生えているのは、ごく最近あご髭を刈りこんだカルパガモ人だろうか、それとも、髭を剃る機会を逸したロクナル人だろうか。男はうなり声をあげただけなので、結局その答えはわからなかった。だがやがて、格子の隙間から棒状の固いパンが一本と、水のはいった革袋が投げこまれた。ありがたいことに、革袋には生皮の紐で木のカップがくくりつけてあった。

もちろん捕虜を生かしておくための常套手段だ。姉妹はどちらも驚いていない。レンシアが床に落ちて跳ね返ったパンにとびつき、それから、とりあげられるのではないかと恐れるように鋭い視線でペンを見あげた。ペンは革袋をひろいあげた。少女は明らかな当惑を浮かべた。

「そのパンはきみたちふたりでわけなさい」穏やかな微笑とともに言った。「きみたちのほうが、この前食事をしてから時間がたっているでしょう」

デスが肉体を消耗させるため、そういつまでも気前よくしていられるわけではない。だが、いまはそれでこの場の雰囲気がよくなる。ペンはふたりにむかいあって腰をおろし、カップをはずして革袋のコルク栓を抜いた。味見をする。予想どおり、とんでもなく不味くてくさい。うげえ。膝を立てて手もとを隠し、わずかに手を動かしながら、空中からとりだした水滴をカップにためていった。セウカが乾いたくちびるを舐めながらじっと見つめている。最初の一杯をわたしてやると、彼女は驚きに目を瞠《みは》った。むさぼるように飲みはじめたが、やがてためらいながらカップをおろし、レンシアに目をむけた。

「ぜんぶ飲んでしまって大丈夫です。まだありますから」

セウカはすぐさま彼の言葉に従った。姉妹の手がのびてこなくなるまで、交互にカップをわたしてやる。自分たちが革袋におさまる以上の水を飲んだことに気づかなければいいのだけれど。その作業で体温があがったため、最後の一杯は自分で飲み干し、革袋を脇においた。この不快な中身は、あとで隅の厠を洗い流すのに使おう。

鼠が羽目板をかじるような音が船倉いっぱいにひろがる。姉妹が乾パンをわけあって食べているのだ。ペンはそのあいだ、うしろの隔壁に頭をもたせかけ、目を閉じて、ほんものの鼠が船内にどれだけいるか、いそいで数えた。ふむ、ほんの数匹だ。デスの混沌を静めるために害獣を滅ぼすことは、効果的かつ神学的にも許された行為だ。そして、秩序をつくりだす上向きの魔法はつねに大量の無秩序を生みだす。それをどこかで処理しなくては、ペンは発生した熱のために意識を失い、役に立たなくなってしまう。下向きの破壊魔法はそうした代価をほとんど必要としないが……ほかに通る船もない海の真ん中、船の中でふるうべきものではない。目をあけると、ふたりの少女がまたじっと彼を見つめていた。もはやその目に恐怖はない。どちらかといえば——うっとりしている？

　昼が近づき、太陽が高くのぼるにつれて、空は青くなった。セウカが床に落ちる四角い光溜まりを指さして命じた。

「ねえ、そこにすわって」

「わたしは寒くないですよ」いくぶん困惑して答える。

「そうじゃなくて……」自分の頭のまわりで両手をふり、それから彼の頭を指さして、「もう一回やってよ」

　デスのふくみ笑いで、つかのまの混乱が消えた。

〈あなたの髪ですよ、ペン。こんな歳の女の子にも威力をもつのね〉

　ニキスもそうだった。ペンは彼女に乞われて、三つ編みがもとの倍の長さになるまで、髪をのばしたのだ。いまこんなふうに注目を浴びても、文句の言える筋合いではない。陽光の中にあぐらをかいてすわり、顔をしかめながら、もっともよい照明効果の得られる角度をさがした。

〈これは魔法じゃありませんからね、腹の立つ〉

〈おやおや、連州のわびしい道端ではじめてあなたを見たとき、わたしたちもまた、その髪に魅了されたのですよ〉

　ペンの前にデスを所有していたルチアが、死にかけていたときのことだ。

〈あのときは、これといった志願者がほかにいなかったからではないのですか〉ペンはうなった。〈わたしは、痩せっぽちでにきびだらけの不器用な子供にすぎませんでした〉

〈そしてわたしたちの手をとり、わたしたちにむかって、わたしたちの神にむかって、イエスと言ってくれたのですよ〉

あれは、知らないうちにつけ加えられた追加条項のようなものだ。とはいえ、思いだすといまでもくちびるの端がくいともちあがる。

ふわりと浮かんだ微笑に、姉妹の行動が大胆になった。それとももしかすると、食事と水で元気をとりもどしたのかもしれない。明るい光のもとで見ると、姉妹の目は赤みを帯びた明るい茶色だった。ロクナルの血がまじっているしるしだ。ふたりが少しずつ近づいてきた。

「さわってもいい？」小さな手をのばしながら、セウカがたずねる。

「いいですよ、どうぞ」

ペンはため息をつき、両腕を膝にまわして抱き寄せ、ひたいをのせた。彼自身と姉妹双方のプライヴァシーのためだ。ためらいがちに触れていた手が、すぐさま指で髪を梳きはじめた。ひとつだった手がふたつになり、最後には四つになった。髪を束ねていた紐がはずされ、とうぜんのように三つ編みがはじまる。そしてまた、ほどかれる。もちろん、ふたりともが順番に編みたがるからだ。

姉妹に恐怖を抱かせないことと、緊急時、即座に、かつ無条件に彼の指示に従うだけの敬意をもたせることのあいだには、重要な境界線がある。それがどこか、わかればいいのだけれど。それでも和平工作は着々と進行しつつある。ポニーのたてがみをくしけずるように髪をいじらせたからといって、彼の尊厳はほとんど傷つかない。

〈気持ちいいですしね〉とデス。

〈放っといてください〉

目がしだいにふさがり、頭が重くなっていく。

いびきをかきはじめる前にはっと身体を起こしたが、涎《よだれ》はこぼれてしまった。ズボンの膝にできた濡れた染みをこすりながら言った。

「もう充分でしょう」

そして、隅にもどって隔壁にもたれた。ふたりの侍女はがっかりして顔をしかめながらも、のろのろともとの位置におちついた。

「こちらの船にひきずられてくるとき、船尾にもうひとつ船倉がありました」目で見たのではないと告げる必要はない。「そこに、六人の捕虜がいました。船乗りではありません。きみたちの船に乗っていた客でしょうか」

「たぶん」レンシアが答えた。「襲われたのは、あたしたちの船と、あなたの船だけだから」

「みんな、大丈夫だった?」セウカが新たな気遣いをこめてたずねる。

「少なくとも生きてはいます。年配のご夫婦がいました。手荒な扱いを受けたようです。その連れと思われる人は腕が折れていました」

レンシアがうなずいた。

「おじいさんとおばあさんの息子よ。ふたりを守ろうとして、海賊に槌で殴られたの。すごい音がした」

ああ、また戦槌だ。きっとあの海賊お気に入りの武器なのだろう。息子もそれなりの歳だったが、折られたのが頭蓋でなくて運がよかった。いずれにしてもあの三人は、戦闘においても操船においても、あてにすることはできない。

「それから、でっぷり太った壮年の男の人がいました」

「それ、アドリアの商人」とセウカ。「いいおじさんなの。父さまに会ったことあるかってきいたんだけど、知らないって」失意のため息。

「それから、痩せた年配の男の人です。いかにも悲観主義的な……ええと、気難しそうな」

難解な言葉を言い換えると、姉妹はすぐさま理解した。

〈虫がわいているのかもしれませんね〉デスがつぶやいた。

〈いざというときは虫退治をおまかせします〉

うんざりしたように舌をつきだすイメージ。

「それはポゼニさん。カルパガモの祐筆だって船長が言ってた。だけどあの人、海賊につかまったとき、自分は父神の神官だ、気をつけたほうがいいぞってさけんでた」

「それで……どちらがほんとうなのでしょう。わかりますか」

レンシアは鼻に皺《しわ》をよせた。

「たぶん、祐筆なんだと思う。殺されたくなかったから神官だなんて言ったんでしょ」

「そうでしょうね」

あのポゼニなら、操船の手伝いくらいはできるかもしれない。乱闘になったときは役に立たないだろうけれども。

「男の人がもうひとりいました。怪我をして、熱を出して、血を失って弱っていました」

「うん、その人もアドリアの商人。太ったおじさんのパートナーだと思う。海賊と戦おうとしたの」残虐なシーンを思いだしたのだろう、レンシアは背を丸めた。「ちょっとのあいだだけだったけど、がんばってたの。だけどすぐにつかまって、それからほんとにひどい目にあわされて。死んじゃうんじゃないかと思った」

いまになってみると、ペン自身がとらえられたとき、ひどく混乱していたとはいえ、あんなにあっさり降伏してしまったのは、いささか臆病すぎたかもしれない。

〈あら、わたしはそうは思いませんね〉デスが口をはさんだ。〈ごりごりにたくましい軍人の義兄上だって、翌日にまた戦うために、いまを生きようとするでしょうよ〉

それはそれでひとつの……やり方ではある。ペンも、アデリス・アリセイディアがほんとうにそういう行動をとってくれればと願ってやまない。とはいえ、〝アデリスならどうするか〟は、ペンにとってはまったく参考にならない。

いずれにしても、むこうの船倉の住人たちは、祐筆ひとりを除いてそれなりの年配の資産家であり、奴隷としては使えそうにないものの、身代金は期待できる。まとめて監禁されているのも不思議はない。いそいで助ける必要もない。いずれ、みずからを救いだすよう要求がつきつけられる。財布には痛手かもしれないが、その代価を肉体で支払う必要はない。

ペンの場合、身代金の要求先として誰の名をあげればいいだろう。ジュルゴ大公はまずい。

とんでもない金額がふっかけられる。アリセイディア将軍も同様だし、彼はニキスに近すぎる。もっとも適切なのはオルバスの大神官だろう。そもそもペンの抗議にもかかわらず、このとんでもない旅に彼を送りだした張本人なのだから。それくらい支払ってくれてもいいではないか。そう……神殿魔術師候補生を審査するためペンリックを貸してほしいというトリゴニエ大神官の依頼は、ペンの力を正当に評価した理にかなったものだった。それはいい。だが、ふたりの大神官が〝どうせそこにいるんだからついでに頼むね〟と押しつけてきた十数個の行政事務ともいうべき厄介な雑用は、まったくのべつものだ。

そう、大神官庁気に入りの祐筆と称しておくのがいい。ペンの名を聞けば、上長もきっと計画に気づいてくれるだろう。ほんとうに？　バランスが難しい。奴隷として得られる利益よりも高い身代金を提供しなくてはならないが、とんでもない高額になることはふせぎたい……。そこでふと考える。海賊どもはどれだけの金額で納得するだろう。彼はオルバスにとってどれだけの価値があるだろう。

〈オルバスを離れているいま、その価値はさがっている〉

それに、神殿はつねに少ない予算でやりくりしている。

このジョコナの姉妹は、そうした計算からまったくはずれたところにいる。このふたりを自分の勘定につけ加えることは可能だろうか。

〈迷子の祐筆ひとりと、教団が庇護すべき孤児ふたり〉

値をつける仲介人に、三人はセットだと主張するのは無理だろうか。なんといっても、海賊どもはそうではないことをよく知っている。

一日がのろのろと過ぎていった。二度、貧しい食事が投げ落とされた。固くなった麦パンと、不思議なほど大量の干し杏だった。ペンが乗っていた船の積荷だ。腹がそこそこ満たされたため、姉妹も新しい船倉仲間に食べ物をわけなくてはならないと気づいたようだった。空腹で頭痛を起こしはじめていたペンは、ありがたくそれを受けとった。革袋が甲板にあげられ、またいっぱいに水を詰めておろされた。三人で純粋な水をわけあった代償として、暗いビルジで一匹のはぐれ鼠が静かに死んでいった。

日が暮れはじめた。ペンは自身の身許があからさまになる話を控え、うろおぼえながら故郷連州のお伽話《とぎばなし》を記憶からひっぱりだした。少なくとも、ジョコナの姉妹ははじめて聞くものばかりのはずだ。その場でロクナル語に翻訳していくため、いささか奇妙に聞こえる部分もあったが、それでもそれらの物語はしっかり役目を果たしてくれた。姉妹は律動的なペンの声にひかれて少しずつ這いよってきたと思うと、ついには身体を丸め、肉づきの薄い彼の太股を片方ずつ枕にして眠りについた。ペンはふたたび隔壁にもたれ、思考をめぐらした。デスの力を借りれば板を腐らせ壁を破ることはできる。だが、海の上にいるかぎり、そんなことをしても意味はない。

眠りはよい体力回復剤だ。姉妹を落とさないよう気をつけながら、もぞもぞと身体を動かした。子供というものは、一見優しそうな大人にあまりにも簡単になつきすぎる。臆病な祐筆という仮面を維持するのは難しくないけれども——ペンが世界を歩くと、そのあとには必ず魔法の代償として、破壊と死の雲が静かにたなびく。これほどの危機を感じたことはない。

〈勘定書。罪のない鼠、一匹。残忍な奴隷商人の海賊、ゼロ〉

彼は肩をまわして眠ろうと努めた。


翌日、太陽が中天に近づくころ、タッキングをしているのだろう、船がしじゅうむきを変えはじめた。頭上で足音が響き、怒鳴り声が聞こえる。ペンは操船に関する俗語いくつかを、ふたつの言語の語彙《ごい》に加えた。支索や綱の音、帆をたたむ音、ロープや木材をぴんと張ったときのうめくような奇妙な音。

〈入港ですね〉デスがほっとしたようにつぶやいた。

船は最後にもう一度だけ大きく揺れて、単に停まったというだけではない静止状態にはいった。ありがたいことに、完全な静止だ。

〈港です、五柱の神々に感謝を〉おそらく。

ようやく格子があがって縄梯子《なわばしご》がおろされ、囚人たちは不快な穴蔵から出ることを許された。ペンは姉妹の安全を考えてさきに梯子をのぼらせ、自分もすぐあとにつづいた。靄《もや》のかかったような生暖かい空気の中で、周囲を見まわす。

まとまりなくひろがった港湾施設から、石と杭で支えられた二本の桟橋がつきだしている。彼らの船はその片方につなぎとめられていた。低い岬に囲まれた港は整然としていて、数隻の漁船と、より大型の船が何隻か繋留されている。その中には不穏なことに、ずらりと長い漕ぎ座を備えたガレー船もまじっている。戦船にしては幅がありすぎるが、間違いなくロクナルのものだ。乾いた緑の斜面が町をとりまき、ごつごつした山並みへとつづいている。それほど高くはないため、雪を頂いてはいない。

太陽の位置から、セドニアの東の海にいるのだとわかる。ということは、カルパガモ領か、中立地帯の島なのだろう。名前さえわかれば、すぐさま頭の中の地図と照らしあわせるのだが。しかし……脱出するとなると、船にいるときと同じ問題が生じる。ただ、船とちがってデスにも島を沈めることはできない。

ふたりの乗員が手をかざし、背後の水平線をふり返りながら顔をしかめた。

「あの馬鹿どもはどこにいるんだ」ひとりがつぶやいた。「おれたちよりさきに到着してると思ってたんだがな」

そういえば船は一隻だけだ。二隻が連なっていたはずなのに。ペンが乗っていた沿岸交易貨物船はいなくなっていた。夜のうちにはぐれ、それから……？　その答えは、海賊どもにもわからないようだった。

もうひとつの船倉にいた汚れきった捕虜たちが、道板をわたっている。わざわざ鎖でつなぐこともしていないが、それも当然だ。年配の婦人はふたりの男のあいだで足をひきずっているし、その男たちも、彼女よりわずかにましな足どりで歩けるというにすぎない。悲しげな顔の痩せた長身の男は、熱に苦しみながら、太った連れに支えられてよろよろと進んでいる――アドリアの貿易商人たちだ。最後の骨と皮ばかりの男、姉妹がポゼニと呼んでいた祐筆だか神官だかは、彼らのあとを歩きながら情けない声をあげて抗議していた。見張りたちはまったく関心をはらわず、やがてひとりが彼の尻に短剣を突き立て、悲鳴をあげさせてにやにやと笑った。ひとりの海賊が疑惑をこめてペンに目をむけた。ほかの連中に比べれば穏当な視線かもしれない。

「あんたも面倒を引き起こそうってのかい、綺麗《きれい》な兄ちゃん」

ペンは肩をすくめた。

「面倒を起こしてどうするのですか。オルバスまで泳いで帰ることはできないのですから」

「ちげえねえや」

男はにやりと笑ってこん棒でとんとんと肩をたたき、彼らのあとにつづくよう促《うなが》した。

コルヴァ姉妹はそれぞれペンの手を握り、ひとりが彼の前を、ひとりがうしろについて、不安定な道板をわたった。ペンは桟橋におりたつまではとしっかりふたりを庇護し、ふたりも彼にしがみついていたが、セウカは途中で握りしめるものを彼の手からチュニックの裾に切り換えた。太った貿易商が不思議そうに三人をふり返った。ようやくのことで、足音の響く木板が強固な地面に変わった。まだなんとなく揺れているように感じられるのは、海で過ごしたあいだに身体がおぼえてしまった錯覚だろう。

〈もういいかしら〉デスがつぶやいた。〈約束したわよね〉

〈ええ〉ペンは許可を与えた。

詳細を詰めることで気をまぎらせながら、ふたりして眠れない夜を過ごしたのだ。せっかくの計画だ、有効範囲から出てしまう前に実行しよう。

デスがペンの指示に従って、船首から船尾にいたる右舷船殻《せんこく》を龍骨にそって奥深くまで腐敗させた。桟橋にもっとも近い左舷では、メインマストを高所で固定するすべての支索をほぐし、もろい数本の糸だけでぴんと張りつめている状態にしてやった。さらに念を入れようと、もっとも破壊的な効果が得られそうな高さで、マストの半分ほどにわたって薄い腐敗をしこんだ。この船の調理場は、船尾の日除けの下にサンドテーブルをおいて、炭を積んだだけの単純なしろものだ。テーブルの片側の支柱を折ると、砂と熱い燃えさしが甲板にこぼれる。日除けにぱっと火がついた。

じつのところ、火ほど効果的に無秩序をひろげるものはない。ペンはくちびるを噛んで、ふり返りたくなる思いをこらえた。

「できるだけそばを離れないように」しがみついてくる小さな連れたちに声をかけた。「話はわたしがします。もし別れ別れにされても、なんとかしてさがしあてますからね」

その約束が反故《ほご》にならないことを願う。

海岸を進んでいくと、どう見ても税関事務所としか思えない建物があった。いや、この島は海賊の巣ではないか。海賊も税金から逃れることはできないのか。よくある漆喰《しっくい》とタイルではなく、木造の屋根をいただいた細長い平屋建てだ。古い船の木材を使っているのかもしれない。

捕虜の最初の一団が建物の中に追いこまれたとき、背後の港で警告の第一声があがった。

年齢と命令をくだす態度から船長だろうと見当をつけていた男が、はっとふり返って驚きの罵声《ばせい》をあげた。

「いまごろに、なんてこった……！」筋を描いてたちのぼる煙をにらみながら、「トッチ、こいつらの記録をやっておけ。通関費とギルドへの支払い額を計算するんだ。そっちのふたり、ついてこい」

そして、三人の見張りのうちのふたりを連れて、足早に坂をくだっていった。

荷物さえなければ絶好の逃亡のチャンスになっていただろう。ペンは顔をしかめ、こん棒をもったトッチに促されるまま、保護した子供たちとともに小屋の中にはいった。とつぜん薄暗くなったため、まばたきをして目を慣らす。中の空気はむっとして暑く、尿と古い血とストレスによる汗のにおいがわずかに漂っていた。

室内の半分は何もない土間で、いくつかのベンチが壁際にならんでいる。太った男がすぐさまそのひとつにむかい、怪我をした連れをそっとすわらせた。夫と息子に支えられた年配の婦人が、べつのベンチに腰をおろす。残り半分のスペースには長テーブルがおかれ、いくつかのスツールがならんでいるが、いま使われているのはそのうちのひとつだけだ。身形《みなり》はむさ苦しいものの、そこにすわって鵞筆と紙をならべている島の住人は、ペンリックがこれまで会った税関事務官とまるで同じ雰囲気をまとっていた。中年で、インクの染みをつけて、薄給で、印象が薄い。武器をもってその両脇に立ったふたりの大男が、熟練した目で新しく到着した捕虜をチェックすると、そのまま背後にさがり、壁によりかかってくつろいだ。

「トッチ」事務官が一等航海士と思われる海賊に手をふって挨拶した。「捕虜はこれでぜんぶか。ファルンがきている。がっかりするぞ」

「ああ、やつの船がはいってたな」トッチはみじめな捕虜たちをざっと見わたした。「こいつらはもっぱら身代金用だ。あとから二隻、捕獲した船がくる。頑丈な野郎どもをいっぱい乗せてな。一隻とは、一週間前の嵐ではぐれちまった。もう一隻は……もうついてるはずなんだがな。そのうちにくるだろう」

そう言いながらも、どこか不安そうだ。

「それじゃ、はじめようか」

事務官が髭に似合う粗野なアドリア語で言って、前に出るようペンとおまけのふたりを促した。ペンはこん棒に小突かれるまでもなく進みでた。

「名前は」事務官が鵞筆をかまえてたずねる。

「ペンリック・キン・ジュラルド」

事務官がためらったので、ペンは丁寧に綴りを説明してやった。この情報がオルバスに届いたときに、誰かに気づいてほしいではないか。

「年齢は」

「三十二」

事務官が鼻を鳴らした。

「まあいいけどな。そんなサバを読んだって、買い手がついたら尻を守ることはできんぞ、青い目の坊や。ほんとうの年齢は」

「三十二です」ペンは辛抱《しんぼう》強くくり返した。「たいていいつも勘違いされるのですが」〈べつに、それでもいいんですけれど〉

事務官は首をふって、「二十二」と書き留めた。ペンは説得を諦めた。

「家族は」

「話すほどの家族はいません。両親はずいぶん前に亡くなりました。連州にいたのですが」

掛け値なしの事実はいまの言葉の後半だけだ。この尋問はもちろん、親族からどれだけ身代金を搾りとれるかを探りだすためのもので、多くの捕虜が嘘をつく。いまのペンのように。ただし彼の場合は、逆に情報を省いている。

「なるほど」いまの説明で、聞き慣れない名前と珍しい色に納得したのだろう、事務官はくちびるをすぼめた。「職業は」

「祐筆です。オルバスはヴィルノックにある大神官庁で働いています」ある意味、これも嘘ではない。「わたしの身代金は大神官庁に請求してください。姪ふたりの分もまとめて」

そしてふたりの少女の肩に手をのせた。アドリア語のわからない姉妹は、不安そうにぴったり彼にしがみついている。それが、彼の新たな主張に対する裏づけとなってくれればいいのだけれど。

「三人いっしょにいさせてください。わたしの身代金で三人分を支払います」

「そいつはおれの仕事じゃない。まあどっちにしても、大神官庁はそれよりずっと安い金額で新しい祐筆を雇えるだろうよ」

「わたしはとても有能なのです」

「どっちにしてもだ。それで、そのふたりは？」事務官はいかにもうさんくさそうに、ペンとまったく似ていない姉妹を視線で示した。

「レンシア・コルヴァとセウカ・コルヴァ」

名前を口にされて、ふたりが視線をあげた。

「亡くなったわたしの異父姉の娘です」

そう、ペンと死んだ娼婦はともに白の神の子なのだから、姉弟といっても間違いではない。

「姉は長いあいだ行方不明だったのですが、ジョコナで亡くなったという知らせが届きました。そして姉の娘たちを見つけたのです。ふたりはアドリア語を話せません」

「ジョコナ生まれなんだな」事務官が眉をあげた。「それで、おまえはロクナル語を話せるのか」

「少しですが」

事務官が満足そうな音をたてた。

「ほかには何語ができる」

「もちろんウィールド語も話せます。母国語ですから」

はからずも、ペンは自身の代価を吊りあげてしまったようだ。だが出身国を告げた以上、それを認めないわけにはいかない。奴隷であれ自由人であれ、読み書きのできる翻訳通訳者はどこでもひっぱりだこだ。それ以上の学識については、口にせずにおいたほうがいい。

「なるほど、だったらウィールド語はぺらぺらってわけだな。おまえは婀娜《あだ》っぽいロディの小僧だと思っていたよ。でなきゃ、ロディの婀娜っぽい小僧だな。オルバスで働いてるってことは、セドニア語も話せるし読み書きできるってことだな」

「はい、できます」

事務官はまた何やらを書きつけた。

「ふむ。どうやら尻は無事ですみそうだな」

「そのつもりです」ペンは辛辣《しんらつ》な言葉をのみこんだ。事実かどうかはともかく。ありがたいことに、事務官はペンがそれ以上の自縄自縛《じじようじばく》に陥る前に手をふってさがらせ、つぎの捕虜を呼んだ。ペンはあいているベンチに行って、くっつくように姉妹をすわらせた。

「いまからわたしのことは、ペンリック叔父さんと呼んでください」ロクナル語でふたりにささやいた。「きみたちはわたしの異父姉の娘で、やっと見つけたところなのだと話しました。それでいっしょにいられるかどうかはわかりませんが、やってみる価値はあるでしょう」

「奴隷商人がそんな話、気にかけてくれる？」レンシアが疑いをこめてたずねる。

幼いからといって無知なわけではない。

「駄目でしょうね。ですが、彼らも身代金のことは気にかけます」

「そうね」彼女はいくぶん安心したようにくちびるを引き結んだ。

セウカは、彼が何か驚くべき魔法を使ったかのようにじっと見つめている……。確かにペンは魔術師だが、庶子神の涙にかけて、ここでは魔法を使っていない。

〈わたしはこの子たち、気に入りましたよ〉デスが上機嫌な声をあげた。〈ずっといっしょにいましょうよ〉

〈少なくともヴィルノックまでは、ですね〉

そう、ふたりの行方不明の父さまの捜索には、安全なわが家でゆっくり時間をかけて取り組みたい。できれば手紙を使って――ロディにはこういうときに頼りにできる友や同僚がいる。こんど陸にあがったら、ニキスのいるささやかですてきなわが家を二度と離れたりするものか。たとえ雄牛の群にひきずられようとも。牛の群くらい阻止してみせる……

〈でも大神官は阻止できませんよ〉デスが言いだした。〈大公だって〉

〈神もです〉ペンはため息をついて認めた。

貿易商ゲタフが見つかったら、姉妹のための支出を支払ってくれるよう、説得できるかもしれない。そうすれば、大神官庁会計監査官の心もおちつくだろう。

老夫婦の番が終わった。太ったアドリア商人が、友人のために新鮮な水と治療を求めたが、つぎの場所まで待て、トラブルが少ないほどそこにはやくたどりつけると言われただけだった。僻地《へきち》のようなこの島に、どんな医師がいるのだろう。だが、海賊にも漁師にも怪我はつきものだ。ならば島の母神教団には熟練した治療士がいるのかもしれない。

それから痩せた男が進みでて、父神教団の神官という身分にふさわしい敬意をはらえと言いだした。ペンから見ても疑わしい主張で、事務官は洟もひっかけない。煤《すす》で汚れ怒り狂った船長がもどってきたことで、その場面は終わりとなった。残念なことに、船長と部下はどうにか調理場の火を消しとめてきたようだ。まあいい。待つことならできる。

海賊と武器をもった見張りがふたたび捕虜を集め、一行は町にむかって歩きだした。途中、刺青《いれずみ》をしたいかにもたくましそうな女が三人、船長を呼びとめ、夫はどこだとたずねた。分捕り船に乗っているはずの連中のことだろう。船長は曖昧な言い訳をならべたが、女たちは明らかに不満そうだった。面倒な女たちから逃れて、船長は〝獲物〟――なかなかに意味深な言葉だ――をまたべつの大きな建物へと連行した。この島のどこででも見られる、分厚い壁に白い化粧漆喰を塗った建物だ。中は薄暗くひんやりとしていた。

牢獄か競売台に連れていかれるのだろうと考えていたのだが、ここはそのどちらでもない。かなり大きな広間で、床はコンクリートでなめらかに舗装されているし、片隅には二階にあがる階段がある。

〈賭けてもいいけれど、一種の寄宿舎ですね〉デスがつぶやいた。

ほかにもいくつか、どこに通じているのかわからない出入口がある。そのうちのひとつは厨《ちゅう》房《ぼう》だろう。たたんだ架台《かだい》テーブルが何脚か壁際にもたせかけてあるし、ベンチもいくつか散らばっている。では、捕虜の収容所ということだ。いまはペンたちしかいないらしい。長期間収容しておくことはないのだろう。これから、不満だらけの船乗りが二隻分、やってくることになっているのだが。

暴れそうな捕虜のためには、もっと頑丈な牢獄があるのかもしれない。それにしても、この島はどれくらいの大きさなのだろう。逃亡者が身を隠せそうな荒野か森はあるだろうか。船が調達できそうな町や村は。ペンは海で諦めてしまったが、熟練の船乗りにとっては、海も、堀ではなく街道のようなものにちがいない。

どうやら身代金をとれそうな捕虜は、ささやかではあれ、ある程度の世話を受けられるようだ。見張りはまず全員を、壁に囲まれた狭い中庭に連れだした。一行はそこで、壁の蛇口から出る水で、身体を洗い、咽喉を潤すことを許された。水は水槽にたまり、そこからさらに壁の下の水路にはけるようになっている。ペンたちの船倉とほとんど変わらない狭い場所で数日を過ごしてきたためか、捕虜たちのあいだにはすでに遠慮というものがなくなっていた。男たちは裸になって、与えられた粗末な石鹼とすすぎのための桶を譲りあいながら、全身を洗った。ペンはそのあいだじゅう、ちらちらと盗み見してくる彼らの視線に甘んじて耐えた。船の悪臭を洗い落とせるなら、それくらいどうということはない。

老婦人が半裸になっているあいだは、夫が汚れたシャツを掲げて懸命に妻の慎みを守ろうとした。なんとも中途半端な試みだったが、全員がその意図を汲んで、礼儀正しく視線をそらした。ペンはつづいて老婦人に頼みこみ、彼以上に沐浴を必要としている姉妹の世話を手伝ってもらった。汚れた衣服をもう一度着なくてはならないのが不快だった。だがほかのみんなも、着替えは船に残してきたはずだ。船が入港したら、そうした個人的な品は返してもらえるのだろうか。それとも盗まれてしまうのだろうか。ペン自身の荷物に関しては、さして期待していなかったが。

そうこうしているあいだに、チュニックの上に緑のサッシュを締めて母神教団への形ばかりの敬意を示した島の助産婦が、創傷を受けたアドリア商人――アローロという名前だった――と老夫婦の息子の折れた腕の手当てをするべく、用具一式をもって登場した。息子の腕はもう一度折って継ぎなおすべきというのがペンの見立てだったが、助産婦は大騒ぎをしてひねりまわしただけで、治療といえそうな行為がほとんどないまま息子は気を失った。せめてもの慰めは三角巾が与えられたことだった。アローロは腕に数カ所、胴にそれよりも長く深い刀傷を負っていた。助産婦は傷を洗って包帯を巻いた。そのささやかな試練のあいだ、アローロは仰向けになってあえぎながら、不安そうな友人アルディーティの汗ばんだ手にしがみつき、ふっくらとしたピンクの肉が白くなるまで握りしめていた。傷は感染したため赤く醜く、とても自然に治癒するとは思えなかった。

〈手を出すんじゃありませんよ〉反射的に診断をくだしておちつかなげにしているペンに不安をおぼえたのだろう、デスがつぶやいた。〈少なくとも、そんな余裕ができるまではね〉

それでもペンは、助産婦を手伝うふりをしながら、一般的な上向きの魔法を傷口にすべりこませた。船の上で混沌から得た力の蓄えが、まだ残っていたのだ。

広間にもどると、島の住人らしいひと組の男女があらわれ、ペンをはじめとする使えそうな者を徴用して、架台テーブルを設置し、奥の厨房から食べ物を運んでくる仕事を手伝わせた。フラットブレッド、チーズ、オイル漬けサーディンとオリーヴ、干し無花果《いちじく》、そして大量の水で薄めたワインなど、簡素だが量だけはたっぷりとある。捕虜たちが〝ポゼニ学師〟に父神の神官として食事を祝福してくれと頼むのを、ペンは面白くながめた。ポゼニはどうにかその役目を果たした。ついでながら、そのときに結ばれた聖印によって、その場にいる全員が五神教徒であるか、少なくともそのふりをしようとしていることがわかった。ジョコナの姉妹はべつだ。彼女たちは言葉が理解できないまま、無言でただじっとしていた。食事は充分全員にいきわたるだけあり、〝ふたりの姪〟の分を確保しようとペンが奮闘する必要はなかった。では、連中も飢えによって服従させようとしてはいないのだ。

食卓で、ペンは問われるままに、洗練されたロディのアドリア語で一連の話をでっちあげた——さがしていた姉妹に海賊船の船倉でめぐりあえたのです、この千載一遇の幸運はまさしく白の神の恩寵《おんちょう》にちがいありません。いかにも嘘くさいそのドラマティックな物語を、老婦人は目を見ひらいて素直に信じ、あとの者たちは疑惑をこめて目を細くした。自分も彼らと同じくらいきっぱりと、神の関わりなど否定できればいいのに。ペンはその物語のお返しとして不運な旅行者たちの話を聞かされたが、どれも想像していたものとほとんど変わらなかった。

架台テーブルを片づけ終わったころには、沐浴と食事によって完全に緊張がほぐれ、ペンは立ったままふらつきながら、すぐにも寝室に案内してほしいと考えていた。だがそのゆとりと期待は、海賊の船長がもどってきたことでふいに破られた。ヴァルビンという名であるらしい船長のうしろに、書類を抱えた港の事務官が従っている。いつものこん棒をもったトッチがぴったりと張りついている。そしてさらにそのうしろから、ふたりの新顔——片方は秘書を連れている——がはいってきたのだ。

背が低くがっちりしたほうの、髪と目は黒い。身につけたチュニックとズボンと革靴は、このあたりの海を縄張りとする商人によく見られるものだ。だが両手を飾る指輪はずっしりとした金だし、袖のない外衣はみごとな深紅に染められ、膝のあたりで揺れる裾には刺繍《ししゅう》がほどこしてある。筆記用具の箱をもって彼に従う若い男もまた、身形はいくぶん質素ながら、同じような身長で、同じような色をしている。親族かどうかはわからないが、どちらもダルサカ人だろう。

年長の男がダルサカ語でつぶやくのを聞いて、ペンは自分の推測が正しいことを知った。

「島の人間には気をつけろよ。港の事務官は船長どもと結託して、ロクナルの連中がひきとらないゴミを平気で押しつけてくるからな」

若者が熱心にうなずいた。

長身の痩せたほうの新顔は、おそらくオイルを塗ってわざわざ日焼けさせているのだろう、輝くようなブロンズ色の肌をしていた。赤みの強い褐色の髪を複雑な形に編んで頭に巻きつけ、こめかみに幾本かのカールをわざとらしく垂らしている。くるぶし丈のゆったりとした袖なしチュニックを着ているのは、この暑さの中、ズボンを穿かずにすむのでよい判断といえる。白く晒したチュニックをとめる腰のベルトには、宝石なのかガラスなのか、色とりどりのきらめく石が嵌められ、長いダガーをおさめた押し型模様の鞘がさがっている。両足には履き慣らした良質な革のサンダル。連れのダルサカ人と同じく、この男の衣裳もそれなりの貿易商の普段着と思われる。ふたりとも、この場で誰かに感銘を与える必要などないと考えているわけだ。

顔馴染みなのか、ふたりが軽い会釈をかわしあった。

「ファルン船長、相変わらず達者そうだな」ダルサカ人が言った。

「マスター・マルレ、きみも商売繁盛でなによりだ」いくぶんそっけない返事がもどった。

ふたりとも、訛りは強いが充分に通じる商用アドリア語を使っている。この場は会話が成立しているものの、つまりはどちらも相手の言語はわからないということだ。

「まあかろうじて、というところかね」黒髪のマルレが答える。「お宅はどうだ」

「このところ、海はご機嫌で穏やかだな」

「それは神のお恵みというやつだろう」五神教徒だろうダルサカ人は、礼儀として、どの神の恵みであるかは口にしない。

「まさしくまさしく」四神教徒の船長もまた、礼儀正しくはぐらかす。

いまは神学論ではなく、商売を優先させなくてはならない。ペンは心から安堵した。

この家の使用人が、重要な来客のためのクッションをのせた椅子を二脚、運んできた。お得意さまということなのだろう。トッチが、脅すためというより合図のように捕虜にむかってこん棒をふりあげ、ベンチを壁際までひっぱってこさせた。そして、一列にならんですわらせ、口を閉じておけ、そうしたらいいニュースがあるかもしれないと告げた。

〈それはどうでしょうねえ〉デスがつぶやいた。

〈ええ〉ペンも思考を返した。

そして、両側にぴったり張りついている怯えきった姉妹にロクナル語でささやきかけた。

「ひとりはたぶん、身代金目当ての人買いだと思います。何がどうなるかわかるまで、黙ってじっと待っていましょう」

　ふたりが素直にうなずく。根拠のない信頼を寄せられ、ペンはたじろぎながらもその思いを隠した。

　ダルサカ人と港の事務官が、通関書類の上で頭をつきあわせて相談をはじめた。秘書が箱をひらいてメモをとる用意をする。ファルン船長が立ちあがり、ヴァルビン船長を従えて、捕虜の列に歩み寄った。

　まずは老夫婦に目をむけ、不満をこめて鼻を鳴らした。それから壮年の息子に、三角巾をはずして紫色に腫れあがった腕をのばすよう命じた。長く強靭な指で、さぐるように押さえていく。息子が苦痛の悲鳴をこらえる。結局、ファルンはヴァルビンにむかって顔をしかめ、ロクナル語で言った。

「おまえたちが傷物にしたのだな、これでは役に立たない。この腕はどうやってもまっすぐにもどらんだろう」

「だったら、マルレが家族そろって買いあげるでしょうよ」ヴァルビンは肩をすくめた。

「マルレなら喜んで買うだろうな」

　ファルンはつづけて、それよりはいくぶん若いふたり組のアドリア商人にも、同じように疑惑のこもった視線をむけた。もしかすると、価格をめぐる微妙な駆け引きにおける第一歩として、疑惑をこめるふりをしただけかもしれない。

「こいつも同じだ。熱があるみたいではないか。ラスナッタまで連れて帰る旅にだって、耐えられるかどうかわからん」

　ふいにひたいに手をあてられ、アローロがぎくりとのけぞった。おそらく彼はいくつかのロクナル語を聞きとり、ふたりのやりとりを理解していたのだろう。

では、伊達男ファルンはラスナッタの住人なのか。その年に国境線がどこにひかれているかによって、カルパガモ諸島最北端とも、ロクナル群島最西端ともなる、大きな島を領土としている半独立公国だ。

「こいつなら、脂肪が燃え尽きるまでこきつかえますぜ」ヴァルビンが首をふって、ベンチにぐったりすわるアローロを支えている、相方のアルディーティを示した。

「オールを漕いでいる最中に卒中を起こしそうだ」

　貿易商と海賊は、特殊な語尾と敬語を省略した卑俗なロクナル語を使って、流暢な早口でやりあっている。だが少なくともファルンは、必要となればきっとロクナルの宮廷にだってあがれるだろう。

　ファルンが痩せたカルパガモ人の前に進んだ。

「まったく、ヴァルビン、もっとましな仕事はできんのか」

「こいつは父神の神官だと自称してるんですよ」

「それを信じるのか」

「どっちでもかまいませんや。もし事実だったら、マルレがなんとかして神殿から身代金をぶんどってくるでしょうな」

ファルンがつぎのベンチに進んだ。視線が満足げに姉妹を通りすぎ、それからもちあがってペンをとらえた。

「これはこれは」面白がるような問いかけるような感嘆の声は、陽気な音楽の響きを帯びている。

ヴァルビンはにやりと笑いそうになるのをこらえている。

「いやあ、こいつはオルバスの大神官庁に勤める祐筆だと言ってるんですがね」

ファルンがペンの両手をとりあげ、ためつすがめつながめる。ペンは実際よりもロクナル語がわからないふりをしていたので、歯を食いしばって抵抗をこらえた。

「ああ、信じてもいいぞ。姫神に祝福あれ、じつに美しい」

「綺麗なのは手だけじゃありませんや、そうでしょう?」

ファルンが魅せられたようにペンの顔を凝視する。

「この目はどこからきたのだ。こんな目は見たことがない」

「連州だって話でさあ。だけど、もう家族はいないそうです。大神官庁が身代金をはらうって言ってますがね」

「甘いな」

ファルンは手を離してあとずさった。今回ばかりは値切りのために難癖をつけようともしない。いっそ肺病のような咳をしてやろうか。でも口の中がからからで、それもできそうにない。

〈大丈夫ですよ〉とデス。〈この男くらい、あとでなんとでもできます。いくらでも方法はあ

ります〉

　そういえば、デスの以前の乗り手ルチア学師は間諜《かんちょう》だったのだ。ひと世代昔の、異なる国においてのことだけれども。デスはだから、しっかりと耳をそばだて、役に立つ情報が語られているときは流れをさえぎらずにいることを学んだのだろう。

「このジョコナの娘っこどもを、姪だって主張してるんですがね」海賊が説明した。

　コルヴァ姉妹は、訛りは強いけれどもロクナル語に切り替わったことで成り行きのほとんどが理解できるようになっていたため、怯えながらもうなずき、救いを求めるようにペンの手にしがみついた。

「あり得ん」とファルン。「べつべつの船に乗っていたのだろう。そんな話をでっちあげて、こいつになんの得があるというのだ」

「いい質問ですなあ。わかってるかぎりじゃ、こいつらがはじめて会ったのは、昨日の夜明け、こいつを船倉に放りこんだときなんですからな。いずれ手をつけようってんですかね」

「いますぐにかもしれんぞ。そういう趣味の男もいる。娘っこたちのほうでもまんざらではあるまい」そして彼は新たな思惑をこめてペンを見つめた。

〈おぼえていろ、です〉ペンは怒りをこらえた。〈本人が想像もしたことのないやり方で、ばらばらにしてやります〉

〈まあまあ〉とデス。〈この男にしてみたら無理もないことですよ。あなただってもういい加減、世間てものを学んでいるでしょうに〉

〈つむじまがりの魔のくせに〉

だがデスは、以前の乗り手の中でもあまり幸運でなかった者たちの人生を通して、世間の最悪の面を知っているばかりでなく、実際に体験してきてもいる。ペンは賢明であることを選び、その話題を切りあげることにした。

ペンにかわってコルヴァ姉妹が侮辱に憤慨し、むっつりとラスナッタの商人をにらみつけた。つまりはこのふたりも、ただ優しいばかりではない世間を知っているということだ。ペンはふたりの手を握り返し、黙っているよう無言で促した。

マルレが商用アドリア語で声をあげ、すべてのやりとりを断ち切った。

「よし、では交渉をはじめよう」

ファルンが一歩うしろにさがる。マルレが一歩進みでて彼とならび、冷やかに捕虜を見わたした。ペンを目にとめてまばたきし、姉妹を見ながら考えこむようにくちびるをすぼめる。

ファルンは手をふって捕虜の列を示し、同業者というかライヴァルにむかって宣言した。

「きみはこっちの全員をもっていくがいい。わたしはこの三人をもらう」そしてペンと姉妹にむかって指をふった。

「そいつは気がはやいってもんでしょう」とヴァルビン船長。「まずはマスター・マルレと競りあってもらわなきゃいけませんやね」

「きみはいくらをつける？」

ファルンの問いに、マルレは秘書から該当する書類をとりあげて、ことさら丁寧に数値を示した。ファルンが顔をしかめて要求した。

「金髪の坊やをもっとよく見たいのだが」

ヴァルビンのくちびるが吊りあがり、いかにも海賊じみた笑みを浮かべた。

「いいですとも。明るいところに連れていきましょうや」

こん棒に促されて、ペンはふたたび水源のある中庭にもどった。ヴァルビンは燦々《さんさん》たる陽光のもとに彼を立たせ、その場でくるりとひとまわりするよう命じた。ふたりの人買いがかすかに息をのむ。海賊が彼を庭に連れだしたのは、捕虜のプライヴァシーに気を使ったからではなく、売値を吊りあげるためだったのだ。

「チュニックを脱がせろ」

ファルンの指示をヴァルビンが通訳し、ペンはおとなしくチュニックを脱いだ。ファルンが馬を吟味するように彼のまわりを歩きながら、声にならないうめきをあげる。あごに手をあてたが、馬のように歯を調べることはなかった。ファルンがロクナル語で言った。

「こいつは去勢していないのだな。だがなんてなめらかな肌だ！」

デスのささやかな魔法のおかげで、布で顔を拭けば剃らずとも髭がなくなる。さっきの沐浴のときにもそうやって髭の処理をしたのだが、そのままにしておけばよかった……

ヴァルビンがロクナル語に切り換えて答えた。

「もちろんですとも。その体格を見てくだせえ」

幼いときに去勢した宦官の成長過程は、ふつうとは異なったものになる。ペンが友人——のようなもの——として知っている宦官は、思春期をかなり過ぎてから運命に従った。外見だけならば、四十代のほっそりとした有能な暗殺者としてなんの違和感もない。ただし、そう、髭だけは生えない。

ファルンがふいにペンのズボンをさげて、すばやくチェックした。生命……を落としはしないまでも、永久にその腕が使えなくなるかもしれない危険を冒したことに気づいてもいない。怒りをこめたペンの息づかいに、ラスナッタ人はにやりと笑ってあとずさった。そしてそれ以上無礼な行為におよぶことなく、ペンが身繕いをするにまかせた。

「これまでんとこは、おとなしくいい子にしてましたな」ヴァルビンが言った。

「だろうな」ファルンが明るい目を細くしてペンを見つめる。「そうでなかったとしても、わたしの知ったことではない。こいつは何カ国語ができると言っていたかな」

「アドリア語、セドニア語、大山脈のむこうで話されてるっていうよくわからん言葉、そこの生まれだって話ですからね。それと、ロクナル語も少しはわかるみたいでさあ」

「ほう」

「ジョコナの娘っこに話しかけてましたからね。ちゃんと通じてるようでしたよ」

「五神教徒だろうな」

「そりゃまあそうでしょうね」

ファルンはペンにむかってにやりと笑い、商用アドリア語に切り換えた。

「それで、おまえは魔の神が祈りに応えてくれると思っているのか、海の目の坊や」

〈残念ながら、思っていませんよ。どちらかといえば、魔の神はご自分への祈りに応えるために、わたしを使っているのではないかと思っています。庶子神はとんでもない怠け者なのですから〉

デスが、しかたないわねと言いたげに小さく笑った。

ペンはファルンに答えて肩をすくめた。信仰心に凝り固まった五神教徒の中には、このような侮辱を前にしたとき、おのが信念を堂々と表明して殉教を選ぶ者もいる。だがもしほんとうにペンを殉教させたいのなら、庶子神のことだ、ペンがどのような行動をとろうと関係なく、簡単に実現させてしまうだろう。

〈そうですよ〉デスがつぶやいた。〈その見解はずっともっていたほうがいいですね〉

マルレは言葉が壁になってはじかれていることにいらだちながらも、ことの成り行きはしっかり把握しているようだった。

全員でのろのろと広間にもどった。コルヴァ姉妹が不安そうに顔をあげる。ペンはふたりとならんで、ふたたびベンチに腰をおろした。

ファルンがもう一度くるりとふり返ってしげしげとペンをながめ、くちびるをすぼめ、それからヴァルビンにむかって商用アドリア語で宣言した。

「あれをもらおう」そして、ラスナッタの貨幣単位リヨル銀で価格を告げた。

海賊は大きく笑みくずれ、マルレは眉をひそめた。

「マスター・マルレはどうです……？」ヴァルビンが誘うように声をあげた。「もっと高値をつけますかね」

「どれほど綺麗な手をしていようと、オルバスの大神官庁も祐筆ひとりにそれだけの金は出さんだろう」マルレが不満そうに答えた。

ペンは咳払いをした。

「大神官庁ならもう少し出します。わたしたち三人の分として」

「それも計算した」マルレがベンチの三人に目をむける。「こいつ抜きに、娘っこふたりだといくらだ。オルバスがこいつらの身代金をはらうとは思えん。大神官庁は、この娘っこのことなど聞いたこともないだろう。この祐筆から離したら、娘っこどもはただ同然だ」

「そんなことはない」ファルンが穏やかに反論した。「女の子は必ずどこかで売れる。きみがいらないと言うなら、わたしが信仰の命ずるままにふたりともをひきとり、五神教の運命からまぬがれさせてやる」

ふたりの入札者がにらみあう。マルレは顔をしかめ、ファルンは薄く笑んでいる。

ヴァルビンはどちらの顧客も怒らせたくないため、どうしようもなく歯ぎしりをしている。そこでぱっと名案がひらめいたようだった。

「折衷案でいきましょうや。ひとりずつでどうです。奴隷価格で」

ファルンが眉をあげた。

「わたしはそれでかまわん」

「ふむ」マルレはなおも納得していない。「言いたいことがなくもないが、まあしかたあるまい」

ヴァルビンが満足そうにうなずいた。

「では決まりですな」

ペンはぱっと立ちあがった。

「駄目です！　三人を引き離してはなりません！」〈約束したのだから……〉

こん棒をふりあげてトッチが進みでる。ヴァルビンが上機嫌なまま手をふってさがらせた。

「おいおい、ファルン船長のお買い上げ品を傷物にするんじゃない」

ペンは怒りに燃えて立ったまま、懸命に思考をめぐらした。

「で、どっちがどっちをもっていきますかね」ヴァルビンがたずねる。

「年上のほうだ」ふたりが同時に答えた。

ヴァルビンは辛抱強くため息をついた。そしてポケットからコインをとりだし、港の事務官に命じた。

「こいつを投げろ」

事務官は夕飯を食べに家に帰りたいと言いたげな顔をしていたが、無言でコインを受けとった。宙に投げあげ、受けとめると同時にもう一方の手をかぶせる。

「どっちにしますね」ヴァルビンがマルレにたずねた。

マルレは一瞬ためらってから答えた。

「表だ」

事務官が手をあげた。裏だ。マルレが顔をしかめた。

「ではそういうことで、おふたかた」ヴァルビンが言って、事務官がポケットにしまいこむ前にコインをとりもどした。「これで決定ですな」

ペンは怒りのあまり身体をこわばらせた。

〈ここで決着のつけようのない騒ぎを起こすのはやめてね。いまからあのガレー船で港を出ていけるわけじゃないんですから〉デスが不安そうにつぶやいた。

〈わたしの好きにさせてもらえるなら、あのガレー船はもう二度と、この港を出ることはできないでしょう〉

めったにないことだが、混沌の魔が彼をとめようとしている。いつもならその逆だ。誰が計画したのでもなく、うっかりはじまってしまった戦いはいくつもある。だが、そう。海賊のアジトでひとりだけの魔術師戦争をくりひろげるつもりなら、作戦はあらかじめ練っておいたほうがいい。

「いつ連れていきますか」事務官がファルンにたずねた。

ラスナッタ人は鷹揚に手をふった。

「今夜はここに泊めておいてくれ。積荷を満載せんことには利益があがらん。今週はヴァルビンの戦利品のほかに何が入港する？」

「ガルナスヴィク船長が何か持ち帰るでしょう。ヴァルビン船長より何日かはやくここを出ています」

「ふむ。ガルナスヴィクが順風に恵まれることを祈ろう」

〈わたしは逆を祈ります〉そう念じながら、ペンはふたたび姉妹のあいだに腰をおろした。

「ねえ、どうなってるの」レンシアが不安そうにたずねた。

パニックを起こされたり泣かれたりしては困る。でも嘘をつきたくもない。顔を近づけて低い声で言った。

「いますぐには何も起こりません。今夜は三人いっしょにここに泊まります。もしかすると二、三日かもしれません。ラスナッタの奴隷商人は、あなたとわたしを買ったつもりでいます。ダルサカ人は、身代金で利益を得る仲介人ですが、セウカを買ったつもりでいます。ふたりとも間違っています。そうはならないでしょう」

「どうなるの?」大きな目で彼を見つめ、セウカがたずねる。

一瞬息がつまったものの、すぐさま答えた。

「内緒です」〈わたし自身にもよくわかっていませんが〉

デスは寛大にも笑いとばさずにいてくれた。それでも、大変な努力をはらっていることがわかる。

取引会議は終了した。事務官との支払いに関する最終的な話し合いをすませ、ファルンがこの場を去った。ヴァルビンもそれにならう。マルレとその秘書は、身代金の対象となる人質を架台テーブルに連れていき、資産と希望についてさらにくわしい聞き取りをはじめた。いずれ正確な取り前を徴収しようというのだろう、事務官はそのあいだもあたりをうろつきながら目を光らせていた。

ペンとジョコナの姉妹はそのまま放置された。港の警備員が入口の脇でスツールに陣取っているため、早々に脱走することはできない。この宿舎に寝床はないかと、ペンは姉妹を連れて二階にあがった。人生そのものがぐだぐだになってしまったことはもとより、この数日ぐだぐだな夜を過ごしてきたため、足もとがふらついている。二階には、船乗りのハンモックがずらりとならんだ細長い部屋がふたつと、ほんもののベッド何台かを備えた小さな部屋がひとつあった。細長い窓はペンが横むきになってもすり抜けられないほど狭いが、港をながめることはできる。

長い試練を経てペン以上に疲労困憊していた姉妹は、すぐさま藁《わら》をつめたマットレスに突進した。ペンはふたりが眠りに落ちる前に、いそいでサンダルを脱がせた。清潔とはいえない布から藁の端がとびだしているとはいえ、船倉の床よりもずっと魅力的で、しかも動かない寝台が、ペンをも誘っている。だが彼は窓辺にもどり、数分間、夕暮れの光を見つめた。

いかなる戦術的計画も、地形を正確に調査した上ではじめなくてはならない。少なくとも、アデリスはそう言っていた。そして、物理的に可能かどうか、厳密な査定を必要とする。ロマンティックな英雄譚では戦士の勇猛果敢さが称賛されるが、現実に軍人であるアデリスは詳細な計画を重視する。ここからはたいして地形が見えるわけではないし、町の主要部分はこの建物の反対側にひろがっている。だが身体のむきをいろいろ変えてみると、海岸線のほとんどが視野にはいった。岬では要塞の廃墟が修復されつつある。論理的にそれは正しい判断だろうか。

この要塞は明らかに、以前、敗北しているのに。

外の景色から名案を思いつくこと諦め、ベッドに倒れこもうとしたとき、デスが言った。

〈あらあら、ごらんなさいな。とうとう下で何か起ころうとしているわよ〉

ペンは港のほうをふり返った。

長い桟橋で、ヴァルビンの船が斜めにかしぎはじめている。繋留索をひっぱりながらゆっくり傾いていた船が、龍骨近くの船殻で大きな板が破れると同時に、ひときわ大きくがくんと沈んだ。ビルジにどっと水がはいり、すでに傷んでいるほかの板にも過大な圧力がかかる。板の割れるくぐもった音がどんどんひろがって、ペンの耳にまで届く。さらに大量の水がなだれこむことで、一本の繋留索が索留を引き抜き、さらにもう一本もあとにつづいた。メインマストがふいにぽっきりと折れた。ブームと巻きあげた帆とロープの束が巻き添えになる。船は回転しながら沈んでいき、岩の多い砂地の海底にぶつかって、ごりごりと独特の音を響かせた。海岸のほうからかすかな悲鳴と怒声が聞こえてきた。

ペンのくちびるが吊りあがって笑みに近いものをつくった。もちろん、気持ちのよい笑みではない。

〈あらまあ〉デスが得意そうに言った。〈すてきじゃないこと?〉

〈ええ、ヴァルビンの儲けもすべて水の泡ですね〉

沈没船のおかげで、港の四分の一が当分のあいだ使えないというおまけつきだ。修復不能の残骸を排除するには、誰かが非常に高額な費用を支払わなくてはならない。だが、その仕事もまた奴隷に押しつけられることになるのだと気づいて、彼の歓喜は半減した。

いまこの瞬間は、強烈な――あえていうが〝強烈な〟――自己満足を味わっているけれども、それで根本的な問題が解決するわけではない。港にあるすべての船を沈めてしまえば、ペン自身もこの野蛮な島から抜けだせなくなる。

〈それでも……〉ペンのものともデスのものとも、判別できない思考がわきあがる。〈この島で、つぎにものすごい不運に見舞われるのは、いったい誰になるだろうか〉


ペンはその夜、ごつごつしたマットレスの上で寝返りをうちながら、ぼんやりと手をのばして温かくやわらかなニキスをさがした。

〈ああ、駄目です〉

胸の前でかたく腕を組んだ。いま彼女を抱きしめたいのはやまやまだが、彼女にここにいてほしいわけでは断じてない。自分が彼女のもとにいたいと願うのは、またべつの話だ。

妻は、彼がいつトリゴニエを出発したか、どの船に乗ったかを知らない。知らせなかったのは、手紙よりも自分のほうがはやく家につくと思ったからだ。だから、彼女はまだ心配などしていない。悲嘆に暮れてなどいない。いつものように、彼の不在をさびしく思ってはいるだろうけれども。

〈わたしの不在もね〉あふれでる恋情をそらすかのように、デスが口をはさんだ。

〈あなたの不在もです〉しかたなく同意した。

多事多難だった最初の時期が過ぎると、ニキスは彼の内に棲まう魔との交流を楽しむようになった。ニキスの母などは、デスのことを〝親友〟と見なしていて、世の夫族がめったに耳にできないなんとも珍妙な会話をくりひろげてくれる。

そう、ニキスはヴィルノックにいて無事だ。彼女は毎日、ジュルゴ大公の公女付女官として、自宅からごく近い大公宮に出勤している。女官といっても件の公女は八歳の少女だから、遊び相手兼教育係のようなものだ。夜には必ずたくましい近習が家まで送ってくれるし、家では母と使用人が彼女を守っている。さらにいまは、同じく大公に仕える兄アデリスが、グラビアト遠征を終えて帰国している。

……それでもやはり、ニキスの守りを完璧にするには神殿魔術師を加えるべきではないか。

たぶんニキスもそう考えているのだろう。文句を言うことこそないものの、ペンの遠方への出張が増えるにつれて、ニキスはどんどん不安を募らせていく。任務に成功するたびに、神殿と宮廷における彼の立場は強くなっていくのであるが。

〈しかたありませんよ〉とデス。〈ニキスは、最初の夫とのあいだに子を授からなかったのは、夫が軍の任務で彼女の寝台をなかなか訪れてくれなかったからだと考えていますからね……。少なくとも、それが原因だと考えたがっているのですよ。あなたとも同じことになってしまうんじゃないかと心配するのは当然でしょう〉

そして、同じような悲劇的な結末を迎えるというのか。ペンにはもちろん、こんなにはやく彼女を二度めの寡婦にしてしまうつもりなどない。もうひとつの不安を解消するのは、彼にとっても想像し得るかぎり最高の喜びで……。魔からにじみでる混沌の魔法も、受胎をさまたげることはないはずだ。

〈さまたげることならできますよ。でももちろん、そんな真似はしませんとも〉デスがなだめる。〈まだ結婚してそんなにたっていないじゃありませんか。あと何カ月か必要だってことですよ。わかっているでしょう、お医師殿〉

〈医師ではありません。その職は放棄しました〉

〈ふふん。ニキスに子供ができたら、大公はきっと彼女の希望にそって、あなたにお医師の役割を命じるでしょうね。医学生はみんな、自分が習ったばかりの珍しい不治の病にかかっていると思いこむものだけれど、あなたもきっとそうなりますよ。でもいいですか、そのときになったら、あなたのとんでもない気苦労でニキスを怖がらせるような真似は、わたしがけっしてさせませんからね〉

ペンはそのさまを思い描いて思わず微笑した。デスはたぶん、わが家から遠く離れた牢獄のようなこの暗い場所で、彼を励ますために楽観的にふるまっているのだろう。それでも確かにいくらか元気づけられたような気がする。

隣のベッドから身じろぎの音と吐息が聞こえた。そしてロクナル語のささやき。

「起きてるの?」

ペンにたずねたのではない。それは、レンシアがいらだちをこめて妹にかけた言葉だった。

「あたしも目が覚めちゃった。寝なさいよ」

「寝らんない」

「じゃあ、ごそごそするのやめて。あたしを蹴らないで」

「蹴ってない」

「蹴ってる」

ため息。それから、

「母さまがいない。おうちに帰りたい。母さまに会いたい」

「やめてよ」レンシアが殴られたように身体を丸める。「悲しくなるだけでしょ」

「こんなはずじゃなかった。どうして父さまは〝こない〟の」

「わかってるでしょ、手紙を受けとってないからよ。きっと母さまのことだって、まだ知らないんだ」

「もしかしたら……もしかしたら、あたしたちがいなくなってから、ラスペイにきたかもしんない。そして、あたしたちのあと追っかけてるかもしんないね」

「もしそうなら、父さま、あたしたちを見つけられない。あたしたち、行こうと思ってたとこに行ってないんだから」

どんよりとした沈黙。そして意気消沈したささやき。

「うん、わかってる……あたし、ただ……こんなじゃなきゃよかったのになって」

そして、不承不承に同意する低い声。

「セウカ、あたしだって、そう思ってる」

しばらくして、また声がささやく。

「だけど、これからどうすんの？　母さまは死んじゃった。父さまはこない。タスペイグもいなくなっちゃって……船長さんはかわいそうに、殺されちゃった……」身ぶるい。

船長は姉妹の目の前で殺されたのだろうか。

「わからない。だけど、大人がなんとかしてくれるだろうって期待するのはもうやめよう。いままでだって、どうにもならなかったんだから」

「いっしょに逃げる？」

「そう……ね。わからない。もっとまずいことになるかもしれないし。島の人につかまったらここに連れもどされるでしょ。そしたらきっと殴られる。もっとひどいところで奴隷みたいに働かされるだけかもしれないけど」

「だけど、いっしょにいられるよ」

「どっちかが売られるまでよ。ふたりとも売られるかもしれない」

不満そうな犬に似た、声にならないうめき。

「マスター・ペンリックは？　あの人……ほんと言ったら、あたし、あの人が何を話してたのか、よくわかんないんだけど」

ペンのいる隣のベッドに意識がむけられる。ペンは目を閉じて穏やかな呼吸をつづけ、横たわったまま身動きをせずにいた。

「あたしにもよくわからない。たぶん威張ってるだけでしょ、ほかの大人といっしょ」

「だけど親切だよ。頭いいし。んでもって、いつもほかの人を手伝おうとしてる」

「親切だけじゃ海賊相手にどうしようもないでしょ」

「とっても綺麗。男娼だってできそう」その可能性について考え、「もう少し若かったら、祐筆になる前だったら」

「あの人を買ったラスナッタの船長もそう考えてたみたいね」

「あの人……マスター・ペンリック、気がついてるかな。教えてあげたほうがいい？」

「わからない。母さまがいつも言ってるよね」――しゃっくりのような音――「言ってたよね。男娼は街娼よりひどい扱いをされるって。祐筆ってのがどんなものなのか、あたしは知らないけど」ためらい。「どっちにしても、教えてあげたってどうなるものじゃないでしょ。あの人、あんまり強そうじゃないもの」

「あの船長さんはものすごく強そうだったよね。だけどやっぱり、海賊にばらばらにされちゃった」

　息をのむ音。いや、ふたり分の息をのむ音がペンの推論を裏づける。

「頭いいってほうが役に立つのかな。あたしたちに味方してくれるんなら」

「セウカ、あたしたちには味方なんていないんだからね」

　長いため息。

「そんなこと、ないよ」

「寝なさい」

レンシアはそのまま背をむけようとしたが、不承不承といったふうにむきなおると、痩せこけて不細工で不幸な布人形のように、しっかりと妹を抱きしめた。

そしてふたりともに、ペンよりもはやく眠りに落ちていった。


ペンは夜明けに目覚め、姉妹と、残る二台のベッドで眠る老夫婦と傷ついたアローロを起こさないよう気をつけながら、静かに部屋を抜けだした。この三人よりも体力のある者は、ハンモックで休んだのだ。厨房におりていくと、ちょうど使用人たちが朝食の用意をしようとやってきたところだった。

ペンはそこで、いくばくかの労働を提供しつつ魅力をふりまくことで、おそらく役に立つだろう大量の情報をまんまとひきだした。厨房を預かる年配の女と、足の悪いその弟と、彼らの姪は話し好きで、はるか彼方、自分たちがけっして見ることのない氷におおわれた山のむこうからやってきた愛想のよい祐筆を面白がってくれた。情報をもらった礼にと、真にせまる言葉で生まれ故郷をまざまざと描写したため、ペンは軽いホームシックにかかってしまった。

昨日学んだことだが、この島はランティエラという。古いセドニアの名前で、長い歴史をもつことを示してもいる。かつては帝国に属していたこともあり、中庭の古めかしい給水設備はその名残だ。何よりありがたいのは、名前が判明したことで、ペンの頭の中にあるこの地域の地図に現在地が記入されたことだ。使用人たちが語る最近の個人的な、もしくはこの土地に関する話もまた、なかなかに興味深いものだった。

この牢獄らしからぬ建物は、身代金のための捕虜、怪我人、おとなしそうな者を収容するために使われている。所有主は港そのもので――港と町は同一視され、ランティ・ハーバー、もしくは単にランティと呼ばれている――この一家の雇い主でもある。人々の仕事は季節に支配されている。冬になると悪天候が猛威をふるうため、海賊も獲物も海に出ようとしない。ペンの船が嵐に見舞われたのは、季節外れの不運だった。

夏はほんとうに――と料理人は説明した――町が静かになる。ほとんどの船と乗員が出はらってしまうためだ。ならず者どもは冬のあいだずっと、酒を飲み博打をし娼婦を買って、春を迎えるころには素寒貧《すかんぴん》になっている。完全な文なしでないにしても、勇んでふたたび略奪の航海にとびだしていく。いかに危険な商売であるかを考えると、こうした生き方を不合理だと断じることはできない。だが料理人は、慎重もしくは幸運な行動により、金持ちに――少なくともこの地方における基準での金持ちになって引退した数少ない有名な船乗りの名をあげ、称賛をこめてしきりとうなずいていた。

奴隷として売るためのたくましい男たちは、港の反対側に立つ、より頑丈な牢獄に収容される。こちらの所有主は、十五人の海賊船船長によって構成されるギルドだ。ギルドは町の評議会と共同して港を管理しているものの、両者の関係ははなはだしく不安定だ。どちらの牢獄も捕虜の収容期間はできるだけ短くし、さっさと人身売買業者に危険を押しつけて連れ去ってもらう。ランティは奴隷市場ではなく、卸売倉庫であり、大勢の人間が積荷として取引されていくだけの場所なのだ。

現実問題として、もしランティの海賊が、獲得した人間や品物を自分たちのためにのみ使おうとしたら、この島はすぐさま飽和状態に達し、交易も衰退してしまうだろう。戦利品や捕虜を買って金をおいていく仲介人がいるからこそ、底なしの需要が生まれるのだ。ペンとしては、そうした商売のどちら側により大きな嫌悪をおぼえればいいのか、どうしても決められない。もしかすると、階層順位《ハイエラルキー》を選ぶ必要などないのかもしれない——それとも、低階層順位《ロウエラルキー》というべきだろうか。

質素な暮らしを送る連州には奴隷制度がない。とはいえ、神殿に厳しく非難されながらも、男たちがつぎつぎ傭兵隊に身を投じて国を出ていくという問題がある。だが少なくとも、そうした男たちは自分で自分の身を売っている。歴史的な飢饉の年には、飢えた農夫が子供を売ったこともあるという。買い手たる商人たちは、まさしくそうした子供を手に入れるために北の山を越えてきたのだ。怒りとともに長く記憶にとどまる出来事である。痩せこけた子供たちは暖かな国でどのような生涯を送ったのだろう。ペンは気づかぬうちに、そうした人々の子孫に会ったことがあるのだろうか。

〈とっても魅力的なお話ですこと、学者先生〉デスが言った。〈もっとおぞましい詳細が知りたければ、ウメランにたずねればいいですよ。わたしとしては、この人生でウメランの体験をくり返す必要はないと思いますけれどね。お願いだから現実に目をむけてくださいな。あなたなしにこの島を出ることはできないんですからね〉

〈ええ、わかっています〉

ペンはパンとオリーヴをのせた盆をとりあげ、広間に運びながら微笑を浮かべた。驚いた料理人が、とまどいながらこだまのように微笑を返した。

目が覚めてペンがいなくなっていることに気づくと、姉妹はしばしパニックに襲われた。それが自分たちのための不安なのか、彼の身を案じてのものなのか、どう考えてもペンにはわからない。いずれにしても姉妹をおちつかせ、朝食を摂らせ、厨房でさらに愛想をふりまいたあと、ペンは建物の探検にのりだした。正面玄関の外にすわっている武装兵は、むしろ居眠りをしている門番に近い。裏口から出るのを阻止する見張りもいなかったが、いまのところ、それはやめておくことにした。文字の書いてあるものといえば、捨てられた古い勘定書の束が見つかっただけで、とてもではないが、のちのちのために保管しておきたいようなものではない。二階の廊下のつきあたりに屋上にあがる梯子があったので、のぼってみた。

ここにも見張りはいなかった。いちばん近い建物の屋根でも、船乗りが跳び移れそうもないほど離れていて、その距離が堀となっている。丸石の街路や敷石の中庭にまっすぐ落ちれば、脚を折ることになる。それよりもペンを誘ったのは、そこにそびえる奇妙な塔だった。しばし当惑したすえに、どこかの船から回収してきたマストと見張り台だと理解した。監視塔として設置してあるのだろう。のぼってみたい衝動に負けて、屋上から十五フィートの高見にある籠におさまった。居心地は悪くない――マストがじっと立っていてくれさえすれば、だが。大波にもまれて前後左右に揺れ動くさまを想像してみた。まざまざと思い描いてしまったためか、高所の嫌いなデスがすすり泣くような声をあげた。

町を見わたしてみた。料理人の話によると、ここにはおよそ八千人が住んでいるという。中央区画には、石造り、化粧漆喰、水漆喰の家がみっしりと立ちならんでいるが、あまり魅力的ではない山にむかうにつれて、泥煉瓦《れんが》や草葺屋根などが増えて、その間隔もしだいにまばらになっていく。町の背後、斜め方向の斜面に、六角形の石の建物と、その上にかぶさるドームが見える。近隣の家よりそれほど高いわけではない。セドニア様式で建てられた五神教の神殿だ。四神教の神殿もどこかに埋もれているのだろうが、はっきりそうとわかる建築様式は目にはいらない。

雪の積もらない山は、夏の乾季のための水を蓄えることができない。島の人々は農業ではなく、もっぱら漁業に頼って暮らしているのだろう。食料不足の土地の人々が海賊行為に走るのは当然の帰結といえる。

もう一度、朝の光にきらめく海に視線をもどした。見かけだけはごく穏やかだ。ヴィルノックとわが家は、ここからおよそ二百五十マイル南西にある。ロディと、ペンの出発点たるトリゴニエは四百マイル南。まったく逆方向だが、三百マイル北東に進めば、〝ここだけは避けておこう〟ラスナッタが見つかる。まっすぐ西にむかえば、二百マイルと行かないうちにセドニアの海岸にぶつかる。潮流や横風をべつにしても、職についたばかりの素人航海士ですらけっして見逃すことのない〝国〟だ。そこから左に曲がって海岸を視野にいれながら進んでいくと、最終的にオルバスとの国境にたどりつく。

小型船を盗もうか。嵐にあう前だったらすばらしい考えに思えたかもしれない。ペンも連州の湖で足の早い船を走らせたことはあるが、あの穏やかな湖でも、嵐がくれば不用心な船は沈んでしまう。ペンとふたりの子供を乗せ、彼ひとりで操ることのできる船となると。自分ひとりの生命なら好天がつづくことに賭けてもいいが、少女たちはどうする？　あの子たちは、彼についてそんな危険にとびこんでいくほど無邪気だろうか。

漁師を買収して船で運んでもらうには、オルバスについたら支払いをするというペンの言葉を信じてもらう必要がある。この島で、そんなに親切で、そんな言葉だけを信用して動いてくれる人間が見つかるとは思えない。それに、海賊どもは他者から盗むことを日常としているが、自分たちから盗もうとしてつかまった人間に対してそのように寛容にふるまうことはない。漁師にとっては、職を失うよりもはるかに深刻な危険となるし、悪くすれば首を失う可能性だってある。ふむ。

ダルサカの仲介人マルレは、ペンが希望する方角にむかって安全な航海のできる船を所有しているか、もしくは少なくとも乗船の権利を獲得している。そしてセウカは彼といっしょに行くことになった。レンシアを連れてその船に忍びこみ、引き返すことができなくなるまで隠れていようか。ペンがオルバス大公宮で宮廷魔術師として働くこともあると知れば、マルレの欲を刺激できるのではないか。ああ、だがそれよりもさきに、乗員たちに海に放りこまれてしまう。ペン自身で操船できないかぎり、なんであれ同じ危険が生じる。

マルレについて、もっと情報を集めたほうがいい。ファルンについてもだ。人買い商人のどちらがさきに船倉をいっぱいにして出航するか、それがいつになるかに、すべてがかかっている。

陽光に照らされた景色をながめながら、ペンは気づいた。どのような行動をとるにしても、問題はすべて一点に集中してくる。いかなる場合にも必ず船が必要となるのだ。

〈ならば、最速で一隻手に入れる必要がある〉

また新たな船が一隻、帆を巻きあげながら港にすべりこんできた。喫水線が浅いため、封鎖されていない奥の桟橋まで、引き綱をかけてひいていかれる。とびだしてきた五、六人の男がロープをとらえてひっぱり、停止させた。頑丈な道板が桟橋とのあいだに投げかけられる。甲板がにわかに騒がしくなった。乗員や沖仲仕、港のごろつきまでが、蟻のように列を組んで積荷を運んでいく。その列は、またべつの税関小屋に吸いこまれていく。そこでは、事務官が顔をしかめながら目録一覧をつくり、町の取り分を決めるのだろう。さらには船長ギルドや航海士や乗員の取り分もある。近くにある建物のいくつかは、海賊どもが不法な手段で手に入れた積荷をおさめる倉庫だ。今回の積み荷はあまりにも雑多で、荷卸し作業もまとまりがなく騒々しい。どう見てもまともな商人の仕事ではない。あの船も海賊の戦利品なのだろうか。もしかすると、レンシアとセウカが乗っていた船かもしれない。

その推測はやがて確認された。手枷《てかせ》をかけられた男の一団が甲板に整列し、鎖につながれたまま、ふたりずつ道板をわたりはじめたのだ。これまでペンが出会った連中よりはるかに眼光鋭い見張り役が、剣をつきつけて促している。港までは距離があるし、潮の靄がかかっている。

ペンは目を細くして人数をかぞえた。三十人だ。男たちは港の税関小屋ではなく、さらに海岸を進んださきに立つずんぐりした頑丈そうな建物に連れていかれた。間違いない。たくましい奴隷のための牢獄だ。ペンはいま、それがどこにあるかを知った。

ここに船がある。あそこに乗員がいる。それをもとどおりに組みあわせるだけでいい。デスがいれば、鍵も鎖も手枷も、紙のように簡単に破ることができる。助けられた者たちはもちろん、ペンリックに感謝する。それを元手に取引ができる。

〈あらあら、とってもすてきな計画ね〉

最善の計画だと認めてくれたのだろうか、それとも、最大の混沌を引き起こせると喜んでいるだけなのだろうか。

〈あら、両方だっていいじゃありませんか〉デスが抗議してきた。

「ああ、やっと見つけた」下から腹立たしげな幼い声が聞こえた。

見おろすと、コルヴァ姉妹が怒りもあらわに彼を見あげている。

「日焼けしちゃうよ」レンシアがたしなめる。

「あたしものぼる！」セウカがさけんだ。

セウカはその言葉をすぐさま実行に移し、船乗りが使うために間隔をあけて設置されたペグに手をのばした。途中ですべりかけ、あやうくペンの息がとまりそうになるひと幕もあった。ようやく気をとりなおして注意しなさいと声をかけようとしたときには、セウカはもう籠の中にすべりこみ、ペンの横に立っていた。レンシアもしばらくそわそわしていたが、あとを追ってあがってきた。そう、ペンは華奢《きゃしゃ》なほうだ。三人ぎっしりになっても見張り台は壊れないだろう。それでも不吉なきしみが聞こえてくる。

「うわあ、ぜんぶ見える！」めったに高い位置からものを見ることができないからだろう、セウカが歓声をあげた。

このふたりを、最前までの自分のように現在位置について悩ませておいてもしかたがない。ペンは大きく腕をふりまわして説明を加えながら、このあたりの地理について簡単な講義をおこなった。ふたりはとりわけロディへのルートに関心を示した。レンシアは悲しげな視線を東へ、遠いジョコナのほうへとむけたが、その方角には彼女の思いをさえぎるように山がそびえているばかりだった。

レンシアが、ペンのように肌の白い人は日にあたってはいけないとくり返し、いくぶん横柄に中にもどりなさいと命じた。ペンはおとなしく従った。それからペンは、姉妹の不安をそらすよい方法を思いつき、ほかにはなんの役にも立たないだろう古い勘定書の紙を集め、ふたりを連れて厨房にもどった。料理人の面白そうな視線のもと、焜炉《こんろ》の灰と水と卵黄と少量の蜂蜜をまぜてちゃんと使えるインクを、薪の小枝の端を削って筆記用具をつくってみせる。そこでがらくたごと厨房を追いだされたので、ふたたび架台テーブルを組み立てた。

アドリア語とセドニア語の役に立ちそうな単語からはじめよう。姉妹はすぐさま身をのりだし、可愛らしくくちびるを嚙みながら、ふたつの言語で文字を写しはじめた。子供特有の羨ましいようなスピードで、どんどん新しい語彙を吸収していく。授業に飽きたセウカが、馬、兎、犬、猫など動物の絵を描きはじめたので、ペンはそれらの単語も教えてやった。そして最後に、アドリアでもセドニアでも共通の、若い娘が就寝時に母神と姫神に捧げる祈禱を唱えさせた。それをよいきっかけとして、階上の部屋にもどって午睡をとることにした。海に面した夏の国の蒸し暑い午後には、子供も大人もそれが習慣となっているのだ。

ペン自身もまた、深夜に備えて、睡眠がとれることを嬉しく思った。


その日の残りは静かに過ぎていった。また夕食が出される。捕虜たちは建物内を自由に歩きまわることを許されたが、もちろん外に出ることはできなかった。ペンは包帯を巻きなおすようなふりをしながら、熱っぽいアローロの感染症を抑えるべく、もう一度上向きの魔法を注入した。商人は不思議なほど楽になったようだった。

「わたしはよく、癒しの手をもっていると言われるのですよ」ペンはそれとなく話をそらした。

その夜遅く、コルヴァ姉妹は、部屋にいるほかの者たちとは異なり、子供特有の羨ましいほど深い眠りについていた。それでも真の闇の中で肩を揺すると、どうにかレンシアだけは目を覚ました。

「ついてきてください」ペンはささやいた。

セウカは抱いて運ばなくてはならなかった。廊下に出て、静かにドアを閉めた。

「なあに?」床におろされたセウカが眠そうにたずねる。

「さあ、このサンダルをもって。静かにしていてくださいね。ここを出ます」

「足もとも見えないのに」レンシアがこぼし、ペンにたずねた。「ねえ、あなたは見えるの？」

廊下は真の闇だが、ペンにとってはそうではない。

「わたしはとても夜目が利くのです。そう、青い目だからでしょうね」

「へえ」

「手をつなぎましょう」

ふたりはぼんやりとあくびをしながら、それでも素直に彼について階段まで進んだ。ペンはそれまで、ふたつの選択肢で悩んでいた。状況偵察に出かけるあいだ、それなりに安全なここにふたりを残していくか。その場合、すべてが迅速にうまく運んだとしても、改めてふたりを迎えにもどらなくてはならない。つまり、二度も見つからずにこの建物を抜けださなくてはならないわけだ。だからといっていっしょに連れていけば、途中でふたりを未知の危険にさらすことになる。どちらの選択肢もよいものとは思えない。

裸足で階段をおり、ふいに足をとめた。姉妹が尻にぶつかる。

昼間はドアを閉めた玄関の外でひとりの見張りがスツールにすわっているだけだったのに、いまは玄関のこちら側でふたりが床にあぐらをかいている。蠟燭《ろうそく》の明かりのもと、それぞれの前にならんだ小さな列から判断するに、オリーヴの種を賭けた骰子《さいころ》博打で時間をつぶしているようだ。ふたりは警戒するふうもなく、興味深そうな視線でペンと姉妹を見あげた。

「こんなところで何をしてるんだ」年上のほうがたずねた。

「料理人が、この子たちのためにちょっとしたものを残しておいてくれると言っていたので」

ペンはもごもごと最初に思いついた言い訳をして、それを裏づけるべく両手をなかばもちあげてみせた。いかにももっともらしく、ふたりの姪がしがみついている。

「この時間になるとお腹がすくのです」

「へえ！」若い方の夜警が言った。「あの料理人、おれたちには何ひとつ残しておいてくれたことなんかないってのにな！　どうやって気に入られたんだ」

年長の男が鼻を鳴らした。

「聞くまでもないさ、見りゃわかるだろ。まったく女どもときたら！」

ペンはむきを変えて厨房にむかった。驚いたことに、そしてひどくがっかりしたことに、ふたりの夜警もあとについてきた。

食料庫には鍵がかかっていたが、ペンが手を触れると静かにひらいた。年長の夜警が傷だらけのテーブルに蠟燭をおいて、裏口を調べにいった。裏口にはしっかり錠がおりていた。夜警は明らかに満足したようすで、どっかりとスツールに腰をおろし、愛想よく姉妹にもベンチを勧めた。若いほうの夜警が姉妹といっしょにベンチにすわった。

ペンは食料庫をあさり、無花果の袋と、壺にはいったオリーヴと、布にくるんだ小さなホイールチーズの半分をもってもどった。急ごしらえの食事に勝手に参加しながらも、夜警たちはちゃんと食べ物をまわしてくれた。若いほうが凶悪そうなベルトナイフを抜いてチーズを切り分け、親切にも最初のふた切れを姉妹にわたした。姉妹は大きく目を見ひらいてペンを見つめていた。

「ああ、ここにワインがありました」ペンは白々しく言って水差しをとりあげ、夜警の前にとんとおいた。

酔いつぶすことはできるだろうか。

「勤務中は飲まねえんだ」若いほうが手をふって断った。

年長のほうもうなずいたが、その顔はいかにも残念そうだ。若者の生真面目さに腹を立てているのかもしれない。禁止令は食べ物にはおよんでいないらしく、ふたりともがオリーヴの種を脇にためている。

夜警はそれからおしゃべりをはじめ、ペンと姉妹に、この島ではないどこかの暮らしや旅について、いろいろな質問をくりだしてきた。ペンは現在の身の上から関心をそらせるべく、料理人をも魅了した雪をかぶる山々で過ごした子供時代の話をくり返した。コルヴァ姉妹もまた夢中になって耳を傾けている。つづいてレンシアが、不運な自分たちの旅について簡単に語り、思いだしたように、ペンは長く生き別れていた母の異父弟で、奇跡的に出会えたのだと説明した。夜警たちは当惑しながらも、やはりその話を信じはしなかった。

島民にとっては明らかに、夜勤のあいだの捕虜とのおしゃべりは、オリーヴの種を賭けて骰子博打をするよりずっと楽しい娯楽なのだ。これまでも何度かそうした経験があるのだろう、ふたりはお返しにとばかりに、以前の捕虜たちから聞いた驚くような体験談を教えてくれた。また、年長の夜警はいくぶん狡猾に、失敗に終わったこれまでの逃亡計画について語った。さまざまな方法で、ときには暴力的に、すべてが阻止されたという。

ランティにおける夜警の生活についてじつに多くの情報が得られつつあったが、外では貴重な闇の時間がどんどん過ぎていこうとしている。このふたりは、夜が明けて厨房の使用人がやってくるまで陽気に噂話に花を咲かせるつもりなのだろうか。また新たな一日が、ありとあらゆる危険とともにやってくる。もし明日ファルン船長が、捕虜となった船乗りで船倉がいっぱいになったから、すぐにも出航しようと決断したら。こんなところでいつまでも新しい計画をひねりまわしているわけにはいかない。

どれほどの高さがあろうと、姉妹を屋根からおろす方法を考えるべきだったのだろうか。なごやかに流れていく時間の中で、ペンの怒りは高まるいっぽうだ。

〈ほんとにそうですよ〉デスも彼の怒りに同調している。〈この子たちは若くて軽いから、うまくバウンドしたんじゃないかしらね……〉

いまは遠い宦官の友スラコスがこの場にいてくれたら。彼がつねに隠しもっている十もの微妙な毒や麻薬があったら。もちろんいうまでもなく、彼の売値はペン自身の価格をはるかに上まわるだろうけれども。それにしても、海賊をスラコスに立ちむかわせるのと、あの宦官を海賊どもに立ちむかわせるのと、どちらのほうがより邪悪だろう。だが、そうした薬の技を思いだしたことで、最終的にどうするべきか決心がついた。

〈そろそろはじめましょうか〉デスがつぶやく。

微妙な技なので、できれば夜警の頭にじかに触れたいところだが、近づこうとしても乱暴にかわされるに決まっている。じっと静かにすわっていてくれさえしたら、テーブルごしでもなんとかできるかもしれない。一瞬息をとめて精神を集中し、最大限の〈視覚〉を呼び起こす。それぞれの耳の奥深くに魔法を忍びこませ、骨の箱に隠されたバランスを司るごくごく小さな内耳の渦巻きの表面をそっと撫でる。マーテンズブリッジで医学を学んでいたころ、この謎の器官が損傷したり感染したりしたため激しい目眩《めまい》が生じるという症例がもちこまれ、ペンはみごと魔法によってそれを解決したのだった。それを逆転させればいい。

ふたりの男の目が見ひらかれ、それから吐き気に襲われて細くなった。すわったままの身体が揺れはじめ、テーブルにつかまろうとのばした手が宙をつかむ。中途半端な動きが事態をいっそう悪化させ、ふたりは床へところがり落ちた。年長のほうが口をあけてわめこうとし、そのまま嘔吐した。姉妹が驚いてぱっと立ちあがった。

「いそいで。ふたりを縛るものを何かさがしてください」パニックを起こす前に姉妹の気をそらさなくてはならない。

若いほうの夜警がかろうじて膝立ちになったが、どうすることもできず、ふたたび倒れた。彼の口から心が張り裂けそうなほど悲痛なうめきがこぼれる。

「すみません、ほんとうにごめんなさい」

ペンはつぶやきながらいそいで厨房を見まわし、夜警を縛る頑丈な紐をさがした。食料庫のいちばん下に、物干し綱がひと巻おいてある。これでいい。両手を背中で縛り、足もくくって両手につなぎ、混沌で紐に触れて適当な長さに切った。少しばかりやりすぎたかもしれない。ふたりともしばらくは歩けないはずだ。それでもこのほうが安心できるし、いま必要なのはその安心だ。彼の魔法はその存在を秘密にしているかぎり、防御手段として最大の威力を発揮できる。自分たちが何を相手取っているか知ってしまえば、敵ももっと効果的な対抗手段をくりだしてくるだろう。

苦しむふたりの頭のそばにしゃがみこんだ。

「生命に関わる毒ではありません。解毒剤も必要ないです。吐き気がおさまるのを待つだけで大丈夫です。目を閉じて静かにしていれば、その時期もはやまるでしょう」それからふと思いついて、「話したり大声をあげたりしないほうがいいです。いっそう具合が悪くなります」

敵意あふれる視線でにらみつけられた。当然だ。

それから、嘔吐している人間に猿ぐつわを噛ませる不適切さと、助けを求めて声をあげられる危険と、どちらを選ぶべきか思案した。声をあげられたとしても、それを耳にするのは二階で眠っている捕虜仲間だけだ。誰かが目を覚ましておりてきたとして、この紐を解いてやるほど愚かだろうか。少なくとも、日の出までの時間はほしいのだが。メモを残していこうか。

〈このまま行きなさい〉デスが言った。

ペンはうなずき、姉妹を連れて裏口にむかった。姉妹に見えないよう隠した手の下で音もなく錠がはずれる。最後の瞬間、彼はすばやく若い夜警のもとにもどって膝をついた。

「あなたはこの恐ろしい島から抜けだすべきです。まだ間にあいます」

忠告しながら、彼のサンダルを脱がせて自分で履いた。長い親指がはみだしてしまったが、もうひとりの夜警のブーツではもっと窮屈《きゅうくつ》だろう。

「ここにいて人生がめちゃめちゃになってしまう前に。アドリアがいいでしょう。ロディに行きなさい。大神官庁にイセルネ学師をたずね、ペンリックに言われてきたのだと話しなさい。きっと何かふさわしい仕事を紹介してくれます。盗みとも、人攫いとも、殺人とも、略奪とも無縁なものを」

驚いたように目が見ひらかれ、うめきがあがっただけだった。ペンは励ますように若者の肩をぽんとたたき、コルヴァ姉妹を追っていそいで外に出た。

狭く曲がりくねった街路で間違った方角に進むことを恐れ、ペンは海岸づたいの道を選んだ。姉妹はしっかり彼にしがみついている。闇を照らす明かりはごくわずかしかない。いまにも沈みそうな細い月と、海に面してぽつりぽつりと立った宿や酒場の入口に灯るランタンだ。家路をたどるふたりの酔っぱらいとすれちがったが、なんの関心も寄せてはこなかった。夜の空気は湿気をふくんでひんやりと涼しく、魚と潮とタールと糞尿など、怪しげな港のにおいが濃く漂っている。

乾かそうとしているのか、あちこちに網や索具が積んである。姉妹を連れて歩きながら、ペンリックは鼠について考えていた。つい最近、まったくの偶然だが、鼠の小さな脳の奥である部位に軽く混沌をかすめると、鼠を殺すことなく深い眠りにつかせることがわかったのだ。うまくくり返せることもあった。かわいそうな鼠をそのまま殺してしまうこともあった。デスの以前の所有者にはふたりの医師魔術師がいる。その片方ヘルヴィアは、鼠をぐっすり眠らせることになんの意味を見いだせなかったものの、もうひとりのアンベレインは関心を寄せた。彼女は以前、とつぜん制御不能の睡魔に襲われる病人の治療をして、そこそこの成功をおさめたことがあったのだ。このふたつの現象が同じ要因によるものであるならば、鼠の実験を人間にも適用できるのではないだろうか。

ヴィルノックにもどったら、何か方法を見つけて、もっと大きな動物でためしてみよう。死をもたらすことなく人間に使えるなら、いまの不完全で苦痛の多いやり方より、こっちのほうがずっとあてにできる。

練習も必要だ。ひとりずつ頭に触れていくあいだ、敵がおとなしくじっとしていてくれるわけではない。どちらかといえば、彼を殺そうとする無法者の一団に立ちむかい、あちこちはねまわりながらやらなくてはならない可能性の方が高い……。もう二度とわが家とニキスのもとを離れずにいる未来の方が、ずっとずっと魅力的ではあるけれども。

そのいっぽうで、座骨神経か腋窩《えきか》神経を乱暴にひねり、犠牲者が動けなくなるほどの激痛を与えるという、すでに証明ずみの慣れたやり方にもどったほうがいいと考えることもある。これならば、たとえ強度を間違えて神経を切ってしまっても、少なくとも身体の一部が動かなくなるだけで、死をもたらすことはない。

〝殺してしまったほうがいい相手もいる〟というささやきが聞こえたが――デスからではない――断固として無視した。神官学師として、人の魂を裁くのが自分の本分でないことはわかっている。時いたれば、すべてを照覧したもう神々が、けっして過つことなく、裁きをくだしてくださる。

身代金捕虜用の牢獄を出てからずっと難しい顔をしていたレンシアが、とうとうたずねた。

「あの人たちに何をしたの?」

「オリーヴに薬をまぜました」ペンは答え、緊迫した沈黙のあとでつけ加えた。「もちろん、わたしたちが食べた分にははいっていません」

いまはふたりとも、〝いつ?〟とか〝どうやって?〟という疑問を思いつく余裕はないだろう。

〈あなたがたは魔法を目撃してはいません。もちろん、見ていませんとも〉

「へえ、そうなんだ」

ようやく奴隷用の牢獄が見えてきた。ペンはいちばん近くの脇道にはいり、二軒の家のあいだにほどよい隙間を見つけて、ふたりをそこに押しこんだ。

「わたしがもどってくるまで、ここでじっと待っていてください」小声で命じた。「どれくらい時間がかかるかはわかりません。でもうまくいったら、港のほうで何か動きがあるでしょう」

「もしもどってこなかったら?」セウカがささやいた。

「明るくなってももどらなかったら……こっそりと、さっきまでいた館にもどりなさい。少なくとも、あそこにいれば食事はもらえます」

疑惑に満ちた沈黙が返る。ペンはふたりの頭を撫でてやった。嘘でごまかすのではなく、無言の好意を示すのだ。そして闇の中にすべりこんだ。

さて、慎重にいこう。偵察と行動を同時におこなわなくてはならないのだから。ざらざらした化粧漆喰に片手で触れながら、デスの知覚を最大限までひきのばして、建物の周囲をまわっていく。古い建物には古い幽霊がつきもので、神々から切り離された魂が忘却を待ちながら漂っている。だがここには、通常考えられる以上の幽霊が棲みついていた。半透明のクラゲのようなものが、顔の前に漂ってきて脈打ちはじめた。無駄とは知りつつ手をふって追いはらう。どの神にも受け入れてもらえないほど薄れてしまった幽霊だ。自然的なものであれ超自然的なものであれ、ペンはそれに影響を与えることができない。きっとむこうも同じだろう。

〈ええ、そうですよ〉デスが答えた。〈ですからいまは、わたしたちにできることに集中しましょう〉

牢獄の壁の上のほうに、鉄格子のはまった背の高い窓がある。あの格子なら錆びさせることができるかもしれない。裏口にまわると、下におりる階段があって、薄暗いその底に、頑丈な錠前と木の閂《かんぬき》をかけたどっしりとした扉があった。きっとあのむこうが牢になっているのだろう。ペンはもしものときに備えて、音もなく錠をあけ、閂をはずして脇においた。海岸のほうにつきだした上階部分は管理事務所のようだが、いまは誰もいない。ぐるりとまわって、海に面した正面入口にむかった。百歩ほど離れた桟橋で、戦利品の船が波に揺れながら眠たげなきしみをあげていた。

昼間見たときは三十人の船乗りがこの建物に収容されたが、いま、中にはそれ以上の人間がいるようだ。四十人ぐらいだろうか。以前の捕虜が残っていたのかもしれない。ほとんどは眠っている。眠れずに苦しんでいる者もある。幸せそうな者はひとりもいない。正面入口は、やはり階段をおりたところにあった。鉄そのものではないかと思えるほど古びたオーク材に、これはほんものの鉄枠をはめた両開きの扉だ。ペン得意の三種類の技――腐敗と錆と炎を使えば、すぐにも破壊できる。だがいま、派手な装飾をほどこした鉄の錠はあいたままだ。ペンは静かに把手をもちあげ、中にすべりこんだ。

玄関ホールはなく、扉のむこうはそのまま広間になっていた。右手には、記録保管室につづくアーチと階段。正面には、牢獄に通じる鍵のかかった鉄格子のドアがある。そして左手では、梁から吊るしたオイルランタンの明かりの下で、四人の男がテーブルを囲んでいた。明らかに、カードをしながら退屈な夜を過ごしていたようだ。ペンは黄色い光を前に、闇に慣れた目をしばたたかせた。

男たちが彼に気づき、スツールの上でふり返った。ひとりきりと見定めたためか、関心は抱いても警戒はしていない。カラフェがおいてあるのは、ワインではなく水を確保しているのだろう。四人とも完全に素面《しらふ》だ。ひとりは年配で、髪は灰色だが鍛えた身体をしている。ふたりは狂暴な大男、四人めは痩せた若者だった。下士官と、力自慢と、伝令役といったところか。

ふいの暴力から守らなくてはならない姉妹がいないため、今回ペンは、わざわざ立ちどまって話しかけたりはしなかった。

下士官がカードをテーブルに伏せて口をひらくよりもはやく、手際よく四人を無力化していった。一見しただけでは、いちばん危険なのは力自慢のふたりだと思うかもしれない。だがペンは伝令役がもっとも厄介だと判断した。援軍を呼びに駆けていくかもしれないではないか。テーブルをまわりながら、ひとり、ふたり、三人、四人。男たちの座骨神経に、かろうじて切断にはいたらない強烈な混沌を送りこむ。さらに半周して残りの脚に細工をしていると、顔をしかめて立ちあがった下士官が悲鳴をあげて膝をついた。あとの者たちもあわてて立とうとし、両脚がストライキを起こしていることに気づく。三巡め、舌の神経に大きな棘《とげ》を刺した。完全に沈黙させることはできないが、苦痛の声を抑えることはできる。

暑い季節のことで、隅の暖炉に火は燃えていない。炉棚に獣脂蠟燭の箱があったので、それをとりあげた。力自慢のひとりが床を這いずり、通りすぎるペンの踵《かかと》につかみかかろうとしたが、その試みも無駄に終わった。内扉の横の釘に、いくつもの鉄鍵をさげた輪がふたつ、かかっている。ペンはそれをつかみとって、がちゃがちゃと音をたてる鉄輪を左手首に通した。閂をはずし、それから鍵の選択肢があまりにも多いことに眉をひそめる。肩をすくめ、道具の助けを借りずに鍵をあける。

より深い闇の中へ階段をおりていくと、石壁の廊下に出た。両側にふたつずつ、鍵のかかった扉がある。右側の二室は無人だ。左側の細長い部屋に、捕虜になった男たちがはいっている。ペンは箱から蠟燭をとりだして思考によって火を灯し、またべつの思考によっていちばん近くの鍵をはずした——点火と鍵あけは、彼が最初にデスから学んだ魔法だ。それを思いだしてかすかな笑みが浮かぶ。それから膝を使ってそっと扉をあけ、あふれだした異臭にあやうくのけぞりそうになった。

〈セドニアの古い牢獄ですね。排水溝の設備はないのでしょうか〉

〈ありますよ〉少しの間をおいて、デスが報告した。〈いちばん奥に。海水を汲んで流すようになっているけれど、残念ながらいまはふさがれていますね。海賊が占拠してからこっち、清掃されたことはないみたいですよ〉

〈セドニア人が去ってから、かもしれませんね〉

ペンは浅く息をついて足を進めた。

そして、煙をあげる蠟燭を高く掲げた。中を見るためというよりも、これから聞き手となる者たちに彼自身の姿を見せるためだ。光を受けて、闇の中からいくつかのきらめきが返る。大きく見ひらかれた目だろうか、金属片だろうか。細長い部屋の中では、何人もの男がばらばらと石床に横たわっていた。みな、さまざまな方法で拘束されている。手枷をはめられている者、足輪がはまっている者、板枷から両手をつきだした者もいる。一瞬、全員がじりじりあとずさろうとしたが、侵入者がひとりきりであることに気づくと、こんどは威嚇《いかく》しようとするかのように前のめりになりはじめた。

不幸な誤解をふせぐべく、ペンはすばやく商用アドリア語でさけんだ。

「わたしはあなたがたを解放するためにきました！　あなたがたの船はいまも港につながれていて、夜警が見張っているだけです。力をあわせれば、とりもどせます！」

男たちが身じろぎして、まだ眠っている者を起こしはじめた。ペンはすばやく、いちばん近くにいたふたりの前にかがみこんで手枷の鎖をはずし、蠟燭と鍵束をわたして命じた。

「ほかの人たちを解放してください」それから立ちあがって声を高め、「船の士官はいますか」

ひたいに恐ろしい緑色の痣をつけたたくましい男が立ちあがり、よろよろ進みでてくると、板枷のかかった両手をさしだした。最初のふたりがつぎの蠟燭に火を移すよりもはやく、ペンは枷の鍵にそっと手をすべらせた。男の手首から板枷が落ちた。

「おれは〈秋の心〉号の一等航海士だ」男が張りつめた声で名のった。「船長は殺された。庶子神の地獄にかけて、あんた、いったい何者だ」

「そんなこと、どうでもいいじゃありませんか」いまの台詞《せりふ》はたぶんデスだろう。ペンは咳払いをしてつづけた。「先週ロディにむかって出航した船ですね。ジョコナの少女をふたり、乗せていたでしょう」

「ああ……」男はためらい、ますます当惑を深めた目でペンを見つめた。「あんた、あの子たちがどうなったか、知ってるのか」

「ふたりは……ふたりの世話はいま、わたしに託されています」

〝誰によって〟かはあえて口にしない。ましてや〝神によって〟などとは。

「あとですべて説明します。いまは、玄関前の広間に四人の夜警がいます。その、ええと、また動きだす前に、しっかり縛りあげなくてはなりません。それから、あそこに行けば武器になりそうなものが見つかると思います。少なくとも隅に、あちこちから集めた役に立ちそうなものが積んでありました」

ここに閉じこめられた男の多くが怪我をしていた。たいていは航海士のような殴打による痣だが、切られた者も、骨折した者もいる。

〈いまはそんなことを考えてる場合じゃないでしょ〉デスががみがみと叱りつける。〈あの連中にお節介をしたいなら、あとで、海に出てからになさい〉

〈そうですね〉

だがペンは、男たちにむかって言い添えずにはいられなかった。

「元気な人が歩けない人を助けてあげてください！」

男たちが動きはじめ、蠟燭の投げかける影がざわざわと揺れる。同じ船の乗員なら、危険な状況下で力をあわせることにも慣れているだろう。ペンはそう願った。そして一等航海士をふり返った。

「みなさんを船まで連れていきますから、わたしと姪ふたりを――ああ、あのジョコナの少女たちのことですが――ヴィルノックまで送ってください。わたしたちを送り届ければ、なんらかの報奨が出ます。そのあとは、自由に好きなところに行ってくれてかまいません」

「あれはおれの船じゃない。いまは船長のかみさんのものってことになるんじゃないかな。それに、積荷がみんななくなっちまった！」

混乱した人間は、ときとしてもっとも無意味な詳細にこだわるものだ。

「ヴィルノックで新しい荷を仕入れて、それから船長の奥さんに船をお返しすればいいでしょう。奥さんはすぐにも情報をほしがっているかもしれませんけれど――ずっと不安を抱えているよりは、悲しい知らせを受けとったほうがましですからね。とにかく重要なのは、このチャンスをつかめば、あなたとあなたの仲間はランティエラから脱出できるということです。わたしはこの島で、ガレー船の奴隷を買いにきたラスナッタ人に会いました。嘘ではありません。あなただって、そんな奴隷商人の手に落ちたくはないでしょう」

男はそれを聞いて意識を引き締め、きっぱりとうなずいた。

その会話のあいだに、ひとりの船乗りが近づいてきた。手足がひょろ長く、肌は日に焼けたブロンズ色、ぼろを着て無精髭を生やしている。同じようにブロンズ色の肌をもち、同じようにぼろぼろの、若い男がそのあとに従っている。この部屋にいる全員が便所のような異臭を発しているが、それはどうしようもないことだ。だがこのふたりは、ほかの連中よりも長く悪臭に浸かっているようだった。

「こいつらは何を話してるんだ」ひょろ長いほうがロクナル語で相棒にたずねた。

「ヴィルノックがどうとか言っている。ラスナッタかな。よくわからん」

「ヴィルノックになんぞ行かんぞ！」

ペンリックはふり返って、すみやかに卑俗なロクナル語に切り換えた。

「それで、あなたがたは誰なのですか」

男がペンのチュニックの袖をつかんだ。

「あんた、話せるのか！」

「聞いてください。あなたがたはどうやってここにきたのですか」

「おれはアストウィクの貧乏な漁師だ」

確か、カルパガモ諸島の島のひとつだ。

「やつら、おれの船を奪いやがった！　おれにはあの船しかなかったのに！」改めて思いだした悲しみに、いまにも泣きだささんばかりだ。「なんでおれたちなんだ。ただのぼろ船じゃないか！　魚が少しと！」

犠牲者がもっと金持ちだったら、怒りももう少しましになるのだろうか。

「狙いはあなたがた自身です。海賊は貧しい村だろうと貧しい船だろうと、防御が甘く簡単だと思えば、どこであってても襲ってきて人を攫います。低いところになっている果実をもぐようなものです」

「だけど、ヴィルノックってのはなんなんだ」

「わたしはあなたがたを解放するためにきました。そして、ヴィルノックに逃げるつもりでいます」

あくまでも仮定にすぎないが、その結末をしっかり心に抱いてさえいれば、きっと実現するはずだ。

「ヴィルノックで安全が確保されれば、そのほかのこともすべて解決できます」

「ヴィルノックでどうしろってんだ。船も、貨幣の一枚ももっちゃいないんだぞ。借金に縛られて働かされるのがおちだろう！」

それでも、借金による強制労働は奴隷よりもはるかに脱出しやすい。実際、そうした運命に陥ったほとんどの者が、これは一時的な苦境にすぎないと考える。もちろん、それがかなわない者もある。契約を買いもどすか契約が終わる前に死に見舞われる場合。そして、落ちぶれてはいても居心地がよいため、甘んじてそこにとどまってしまう場合などだ。ペン自身は、けっしてそんな誘惑に屈することはないだろうが。

「納得してもらえるかどうかわかりませんが、そのようなことにはならないと、わたしが約束します」

もちろん、ペンの資力でかなえられる約束ではない。いざそのときになれば、どこかに援助を乞わなくてはならない。

「そんな約束をするあんたは何者なんだ」

「ガレー船の奴隷としては、まったく役に立たないだろう人間です」

まさしく信じるに足る言い分だ。漁師はうしろにさがって、盗まれた船の乗員たちと自国語で相談をはじめた。

数人の船乗りが広間からもどってきた。武器を奪われ、なかば麻痺したままの夜警をひきずっている。ひとりがこの機をとらえて、仕返しとばかりに蹴りをくらわそうとしたが、ペンはその男の肩に手をかけてとめた。

「その必要はありません。縛りあげて、もしくはここに閉じこめて、立ち去ればいいでしょう」

男は毒づいて彼にむきなおり、眉をさげて何か言い返そうとしたが、そこで口をつぐみ、不安そうに一歩さがった。

ひとりの船乗りが、がちゃがちゃと音をたてる仲間を一等航海士のもとまでひっぱってきた。

「どの鍵もあわないんだ！」

ペンはため息をついて足枷にかがみこんだ。

「わたしがやってみます。ああ、これでいい」

手の中で錠がはずれた。男が足をふって枷をはらいのける。立ちあがるペンリックを、三人が目をむいて見つめた。

「あんた、どうやったんだ」最初の船乗りがたずねた。

「ちょっとしたコツがあるんです」ペンは曖昧に答えた。「パズルと同じです。知恵の輪みたいなものですね」

思いだしてみると、子供のころ、彼はどうしてもあれをはずすことができなかった。

〈いまはもうそんなことはありません〉

笑みがこぼれる。

三人は無言のままいそいで彼のそばを離れ、廊下と広間襲撃のために集まっていた仲間のもとにもどった。一等航海士が難しい顔でペンをにらみつける。どこからともなく、ありがたくない不穏なささやきが室内にひろがっていった。

「魔法だ！　あいつは魔術師だ！」

ペンが考える夜襲というものよりはるかに騒々しい集団になりながらも、幸運にも事態はすみやかに展開していった。もっとも屈強な連中が肩をならべて最前列を進み、負傷者がたがいに助けあいながらそのあとにつづく。神経を張りつめた一等航海士が、それでも決然と、指揮をとった——もしくはその役割を押しつけられた。航海士は以前、死ではなく降伏を選んだ。おそらくはその後の不快な経験によって、強靭な意志を獲得したのだろう。

そのいっぽうで、アストウィクの漁師は廊下の奥に仲間を集め、裏口から逃げだしていった。自分の大切な船をさがそうというのだろう。うまくいくとは思えないが、彼らの行動によってペン自身の脱走がさまたげられないかぎり、反対するつもりはなかった。どこであろうと騒ぎが起こるのは好ましい。

牢獄を抜けだした〈秋の心〉号の乗員たちは、うなりをあげる大芋虫のように、突撃というほどの速度でもなく、のそのそと闇の中を進んでいった。だが港までの距離は短く、下り坂だ。意識せずとも勢いはつく。

ペンは港まで彼らのうしろについていった。兵士というよりただの火の番だったのだろう、夜警たちはすぐさま数に圧倒された。くぐもった悲鳴と、人が投げこまれる水音がふたつ、それから、改めて甲板を踏みしめる足音が聞こえた。そして、これまでよりも自信にあふれ、航海用語で指示を怒鳴る声。

ペンはむきを変え、さっきの脇道を目指して走った。

ありがたいことに、姉妹は隠れ場所にとどまっていた。さまよい出ることも、眠りこむことすらなく、不安そうに身体を縮めて彼を待っていた。ペンがとびこんでいくとはっと息をとめたが、あとずさることも悲鳴をあげることもなかった。薄闇の中でも、長身と淡い髪色からペンだとわかったのだろう。

「さあ、行きますよ！　走って！」

息を切らしながらくだした指示に、ふたりが立ちあがった。

ふたりも必死でがんばっているが、いかんせんペンリックとは脚の長さがちがう。ペンは仔鹿のようにとびはねる姉妹をひっぱって通りをくだっていった。

「ねえ、マスター・ペンリック、どこ行くの」セウカがあえぐようにたずねた。

「船を手に入れました。ヴィルノックのわたしの家にもどります」

ただちに出航して、海賊どもの追撃隊を引き離すことができれば。牢獄と港の騒ぎに気づいたら、やつらはすぐにも追いかけてくるに決まっている。

船乗りたちはすでに、穏やかな陸風をとらえて最初の操舵をおこなうべく、一枚のジブスルをひろげている。ふたつの人影が桟橋の端をすばやく走って、もやい綱をはずした。

「いそげ！」漕ぎ座の男が陸のほう、ペンと牢獄のあたりに目を凝らしながら怒鳴る。「あいつがもどってくるぞ！」

船が動きはじめる。ふたつの人影は綱を水の上に垂らしたまま桟橋を走り、きしみをあげて揺れる道板を駆けあがった。

「おーい！」ペンは悲しげにさけんだ。「待ってください！　わたしたちはここです！」

ふたりの船乗りが、はっきりと彼を認めながら、道板を船内にとりこんだ。船がゆっくりと桟橋を離れる。船までのあいだに黒い水面がひろがる。もうペンがジャンプしても届かないし、当然ながら、たとえひとりずつであれ、少女を投げこめる距離ではない。

〈〝鴉娘〟と呼ばれる娼婦だって、空を飛べるわけではない……〉

そして魔術師も。

「馬鹿な、いったい何をしているんですか！」ペンは船にむかって怒鳴った。

一等航海士が、どこか自信なげな申し訳なさそうな顔で、手すりから身をのりだした。

「すまん！　だが魔術師を乗せることはできん。絶対おれたちに不運をもたらすからな！」

〈わたしが不運を送りこんでもいいんですよ。ここからだってその船を沈めることくらいはできます、わかっているでしょうに！〉

息切れと怒りにあえぎながら、かろうじてその脅し文句が口からすべりでるのをこらえる。というよりも、その指示が泡立つ心からとびだすのを抑えた。

ふたりの船乗りが航海士とならんで手すりの前に立ち、魔除けの聖印を結んだ。

それに対してペンが返した印は、とても〝聖〟印といえるようなしろものではなかった。

「大馬鹿野郎の感謝知らずの利己主義の塊のろくでなしども！」

足を踏み鳴らしながら、去っていく船と平行に桟橋を走る彼の口から、もう長く使っていなかったウィールド語があふれこぼれた。耳障りでぶっきらぼうで粗野でほかにはないほど下品な、罵詈《ばり》雑言《ぞうごん》のために存在するようなすばらしい言語だ。ウィールド語の罵倒《ばとう》には〝重量感〟がある。聞き手たちがぎょっとしてあとずさったが、残念ながらそれ以上の効果は得られなかった。その効果すらも、航海士がふたりに平手打ちをくらわせ、帆をあげる仲間を手伝いにいくよう命じたことで、失われてしまった。船首で大三角帆が高く掲げられ、風を受けてふくらむ。船は音もなく夜の海へとすべりでていった。

ペンは桟橋の端で足をとめ、その船尾にむかって怒鳴った。

「庶子神の歯にかけて、船乗りなんて大嫌いだ！」

身体じゅうが熱くほてり、汗がしたたり落ちる。走ったせいもあるが、主たる原因は、あまりにも急速に、あまりにも大量の魔法を使ったことだ。あまりにも不注意に。あまりにもあからさまに。そう、あからさまに。

ふり返ると、コルヴァ姉妹が身を寄せあい、激しい動揺をこめて彼を見つめていた。

暗視能力で海岸線を見わたさずとも、さらなるトラブルが起こりつつあることくらいはわかる。幾本もの松明《たいまつ》が揺れている。ペンはロクナル語に切り換えた。

「この桟橋を離れてどこかに隠れなくてはなりません。姿を見られなければ、わたしたちもあの船に乗ったと考えてくれるでしょう。そうすれば時間が稼げます。あの人質の館にはもどりません」

ふたりをあそこにもどせば、ペンリックがいようといまいと関係なく、最初の取引に従って姉妹はばらばらにされ、ひとりは北へ、ひとりは南へ、やられてしまう。偽者の祐筆を売りつけられたと知れば、ファルンはどれほど怒り狂うだろう。そしてその怒りは誰にむけられるだろう。いまさらながらにペンは気づいた。真の職業が明らかになったいま、彼がファルンの船で連れ去られることはなくなったのではないか。そのかわりにどんな運命が待ち受けているかは、まったくの不明であるが。

「ねえ、ほんとに悪の魔術師なの？」セウカがささやいた。

いつのまにセウカは、アドリア語で語られたその単語を理解できるようになったのだろう。

ペンは怒りをこめて顔をこすった。

「わたしはほんものの〝神殿〟魔術師です。正規の訓練を受けています。ペンリック学師、白の神の神官です。優秀な成績で偉大なるローズホールの神学校を卒業しました……もちろんあなたがたは聞いたこともないでしょうけれど、いえ、気にしないでください。もしほんとうに悪の魔術師だったら、あのアドリアの感謝知らずのくそ馬鹿野郎どもを沈めています」

さもなければ船に火をつけてやる。そのほうが楽しいし、壮大な見世物になる。そして、六回の説教よりも効き目のある教訓となっただろう。それを教えてやれる機会を逃したことがなんとも残念だ。

〈まあまあ。みごとな自制心でしたね、えらいえらい〉デスがつぶやいた。〈結局のところ、白の神はきっと、すべてご承知でわたしをあなたに贈りつけたのでしょうね〉

〈誰かが承知してくれていたのなら、それでいいです〉いらだちながら答えた。

「呪いをかけたんじゃないの？」レンシアがたずねた。

「魔法の呪文みたいだったけど……」セウカが不安そうにつけ加える。

悲鳴をあげて逃げだされるよりは、不器用な質問攻めのほうがましだ。

「ごくふつうの悪口雑言です。ウィールド語を使いました。ウィールド語には欠片《かけら》も魔法なんかふくまれていません。魔法はそんなふうに働くものではありません」

いま、ふたりをひっつかんでひきずっていくのはよい選択肢ではない。ペンは彼女たちが自分で歩きだすようにと、両手をふった。

「さあ、行きましょう！　海賊どもがやってきます」ふたりが動こうとしないので、さらに言葉を足した。「安全な場所についたら、ぜんぶちゃんと説明しますから」

〈一時的な安全にすぎないけれど〉

魔術師よりも海賊への恐怖がわずかに強かったのか、ペンに対する激しい好奇心が燃えあがったのか、ふたりはようやくむきを変えて歩きはじめた。海岸を離れて右手にむかう。狭い通りにはいって影が濃くなると、姉妹はしかたなく、ふたたびペンの手を握った。ほかに手をつなぐ相手がいないわけでもないだろうに。

〈それで、どこに行くつもりなの？〉デスがたずねた。

〈見張り台にのぼったときに見えた五神教神殿です。町のこっち側、坂をのぼったあたりにあったはずです。案内してください〉

〈いいですけれど、そこに避難するつもりだったら、考えが甘すぎるかもしれませんよ。四神教神殿に変わっているかもしれませんからね。もしくは、倉庫になっているかも〉

〈倉庫なら倉庫で、かえって都合がいいです。わたしがほしいのは、もう一度ゆっくり考えるための場所なのですから〉

〝身代金を約束する〟と〝集団脱走する〟というふたつの案は、ほかの連中が分別ある行動をとってくれなかったため、水泡に帰してしまった。他人をあてにしない計画を立てなくてはならない。もしくは、他人が分別ある行動をとらなくても大丈夫な計画を。

袋小路にはいりこんであともどりすること二度、ようやく神殿に面した小さな広場に出た。噴水があり、わずかな水が流れて近くの街路を潤している。夜明けが近づき、東の丘陵地帯の上空が鋼色に染まりはじめている。神殿の正面前廊にはいった。ランタン用の鉤《かぎ》がさがっているものの、ランタンはかかっていない。盗難予防のため、夜間ははずされているのだろうか。その皮肉に鼻を鳴らし、両開き扉の錠に取り組んだ。少しばかり時間がかかったのは、構造が複雑だからではなく、錆のせいだ。中には誰もいなかった。そっとすべりこみ、姉妹を招き入れて静かに扉を閉めた。

少なくとも倉庫にはなっていない。五面の壁にそれぞれ五つの祭壇があるということは、デスの悲観的な予測ははずれたようだ。安堵の息をつくと同時に、古い香の匂いがした。浅いドームと壁のあいだに飾り気のない高窓がならんでいる。てっぺんには円窓があり、それぞれの祭壇の上にも小さなアーチ型の窓があいている。昼間はこれらが採光源となるのだろう。中央の台座では聖火が燃え尽きて冷たい灰になり、かきたてられふたたび火が灯されるのを待っている。管理がいい加減なのか、もしかするとここでは薪が異常に高価なのかもしれない。それともその両方だろうか。

「ここ、安全な場所なの?」レンシアが疑惑のまじった声でたずねた。

「一時間かそこらは安全だと思います。朝になって誰かがくるまでは」

嘆願者がいつでも使えるようにと、黴臭《かび》い祈禱用敷物とクッションが各祭壇の横に積んである。ペンは庶子神の壁龕《へきがん》から三枚の敷物をひきだして祭壇前の石床に重ね、枕としてクッションも添えた。

「さあ。ここで横になって休んでいてください。わたしはそこらを見まわってきます」

「神さまは大丈夫?」セウカがたずねた。「あたし、五神教の神殿にはいったの、はじめて……」

「あまりちがいはないんですよ」ペンは答えてから、自分が一度も四神教の神殿にはいったことがないことに気づいた。

〈五分の四までは同じですね〉とデス。

「白の神なら、わたしは一種の取り決めのようなものを結んでいますから」

ときとして疑惑満載の取り決めだが、少なくとも目の前に寝具をひろげても平気なくらいの仲ではある。この神殿の管理人が同意してくれるかどうかは、これから調べなくてはならない。

姉妹は敷物に腰をおろしたものの、横になろうとはせず、眉を寄せて影の中の彼を見つめた。目と髪は光を反射しているかもしれないが、顔はぼんやりとしか見えないだろう。ああ、それと、乾いた汗と汚れた衣服のにおい。だがそれは三人とも同じだ。昨日の午後は、語学の授業ではなく洗濯にあてるべきだったかもしれない。

「うん、それで」レンシアが口をひらいた。「いつから魔術師をやってるの?」

わずかに声がふるえていることを除けば、じつに大人びた切りだし方だ。十歳の怯えきった孤児が、大人ぶろうとしている。いいだろう。ペンはくちびるを噛んで簡潔に答えた。

「十九の歳からです。家の近くの街道で馬に乗っていたとき、旅の神殿魔術師と偶然出会ったのです。年配のご婦人で、心臓発作を起こしていました。わたしは馬をとめて手を貸そうとしたのですが、亡くなってしまいました。魔のような霊的な生き物は――もしくは、そう、人の魂のようなものは、維持してくれる肉体がなければこの物質世界に存在することができません。だから魔は、その場にいたちょうど手頃なわたしに飛び移ったのです」

〈そして、わたしの未来は一変してしまいました〉

〈よいほうにでしょ、間違いなく〉デスがつぶやく。

〈褒めてほしいのですか〉浮かんでくる微笑をこらえる。

「魔に取り憑かれたの？」セウカがぎょっとしたようにささやいた。

「いまも取り憑かれてるの？」妹よりもすばやくペンの言葉の意味を理解し、レンシアが敷物の上でわずかにあとずさった。とはいえ、固い石の上にまではみだすことはない。

「いえ、わたしが魔を支配したのです。それによって魔法を手に入れ、魔術師になりました。どちらがどちらを支配するかはとても重要な問題です。逆の場合は〝魔が優位に立つ〟といいます。神殿魔術師や聖者が解決しなくてはなりません」いまここで、そのややこしい詳細を説明する必要はない。「わたしはそれから、神官になるための訓練を受けました。ふつうはその逆で、訓練を受けてから神殿の魔を授かるのですが、わたしたちは緊急事態だったので。彼女は声のようなものとして、わたしの頭の中に存在しています」

〈そして、しょっちゅうわたしと口喧嘩をしています〉

十二層からなる複雑な形態についても、いまは省略しておいたほうがいい。

「女の子の魔なの？」セウカが息をのんでたずねた。

「まあ、そうもいえますね。名前はデズデモーナです」

くちびるを固く結び、大きく目を見ひらいているところを見ると、いまの情報もあまり役には立たなかったようだ。

「彼女はわたしの妻ともとても仲がいいんです」ペンは魔の擁護をはじめた。「とても助かります。つまり、ひとつの肉体に棲むふたりの人間と結婚するようなものですから」

レンシアの口がぽっかりとあいた。

「結婚してるの？」

妻があるなんて、魔を所有している以上の驚きだといわんばかりの声だった。そう、ただしこっちの結びつきは、ペンのほうが妻に所有されていて、彼もそれを喜んで受け入れているというべきかもしれない。

〈物事は単純にしておこう〉

「ええ。オルバスの小さな家に住んでいます。妻の母上もいっしょです。義理の母とよい関係を築けない人もいるようですが、わたしたちは仲よくやっています。とても居心地のいい家なんですよ」

居心地がよかった、というべきか。くだらない用事で送りだされて、海賊につかまるまでは。

こんな状態はできるだけはやく修正するにかぎる。だが姉妹は、こんなふうに家族の話を聞かされて不愉快ではないだろうか。

「わたしは本来はオルバスの大神官に仕えているのです。わたしに解決してほしい問題があるときは、ジュルゴ大公に貸しだされます。そのあいまあいまに自分の勉強をつづけて、なんとかうまくやっています。ですが、そうしたことすべての基盤として、わたしはつねに白の神のために働いています」〈否応なしに〉「五神教の教義では、孤児を庇護したもう神です」

このあからさまなヒントが姉妹の心に染みこむのをしばし待った。

不安がやわらいだ気配はない。ペンはめげずにつづけた。

「さあ、これでわたしのことはみんな話しました。きみたちのお母さまのことを教えてくれませんか」

海賊船の船倉で、姉妹はふと母の名を口にした。〝ジェデュラ・コルヴァ〟だ。

「お母さまは隠れた五神教徒だったのですか。葬儀ではどの神のしるしがあったのでしょう」

両親ともに姉妹の無事を祈っていることは間違いない。だが、神とじかに顔をあわせたのは片方だけだ。それも一度だけ。

ふたりはぴくりと身じろぎしてあとずさった。緊張が、ほぐれるのではなく高まる。レンシアが息をのんで答えた。

「四神教のお葬式では、魔の神さまはしるしを示せないの」

「それでは五分の一の確率で問題が起こるでしょう。ジョコナの四神教神官は、どうやって白の神のしるしがあらわれるのをふせぐのですか」

「庶子神の魚はないもん」セウカが、誰だって知ってるでしょと言いたげに肩をすくめた。

〈ええ、ええ〉デスが陽気に口をはさんだ。〈聖獣の動きをごまかすんですよ。水槽には四尾の魚が泳いでいるんですけれどね。神官はそれを解釈するといって好きなものを選ぶんです。それができないときは、その魂は神々から切り離されたと嘘をつきますよ。死者やその家族から猛烈な抗議を受けたときは、しかたなく真実を認めますけれどね〉

そう、そうした話なら聞いたことがある。

〈四神教徒は、自分たちが膝まで幽霊に埋もれていると信じているにちがいない〉

庶子神とその認めたもう魂が、人のごまかしの届かないところへ踊りながら去っていくのなら、ペンごときが庶子神にかわってわざわざ腹を立ててやる必要などないのかもしれない。騙されるのは……もしくは、安堵するのは、残された生者だけなのだから。

〈コイントスみたいなものですね〉デスが同意した。〈五神教徒の国でも同じでしょ〉

だがペンはいま、もっと特殊な情報を求めている。

〈この子たちに、知っていることを話してもらわなくては〉

「母さまには夏の母神の魚がしるしをくださったの」やっとのことでレンシアが答えた。「神官さまが言ってた。母さまは母親だからって。でも……」用心するように言葉が途切れた。

「母さま、あたしたちにはそんなこと、言わなかった」姉ほど慎重ではないセウカが元気よく主張した。

ペンはのんびりとくつろぐように、庶子神の祭壇に背をもたせかけた。ざらざらした敷石が尻の下でひんやりと冷たい。

「そうなんですか……。それで、お母さまはいつ、なんとおっしゃったのですか」

ドームの円窓のむこうで空が白み、堂内の闇が薄れはじめた。姉妹は許可を求めるように、もしくは励ましあうように顔を見あわせ、やがてレンシアが答えた。

「母さまはとても熱が高かったの」

記憶とはうつろいやすいものだが、けっして消えない記憶もある。ペンもまた、高熱にうなされる父の臨終場面を、いやというほどまざまざと詳細にわたるまで記憶している。もう二十年も昔のことだというのに。だから、この問いが無意味だとは思わなかった。

「母上がなんとおっしゃったか、正確に教えてください」

「タスペイグに呼ばれて病室にはいったの。母さま、息をするのも苦しそうだった」セウカが顔をしかめて答えた。

レンシアがそのあとをつづけた。かたく閉じた目蓋《まぶた》の裏に、その光景が鮮明によみがえっているのがわかる。

「母さまは言ってた。『大丈夫よ。生きているあいだじゅう身体を使って取引してきたわたしだもの、魂を取引材料にしたってどうってことないわ。それと引き換えに、あんたたちのことをお願いできるんだもの』って。そこでむせちゃって、タスペイグが母さまを起こして水を飲ませて。それから、『これまで一度ももらったことのない、最高の報酬よ、それも、いちばん信頼できるお客さまからの』って言った。またひどくむせて手をふったから、タスペイグがあたしたちを追いだしたの」

「その夜のうちに死んじゃうなんて思ってなかった」セウカは泣きそうになるのをこらえている。「母さまの友達の誰かが、あたしたちをひきとってくれるってことだろうと思ったの。だけどちがったみたい」

「あたしたち、その人の名前は聞いてない」とレンシア。「タスペイグも知らないって」

高熱にうなされる女が、実行力をもたない子供ふたりに、口頭で遺言を伝えるというのも奇妙な話だ。使用人も立会人としてはさほど役に立たない。姉妹の母は、自分と子供たちのために、娼婦としてはそこそこ自立した暮らしを送っていたようだ。高級娼婦《クルテイザン》だったロディのミラのように華麗かつ裕福ではなくとも、街娼のように劣悪でもないし、自由を代価として娼館の保護を受けていたわけでもない。それでも、ささやかな住まいは借家で、姉妹にはほとんど何も残されなかった。それなりの遺産があったら、ジョコナの誰かがすぐさま姉妹をひきとっていたはずだ。そしてきっと、さっさとそれを奪いとってしまっただろう。

〈なんて大胆な娼婦だこと!〉デスが感銘を受けたようにつぶやいた。〈ミラだって、神と取引したことはありませんよ!〉

〈神々を動かすことのできる代価があるのなら、わたしだって知りたいです〉

〈あら、わかっているでしょうに。もちろん本人の魂ですよ〉

〈神々から切り離される運命をみずから選んだというのですか〉ペンは鋭く息をのんだ。

姉妹の母の言葉は絶望にかられた女のものには聞こえないが、どんな魂でもそのように神々を否定することはあり得る。そして、子供のために物語の英雄のような自己犠牲をはらう女も少なくはない。

〈ちがいますよ。たぶん彼女の臨終の床には、その魂を狙ってべつの女神が立っていたんでしょう。競りあったすえに、夏の母神の鼻先から最愛の女の魂をかすめとれるんですよ。庶子神はなんだって約束するでしょうね〉

神々は人と同じ尺度で人の価値を測らない。ペンはふたたびみずからに言い聞かせた。偉大な魂の持ち主や偉大な聖者は、いわゆる偉人のあいだにのみ見られるわけではなく、むしろそうでない場合のほうが多い。もちろん、そもそもは偉大でない人間のほうが数として勝っているのであるが。聖別される者の人数をかぞえ、祝福が均等に与えられているかどうか判断することは可能だろうか。たぶん無理だろう。高く評価される者は、そうでない者よりはるかに記録に残りやすい。庶子神の娘たるこの娼婦がなぜそれほどまでに重んじられたのか、徒人《ただびと》にはけっして知ることはできまい。

なぜ災厄の神がこの姉妹に価値を見出しておのが魔術師のひとりをその船倉に放りこむことにしたのか、ペンはその理由を間違った方角に求めていたようだ。

〈その場の思いつきではなく、引き継いだ遺産だったのだ〉

驚愕の笑いに口もとがゆがみそうになる。

〈では白の神は、陽気な酔っぱらいのように気に入った魂を飲み干し、そのまま居酒屋をとび

だして、自分のツケをわたしにはらわせようとしているのですね〉

神々のことをこのように考えるのはいささか無礼かもしれないが、だいたいからして庶子神はひどく無礼な神なのだ。そして事実、神々は物質世界において、物質存在を介さなければ何ひとつなすことができない。ペンはこれまでもつねに、天気がよくなりますようにとか地震が起こりませんようにと祈る人々に、そうした教義を説明してきた。みな耳を貸そうとしなかった。それは、そうあってほしくないと願っているからだ。それでも、神々は天候を支配しない。世界も。魂も。

〈だが死は。ああ、死は神々のものだ〉

ペンはひたい、くちびる、臍《へそ》、下腹部に触れ、最後にひらいた手のひらを心臓にあてる五聖印を結び、それからこぶしをあげて親指の裏で二度くちびるをはじいた——親指とくちびるは白の神の特別な象徴とされている。よい象徴か悪い象徴かは、その人の考え方しだいだ。

「そのジョコナの神官は嘘をついています」ペンは姉妹に語った。「ラスペイのジェデュラは、結婚の祝宴に臨む花嫁のように胸を躍らせて、白の神の手にゆだねられました。そしてそこで、おおいなる安らぎに満たされているでしょう。あとのことは」ため息をついて、「わたしたちしだいです」

姉妹はいまの話を真実として受けとめただろうか、それとも、彼が穏やかな狂気に犯されている証拠ととらえただろうか。

それでも、レンシアが「ああ」と声をあげ、セウカが息をのんだ。これまで見せたことのない涙がにじみそうになっている。恐怖を前にして泣いてはならないと、母から学んだのかもしれない。

〈恐怖は易し。喜びは難し〉デスが言った。

〈なるほど〉

ペンは思いきって立ちあがった。腰をおろしているあいだに、酷使しすぎた身体がすっかり固まってしまっている。だが姉妹から聞きだした話には、確かにそれだけの価値があった。

「人々が動きはじめる前に、きみたちが身を隠せるもっとよい場所を見つけなくてはなりません。すぐにもどります」


庶子神の祭壇の横にある扉が奥につながっていた。それをくぐると短い柱廊だ。左手には、外に出る背の高い門。前方の中庭にはささやかな噴水があるものの、いま水は出ていない。その中庭を囲んで、神殿複合体というより単体といえそうな、典型的な長方形の石の建物が立っている。木製の階段が上階の回廊につづいている。

〈誰か住んでいますか〉デスにたずねた。

〈いまは三人ですね。上の階で眠っています〉

地域住人のためのささやかな神殿だとしても、もっと多くの人間が必要だと思うのだが。すばやく回廊の下を一周した。神官がローブを着替えるための部屋。事務室兼書斎。奥まった厨房。食堂と倉庫。講義室はがらくた置き場になってしまっている……一時的な隠れ家としてはここがいちばんいいかもしれない。もしくは、上階の使われていない部屋か。

柱廊にもどり、門の外を調べた。外壁の脇にある低い傾斜屋根の建物は、聖獣の厩舎《きゅうしゃ》だ。頑丈な古い木材に、精緻な彫刻がほどこしてある。新しい修繕跡は粗雑だ。いま現在細長い小屋に住むものはごくわずかで、囲いの中に数羽の鶏、雌山羊が二頭、そして藁の中で眠っている驢馬《ろば》が一頭いるだけだ。聖獣というより、どちらかといえば実用的なものばかりだが、その両者を兼ねられないわけではない。

礼拝堂にもどろうとしたペンは、息をのんで足をはやめた。うなるような声が聞こえたのだ。

「なんで鍵があいたままになってるんだ……。おい！　この浮浪児どもが！　ここはおまえたちが寝る場所じゃねえぞ！」

夜明けの光が円窓とアーチ窓から、そしていまや大きくひらかれた正面扉から射しこんでいる。ひとりの男が両手を腰にあてて、台座の脇に立っていた。簡素な衣服からは、町の住人なのか農夫なのか判別できない。背中に切り揃えた枝の束を背負っている。男はそれをはずし、どすんと床におろした。そしてふたたび不法侵入者を怒鳴りつけようとしたが、はいってきたペンリックを見て、その口がぽっかりとあいたままになった。ペンは、敷物から立ちあがった姉妹に寄り添った。眠気が恐怖と闘っている。

薪を運んでいた男はあとずさり、腰のナイフに手をかけた。男の顔に、危険度を推し量る計算が浮かぶ。背の高い奇妙なやつ――危険だ。小さな子供――危険じゃない。だがやつは目に見える武器をもっていない――よし。男に強気がもどった。

「ここは寝る場所じゃねえ。いますぐ出てけ。二度は言わねえぞ」

島訛りの強いアドリア語を話す、島育ちの小柄でたくましい男だ。

ペンはいらだちのこもる罵倒をこらえ、ロディ風の洗練された口調と声で答えた。

「わたしのほうでたずねたいことがあります。まず、あなたは何者ですか」

台座のために朝の薪を運んできたということは、もちろん神殿の下男だ。もしくは、厨房用の薪かもしれない。

男の顔が疑惑にゆがんだ。

「ブラザー・ゴディノ。この神殿を管理してる。たいしたことはできんが」

「ここを預かる神官と話をしたいのですが」

「もう話してる。神官じゃないが、おれがここを預かってる」

ペンは眉をあげた。

「訓練を受けた神官はいないというのですか。祭司も?」

「昔はいた」

ゴディノはペンをにらみつけ、改めて思いだしたように、その視線を姉妹にもむけた。

ペンはためらった。うまくいくだろうか。

「わたしはオルバスのペンリック学師。神々の聖性とわたしの誓約の権利に基づき、わたしとわたしの被後見人に対し、聖域たるこの神殿による保護を求めます」

ゴディノが自分の髪をつかみ、すさまじい笑い声をあげた。

「なんてこった。おまえら、逃亡奴隷だな」

「確かに逃亡者ではありますが、まだ奴隷ではありません」

「みんなそう言うさ。ここに逃げこんできた奴隷は自分がはじめてだとでも思ってるのか。この島にゃ、ギルドから逃げられる場所なんかないんだ。やつらは好きなところに行って好きなことをする。んでもっておれは、やつらがきておまえらをひきずりだしたとき、おまえを目にしてすぐに声をあげなかったからって、殴られるだけですみゃ運がいいってもんだ」

「そうはならないでしょう」〈そもそものはじめから〉

だが、もし敵が大勢押し寄せてきたら魔術師でも圧倒されてしまう。それは回避しなくてはならない。その点ではゴディノに同意する。

「ですが海賊は、わたしたちが昨夜の船で脱出したと信じています。あなたが誰にも言わなければ、ここまで捜索にくることはないでしょう。かなりの期間、気づかれずにいられます」

「そのあとはどうするんだ」

「そのあとは、神殿の急使を使って救援のメッセージを送れば、いずれ迎えがくるでしょう。あなたも厄介な仕事から解放されます」

「魔法の鳥でおまえたちをひっさらってってって、おれだけがここに残されて、ギルドの怒りをくらうってのか。そもそもここには急使なんざおらん。そんなにお偉い人間だってんなら、自分で身代金をはらうんだな。おれを巻きこまんでくれ」

「わたしは」――ペンは頭を掻いた――「少しばかり海賊を怒らせたようです。身代金では話がつかないかもしれません」

ゴディノが一歩あとずさり、ふるえる手で扉を指さした。

「出ていけ！」

ペンリックは咳払いをしておずおずと言い添えた。

「あの、これは言うつもりのなかったことなのですが、わたしは、たまたまなのですが、オルバス大公の宮廷魔術師でもあるのです」〝ときどきだけ〟だけれど、いまこの瞬間は、この事実で評価があがるかもしれない。「わたしたちへの援助は、あなたにとっても最大の利益につながるでしょう」

ゴディノは笑いでむせ返りそうになっている。

「いいぞいいぞ、ロディの色気小僧が。おまえなんかが魔術師や神官であるはずがねえ。出ていけ！」

〈デス……？〉

〈いいですよ〉

ペンは芝居がかったしぐさで片腕をもちあげ、台座にむけて指を鳴らした。

怒れる雌獅子のような短いうなりをあげて、七フィートの炎が噴きあがった。

ゴディノが悪態をついてとびすさった。姉妹は敷物の上でしっかりと抱きあい、声にならない恐怖にふるえながら、それでもうっとりと大きく目を見ひらいている。ゴディノに感銘を与えるためでなければ、そんな演出をせずとも火をつけることくらいはできる。灰の中に炭がわずかしか残っていなかったため、炎はすぐさま消えてしまった。だがこれで、効果は充分だろう。ペンは詠唱のように語った。

「わたしは偉大なるローズホールを卒業した神殿学者にして神官学師、白の神に選ばれた者です。この地にふたたび聖火を灯すためにきました。なんらかの方法で。その、必要とあらば、魔法を使って」そこでまた気をとりなおし、みずからが経験した中でも最高に強烈だった説教を思いだし、威嚇をこめて駄目押しをした。「ご理解いただけましたか」

ゴディノは、自分が凶悪な海賊と怒り狂う魔術師の板挟みになったことを理解した。海賊は確かに数が多いが、魔術師はいま目の前にいる。

「へえ」ゴディノは目を見ひらいたまま蚊の鳴くような声で答え、ちらりと入口をうかがった。

「逃げようとしても無駄です。魔法よりはやく走ることはできません」

もちろん出まかせだ。だがそれを説明してやる義理はない。ふらりと前に進んだ。満足しながらも、なんとなく気分が悪い。神殿の下男を脅すのは、海賊を脅すよりはるかに簡単だ。真の悪党には単なる脅しだけでは足りないから、事態が醜悪になる。どんどん醜悪になる。だがこの男はどうしても支配しなくてはならない。それもすぐさま。さもなければ、昨夜の大失敗からかろうじて手に入れた優位が失われてしまう。

「では、隠れ場所を提供してください」説き伏せる口調でせまった。「いつでも裏切ることはできますよ……裏切りを試みることなら」

その台詞にあわせた凶悪な笑顔に、ゴディノがふるえあがる。肩が落ちた瞬間、ペンはゴディノが陥落したことを知った。ゴディノは歯を食いしばるように、祈りか、もしくはその逆の言葉をこらえ、つぶやいた。

「こっちにきてくだせえ。音をたてんよう。あんたたちのことは、できるだけ誰にも知られねえほうがいいです」

姉妹はそのあいだじゅう目を瞠り、心配そうに、簡潔な言葉をかわすふたりを交互に見つめるばかりだった。ペンはふたりを促して立たせ、静かにという指示をロクナル語でくり返した。世界が崩壊する以前、忍耐強くおとなしい鼠という役割は、この快活な姉妹のものではなかったはずだ。だがこの数週間でそれを学んだ。レンシアはセウカの手をしっかりと握り、容赦なくつづくパレードにまぎれこんできた、信頼できるかどうかもわからない未知の男を警戒しながら、爪先立ってゴディノのあとに従った。

ゴディノは回廊の階段をのぼり、来客用と思われるいまは使われていない部屋に三人を案内した。狭いベッドがふたつ、洗面台、古い櫃、ぼろぼろになった敷物が何枚か。片隅には虫に食われたタペストリが積まれ、またべつの隅には、まずまず慎ましいといえそうな椅子型便器がおいてある。積もった埃がそれほど分厚くないのは、掃除をしたのが数年前ではなく数カ月前だったことを示唆している。それでもレンシアがくしゃみをした。

ペンは案内人の脇を抜けて背の高い窓を調べた。彫刻のある木彫りの格子がはまっているものの、ペンも、必要とあればふたりの預かり子も、すり抜けられるだけの隙間はある。下は厩舎の屋根だ。脱出ルートとしては申し分ない。よし。わざわざ指摘してやるつもりはないが、彼らを閉じこめようとしても無駄だ。いや、むしろゴディノは、三人が少しでもはやく脱出してくれたほうが喜ぶかもしれない。

ゴディノが静かにドアを閉めて、ふたたび口をひらいた。

「しばらくはここにいてくれてかまわんです。もうすぐ会衆がくるから、音をたてねえでいてくだせえ。今朝は葬式があるんです」

「おお、誰のですか」

昨夜、魔法を使ったときに、死体を残してきたのでなければいいのだが。

〈そんなことがあったら、わたしたちにわからないはずがないでしょう〉デスがきっぱりと否定する。

〈そうですね〉

「通りのさきにある家の婆さんでさ。親戚が山ほどおるんで」

そう、海賊と無縁なところでも、生と死はつづいていく。

「あなたがとりしきるのですか」

「へえ……以前、ボカリ学師さまがやっておられるのを見て、おぼえたんでさ。神さまも気にしておられねえみたいなんで」そして、何か神学的な批判をくらうのではないかと案じるように、新たな疑惑をこめて客を見つめた。

いまのペンの見かけやにおいが、学者にも神官にも見えないのは確かだ。説得力があるのはたぶん、ロディ風の話しぶりだろう。

「それは大丈夫でしょう」それからつけ加えて、「ですがまずは、子供たちのためにきれいな水をもってきてください。できれば食事も。そのあとで話しあいましょう」

「へえ」曖昧に短い返事をして、神殿の下男は退室した。

そして数分後、ほとんど聞こえないようなノックとともに、無言で水差しをわたしていった。ペンは小声で礼を述べ、一部修正された問題群の再検討にとりかかった。

「ここ、安全なの？」セウカがたずねた。

ペンは疲れきった顔をこすり、正直に答えた。

「ヴィルノックにつくまでどこも安全とはいえません。でもいまは、ここがいちばん安全だと思います」

姉妹は昨夜一、二時間眠っただけだし、ペンリックにいたっては一睡もしていない。姉妹に水を飲ませ、簡単に顔を洗わせ、ふたりまとめて片方のベッドに押しこんだ。からみあった素足と、あくびをする幼い顔が両端にのぞく。ふたりは神殿にいたときと同じように、すぐさま眠りに落ちていった。ペンはそれを羨みながら、もうひとつのベッドに張りつめた身体を横たえた。

もっとよい隠れ場所をさがすべきだろうか。ペンひとりならば、十もの異なる役を演じ、十ものさまざまな穴の中から適当なものを選んで逃げこむことができる。だがいまのこの状態では……無理だ。受けた教育と習慣により、ペンは神殿を避難所と見なしてしまう。だが神々は、もはやその祭壇にはましまさぬ。もちろん、いたるところにましますわけでもない。

〈ほんとうに〉

神殿は便宜上のものにすぎない。それを建てた人々が意識を集中するための拠り所だ。通常ならばペンの地位は、正式な神殿ヒエラルキーにより無条件に保証される。だがここにそんなものはない。頼るにはあまりにも細い葦として、ゴディノがいるばかりだ。

さまざまな疑惑を抱きながらも、疲労困憊した身体はこの場所を安全と判断したようだった。ペンはいつとも気づかぬうちに眠りにはいっていた。


ドアがあくきしみで、一瞬にして目が覚めた。ペンは息をのんで跳ね起き、戦士が剣に手をのばすように、デスを引き寄せた。

〈ここにいますよ、ペン〉

だがそれは、籠を抱えたゴディノだった。ひとりきりだ。凶悪な海賊どもに背後から押されているわけでもない。室内は薄暗いものの、格子窓から射しこむ埃っぽい陽光と、敷物の上に描かれた明るい模様から、正午を過ぎたばかりなのだとわかる。

「食べ物でさ」ゴディノがむっつりと言って、洗面台に籠をのせた。

そしてあとずさり、またどこかに火をつけるのではないかと恐れるように、ペンを見つめた。

「ありがとう」

ペンはベッドの端にすわって、鼓動が静まるのを待った。籠の中を調べた。丸いフラットブレッド、どこにでも顔を出すオリーヴ、チーズ、このあたりの人々が食べ物と考えているらしい板のような干し魚、そして、ありがたいことにゆで卵だ。籠にはまた、赤ワインの壺と四つの陶製カップがはいっていた。ゴディノが二脚のスツールを引き寄せてその片方に腰をおろし、もう一脚をテーブルがわりに使いはじめたことで、なぜ四個なのかが説明された。話をしたいと考えていたのは、ペンひとりではないということだ。

昨夜酷使されてぐらぐらになった自制心は、さきに食事という意見に軍配をあげた。ペンが卵の殻をむいて口に放りこんでいるあいだに、ゴディノが二杯のワインを水で薄めた。そして、まだ眠っている姉妹に目をやり、低い声で語りはじめた。

「昨夜逃げだした〈秋の心〉号っていう船のことで、使用人のあいだでいろんな噂が流れてます。毒使いが乗員を解放したんだっていうやつもいますし、いや、それは魔術師だ、光と煙をまとって恐ろしい呪いをかけたんだという連中もおります。どっちもちがう、夜警どもが負けた言い訳をしてるだけだと考えてる者もいます。ただ負けたんじゃ罰をくらいますからね。ありそうなこってさ」

ゴディノにじっと凝視され、ペンはこれがはじめてではないものの、デスが読心もできればいいのにと願わずにはいられなかった。

「あなたはどう考えるのですか」パンとチーズを頬張ったまま、もごもごとたずねた。

「あんたがここにあらわれてなかったら、おれも最後の意見に一票いれてますよ」

薄めたワインで口の中のものを流しこみ、よりはっきりと話した。

「海賊はまだここランティエラで、魔法の煙に隠れた毒使いをさがしているのでしょうか」

「いまんとこは、さがしてねえみたいです」ゴディノがしぶしぶ認めた。

「あなたが聞いた噂は、どこまで信頼できますか」

「近所には、なんやかんやでギルドのために働いている者もおりますんで。じつをいや、ランティ・ハーバーの人間はほとんどみんなそうでさ。海賊は連中を雇うだけの金をもってますからね。船に乗せたり、暴力沙汰に使ったり、酒場をやらせたりだけじゃなくて、船大工とか船具商とかのまともな仕事だってそうでさ」

「海賊はどのようにしてこの島を支配下におさめたのですか」

ゴディノは肩をすくめた。

「略奪品や捕虜の荷揚げとか補給のため、昔っからいつも何隻かは寄港してました。密輸業者もね。カルパガモ軍が駐屯してたころは、ちゃんと管理が行き届いてて、連中も寄港料をはらってたんです。ラスナッタの大公ががんばってたときも同じでさ。

そのあと、十年か十五年くらい前、カルパガモがアドリアといつものごたごたをはじめて、もっと国に近いところで働かせるんだって駐屯軍をひきあげたんでさ。いつもだったら、それっとばかりにラスナッタが押し寄せてくるとこなんだけど、あいつらはあいつらで、ちょうど大公がくたばって、三人の息子がその後釜を狙って戦争をおっぱじめてたときでね。そこで海賊どもが集まって、自分たちの会議をおっ立てたんでさ」

「島の人たちは抵抗しなかったのですか」

「いやあ。海賊どもがどんぱちやって町じゅうが瓦礫になっちまうよりは、ひとつに固まってくれてるほうがましですや。それに、カルパガモにもラスナッタにも税金をはらわんでよくなったし。金の引き締めはゆるくなって、儲けはあがるし。そうしてるうちに、どんどん海賊が増えてったんでさ。んでもって、気がついたら町はやつらのものになっちまってた。ものをいったのが金だったのか剣だったのか、そいつはわかりませんがね」そこでため息をつき、「そのうちに、カルパガモかラスナッタがおれたちのことを思いだして、力づくでもどってくるんじゃないですかね。誰もそんなこと、待ち望んでやしねえですけど」

「そうですか……」

「カルパガモがいたころは四神教徒が迫害されてました。ラスナッタんときは、それがおれら五神教徒になるんですよ。でも少なくともギルドは、島の女を食い物にするやつには制裁を加えてくれます」眠っている姉妹を見て眉をひそめ、「それに海賊は、どっちの神殿もだいたいほっといてくれます。誰かが何か、ほんとに馬鹿なことをしでかさねえかぎりはですね。逃げた捕虜を隠すみたいな」口もとが引き締まった。

「この神殿にも、以前は神官がいたと言っていましたね。カルパガモ大神官の管理下にあった方でしょうか。駐屯軍といっしょにひきあげたのですか」

「そうじゃねえです。そうしてくれてたらよかったのにって、あとになってから思いましたけど」ゴディノは自分のサンダルを見つめている。「おれはガキんとき、聖獣の世話をする飼育係としてこの神殿にはいったんです。あのころは、とってもいい聖獣がそろってたんですよ。おれはすぐに主任になりました。ギルドができてまもなく、ある晩、捕虜が何人か脱走して、あんたみたいに神殿で匿《かくま》ってくれと言ってきたんです。ボカリ学師さまはギルドの前に立ちはだかって、嘆願者を連れていきたいなら自分を倒していけっておっしゃったんです。

そして、やつらはそうしました。戦いにもならねえですよ。武器っていったって、学師さまは真鍮《しんちゅう》の燭台《しょくだい》しかもってなかったんですから。祭壇の宝物を守ろうとした祭司もやられちまいました。あいつら、これは罰金としてもらっていくって言いやがった」

考えてみると、いま祭壇にある品は、燭台も香炉もオイルランプも、すべて安っぽい陶器だ。

「つぎの日、おれはおふたりのために、はじめて自分で葬式をとりおこなったんです。ほかに誰もいなかったから。そして……それからもずっとそうしてます。だって、何があったって赤ん坊は生まれるんだし、人は安らぎを求めるんだし、死んでく人だっているんだ。カルパガモは結局もどってこなかったし、誰かを送りこんでくることもなかった」――そこで唾を吐くようなそぶりをしながら――「ラスナッタもです。もちろん、おれはやつらになんかきてほしくねえですけど」

ペンは自分のうなじをもんだ。固くなっている。痛い。

「わかりました」

ゴディノは無学かもしれないが、愚かではないし、それなりの観察力をもっていて、そして信義に篤《あつ》い。ただ……あまりに巨大な敵を相手に打ちのめされているだけだ。それに、血なまぐさい殺人を目撃したのなら、心に深い傷を負ってもいるだろう。

ペンはもうひとつのベッドに目をむけた。姉妹はすでに目覚め、不安げに、意味の追いきれないアドリア語に耳を傾けている。彼はロクナル語で声をかけた。

「ブラザー・ゴディノが食べ物をもってきてくれました。もう昼を過ぎているのだから、起きましょう。できるだけ静かにするのですよ」

姉妹の洗面を監督するのにも、ずいぶん慣れた。それに数分をかけたあと、きちんと食事をさせる。板のような魚は無事、すべて姉妹に押しつけることができた。たぶん、海辺のラスペイでも同じようなものを食べていたのだろう。そうやって気前がいいという評価を不当に受けながら、ほとんどのゆで卵を失敬した。ゴディノは黙ってすわったまま、じっと観察している。小声でかわされるロクナル語の会話を聞きとろうとしているのだ。

ペンはゴディノに、姉妹にふりかかった災難について簡単に説明した。神学的解釈と彼自身の魔法のことは省略しておく。

「ヴィルノックかロディにむかう船にこっそり乗りこめるよう、手を貸してほしいのです。そうすれば、早々にあなたの神殿から出ていくことができます」誘うような言葉で締めくくった。ゴディノは「ふむ」と返事をしただけだった。前向きではないものの、すぐさま拒否するわけでもなさそうだ。そして最後にもう一度、静かにしているようにと言いおいて、神殿の仕事にもどっていった。

港町を調べてほかの可能性をさぐる仕事は、暗くなるまで待たなくてはならない。どれほど何かをしたくてたまらなくてもだ。この島が、そのままヴィルノックまで海を渡っていけるわけではないのだから。小声でおこなうセドニア語の授業でしばらく時間をつぶしていたが、やがて囚われの身の生徒ふたりが依怙地になってしまった。

ペンはそこで、デスに頼んでロクナル語の物語をしてもらうことにした。なんといっても、彼女の人間の乗り手十人のうち、六人までが母親だったのだ。十三年をともに過ごしてきたとはいえ、ペンも、彼女が二百年にわたって蓄えてきた思い出のすべてを聞いたわけではない。いつもは陰気なウメランは召喚を喜び、その返礼として、訥々《とつとつ》とながらも懸命な努力をはらい、摩訶不思議な物語をいくつか語ってくれた。ペンは嬉々としてそれを蒐集に加えた。この試みははるかにうまくいき、床の上の光溜まりはどんどんその場所を移していった。

〈ほんとにみんなお子さまなんだから〉デスが甘い口調で言った。

それに言い返すことはできなかった。

この穏やかな牢獄に閉じこめられて三日が過ぎ、ペンは静かな狂気にとらわれはじめた。神殿のささやかな書庫を何度かひそかに訪れたが、さほど気晴らしにもならなかった。〝書庫〟という言葉が、そもそもは誇大表記だった。亡き神官の書斎の壁際にある、隙間だらけの本棚二台だけなのだ。海賊どもはこの神殿を荒らしたときに、高く売れそうな良質の革や金箔で装丁されたもののすべてを持ち去った。残されたのは、蠟引き布や薄い板を表紙として麻紐で綴じた薄汚い写本と、ぼろぼろの巻物ばかりだ。

みすぼらしい外見に、貴重な宝が秘められていることもある。ジェデュラ・コルヴァがそのよい例だ。そこでペンは、ゴディノが脱出手段を見つけてくるのを待つあいだ、そのすべてに目を通すことにした。彼は常日頃、自身もデスも知らない魔法に関する知識を探し求めている。だが今回、勤勉な努力にもかかわらず、そうしたことを教えてくれそうな失われた魔法書はありそうになかった。

〈まあ、そんなものはめったにないでしょうけれどね〉デスがしみじみと言った。

まさか、彼以上に――彼自身とデス以上に――博識な魔術師と魔のコンビは、今日この世界に存在しない、などということはないと思うのだけれど。

〈誰かいるはずですよ〉デスが論理的に指摘する。

〈わたしであるはずがありません。わたしはまだ、ほんとうにたくさんの疑問を抱いているのですから！〉

それでもペンは、アドリア語で書かれた簡単な子供むけの本を二冊、同じ内容をそれぞれセドニア語とロクナル語で書いたものを一冊ずつ、若い同室者のために持ち帰った。かなりくたびれているのは、以前の祭司が近所の子供相手の授業に使っていたからだろう。語られているのは宗教物語と聖者の伝説で、はらはらする展開は姉妹にとってよい気晴らしになるし、語学の訓練にもなる。ほかに娯楽もないため、ペンは姉妹が起きている時間のほとんどを授業にあてた。

ふたりは、ペンがほんとうはつまらない祐筆で、びっくりするような魔術師だというのは、神官を名のったポゼニのように、その場を切り抜けるための嘘だったのではないかと考えはじめているようだった。彼はこれまでのところ、魔法を見せてくれとせがむふたりの願いを無視してきた。夜、蠟燭に火をつけることだけは例外だ。この力を使わずに過ごすのは、あまりにも不便ではないか。最後にはしかたなく、船倉でどのようにして水を与えたかを実演してみせた。ふたりは大きく目を見ひらいてペンを満足させた。つづいて小さな氷をつくってやると、ふたりは驚愕もあらわにそれを受けとり、当然のように口にいれた。そして、氷を嚙み砕いてにっこり笑った。

ちょっとした静かな魔法。ちっとも怖くなんかない。

〈深く考えさえしなければ〉

ペンは同じようにやすやすと、肺の中に、もしくは睾丸に、氷の玉をつくることができる。そう、腫瘍《しゅよう》の中につくるのは人助けだ。だが脳の中につくることはしない。たちどころに死が訪れ、デスが神のもとに連れもどされてしまう。そのように、彼の力はじつに微妙なものだった。

ゴディノの神殿には、寄贈された古着も大量にあった。必要な人々にわけ与えるためのものだが、いまのペンと姉妹もそれに相当するのではないか。ペンはそう考えて、三人分の着替えを選んだ。そして夜になってからこっそりと噴水広場に行き、異臭を発する衣類を洗った。その作業は、デスが驚くほどたくさん抱えこんでいるささやかな家事魔法を使うことで、さらに簡単になった。

〈ほんとうに、ペンときたら。十人の女がいるのですよ。そうした可能性を追い求めないわけがないでしょう〉

一度そうした魔法をおぼえてしまうと、庶子神教団が神官学師のために選んだ白のローブの扱いがはるかに楽になる。いまとなってはあのローブが、そしてそれに関わるすべてが、手もとにないことが残念に思える。

ゴディノは忠実に食べ物と飲み物を運んでくれる。そのたびに少しずつニュースを伝えていくのだが、それによると、ペンと被保護者たちはもうこの島にはいないと考えられているようだった。しかしながら、ペンたちをヴィルノックまで運んでくれる信用できる船乗りを見つけるという仕事は、何かと理由をつけて実行されないままだ。いや、ヴィルノックでなくとも、ヴィルノックまで歩いていける海のむこうの陸地ならどこでもいい――ペンとしてはそこまで妥協しているのだが。もしかするとゴディノは、彼らが忍耐の限界に達してみずからここを出ていき、恐ろしい魔術師にも、恐ろしい海賊にも立ちむかわずにすむときをただじっと待っているのかもしれない。彼の考えは完全に理解できる。それでもさほど腹は立たなかった。

姉妹もまた、おとなしく過ごすことを強いられていらだちを募らせながら、少なくとも肉体的には、厳しい試練からゆっくりと回復しつつあった。母の死病からはじまった試練は、いまもまだ終わったわけではなかったけれども。

四日めの夜、ペンは歯ぎしりをして、もう一度港を調べようと神殿を抜けだした。

真の闇に包まれたランティの曲がりくねった街路に、臆病者や素面の者は出てこない。いるのはその反対の輩《やから》ばかりだ。ペンはゴディノの古着倉庫からくすんだ緑のチュニックとズボンを選び、姉妹がうなじでまとめてくれた髪にも黒い布をかぶせた。これで、物陰にいても月のように輝かずにすむ。海岸に近づきながら、デスの〈視覚〉と暗視能力を使って、千鳥足で家路につく真夜中の酔っぱらいや、それ以上に剣呑な、むっつりと路地で身をかがめている人影を避けていった。弱そうに見えなければ獲物を狙う後者も寄ってくることはないが、まったく見つからずにいられるなら、そのほうがいい。

倉庫や税関小屋にも近寄らなかった。貨物の積みおろしをするどっしりとした木製車輪つき起重機が、牢獄横の桟橋のそばに停めてある。高所からながめてみようと、ペンは音もなくそれにのぼった。

新たに二隻の船が入港している。海賊船なのか、戦利品なのか、貿易商の船なのかはわからない。牢獄にはまた捕虜がはいり、夜警の数も増えている。つまり、少なくとも一隻は戦利品ということだ。海岸を巡回する火番のほかにも、甲板では乗員が歩きまわっているし、道板の脇ではオレンジ色の夜灯が輝いている。ファルンのガレー船は、港の奥にまだ錨《いかり》をおろしたままだ。ラスナッタの奴隷商人は、まだ予定の積荷を集めきれていないらしい。

〈わたしはあれを沈めたくてたまらないんですけれど〉ペンはため息をついた。

〈あら、大賛成よ〉デスが楽しげに同意する。〈いまやる?〉

〈心が動きますね〉

だが、甲板の下には鎖につながれたままの捕虜がいるかもしれない。となると単純に、ここから得意の破壊工作をしかけるわけにもいかない。泳いでいって船によじのぼり、なんとかして捕虜を解放する？　危険が何倍にもふくれあがる。さらには、まだランティに魔術師がいることが明らかになって、徹底的な捜索がはじまってしまう。一隻の船がなんの徴候も示さず静かに沈んだら、その原因にはさまざまなものが考えられる。だが、二隻となるとどう考えても異常だ。

それに、逃亡した捕虜たちは、怒り狂った捕獲者とともに、なおもこの島に閉じこめられることになる。必要もない気晴らしのために彼らを犠牲にするのはいやだ。

〈つまらない子ね〉言いながらも、デスの口調は優しい。

物見台からおりて、弧を描いた海岸沿いに散らばる、漁具の山や網やボートなどのあいだを忍びやかに歩いていく。ボートのほとんどは、錨をおろした大型船に乗員を運んだり、風のない日に湾内で漁をしたりするためのもので、引き潮のときに砂浜から押しだすには、少なくとも屈強な男ふたりの力が必要だ。波打ち際のブイには、少人数で動かせる一本マスト船が五隻ほど繋留されている。あれなら不可能ではないかもしれない。ペンがこれまでセドニアの海で乗ったもっとも小さな船の乗員は三人だった。あのずっしりと重い帆を彼ひとりであげることができるだろうか。手を貸してくれるのは痩せっぽちの少女ふたり。だがもしかすると、帆をあげるためのクランクのようなものがあるかもしれない。

コルヴァ姉妹は泳げるだろうか。ほとんどの人は泳げないし、驚いたことに、多くの船乗りも同じだ。ひっぱって泳ぐにしても、姉妹はあまり浮きやすそうには見えない。それでもいざとなれば、きっとなんとかなる。

湾内の水がぱしゃりと音をたてて、ペンを驚かせた。〈視覚〉と暗視能力の両方で目を凝らす。揺れ動く暗い水面で、サテンのようなかすかなきらめきが踊っている。

〈ああ、海豚《いるか》です〉
四、五頭の群が魚を追いながらぐるぐるまわっている。
幾種類かの獣には効力をもつものの、巫師《ふし》の力は海豚にも使えるだろうか。それとも、巫師の魔法の代価として水中で流した血が、鮫《さめ》を呼び寄せるだけだろうか……。巫師の魔法は鮫にも効くだろうか。苦労のすえに効果がないとわかったときは、取り返しのつかない結果になってしまう。

海豚の体表はすべりやすい。あれにかじりつくのはペンにとっても難しいし、たぶん姉妹には無理だろう。では、一頭の、もしくは数頭の海豚にボートをひっぱってもらうのはどうだろう。どうすればそのためのハーネスがつくれるだろう。海豚にとって心地よく、着脱も簡単な、詰め物をした輪か軛《くびき》のようなもの……？

〈ペン、ほんとうにあなたときたら〉うんざりしたような口調だった。

ペンはしぶしぶ、海豚の群にひかれてヴィルノックにもどるというなんとも魅惑的な光景を、心の隅に押しやった。あとでゆっくり実験してみよう。そう、鼠を眠らせる方法とともに。それとも、何か火急の事態に陥ったときに、だろうか。

〈火急の事態なんか起こりそうにありませんねえ。それよりも忘れないで。盗む船をさがしているんじゃなかったかしら〉

ペンはすわりこんで検討した。いちばん小さなあそこの三隻は、不定期な仕事で出入りしている船だが、どれも昼用で、夜のあいだはいつもここに停めてあるようだ。いずれにしても、どこかに彼のための船があるはずだ。

ゴディノがもっとよい援助方法を提供してくれるかどうか、もう一日だけ待ってみよう。何もなければ、明日の夜、一か八か非情の海にのりだそう……。三人で。ペンは顔をしかめて立ちあがり、すべるような足どりで神殿にもどった。

翌日の午後、空は雲におおわれ、風が強い。ペンは梯子を見つけて屋上にあがり、高窓の下の蛇腹《じゃばら》突起をたどって柱廊の上まで行き、腹這いになって周囲を見まわした。この高さからだと視界がひろく、町も港もよく見える。小型船が繋留場所にむかっていそいでいる。半日の漁獲を陸揚げしようと、男たちがボートを漕いで岸にむかう。灰色の波の先端が風にあおられて白く染まり、泡を散らしている。

いいだろう。どれほどペンが好もうと、〝完全な凪〟も脱出にはむいていない。それでもこれはやりすぎではないか。ペンは歯の隙間から風のような音をたてて息を吐き、隠れ場所たる部屋にもどった。

数少ない神殿の使用人にも、姿を見られないよう気をつけなくてはならない。ゴディノの説明によると、下男、厨房の下働き、そしてゴディノが神官役を務めるときに祭司の仕事をする島の少年だ——もちろんゴディノと同じくそのための教育を受けているわけではないが、立派に役目を果たしているという。儀式の前後には近所の女たちが交替でやってきて、掃除をし、祭壇の花や飾りの世話をしてくれる。儀式のあいだ、ペンと姉妹は声を落とし静かにしていなくてはならない。

その夜、強風がたたきつけてくる雨で窓格子がかたかたと音をたてた。ペンはウィールド語で悪態をついて寝返りをうち、ふたたび眠りにはいった。


翌日、それまでの忍耐が報われた。ゴディノがやってきて、仕事を引き受けてくれる船長が見つかったと報告したのだ。

「信用できる人で、秘密を守ってくれるのですね」ペンリックは念を押した。

ゴディノは肩をすくめた。

「おれはジャトーを信用してます。んでもってやつは、自分の船の連中なら大丈夫だって保証してます」

「ヴィルノックについたら、冒した危険に見合うだけの報酬を支払うことも伝えてくれましたか」

うまくいけばゴディノにも何かを送るつもりでいる。

「もちろんでさ。慈善事業をするような連中じゃねえです。だけど、強いものに堂々反抗することもできねえ。だから、危険がせまったら報酬の約束も役に立ちません。そいつを忘れんようにしてくだせえ」

もっともなことだ。ペンは抗議しなかった。

「いつ出発できますか」

「明日の午後の潮で」

「昼日中にですか」ペンは顔をしかめた。

「いちばん忙しい時間帯でさ。夜中にこっそり出るより、怪しまれねえです」

「ああ、そうかもしれませんね」

ゴディノの選択がどれほど不安に感じられようと、地元の知識をまったくもたないペンが闇雲に船をさがすよりはましに決まっている。

「わたしが魔術師であることは話していないのでしょうね」

「話してたら、やつは絶対こんな依頼を受けねえです」

「なんと言ったのですか」

「誰にも知られないようにヴィルノックに行きたがってる人がいるって」

「逃亡した捕虜だとは言っていないのですね」

「へえ。そっちもおんなじ理由で話してねえです。でも、あいつのこった、なんか嗅ぎつけてるかもしんねえです。もちろんやつだって、〝知らなかった〟でギルドの報復を逃れられるなんてこた考えてやしねえでしょう。もしそんなふうに思ってるんだったら、学師さまはおれたちよりよっぽどお気楽だってことになりますさあね」

ゴディノは昼食をおいて、便器をとりかえた。それにしてもこの男は、いったいどうやって、面倒な来客をほかの神殿使用人たちから隠しているのだろう。海賊が三人をつかまえにこないのだから——そう簡単につかまりはしないが——たぶんうまくやっているのだとは思う。だがその事実は、神殿の人々がじつに誠実であることを意味しているのか、何も知らないことを意味しているのか、どちらだろう。

〈知らないほうに一票いれますね〉とデス。〈知らなければ、裏切ろうという気も起こりませんよ〉

「ブラザー・ゴディノ、なんて言ってたの？」彼が出ていってドアが閉まると、レンシアがたずねた。

「船のことでしょ、ちがう？」セウカが緊張して姿勢を正す。「あたしたちが乗る船、見つけてくれたの？」

「そうです、それに船長も」ペンは答えた。「わたしは一昨日の夜、一隻盗もうかと考えたのですが、このほうが安全ですし、大きい船に乗れます」舵取りも素人ではない。「それに、貧しい正直な漁師から生活の糧を奪わずにすみます。ランティエラに正直な人間はあまりいないようですけれど」

このふたりにも武器をもたせるべきだろうか。だが彼女たちに使える大きさの短剣では、戦斧にはまったく歯が立たない。まあそれは訓練した者の手にあっても同じだ。ふたりが無事でいられるのは売り物として価値があるあいだだけで、その値も高いものではない。海賊どものほうでも、腹が立てば、頭を悩ませるまでもないと、すぐさま殺害におよぶだろう。海賊は弱い敵を好む。それでも……

「ゴディノに頼んで、きみたちもベルトナイフをもちますか」

「うん！」セウカが即答する。

「あなたはもってないよね」レンシアがより冷静な視線をペンにむけてたずねた。

「最初の日にとりあげられました。いつも鵞筆を削るのに使っていたものなのですが」

「ナイフ、何もないよりはましかな」レンシアもしぶしぶ認めた。

ペンにもけっして確信があるわけではない。それでも、ナイフがあれば安心できるし、いざという瞬間にパニックを起こす確率がほんのわずかでも低くなる。

「では頼んでみましょう」

フラットブレッドと山羊のチーズをわけながら、ペンはなおも声に出して思考をつづけた。

「荷造りは簡単にすみますね。水も大丈夫ですけれど、水をつくっているところを乗員に見られないよう注意しなくてはなりません。ゴディノに頼んで、航海のあいだの食料を少し用意してもらいましょう。長い航海ではありませんけれども」海賊にとらわれて以後、あまりにも強烈なためあえて抑えこんでいた希望がふたたびふくれあがり、心臓がきりきり痛む。「三日のうちに家に帰れます」

ヴィルノックに住みはじめてまだ一年しかたっていないのだから、厳密にいって町が恋しいわけではない。恋しいのはこぢんまりとしたわが家——というか、そこの住人だ。ニキス。彼女の母のイドレネ。そう、彼女の兄アデリスですら恋しい。自分が彼らを家族と見なしているのかどうか、彼らがペンを家族に加えてくれているのかどうか、はっきりとはわからない。どちらにしても彼らは思いがけず、さすらう船のような彼の人生において、新たな錨となってくれている。

姉妹がふたたび不安そうに見つめている。そう、ヴィルノックは彼女たちの〝家〟ではない。故郷を離れた姉妹にとっては、これもまた未知の通過点でしかないのだ。知らない大人たちが、知らない場所で、勝手に彼女たちの人生を決めていく。奴隷にされるよりはましかもしれないけれど、それでも彼女たちに選択権は与えられない。

姉妹にも同じ希望をわかちもってほしい。ペンはわが家のこと、並木のある裏庭のこと、本のあふれる静かな書斎のこと、そしてニキスとイドレネのことを話しはじめた。ニキスがセウカと同じ年頃の公女の世話係をしていると聞いて、姉妹の質問はすぐさま高貴なる大公家に移っていった。先日聞いた不思議なお伽話であるかのように、うっとりとペンの話に魅了されている。ペンも子供のころ、はるかな遠い国における勇敢な貴族の冒険物語を読んで、同じような心地になったものだ。もっともそうした驚嘆は、つづけざまに三つの宮廷に仕えたことですっかり消え失せてしまったけれども。だがいま、いそいで姉妹をがっかりさせることもない。

翌日の正午すぎ、ゴディノは使用人たちを使いに出し、ペンと姉妹を厩舎脇の出入口へと案内した。彼の友人――であることを祈ろう――ジャトーが、門柱にもたれ、たくましい腕を組んで、サンダルを土にこすりつけていた。赤煉瓦色に日焼けした肌も、黒い髪と短く刈りこんだ髭も、セドニアに祖をもつことを示している。袖のないシャツにふくらはぎ丈のズボン、サッシユとベルトとナイフという、ごくあたりまえの船乗りの、ごくあたりまえの格好だ。彼らに気づき、男が顔をあげて眉をひそめた。

ペンはできるだけ目立たないようにと、うなじで髪をまとめ、さらに薄汚れた古い麦藁帽をかぶってその色を隠し、背をかがめていた。着ているものは、何に使われるものなのか知らないが、この地でよく見られるくすんだ緑の服だ。ゴディノが提供した古着を前にいろいろ検討を重ねた結果、姉妹には少年の身形をさせることにした。レンシアの黒い巻き毛はやっと編めるくらいの長さだし、セウカの赤毛は無理やり押さえつけなくてはならないほどからまっている。どちらもまさしく、誰もふり返って見ようなどとしない町の浮浪児だ。脱走したロディの祐筆とふたりの姪の面影はほとんどない。

ジャトーが三人をじろじろとながめて言った。

「ヴィルノックだったな、え?」

ペンは帽子の縁に手を触れた。

「できれば。無事むこうについたら、できるだけはやく報酬を支払います」

「ふむ」

ジャトーはそれ以上何も言わずに門柱から身を起こし、ついてくるよう合図をよこした。ゴディノが大きく安堵の吐息をついて門を閉ざした。ジャトーが見ている前で、神官学師として正式な感謝の祝福を送るわけにはいかない。ペンは神々が気づいてくださることを祈って、軽く指をはじいた。

姉妹はペンの手を握ろうと腕をのばしかけたが、そこで思いとどまって、新たにもらった古いベルトナイフの脇でいかにも少年らしくこぶしを握り、彼の両脇を大股に歩きはじめた。ペンはそれでいいと姉妹に会釈を送り、同じく沈黙を守ったまま、ジャトーについて曲がりくねった街路にはいった。この島を離れるときが待ち遠しくてたまらないものの、必要以上に歩幅をひろげることはしない。

〈これまで以上に気をつけなくてはなりません〉頭の中につぶやきが聞こえた。

ウメランだ。そう判断したのは、群島言葉を使っているからだけではない。

〈魔術師を殺すあの有名な方法は、いまも使われています。助けてやるとか、楽しませてやるとか、運んでやるとかいって船に乗せ、何マイルも沖に出てから海に放りこむのです。そして、魔が飛び移ってこないよう、魔術師が溺れ死ぬ前にその場を離れるのです。ロディでミラが亡くなって、わたしが契約から解放されると同時に魔に縛られたとき、同族の者たちはそうやってわたしを殺そうとしました〉遠い昔の裏切りを嘆く鋭い痛みが、身体をもたない彼女の声にいまもなお鳴り響いている。〈わたしもあのとき、家に帰れると思っていたのです〉

〈慎重に行動します〉ペンは約束した。

現実問題として、経験豊富な魔術師を殺すには騙して不意打ちするしかない。だが少なくともジャトーは彼を見てたじろぎはしなかったし、そうした企みを抱いているような緊張もない。正体不明の客を乗せるときに当然見せるだろう用心深さがあるだけだ。

この時間にすれちがう者といえば、市場に行く、もしくは市場から帰る女や召使か、水甕《みずがめ》を運ぶ者たちで、ちらりと見てこいつらは無害だと判断すると、それ以上の関心をむけてくることはない。ようやく路地を出ると、ふたつの桟橋の真ん中あたりだった。

砂地にひきあげられた重たげなボートの脇に、四人の男がいた。ぼんやりと漕ぎ座にもたれている者も、わずかな日陰にうずくまっている者もいる。ジャトーと背後につづく三人が近づいていくと、全員が立ちあがり、ひとりが手をふった。

足をとめ、ジャトーが乗員を見わたしてたずねた。

「あとのふたりはどこだ」

「すぐにくると思います」手をふった男が答えた。

典型的なランティの海の男たちだ。船長と同じような身形で、肌と髪の色はさまざま。その身体はたくましいというよりしなやかだが、ペンほど長身の者はいない。手をふった男が張りつめた顔で脇をむき、海岸沿いに遠く視線を飛ばした。この男、あまりにも緊張がすぎるのではないか。

ペンは彼の視線をたどり、心の中でウィールド語の悪態をついた。どうやら海に出て裏切りを待つまでもないようだ。

十二人の男がこちらにむかってくる。ふたりを除く全員が港湾警備のタバードをつけ、ばらばらな武器を手にしている。短剣や長剣のほかに、槍が二本、石弓が二丁に、短弓が二丁だ。さっき手をふったのが合図だったのだろうか。ジャトーがぎょっとして悪態をついたところを見ると、この成り行きは予想外だったのだろう。かたわらにいる四人のうちの三人にとっても、それは同じだ。

理屈は簡単だ。ジャトーに従えば、ヴィルノックについたときに報酬がもらえるかもしれない。だがいまここで彼を裏切れば、もっと確実に、なんの労力をはらう必要もなく、それが得られる。逃亡奴隷をとりもどしたことでギルドが支払ってくれる礼金に加えて、もし今回の事件でジャトーが失脚したら、報奨として彼の船だって手にはいるかもしれない。

「わたしのうしろにぴったり貼りついていなさい。どうやら厄介なことになりそうです」

恐怖に目を見ひらいた姉妹には、そんな指示も無用だった。

港湾警備員が一同を取り囲んだ。勝ち目がないと見ておとなしく降伏することを期待している。三人のうち忠実なふたりがジャトーの脇についた。残るひとりは両手をあげて背後にさがった。むっつりと成り行きを見守ることにしたようだ。

ひとつだけ明らかなことがある。ペンたち三人が逃亡捕虜であることは見抜かれているが、その彼が、〈秋の心〉号が脱出した夜に牢獄を荒しまわった魔術師であることには、まだ誰も気づいていない。気づいていたら、十二人ではなく二百人の海賊が動員されているはずだ。

警備隊長が一歩進みでた。

「降伏しろ、ジャトー」穏やかに忠告する。「おれたち全員を相手にすることはできん。それに、おまえのねぐらはわかっているんだからな」

ジャトーがたじろいだ。彼にも家族があるのだろうか。

庶子神の歯にかけて、こんなことはもううんざりだ。何もかもがうんざりで、家が恋しくて、そしてはらわたが煮えくり返っている。彼はデスに語りかけた。

〈それじゃ……そろそろはじめましょうか〉

心の奥で咽喉を慣らすような音が響く。雌ライオンも咽喉を鳴らすのだろうか。

〈鳴らしませんよ〉デスが面白そうに答える。〈でも、混沌の魔は咽喉を鳴らすかもしれませんね〉

無造作に四本の弓弦を切った。遠距離武器の処理は簡単に終わった。つぎに危険なのは槍とその持ち手だ。剣と短剣はそのつぎで、最後がこぶしとブーツになる。これだけの数の敵となれば効率的に行動しなくてはならない。小洒落《こじゃれ》た魔法をふるっている余裕はない。これらの武器すべてを無効にする魔法はこっちの負担が大きすぎるし、そのあとに人間が残る。

〈でもそう長くはかかりません〉

座骨神経をさがし、近くの男から思いきりねじっていく。犠牲者は前進しようとしてはじめてそれに気づき、よろめき倒れ、驚きと苦痛の悲鳴をあげる。一分ほど精神を集中するだけで、十二人全員が片づいた。

すぐそばで驚きに息をのむ音が聞こえた。ふり返るとジャトーだった。黒目のまわりに白目がむきだしになっている。

「あの魔術師、あんただったのか！」

いまとなっては否定できない。

「ええ、でもあなたに危険はありません。さあ、いまなら逃げられます」

ペンはボートを押した。ぴくりとも動かない。

「わたしをいれて四人、それだけいれば船を出せます。いそいで！」

ジャトーはちゃんといそいだ。残った部下を引き連れ、いそいで反対方向に逃げていったのだ。

「臆病者、庶子神の小便を浴びるがいい！」ペンは虚《むな》しくその背中にさけんだ。

それからすばやくむきを変えて港内を見まわし、使えそうな小型船と、そこにたどりつくためのボートをさがした。この前の晩に目をつけた手頃そうな三隻は、持ち主がこの輝かしい航海日和を最大限に利用しているのだろう、漁か何かに出はらっていて、渡し舟だけが繋留場所で本船のもどりを待っている。ボートで行ける距離、泳いで行ける距離には一隻の船もない。おそらく海賊船だろう標準サイズの船が二隻、新たに到着して桟橋に錨をおろし、荷卸しの順番を待っている。

背後で息をのむ音が聞こえた。

「セウカ！」

レンシアの悲鳴に、ペンはぱっとふり返った。

ひとりだけ見落としていた。最初に降伏したあの船乗りが、何を考えたのか、セウカを抱きあげて町にむかって走りだしたのだ。報奨を得ようというのか。彼女をギルドにさしだして、失態を見逃してもらおうというのか。少女を邪悪な魔術師から助けようとしているのか。それはわからない。だがあのくそ野郎は、手足をばたつかせて暴れるセウカを抱えながらも、じつに足がはやい。

さらにまずいことに、レンシアまでもがそのあとを追って駆けだしている。

「レンシア、もどりなさい！」

さけんだが、当然のように無視された。

「くたばりやがれ！」

歯ぎしりをしながら、麦藁帽を吹き飛ばして走った。

人攫いは、もしくは救助者は、浜辺のごたごたをかわしながら進んでいく。やっとレンシアに追いついた。少女はゆがんだ顔に断固たる決意を浮かべ、懸命に足を動かして、とまろうとしない。体内の破壊はじつに効果的だが微妙な技で、動いている目標にあてることは困難だ。いまも例外ではない。ペンは怒り狂っているが、死をもたらしてデスを失う危険を冒すほどの怒りにとらわれているわけではない。

またそんな必要もなかった。牢獄脇の税関小屋に近い倉庫を通りすぎようとしたとき、セウカの手がようやくベルトナイフに届いて引き抜き、捕獲者に突き立てたのだ。男は痛みよりもむしろ驚きの怒声をあげ、反射的にセウカを放りだした。少女は水漆喰の壁にたたきつけられ、そのままずべり落ちた。男はふたたび彼女をとらえようと手をのばしかけたが、肩ごしにふり返って怒り狂ったペンがせまっていることに気づくと、恐怖にかられたのか、戦利品を諦めて走り去った。

ペンはそのまま男を見逃し、あえぎながらセウカのそばで足をとめた。少女はすわりこんでふるえている。だが泣いてはいない。

「大丈夫ですか」

「うん」セウカは鼻をすすった。肩で息をしている。

ありがたいことに、少なくとも骨は折れていない。あとで痣が浮かんでくるだろうけれども。

レンシアが追いついてきた。やはり息を切らしてはいるものの、泣いてはいない。少なくとも、紅潮した頬に残る筋を涙の跡と認めはしないだろう。

「セウカ、この馬鹿！　なんだってつかまったりしたのよ！」

「つかまったんじゃないもん。あいつがあたしをつかまえたんだもん！」

ペンはふり返って浜辺のようすを確認した。残念ながら大騒ぎになっている。ジャトーのボートのそばにそのまま放りだしてきた男たちが、ひと塊になってうめきをあげている。彼らに駆け寄ろうとする連中がいるかと思うと、そこから遠ざかろうとする者もいる。まもなく追手がかかるだろう。こんどはもう、たったあれだけの人数で彼をつかまえようなどという間違いはくり返さない。

何かほかに頭がいっぱいになることを与えてやらなくては。

〈デス、この倉庫の中はどうなっていますか〉

〈ぎっしりですね。布の束、衣類の山、家具、ありとあらゆる種類の盗品です。床は漆喰だけれど、屋根は木ですよ〉辛辣な笑みのイメージ。〈と、っ、て、も乾燥していますね〉

〈やっちゃってください〉

〈了解、ペンリック。いい子だこと〉

片手を壁について体重をかけ、もっとも下向きの魔法が体内につくりだすさざ波のような熱に耐える。そう、ほんとうに下向きの、ごくごく簡単な魔法だ。

〈これでいい。あとは白の神の炎にまかせましょう〉

冷えきっていた神殿の台座にかわる供物だ。

〈そうね。デザートのために余裕を残しておかなくてはいけないものね、若さま〉

ペンの顔に笑みが浮かんだ。デスがペンに対して貴族だった昔の敬称を使うのは、彼の言動がすばらしく気に入ったときなのだ。

「さあ、立ってください」セウカに手をさしのべた。

少女はすぐさま立ちあがった。ほんとうに細くて軽い。攫おうとした男がすごいスピードで走れたのも無理はない。

「ついてきなさい。この建物の裏にまわりましょう」

とりあえず、海岸から見えないところに行こう。それでも、彼らがどこにむかって走っていったか目撃した者は何人もいる。

倉庫の町側をすべるように進んでいく。鍵をかけた二重扉の前に出たので、通りしなに足で蹴ってあけてやった。いずれ火の手があがる竈《かまど》のために、通気をよくしておいたほうがいい。

つぎの角で足をとめた。隣の建物、税関小屋から、ジャトーのボートのまわりで起こっている騒ぎを調べようと、何人かの男がとびだしてきたのだ。姉妹を連れて細長い建物の裏側にまわりながら、板に手をすべらせた。一枚一枚たどっていくたびに、かつてルチア学師が「魔術的摩擦」と名づけたかすかな熱の逆流が感じられる。ほんとうによく乾燥している。

そのつぎの建物は牢獄だ。六人ほどの見張りが屋上に集まり、手をかざして、やはり海岸のほうをながめている。効率よくいこう。〝すばやい行動〟を長くつづけることはできないが、あとひと踏ん張りくらいはできる。

まもなく炎をあげる建物のそばに姉妹をおいておくわけにはいかない。はぐれないよう姉妹の手をとり、牢獄の角に連れていってしゃがませ、くちびるに指をあてて沈黙を命じた。そして裏口にまわった。いまはふたりの見張りが立っている。石壁にもたれてはいるが、警戒をゆるめてはいない。ペンは武器をもたない両手をひろげ、微笑を浮かべて近づいていった。見張りが身を起こし、短剣に手をのばしてペンをにらみつける。反応を起こす前の一瞬の静止。それだけで充分だった。

舌の神経、座骨神経、腋窩神経、くいっ、くいっ、くいっ。ふたりは地面に崩れ落ち、息をつまらせてのたくった。ペンはふたりを避けて段をおり、閂をあげて錠前をはずした。薄暗い中央通路をすばやく駆け抜けてすべての鍵をあけ、いちばん大きな部屋に首をつっこむ。こうした商売に終わりはない。いつぞやの夜と同じく、この部屋はいまも不幸な男たちでいっぱいだった。ペンはアドリア語で呼びかけた。

「裏口があいています。それをどうするかは、みなさんしだいです」

いそいで外に出ると、姉妹が立ちあがり、驚きかつ魅せられたように、倒れた守衛を見おろしていた。

「あれ、魔法の呪文なの？」レンシアがたずねた。

「いいえ。厳密にはちがいます。〝呪文〟というのは、巫師の説得か呪のようなもののことだと思います」

　不信をこめてふたりの眉が寄せられる。

「興味があるなら、家に帰ったときにその区別について教えてあげます。でもまず家に帰らなくはなりません。こっちです」

　そのまま牢獄から遠ざかった。ふり返らずとも、しわがれた声がいくつか裏口にたどりついたのがわかる。恐怖と驚愕をこめて、どんどん声が大きくなる。脱走を試みる最中に生命を落とす者も出るかもしれない。それでも……ペン自身が手をくだしたわけではない。

〈すべての人を救うことはできませんよ、ペン〉デスが慰める。

〈ええ。それはもう、マーテンズブリッジでいやというほど学びました。忘れられるわけがありません〉

　熱がこもって紅潮し、首と背中に汗が流れる。つぎの建物はさびれた宿屋だった。裏口でさぼっていたふたりの使用人は、足早に通りすぎていくペンと姉妹に目をむけたが、邪魔をしようとはしなかった。ふたりの注意はむしろ、ぞろぞろと牢獄から流れだしてくる男たちにむけられていた。ふたりは気をつけろとさけびながらあわてて宿の中に駆けもどり、扉に閂をかけた。ペンは姉妹を連れてその薄汚い建物の反対側にまわった。そこから、改めて港のようすを見ることができた。

いつぞやのぼった起重機が、たぶん雄牛の群にひいてもらったのだろう、桟橋まで移動して、一隻の船の荷積みだか荷卸しだかをしている。沖仲仕たちが仕事を放りだし、岸の倉庫と税関小屋を指さしてさけびはじめた。ふたつの建物から濃い灰色の煙がたちのぼっている。穏やかな潮風に、ひりひりするような刺激臭がまじる。ほとんどの沖仲仕が桟橋を離れ、火にむかって駆けだした。そのうちに、海から現場までバケツリレーが結成されるだろう。どちらの建物も焼失は避けられないが、もちろんそれをふせごうと試みるのは大歓迎だ。

彼の足はまだ、このくそ忌ま忌ましい島の土を踏んでいる。

〈帆船。小型船。ボート。筏《いかだ》でも樽でも、なんでもいい〉

桟橋のむこう、港の奥のほうに、ファルンのガレー船がいまも停泊している。これまでのところ、解放した捕虜から受ける感謝という点において、ペンはあまり幸運に恵まれていない。だが、あのような船の船倉に鎖でつながれていれば、心を決めるのも容易なのではないか。奴隷のままラスナッタまで船を漕いでいくか、ヴィルノックに行って自由になるかの選択肢なら。それほど懸命に説得しなくても……。あの船までなら泳いでいける。しかし――

「ボートは一艘も見当たりませんか」細くした目であたりをうかがいながら姉妹にたずねた。

レンシアが爪先立って答えた。

「あそこ！　桟橋の下、陰になってるとこ」

「ああ、ほんとうに。いまからあれはわたしたちのボートです。きなさい！」
恐怖と興奮がぶつかりあう中で、興奮が勝利をおさめたようだった。姉妹は少しばかり箍《たが》のはずれた笑い声をあげながら、無我夢中で彼に従った。桟橋をすべりおり、その根元の陰になった石を不器用によじのぼる。もやい綱は、岩にうちこまれた錆びた鉄輪にくくりつけられている。ペンはためらうことなく、茶色い泡が浮かぶ濁った水に足を踏み入れた。彼の基準からすれば冷たくはないものの——連州ではほんとうに冷たい水を馬橇《ばそり》で渡っていくのだ——それでも体温よりは低い。おかげで血に宿る危険な熱が冷めていった。ついでとばかりに頭まで水に浸かってから、姉妹がころがりこめる距離までボートを押していった。

　座席の下にオールがあった。これは驚きだ。とうぜんオールなどなく、自分でロープをつかみ、以前想像した海豚のように、ボートをひいて泳がなくてはならないと考えていたのだ。ただし、それではあまり速度がでない。ロープをほどいて足を投げこみ、身体を押しあげるように中にはいると、ペンは息を切らしたまま、湿った船底にしばらく身を横たえた。

　姉妹は以前にもボートに乗ったことがあるようだった——そう、ラスペイは港町だ。ふたりは懸命に重いオールをひきだし、どちらも海に落とすことなく、ピンをロックにとめてみせた。そしてペンに目をむけた。

「どこ行くの？」レンシアがたずねた。「ヴィルノックまでは漕いでけないよ」

「ええ、残念ですけれど。あのガレー船まで行きます」ペンは船を示した。「よかったら、きみたちで漕いでください」

「やったあ！」セウカが満面の笑みを浮かべる。

　ふたりはすばやく座席にならんですわり、一本ずつオールを握ると、みごとに呼吸をあわせて漕ぎはじめた。すぐ横に停泊した船の、木壁のようにそびえる船殻の脇をゆっくりと進んでいく。

　誰かが舷墻《げんしょう》から上半身をのりだしている。その人影がさけんだ。

「おーい！　何をやってるんだ」

　よい質問だ。ペン自身もその答えを知りたいと思う。ずるずると這い進んで座席にあごをのせ、通りすぎていく船殻をじっと見つめた。漕ぎ進みながら、喫水線のすぐ下で、何ヤードにもわたって二本の腐敗線をひいていく。もはや手慣れた仕事だ。いまの彼はなんだってやってのける。だがいま沈めようとしているのは、海賊船だろうか、戦利品だろうか、それともまともな交易船だろうか。そんなことも、いまはどうでもいい。

　デスはくすくす笑っている。姉妹と同じくらい危険な興奮にとらわれているが、彼女はボートを漕いでその危うげなエネルギーを発散させることもできない。

　陽光のもとに出て視界がひろがった。ペンは仰向けになって、港のむこう端に停泊する船の索具を調べた。かろうじて力の届くぎりぎりの距離だ。支索を切り、巻きあげた帆にふたつばかり火を放った。

「庶子神の祝福の、汝らすべてにあらんことを」つぶやいて親指を嚙む。

　レンシアが彼に用心深い視線を投げてよこした。セウカはくちびるを嚙んで一心にオールを操っている。

さて、つぎはどうしようか。ファルンの乗員はたぶん、ほとんどが陸上でお楽しみの最中だろう。それでも食事の支度をしている者がいるだろうし、鎖につながれているとはいえ、捕虜の見張りも必要だ。見張りの扱いは熟練の域に達しているが、だからといって不注意になってはいけない。ペンもまた興奮していて、疲れていて、不安にさいなまれていて、血管には赤い怒りが危ういほど燃え盛っている。だが、そうしたものにとらわれてはならない。まっすぐに身体を起こし、ガレー船をにらみつけた。

「左舷にさがっている網をのぼっていこうと思います。そこにつけてください」

錨をおろしているまたべつの船のすぐそばを通りすぎた。なめらかな船体や、速度の出る大きな帆を掲げられる三本マストから判断するに、金持ちの海賊船だろう。何人かの乗員が陸側の手すりに集まって、細くたちのぼる炎に目を瞠り、指さしている。明るい昼の光の中では、炎も奇妙なオレンジ色に透きとおり、その上の空気はきらきらと揺らめいている。ペンは手際よく、力のおよぶ範囲にあるすべての支索を切り、落ちてくる索具に火をつけた。悲鳴がやがて絶叫に変わった。

ああ、目当てのガレー船にも乗員はいたようだ。彼らもまた右舷に集まって、不可解な災厄の進行をながめている。とうとう桟橋からも煙があがりはじめた。ペンが細工をした船殻が、ごくごくゆっくりとながら、はっきりと傾きつつある。

そうしたショーがくりひろげられている中を、ふたりの少年とひとりの男を乗せた小さなボートは、まるで注目を浴びることなくのろのろと進んでいった。

「これ、ファルン船長の奴隷船だよね？」陸とは反対側の陰にすべりこみながら、レンシアが心配そうにたずねた。

「そうです」

ペンは答えて、盗んだサンダルを脱ぎ捨てた。濡れて擦り切れてすべりやすくなっている。もう役に立たない。そして身体を起こし、網に手をのばそうとした。

「危なくない？」

「まあ、危険でしょうね」ため息をつく。「でも、それにも慣れてしまったようです」

ずらりとならんだオールのさらに上をながめ、ふたたび姉妹に視線をもどす。

「何ペースか離れたところで待機していてください。もしやつらが襲いかかってきそうになったら、いつでも逃げられるように用意をして」

ふたりは顔を見あわせた。

「逃げるって、あなた抜きで？」セウカがおずおずとたずねる。

「必要とあらば」

レンシアが小首をかしげ、十歳の少女にしては驚くほど冷静な声でたずねた。

「で、どこに行けばいいの？」

ペンは大騒ぎの港を見わたした。

「わたしは……もどってきます」

「うん、そうして」セウカが断固たる声で主張する。

ペンは粗いロープの網に跳び移り、肩ごしに微笑を投げた。

「わたしはどうやら悪い魔術師のようですね」

「悪くったって、あたしたちの魔術師よ」レンシアが言い返す。

「ああ」

ペンは一瞬、そのままぼんやりとぶらさがっていた。いまの言葉が骨に染みわたっていく。

不思議と気分がよくなった。

「ええ、きっとそうなのでしょう」

セウカがきっぱりとうなずいた。

「だから、やっつけられたりしちゃ駄目なんだからね」

「できるかぎりがんばります」そこでためらい、言い換えた。「三人でがんばりましょう」

どんな状況にとびこんでいくことになろうとも、彼はひとりではない。親指でくちびるをはじき、爪先で足場をさぐって、舷側をのぼっていった。

〈言ったはずですよ、わたしはこの子たちが気に入ったって〉デスは得意気だ。

〈正しい判断でした〉

甲板にあがる前に動きをとめた。

〈視覚をください〉

いま近くには誰もいない。だが、離れたところからこちらを見ている人間がいないとはかぎらない。音もなく手すりを乗り越え、裸足のままうずくまって状況を観察した。

メインマストの前後、船首側と船尾側にひとつずつ、背の低い小屋というか船室がある。ペンはいま、その片方と手すりのあいだの通路のようなところにいる。このガレー船は旧式の横帆艤装だが、あとから追加されたのだろう、船首のほうにジブスルのための小マストが立っている。どこかに船倉におりるハッチがあるはずだ……ああ、あそこだ。船室の脇を抜けて、甲板にあいた薄暗い四角に近づき、いかにも危険そうな階段とも梯子ともつかないものをすべりおりる。

天井は低く、あやうく頭皮を擦りむきそうになった。あちこちにハンモックがさがっているところを見ると、ここは積荷と乗員のための区画なのだろう。さらにくだる。ここは漕ぎ手のフロアだ。舷窓から射しこむ楕円形の陽光が、ずらりとならんだベンチと床に光の斑点をつくり、低い天井では波の反射が踊っている。驚くほど悪臭はない。さらにくだると、真の闇に包まれた。考える間もなく暗視能力が働いて、周囲のようすを知らせる。ああ、ここだ。ファルンの財源となる人間積荷を収容する船倉。船殻の柱にずらりととりつけられた鉄の足枷を見ればわかる。

だが捕虜はいない。ファルンはまだ荷を積みこんではいないのだ。

〈庶子神に呪われてあれ！　こんな忌まわしい船は、この前の晩に沈めておけばよかった！〉

ペンは膝をつき、とても祈禱とはいえない祈禱を捧げた。

〈庶子神よ。今日というこの日をあなたに捧げます。きっと楽しんでおいでなのでしょう。嘉《よみ》

したもうならば、この唾棄すべき一週間のすべてを……〉

外のボートで首を長くして彼の帰りを待っている姉妹はべつだ。神からの贈り物たるあのふたりを手放すつもりはない。となれば、怒りと絶望に屈し、とんでもなく危険な二歳児のように甲板をどんどん踏み鳴らすという選択はない。

〈それがいいですね〉デスがつぶやいた。〈その昔、母親だったわたしたちですもの。わかっているでしょうけれど、そんな癇癪《かんしやく》玉をどう扱えばいいかくらい、ちゃんと心得ていますよ〉

〈どちらかといえば知りたくありません〉

ペンはため息をついて立ちあがり、階段梯子をのぼった。スカウトできそうな船乗りの捕虜はいない。ペンひとりで操るにはこの船は大きすぎる。さて、つぎにどうすればいいのだろう。

〈また海豚とかいう空想にふけりはじめるなら、お尻ペンペンですよ〉

このような状況にもかかわらず、ペンのくちびるがゆがんで微笑をつくった。

〈どうしてですか。すてきなアイデアだと思うんですけれど……〉

光の中に出たところで、ペンはみずからの問いに対する答えを知った。ファルン船長が、船尾の船室から出てきて足をとめ、ぎょっとしたように彼を見つめていたのだ。

「きさま！」

ペンは、海水に濡れたため粘ついて痒《かゆ》くなった頭皮を掻いて、愛想よく上級ロクナル語で話しかけた。ほどよい侮蔑として、〝学者より使用人に対する〟文法を使う。

「わかっているでしょうが、わたしはどうしようもなく腹立たしい一日を過ごしています。そこにあなたまで加わるとなると」

もちろん、ファルンは聞いていなかった。こういうときに話を聞いてくれる人間はめったにいない。ファルンは船室に駆けもどると、壁架にかかった船刀《カトラス》をとってむきなおり、ペンにつきつけた。

腋窩で複雑にからまりあった神経の塊を真っ二つに切り裂く。ファルンの腕がだらりと垂れさがり、ふいに力を失った指から船刀《カトラス》が音をたてて床に落ちる。

「なんだ……？」

ファルンはよろめいている。肩からぶらさがるずっしりと重い腕のせいで、バランスがとれなくなったのだ。だがなぜか痛みはない。

この男はもう二度と、剣をもちあげることはできない。スプーン一本ですら。

「おわかりと思いますが、わたしはあなたの目にも同じことができます」ペンは告げた。「その行為も、神学的に禁じられてはいません」

洒脱な風体のファルンは、捕虜の奴隷を無理やり支配したり、その任にあたる海賊どもを厳重に管理したりはしなかった。親切心か、単なる怠慢かはわからない。その彼が、いまはわめきながらかがみこんで、無事なほうの手で船刀《カトラス》をつかもうとしている。ペンは踊るような足どりであとずさり、切りあげてくる一撃をかわした。同時に、ファルンの座骨神経にたっぷりと痛烈な一撃を送りこむ。ファルンは倒れ、そのまま起きあがらなかった。

騒ぎを聞きつけて、手すりで火事見物をしていた連中がこっちに関心を寄せはじめた。召使か奴隷かはわからないものの、船室からも誰かが出てくる。そのすべてを倒すことになってしまった。運のいいことに、いま船内に残っているのは六人だけで、しかもこの状況に当惑している。ペンはそのわずかな優位を最大限に利用した。

釣られた魚のようにばたばたしている人の群を見わたした。全員を海に放りこんで、騙された魔術師のように溺死させることだってできる。そう、できるだろう。少なくとも物理的には。神学的にはきわどい行為で、そうした殺人は、まだ期が熟していない魂を神々のもとにいそがせることになる。

ペンは思いとどまってうめく身体をまたぎこし、メインマストに近づいて上を見あげた。手がかり足がかりとなるペグが、てっぺんの見張り台までつづいている。デスがべそをかくような声をあげた。

〈大丈夫。この船はほとんど揺れていません。それくらい我慢してください、いい子だから〉

手をのばし、のぼっていった。半分まできたあたりで腕がふるえはじめ、自分がどれほど疲れているかが改めて自覚された。デスはさらに泣き言をならべたが、どうにか落ちることなくむきだしの見張り台までたどりつき、マストに脚を巻きつけてしがみついた。

最初にボートのコルヴァ姉妹を確認した。あそこだ。ガレー船の陰で波に揺れている。手をふった。姉妹もふり返してくれた。仰向いた顔に、当惑と同時に安堵が浮かんでいる。

つづいてむきを変え、陸のほうをうかがった。

〈あらあら〉とデス。

余人ならば驚きの声と思うかもしれないが、ペンにはしてやったりというニュアンスが聞こえる。

三本の黒い煙が――一本は倉庫から、一本は税関小屋から、そしてもう一本は桟橋から、渦を巻いてたちのぼり、上空でまじりあっていた。いまや、停泊している船二隻と桟橋までもが炎をあげているのだ。一隻などは、上からおりてくる火と下からあがってくる水に攻められて、悪戦苦闘している。水が勝つか火が勝つかはわからないものの、その船が失われることだけは間違いない。人々は大声をあげたりバケツを運んだりしながら走りまわるのをやめ、数人ずつ固まって立ちつくし、陰気な驚愕をこめてただながめているばかりだ。

すぐそばの金持ちの海賊船もまた、ありがたいことに不幸に見舞われていた――逆の見方をするならば、じつに順調にことが進行している。うっとりするほどすてきだ。楽しそうな鼻歌から察するに、デスも同じ気持ちなのだろう。崩壊した索具から甲板へ、さらに下へと火がひろがっていく。乗員はすでに船を諦め、揺れ動くボートに群がったり、船から落ちてきた板や材木につかまって泳いだりしている。

ペンはみずから手をくだした混沌の跡をながめわたした。

〈ランティにもどっても歓迎されませんよね〉

〈もちろんですよ、とんでもない〉とデス。

〈いいです。どっちにしても、あの町は嫌いです〉

ペンは息を吐いて港を見まわした。何か、なんでもいいけれど、浮かんでいて、帆をもっていて、鯨より小さなものはないだろうか。そこまで行くためのボートはある。これだけの努力をはらったのだ、それくらいの成果はあってもいいだろう。これだけ走りまわっておきながら、結局は袋小路にはいりこんでしまっただけなのだろうか。

港の入口あたりで光がきらめき、色がひらめいた。ペンは陸のすばらしいショーから視線をはずし、目を細くしてふり返った。

ガレー船だ。さっき目がとらえた色は、巻きあげられつつある帆で、光は、町にむかってむきを変えようと上下しているずらりとならんだ二段の濡れたオールだ。またロクナルの奴隷船だろうか。ちがう。それよりも細いし、はやい……

〈戦艦ですね〉デスが言った。

彼女は驚きあわてて背筋をんとのばすことができない。ペンはふたり分身体をのばし、手をかざして目を凝らした。

〈戦艦ですが……一隻ではありません……〉
一、二、三……六隻。その背後を埋めるように、七、九、十隻……。さらにそのあとから、一本マストのずんぐりした貨物船が二隻。海軍版兵站部隊だ。カルパガモがとうとう自領土たる島をとりもどしにきたのだろうか。それとも、同じことを考えたラスナッタの大公だろうか。この船団は最新のセドニア海軍様式に見えるが。
穏やかな午後のそよ風が吹いて、旗艦の旗がひろがった。

……オルバス大公艦隊の半分が、こんなところで、いったい何をしているのだ。

ああ、そうか。指揮官の紋章旗が目にはいった。丹精と愛情をこめて、ニキスが最愛の兄のために縫った旗だ。

アデリス・アリセイディア将軍。ルシリの災厄にして、自軍の誇りかつ恐怖。恐ろしいからこそ誇らしい。それが兵士の思考パターンだ。

ペンはすわりこんでぽっかりと口をあけたまま、威風堂々とランティ・ハーバーに進軍してくるオルバス艦隊を、茫然と、陶然と、見つめた。

つぎの瞬間、ペンは硬直から抜けだして、デスが悲鳴をあげるほどの速度でマストをすべりおりた。どかどかと甲板を走り、まだ立ちあがることができず、うめき悪態をついているいくつもの身体をとびこえ、手すりから身をのりだしてさけんだ。

「レンシア！　セウカ！　迎えにきてください！　大急ぎで！」

姉妹がびっくりしたようにボートを近づけてくる。ペンは網にぶらさがり、どさりととびおりた。ボートが揺れてわずかに沈んだ。

「わたしが漕ぎます」

「追いかけられてるの？」ファルンのガレー船を恐ろしそうに見あげながら、セウカがたずねる。

「ちがいます。義兄の船に行かなくてはならないのです」

「なあに？」レンシアが、せっつくペンに席を譲りながら聞き返した。「……お義兄さんがいるの？」

「そうです。しかもここにきているんです。事情はよくわかりませんが」

ペンがオールを握り、ボートはぐいぐいと進んだ。通りがけに、ファルンの船の喫水線の下にこぶし大の腐敗の染みをいくつか投げつける余裕しかなかったのが、ペンとしてはおおいに不満だった。

奴隷船の横を抜け、肩ごしにふり返って、旗艦の進路とまじわるコースを確認した。アデリスはペンよりもはるかに多くのオールをもっている。不公平なことだ。だがそれをいうならば、将軍の――いや、もしかするとこの遠征にあたって提督に任命されているかもしれない――船は、トン単位で考えなくてはならない。何トンもある船だ。すばらしい速度で移動し、そのブロンズの船嘴《せんし》は、ペンなどよりもはるかにすばやく敵の船殻を切り裂くことができる。

この船団は、ルシリ遠征の古強者を満載しているのだろうか。だとすればアデリスは、海賊どもを昼食にたいらげてしまう荒くれの一団を率いていることになる。もちろんそのつもりに決まっている。

旗艦に接近したところで、ペンは座席の上で膝立ちになり、さけびながら懸命に手をふった。見張りたちが気づいて話しあっている。すぐさま手すりのそばに、がっしりとしたたくましい見慣れた姿があらわれた。革の胴鎧《どうよろい》をつけ、背後に赤いマントをなびかせている。彼はペンに目をとめると、肩ごしに指示をさけんだ。一瞬後、奮闘していたオールがいっせいにとまってもちがる。男たちが走りまわり、漕ぎ座の前方、舳先よりの船腹に、登攀《とうはん》用の網がおろされた。

ペンは速度をあげ、船は速度を落とす。どうにかボートを目的の場所につけることができた。

「しっかりつかまりなさい！」網に手をのばそうとする姉妹にむかってさけんだ。

なかなかタイミングがあわなかったものの、どうにか姉妹の身体が座席からもちあがった。ペンはすばやくあとを追い、幼い身体が落ちてきたら受けとめられるよう、もしくは必要とあれば海に飛びこめるよう身構えたが、ふたりはしっかりと網にとりつき、のぼっていった。ボートがはずみで船殻のそばを離れ、遠ざかっていく。気の毒な持ち主が、いつか見つけてくれることを祈ろう。

何本ものたくましい腕がのびてきて姉妹をひきあげた。最後がペンだ。

「ああ、やっと！」

手すりにしがみついてどうにか立ちあがり、あたりを見まわした。

甲板にブーツの音が響き、彼の前にアデリスが立った。両手を腰にあてて、怒りのあまり首をふっている。

「さて、おまえはここにいる。なのにおれは驚いてもいない。なぜだろうな」

「いったいどうやって、わたしの居場所がわかったのですか」

「煙がいい目印になると思ったのだが」

「それはそうですけれど、でも――」

ペンはそこで、姉妹が両脇で小さくなっていることに気づいた。恐ろしそうにアデリスを見あげている。

ペンにしてみたら、アデリスなどまったく怖くないのだが、それは慣れてしまったからだろう。たくましい身体。セドニアの煉瓦色の皮膚。軍隊風に刈りこんだ黒髪。髭はきれいに剃っている。顔の下半分はごくふつうだが、上半分は――。赤と白のひどい火傷痕が梟《ふくろう》の羽根の模様状に両眼をとりまいている。虹彩は奇妙な深いガーネット色で、光を受けると張りだした黒い眉の下で燠火《おきび》のようにきらめく。ペンはこの顔を一インチあまさず知り尽くしている。煮えたぎる酢を浴びせて永久に視力を奪おうとした恐ろしい謀略のあとを、彼が治療したのだから。だが、奇跡的な治癒と恐ろしい傷痕の双方を利用して、すみやかに指揮官としての評価につなげてみせたのは、さすがアデリスというべきだろう。

確かに、はじめて見たらぎょっとするかもしれない。義兄だとて、幼い少女たちが自分の顔を見て悲鳴をあげたら嬉しくはないはずだ。ペンはいそいで紹介した。アデリスにも通じることがわかっていたので、まずはロクナル語を使う。

「レンシア、セウカ、この人はわたしの妻の双子の兄で、アデリス・アリセイディア将軍といいます」怖がらなくてもいいと伝えるかわりに、ことさら陽気な声で告げる。「ニキスやわたしと同じく、オルバス大公に仕えています」

同じ形でではないと示唆するように、アデリスの眉がぴくりと動いた。

それからセドニア語に切り換える。

「アデリス、こちらはレンシア・コルヴァとセウカ・コルヴァ。以前はラスペイに住んでいました。いまは孤児として、わたしの教団の、したがっていましばらくはわたしの保護下にあります。まだセドニア語を学びはじめたばかりなのですが、ずいぶん上達しました」

「ああ」

アデリスは声をあげ、顔をゆがめて姉妹を見おろした。それから、それなりに達者な卑俗なロクナル語で挨拶をした。

「レンシア・コルヴァ、セウカ・コルヴァ、おれの旗艦〈オルバスの目〉号へようこそ。それで、きみたちはいったいどうやって、うちのペンリックと知りあったのかな」

「空から……降ってきた、のかな?」セウカがためらいがちに答えた。

「あたしたちが閉じこめられてる船倉に、海賊が投げこんだの」レンシアが補足した。「それから、ランティエラに連れてこられて、売られたの。でもずっと、逃げようとがんばってたの」

「いろいろあったのですよ。あとで話します」ペンは言った。

女王蜂の世話をするかのごとく周囲に集まった心配そうな士官たちから、信号旗のはためく旗艦に従っている艦隊まで、アデリスの手がいまいっぱいいっぱいにふさがっていることはひと目でわかる。

「でも――なぜランティエラにきたのですか。この島を征服しようというのですか」

「秋の御子神にかけて、とんでもない」真面目な祈禱を捧げるかのように、こぶしで胸をたたき、「オルバスの海岸からは遠すぎて守備しにくいうえ、戦術的にはなんの価値もない。むしろ逆だ。だが、やつらにそれを知らせる必要はない」

そして彼は、炎をあげている岸にむかって冷やかにあごをしゃくった。

「ここしばらく、ランティの海賊どもにはオルバスも悩まされていたからな。今年にはいってって捕獲されたオルバス船は、おまえが乗っていたのもあわせると三隻になる。それについせんだっては、プルピの村が襲われている」公国に属する数少ない島のひとつだ。「ジュルゴ大公もさすがにうんざりしたんだろう。そうした行動を控えるよう説得しろと、おれを派遣したというわけだ」

二千の友人をお供につけて。

「方法はおれにまかされている。いちばん厄介なのはおまえの救出だったんだが、そいつも思いがけず達成できた。そして、おまえを拉致した報復に町を破壊する仕事は……もう充分に果たされているようだな。あの騒ぎもみんなおまえのしわざだろう」

「そういうことになるでしょうね」ペンは煙が染みてずきずき痛む疲れた目をこすった。「とんでもない一日でした」

「そのようだな」アデリスは首をかしげ、軽い口調でたずねた。「それで、あなたもお元気なのかな、マダム・デズデモーナ」

「ええ、ええ、元気ですとも、将軍」ペンに譲られた口を使って、デスが答える。「すてきなお出かけを楽しんでいますよ」

アデリスの口もとに偃月刀《えんげつとう》のような笑みがひらめいた。はじめこそ仰天していたものの、アデリスはゆっくりとペンリックの魔に馴染んでいった。近頃では、目に見えない義理の姉のように扱っている。彼らを隔てる氷が砕けたのは、きっと、ふたりがともに〝つむじまがり〟だからだろう。

「だけど」ペンリックはつづけた。「そもそもわたしがここにいることを、どうやって知ったのですか」

アデリスが鼻を鳴らした。

「最初は、おまえがトリゴニエで乗った船だった。ヴィルノックにもどって、自分たちの失策を報告したんだ。乗員連中は夜中に船をとりもどしたのだという。やつらの帰港は、おまえがランティエラに到着してまもなくといったところだろう。だが、行方不明の乗客の詳細がおまえの正体を知る人間のもとに届くのに、丸一日がかかってしまった。それから、おまえの旅行用の櫃だ。漁師の網にひっかかったんだが、どうやってもあけることができず、そのままニキスのところにもちこまれた。ニキスの反応は、まあ、いいもんじゃなかったな」アデリスは顔をしかめた。「そして三つめは、傷んだ水樽を積んだアドリアの交易船だ。ぞっとするような脱出話を披露してくれたんだが、そこにおまえが、おまえだとはっきりわかるわけではなかったが、登場していた。一度ならそういうこともあるだろう。二度も偶然といえるかもしれん。だが三度となると、こいつは無視できないメッセージじゃないか」そこで咳払いをして、「それにもちろんニキスだ。ひどく動転していた。とてもじゃないが無視できなかった」

「ああ」心が温まった。

心配ではあったが、それでも心が温まった。

アデリスがうなじをこすって息を吐いた。

「それにしても、まずまっさきに港でおまえを釣りあげることになるとはな。みごとにおれの戦術計画をひっくり返してくれたもんだ。いつもそううまくいくとは思うなよ。それでもまあ、何か面白いことができるだろう」

とはいえ、さほど困ったふうでもない。アデリスはつづいて髭のない若い士官を呼び、ペンリックとコルヴァ姉妹を自分の船室に案内するよう命じた。

「必要なものがあればなんでも提供しろ」

士官はペンリックとその被保護者を連れて甲板を歩きだした。アデリスは新たな騒ぎの中心に立って、全身で指示をくだしている。男たちが四方へと走り、さらに多くの信号旗がいそいで掲げられる。船団を指揮するのは、船を沈めるよりもはるかに複雑な作業のようだ。だが少なくとも、ペンがこの船から海に投げ落とされる心配だけはない。


船尾の隅に押しこまれたようなアデリスの船室は、ペンが最初に乗った船の柩のような小部屋よりもさらに狭かった。ハンモックではなくしっかりとしたベッドがあったが、その折り畳み式の台はすぐさま、ペンの強い要望によって運ばれてきた洗面器と水、さらには食事――というか、少なくとも軍用食をのせるテーブルになってしまった。ペンはまず姉妹に思う存分食べさせた。それから空腹のあまりふるえそうになりながら、オリーヴといくぶん堅くなったパンと乾燥果実とカッテージチーズと追加のオリーヴを食べ、そして最後には、あの板のような魚までたいらげた。

彼とデスはまた、発熱という代償を支払いながらも新鮮な飲み水を提供し、さらにはどぎつい軍の赤ワインを薄めた。全員で慎ましく洗面器と石鹼とタオルを順に使い、かぎられた樽の水を汲んだ水差しの最後の水で、ペンがべとべとになった髪を洗った。

組紐ベルトのついた清潔な水兵用のチュニックが、姉妹のための質素ながらこざっぱりとしたドレスになった。それでも姉妹は、少年の服を貴重な戦利品として手もとにおいておくつもりでいるようだ。つかまったときに着ていたペンのチュニックとズボンは、そもそも新しいものではなかったし、最終的にはとても着られる状態ではなくなってしまっていたため、べつに惜しくはない。だが姉妹はいずれ、浜で襲われたときに失った食べ物と衣類をいれた荷物の中に、母の最後の手作り品がはいっていたことを思いだすのではないだろうか。

うんざりしながら、くすんだ緑の濡れた古着をもう一度身につけようとしたとき、若い士官が丁寧にたたまれた衣類をとりだして彼にわたした。驚いたことに、ヴィルノックにあるはずの、ペン自身の服だった。

「マダム・ニキスより将軍に託されたものです」若い士官が得意気に説明した。「マダムは兄君が必ずご夫君を助けだすと信じておられたのです」

上等なリネンの下着と、黄褐色の細身のズボン。ペンの教団と地位にふさわしい夏のチュニックは袖なしの白いリネンで、立襟を銀メッキのトルクで支えている――これがこの服の唯一の欠点だ。腰の両側にはスリットがはいり、前後にわかれた布がふくらはぎまで届いている。その裾とスリットの縁には、オルバスで庶子神のものとされる聖獣を刺繡した飾り帯が縫いつけてある。鼠、鴉、鷗《かもめ》、禿鷲、なんだかわからない昆虫などが、実際よりもはるかに魅力的に描きだされている。白とクリーム色を組みあわせて編んだサッシュは上級神官という地位をあらわしているし、三番めに加わる銀の色は、神殿魔術師という身分を示して——というか、警告している。

どの一部分をとっても、すべてニキスが紡ぎ織り縫ったものだ。これを身につけると、彼女に優しく抱かれているような気持ちになれる。ペンはさらにこれを使って、五神教の理論についてささやかな授業をおこなった。姉妹はこめられたさまざまな意味に興味を示しはしたものの、その関心はもっぱら踊りはねるような刺繡の聖獣にむけられていた。

衣裳をつけることにより、地位と職がふたたび彼の肩におさまった。ペンの内側では一度として行方不明になどなっていないのだが、若い士官が新たな敬意をこめて半歩あとずさったことから、それが外部に対しても明らかになったのだとわかる。もしかすると、それは敬意ではなく、警戒心だったのかもしれないが。

〈よかったこと〉デスが咽喉を鳴らした。〈そろそろ報酬をもらってもいいころですものね〉

外ではすさまじい戦闘は勃発していない。ついさっき、船の錨石ががらがらとおろされる音が聞こえた。何かの目標を破壊するべく狂ったようにオールを操って突進するのとは、正反対の行為だ。いや、それも目標がまだ残っていればの話だ。

そのあと甲板にもどって知ったのだが、アデリスは、ギルドと町の評議会が大急ぎでかき集めた代表団らしきものと交渉するため、陸にあがっていた。重装備のたくましい儀仗兵数百人を引き連れてだ。残りの艦隊は、いまは悠然と水上に浮かんでいるが、警戒を怠ってはいない。力で敵うわけもないランティの船はみな、怯えた家鴨《あひる》のように散り散りになって姿を消している。

ペンは陸に面した手すりによりかかった。港は完全に混乱している。繋留していた五隻が沈み――ファルンのガレー船は完全に横倒しになって操船不能だ――三隻はまだ煙をあげている。桟橋のひとつは黒い塊となって水に落ちているし、海沿いの主要建物も焼失している。じつのところ、オルバス艦隊が実行するつもりでいた仕事は、すでにほとんど完了しているといえるだろう。半分の船と船長が海に出ているため、ギルドには抵抗できるだけの力もない。交渉の申し出に喜んでとびついたはずだ。

つぎの展開を待つあいだ、ペンは若い士官に頼んで、姉妹とともにこのガレー戦艦を見学させてもらった。数カ月前にも一度、アデリスがこのなんとも魅惑的で複雑な艦内を案内してくれたことがある。ヴィルノックの海軍施設で冬の整備を受けているときだった。というわけで、少なからぬ乗員が神殿に属する将軍の義弟を見知っていたため、ペンはいちいち敬礼に応えて聖印を結び、祝福を与えなくてはならなかった。ベンチでのんびりくつろいでいるこの艦の漕ぎ手たちは、奴隷ではなく兵役志願者だ。彼らも兵士たちも、ペンのことを脅威ではなく、被保護者たる姉妹とあわせてマスコットのように受けとめ、事実、姉妹はずいぶん彼らを楽しませていた。それでも、本来の標的であったランティをながめて手すりのそばからもどってきた男たちの多くは、彼に不安そうな視線をむけずにはいられないようだった。

アデリスはけっして時間を無駄にしない男だ。だから、彼を乗せたボートが日没に〈オルバスの目〉号にもどってきたときも、ペンは驚かなかった。網をのぼってくる顔に浮かぶ、いかにもアデリスらしいかすかな笑みを見れば、上機嫌であることがわかる。出迎えた部下たちは気をよくしているようだが、ペンはむしろ警戒をおぼえた。ようやくすべての事情が説明されたのは、ともに迎えた晩餐の席でのことだった。

いくつものランタンを吊るした天蓋の下、彼らは船尾の一画でクッションの上にあぐらをかいてすわり、昼食よりもいくぶん豪華な船上ピクニックを楽しんだ。姉妹はペンの足もとに陣取った。ペンはあまり水増ししていないアデリスのワインをなみなみと注ぎながら、陸での交渉はどうなったのかとたずねた。

アデリスはにやりと笑い、おれの報告はあとで聞かせてやるから、まずは何があったのか、おまえから話せと促した。ペンは夜明けの襲撃から話しはじめ、途中で逆もどりして、トリゴニエの大神官に対する不満をならべた。そもそもあの船に乗る羽目になったのは、大神官がぐずぐずしていたからだ。神々との接触については口をつぐんでおいたのだが、アデリスが赤くきらめく目をすっと細くして考えこんだところを見ると、きっとその欠落部分に気づいたのだろう。身代金を支払うという最初の計画の失敗。牢獄脱走というふたつめの計画の結末については、くわしいながらも手短に語った。桟橋におきざりにされてわめいている姿を思い描いては大笑いされるのも癪《しゃく》ではないか。それから、神殿に滞在していたことを簡単に説明した。

「それで、ランティの町に攻めこむのですか」ペンはたずねた。

ほかにもたくさんいた。

「いまはしない」とアデリス。

「あの町には、悪人と同じくらい、善人も住んでいます」

ペンは出会った人々を思い浮かべた。ジャトー、ゴディノ、親切な料理人、母神の助産婦、ほかにもたくさんいた。

「神々は正しい魂と正しくない魂を、それこそひとりひとり見わけることができるんだろうが、軍はみんなまとめて扱うことになるからな」

「そうですね」ペンはしかたなく認めた。「気の毒なゴディノが無事だといいのですが。でも彼を助けようとすれば、これまでまったく注目されていなかった彼に、かえって余計な関心を引き寄せてしまうでしょう」

「そうだな。だが少しでも頭が働くなら、そのブラザー・ゴディノとやらも、いまごろはとっとと姿を消しているだろうよ」

「そう祈ります」

そしてペンは、これ以上はないほど簡潔に最後の一日について語ったが、やはりアデリスの眉は吊りあがったのだった。

「非正規でいいから、神官としておれの軍に加わってくれんかという申し出は、いまもまだ有効だぞ」アデリスが誘う。

「お断りというわたしの返事もまた有効です」ペンはため息をついた。

これもまた以前からくり返されてきた問答だ。アデリスはそこで話題を変え、今回の出来事を彼女たち自身はどう見てきたか、コルヴァ姉妹にたずねはじめた。優しくあろうとする努力はロクナル語よりも大変そうだったが、姉妹はその誠意をしっかりと受けとめた。

いかにも楽しそうな姉妹との会話がひと区切りついたところで、ペンはアデリスを促した。

「それで、交渉はどうなったのですか」

「ああ、そう、それだな。ランティエラのギルドと強引に協定を結んできたぞ」

ペンはまばたきをした。

「どういう内容でですか」

「オルバスにも、その島や船にも、手を出さないと約束させた」

「あの連中がそれを守ると思いますか」

「一シーズンくらいは大丈夫だろう。どうせ無視しはじめるに決まっているから、監視のための間諜を何人かもぐりこませておいた。つぎにくるときは、こんな緊急事態ではないだろうしな。どちらかといえば、その役目はカルパガモに押しつけてやりたいと思っている」

「緊急事態のようには見えませんでしたよ。威風堂々としていました」

「学師殿、貴殿は目の前でどのような奇跡がくりひろげられたのか、まるでわかっておらんようだな。おれがジュルゴに海上演習を進言していなかったら、そしてそれが来週おこなわれる予定でなかったら、おれたちはあと一カ月はヴィルノックを出ることができなかったんだぞ」

「たぶんそうなのでしょうけれど。でも……ランティエラを侵略しないからといって結んだ協定なんですよね。そもそも侵略するつもりなんてなかったのでしょう?」

アデリスが得意そうにしているのも無理はない。

「機嫌とりついでに、艦隊乗員に三日間上陸許可を与えないという条件もつけてやった」

「それと町の略奪は同じではないと思うのですが」

「とんでもない。評議会の連中はちゃんと理解したぞ。そして、この交渉におけるもっとも重要な問題はおまえだ。なんと、三万リヨル銀で合意に達した」

ペンは仰天して息をのんだ。

「大公の身代金じゃないですか！　いえ、ちょっと待って。つまり、それだけの賠償金を要求されたのですか」

アデリスは目を瞠り、それから笑いだした。

「ああ、そうじゃないさ、ペンリック！　おれは銅貨一枚だってくれてやるつもりなんかない。そうじゃない。これは、おまえをここから連れて帰る代償として、やつらがおれたちに支払う金額なんだ」

デスが欣喜雀躍《きんきじゃくやく》している。

ペンはただ……杯を傾けた。

現金のはいった櫃が届けられ、オルバス艦隊はすぐさま朝の潮に乗って出航した。

ペンはアデリスとならんで船尾の手すりにもたれ、小さくなっていく島をながめた。しだいに遠ざかるその光景ほどありがたいものはない。

「わたしの……わたしの逆身代金を、どうするつもりなんですか」ペンはたずねた。

「分配だ。一部はおれの部下どもに。残念なことに戦闘がなくて、残念なことに戦利品が手にはいらなかったから、その埋め合わせとしてな。残りはジュルゴにわたして、今回の海の休暇のための俸給の足しにしてもらう」

「休暇ではなくて作戦です」ペンは訂正した。「じつに現実的なたぐいの」

「その議論は保留しておこう」

「神殿への分け前も忘れずにお願いします」

「そっちの計算は大公にまかせる」

ペンは忍び笑いを漏らした。帆があがり、オールがとりこまれた。そよ風は無料で働いてくれる。船を正しい方角に押し進めてくれる。白と灰色の港鷗が背後で飛びかいながら、旋律のない退場聖歌をわめいている。そういえば、あの勇敢な腐肉くらいの鳥は、このあたりの海では庶子神の聖獣と見なされているのだ。

「結局なんの役にも立ってはいないのです」最後にペンは言った。「わたしが破壊した船も品も、そもそもはすべて盗品でした。ランティの海賊たちは、その損失を埋めあわせるために、二倍の努力をしてもとの商売にもどるだけでしょう」

「そうかもしれん」とアデリス。「だったら、いまからもどって町を破壊し尽くすか」

これは単なる虚仮威《こけおど》しだろうか、それとも？

「やるなら、やつらがあの古いカルパガモ砦《とりで》の修復を終える前だな」

ペンは手をふってその案を退けた。

「どうすれば略奪を完全に阻止できるのか、わたしにはわかりません。品や人を買う仲介人も海賊と同じようにこのシステムの一環で、仲介人がそれを売りつける相手もまたそうです。そうやって話はどんどんひろがり、どんどん攻撃の対象からはずれていって。最後にはほとんどすべての人間が関わることになってしまいます」そこでふと考えこみ、「連州は奴隷を使わずにやっています」

「だからとても貧しいと言っていたじゃないか」

「そうですね」完全に否定することはできない。「でも、そんなに貧しいわけでもありません。充分にちゃんとやっていけるのですから」

「ダルサカのはるか東の沿岸地帯では、漕ぎ手を使わず帆だけで走る船や戦艦を建造しているという。あのあたりの海はひどく荒くて、海そのものが戦闘よりも多くのガレー船を沈めているというから、それもむべなるかなだな。そうした船の優越性が証明されれば、高潔なる連州のつましさがなくとも、ガレー船奴隷の時代は終焉を迎えるだろう」

「でも炭鉱はどうですか。それに、娼婦や召使を求める声もなくならないでしょう」台所の下働きや祐筆も同様だ。

「そいつはおれではどうにもできん。だいたいがおれの仕事じゃない。せめて神々に祈るんだな、学師殿」

「神々は、こちらから拒みさえしなければ、奴隷であろうと自由民であろうと、ほとんどすべての人を受け入れてくださいます。神々は人の不幸の形を見わけることができるのでしょうか。神々は人のようには思考なさいませんからね。そう、ひとりひとり、とあなたは言っていましたけれども」

アデリスの黒い眉が吊りあがった。神々の思考についてもっともらしい主張ができる人間の隣に立っているのが、おちつかないのだろう。

「盗賊はいつまでも、ほかの方法では手にはいらない宝を求め、もしくは虚勢を張らずにはいられなくて、盗みをつづける。そして軍人はいつまでも、そんなやつらを倒す役割を求められる。どちらの仕事も、おれが生きているあいだには終わりそうにないな」

「わたしの仕事も、わたしが生きているあいだに終わることはないでしょう」

ペンはむきを変え、手すりに背をもたせかけてコルヴァ姉妹をながめた。いまは船尾のむこう端にあぐらをかいて、親切な船員から紐の結び方を教わっている。

アデリスが彼の視線をたどり、奇妙なほどおずおずとたずねた。

「あのふたりも〝神に触れられた者〟なのか、おまえにはわかるのか」

ペン自身が、変則的でややこしい形ながら〝神に触れられた者〟の一種であるから、わかると思われたのだろうか。アデリスはさらにつづけた。

「あの子たちは最大級の驚くべき幸運と不運、災難と僥倖を体験してきたようだ。中でもいちばんの奇跡は、おまえがふたりの上に降ってきたことだな。おまえの神の白い手が働いていたのか」

ペンはため息をついた。

「わたしもそれを知りたいと思っているのです。これまでに起こった出来事はすべて、超常的な要素をもたず、ごくあたりまえに説明がつくものばかりです。ただ、それらがあまりにも多く、そう、積み重なっていただけです」くちびるをすぼめ、「いつか機会があれば、この謎をさらに深くつきとめてみたいと思います」

「答えがわかったら、そのときはおれにも教えてくれ」

指揮官を呼ぶ士官の声が聞こえ、アデリスは手すりを離れた。

「話してもかまわんことならばな」

「わかりました」ペンリックは答えた。

エピローグ

井戸のある共同中庭を見おろす二階の書斎はペンリックお気に入りの場所だが、ヴィルノックの暑い夏の朝にはどうしても息苦しく感じられる。そこで彼は、裏庭の四阿《パーゴラ》に移動して姉妹の語学レッスンをおこなうことにした。板テーブルもベンチも葡萄《ぶどう》の葉の日陰になるし、料理用のハーブを植えた周囲の花壇が素朴な心地よい雰囲気をかもしだしている。石板とチョークでセドニア文字を練習するための集中力など、気怠い暑さの中では望むべくもない。いまペンは姉妹に、子供のための神殿聖歌を教えている。若い頭脳は、語呂のよい歌詞をリズムにあわせてくり返し歌うことにより、味もそっけもない朗読や暗唱を強いられるよりも、ずっとはやく効果的に言葉を吸収する。もちろん、朗読や暗唱にもそれなりの意義はあるのだが。

またペンは、なんの苦もなく反復節の中にはいりこんで、ハーモニーをつくりだすことができた。彼の軽いバリトンが、心地よく——であることを願う——姉妹のソプラノと混じりあう。興味深いことに、レンシアよりもセウカのほうが、音程が正確だった。レンシアも、さまざまな荷を負って張りつめた心で、懸命に努力はしているのだろう。ばらばらになった家族のために、亡くなった母と行方不明の父の役目も果たそうとしている。姉であるということは、それだけで大変な仕事なのだ。

つたない合唱練習は、ニキスが四阿《バーゴラ》の支柱をノックしたことで中断した。浮かんだ微笑を見るかぎりでは、やかましいと文句を言いにきたわけではなさそうだ。

「ペンリック、お客さまよ」

ペンは顔をあげ、妻の背後に目をむけた。中年で、中くらいの身長で、太っているというよりはがっしりした男が、不安そうに立っている。仕立てはよさそうだが、ごくふつうのチュニック、ベルト、ズボンという服装に、この天候にふさわしいサンダルを履いている。髪と髭は灰色のまじりはじめた黒。セドニアの煉瓦色よりは薄いおちついた褐色の肌は、大陸の東半分の沿岸地方ならどこの出身とでもいえそうだ。ペンは、男がしっかりと握りしめている見おぼえのある手紙から、その出身をイブラと判断した。そして何よりも姉妹の反応だ。

「父さま！」レンシアがさけんだ。

一瞬の不安そうな間をおいて――最後に会ったのは一年以上前のことなのだから無理もない――セウカもテーブルをまわって駆けだした。

男は膝をついて両腕をひろげ、ふたりを受けとめた。そしてふたりまとめて、きつくきつく、抱きしめた。

「ああ」潤みかけた目を閉じ、喜びと苦痛のいりまじった激情に顔をゆがめながら、男が息を吐く。「ああ、ではすべて事実だったのか……」

「マスター・ウービ・ゲタフですね」ペンは立ちあがって、突然ではあれ、この歓迎すべき来訪者を迎えた。

分厚い手が握りしめているのは、三週間前ヴィルノックに到着してすぐさましたためた、ロディのイセルネ学師に宛てた手紙だ。今回の冒険を手短に要約し、行方のわからぬ商人を見つける手助けを頼んだのだが、彼女はみごと、それを成し遂げてくれたようだ。

「ペンリック学師、ですか」

ゲタフは自信なげにたずねて立ちあがり、両手を娘たちにつかまれたまま、ペンリックにむかって頭をさげた。そしていささか心もとないセドニア語でつづけた。

「娘たちを救ってくださったこと、心より感謝しております」

ペンは流暢なイブラ語に切り換えて答えた。

「あのような状況で、大人ならみな同じように行動したでしょう、それだけのことです」

〈そうねえ、ほんの少し、それだけではなかったみたいですけれどねえ〉デスが面白そうにつぶやく。

デスを紹介するのはもう少しあとにしよう。

ペンの使うイブラ語の訛りに気づいて、ゲタフの頭があがった。

「学師殿は……ブラジャルのご出身なのでしょうか……?」

「いえ、そうではありませんが、ずっと昔にイブラ語を教えてくれた師が、そこの人でした」

〈感謝していますよ、アウリア学師〉

デスの中の、ブラジャルの神殿に仕えていた女に感謝を伝える。生命をつなぐリレーのように、死んでいくウメランからデスを受け継いだのが彼女だった。

ゲタフはまたうなずいてその説明を受け入れた。あまりにも取り乱しているため、気にすることもできないのだ。姉妹は父をベンチにひっぱっていって、ふたり同時に、ロクナル語と少しばかりのイブラ語をまぜこぜにして――ゲタフはロクナル語はかなり操れるようだ――すべての出来事を話そうとした。父はどっしりと腰をおろしたまま、あまりにもはやくとびかうボールを追いかけるように、もしくは蜂に悩まされる熊のように、左右に首をふっている。

ニキスは腕を組んで四阿《パーゴラ》の支柱によりかかり、耳を傾けているが、当然ながら話にはついていけていない。彼女はロクナル語はいくらかわかるものの、イブラ語はまったく理解できないのだ。それでも三人の感情は完全に把握しているし、それを喜んでいる。ペンは自分のベンチにもどってニキスを手招きし、ならんで腰をおろした。ゆったりと襞《ひだ》のあるリネンに包まれたやわらかな太股が、彼の痩せた太股にそっと押しつけられる。

〈もう二度と、あんなふうに姿を消したりしないでね〉

口で告げられるどんな言葉よりも根源的なメッセージが伝わってくる。ふっくらとした手を握り、やはり声に出さないまま返事を送る。

〈もちろんですとも、マダム梟《アウル》〉

「あなたの見たところ、マスター・ゲタフは誠実な人でしょうか」ペンは小声でたずねた。

くりひろげられる再会場面を同じくらい熱心に見守りながら、ニキスもささやき返した。

「あの子たちを見ればわかるでしょ。知ってる顔を見て安心したというだけなら、あそこまで手放しで喜んだりしないわ」

ほとんどがニキスのおかげではあるけれども、いまの姉妹は清潔だし、輝くような髪を三つ編みにして綺麗なリボンを結んでいる。食事も充分にとっているから、もともとが細いためにぽっちゃりとまではいかないものの、少なくとも心労でやつれているようには見えない。そして身につけているものといえば、ニキスが大公妃の家中からさげわたしてもらった、とんでもなく上等のドレスなのだ。このような姉妹を父親に披露できたことを嬉しく思う。ふたたび神学校の学生にもどり、とりわけうまくこなせた課題を提出したような気分だ。よい点がもらえたらいいのだけれど。

姉妹が母の死に話をもどしたところで、ゲタフの顔から笑みが消えた。彼にとってはすべて、はじめて聞く話だ。ペンは手紙で、そもそもの発端となった悲劇については〝ラスペイで病のために亡くなった〟としか知らせなかったのだ。

「ほんとうにごめんよ」ゲタフが姉妹に話している。「父さまは何も聞いていなかったんだよ。ジョコナ大公が国境でイブラと衝突して海岸を封鎖し、ザゴスルとの交易が遮断されたので、ならば西に足をのばして時を待とうと思ったんだ。ザゴスルの代理人は、勝手に返事を書いたりせず、その手紙をわたしに転送するべきだった。そして何より、タスペイグはロディまでおまえたちについていくべきだったんだ。それをアジェンノで放りだしてしまうなんて。それでも……たとえタスペイグがついてきてくれていても、今回のことはどうしようもなかっただろうけれどね」

「タスペイグは最後のころ、とっても疲れていて、機嫌が悪かったの」レンシアが釈明してやる。「あたしたち、みんなそうだった。それに、たぶん、もうお金がなかったんだと思う」

「それでもだ、それでもだよ」

セウカが顔をあげた。

「父さま、あたしたちをおうちに連れて帰ってくれるんでしょ？」

ゲタフが目に見えてためらった。そう、いまの姉妹にとっての〝おうち〟は、どこにあるのだろう。ラスペイの家は沈没船のように過去のものとなり、しがみつく円材の一本すら残されていない。

いつものように状況をよりよく理解しているレンシアが、改めてたずねた。

「せめて、父さまといっしょに行ってもいい？」

若い見習いとしてあるじたる貿易商につき従い、世の中を学んでいく——そう、それも悪くない展望だ。貿易商の息子でそうした道を選ぶ者は多い。ときには貿易商の娘も。

ゲタフはひたいをこすり、顔をしかめて自分の膝を見つめた。

「それはそれで問題があるんだよ。よくよく考えなくてはならない。とにかく、ザゴスルに連れていくことはできない。いずれにしても、あそこはおまえたちにとって〝家〟にはならないからね。もちろん、なんの援助もないまま放りだしたりはしないよ、それだけは約束する」彼はペンに視線をむけ、セドニア語に切り換えた。「ペンリック学師、ふたりきりで少しお話しできないでしょうか」

ペンとニキスは視線をかわしあった。ニキスが立ちあがり、優しく姉妹に声をかけた。

「レンシア、セウカ、父さまにお出しする食事と飲み物を用意するの、手伝ってくれない？」

レンシアが顔をしかめ、セウカが下唇をつきだした。自分たちの意見を聞くことなく、勝手に人生を決められてしまうのではないかと不安なのだ。それには共感できるが、ゲタフが娘たちには聞かせたくない話をしたがっていることもわかる。また、ニキスもこの機会をとらえて姉妹と率直な話ができるだろう。ペンはふたりににっこりと会釈を送った。姉妹はサンダルを履いた足をわずかにひきずりながらも、しかたなくその場を離れた。

ゲタフは家にはいっていく三人を見送り、声を落としてイブラ語でたずねた。

「あの子たちは海賊による辱めを受けてはいないと、そう考えてもよいのでしょうか」

「ええ。そのほうが高く売れるという理由のおかげですが。おふたりの、その、純潔は保たれています」

ゲタフは安堵してうなずき、それから間をおいて言葉を紡ぎだした。

「あなたのご友人イセルネ学師は、ほんとうにぎりぎりのタイミングでロディにいるわたしをつかまえてくれました。ロディでの荷積みを終え、翌週にもザゴスルにもどるつもりでいたんです」そこでくちびるを嚙み、「レンシアとセウカをザゴスルの家に連れていくのはよいことではないと思うのです。わたしの妻は信頼できる管理人のように、すべてをみごとに差配し、実家の人脈もうまく使って、まもなく成年に達する子供たちを立派に育てあげました。ですが……あの子たちを喜んで迎えてはくれないでしょう。いやいやながら世話をされるのはあの子たちにとっても不本意でしょうし、それにわたしは仕事がら留守が多く、仲をとりもつ役目を果たすことができません」

「つまり、マダム・ゲタフは愛人の存在をご存じないということですね」

それとも、ジェデュラ・コルヴァの存在は第二夫人に近かったのだろうか。

ゲダフはうなずいた。

「これからもそうしておきたいと思っています。ラスペイにはもう、とりたてて何も残ってはいないのですから」

「そうですね……」

「わたしにとって、ジェデュラはまさしく錨でした。それでも、わたしではなく彼女の身に何か起こった場合のことくらいは考えていました。そのときは、タスペイグに給金をはらって、これまでどおりあの家で娘たちの世話をしてもらえばいいと思っていたのです。でも、アジェンノでのいい加減な行動を知ったいま、あの子たちをタスペイグのもとにもどすわけにはいきません。いずれにしても、あれはもう新たな人生をさがしてどこかに行ってしまっているでしょう。それに、孤児で、五神教徒との混血という立場は、たとえ貧しくなくとも、ラスペイで幸せな暮らしを送れるとは思えません」

「わたしもそう聞いています」

ゲタフは膝のあいだに垂らした両手をじっと見つめ、それから顔をあげて、鋭い視線でペンを見つめた。

「ここヴィルノックの庶子神教団は、どんな具合なのでしょう。経営状態は良好ですか」

ペンの眉が吊りあがった。

「孤児院の運営はまずまずです。ああした施設のつねとして、いつも資金と人手の不足に悩まされてはいますが、それでもみな熱心に働いています」

ゲタフは手をふって彼の返事を退けた。

「いえ、そうではないんです。孤児院にいれるつもりならザゴスルをあたります。乏しい財源はほんとうに必要な人たちのためにとっておいてください。わたしが言っているのは、教団そのものです。レンシアは、とりわけセウカは、持参金つきの信士として教団にはいるには少々幼すぎるかもしれませんが、でも……たぶん学師殿が口をきいてくだされば」

「なるほど」ペンは板テーブルの上で腕を組んだ。「興味深いお話です」

「よい教団宗務館なら、孤児院よりもよく世話をしてもらえますし、より高い教育を受けることもできます。持参金契約をしっかりとりかわしておけば、ふたりが引き離されることもないでしょうし。それに……それに、あの子たちの出生がはじめて、マイナスではなくプラスに働くのです。あの――あの子たちはいま、ヴィルノックのどこに滞在しているのでしょうか。学師殿のお手紙には、その点がはっきり記されておりませんでしたので」そして彼は神経質そうな手つきで、しわくちゃになった手紙をテーブルの上にひろげた。

「ああ、申し訳ありません。お嬢さんたちはここで暮らしています。わたしの家は教団の分館のようなものだと考えてください。わたしは不正規ながら、教団の上級職についていますので」

ゲタフがためらいがちに顔をあげた。

「その、学師殿は……。学師殿の奥さまは……」

ペンはゲタフの不安を共有しながら、手さぐりで前に進んだ。ニキスは迷子の少女たちに惜しみない愛情を与えてやったが、立派な親が登場してみずからの役割を果たそうとしているいま、彼女の働きをあてにして不確定な未来を想定してもいいものだろうか。何よりも、レンシアとセウカにとって、最上の選択とはなんだろう。

「わたしは……ふたりは教団宗務館にはいったほうが、おちついたよい暮らしが送れるのではないかと考えます」ペンはゆっくりと結論した。「わたしの仕事は不規則ですし、ニキスとアデリスも同様です。宗務館なら、多くの人がふたりを教え導いてくれるでしょう。それにもちろん、若く元気な信士仲間という友人ができます。でもじつのところ、どちらかでなくてはならないというわけではありません。宗務館はここから歩いてすぐです。会いたければいつでも会いにいけるし会いにこられます」

〈庶子神よ、これを目論んでおられたのですか〉

導きを求めて祈禱を捧げようかとも思ったが、これまで一度としてそうした祈りに返事をもらえたためしはない。つまりは自分で判断しろということだ。それでも、このように鮮やかな魂をふたつ、迎え入れるのだ、喜ばしい捧げ物であることは間違いない。

ゲタフが考えこみながらたずねた。

「あの子たちはヴィルノックが気に入っているでしょうか」

「いまのところはそのようです。ランティエラや奴隷として連れていかれる場所に比べれば、どんなところでも気に入るに決まっていますけれど」

苦い顔の首肯。

「できるだけロディの方面まで足をのばすようにします。そして折々に訪問します」

それにともなう仕事上の困難は口にしない。ペンはアローロとアルディーティを思いだした。彼らも生きて、無事アドリアにもどれていればいいのだけれども。

「わかりました。では、お嬢さんたちにいまの話をして、ふたりがどう考えるか聞いてみましょう。わたしとしては、なんの問題もないと思います」

ペンの保証を受けて、ゲタフの肩が緊張を解いた。

「これでうまくいけばいいのですが。きっとうまくいくでしょうね」

「ええ、きっと」

ペンは三つ編みをひっぱって――今朝はセウカが、自分が編む番だと主張した――いじりはじめた。たぶん、自分で考えているほどうまく好奇心を隠せてはいないだろう。

「ふたりの母上は同意なさるでしょうか」

改めて悲しみがこみあげたのか、ゲタフがやるせなく肩をすくめた。

「そう祈るだけです。でもあの子たちが元気で幸せなら、それで満足でしょう。あれが娘たちに願っていたのは、いつだってそれだけなのですから」

「おふたりは、どのようにして知りあったのですか」

ほんとうに聞きたいのはそこではない。だが、〈あなたがたふたりはどうやって、死によっても断ち切られることのない絆《きずな》を築くことができたのですか〉という問いは、一時間前に知りあったばかりの相手にむけるには、あまりにも立ち入りすぎている。

短い微笑。

「もちろん、彼女の仕事を通じてです。ラスペイで交易をはじめようとしたときに、そう、もう十五年も前になりますね。まずは馴染みの客になり、それなりの財力に恵まれたときは独占もしましたが……残念ながらいつもというわけにはいきませんでした。それでもわたしたちはうまくやっていました。人を雇えないときに、臨時でわたしの代理人を務めてくれたこともあります」

それは貿易商の愛人というよりも、妻ではないだろうか。そう、副業はともかくとして。

「そのころはきっと、とても若くて美しかったのでしょうね」

ゲタフは無造作に手をふった。

「わたしよりほんのわずか年下なだけです――そのころはわたしも若かったですけれどね。もちろん、あの商売をしていたのですから美人ではありました。ですが彼女は、美しく生まれついた人間にとって祝福とも呪いともなり得る労せずして手に入れた贈り物ではなく、何よりも、几帳面さと健康によって人を魅了していたんです」

そしてペンに意味ありげな視線を送ったが、ペンは気づかないふりをした。

ゲタフの表情がやわらいだ。

「わたしは、男も女もあらゆるたぐいの人間をふくめ、彼女ほど無限の優しさをもった人を知りません。ときには恐しくなるほど大胆に面倒見のよさを発揮して、いろいろな事情で抜き差しならない状況に追いこまれた——同業の女たちを受け入れていました。とりわけ、身を守るための狡猾さや嘘のつき方をまだ身につけていない、若い娘たちです。いったい何人の隠れた五神教徒や虐待された娼婦や娼夫を使用人として船に乗せ、ひそかにラスペイから連れだしたことか。数えきれないほどです。みな、よりよい暮らしが手にはいるよう祈りながら、イブラの港でおろしてやりましたよ。逃亡した五神教徒の奴隷も何人かいました。いま思えば、あらゆる点で危険なゲームです。わたしとしては、ジェデュラの指示に従って、虐《しいた》げられた者たちを買い取るほうが好ましかったです。その資力があるときだけですけれど。臆病なわたしにはそのほうが楽でした」

　ペンリックは新たな見解にまばたきをした。

「レンシアとセウカは、そうしたことすべてを知っていたのですか」

「知らなかったと思いますよ。ああ、でも少しは勘づいていたかもしれませんね。ジェデュラは、病んだ者や怪我をした者をうちに匿《かくま》っていましたから。そういうときは、何かとごまかしたり、けっして他言してはならないと約束させたりしていました。ですがほとんどの場合、そうした活動を娘たちに悟られないよう、細心の注意をはらっていました。ラスペイでは爪弾《つまはじ》きされていた娘たちですが、それでも何人かは同業の母親をもつ同じ年頃の友達がいて、そうした子供たちのおしゃべりをとめることはできませんからね」

「わかります」

〈ほんとうにねえ〉デスも同意する。

いまはじめて秘密の蕾がペンの前で花ひらき、ジェデュラ・コルヴァと庶子神の隠された関係が明らかになった。神に愛でられ神に触れられ偉大な魂をもった……もしかしたら〝聖者〟だったのだろうか。真の意味での聖者。魚のようにひそやかに世の中を泳ぎまわり、派手な見かけや力といった外側にしか関心をもたない世俗の目にはけっして気づかれることのない、ただ優しいだけの、小さな町に住む小さな女。ひとりひとりの魂に目をむけて。

そんな女の忠実な副官だったのか。ペンは改めて、そんな考察をめぐらされているとも気づかないまま腰をおろしている、さえない中年の商人を見つめた。

ゲタフがため息をついた。

「ジェデュラのおかげで、わたしはほかの女では満足できなくなってしまいました。じつのところ、どんな人間でも駄目でしょう。わたしの人生はもう……とてもつまらないものになってしまったようです」

穏やかな笑みを浮かべようとしたのだろうが、似ても似つかない渋面になってしまった。

では、少なくとも神に触れられた者ではあったのだろう。ゲタフが感じているこれは、偉大なる〈存在〉が偉大なる不在と変じたときに残される、あの独特の欠落と切望だ。筆舌に尽くしがたい混沌とした本質を、危ういところでつかみかけた者だけが知る、悲痛な喪失感。

〈きっと最後には神々が帳尻をあわせてくださる〉

うんざりするほど長く待たなくてはならないこともあるだろうが。

ドアがばたんとひらき、冷たいレモン水と美味しそうなパイをのせたトレイをもって、ニキスと少女たちがあらわれた。ペンは飲み物にいれる氷の玉をつくりだし、一同を驚かせながらみずからも楽しんだ。そしてこの穏やかなひと時にデスを紹介した。ありがたいことに、客人はさほど混乱しなかった。そうした気晴らしをしながら、ペンもまた、ひっくり返った思考をどうにかもとにもどすことができたのだった。

成功した貿易商であるゲタフは、交渉においても有能だった。彼は食事の席で娘たちに今後の話をもちだした。ペンは話のあいだ中立的な立場を維持していたが、最後に大きく笑みくずれたことで、たぶんしっかり本音はばれていただろう。その日の午後、父娘を宗務館に連れていって中を案内しよう、これからどのような暮らしを送ることになるか、もっとはっきりわかるだろうからという申し出に、姉妹は喜んでとびついた。ゲタフもまた商人として、正当と思われるこの配慮をありがたく受け入れた。姉妹が、父の庇護下を離れることに喜々としているのだと思われないよう、父を悲しませないよう、遠慮がちにふるまうべく見え透いた努力をはらっていることを、百も承知しながら。

教団と若い信士の親もしくは保護者との取り決めは、結婚持参金と弟子入り入門料の中間のようなものだ。ゲタフはそのどちらにも経験があるようで、二日のうちに庶子神宗務館との細かな話し合いを片づけた。年齢不足の問題は、いつものように宗務館長の審査によって免除され、ペンの口添えはほとんど必要なかった。こうした立場の子供は、成年に達したときに、正式の誓約を捧げて神殿に所属するか、世俗の生活にもどるかを選ぶことができる。レンシアとセウカの選択がどちらになるか、ペンには見当もつかない。だが、何年もさきのそんな問題を考えるのは、彼の仕事ではない。

〈そうですよ〉とデス。〈あなたはもういまだって、充分すぎるほどたくさんのトラブルを抱えこんでいるんですよ。帳簿をつけるために会計事務所が必要なくらいね〉

その日、ペンとニキスとゲタフは、そろって姉妹を新しい住処に送っていった。姉妹はすっかりニキスになついていて――当然だ――そしてニキスもまた姉妹が気に入っていた。ごくわずかな荷物を全員で運び、宗務館の裏庭を抜け、階段をあがって、ふたりの居室となるささやかな部屋にはいった。部屋にはガラスの開き窓があって、町と、その背後の丘陵地帯につながる谷が一望できる。衣裳簞笥《だんす》。櫃がふたつ。道具一式の備わった洗面台。いかにも魅力的な本棚――もちろん本棚は必要不可欠だ。そして、左右の壁際にふたり分のベッド。すぐさまセウカが自分のベッドにあがって、ためすようにとびはねはじめた。室内を見まわすレンシアの目には、好奇心と不安がこもっている。それでもペンの見たところ、好奇心のほうが勝っているようだ。

つづいて、ゲタフを見送る時間になった。彼の心は、レンシアとセウカへの思いと、ロディの倉庫で待ち構えている一年分の仕事がどうなっているかという不安のあいだで揺れ動いている。ゲタフにとって、旅に出ているあいだ自分以外の手に託していかなくてはならない子供は、ジェデュラ・コルヴァの娘ふたりだけではない。それでも彼は如才なく、ザゴスルのもうひとつの家族についてはほとんど口にしなかった。

宗務館からヴィルノックの港まではほんの短い距離だ。空は夏の深い青さをとりもどし、それを背景にとびかう鷗が目に痛いほど白い。抱擁があり、涙が流れ、ヴィルノックでの生活に、船旅に、気をつけてというおそらくは無意味な言葉がやりとりされる。そして貿易商は漕ぎ手に貨幣を握らせてボートに乗り、待機している船へとむかった。網をのぼり、もう一度だけ手をふって、乗員に促されるまま彼らの視界から消えた。

「父さま、大丈夫かな」セウカが心配そうにつぶやいた。

世の中が危険であることばかりでなく、大人たちもまた弱いということを、いやというほど知ってしまったのだ。

「このあたりの海域では、嵐の季節はもう終わっています」ペンリックは言った。「海賊も、しばらくはオルバスの旗を掲げた船を襲ったりしないでしょう。きみたちの父さまは、この世界で生きて動いているどんな人よりも安全です」

「それじゃ、ヴィルノック神殿に寄ってお父さまのためにお祈りしましょうか」ニキスが提案する。

レンシアがサンダルを見おろし、それからペンを見あげた。

「それって、父さまのお役に立つ?」

「ええ……すべての旅の終わりには、必ず」神に誓約した正直さが、より慰めとなりそうな決まり文句を封じてしまう。「ですが少なくとも、そのときのわたしたちは、けっしてひとりではありません」

レンシアは一瞬真面目な顔で考え、うなずいた。

町の街路にはいった。ペンリックとデスとニキスに親しみをこめて身体をぶつけながら、コルヴァ姉妹は臆することなく坂をのぼっていった。

ヴィルノックの医師

The Physicians of Vilnoc

登場人物

ペンリック（ペン）……オルバス大神官の宮廷魔術師
デズデモーナ（デス）……ペンリックの魔
ニキス……ペンリックの妻
フロリナ……ペンリックとニキスの娘
イドレネ……ニキスの母
アデリス・アリセイディア……ニキスの双子の兄。オルバスの将軍
レーデ・リカタ……アデリスの砦の上級医師
トルガ……母神教団の上級医師
デュブロ……イズベトシア神殿の魔術師
ジュルゴ……オルバス大公

献辞

医学の長い長い歴史の中で、途方もなく大胆な実験を試み、しばしば失敗し、ときに成功しながら、われわれの世界を形成するために尽力してくれたすべての医師に

「神々はわれわれの手を通すよりほか、この世界に触れる術をもちません。われわれが受け入れることをしなければ、神々はどこへむかわれるのでしょう」

――イングレイ・キン・ウルフクリフ『影の王国』

三つの身体に宿る四人がひとりの赤ん坊を競いあっているいま、生まれたばかりの娘フロリナは、当然ながらめったに揺り籠に横たわることができない。ペンリックはインクの染みついた長い一本の指でフロリナの頰に触れた。赤ん坊がやわらかなくちびるを鳴らして頭を動かす。ペンリックはにっこりと笑った。

「おやめなさいな、ペンリック」義理の母イドレネが穏やかにたしなめる。「それとも、親馬鹿をしているのはデズデモーナ？」

「わたしです」ペンリックは答えた。「新米の父親なんですから、親馬鹿になってもいいでしょう。それに、デスの中で赤ん坊に夢中なのは、十二分の二だけです」

「そうですよ」ペンリックの内に棲《す》まう魔デズデモーナが言った。

デズデモーナのような霊的存在が物質世界に存在するためには人と肉体を共有しなくてはならず、したがって、彼女が話すときはペンの口を借りなくてはならない。〝寄生〟という言葉は正しくない。ペンはその見返りとして、神殿魔術師としての能力を彼女より与えられているのだから。〝間借り人〟という言葉もまた正当ではない。もっともよく使われているのは〝乗り手と乗騎〟という比喩だ。この言葉は、乗り手たる魔術師の力が弱かったり不注意だったりして混沌の魔の制御を失った場合、立場が逆転するという事実をも暗示している。ペンリックはいつも〝人〟という言葉ですませる。それはちょうどいい具合に曖昧《あいまい》で、かつデスを満足させるというおまけまでついてくる。

デズデモーナはさらにしゃべりつづけた。

「わたしたちの中でも、リティコーネと医師のヘルヴィアはいつも赤児が大好きですね。アンベレインとアウリアは話せるようになった子供のほうを好みます。ルチアとミラは子供にまったく関心がなくて、ロガスカは年齢に関係なくすべての人間が嫌いなんですよ」

この世界にあらわれて二百年のあいだにデスが取り憑き、その人格をとりこんできた十人の女（と雌ライオンと牝馬）全員の名があがったわけではない。それでもイドレネはしっかりと理解してうなずき、さらにはペンの気がそれた瞬間を狙って眠そうなフロリナを彼の手から奪い返した。

「老将軍は子供好きという感じではなかったわね」イドレネは孫を肩にのせ、その背中を愛おしげにとんとんとたたいた。「どちらかといえば怖がっていたのかしら。おかしな話ね。軍隊や戦争のことになると、あんなに怖いもの知らずだったのに。でもあなたやニキスと同じ、あの人もずっと子供を待ち望んでいたわ」

「三十三なら、歳をとりすぎているというほどではありません」ペンは力説した。

彼自身のことではない。はじめて母となったニキスのことだ。最初の結婚で子に恵まれないまま、はやばやと未亡人になった彼女は、自分が石女《うまずめ》なのではないかと案じていた。

「ニキスの父上は、彼女とアデリスが生まれたとき、五十、でしたっけ？」

「それくらいね。ほらほら、フロリーや」身じろぎして上品なおくびをもらした幼子に、イドレネが甘く語りかける。「あなたとニキスがこの名前をつけてくれて、とっても嬉しいわ。わたしのフロリナも、きっと光栄に思っていることでしょう」

ペンリックはイドレネと知りあったばかりのころ、はるかに若い側室が夫の正妻とどれほど深い真実の絆《きずな》で結ばれていたかを知って、驚いたものだ。そうした関係でよく見られるという、敵意あふれる競争意識や嫉妬心など欠片《かけら》もない。そんな家庭で育ったからこそ、ニキスは、多重人格のようなペンリックとのややこしい暮らしも抵抗なく受け入れられるのだろう。ありがたいことだ。考えてみれば、それはイドレネにもあてはまる。

「つぎは〝ルレウェン〟にしようと思っています」ペンはため息とともに告げた。

イドレネの黒い目が面白そうに皺《しわ》を刻んだ。五十代もなかばだというのに、彼女はいまも背筋をぴんとのばし、堂々たる美女ぶりを誇っている。肌はセドニアの温かく濃い銅の色。髪は娘と同じ黒だが、彼女の巻き毛には銀がまじっている。

「つぎは、ですって？　それは嬉しいけれど、もし男の子だったらどうするの？　わたしにはどうしても、あなたお気に入りのそのウィールドの不思議な名前が、男の子のものなのか女の子のものなのか、どっちにでも使えるのか、わからないのよ」

「亡くなられたマーテンズブリッジの王女大神官はご婦人でしたけれど、この名前は男女どちらにでも使えるものです。だからわたしも、そのつもりでいます」

開け放した書斎のドアを通して、街路に面した階下の入口から、ノックのこだまがかすかに聞こえた。家政婦のリンの応答する声に、ペンリックは緊張を解いた。

イドレネは逆に、鼠《ねずみ》を見つけた猫のように油断なく、しゃきっと首をもたげた。

「アデリスの声じゃないかしら」

「そのようですね」

距離があるため言葉までは聞きとれないが、低いうなり声が広間《アトリウム》を抜けて、ここまで届いてくる。

〈間違いありませんね〉デスも断言した。

イドレネの母としての勘よりも、魔の知覚のほうが確実だ。

「あら、ニキスも会いたがるでしょうに。あの子、どこ?」

「仕事部屋で機織りをしています」

おかげでペンリックも、つかのまフロリナを抱くことができたのだ。

「知らせてくるわ」イドレネは、なおも宝を抱いたまま部屋を出ていこうとした。「あなた、下で迎えてやって」

「アデリスはわたしよりも、あなたがたふたりに会いたがると思うのですが」ペンは反論した。

それでも彼は、書き物デスクに積みあがった書類を放置して——そんなものよりはるかにすばらしい娘に魅惑されて、さっきからずっと放りだしたままなのだ——素直に立ちあがり、回廊の階段をおりていった。一家が借りているこのテラスハウスの広間《アトリウム》には、石畳が敷かれている。ペンの故郷に立つ木造館の玄関ホールよりわずかにひろい程度にすぎないものの、充分な光と空気をとりこんでくれる。そして、雨も……。屋内と屋外に関するペンの概念には大きく逆らう建築様式だが、それにもようやく慣れてきた。オルバス公国において、雪は問題にならない。

頑丈な正面扉をあけるとすぐさま街路だが、門番はおいていない。家の主が魔術師だと知られているのだから、無理やり押し入ってくる者などいるはずもない。

近づいていくと、リンが頭をさげて訴えた。

「学師さま。アリセイディア将軍がいらしてるんですけれど、中にはいろうとなさらないんです！」

「うん？」ペンは首をつきだした。

義兄は馬の手綱を握ったまま、入口の階段の下をうろうろしていた。標準軍服であるチュニックとズボンとブーツを身につけ、この夏の暑さのためか、革の胴鎧《どうよろい》と地位をあらわす赤いマントは省略している。助手だろうか馬丁だろうか、ひとりの若者が、さらに二頭、軍用鞍をつけた馬の手綱を握っている。

「アデリス、はいってください。ニキスとイドレネも喜びます。それに、あなたの姪も目を覚ましていますよ」

アデリスは意外にも拒否のしぐさをした。

「駄目だ！」

「……どうしたんですか」

「はいるわけにはいかん」アデリスは断固とした口調でつづけた。

ペンは反論しなかった。そのつもりになれば、アデリスはどこまでも頑固になれるのだ。

「いそいでいるんですか」

「ああ。その馬で砦《とりで》まできてくれ。見てほしいものがある。いますぐにだ」

あまりの熱意に呆気にとられ、ペンはまばたきをした。若き将軍がオルバス大公のために指揮をとっている砦は、ヴィルノックの市城壁から一マイルほど内陸にはいったところ、西にむかう主街道を見おろす丘の上に立っている。何世紀も昔、オルバスがセドニア帝国の属州だったころ、町と砦はもっと近かったのであるが、河口に沈泥《シルト》がたまってしだいに港が遠ざかってしまったのだ。ジュルゴ大公が夏の都に滞在しているあいだ、主たる防衛の役割は港の海軍が引き受けるとはいえ、軍の大半はこの砦に駐屯する。数千の軍人と非戦闘員を抱え、砦はそれ自体が郊外の町のようだ。

軍の問題なら、アデリスはけっしてこのようにせっぱつまった状態でペンリックの助言を求めたりしない。ということは、神学的な問題だろうか――いや、あり得ない。翻訳について、数カ国語をあやつる学者の意見を聞きたいのだろうか。それとも、魔法の関連が疑われる事件か。ほとんどの場合は勘違いだが、ごくごく稀にほんものの魔法が関わっていることがあり、それゆえに興味深くはある問題だ。それとも……

「おれの部隊で、かなりの連中がわけのわからん熱病にやられはじめているのだ」

〈それとも――ああ、やっぱり、そっち方面ですか〉

「そうしたときのために軍医がいるのでしょう。野営地で発生する赤痢とか、そうしたものに熟練した人が」

「いや、それはまあそうだが。とにかく、兵舎と井戸と便所は清潔にしているし、糧食も古くなってはおらん。医師どもにも原因がわからんという。ふたりの医師が奮闘している。看護兵を使ってな」

「わたしが医師でないことはわかっているでしょう」ペンは頑なに言い張った。「いまはもう医師ではないんです」

アデリスはこぶしをふってペンの抗議を退けた。

「昨夜、四人が死んだ。さらにだぞ。この何日かですでに六人が死んでいる」

ペンはためらった。

「いつからですか」

「十日は確かだ。それ以前がどうだったかは、誰にもはっきりしたことがわからん。だがひろがりはじめたのが最近であることは間違いない。赤痢なんかよりもはるかに危険だ」

「回復した人はいますか」

アデリスは顔をしかめた。

「そいつはまだなんとも言えん」

〈それはまずいですね〉とデス。

まさしく。砦で伝染性の病が発生すれば、必ず港までやってくる。そして港町にはペンの家の扉があり、その背後には宝物たる人々がいる。アデリスがその扉から距離をとって立っていることが、すべてを物語っている。

「鞄をとってきます」ペンリックはため息とともに言った。

ニキスと共有し、いまはフロリナの揺籃《ゆりかご》がおいてある二階の寝室にはいった。彼にとって第三の職業、いや、神官学師、魔術師、そして学者につぐ第四の職業の器具をおさめた鞄は、目につかないよう、したがって心から締めだしておけるよう、櫃《ひつ》の中におさまっている。とはいえいざ必要というときには、軍の支給品などよりはるかに役に立つものだ。家の中でぶらぶら過ごそうと朝から着ていた古い擦り切れた心地よいチュニックを脱ぎ捨て、二番めに上等の庶子神教団神官の夏服を身につけた。

細身の褐色のズボン。袖のないクリーム色のチュニックは、腰の両側にスリットがはいって前後にわかれ、膝丈の裾には聖獣を刺繍《ししゅう》した飾り帯が縫いつけてある。腰のサッシュには、魔術師としての職を示す――もしくは警告する、銀の組紐がまじっている。チュニックの立襟をとめる銀メッキのトルクは、宮廷儀式や祝日のための一張羅《いっちょうら》とともに、櫃の中に残しておくことにした。

古い服を一式と下着の替えを袋につめた。できれば泊まりとか、それ以上に長くなることは避けたいのだが、これればかりは誰にもわからない。いざとなれば清潔な軍用衣類をアデリスから借りることはできるが、ズボンはどれもくるぶしまで届かないほど短いに決まっている。しばし考えてから、長い金髪の三つ編みをうなじでまとめ、しっかりととめた。病人の排出物の中に垂れ落ちてひきずることになってはまずい。その作業を終えたとき、ニキスがとびこんできた。

「ペンリック！　いったいどうなっているの？」

「兄君に頼まれて、病に倒れた部下を診に、砦までひきずられていくところです」

死者が出たことまで告げる必要はない。

「アデリスだって、あなたにそうした仕事を押しつけちゃいけないことはわかっているはずなのに」ひたいの皺がさらに深くなる。「つまり、あたりまえの病気ではないってことね」

すみやかに結論をくだした。質問ではない。

「そうですね、デスといっしょに診てみるまでは、なんとも言えませんけれど。わたしとしてはデスをあてにしています」

デズデモーナはペンリックよりもはるかに多くの経験を積んでいる。

彼の腕の中にはいって、ニキスが心地よさそうに深々と息を吸った。ペンはつかのま、こっそりとその瞬間をありがたく堪能した。

「だったらわたしもデスを頼りにするわ」こんどはニキスのほうから、細い彼の腰に両手をまわしてきた。「デス、ペンが無茶をしすぎないよう、気をつけていて。お願いね」

「ええ、最善を尽くしますよ」デスがペンリックの口を使って答えた。

ペンリックは、すてきなニキスを妻とすることでさまざまな喜びを味わっているが、そのひとつに、彼女は夫とデスをけっして間違えないということがあげられる。ニキスは混乱もなくうなずいた。

「それで、ふたりはどれくらいのあいだ出かけているの？」

「わかりません」とペン。「一時間か、一日か、一週間か。もどってくるまで、一種の隔離状態になるかもしれません」

「伝染病なの？」黒い目が大きくひらかれ、不安をこめて彼を見あげる。

「たぶんわたしは大丈夫です。アドリアにいるあいだも、あの国特有の三日熱にはかかりませんでしたし、セドニア半島にきてからは風邪をひいたこともありません」

頭を殴られて壺牢に放りこまれたり、制御を失ったパトスの魔術師から魔法の攻撃を受けたりしたことは、病気にははいらない。それにそうした怪我も、みなデスが治してくれた。だが、ニキスは乳飲み子の娘にとって欠くべからざる母であり、いかなる危険にもさらすわけにはいかない。もちろんニキスも、同じだけの用心を心がけているはずだ。

「だから、わたしから連絡がなくてもやきもきしないでください。アデリスの用事で忙しくしているだけですから」

「ほんとにもう。軍の騾馬《らば》みたいにこきつかわれてはいやよ。いざとなったらわたしが、アデリスの耳をひきちぎってやるわ」

ペンがくちびるを寄せるとニキスの渋面がほぐれる。それから、すぐに消えてしまうえくぼにくちづけし——うん、このほうがずっといい——ペンは不承不承、わが家を離れた。


アデリスはその短い距離を速歩で駆け抜けた。ありがたいことに、会話をかわそうとはしなかった。彼は医師ではなく戦術家だ。まもなく彼の軍医が、治癒の術に関する共通言語を使って、わけのわからないこの状況を事細かに説明してくれるだろう。

ペンはこれまで一度しか砦を訪れたことがない。侵攻してきたルシリをみごとに征討して帰還した新将軍を称えて、ジュルゴ大公が開催した式典のときだ。集まった軍に感銘を与えるための行事であることは間違いないが、アデリスはそれ以上に、おのが姿をささやかではあれ家族に見せられることを喜んでいた。イドレネと、ニキスと、そう、ペンとデスだ。

砦は低い丘の上全体にひろがっている。そこにいたる坂道は、ペンの故郷の城までの道ほど急ではない。ともあれこの暑さの厳しい土地において、旧セドニア軍の技術兵は何よりも水源の確保を重視し、そのために広大な敷地全体を囲む大がかりな堀をつくりあげた。その堀は、定期的に沈泥《シルト》や砂利の除去作業をおこなう必要があるものの、城壁のすぐそばに家を建てようとする村人をふせぐ役にも立っている。

蹄音を響かせて跳ね橋をわたり、両側に石塔がそびえるメインゲートを抜けたところで馬をおりた。手綱を受けとった若者が、騎兵隊の厩舎《きゅうしゃ》へと馬をひいていく。精鋭たる騎兵隊と急使は、愛する乗騎とともに砦のこちら側に宿舎をもっている。この区画にはほかに、作業場、鍛冶場、店舗、武器庫などが集まっているが、替え馬や運搬用役畜は川のそばの草地に放牧されている。ふたりは、中庭以上の用途はありそうだが練兵場と呼ぶには足りない、もっぱら兵の招集に使われる中央広場にはいった。途中、数人の兵士が敬礼してきた。アデリスはそのたびに右のこぶしを胸にあてる礼を返した。

広場のむこう、司令部の正面に立つ神殿の前を通りながら、アデリスが五聖印を結ぶ。ペンも遅ればせながら彼を真似て、ひたい、くちびる、臍《へそ》、下腹部、心臓に触れ、こぶしではなくひらいた手のひらを心臓にあてた。それが正式の聖印なのだが、この神殿は秋の御子神を奉じている。友とのまじわりを、ひいては悲しいかな、戦を司る神だ。ペンは最後にいつもの習慣に従い、彼自身の神の不確かな祝福を乞うて、親指の裏でくちびるをはじいた。

神殿前廊で動きがあるのは、葬礼の用意をしているのだろう。砦の人口を思えば、とりたてて珍しくもないが、それでも……

ずらりとならんだ兵舎をまわり、砦の裏側に位置する診療所にむかった。小さなゲートを抜けて、柱廊に囲まれた中庭にはいる。ゲートのすぐ内側に、さまざまなものを司りながら何よりもまず医療の女神とされる夏の母神を祀《まつ》る祠《ほこら》が設けられていた。目的としては軍の正反対を意味するものだが、木陰の祭壇前に敷かれた祈禱用敷物には、驚くほど大勢の請願者が押しかけているようだ。

陽光あふれる中庭に面しているのは、処置室、倉庫、薬剤室、専用の浴場と洗濯場などだ。

しんと静まり返った反対側の柱廊の下には、ずらりと病室がならんでいる。それぞれの入口には――かろうじて――プライヴァシーを守るため、革のカーテンがかかっている。必要に応じてひと部屋に四台から十台の寝台が設置され、一度に最大二百人の病人や怪我人が収容できるという。

アデリスが一枚の革カーテンを押しあけて中にはいったので、ペンもあとにつづいた。明るく穏やかな中庭が、ふいに不安を帯びた薄暗い光景に切り替わった。

デスの助けを借りずとも、目はすぐさま薄闇に慣れた。だが細かいことまではわからない。寝台は六つ、すべて埋まっている。五人はしきりにうめきをあげているが、ひとりはあまりにも静かで身じろぎもしない。その脇にひとりの若者がひざまずき、うつむいて涙を流していた。嘆きのあまり声も出ないまま、肩をふるわせている。

「ああ、なんということだ」アデリスが足をとめてささやいた。「マスター・オリデスまでもが。ペン、おまえなら、少なくともあの方だけでも助けられると思っていたのに」

いや、それ以上のことを山ほど期待していたに決まっている。ペンはこのさきを思いやってたじろいだ。

オリデスはこの部隊の上級医師で、ペンも昨年の征討祝典のときに顔をあわせたことがある。長年の経験ならではの冷静さと、おそらくは同じく長年の経験ならではのわずかな悲観主義を備えながら、ウィットにも富んだ将校だった。枕の上の鴉《からす》のような横顔に、いまユーモアの影はない。生命のぬくもりとともに人間性も失われ、黒ずんだ肉が縮んで骨に貼りつき、すでにミイラのように干からびている。

〈デス、視覚をお願いします〉

ペンの魔は、彼から要請があったときにのみ霊的知覚を貸し与える。二重視覚があまりにも強烈なうえ、彼がほかの人には見えないものに反応し、周囲の人々を驚かせてしまうからだ。たとえば幽霊だ。とはいえ以前訪れたときに見たかぎりでは、この砦に漂う神々から切り離された魂は、この古さの建物としてはさほど多くなかった。オリデスはすでにおのが女神のもとに召されていた。母神の愛《めぐ》し子として、きっと大切に迎えられたにちがいない。神が通りすぎていった痕跡が、香水の残り香のようにかすかに漂っている。

〈この無慈悲さの中で、せめてもの慈悲だ〉

アデリスの声を聞いて若者が顔をあげ、あわてて立ちあがった。懸命に冷静さをとりもどそうとしているのがわかる。若者はこぶしを心臓にあてて、かすれた声をあげた。

「閣下!」

これが軍服の効能というやつだ。それが誰か、少なくともどういう地位にある人間か、ひと目でわかる。たぶん神殿のローブも同じだ。この若者は、少しばかり汚れた生成りの袖なしチュニックに、緑のサッシュを締めている。つまり、彼も軍医ということだ。年齢は二十代前半くらい。濃い赤褐色の煉瓦《れんが》色の肌、黒い髪、茶色の目は、この国では典型的なパターンだ。体格はごくふつう。身長は、中背で筋肉質なアデリスよりやや低めといったところか。やつれ疲れきった顔は標準装備ではなく、悲嘆にくれたささやきも同様だろう。

「遅すぎました」

アデリスはすばやくペンリックに視線を走らせ、それから賢明にも、彼のたじろぎに気づかなかったふりをした。

「ペンリック、これはオリデスの上級助手マスター・レーデ・リカタ。わが部隊の第二軍医だ」

いまは第一軍医だ。その重荷がみずからの肩にのしかかってきたことに気づいたのだろう、レーデがはっと息をのんだ。

「マスター・レーデ、これはペンリック・キン・ジュラルド学師。ジュルゴ大公の神殿魔術師だ。彼と彼の魔マダム・デズデモーナは、医学的な問題に関して卓越した知識をもっている。この危機を切り抜けるにあたって、必ずや助けとなるだろう」

アデリスは彼を正式な医師としては紹介しなかった。いくぶんほっとする。それでも、目のまわりを縁取り、梟《ふくろう》の羽根のように赤と白の模様を描いて顔の上半分をおおう火傷痕《やけど》に手を触れたところを見ると、それを言いたくてたまらないのだろう。なんといっても、その目はふたたび視力をとりもどしたのだから。いっぽうデスのほうは、ペンとはべつの個人として紹介されるというめったにない経験に、少しばかり悦に入っていた。

しきりと手で髪を梳いていることから、アデリスがどれほど心を痛めているかが察せられる。

彼はあごでくいと寝台を示してたずねた。

「いつ亡くなられたのだ」

「まだ砂時計半分ほどもたっていません」いまは亡き師を見おろしながら、レーデは手首の裏で赤くなった目をこすり、ようやくのように口にした。「閣下が今朝ヴィルノックに出かけられたときには、たぶんもうすでに手遅れだったのでしょう」

「そうかもしれん」歯の隙間から押しだしたような声だった。

〝死臭〟というのは誤った言葉で、死体が長時間そのまま放置されないかぎり、それほど意識されるものではない。だがこの部屋は、清潔さを維持するようこまめに手入れされているにもかかわらず、他のすべてを抑えて病のにおいが充満している。弱々しく嘔吐《おうと》する患者のために洗面器を支えてやっていた看護兵が顔をあげ、レーデに声をかけた。

「埋葬準備のお手伝いをしましょうか」

レーデは手をふって、看護兵を仕事にもどらせた。

「マスター・オリデスなら待ってくださる」

「なんだか変ですね。いつだって自分たちをせかしてばかりだったのに」

「そうだね」レーデはため息をつき、汚れたシーツをひきあげてオリデスの顔にかぶせようとした。

ペンは片手をあげてそれをとめた。

「その前に、ご遺体を検分してもいいでしょうか」

「ああ、そうですね」レーデは顔をしかめた。「マスター・オリデスなら、当然そうお考えになるでしょう」

アデリスが険しい顔で腕を組み、うしろにさがった。ペンは謎の病に倒れたもっとも貴重な犠牲者を調べるべく、かがみこんだ。レーデが肩ごしにのぞきこんでくる。まずはシーツをはぎとり、爪先から順序よく全身を検分していった。何ひとつ見逃してはならない。

　生きていたとき、オリデスの肌は木かスパイスのような温かな色だったろう。いまは全身が黒ずんで、灰色じみた紫の痣《あざ》でおおわれている。目に見える発疹《ほっしん》や傷はないものの、寝台に押しつけられたやわらかな肉がつぶれはじめている。数日ではなく数週間の病床生活による床ずれに似ている。目、耳、鼻、口腔内に乾きかけた血の痕跡があるが、それ以外、通常の死者ととりたてて変わったところはない。そうとわかるような特別な異臭もない。肉の落ちくぼみは、体液を維持できず乾燥状態に陥ってしまういくつかの病気に共通の症状だ。

〈もう一度視覚をお願いします〉

〈魂はもう召されていますよ〉

〈ええ。ですが、物質的なものすべてを見ておきたいのです〉

　部屋が薄れ、実体のない目でミニチュアの肉体世界におりていくという、奇妙ながらも馴染みある感覚が訪れる。肌の紫は、ほんとうに一種の痣のようだった。殴られたあとではない。毛細血管が内側から崩れ、外に漏れた血液が凝固して黒ずんだのだ。その現象が、皮膚だけではなく、肺や消化器官をふくめ、全身に見られる。沼地を這いでるように拡大した感覚から抜けだした。粘つく恐怖が貼りついているみたいだ。そんなものは錯覚にすぎない。みずからにそう言い聞かせながらも、できるだけはやく手を洗いたいと思う。

　周囲の寝台に寝ている病人たちを慮《おもんばか》り、ペンは声を落としてたずねた。

「患者に嘔吐、咳、下血などの症状はありますか」

「病状が悪化したときには。それが悪化の判断基準ともなります」レーデの口もとが引き締まる。「マスター・オリデスはご存じでした」

「亡くなられたご遺体で解剖をしたことはありますか」

「はい、最初のふたりで」レーデもまた、すぐそばの寝台で聞き耳をたてている心配そうな患者たちに視線をむけた。「学師殿、検屍がもういいようだったら、中庭で話しませんか」

「ああ、そうですね」

レーデが師の身体にふたたびシーツをかぶせ、聖印を結んで、最後にもう一度臍に触れた。ふたりはのろのろと明るい中庭にもどった。アデリスがカーテンを押さえてふたりを通し、すばやくそのあとにつづく。彼は確かに勇猛果敢だが、いまの敵は剣や槍で戦える相手ではない。現に、彼の部下たちが彼の目の前で生命を落としているではないか。

柱廊の下に、石のベンチが何脚か設置されている。レーデはそのひとつに沈みこむように腰をおろし、腫れあがった目蓋《まぶた》をなかば閉じた。明るい光の中で見ると、緊張と疲労がさらに顕著だ。いったいいつから眠っていないのだろう。たぶん昨夜は一睡もしていない。アデリスはいちばん近くの柱にもたれ、首を垂れて懸命に耳を澄ましている。ふたりの話し声が低いからではなく、その声が伝える内容を理解しようとしているのだ。

「ごくあたりまえの質問からはじめたいと思います」ペンは言った。「今回の経緯を教えてください。どのようにしてはじまったのですか」

レーデはいらだたしげに肩をすくめた。

「はじめはふつうの熱だと思ったんです。何日か休んでいたら、自然とおさまるような。頭痛と関節痛と筋肉痛、それに食欲の減退が見られました。一日か二日たつと胃痛と腹下しがはじまりましたが、それもべつに異常というほどのことではありません。最初の徴候は、皮膚の下にできた、ほとんど気がつかないほど小さな小さな斑点でした。それから痣ができはじめたんです。点がひろがって、学師殿もごらんになったように、痣となって全身をおおいました。そして便の色が濃くなって血がまじり、呼吸が苦しくなりました。そのあとはもうまっすぐ、三日かそれよりもはやく死が訪れるだけです。全経過、四日から一週間といったところです」

「自然治癒した人、もしくは快方にむかった人は？」

「十日を過ぎて生きている者は何人かいますが、とても回復したとはいえません。なかばまで、というところでしょうか」

「ふむ。感染症か、汚染によるものか、疫病か、井戸に毒がはいったか、その他の原因も考えられますが、あなたはどう思いますか」

最後の原因は考えたこともなかったのだろう、レーデの眉が吊りあがった。アデリスがぴくりと身動きしたところを見ると、彼にとっても嬉しくない考えであるようだ。

「わたしは……マスター・オリデスは、感染症だと考えていました」

〈マスター・オリデスが正しいと思いますよ〉デスが考えこみながら口をはさんだ。〈少なくとも、正しい道をたどっているようですね〉

ペンはリムノス島を思いだして一瞬気をそらし、すぐにその記憶を脇に追いやった。井戸に投げこまれた毒のせいで占領軍が壊滅したという、歴史的に有名な物語だ。

「最初に発症したのは誰ですか。患者に何か規則性はありますか」

「マスター・オリデスとわたしも、それについては頭を悩ませていたんです。最初に亡くなったのは蹄鉄工の主任です。強靭ですばらしく健康な人でした。でもつぎは、物資補給係将校付の事務官でした。それから歩兵が四人。騎兵がひとり。馬丁がひとり。昨夜は洗濯女も亡くなっていますが、これははじめての女の死者です。それから診療所の看護兵。そしていま、わたしたちの医師が亡くなりました」

レーデにとっては最後の死者が、残るすべてをあわせた以上に大きな喪失となっているのだろう。それはこの砦にとっても同様だ。

「ふもとの村で発生しているという話はありますか」

「洗濯女が最初です。残念ながら、それが最後にはならないでしょうね。まだ村まで行ってたずねる機会がもてないんですけれど」

「誰かを村にやって、調べさせなくてはなりません」

アデリスが顔をしかめながらもうなずいた。

「それで、その……学師殿は魔術師なんですよね」

レーデはじろじろとペンをながめまわした。その視線に疑惑がこもっているのも無理からぬことだ。

「それで、学師殿には何ができるんでしょうか」

〈さまざまなことが。ほとんど何も、ともいえますが〉

　ペンは困惑のため息をこらえた。

「これまで魔術師と、もしくは神殿の医師魔術師と、仕事をしたことはありますか」

「魔術師には会ったこともないです……。マスター・オリデスは、一度いっしょに仕事をしたことがあると言っておられましたけれど、くわしくは聞いていません。膀胱《ぼうこう》に痛みをもたらす石を破壊したとか、そういった話でした」

「ああ、そうですね。もっとも簡単かつ安全な処置のひとつで、いちばん最初に学習します。恐ろしいスパーテルを挿入するより、はるかによい方法です」

　レーデがそのおぞましい処置方法なら知っていると言いたげにうなずいた。アデリスは、なんと、しりごみしている。

「まず、何よりも理解してほしいのですが、わたしが神より賜ったのは混沌の魔法です。それは当然ながら、本来は破壊的な傾向にあり、主として破壊的な方法に適したものです——下向きの魔法、と呼ばれています。ふつうに考えられるより以上に医術に役立つものではありますが、基本的には、肉体がみずから治癒するよう道筋をつくることしかできません。障害となる石が砕かれたあと、膀胱がみずからその粉を排出するようなものです。ときには腫瘍《しゅよう》を破壊することもできます」〈できないこともあります〉「腸内の寄生虫もその対象になりますけれど、じつのところ、薬屋の虫下しでも同じ効果は得られます」

下向きの魔法リストの中で、もっとも高度な技術を要する先進的な治療は、子宮外妊娠の胎児をすばやく移動させることだ。これは軍医と議論したい話題ではない——ほかの誰とも話したくなどない。

「それじゃ……上向きの魔法というものもあるんですか」

〈この坊や、なかなか頭の回転がはやいですね〉デスが好意的なつぶやきを漏らす。

ペンはうなずいた。

「ですが、それには下向きの魔法よりも高い代償が必要です。魔術師は、そう、さまざまな方法で秩序をつくりだすこともできますが、そのあと、なんらかの方法を講じて、膨大な無秩序を排出しなくてはなりません。あまりにも多くのことを一度にしようとすると、もしくは過剰になった混沌を排出できずにいると、その魔術師は熱射病のような症状に陥ります。ふつうの熱射病と同じくらい、生命に関わる危険なものです」

「そうなんですか。はじめて聞きました」

レーデは真剣な顔でしっかりと理解している。間違いなく、熱射病の兵士を治療したことがあるのだ。この気候ではそれも驚くにはあたらない。だが彼はそこで鼻に皺をよせた。

「学師殿は、いったいぜんたいどうやって〝混沌を排出〟するんですか。そもそも、それはどういう意味なんですか」

レーデは専門用語にとまどうような人間ではない。手加減なしに説明しても大丈夫だろう。

「そうした魔術師の周囲では、さまざまなものの劣化が加速します。ロープはほつれて切れ、金属は錆びます。木材は腐り、カップは中身をこぼすか割れてしまいます。火花が穴をあけ、火をつけます。車輪ははずれ、鞍はすべり落ち、馬は足を傷めます。そうした出来事自体はべつに異常でもなんでもありませんが、それがたてつづけに集中して起こるのです。訓練を受けていない里居の魔術師が船で旅をしないほうがいいというのは、そういう理由によるものです」

さらには、魔術師自身の体内にも腫瘍ができる。長期的に見た場合、そうした腫瘍で死ぬ不注意な魔術師のほうが、超常的な熱射病で生命を落とす魔術師よりも多いといえるだろう。

「神殿における訓練の半分は、魔の混沌を、神学的に許された外部の目標にむけて安全に放出する方法を学ぶことに費やされます」

レーデは長い話のあいだも口をはさむことなく、熱心に耳を傾けている。ペンは深く息を吸った。

「わたしの魔が最初に見せてくれた魔法は、蚤《のみ》のような害虫の退治でした。のちにわかったことですが、殺害は、もっとも手っとり早く、かつもっとも効率的な、混沌の排出方法だったのです。秩序から無秩序にいたる変化の坂道においては、生から死への移行がもっとも急な勾配を有しているからです」

そして、その坂道をのぼる逆の作用、この世界の物質から意のままに生命を産みだす現象は、同じくらいすばらしい奇跡なのだ。フロリナの誕生により、その事実はペンの心に深く深く浸みわたっている。だがじつをいえば、意識さえしていれば、奇跡は呼吸のひとつひとつ、食事のひと口ひと口にもひそんでいる。

「ですから、多くの治癒をおこなうとなれば、数匹の蚤や虱《しらみ》以上の混沌の廃棄場所をさがさなくてはなりません。まあ、その問題はあとで考えましょう。注意しておきたいのは、わたしの上向きの魔法は、直接的に病を癒したり傷を治したりするわけではないということです。肉体がより迅速にみずから治癒していくよう、その秩序回復を促《うなが》すだけです。

ですから、熱射病の不安や混沌の廃棄場所を見つけなくてはならないといった問題のほかに、限定要因がもうひとつあります。つまり、対象となる肉体が一度にどれだけの援助を受け入れられるかです。一度に口にはいる食べ物の量が限られているように、わたしには一瞬にして損傷を治癒させることはできません。少しずつくり返し処置をおこなわなくてはならないのです。したがって、わたしの援助を消化するよりもはやく病が進行したら、わたしの試みは失敗します。病が回復可能な地点を越えていたら、わたしの魔法は無駄になります」

「おまえはおれを治してくれたではないか」アデリスがためらいがちに抗議の声をあげた。

レーデは視線をあげて、真剣な表情を浮かべた傷だらけの司令官の顔を見つめた。そして理解したのだろう、目を瞠《みは》った。

「人ひとりを治すことならできます。でも軍隊ひとつを治すことはできません。あまりに多くの患者が出るようでしたら、最終的には、わたしの治療の割り当てをどうするか、考えなくてはなりません」レーデにむかって悲しげに眉をひそめ、「慎重かつ冷徹に患者を選別することになるでしょう。部隊付軍医ならば、あなたもそれがどういう意味かはご存じですね」

レーデがひたいをこすった。ペンと同じくらい悲しげな顔を見れば、いまの話をアデリスよりもよく理解しているのだとわかる。

「わたしは戦場におもむいたことがないんですけれど、何度かマスター・オリデスからそういう話を聞いたことがあります。酒を飲んだときなんかに」

ペンはうなずいた。

「わたしがもたらす結果は、外部からは規則性がないように見えるでしょう。でも現実にはそうではありません。ですが、恐怖と希望が入り乱れるこのような混乱と動揺の中では、わたしの魔法について残念な誤解が生じる恐れがあります」

「学師殿はそういう経験があるんですか」とレーデ。「まるでマスター・オリデスみたいな話しぶりですけれど」

ペンは手をふった。隠していてもしかたがない。

「わたしの魔の以前の乗り手のうち、ふたりが母神教団で医師として働いていました。神殿の魔を授かる前、そして授かったあとのふたりの職歴をあわせると、医療現場にいた年数はおよそ九十年になります」マーテンズブリッジにおける彼自身の有益にして艱難に満ちた五年は勘定していない。「わたし自身はまだ二十二なのですが、それを思うととても……不思議な感じがします」

アデリスの眉が吊りあがった。こうした計算をしたことがないのだろうか。

ひとりの士官がやってきた。アデリスの姿を確認し、意を決したように中庭に足を踏み入れる。アデリスのほうでも柱を離れ、士官に近づいていった。低い声で会話がかわされ、それから士官が脇に立って待機した。アデリスはベンチのふたりをふり返って言った。

「急用がはいった。いまはこの問題をおまえたちふたりにまかせる。ペン、何か重要なことがわかったらすぐに報告するんだぞ」

まるでペンが自分の部下みたいな口ぶり――きっとニキスのせいだ。

デズデモーナがペンの口を使って声をあげた。

「アデリス、行ってしまう前にひと言、いいかしら」

「うん？　マダム・デズデモーナだな」

「そうよ、坊や」

レーデが驚愕を浮かべた。

「魔が学師殿の口を使って話すんですか」

「ええ」ペンはため息をついた。

レーデが司令官に視線をむける。

「そして閣下は、学師殿と魔を区別できるんですか。どうやって？」

「慣れだな」アデリスは顔をゆがめて答えた。「なんといえばいいか、おれもいつのまにか諦めて、ふたりまとめて義理の兄弟と考えるようになった」

「それはそれとして」いまはデスも面白がってはいない。「ペンの徴用は認めてあげますよ、いまのペンをとめることは難しいでしょうからね。でもそのかわり、ひとつだけ約束してくださいな」

「なんだ」アデリスが用心深くたずねる。

「ペンをこの道にひっぱりこんだ以上、いつその道をおりていいか告げるのはあなたの役目ですからね。ペンは自分からやめることができません。またいつぞやのように血なまぐさい議論になるだけです。ペンは自分からやめることができません。」


「やめてください、デス」ペンは固く口を閉じたが、デスはそれをこじあけてさらにつづけた。「アリセイディア将軍、あなたはこの砦を支配していて、ペンもそれに従わなくてはならない。だから、この荷を取り除くのもまた、あなたでなくてはならないんですよ」

「混沌の魔におれの義務を指図されるいわれはないが、マダム・デス、あなたの言いたいことはよくわかる。心しよう」

「うまくはぐらかしたこと」足早に去る背中にむかってデスがつぶやいた。

「でも正直な話」とペン。「それも彼の長所のひとつですよ」

「ふふん」

このやりとりを見つめるレーデは……そう、正確にいえば疑っているわけでも否定しているわけでもなく、おそらくは、感嘆しながらさらなる証拠を求めているようだった。まさしく真の医師だ。

ペンは膝のあいだで手を組み、つぎに何をなすべきか考えた。まず最初に。そのつぎに。

「デス、この二百年のあいだに、医師でもほかの誰でもいいですが、この病を見たことがありますか」

「多くの疫病や感染症を見てきましたよ、でも……」ペンの肩をすくめ、「病が肉体を破壊する方法はある程度限られます。ですからわたしは、ほとんどの症例に馴染みがあります。でも、あの全身にひろがる痣ははじめて見ましたね。じつに特徴的です」

「何より急を要するのは」ペンは言いかけて訂正した。「いえ、何より重要なのは、病原から人にどのように伝染しているかを見つけることです。もしくは、この場合もあり得るわけですが、どのようにして人から人に伝染するかですね。さしあたっては、単純な上向き魔法がどれだけ有効か、知らなくてはなりません。それにはためしてみるよりほかに方法はありませんね」

ペンは身体をのばして立ちあがった。レーデもまた、疲労をにじませながら、彼にならってベンチを離れた。ペンは彼にむかってさらにつけ加えた。

「病室にもどっても、わたしのことは魔術師と紹介しないでください。将軍に呼ばれて、みなさんのために祈禱を捧げにきた神官学師だと。それも嘘ではありません。いまの段階で誤った希望を与えては、ひどくまずいことにもなりかねないので」さらに間をおいてから、「間違った恐怖を与えることもあります。魔法についてとんでもないイメージを抱いているのは、四神教徒だけではありません。いつもなら話を聞いてくれる人に喜んで説明するのですが、いまはそんな余裕もありませんし」さらにもう一度間をおいて、「あなたは例外です。あなたは知っておかなくてはなりませんから」

「ええ、知らなくてはならないですね。教えてください」レーデは重々しく答えた。

レーデは亡き師の遺体が横たわる部屋の前を通りすぎ、隣の入口へとペンを案内した。

「あなたはいま、生存している患者を何人預かっているのですか」

自分はどこまで手をひろげるべきなのか。

「最後の報告では三十人でした。今朝、ふたりが運びこまれ、ついさっき、ひとり減りました」

生命を数える彼の顔はこわばっている。

レーデが革カーテンをもちあげた。ペンは息を吸ってみずからを律し、敷居を越えた。

ここにも六つの寝台がならんでいる。ひとりの患者は看護兵ふたりの手を借りれば椅子型便器を使える状態だ。残りのうち三人はかなり若い兵士で、あとのふたりはそれより年長だが年寄りというほどではない。ペンは五度、寝台の脇に膝をついて患者に声をかけた。

「ごきげんよう。わたしはヴィルノック神殿のペンリック学師です。みなさんのために祈禱を捧げにきました」

その言葉はさしたるとまどいもなく受け入れられ、ひとりからは弱々しい笑みと感謝の言葉が返った。ペンはそれぞれの上で聖印を結び、熱をもった胸に手をあてて決まりきった祝福をつぶやきながら、デスにつくりだせるかぎりの上向き魔法を静かに注入した。

六人めの患者は肌が紫色に染まり、呼吸も苦しそうで、鼻と腫れあがった目から血を流していた。心配そうな看護兵が海綿でそれをぬぐっている。ペンの挨拶に対する反応もない。〈視覚〉で腐敗した肺と内臓を調べ、ペンはただ膝をついて祈禱だけを捧げた。

汗が背中をつたい、髪の生え際に玉となってにじんでいる。ペンは立ちあがると、すぐそばで見守っていたレーデについてくるよう合図をして、外に出た。そのまままっすぐ中庭の奥にある噴水にむかい、においのきつい樟脳《しょうのう》石鹸で手を洗う。そばの鉤《かぎ》にかかる使いこまれたタオルに疑わしげな視線を投げ、手をふって水滴をはらった。かたわらにおかれた共有の杓《ひしやく》も同様に無視して、衣服に水がかかるのもかまわず、きらきらと流れる水流に直接口をつけて存分に咽喉《のど》を潤す。それからその下に頭をつっこんで頭皮を冷やした。ふたたび身体を起こしたとき、彼の呼吸はまだ荒かった。

「それでは」ペンはあえぎながらレーデに言った。「何か殺せるものをさがしにいかなくてはなりません」

「なんですって?」

「倉庫とか――穀物倉庫だとありがたいのですが。それとも厩舎とか。肥溜めでもいいです。鼠や、そうした害獣が集まりそうなところならなんでも。蝿《はえ》。鴉。いざとなれば鷗《かもめ》でも――港からこんなところまで飛んでくることがあればですが」

「ときどき飛んできますよ」答えながらも、レーデの視線にはなおも疑惑が浮かんでいる。「この作業に手伝いはいりませんから、よければ仕事にもどってください。もしくは、少し休んだほうがいいです」

「わたしは……いえ、学師殿が何をするのか見ておきたいです」

患者のために、だろう。

「べつに見るほどのものではありませんが」

レーデが手をひらいた。

「それでもです」

「いいでしょう。ならばついてきてください」

レーデは最終的に、砦のもっとも風下にあたる裏門の外のゴミ溜めにペンを案内した。衛兵は迷いなく医師を通した。

通路の左側に厩肥の山が築かれ、右側には厨房《ちゅうぼう》の生ゴミが積んである。そしてその両方が、堀の斜面をこぼれ落ちている。厩肥の山は、砦で飼っている馬や騾馬や牛の数から予想されるよりもはるかに少ない。その理由はすぐさま判明した。堀の底でひとりの村人が、菜園か穀物畑に使うのだろう、大量の堆肥を手押し車に積みこんでいたのだ。たぶん菜園だ。畑に撒くつもりなら荷馬車を使う。どちらの山にも蠅は豊富だが、この明るい午後に顔を出している鼠はいない。鼠がほしければ、夜になってから出直さなくてはならない。だが、鴉と鷗が何羽か、厨房の生ゴミをつついている。よし。

村人が大堀のむこう端にある踏み均された道から手押し車をひきあげ、去っていくまで待った。片手をふる。ゴミ山の上のかすかな羽音が消えた。飛んでいた蠅が、まさしくぼたぼたと落ちていった。

レーデが進みでて、点々と散らばる黒く光る小さな死骸を見おろした。

「ちょっと怖いですね」

「わたしも慣れるのに少しかかりました。ですがもう十四年も魔を養っているのです。いまではあたりまえになってしまいました」

〝養う〟という言葉は正しくない。狙いを定めた混沌の放出は、ある意味では排泄行為に近い。

それでも聞き手にとっては、不快な物質的比喩――同じく不正確にはちがいないが――よりも、この言葉のほうが受け入れやすいようだ。

蠅は大量にいたが、そのちっぽけな生命ではとうていこの仕事には足りない。そして蠅ももう使いきってしまった。ペンはむっつりと一羽の鴉を選んだ。それもまた音もなく落ちる。苦しませていないのがせめてもの慰めだ。仲間の二羽が好奇心にかられ、ぴょんぴょんと近づいて死体を見おろした。もちろん当惑している。鴉も嘆くのだろうか。鴉を司る神は嘆く。ペンはそれを知っている。謝罪をこめて、親指の裏でくちびるをはじいた。何に対する、〈誰〉に対する謝罪なのかは、ペン自身にもわからなかった。

「これでしばらくは大丈夫です」冷めてきたひたいを手首でぬぐった。「ですが、ここにいるあいだに、穀物倉庫と食料倉庫の場所を教えておいてください」

診療所にもどろうとすると、衛兵が呼びとめて仲間の病状についてたずねてきた。レーデは感心にも、短くはあっても正確な事実をありのままに告げた。だがきっと今夜兵舎で語られる噂には、さまざまな尾鰭《おひれ》がついてどんどん歪曲されていくのだろう。

「馬鹿者ども、具合が悪いと思ったらすぐわたしのところにきてくれればいいのに」穀物倉庫にむかって歩きながら、レーデが肩ごしにふり返って言った。「仮病を使ったりしない連中の半分は、大丈夫です、何も問題ありませんとか言いながら、最後にはぶっ倒れちまうんですよ。マスター・オリデスがいつも言ってるんですが」――はっと息をのんで――「言っていたんですが、そういう連中のほうが仮病使いよりもずっと厄介なんだそうです」

夏の日の遅い日没までに、診療所とゴミ溜めと倉庫のあいだをさらに五往復した。すべての患者を調べ治療し祈禱し終え、最初の部屋にもどったときには、もう中庭は暗く、ペン自身もまたふらふらで猛烈に腹が減っていた。レーデに連れていかれるがまま、文句も言わず診療所の職員食堂にはいり、質素だが量だけはたっぷりとある軍隊特有の食事をむさぼり、それから、看護兵に割り当てられた部屋の、あいている寝台に案内された。もしかするとこの寝台は、亡くなった看護兵のものだったのかもしれない。

ペンが羊毛を詰めたマットレスに倒れこんだとき、レーデが率直な問いを投げてよこした。

「これでみんな助かるのでしょうか」

「まだなんとも言えません。手遅れになってはじめてわかることもあります。もし患者が亡くなったら、あれだけでは足りなかったということなのでしょう。回復したとしても、それが自力でなかったと言いきることはできません」

「なるほど」

「ひとりでバケツリレーをしているような気分です。現場と井戸のあいだを何度も行ったり来たりして火を消そうとしているみたいな」ペンは愚痴った。「もっと大きなバケツがほしいです。それが駄目ならせめて、もっと近くに井戸があればいいのに。ポンプとホースもほしいですね。それから人手も」

人手を増やすことはできないだろうか。オルバスで彼の知る医師魔術師はひとりだけで、ジュルゴ大公の冬の都の母神教団に所属している。だが、下位の魔術師を何人か、ペンの監督のもとに徴用するのはどうだろう。今回の治療はごく単純なものだ。酢で熱せられたアデリスの目を復元したときのような、突拍子もなく細かく複雑な仕事ではない。魔はほかの魔と力をあわせて働くことはできないが、別々に同じ仕事をこなすことなら。

〈それくらいなら、わたしは我慢できますよ〉デスが言った。〈むこうの魔がどう考えるかはわかりませんけれどね〉

ああ、そのとおりだ。今回のことすべてを報告書にまとめて、ヴィルノックの庶子神教団と母神教団に提出しよう。そして祐筆に筆写させ、地方の宗務館に送らせよう。起きて、紙と鵞《が》筆《ひっ》をとりにいかなくては。いかなくては。

「どこかほかの場所でも患者が出ているということはありませんか」ペンは薄暗い天井にむかってたずねた。「軍の急使かそういったものから、何か報告ははいっていませんか」

「わたしは聞いてません。マスター・オリデスは何かの手紙を書こうと——ああ、マスター・オリデスの書類を調べてみます。倒れる前にどんな手紙を出していたのか、わたしにはわからないですけれど」

まあいい。

レーデはちゃんと睡眠をとっているのだろうか。これから休むのだろうか。

「真夜中に起こしてくれるよう、看護兵に言っておいてください。それからもう一巡します」

充分な睡眠をとれないまま朝を迎え、病状がひどく治療を諦めたあの兵士が、さらに歩を進めておのが神のもとに旅立ったこと、ほかに死者は出ていないものの、さらに三人の患者が運びこまれたことを知った。だがいまはそんな計算などしたくもない。

また、マスター・レーデの看護兵のひとりが、夜のあいだに姿を消したこともわかった。

職員食堂であわただしく朝食をかきこんでいるときにこの知らせを受け、レーデは怒りをこめて罵倒《ばとう》した。背信とか臆病を、ではない。どこに逃げこむにせよ、その看護兵が感染症の原因となるかもしれないことを危惧したのだ。

声に出さないまま心ゆくまで長々しい暴言をならべ終えると、レーデは椅子の背に頭をもたせかけ、漆喰《しっくい》塗りの天井にともペンにともつかぬまま、たずねた。

「それで問題なんですが、この病は疱瘡《ほうそう》みたいに、一度かかったらもう二度とかからないものなんでしょうか。それとも、カタルや肺炎のように、何度でもかかって、そのたびに死の危険があるんでしょうか。もし前者だったら、なんの心配もなく回復した連中を使って、具合の悪い患者の世話を手伝わせられますよね。もしそうでないなら……」

ペンは何も断言できず、ただ首をふった。こんどばかりはデスも沈黙を守っている。

無理やりにもテーブルを離れ、ペンはふたたび、祈禱を捧げて魔法を注入しては砦の隅におもむいて犠牲にしてもかまわない害獣を狩るという、うんざりする作業をくり返した。堆肥にまた蠅がたかるには数日かかるだろうけれども、鷗は近くの海岸から定期的に飛んでくるようだ。毎日確実に手にはいるのがありがたい。一羽の鷗はどぶ鼠一匹より少しだけ有用で、どぶ鼠一匹は二十日鼠数匹分、二十日鼠一匹は数百匹の蠅に相当する。だがこの状態が長くつづくようなら、それだけでは足りなくなる。もっと大きなものが必要だ。

そのあいまに、食事をし、水を飲み、思いつくかぎりの権威筋に大至急の、だが残念ながら腹が立つほど要領を得ない手紙を書き記す。急使に届けてもらうべく、書状の束を司令部の地図室兼写字室に届けにいったときのことだ。アデリスが、同じく急使によってもたらされた不穏なニュースを知らせてくれた。公国を横切って延々とのびる東西街道のはるか西端で、オルバスとグラビアトとセドニアの三国がまじわる国境を守っている砦と町から送られてきたものである。

アデリスはその手紙をペンにわたし、読むように促しながら、深刻な声で言った。

「そいつによると、ここでおれたちを悩ませているあの庶子神の呪いと同じもののようだ」そこで思いだしたかのように、「べつに、おまえの神をけなそうというわけではないがな」

ペンはぼんやりと親指の裏でくちびるをはじいた。

「たぶん庶子神は、ほかの神々が祈禱を受け入れるのと同じように、呪詛《じゅそ》の言葉を受け入れてくださると思います」

そして、砦の司令官が自分たちの苦境について語る簡潔な文章に目を通した。ペンほど正確な描写ではないが、それでもはっきり同じ現象だとわかる。

ペンリックはせきたてられるように参謀将校のデスクについて、つぎの急使に託すべく、西の砦の医師に宛てた手紙をしたためた。ここヴィルノックで起こっていることを簡単に説明し、もし見つかるようならその地の神殿魔術師を呼んだほうがいいこと、そうした魔術師がどのような助けになるか、いま現在推測できる最大限の情報を伝えた。

「この邪悪な問題がセドニアでも起こっているのかどうか、気になるところだ」とアデリス。

彼はペンの隣でスツールに腰かけ、手紙を書くペンを見ながら、頼まれもしない助言を与えていたのだが、いまその彼が、そうやって脅せば答えが得られるとでもいうように、膝に肘をついてすさまじい視線でサンダルをにらみつけている。

「どうやればわかる？　いつわかる？」

無情に追放されながらも、将軍の心の一部はいまもあの生国にとどめられている。もちろん、気にかけているのは帝国政府ではなく、ササロン郊外に住むレディ・タナルとその家族だ。あの若き貴族令嬢に対するアデリスの求婚は、彼が逮捕され、目をつぶされ、逃亡した三年前に中断したが、解消されたわけではない。秘密の書簡が何度か、国境を越えてふたりのあいだを行き来している。アデリスが妹と母に見せているので、ペンもそのことは知っている。

「たとえセドニアにいたとしても、この災厄から剣であの方を守ることはできませんよ」ペンは言った。

「それは慰めのつもりか」アデリスが淡々とたずねる。

「そうではありませんが、でも事実です」

「うむ」

ペンの魔法なら役に立つだろうが、彼はササロンよりもずっと近くに、気にかけなくてはならない家族をもっている。

「洗濯女のほかに、村で患者が出たという報告はありますか」あの洗濯女は診療所で働いていた。「ヴィルノックはどうですか」

「いまのところヴィルノックの報告はない、五柱の神々のおかげか」いつもより丁寧《ていねい》に聖印を結んで、「村では荷馬車の御者がふたり、やられたという話だ」

荷馬車の御者もまた、しばしば砦にやってくる仕事だ。何か関係があるだろうか。

「村にようすを見にいこうと思います」

アデリスが眉をひそめた。

「おれの部下がさきだ」

ペンは横目でアデリスに視線を流した。

「わたしが仕えているのは庶子神教団と大神官です。軍ではありません」

「教団も大神官も軍も、すべてジュルゴ大公に忠誠を誓っている」

「白の神はそんな誓約をしていませんし、大公も庶子神に誓約を望むほど愚かではありません」

これには反論の余地がなく、アデリスはうなり声をあげた。

ひとりの兵士が地図室の入口にきて声をかけた。

「閣下、用意ができました」

「よし」

アデリスは立ちあがって赤いマントを肩にかけた。兵士が手伝ってブロンズのピンをとめる。ペンはふたりのあとから外に出て、アデリスがなぜ礼装をまとっているか、そのわけを知った。中央広場のむかいにある神殿で、葬儀がとりおこなわれようとしていたのだ。

「マスター・オリデスの葬儀だ」アデリスがつぶやいた。「おまえもくるか」

「わたしが参列すると砦の神官が気にしますし、聖獣がデスを恐れるでしょう」

〈それは大丈夫ですよ〉デスが反論する。〈でもオリデスはきっと、わたしたちにもっと有意義な時間の使い方をしてほしいと願うでしょうね〉さらに声に出して、「わたしたちはもう、オリデスが女神のもとに召されたことを知っていますからね〉

アデリスは、いまの台詞《せりふ》がどちらのものか見極めようとするかのように彼に目をむけ、肩をすくめた。

同じく葬儀のために軍服を着たマスター・レーデとふたりの看護兵が、診療所の方からとぼとぼとやってくる。ペンはアデリスに手をふって別れを告げ、彼らに近づいていった。レーデはさきに行くよう看護兵を促し、ペンの前で足をとめた。

「村まで行って、病人が出ていないか調べてくるつもりです」

「ああ、それはいいですね」明るい陽光を受けて、レーデはなかば目を閉じている。充血しているのは病の徴候ではなく、疲労のためだろう。「何かわかったら、なんでもいいです、教えてください。マスター・オリデスの書類を調べてみたんですけれど、今回のこの病気にかかった患者全員を、リストというか図表のようなものにして、彼らについてわかることすべてを書きだし、パターンを見つけようとしていました。この午後にでも、そのつづきをやってみようと思います」

「よい判断です」

死者の魂がどの神に召されたかを示す聖獣が、世話係の兵士に連れられて神殿の前廊に集まっている。

「ご遺体はそのまま埋葬するのですか」ペンはたずねた。

村とは反対側の城壁の外に、軍の墓地がある。

「この病で亡くなられた方々は、火葬にしたほうがいいと思いませんか」

レーデは顔をしかめた。

「わかりません。いまは乾燥しているから、地面に腐敗がひろがることはないと思うんですけれど。木材も大量となると高くつきますしね」

「連州やウィールドでは木材は豊富で安価ですが、それでもほとんどのご遺体はそのまま埋葬されます」そこで、何か思いついたかのようにデスが陽気な声でつづけた。「例外もありますよ。死体に亡霊が取り憑くのをふせがなきゃならないときは火葬にしますよね」

「そんなことがほんとうにあるんですか。お話じゃなくて?」レーデがぎょっとしたようにたずねた。

「死の魔法ですか。ごくまれにですが存在します。その処理は庶子神教団がおこなうことになっていて、わたしもその方法を学んでいます。ここではまず起こらないでしょう」

「よかった、それを聞いて安心しました」

ペンはくちびるをはじいた。祝福なのか厄払いなのかはわからない――白の神にとっては、どちらも変わりはないだろう。そして顔をしかめたまま会釈を送り、正面ゲートへとむかった。

坂道を少しくだると、川岸に貼りつくように固まった埃っぽいティノの村がある。以前はもっと近かったらしい。だが二年前、砦を引き継いだアデリスは、自分が預かる防御境界線内にはいりこんでいる建物を率先して移動させたのである。そのため、村人のあいだでアデリスの人気はさんざんだったが、ジュルゴ大公の財布からその補償が支払われたことはもとより、彼自身の厳格なまでの公正さによって、新しい将軍はしぶしぶながらみなの敬意を勝ちとることができたのだった。

村の上端に東西街道が走っている——砦はこの東西街道と、ヴィルノックまで流れる川を守るために建てられたのだ。その街道沿いに、ティノの主たる財源となる居酒屋がならんでいる。宿屋を兼ねた店もあり、もっぱらヴィルノックの市城壁内で宿泊する資力をもたない貧しい旅人を客としている。そして何軒かの娼館。娼婦は庶子神が司る半端者に属し、したがって理論的には神官であるペンの保護下にある。街道とそこを旅する者たちの便宜のために、貸し馬屋と鍛冶屋もまた、一軒ずつ立っている。

どちらも町の噂に通じている。鍛冶屋という職人は、無口な場合も役に立つほど饒舌《じょうぜつ》な場合もあるが、いずれにしてもいつも忙しく働いている。そのいっぽうで、貸し馬屋は客との会話でなりたつ商売だ。きっと病気の御者がどこにいるかも知っているだろう。ペンは開け放したひろい戸口から薄暗い馬屋にはいった。デスが彼の許可なく手頃な蝿何匹かを間食にいただいたが、見逃してやることにする。

ずらりとならぶ馬房にはさまれた通路を、ひとりの男が近づいてきた。ピッチフォークを脇においで、ズボンで手をぬぐっている。馬丁だろうか、店主だろうか、どちらでもかまわない。

「へい、いらっしゃいまし。よい乗馬がご入り用でしょうか、荷車用のおとなしい扱いやすいコブ種の馬でしょうか、その……なんてこった」男はふいに言葉をとめ、目を丸くしてペンを見つめた。

すばらしい長身、明るいブロンドの髪、青い目、乳白色の肌。連州ではあたりまえの容姿だが、オルバスではめったに見られるものではない。

〈それとも、あなたの綺麗《きれい》な顔に見惚れているのかしらね、坊や〉デスがからかった。

〈黙っていてください〉

いかにもな神殿の衣裳のためか、もしくはせめてもの商人根性か、男はペンの容姿について鬱陶《うっとう》しい質問をはじめることなく、すぐさま気をとりなおして言葉をつづけた。

「いえ、学師さま、あっしに何かご用でしょうか」

「ええ。ですが残念ながら、馬がほしいわけではありません。わたしはヴィルノック庶子神教団のペンリック学師です。アリセイディア将軍の依頼を受けて、近頃この地で流行《はや》っている痣のできる奇妙な熱病にかかった病人を調べています。荷馬車の御者がふたり、罹患《りかん》したと聞いています。ほかにも増えているかもしれません。その人たちの名前と、どこに行けば会えるかを教えてください」

ここでは教団よりもアリセイディアの地位のほうがものをいうようだ。男は「ああ」と声をあげ、すぐさま道のむこうに立つ一軒の家を示した。

「この痣熱は、ここいらで夏によくある病気とはぜんぜんちがってるんでさ」貸し馬屋は不安そうに息をのみながらつけ加えた。「恐ろしいようなはやさで進むし、子供や年寄りだけじゃねえ、大人の男までやられちまう。庶子神教団は魔法のせいだって考えてるんですかい」聖なる魔法か、その逆かはあえて問わない。

ある意味もっともな質問ではあるが、噂としてひろまっては危険だ。

「いいえ」ペンは意図した以上にきっぱりと否定した。「おぞましい病ではありますが、超自然的な要素は何もありません」

〈わたしも同意しますよ〉とデス。

「でも、母神教団の神官さまじゃねえんですね……」

「砦の医師は一生懸命仕事をしています」ペンは話題をそらした。〈それはまさしく事実ですから〉

そして、罹患した村人についてわかるかぎりの情報を聞きだし――なんということだ、さらに三家族が発病していた――それ以上都合の悪い推測に困らされないうちにと、さっさと逃げだした。

兄弟の御者が同居しているその家は、通りに面した白い化粧漆喰塗りのテラスハウスの一軒だった。ペン自身の家の、やや貧しい村落版といえなくもない。緑に塗られた木のドアをノックした。待った。もう一度ノックする。家の中にはもう生きている者がひとりもいないのではないかと恐ろしい考えが浮かび、デスの力を使って鍵をはずし、中にはいって死体をさがしてもかまわないだろうかと考えはじめたそのとき、きしみをあげてドアがひらいた。

疲れきった顔の中年女が、ぼんやりと彼を見あげた。

「その……なんですね」

「ごきげんよう。わたしはヴィルノック神殿のペンリック学師です。アリセイディア将軍の依頼によって、この村の病人のようすをうかがいにきました」

いいだろう。正確にはアデリスが指示したことではないが、彼が村人を気にかけているように話を盛っても害はない。

女は上から下までじろじろとペンをながめた。彼の衣服の細かい点までその意味を読みとったのだろう、当惑をこめてたずねた。

「将軍さまがなんだって魔術師を送りなさったんですね。ヴィルノック神殿から助けをいただけるなら、母神神殿の方にきていただきたいもんですがね」

ペンが答える前に、デスが口をひらいた。

「将軍はわたしの妻の双子の兄なのです」

「ああ、そうなんですか」女の声に驚きと安堵がまじる。

そしてドアをあけて、ペンをいれてくれた。

〈ニキスがこの問題とどう関係あるのですか〉彼もまた当惑をこめてデスにたずねた。

〈うまくいったでしょ。あなたを信用して家にいれてくれたんですから、文句を言うもんじゃありませんよ〉

〈文句なんて夢にも思ったことはありません〉

〈ご冗談。いつだって文句ばっかりじゃないの〉

〈おたがいさま……〉

御者の女房はごくふつうの中庭にペンを案内した。いくつかの部屋に囲まれ、調理や裁縫や洗濯や革細工やちょっとした大工仕事など、ありとあらゆる作業に使われる場所だ。いまは病室に使われているらしく、敷石の上に細かい藁《わら》を敷いた寝台がふたつ、ならんでいる。横たわるふたりの男は、体格こそがっしりしているものの、体力を失って弱り、顔は赤く、目はどんよりと濁《にご》っている。片方の顔は、もうひとりよりも赤みが濃い。だがまだ黒ずんだり痣になったりはしていない。もしかしたら助けられるだろうか。ふたりのあいだに、水のはいった洗面器とタオル、そして嘔吐用の洗面器がもうひとつおいてある。

「あなたひとりでふたりの世話をしているのですか」ペンはたずねた。

「砦ではじまったあれだとわかったんで、義妹は自分の子とうちの子を連れて、母親の家に避難してます」

「それは……賢明でした」

またべつの家に病をひろげただけかもしれないが、すでにやってしまったことなのだし、これ以上女を悩ませてもしかたがない。村人たちもいまはまだ、用心のため、病人とその家族を自宅に隔離しているだけで、村から追いだすまでにはいたっていない。

〈疫病は医療処置よりずっとずっとおぞましい行為を引き起こしますからね〉デスが言った。経験からくる言葉だろうか。恐ろしいことだ。

〈感染症です。みんなの前では感染症と言ってください〉

〈いまはそのほうがいいでしょうね〉

女がふたりのあいだに膝をついて、病人の顔を順に洗い、絞ったタオルで拭いているあいだ、ペンはあぐらをかいてすわり、三人全員に最近の行動についてたずねた。

ティノを最後に離れたのは、退官した砦の将校の荷物を牛車に積んで、ヴィルノックの南隣の谷にある村まで運んだときだという。その旅には一週間かかったが、それもひと月近く前のことだ。それ以後は砦の建築工事に加わり、車も牛馬も自分たちで使って忙しく働いている。

「その旅からもどるとき、気がつかないうちにこいつを積んできちまったんだろうか」

病状の軽い弟のほうが不安そうにたずね、兄のほうがたじろいだ。

「症状が出たのがごく最近であることを思えば、それはないでしょう」ペンはふたりを安心させながら、それが事実であることを願った。「それに、その場合はあなたがたが最初の患者になるはずです。ご家族はまだ誰も罹患していないのですね」

ふたりはそろって兄の妻である女を心配そうに見つめた。女はうなずいた。看護人としての役割をけっして投げだしはしないだろうが、だからといって恐れていないわけではない。

「シーツだったんじゃないかと思うんです。あの洗濯女ですよ」女は頼りなげに藁の寝台を示した。「これもあとで燃やしちまおうと思ってます。あんまり気は進みませんけど」

「汚れたシーツは熱湯で消毒すれば大丈夫です」少なくとも、シーツとつぎの使用者はそれでいい。それを扱う洗濯女に関してはなんとも言えないが。「この暑さですし、藁の処置についてもそれで問題ありません」

事実、賢明ともいえる。レーデにも勧めてやろう。

肯定の言葉を聞いて、女の肩のこわばりがほぐれた。

〈わたしはこのご婦人に対してなんの権限ももっていないのに〉ペンは当惑をおぼえる。

〈意味のない謙遜で優位な立場を無駄にするんじゃありませんよ〉デスがたしなめた。〈これが終わるまで、使えるものはなんでも利用しなくてはね〉

〈そういうものでしょうか〉

穏やかな小言に、ペンはただ微笑を浮かべ、藁の寝台のそばに膝をついた。そして、橋渡し役にふさわしいサービス精神を発揮して五柱の神すべてに祈禱を捧げながら、それぞれの肉体が受け入れられるかぎりの上向きの魔法をこっそりと注入した。まさしく〝演技〟だ。それでも三人の観客は彼の行為に充分満足していた。

ほんとうにこれで充分だったのだろうか。砦の状況がどうなるかわからないいま、またくると約束はできない。それでも、できればそうしたいと思う。

〈それはわかりますけれどね〉デスが心配そうに言った。〈また、丘の中腹で死んでやるなんてことにならないでくださいよ〉

〈気をつけます〉ペンは曖昧に答えた。

鼻を鳴らすような感覚。

「よくわからんのだけど」弟の御者が、日焼けを通してもわかる前腕の赤みをにらみながら言った。「これってやっぱり、あの忌ま忌ましいルシリのやつらがもってきたもんなんだろうか」

その推測に全員が顔をしかめた。

「ルシリの収容所で病が発生したという話があるのですか」ペンは用心深くたずねた。

砦の診療所では噂にもなっていない。でもそれをいうならば、彼らは彼らでもういっぱいいっぱいなのだ。村までできたついでに、もう一カ所まわるべきだろうか。あそこではアデリスの名は歓迎されないが、権威だけはあるから拒まれることもない。

「それはわからないです。わたしはここ何日か、市場へは行ってないから」御者の女房が言った。「妹と近所の人たちが、食べ物を戸口においてってくれるんで」

熱のために怒りっぽくなっている兄のほうが、うなり声をあげた。

「チビどもにはあそこに行っちゃならんといつも言ってるんだが、こっちが背中をむけたとたん、そんな言いつけを無視してることはわかってるんだ」

ペンは疑惑をこめてくちびるをゆがめた。

「ですが、ルシリがここにきて、そう、もう一年になります。彼らがもちこんだものだとしたら、もっとずっとはやく発生していたのではないでしょうか」さらに論旨を明確にして、「荷馬車の旅が原因なら、あなたがたの発症がこんなに遅くならないはずというのと同じです」

三人は考えこんだが、反論しようとはしなかった。

昨年のルシリ遠征による戦争捕虜の一団は、ここティノの収容所で暮らしている。奴隷として売れるような下っ端ではないものの、ジュルゴ大公の義理の息子グラビアトのハイ・オバーンが人質として手もとにおいておくほど高い身分でもない連中だ。アデリスが捕虜を押しつけられたいきさつまでは知らない。それでも、ティノの下流では、弱小の部族長とその家族からなる数百人のルシリが、技術兵が車輪をはずした大型馬車を家屋として、間にあわせの村をつくって住みついている。

遊牧民の戦士にロマンティックな夢を抱いている者がいることは、ペンも知っている。だがそれをいうならば、〝海賊〟に夢を抱いている者だっている。もちろんペンはそんな連中の仲間ではない。馬を駆る盗賊には、船を走らせる同業者と同じくらい食指が動かない。ルシリが部族同士で略奪をくり返して満足しているなら、ペンにもまったく異存はなかったのだ。だが、グラビアト西部やセドニア南西部の定住者を襲いはじめるとなれば、話はまったくべつだ。アデリスのような男が必要となる。

デスはいくつかの人生をセドニアで過ごしているものの、ルシリとはほとんど接触をもったことがない。となればルシリは、たとえいまこの病にかかっていなくとも、デスが豊富な人生経験によって得た以上の知識を、もしくは少なくとも、彼女とは異なるたぐいの知識を、もっているのではないか。確かに敵と目されている連中だ。だが病は国境や境界を認識しない。その点は神に似ている。

立ちあがり、害のないささやかな祝福をさらにいくつかふりまいて、別れを告げた。その礼として、正当と思われる以上の感謝が返ってきた。角を曲がって不安そうな女房が視界から消えてはじめて、ペンは顔をしかめ、心のリストに記したつぎの不幸な家へとむかった。

太陽が沈みかけるころ、ようやく最後の家を出ることができた。ペンは不機嫌で疲労困憊し、身体じゅうが熱を帯びていた。残る三軒の犠牲者には腹が立つほど統一性がなく、子供もひとりふくまれていた。ペンはその少年にありったけの力をそそぎこんだが、それでも足りないのではないかと不安だった。ほかの家はともかく、明日、なんとか時間をつくってもう一度あの家を訪ねなくてはならない。今回の村の訪問を、レーデはどのように考えるだろう。独自の見解を聞かせてほしいと思う。

曲がり角で足をとめた。さて、どうしよう。すぐにも決めなくてはならないのに、決意はなかなかやってこない。

〈それはね、ペン、食事に行く決意をしなさいってことですよ〉

そうかもしれない。彼自身としてはルシリの収容所に行って話を聞きたいところだ。だが、そのためにいま近くの居酒屋で食事をしたら、彼が感染源となって病をひろげてしまうかもしれない。川沿い街道を歩きながら食べるならどうだろう。ああ、そうだ、日が暮れてからルシリを訪れるのはまずい。昼の光の中でも充分すぎるほど警戒されるに決まっているのだから。となれば、明日の朝になってからのほうがいいかもしれない。

診療所の食堂にもどろう。あそこなら、もう全員が汚染されている。レーデが調べているオリデスの書類もはやく見たい。ペンは疲れきった足どりで坂道をのぼりはじめた。彼の魔法もまた、同じように疲れきっているようだった。

母親気取りのデスでも満足するほどたっぷりと、食べごたえのある軍の食事をつめこんだ。〝食べ放題のオリーヴ〟はペンにとっては物足りないし、板のような干し魚はいまも好きではない。それでも乾燥牛肉と大麦のパンは美味で、不味い赤ワインも水で薄めればどうにか飲める。ふたたび気力をとりもどし、レーデについて、治療室に隣接するオリデスの書斎にはいった。いまはレーデの書斎だ。この暴走する災厄をとりしきる、新たな指揮官となったのだから。だが彼は、自分がその地位についたことに気づいているだろうか。葬儀を経たことで、自覚されていればいいのだが。

レーデに手招きされて黄色いランプに照らされたオリデスのデスクにつき、亡き医師による書きかけの解剖所見やその他の症例記事をともに調べた。

目を細くして殴り書きのような文字を判読する。もっと読みにくい古い写本を研究したこともあるが、この筆跡は医師としてどうだろう。

「学師殿ご自身で解剖してみたいですか」レーデがたずねた。「新しいご遺体がはいったんです。石弓部隊の下士官が二時間前に亡くなったので」

「ああ、危ないと思っていたのです」ペンは聖印を結んだ。「内臓の崩壊があまりにも進んでいて、わたしの力ではどうにもなりませんでした」

それでもペンは、その病室を最後に訪問したときも——庶子神よ、助けたまえ——それなりに力を尽くしたのだ。万にひとつの僥倖を願って……

「デスの〈視覚〉がありますから、体内で起こっていることを知るために身体を切りひらいたり、そう、触れることすら、いまのわたしには必要ありません。ですが、わたしをふくめ、ヘルヴィアとアンベレインにも、基本的な理解を得るために解剖実習は不可欠なものでした。霊的視覚に映るものは、自分の目や拡大鏡で見たものとは比較になりませんし、変化する色彩の意味を物質的な素材と確実に結びつけるには、ある程度の訓練が必要なのです」

レーデは椅子に深くすわりなおし、率直な羨望をこめてペンを見つめた。

「神殿医師にとってすばらしい能力ですね」

ペンは否定せず、肩をすくめた。

「また、不思議ではありますが、デスはおおざっぱな症状がよく似ていても、感染症と中毒症を区別することができます。どちらも瀰漫《びまん》性ではありますが、感染症にはどこか生きている部分があり、それは中毒症には見られないものです。わたしはずっと考えていたのですが。デスにも分離できないほど拡散してしまってさえいなければ、人を傷つけずに病を消すことができるのではないでしょうか。猫を殺さずとも、猫についた蚤を退治できるように。わたしは猫は好きなんです」最後にぼんやりとつけ加えた。

どうやら疲れているようだ。そのうちにわけのわからないことをしゃべりだす。今日は一年ほどにも長かった。それでもペンは、病室をもうひとめぐりしてくるつもりでいる。

同じくらい疲れているだろうに、レーデは寛大にも最後のたわいないひと言を無視してくれた。だがそこで新たな思考が浮かんだのか、彼の黒い眉が寄せられた。

「母神の聖者がなされる奇跡の治療も、そういった現象に関連しているんでしょうか」

心が昂揚した。めったにない理解者にこんなところで出会えるとは。

「わたしもまさしく同じことを考えていました。人や、混沌の魔にとってすら微細すぎる作業も、母神にとってはどうということはないでしょう。もう一度母神の聖者に会うことがあれば、ぜひたずねてみたいと思っています」――聖なるものに近づくことで、デスが発作を起こさなければだけれども――「ですがこれは、聖者自身もご存じないことかもしれません。人が神の通り道となり得るのは、知識ではなく、内に秘めた空隙《くうげき》ゆえなのですから。もっとも、ヴィルノックの母神教団はそうした祝福に恵まれていないと聞いています」

それとも、今日送った手紙で何か事態が変わるだろうか。いや、そんな期待で心を乱してはならない。

「いまはわたしたちにできることをやっていきましょう」

レーデがしかたなさそうにうなずいた。

ペンはデスクに散らばった紙をぽんとたたいた。

「あなたはわたしよりもずっと長くこれを見てきました。何か思いついたことはありませんか。気がついたこと。突拍子もない仮説でもいいです」

レーデは、軍人にしてはのびすぎた強《こわ》い黒髪に手をすべらせて頭皮を掻いた。

「この病は、肺や消化器からはじまるものじゃないと思います——症状があらわれるのが最後ですからね。呼気によって感染するものでもないと思います。もしそうだったら、とりわけ兵舎で大勢の患者が出ていたはずです。でも現実には十数人にひとりの割合ですよ。病人から汚染がひろまるんだとしたら、考えられるのは、シーツの汚れ、嘔吐物、糞便などですけれど、それらを扱っている連中のうちで罹患した者はごくわずかです。この三日のうちに洗濯女がひとり亡くなりましたが、あとはみな元気です。もっとも、何人か仕事にもどってこない連中もいますけれどね。アリセイディア将軍に頼んで、洗濯を手伝ってくれる志願者を募らなきゃなりませんね。それでも足りなければ徴用することになりますが。あまり気持ちのいいものじゃありませんねえ」

「なるほど」

「わたしは血について考えているんですよ」レーデがつづけた。「解剖をしたマスター・オリデスは、ほかの誰よりも患者の血に触れているでしょう」

「あなたも手伝ったのですか」

「わたしは命令で、ほかの仕事をしていました」

「ほかに誰か手伝った人は？　罹患した人はいますか」

レーデは首をふった。

「マスター・オリデスは、準備が終わると、全員外に出ろ、誰も近づくなって」

ペンは眉をひそめた。

「この病が血の中に存在しているのかというおたずねなら、確かに——すべての症状はそう告げています。ですが、そこではじまったのかどうかは……。わたしもいろいろとためしながら、その問題についてもっとよく調べてみます。血は特殊な物質です。知っていますか、血は肉体を離れたあとも、乾くまでは生きているのですよ」

興味を惹かれたのだろう、レーデの眉がぴくりと動いた。

「そうなんですか」

「わたしは血についてはかなりくわしく、多くの神殿医師以上の知識をもっています。ウィールドで、王認巫師《ふし》といっしょに訓練を受けた一年のあいだに学んだものです。魔が混沌と秩序を操るように、巫師の魔法は日常的に血と血の犠牲を用います。その関係性について、いろいろな議論をかわしました。たいていは大食堂で、夜遅くにビールを飲みながらでしたけれど。でも結局、結論は出ませんでした。

わたしは、混沌の魔がわたしの身体のどこに棲みついているのか、はっきりとは知りません。ですが、巫師の大いなる獣は間違いなく彼らの血の中にいます。それはずっと昔から知られていたことで、だから森の種族の時代、巫師を処刑するときには豚のように逆さ吊りにしたのです。そうすれば、血といっしょに魔力が抜けていくと信じられていたのですね」

「その方法だったら……誰でもそうなるんじゃないでしょうか」レーデが指摘した。

ペンの口から笑いがとびだした。

「ほんとうにそうですね。それはそうと、この痣の病は血の中で生きているように思えます。

怪我から生じ、ときおり死をもたらすこともあるあの感染症とはちがって……。ですが、大いなる獣のことを血の病と同じだなどと言われたら、巫師たちは激怒するでしょうね」

「巫師の人に会えたときのために、心しておきます」疲れ果てているだろうに、レーデの言葉には乾いたユーモアがこもっていた。

ふたりはふたたびオリデスの書類にもどったが、それは書き手と同じく、すぐに終わってしまった。はじめは詳細に記されながら、しだいに簡潔になっていく症例記録。そのひとつの最後には、『庶子神の歯にかけて、あとひとつ』と書かれている。オリデスの観察はなかなかに鋭いものの、いまのところペン自身が見た以上のことは何もふくまれていない。

ペンはくちびるを噛んで椅子の背にもたれた。

「マスター・オリデスがはじめたこの比較グリッドはどうですか。何かに使ってみましたか」

「いくつか新しい症例を加えてみました。発症は地図の、というか、少なくとも砦の全域にわたっていますね。部隊ごとの発症数を調べたところ、騎兵隊がわずかに多いみたいです。でもそれじゃ、洗濯女の説明がつかないんです。村人にしてもそうです。ああ、村人も加えておかなきゃならないな」

そして村からの情報を書きこんで、そのページをペンにわたした。

確かに、とりたてて集中しているようなところはない。

「症例が増えればもっとはっきりわかるかもしれませんが、それもまた望ましいことではありませんね」

「五柱の神々よ、守らせたまえ」レーデはそう口にしてから、一瞬考えこんだ。「ほんとうに、神々は守ってくださるんでしょうか」

「それはなんとも言えません」ペンはため息をついた。「神々にとって、死は恐ろしい終焉ではなく、喜ばしいはじまりなのではないかと思えることもあります」

「なんのはじまりですか」

「わたしにもわかりません。ですが、たとえそうだとしても、人々が千もの物語をつくりあげるのをとめることはできません」

もしかすると神々のほうで、それぞれの魂にあわせて千もの異なる物語を提供しているのかもしれない。神々ならばやりかねないことだ。

「べつにいそいで知る必要もないでしょう。神々はいつまでだって待ってくださいます」

レーデが聖印を結んだ。ペンはやめておいた。そしてふたりはえいやと立ちあがり、そろって病室へともどったのだった。

翌朝、診療所中庭の泉水で沐浴をした。裸になって樟脳石鹸を思う存分使い、髪まで洗った。この二日のあいだに汚れたきった夏の衣裳は、桶に放りこんでデスにまかせた。彼の服の洗濯代価として虫数匹の生命が失われるのが申し訳ないようにも思えたが、いまは緊急事態だ。

デスの手を借りてもなお、ヴィルノックのわが家に、ニキスとフロリーとイドレネのもとに帰れるほど充分清潔になったとは思えなかった。痣の病がどのようにして人から人へ伝染するかがわからないかぎり、帰るわけにはいかない。アデリスの援助要請を受けたとき、ここまで徹底した隔離状態におかれるとは考えてもいなかった。

血の染みが消えた白い衣をふりひろげ、デスに蒸気乾燥してもらう。通りすがりの看護兵は仕事のことで頭がいっぱいだから、彼の奇妙な行動には気づかないでいてくれるだろう。乾いた服を着て、髪を三つ編みにする。そしてサンダルに足をすべりこませ、いそいでアデリスをさがしにいった。

さがしあてたアデリスは、物資補給部のオフィスにいた。ペンは手をふって合図を送り、仕事を中断してきた彼を柱廊まで誘いだした。

「この瘧熱がルシリの収容所でも発生しているかどうか、聞いていませんか。マスター・レーデは知らないと言っていますけれど」

「ふむ。補給部では週に一度、穀類を届けている。あそこの出来事やら状態やらを報告するのも任務のひとつだ。ここ数日で何か起こったというならべつだが、いまのところは聞いておらんな」

「収容所まで行ってこようと思います。この病について、わたしたちの知らない何かを知っているかもしれません」

アデリスは肩をすくめた。

「やつらが喜んで話してくれるとは思えんがな、まあやってみるがいい。ちょっと待て。誰か護衛をつけてやる」

「いりませんよ、もちろん。つまり……わたしたちには必要ありません」

「おまえが自分の身を──自分たちの身を守れることは重々承知しているがな、ペンリック。それでもおれの部下を何人か連れていけば、やつらも不意打ちをくらわそうとはせんだろう。しょっぱなの問題が解決するぞ」

「ですが、ルシリの人たちの口がいっそう固くなることも確かです。やてめおきましょう」

アデリスは明らかにその意見が気に入らないようだ。

「だったら、おれの通訳を連れていけ。ルシリにもセドニア語を話すやつは何人かいるが、少なくとも通訳がいたら、やつら同士が話していることとおまえが聞かされている話が同じものかどうかくらいはわかる」

「やはり同じ問題が生じますし、わたしには必要ありません。昨冬、ルシリの娘リュビにセドニア語を教えたのですが、ちゃんと通じました」

「なんだと？」アデリスの眉が吊りあがった。「おまえの語学はマダム・デスからの贈り物だと思っていたぞ」

「それはそうですけれども、わたしだってなんの研鑽《けんさん》もせず安閑としているわけではありません。それに、言語とは子供のようなものです。六人いれば七人めが生まれてもたいしたちがいはありません。母はいつもそう言っていました」少し考えて、「ご存じとは思いますが、わたしは母の第七子です」

「きっと母上のお言葉どおりなのだろう」くちびるの片隅をもちあげて、「何か新しいことがわかったら報告してくれ」

「もちろんです」

アデリスからさらなる反論が出てくる前に、いそいでその場を逃げだした。公平に見て、アデリスはべつに取り越し苦労で騒ぎ立てているわけではない。彼はこれまで、いやというほどルシリの奇襲をくらってきたのだ。

主街道に出て右に曲がりながら、リュビのことを考えた。アデリスは昨秋、身ごもったルシリの娘をペンの家に――正確にいえばイドレネに、押しつけてきた。イドレネなら彼女の苦境に同情すると見越してのことだ。よくある悲劇だった。砦の兵士と恋に落ち、禁じられた逢瀬を重ね、当然の結果を迎える。女ばかりが非難され、男のほうは否定する。そして家族は娘を殴り、家から追いだした。その騒ぎはアデリスのもとまで届いたが、彼もまたほかの者たち同様、真実をつきとめることはできなかった。ペンとデスなら、しばしの時間さえもらえれば、それを成し遂げることができただろう。だが、正義を司りたもうは庶子神ではなく冬の父神だ。そしてペンは、アデリスの軍に対してなんの責務も負っていない。それでも厠の掃除は誰かがやらなくてはならない。つまるところはアデリスが、さまざまな理由から虫酸の走るほどこの騒ぎを嫌ったあげく、問題の兵士が誰であるかを明らかにし、その上官に教えたのだった。

悲嘆に打ちのめされていた娘は、イドレネとニキスの保護のもと、つづく数カ月のあいだにゆっくりと肉体と心の傷を癒していった。ルシリは字をもたないため、ペンはセドニア語そのものと同時に、文字の読み書きに重点をおいて授業をおこなった。多くの家事と雑用を引き受けてくれた娘に対する、それが謝礼となった。彼女はフロリナが産まれるひと月ほど前に、健康な男の子を産んだ。おかげでニキスは乳母を雇う必要もなかった。ペンはリュビのため、ヴィルノックの庶子神孤児院に居場所を見つけてやった。彼女と赤ん坊は温かく迎えられ、そこでよいものを食べ、心安らかに暮らしている。そしていまも週に一度、語学の学習のため、ペンの家に通ってくる——彼女の、ではない、ペン自身の学習である。

リュビはルシリの語彙や特殊な文法のほかにも、遊牧民の生活や習慣についてさまざまなことを教えてくれた。残念ながらそうした情報を考えあわせるに、ペンがリュビの面倒を見ているという事実が収容所で役に立つことはなさそうだった。むしろ、その逆である可能性のほうが高い。

〈まあそうでしょうね〉とデス。〈むこうが通訳をつけてくれるなら、あなたがルシリ語を話せることは隠しておいたほうがいいですよ。どうやって話せるようになったかもです。アデリスも言っていたでしょう〉

〈わからないふりをするのですね〉なるほど、確かにこれまでも何度かうまくいったことのある作戦だ。〈やってみましょう〉

街道を十分も進むと、まばらな木立が見えてきた。その陰に、五十か六十ほどの、以前は馬車だった小屋が立っている。さわやかな朝、枝のあいだを抜けてくる光の矢とあらゆるものをきらめかせる鮮やかな光点のおかげで、実際よりもはるかに牧歌的で美しい景色に見える。

臨時につくられた警備所には、兵士が四人つめているだけだった。少なくともそのうちのひとりはペンの衣裳に気づいたばかりでなく、将軍の義弟にあたる魔術師だと知っていたようで、背筋をのばして敬礼し、不安そうな声をあげた。

「学師殿、何かご用でしょうか」

アデリスの部下たる荒くれどもがこのように怖じ気づくのは、義兄のせいなのか、それとも魔術師という立場のせいだろうか。

ペンは聖印を返してつぶやいた。

「五柱の神々の祝福があなたがたの上にありますよう。アデリスの用事できました」

そして、検問や噂話や、とりわけ診療所で何が起こっているのかという不安に満ちた質問で時間をとられることを避けて、すばやく警備所の前を通りすぎた。事実、ペンにはそんな質問に答えることはできないのだ。

外に出て木陰で仕事をしている者が何人か。山羊や鶏や豚がそのあいだを歩きまわっている。一匹の犬が身体を掻いて、疲れたような声をあげてごろりと寝そべった。軍は、家馬車から車輪を取り除いたのと同じ理由で、捕虜たちの役畜——牛や、最愛の馬——をとりあげたが、小型の食用動物はそのまま残している。豚は広大な平原を移動する暮らしには不向きであるため、ふだん草原で肉として使われることはない。だからきっと、あとから手に入れたものだろう。ルシリは豚肉そのものには文句がないらしく、近隣の農場を襲っては大喜びで盗んでくる。価値が高いのは馬や若い女だ。ただし、少なくとも女が食用にされることはない。

ペンの来訪はすぐさま知れわたった。街路でじろじろ見られることには慣れているものの、いつもならこれほどの敵意と疑惑をむけられたりはしない。髪や目の色のせいではない。ルシリの部族でも、とりわけはるかな南では、おそらく奪ってきた花嫁が残したものだろう、金髪や赤髪の者がいるのだから。

六人のたくましい男が、収容所の入口にあたる轍《わだち》の道に集まっていた。もちろん弓や剣はとりあげられたが、ナイフや大型包丁などは残されている。それにこん棒は、ふつうの人間と変わらず、魔術師の頭蓋をも砕くことができる。男たちは重装備をしているわけではないが、重装備をしたいと願っているようではあった。そして身形《みなり》はといえば、鮮やかな模様の織り物を仕立てた細身の服に革帯や金属の装飾といった伝統的な衣裳と、さまざまなやり方で繕ったオルバス軍の古着がいりまじっている。

〈この連中、革ズボンと刺青《いれずみ》だけで雄叫びをあげながら戦いにとびこんでいくという評判だけれど、もしかしたら、シャツが擦り切れたり破れたり血で汚れたりすると、お袋さんやおかみさんからうるさく文句を言われるからかもしれないわね。空威張りもいいところですよ〉

〈冬の草原ではちゃんと服を着ると思います〉

草原の冬は連州の山の冬よりさらに寒さが厳しいと聞いている。

収容所周辺にいた若い女や少女がいそいで家の中にもどっていった——もしくは連れもどされた。老女たちは仕事をつづけているものの、うろんな目つきで成り行きをじっと見守っている。何人かの少年が好奇心を隠そうともしないまま、あたりをぶらぶらしている。あの子供たちもまた、こっそりここを抜けだして、川辺で御者の子供たちと遊んだことがあるのだろうか。

ペンとしては老女たちと話したいのだが、どう見てもあの壮年の男たちを相手にしなくてはならないようだ。そもそも彼らがここにいるのは、平和を望まない部族指導者だからだ。

　男たちが声の届くあたりで足をとめたので、ペンはセドニア語で話しはじめた。

「おはようございます。みなさんに五柱の神々の祝福がもたらされますよう」

　聖印を結んでも、男たちは喜びも反感も示さない。ルシリは、まったく異なるとんでもない神学論に基づいた信仰を奉じている。それでも彼らはペンの神を五柱のひとつと見なし、異端の四神教徒のように卑しいものとして排除したりはしない。もっとも、ルシリにおける庶子神は、部族によって女神だったり男神だったり無性だったりする。広大無辺であれ肉体のない純粋霊には、性別など定める必要もないのだろう。いずれにしても、男たちはペンのオルバス風衣裳を正しく解釈したようだった。

「誰か言葉のわかる人はいませんか」

　ひとりが肩を怒らせて前に進みでた。中年の男で――ルシリの基準による中年は、たぶんペンと同じくらいの歳だ――右腕がない。つまり、弓兵でも戦士でもないということだ。少なくともいまはちがう。男はペンにむかって髭ののびたあごをあげた。

「おれはアンゴディ。セドニア語が話せる」

「ありがとうございます」ペンは礼儀正しく会釈を送り、火のはいっていない炉を囲んでいるすぐそばの切り株や丸太を示した。「腰をおろしてもいいでしょうか。少し長くかかりそうですので」

すわってしまえば、そう簡単には追いだせなくなる。

アンゴディがひとりの男に視線をむけた。彼よりも背が高く、茶色い髪と髭を華やかに編んだ男が、うなずいて許可を与える。つまりこの通訳は部下か召使で、リーダーではないということだ。男たちものろのろと腰をおろした。居心地悪そうにしているが、それは粗末な椅子のせいではない。

「女に飲み物をもってこさせようか」戦士らしい——というか、少なくとも四肢のそろったべつの男が、低いルシリ語でリーダーにたずねた。

「いらん。すぐに帰るだろう」

男はうなずくと、そのままあぐらをかいてすわり、背筋をのばしてペンにむかって顔をしかめた。ルシリの集落では通常、来客は食事か飲み物をしつこく勧められるという。ペンはアデリスからそうした歓待の話をいやというほど聞かされている。礼儀に則って——たとえば——馬の発酵乳を無理やり飲みくださなくてもよくなったのだ、かえってありがたいというものではないか。

〈どっちにしても馬の乳は出てきませんよ。みんなとりあげられていますからね〉デスが指摘した。〈その点は大丈夫です〉

〈ああ、そうですね〉

「わたしはペンリック学師。ヴィルノックの庶子神教団に属しています」

そこで言葉をとめたが、男たちは初対面につきものの儀礼的な挨拶など無視するつもりなのだろう、名のりを返してはこなかった。ペンはすぐさま本題にはいった。

「砦の医師マスター・レーデに依頼されて、調査にまわっています。砦の兵士が大勢、奇妙な熱病で倒れています。オルバスでもセドニアでも、東部のいかなる国でも知られていない病です」

しばし口をつぐんで、アンゴディの通訳を待った。ほぼ正確な内容を伝えているようだが、男たちからはなんの反応も返らない。ペンはつづけた。

「はじめはふつうに熱が出るのですが、進行すると、皮膚の下、肺、消化器官などで出血がはじまり、やがては鼻や耳や目からも出血します。そして最終的には、全身の皮膚が痣のように黒ずみます——そう、まさしくあれは痣なのでしょう。ひどい痛みをともないます」

アンゴディは眉を吊りあげて、あわただしく彼の言葉を通訳した。いまや聞き手の全員がすくみあがっていた。

「ほかに情報がないため、わたしたちはこれを〝痣熱〟と呼んでいます。ですが、どこからきたものであるにせよ、どこかでは名前がつけられているはずです。ルシリ族で何か知っていることはありませんか。これについて、噂でもいいのです、聞いたことはありませんか」

「青い魔女だ」ひとりの男がつぶやいた。「魔女の呪いがここまで追ってきたのか」

髭を編んだ男が身ぶりで黙らせた。

「なんと答えればいいですか」アンゴディがリーダーにたずねる。

「何も言うな。何も知らんと言っておけ。軍の犬どもは喜んで信じるだろう」

「この男はそれほど愚かじゃないと思います」とアンゴディ。「それに軍人でもありません。こいつら東部の神殿の人間は学者だっていいますから」

「だからといって愚かじゃないわけでもなかろう」灰色のまじった髭から判断するに、最年長と思われる男が言った。「学問をしたところで、よけいに視野が狭くなるだけだ」

「もしかしたら、おれたちは幸運に恵まれ、やつら全員が呪われるかもしれん」またべつの男が毒をこめて吐き捨てた。「まずはあの悪鬼の将軍だ」

アデリスが話題にあがった瞬間、敬意のまじった不気味な恐怖が一同のあいだをすり抜けていった。顔に風変わりな傷を帯び、ガーネットのように赤い目をもって、死者の中からよみがえるかのごとく盲目を克服してもどってきたアデリスは、敵味方の双方から新たな不安と驚愕をもって迎えられている。時間も自分に有利な条件もけっして無駄にしない彼は、この物語じみた噂がひろがるにまかせ、指揮官としてみずからの神秘性を高めたのだ。彼自身の心の内は、妹と母と、そして身を尽くして彼を治癒させたペンを除いて、誰ひとり知る者はいない。

「そうだ、邪悪なる敵に天罰を」呪詛を吐いた男と同じ丸太に腰かけている男が、一種の忠誠心だろうか、同調した。

「愚かなことを」灰色髭の男が言った。「青い魔女には友も慈悲もない。狂女が花を摘むように見境なしに人を連れていく」

編み髭の男がむっつりとうなずいた。

「あそこにきた以上、ここにもくる可能性はある」

ペンは穏やかな問いかけの視線をアンゴディにむけたまま、無表情を維持している。アンゴディがリーダーに目線で合図を送り、ペンにむかって言った。

「恐ろしい話だ。だがおれたちは何も知らない」

「この集落でそうした病は発生していませんか」

「ああ」アンゴディはきっぱりと答えた。

少なくともそれは嘘ではない。人は左手でも右手と同じように五聖印を結ぶことができる。いま、アンゴディがそれをした。神々はそうした聖印を拒否するのだろうか。たとえそうだとしても、ペンはその証を見たことがない。

デスの狡計はうまくいったようだ。それは認めざるを得ない。ルシリ語がわかることを知られていたら、いまの半分の情報も手にはいらなかっただろう。それはそれとして、ここまでやってきた主たる目的は果たされた。痞熱はここでは発生していないし、ここからはじまったものでもない。

男たちの会話を理解していることを知らせ、さらに問いつめたほうがいいだろうか。だが、この病に関する彼らの知識は、お伽話《とぎばなし》で彩られているようだ。学者としてはじつに興味深いものの、医師としてのペンにはほとんど役に立たない。

〈そうでもないかもしれませんよ〉デスがためらいがちに言った。〈病気の診断においては、思いがけない手がかりが奇妙な衣裳をまとっていることがありますからね〉

ペンとしてはもっとつっこみたいところだが、強制するにせよ騙すにせよ、このように反感を抱いた相手から情報を聞きだすには、時間と労力が必要となる。そしてそれは、診療所にいる三十五人の男と、村の幼い少年ひとりのためにとっておかなくてはならない。しかたがない、妥協しよう。

「では、何か思いついたら、もしくは何か噂を聞いたら、ぜひ知らせてください。砦の衛兵に言えばわたしのところまで届けてもらえます。わたしは深い関心を寄せています。とりわけ、もしこの集落で誰かが発病したときは、すぐさま連絡をください。わたしなら助けられます」

それは……まだ実証されていない。アンゴディが通訳したが、男たちもやはりその言葉を信じてはいないようだった。

ペンは立ちあがり、もう一度丁寧な祝福を送ってルシリの男たちに別れを告げた。彼らは街道近くまで出てきてペンを見送った……もしくは、立ち去るのを確認した。

当然ながら、こんどは警備所の衛兵たちに呼びとめられて、診療所にいる仲間のことをたずねられた。安心させたい思いと正直でありたい思いのバランスをとるのは難しかったが、少なくとも、ルシリが今回の病とは無関係であると権威ある言葉で保証することはできた。たぶんこれで、のちのちのトラブルを未然にふせぐことができただろう。

だがそれはほんとうに事実なのだろうか。頭を悩ませながらティノの村にむかった。

「もし、もし、神殿の人」道端から、小さいながら鋭い声が呼びかけてきた。

ペンははっとふり返って動きをとめた。草むらになかば身を隠していた者が立ちあがった。服装と装身具から察するに、ルシリの女だ。老女と呼んでもいい年齢で、よじれた身体ながらもまだ矍鑠《かくしゃく》としている。女がするすると近づいてきた。女を守ろうというのか、ただつきまとっているだけなのか、老女の頭と同じ灰色の鼻をもった痩せた猟犬が、スカートにもたれかかっている。犬もまた、女主人と同じ不安そうな目でペンを見あげた。女は、ペンにしがみつきたいものの、それを恐れるかのように、両手の指をもぞもぞと動かしている。

「リュビ。リュビだよ。悪鬼の将軍、連れてった。生きてる？　死んだ？　リュビ、どうしてる？」おぼつかないセドニア語だった。

〈庶子神に感謝を〉

ペンはすぐさま心を決めて、そこそこに流暢なルシリ語で答えた。

「リュビですか。昨年の秋、この収容所を出た娘ですね。リュビのことをたずねるあなたは、彼女とどういう関係なのでしょう」

自身の言語を耳にして、やつれた女の顔に安堵が浮かんだ。そして、ルシリの言葉で〝一世代上の母の姉〟のような関係を意味する言葉を告げた。〝大伯母〟がもっとも近いかもしれない。あとでリュビに細かいニュアンスを教えてもらおう。

「みんな言ってる。将軍があの子を連れてった。あの子は死んだって」

「生きています」

「どこで？　どうやって？」

ペンの夏チュニックに袖がついていたら、きっと女は必死になってしがみついていただろう。

「兄たちに半殺しにされ、父親はそれを煽り、母親は何もしなかったと聞いています。彼女の居場所を家族に知らせれば、その所業を完成させることになるのではないでしょうか」

彼の言葉を受けとめ、女は重々しくうなずいた。

「そうなることもある」

ふしだらな行為を非難して暴力に訴えるのは、けっしてルシリに特有のものではないが、隣人がそれを許容するか非難するかは、それぞれといったところだ。みずからの神が絶対的に〝許容〟の側にまわることを、ペンは嬉しく思う。

「彼女は砦の門の前で死ぬことで、相手の男を告発しようとしたのでしょう。そこでアリセイディア将軍の目にとまったのです」イドレネとニキスに話したところによると、アデリスはあやうく彼女につまずきそうになったのだという。「無事回復し、元気で安全なところにいるとだけ、お伝えしておきます」

健康な赤ん坊を産んだことも話すべきだろうか。攻撃目標を増やすだけになってしまうだろうか。

「神官さまはあの子と話ができるのか」

「伝言を送ることはできます」慎重に言葉を選んだ。

「だったら伝えてほしい。イェナ伯母さんはいまもおまえを心配している。元気で暮らしておくれ。もどってくるんじゃない、ふり返るんじゃないよ、と」そしてきっぱりとうなずいた。

リュビ自身もそれくらいのことはすでに悟っている。ただし、伯母の後悔の気持ちだけはべつだ。だからペンは簡潔に答えた。

「伝えましょう」

老女は安堵の息をついた。

〈ペン、このチャンスを逃すんじゃありませんよ〉デスがつぶやいた。

神に与えられたチャンスであろうとなかろうと、そのとおりだ。

「わたしが今日ここにきたのは、リュビのことではなく、砦で発生した病についてたずねるためでした。西部ルシリのあいだでは知られた病だと聞いているのですが、指導者のみなさんは何も話してくれませんでした。あなたはどうですか」

女は動きをとめて全身をこわばらせたが、逃げ去ろうとはしなかった。そこでペンは、ふたたび痣熱について描写した。

「指導者のみなさんは、青い魔女とか青い魔女の呪いと言っていました。どういう意味でそうした言葉を使ったのかはわかりません。自信をもって断言しますが、あの病に超常的な要因は何ひとつありません。ぞっとするような恐ろしいものではありますが、ただの病にすぎません」

イェナは顔をしかめてたじろいだ。

「そうなのかい。あたしは一度も見たことがない。でも、治って生き延びた人になら会ったことがある」

では、治った者もいるのか。それは嬉しい情報だ。

「そうですか」

「ずっと西のほうでは、ひとつの集落が全滅したこともあるという。ひとりかふたりだけのこともある。でもあれは夏にしか出ない。冬はべつの病で死ぬ。みんな、生き延びた連中には近づかない。だからそういう連中は、そういう連中だけで固まっている」

〝草原で孤立〟すれば間違いなく、もっとも手早く〝草原で死ぬ〟ことになる。

「わかりました。大切なことをおたずねしますが、この病は一度かかったら二度とかからないものでしょうか、それとも、何度もかかるものですか」

女はひたいに皺をよせた。

「青の呪いに二度かかったという話は聞いたことがない。身体がひどく弱って、あとになってべつの原因で死ぬことはあるみたいだけれど」肩をすくめ、「それはみんな同じだ。でも戦士の小僧どもはそんな話を聞きたがらない。戦闘によるものじゃない死なんか、数にはいらないんだよ」

「五柱の神々は、そうした人たちもみな数にいれておられますよ、イェナ伯母さま」

「そうなのかい」

最初の不安がおさまったのか、女はあからさまな好奇心をこめて、上から下までじろじろとペンをながめはじめた。

「わたしはそう信じています」

女がくちびるをすぼめた。

「神官さまは——赤い目の将軍を知ってるかい」

「ええ、知っています」

「あの将軍はたくさんの魔を操ってるってのはほんとうかい」

〈正確にはそうではありません。魔はひとりしかいませんし、その魔もときどき手を貸してあげるだけです。将軍が丁寧にお願いして、彼女がその気になればですけれど〉

この答えではイェナが求める以上に細かすぎる。

「いいえ。将軍は神殿魔術師でも里居の魔術師でもありません」

老女はペンが神殿魔術師であることに気づいていないのだろうか。はっきりとはわからないが、これほど大胆にふるまえるということは、たぶんそうなのだろう。

「ふうん」女はすばやく茂みに視線を走らせ、またむきなおって、低いかすれた声でささやいた。「あの将軍はあたしたちを解放してくれるだろうか」

戸口に放りだされたルシリ族——正確には四つの異なる部族のそれぞれ一部だ——を厄介払いできるなら、アデリスは大喜びするだろう。だがもちろん、そんなことをあからさまに口に出すわけにはいかない。ペンは言葉を濁した。

「それはアリセイディア将軍が決めることではありません。将軍はジュルゴ大公に仕えていて、大公は同盟国であるグラビアトのために、あなたがたをこの地にとどめているのです。あなたがたがウテニ川を越えた地域での略奪をやめれば、ハイ・オバーンも態度をやわらげるかもしれません」

〈わたしに決められることでもありません〉

ぜひとも理解してほしいところだ。それができず、時も人もいまのままなら、この収容所は百年後、奇妙な方言を話す人々の住む、オルバスの村のひとつになっているだろう。

老女は、役に立たない、だが真実を告げる答えにうなり声をあげ、こっそり見張る者がいるのではないかと恐れるように木立をふり返った。そして、感謝なのか挨拶なのか、短い会釈をペンに送り、足早に雑木のあいだに消えていった。痩せこけた老犬がそのあとを追った。

ペンは乱れた心を抱えたまま、歩きつづけた。

村の少年はその朝もまだ生きていた。少年の家に立ち寄ってそれを知ったとき、ペンは心から安堵した。不快そうでおちつきなく機嫌が悪いのも、よいしるしだ。昨日は呼吸も荒く、ぐったりしていたのだ。二度めの祈禱治療はすみやかに吸収されたようだった。そして、召使をしている少年の母親がやはり発熱していたので、彼女にも祈禱治療をおこなった。なんといっても彼女はそこにいるのだから。そして結局は我慢できず、昨日訪れた残りの三軒すべてをまわることになってしまった。昨日の簡単な魔法でどのような変化が起こったかを調べ、記録するためだと、ペンはみずからを納得させた。

夜のうちに死んだ者はいなかった。だが、明らかに回復の徴候を示している者もいない。巡回のあいだに皮なめし屋でも病人が出たことを知り、最後にそこを訪れた。疲れきって砦にもどる坂道をのぼるころには、身体じゅうがほてり、魔は張りつめていた。すでに正午を過ぎている。最初の心づもりよりはるかに遅くなってしまった。そして診療所にもどったペンは、三十五人だったレーデの患者が四十人に増えていることを知ったのだった。

〈無理です〉というのが、驚愕や狼狽《ろうばい》とともに最初に浮かんだ思考だった。

もしかするとそれは二番めの思考だったかもしれない。前回の狩りから、砦の害獣がすっかり減ってしまったことも心配だった。もっと安定した混沌の捨て場所を用意しなくてならない。よくいっても面倒な、悪くすれば考えるのもいやな問題だ。とぼとぼとアデリスをさがしにいくと、彼は珍しく司令部にいた。

「ルシリはどうだった」すぐさま問いが飛んできた。「耳はまだついているようだな」

ルシリの戦士は戦利品として、敵の耳を切り落とすことがあるという。首よりも持ち運びが楽だし、それほどおぞましくないからだろう。

「そうですね」ペンはため息をついた。「あなたの予想どおり、歓迎はしてもらえませんでした。でも運に恵まれました」

ルシリ訪問と、そのあとの思いがけないリュビの伯母との出会いについて、くわしく語った。アデリスはデスクに肘をついて手を組み、口を押さえて、ペンの話が終わるまで邪魔をせずに沈黙を守った。

「つまるところ、瘧熱はルシリ族からやってきたもののようです」ペンは結論した。「少なくとも、はるか西部の草原を縄張りとするルシリ族ですね、ここにいるルシリではありません。病名らしきものはわかりましたが、くわしいことは不明のままです。それはそうと、〝青い魔女〟という名称を使うのはやめておいたほうがいいと思います。なんの罪もない黒髪の里居の魔術師が、近隣の者たちに殺害される事件が起こりかねません」

「ああ、そうだな」アデリスは眉をひそめた。

「昨夜のうちに、村でさらにふたりの患者が出ました」ペンはつづけた。「そしてマスター・レーデのところには、新たに五人、あなたの部下が運びこまれました。このままつづけるつもりなら、デスのためにもっと効率よく混沌を排出する方法が必要になります。砦の料理人は毎日大量の肉を調理しています。あなたから命令して、食材となる生き物の下処理を、一部わたしにまかせるようにしてもらえませんか」

ワインをこぼした地形図のように、アデリスのひたいに皺が寄った。

「ニキスの厨房で、おまえがいつもやっているようにか」

ペンは週に何度か、厨房の下働きにかわって、市場で生きたまま買ってきた鶏や家鴨《あひる》や鳩や兎《うさぎ》の下処理を引き受けている。それらは年齢や価格や筋の硬さなどによって、ローストになるかシチューになるかが決められる。アデリスはときどき、興味深そうにその作業をながめる。何度も神学講義を受けたため、なぜそれを敵の兵士にむけてはならないのかと、いくばくかの羨望をこめてたずねることはもうしない。

「ええ、ですがあれよりも規模は大きくなります」

「正直な話、おれはデスの羽根むしりに心底感心したんだぞ。ぽんと音がしただけで、袋いっぱいの羽根と、そのまま料理人にわたせる裸の鳥ができあがるんだからな。じつに効率的だ」

「アデリス、わたしはデスに、あなたの軍のために羽根をむしる作業をさせるつもりなんかありませんからね」

〈あら、ありがとう〉デスがつぶやく。

「いまは時間が何より大切です。少なくともわたしの時間はそうです。問題は、わたしとわたしの魔法に慣れていない人たちにとって、わたしのやり方は恐ろしい不安をもたらすということです。マーテンズブリッジで日常的に医術をおこなっていたときは、ある宿屋と特別な取り決めをしていました。宿の亭主はわたしの訪問を、そう、とりたてて秘密にしてはいませんでしたが、客には黙っていました。この砦のように一日に何千食もさばいている厨房では、そもそも何事も秘密にしておくことなどできないでしょうけれど」

「ああ、いつだって大渦巻のような騒ぎだ」アデリスの目がすっと細くなった。「ふむ。いい方法を思いついたぞ。ちょっとこい」

気がつくとペンは、足早に歩く将軍のあとを追って砦の中を縫うように進み、兵士食堂と厨房の中庭のある一画にむかっていた。厨房の中庭は、診療所の中庭よりもはるかに騒々しかった。噴水盤がひとつ。ずらりとならんだ煉瓦の竈《かまど》。大型の食材をゆっくりあぶるための炉もいくつかあって、香ばしい煙をあげている。そして、怒鳴り、汗を流しながら、大勢の人間が走りまわっている。

アデリスの前では全員が、はっと静まり返って姿勢を正すが、彼が通りすぎてしまうとふたたび騒ぎが復活する。まるで水をかきわけて進む船のようだ。中庭を囲む柱廊の下に、書き物デスクのならんだ部屋があった。請求書や勘定書が山積みになり、食堂長と事務官たちがしゃかりきになっている。

「閣下！」

食堂長が立ちあがって敬礼した。白髪まじりの日焼けした男で、傷痕がある。きっと軍の料理人を経てこの地位までのぼりつめたのだろう。

「元気でやっているか、ブラエ軍曹。これはわたしの義理の弟、神殿魔術師のペンリック学師だ。今夜、将校の食事のための、鶏か——まあなんでもいいが、そいつの下処理を彼にまかせたい。家でいつも見ているのだが、庶子神の腕の中で穏やかにして静かな死を迎えた生き物は、とてつもなく美味なのだ」

〈そんなことはありませんよ〉とデス。〈みんな同じですってば〉

それでもペンは、自分のテーブルに出される食べ物が、穏やかな死を迎えたものであることを嬉しく思う。

「いいな。その肉は将校専用だぞ」アデリスが強調した。「一般食堂の食事とまぜてはならん」

ブラエは困惑しながらも感銘を受けたようだった。ペンはこみあげる笑いをこらえた。

〈あらまあ、なかなか気のきいた坊やだこと〉デスが言った。〈この連中、明日までにあなたが手がけた鳥をこっそりもちだして、厨房のごろつきどもといっしょに味見するでしょうね〉

「あとはおまえたちにまかせる」アデリスが結論した。「何が必要かはペンリックが指示する」

「了解いたしました！」

食堂長の軍曹は立ち去るアデリスを敬礼で見送り、それからいくぶん不安そうにペンリックにむきなおった。

ブラエはペンを連れて柱廊のアーチをくぐり、屋根のない小さな中庭に案内した。平らな敷石が下水溝にむかってゆるやかに傾斜している。厨房の小僧がふたり、運命が決まって箱につめられた鶏を、伝統的なやり方でつぎつぎと下処理していた。すなわち、鳥の頭をつかんでひねるのだ。いくら腕白な小僧たちでも、大量の鶏を前にして、その仕事を面白がる余裕はないようだ。

「学師殿……？」

「こちらは将軍お抱えの魔術師だ」ブラエが小僧たちにむかって言った。それ以上の紹介は必要ないということだろう。「将校食堂のための鶏を下処理してくださる。とにかくそういうことだ」

ペンにむけられたブラエの視線には疑惑があふれている。

好奇心あふれる見物客のためには、はっきりと目に見える形で示さなくてはならない。ペンは聖印を結んでくちびるをはじき、いかにも慈悲深そうに、残っている鳥の上で手をふった。箱の中にいた三十羽の鶏がひと声もあげずに息絶えた。

〈まあぁ〉デスがまるで肉体をもっているかのようなため息を漏らした。〈ああ、これはほんとうに助かりますね〉

ペンはこみあげてくる想像上のげっぷをこらえてたずねた。

〈もっといりますか〉

〈庶子神にかけて、もう結構。これだけの鶏を一度に食べたら、あなただってもうたくさんと

思うでしょ〉

では、一度の訪問でできるのはこれくらいということだ。

〈これでどれくらいもつでしょう〉

ためらいの間。

〈四十人は無理でしょうね〉

診療所ではもうすでに、もっと増えているかもしれない。

〈わかりました〉

「いまはこれだけにしておきます」ペンはブラエに言った。「午後にもう一度きます。できればそのときのために、同じくらいのものを用意しておいてください」

アデリスと軍の訓練に感謝しよう、ブラエはとまどいながらも素直にうなずいて、来客を見送った。この一件から、厨房と兵舎ではどれほど尾鰭のついた噂がひろまるだろう。それを思うと少しばかり気がひける。

診療所の中庭にもどった。砦の城壁の外には牛や豚などを扱う食肉加工場もあるが、うまくいけばそこまで足を運ばなくてもすむ。そこでは、毛皮や角や蹄は皮なめし屋と地元の工場に送りこまれるし、肉は荷車で砦の料理人のもとに運びこまれて十通りもの料理になる。一片たりとも無駄にされることはない。できればそこは避けておきたいと思う。そうした仕事をうまくこなせることはわかっていても、好きではないのだ。自分ではない誰かがやってくれるなら、そのほうがありがたい。それは医療に対する気持ちに似ている。だが医療のほうは、不思議なほどしじゅう彼に密接な関わりをせまってくる。いや、いまはこんなことを考えているときではない、やめておこう。

レーデの患者が四十人から四十一人に増えたとき、ペンはまだ最初の四十人の巡回を終えていなかったが、すでに体温は上昇し、デスは逆上の一歩手前まで張りつめていた。しかたなく休憩をとって、砦の厨房にもどった。食堂長はそれまでのあいだに噂を集め、いろいろと考えたようだった。

「学師さまは診療所で働いていなさるそうですね」食堂長は、怯えがまじりながらもきっぱりとした声で、敢然とペンに立ちむかった。「自分の厨房には病人をいれたくありません。将軍がご自身の食事についてどのような考えをもっておられてもです」

「わたしは病気ではありませんが、あなたの言いたいことはわかります」

ペンの答えに、ブラエは驚いた。反論されると思っていたのだろう。だがそれでも、ペンには食用の、もしくはなんでもいいが、生き物が必要なのだ。

「妥協案はふたつ考えられます。鳥をいれた箱を中庭の入口までもってきてくれれば、わたしが中にはいる必要はなくなります。もしくは、中庭に通じる裏口があるなら、そっちを使うほうがいいかもしれません」

ペンにしてもそのほうが、通りすぎる人すべてに作業の現場を見られずにすむ。

「裏口なら」ブラエがゆっくりと答えた。「少なくとも、厨房全体を横切らなくても行くことができます」

「それはよかった」

食堂長はいくぶん態度をやわらげ、ぐるっと迂回して配達用の裏口にペンを案内した。小僧たちは彼のために、ふた箱の兎を残してくれていた。すばらしい。理由はわからないものの、兎は鶏よりもよい混沌の排出口になるのだ。いつか時間があるときに、どの生き物にどれほどの効果があるか、一覧表をつくってみよう。何かのパターンが見えてくるかもしれない。だが今日ではない。この一日が終わるころ、自分はたぶん考えることはもちろん、歩くこともできないほど疲れ果てているだろう。

デスの重荷を取り除き、スケジュールについて思案しながら診療所にもどった。厨房ではたいてい、生き物の下処理は朝のうちにすませる。ということは、ペンは徹夜で働かなくてはならないのだろうか。

〈厨房の朝はとってもはやくはじまりますよ〉デスが言った。〈学者の基準でいえば、まだ夜のうちですね。それに、あなただって少しは眠らなくてはなりません〉

〈そうですね……〉

砦の将校たちが魔法の干渉を受けた食べ物のせいで夜のあいだに具合が悪くなることもなかったためか、翌朝になるとブラエはいくらか不安を解消し、ペンと小僧たちだけに仕事をまかせて姿を見せなくなった。その結果、ペンは邪魔されることなく死と生を運びながら幾度も砦の中を往復し、長くみじめな長い一日を過ごした。砦を抜けだしてようやく村におりることができたのは、午後も遅くなってからのことだった。

患者のひとり、村の神殿の祭司で、したがってほかの者たちよりも高い教育を受けている女が、ペンが祈禱にことよせて魔法を送りこんでいることに気づいた。ペンのこじつけじみた説明が功を奏したのか、病に対する不安が魔法への恐怖に勝ったのか、女はペンの治療を拒むことはなかった。だが、看護にあたっていた女信士もまた、ふたりの会話を聞いていたのだ。明日までにはきっと、その上澄みだけをすくいあげた中身のない噂が村じゅうにひろまるだろう。病人の家を訪ねても、警戒して追い返されるかもしれない。そのときはいったいどうすればいいだろう。

〈放っておけばいいんですよ〉またまた限界が近くなってきたのか、デスの口調はひどく棘々《とげとげ》しい。〈やらなければならない仕事はほかにもいくらだってあるんですからね〉

〈いまさらやめられないことはわかっているでしょう。もしわたしが触れた人が亡くなったら、そう、近づいただけの人でも、責められるのは、その人を殺した病ではなく、助けることのできなかったわたしなんです〉

嚙み砕かれて吐きだされた噂がおぞましい出鱈目《でたらめ》を生みだしてしまえば、もっと悪いことだって起こり得る。

〈取り越し苦労はおやめなさい、ペン。心配事なんて一日にひとつあれば充分でしょ〉

一時間にひとつ起こっているような気もする。ペンは首をふって、ふたたびとぼとぼと坂道をあがっていった。

診療所の中庭にもどり、レーデをさがした。彼は治療室のひとつにいた。また何か新しく悪い知らせがあるのだろうか。レーデの前には、包帯の切れ端の山と鋏とアルコールの壜がおいてある。怪我の手当てを終えたところのようだが、彼は立ったまま顔をしかめて、テーブルにおいた背の高い木箱の中をじっと見つめている。ペンは近づいて、彼の肩ごしにその不機嫌のもとをのぞきこんだ。中には、大きな、年老いた、ひどく具合の悪そうな鼠がはいっていた。

薄汚い鼠は横たわったまま苦しげにあえぐばかりで、逃げようともしない。若くて健康な鼠の中には、目をきらきら輝かせ、好奇心にあふれ、魅力的なものもいる。だがこれは……ちっとも可愛くない。

「わたしのためにとっておいてくれたのでしょうか」ペンは困惑してたずねた。「確かにもっと多くの鼠を必要としていましたけれど、いまは厨房と話をつけています。ですが、もしお望みでしたらその鼠も始末しますが」

「駄目ですよ！」レーデがぎょっとしたように鋭い身ぶりで彼をとめた。「ちがうんです。わたしはこれを助けたいんです」

「ええと……つまり、デスの力で治癒させたいということでしょうか」

レーデがいらだたしげな視線をむけてきた。

「もちろんちがいますよ。わたしはこれを生かしておいて、観察して、研究したいんです」

「どこで手に入れたのですか。この砦にまだ鼠が生き残っているとは思っていませんでした」

「兵がもってきました。物資補給部の事務官です。何かの記録をさがしに保管所に行って、噛まれたんだそうです。あそこにはいろいろな鼠がいるんですよ――たぶん、古い羊皮紙を狙ってるんでしょうね。事務官は鼠が病気だと気づいたので、つかまえて布にくるみ、ここにもってきました。腕から血を流したままでしたけれど、念のためわたしに見せたかったようです。何かの病気に、もしかすると痣熱にかかるんじゃないかって心配していました。でもわたしには、こいつが痣熱にかかっているのかどうか、わからないんです」ペンに目をむけて、「あなたにはわかりますか」

「そうですね……」

鼠の体毛は、少なくとも禿げ残った部分は黒く、皮膚も黒い。だが足は白い。痣熱ではまず四肢から黒くなっていく。

〈デス、どうですか〉

〈ほんとうに、ペン、あなたがくりだしてくる質問といったら〉少しの間。〈熱はありますけれど、痣はありませんね。つかまえられたときに押さえつけられた部分だけです〉

「痣熱の特徴は出ていません。まだ、ですけれども」

レーデは短くうなずいた。

「だから、これをそばにおいて観察したいんです」

「その……ええと。痣熱の患者で、鼠に噛まれたと報告している人がいるのですか。わたしはひとつも聞いていません。鼠に嚙まれたら、気づかないはずはないと思うのですが」

「鼠はないです」レーデの目がすっと細くなった。「問題は、鼠についている蚤ですね」

「ああ」ペンは面食らって言葉をとめた。「それはまた、まったく問題が異なります。鼠に嚙まれることはめったにありませんが、蚤には誰だって嚙まれます」

そう、ペンは蚤に嚙まれない。彼の家の周辺では、誰も嚙まれることがない。

「ですが、その誰もが熱を出しているわけではありません。ありがたいことに」

「血ですよ。血は肉体を離れても生きているって学師殿も言ってたじゃないですか。嚙まれて、逃げられる前に蚤をつぶしたら、血の匂いがしますよね。蚊や壁蝨《だに》だって同じです。血が生きているのなら、そして病原体が生きているのなら、その病原体は血の中で生きてるんじゃないでしょうか。少なくとも、蚤がその血を消化してしまうまでは」

「それは……」〈すばらしい考えです〉と、声に出していうことはできなかった。どこかに瑕《か》疵《し》があるはずだ。「いったいどうすればそれを証明することができるでしょう」

「わかりません。血は、血の中の病原体は、どれくらいのあいだ生きてるんでしょうね。蚤に病人を嚙ませて、それからその蚤に誰かを嚙ませたら」レーデの渋面がさらに深くなる。「それはわたしの役目ですよね。ほかの誰にも頼むわけにはいかない」

「駄目です！　あなたがやるなんてとんでもないです！」

レーデがペンを見あげた。

「もしわたしがそうやって感染したら、あなたはわたしを治せますか」

「わかりません。まずはそれが第一の問題になりますが、問題はそれだけではありません」どうすればレーデに、この恐ろしい考えを捨てさせることができるだろう。「いずれにしても、あなたをふくめ、病の蔓延したこの診療所の関係者はすべて対象外です。発病したとして、それが蚤に嚙まれたせいなのか、汚れたシーツや嘔吐物や洗面器の血に触れたせいなのか、区別できないではありませんか。この混沌とまったく無縁な人でなくてはならないでしょう。つまり、この砦にそんな人はいませんし、いまとなっては村にもいません」

「ああ」レーベは弱々しく顔をこすり、肩を落とした。

ペンはため息をついた。これで、この狂った計画を阻止できていればいいのだが。

「いずれにしても」ややあってペンはつづけた。「もしほんとうに鼠かその蚤が病をひろげているのだとしたら、数日のうちに新しい患者は出なくなります」ほんとうにそうあってくれればいいのだけれど。「もう鼠はいないのですから」どこかに隠れていたこの一匹を除いて。

「学師殿がすべての証拠を抹消してしまったともいえますよね」

「それはそれでいいのではありませんか」

「いえ——ああ、そうかも——でも……」レーデはいらだたしげに大きく手をふった。「いえ、気にしないでください」

「わたしが村に行っているあいだに、新しい患者は出たのでしょうか」

「ひとり。それと、食料保管所の牛飼いが亡くなりました」

ペンは顔をしかめた。目指すべき岸がまったく見えないまま、ただひたすら泳ぎつづけているような気がしてくる。

「五柱の神々すべてにかけて誓いますが、わたしはほんとうに、自分が生命を救おうとしているのか、ただ死を引き延ばしているだけなのか、わからなくなっています」

レーデが驚いたように彼を見つめて言った。

「危機を脱して回復病棟に移った患者もふたりいますよ」

「回復病棟があるのですか」

「ああ、そういえば案内してなかったですね。もしかしたら再感染の可能性があるかもしれないと思ったんで。回復にむかっている者や、病状がおさまった者は、移動させるようにしているんです」

なぜ気がつかなかったのだろう。わかりそうなものなのに。彼はずっと重症患者の中に埋もれていたのだ……

「学師殿はほんとうにお忙しそうだったんで。よくなってきた者とか、軽症の者とか、自力で回復しそうな者にまで、気を遣わせちゃいけないと思ったんです」

「ああ」〈ああ、庶子神の歯にかけて〉

またもやマーテンズブリッジの悪夢がくり返されつつあったのだ。最悪の事例だけ。すべてが最悪の事例で、簡単に勝利をおさめることなど許されない。軽症者なんかを相手にしていては、ペンの時間が無駄になるから。それはもっと……大変な事例にむけるべき力なのだから。

逃れ難い論理。

「わかりました」

いったいいつから、まったく見わけがつかないまま、すべての患者が川の水のように手の下を流れていくようになったのだろう。死を迎えた人たちはべつだ。巨岩のようにつきだして、その周囲で記憶が渦を巻いている。ペンはこれまで、主として病人の総数を追い、その瞬間ごとに目の前におかれた仕事に取り組んできた。それは一度として減ったことがなく、増えるばかりだった。病室にいた患者は、これまでに少なくとも一度、すべていれかわっているのかもしれない。もしかしたら二度。レーデなら知っているだろう。だがペンはたずねなかった。

短い沈黙。疲れきったふたりは、何もないところにじっと視線を据えている。未来という暗いトンネルを見つめているのかもしれない。

「病室にもどったほうがよさそうですね」ペンは言った。

「はい、わたしもそうします」

だがペンが部屋を出たあとも、レーデはまだ思案げに、鼠のはいった箱を凝視していた。


翌日、朝の巡回でふたつめの病室を出ながら、まだ厨房に行かなくてもデスは大丈夫だろうかと考えていたそのとき、柱廊のすぐむこうでひとりの男が彼を待っていることに気づいた。なんとなく見おぼえがある。確か、アデリスの司令部の事務官だ。男が長い腕をのばし、いかにも上品に指にはさんだ書状をさしだした。

「ペンリック学師、これが届いております」

「ああ、ありがとう」

ペンが受けとると、事務官は返事も待たず、会釈をして足早に去っていった。無理からぬことだ。いま現在、診療所を訪れる者は最小限に制限されている。マスター・レーデは兵たちに、痣熱を患った友人の見舞いを禁止した。その命令はほとんどなんの問題もなく守られている。

書状をひらいた。封蠟《ふうろう》がタイルに飛び散る。喜びと失意が同時に訪れた。それはニキスからの手紙だった。この感染症について大急ぎでしたためた手紙への――できれば役に立つ――返信でなかったのは残念だ。だがこれはこれでとても嬉しい。しかもその手紙は『わたしたちはみんな元気です』ではじまっていたのだ。

『あなたのことだから、まっさきに知りたいのは、砦の病気が町でどうなっているかだと思います』そのとおりだ。『市場での噂を聞くかぎり、人々はまだそれほど不安がっていません。軍でよくある赤痢か夏熱のようなものだと考えているみたいです。でももしそうだったら、あなたはいまごろもう家に帰っているでしょう。まだ帰ってこないということは、もっと難しい病気なのね。アデリスからの手紙を期待しても無駄なことはわかっています。だから、もし今日ヴィルノックにもどれないのだったら、あなたがどうしているのか、どうぞ知らせてください。デス、お願いだから、ペンに手紙を書かせてちょうだい！

病気が町まできているとしても、まだわたしの耳には届いていません。べつに驚くことでもないわね。最初に気づくのは母神教団でしょう』

そのあとにちょっとした家族のニュースがあり、『あなたの聖獣にもちゃんと忘れず餌を与えています。リンは箱の掃除までしてくれたわ』と書いてあるのを見て、思わず笑みがこぼれた。ペンは魔法の実験のために数匹の鼠を飼っている――若く、健康で、よく馴れていて、蚤がおらず、嚙みつかない鼠だ。最後の〝嚙みつかない〟は、巫師の力を少しばかり使ったことで保証されている。これまでリンはどう言い聞かせても、鼠の箱の掃除が神聖な仕事であること、もしくは家政婦としての仕事のひとつであることを、納得しなかった。だがニキスはうまくやってのけたようだ。ただそれが必要だっただけかもしれないが。

「少なくとも、海豚《いるか》ではないんだからいいじゃないの」と、ニキスは以前、リンにむかってため息とともに言ったことがある。

ペンの妻は、彼が港の海豚で巫師の実験をおこなうことに猛烈に反対した。彼は一度も溺れたことなどないのに。

〈〝まだ〟溺れたことがない、だけでしょ〉デスはずっとニキスに味方している。

さらに読みつづけた。

『あなた宛ての手紙がどんどんたまっています。まとめて砦に送ったほうがいいのか、あなたがもどってくるまでそのままにしておいていいのか、知らせてください。

フロリーは近頃、少しばかり気難しくなっています』――ペンは顔をしかめた――『でも母は、歯が生えるにはまだはやすぎると言っています。だからきっと、あなたがいなくてさびしいのでしょう。わたしと同じ。はやく無事に帰ってきてくださいね！

あなたのマダム梟《アウル》』

ペンはもうどうしようもなく愛情あふれるため息をついて、書状をたたみなおしてサッシュにはさんだ。病人でいっぱいの部屋が待っている。それが終わればつぎの部屋が。たぶん、夕飯を食べながら返事が書けるだろう。いずれにしても、そのときには休みをとらなくてはならないのだから。

つぎの部屋で最初の寝台の横に膝をついたとき、患者が熱のある手を弱々しくあげて、祝福を与えようとしていたペンの手をつかんだ。

「やめろ！」

「あなたのために祈らせてください」

「あんたは祈ってるんじゃない、庶子神の呪術師め。何か魔法をかけようとしてるんだ」男の渋面には怒りと興奮と恐怖がまじっている。「きっと呪いの魔法だろう」

超常的な何かがおこなわれているのではないかと疑った患者は、彼が最初ではない。ペンが何者であるかを知らなくとも、ほとんどの者が、少なくともサッシュにまじった銀の組紐の意味には気づいている。だがペンを拒絶したのはその兵士がはじめてだった。

「確かに魔法を使っていますが、ささやかなものです。それに、誓って邪悪なものではありません。熱に対抗する助けとなるものです」〝治癒〟を約束しないほうがいいことは、いまではペンも理解している。「昨夜、あなたがここにきてすぐのときも、わたしはあなたの治療をしています」

だがペンが手をさしだすと、男はまた支離滅裂な抗議の声をあげてその手をはらいのけ、その拍子に寝台から落ちてしまった。看護兵があわてて近づいてくる。ペンが助け起こそうとすると、男はさらにあとずさった。ペンはいらだちを抱えたまま、しかたなくうしろにさがった。この若者はひそかに四神教を信仰しているのだろうか。それとも、邪悪な魔法使いが出てくるお伽話を頭いっぱいにつめこんでいるのだろうか。

〈その両方かもしれない〉

「おちつかせてください」ペンは看護兵に言った。「またあとできます」

だがペンはすでに、不安に満ちた噂や悪意あふれる中傷の的になっていた。さらにふたりの患者に治療を拒絶され、いやというほどそれを思い知らされる。自宅で鼠を相手に実験している脳操作で全員を失神させ、治療してしまおうかとも真剣に考えた。だが脳操作の技は……まだ完全ではない。このごろでは飼っている猫も、失敗した鼠を食べるのに飽きてしまっている。

最後の寝台の横に膝をついた。この患者は抗議するどころか、ペンのことも魔法のことも意識できないほど弱っている。静かに手早く治療を終えた。だがこの患者はきっと、ペンの行為が無害であることを同室の者たちに示すよい例にはならないだろう。

ペンには後ろ楯となってくれる権威ある軍関係者が必要だ。マスター・レーデで大丈夫だろうか。マスター・オリデスなら若い医師よりも大きな影響力をふるえただろうに。残念なことだ。それに彼なら、非協力的な患者をうまく扱う昔ながらのコツを、緑のサッシュいっぱいにためこんでいただろう。最終的にはアデリスをひっぱりだせばいいのだろうが、もし兵士たちの病と恐怖がそこまで深刻なものだったら、厳格な軍の規律すら効力を失うかもしれない。なにはともあれ、まずはレーデだ。

目指す相手は、薬剤室がある反対側の柱廊の下で、看護兵と話していた。ペンが足早に近づいていくと、ふたりはぴたと口をつぐみ、看護兵は曖昧な敬礼をして仕事にもどっていった。今日は、はやい朝食の席でも、デスの食事からもどったあとも、レーデとは会っていない。

「マスター・レーデ、わたしの治療を拒否する患者がいるのです。無知からくるものでしょうけれど、わたしが説明しても納得してもらえるとは思えません。もしよければ――」

ペンは言葉を途切らせ、レーデの左腕に巻かれたガーゼの包帯を凝視した。ぱっと手をのばし、レーデの手首をつかんで裏返す。

「何をしたのですか！」

たずねているあいだにも、デスの〈視覚〉が答えを告げた。ガーゼの下の皮膚に小さな赤い点が散らばっている。明らかに蚤に食われたあとだ。

「してはならないと言ったはずです！」

レーデは肩をすくめてその言葉をやりすごした。

「いまやるか、まったくやらないかだったんですよ。あの鼠は一時間ももたずに死にました」

「だったら、まったくやらずにいるべきでした。くたばりやがれです！　ああ、わかっていたのに。昨夜のうちにあの鼠を殺すべきでした。あれにくっついている蚤もろともに」

ペンは興奮したまま、レーデのもういっぽうの腕をひっくり返して傷痕をさがした。

「あの鼠にも嚙ませたのですか」

レーデが彼の手をふりはらい、顔をしかめた。

「あの鼠に嚙まれた患者はすでにいますよ。べつの部屋に隔離してあります。本人はここにとどまるのを嫌がってましたけれどね。ふたつめの症例はいりません。それにこうすれば、原因が鼠なのか蚤なのか、はっきりするじゃないですか」

〈遅すぎた〉ペンは心の中でうめいた。

勇敢で、決断力にあふれ、せっぱつまっていて、睡眠不足で——レーデの思考力は鈍っていたのだ。無理もない。あれやこれやですでに倒れていないことが——おそらくは？——もうすでに奇跡なのだから。

〈神々の残り香はありませんね〉言葉にしなかったペンの問いに、デスが答えた。

〈そうですか〉

〝その嚙み傷から目を離さないようにしてください〟などと言う必要はない。レーデは間違いなく、取り憑かれたように観察しつづけるに決まっている。しかたがない。

「何か少しでも蚤の嚙み傷として異常なことがあったら、すぐに知らせてください」

「もちろんですよ」

あまりにも無造作な口調が、むしろ腹立たしかった。

そのとき中庭の入口でざわめきが起こり、ふたりはそちらをふり返った。

ひとりの兵士が友人に支えられ、足をひきずりながら歩いている。数人がかりで運んでいる軍用担架には、さらにふたりが横たわっている。皮膚に大量の血が飛び散っている。ペンは狼狽した。そのうちのふたりが、先日ルシリ収容所の警備所で言葉をかわした衛兵だったのだ。

「どうした」レーデが駆け寄りながらたずねた。「喧嘩か」

そしてゲートのむこうに視線を投げたが、怪我人の行列はこれで終わりだった。

その答えは、彼らの背後からやってきたアデリスによってもたらされた。傷のある顔にあの独特の瞋恚《しんい》が浮かびあがって、激しい不安を押し隠している。

「ルシリだ。昨夜、収容所のほとんど全員が蜂起して警備所を襲い、街道を逃げていった。ありがたいことに村の横は静かに通り抜けたんだが、途中で放牧場の馬を何頭か盗みやがった。だがほとんどは徒歩のままだ。騎兵がすぐに追いつくだろう」

「家馬車を残してですか」ペンはたずねた。

もちろん、そうしなくてはできないことだ。

「ああ、何もかも残していった。やつらへの供給はぎりぎりにしていたからな、周囲から盗まなければやっていけんはずだ。道々どれだけの農場が略奪にあうかは、おれたちがどれだけ迅速に動いてやつらをつかまえるかにかかっている。わかっているかぎりでは、やつらは西の丘陵地帯を目指している」

起伏の多い荒れた土地だ。暮らすには難儀だが、隠れるには都合がいい。ペンはためらいがちに言った。

「女子供や年寄りも連れていったのなら、たいした戦いはできないのではありませんか」

「ふん。おまえはルシリの女子供や老人が、戦場で負傷した敵の咽喉を掻き切るところを見たことがないからな。あいつらは地べたを這いまわって、血に飢えた落ち穂拾いみたいにこぼれた粒を集めてまわるんだ。ペンリック――おまえは一昨日、あいつらに何を話したんだ」

「わたしがですか！」

「やつらは捕虜生活から逃げたのではない。おおむねそれに甘んじていたからな。やつらは痃熱から、やつらのいう青い魔女から逃げたんだ。おれ以上にそいつを恐れた。それが誤りだったことを教えてやらねばならん」

「たいしたことは話していません」ペンは反論した。「彼らにもわかるように、病についてくわしく説明しただけです。村の市場で噂を聞いたのではないでしょうか――何人かに市場での買い物を許可していたでしょう。もしくは警備所の衛兵でしょうか。ほかにすることがなければ、退屈しのぎに彼らとしゃべっていますから」

リュビの恋人というか彼女を誘惑した男も、そうした衛兵のひとりだった。

「それに、子供たちは収容所を抜けだしては村の子供と遊んでいましたし、村の子供たちもまたこっそり収容所の子供と遊んでいました。どのような会話がかわされたか、わかったものではありません」

その可能性も考えたのだろう、アデリスがいらだたしげにくちびるを引き締めた。

正直な話、寄せ集めのルシリがふたつの国を横断してウテニ川までたどりつける可能性はきわめて低いものの、その無謀な試みのあとにどれほどの流血と破壊が残されるか、考えるのも恐ろしい。ペンとしては、ルシリの恐怖に共感をおぼえながらも、彼らの道筋にあって強奪される不運な農家の家族により大きな同情を禁じ得ない。さらにまずいことに、もしルシリがその身に病を帯びていたら、逃亡の旅をつづけながらそれを撒き散らすことになる。最終的にはそれが、ルシリの戦士以上に、多くの人々に多くの死をもたらすかもしれない。

〈正直な話〉デスがつぶやいた。〈彼らを追うアデリスの部隊が病気を撒き散らすという可能性もありますよ〉

〈同じことです〉

〈そうですね〉

そのやりとりのあいだに、ふたりの看護兵がやってきた。レーデは全員を治療室に連れていくよう指示し、それからアデリスをふり返った。

「アリセイディア将軍。今後、負傷者のための病棟が必要となるようなら、回復期にある熱病患者全員を兵舎のひとつに移動させたいと思います。一棟あけていただけるでしょうか」

ペンはぱちくりと目をしばたたかせた。

〈つまり、兵舎一棟に相当するだけの患者が回復しているということなのですか……?〉

百人以上ということになるが……。みながみな、疲労困憊しているのも無理はない。

アデリスはそれを聞いてうなずいた。

「それだけの者が回復しているのだな。いいだろう。補佐官に手配させる。診療所にいちばん近い棟がいいか」

「はい、お願いします」レーデはあわただしく敬礼して、負傷者のあとを追っていった。

アデリスがいらだたしげな視線を、こんどはペンにむけた。

「今日はルシリを追って馬をとばす予定ではなかったが、そうなってしまった。それでだ、おまえの通訳で、というか、ああ、なんの力を使ってもいいが、降伏するようやつらを説得できんか」

ペンは両手をあげた。

「通訳ならほかにもいるでしょう。でも魔術師はわたしひとりです」

少なくとも、教団が援助要請の訴えに応えて誰かを派遣してくれるまでは。もっと急使を大勢送ったほうがいいだろうか。もっと強い言葉を使って。

「ここでこの仕事をするなら、あちらでその仕事をすることはできません。アデリス、どちらかひとつだけです！」

アデリスが鼻から息を吐いた。彼なりの譲歩のしるしだ。

「では……ここにいてくれ」

そして、あとに従う士官に騎兵隊出動の指示を出しながら去っていった。

ペンもむきを変えて病室へとむかった。

その日の午後遅く、村の巡回を終えたペンは、考えごとにふけりながら坂道をあがっていった。大家族の皮なめし屋で、さらに男と女がひとりずつ発病していた。一軒の家ではペンの訪問を拒否した。少年と母親はまだ生きている。御者の弟は快方にむかっているが、兄のほうは悪化している。今夜もう一度訪問できるだろうか。砦のゲートに視線をむけると、一台の輿《こし》が跳ね橋をわたろうとしていた。担ぎ手たちが着ているあれは、ヴィルノックの母神教団所属を示す緑のチュニックではないか。

ペンは足をはやめた。前庭にはいると、ちょうど担ぎ手が輿をおろし、籐椅子の客に手を貸しているところだった。訪問者が縁のひろい帽子を脱いでクッションにのせる。簡素なチュニックドレスをきた痩せた老女で、上級医師であることを示す緑のサッシュを巻いている。希望に胸が躍った。援助要員が送られてきたのだろうか。

布で手を拭きながら、治療室からレーデが出てきた。ペンと同じ希望を抱いているのだろう、口もとがゆるんでいる。レーデが急ぎ足で籐椅子に近づく。ペンは〈視覚〉ですばやく左腕の蚤の嚙み痕を調べた。汚れた包帯の下で、傷はなんの変哲もない治癒経過をたどっている。つまりはそういうことなのだろう。

女の手にはペンの書いた手紙が握られている――あれを書いたのはいったい何日前のことだったろう。迅速ではないものの、やっとのことで反応があった。

ふり返った女がペンの夏の衣裳を目にとめた。

「ペンリック学師、でしょうか」手紙をふりながらたずねる。

「そうです、マスター――?」

「トルガといいます」

「こちらはマスター・レーデ・リカタ。この砦の上級医師です」

女はレーデにむかって丁重に頭をさげた。

「マスター・オリデスのことはうかがっています。優秀な医師で、とても立派な方でした。ほんとうに残念です」

「わたしどももみな同じ気持ちです」

ふたりの医師は職業的な関心をもって視線をかわし、たがいに値踏みしあっている。

レーデは無事トルガの審査を通過したようだ。彼女がうなずいてペンにむきなおった。

「学師殿の書状を受けとりました。それに書かれた痣熱ではないかと思われる最初の症例が、今朝わたくしたちの門前にもあらわれたのです。参考のため、こちらの患者を見せていただきたく、参上いたしました」

「こちらです」レーデはかすかな失意を浮かべながらも小声で答え、病室を示した。「残念ながら、お見せできる症例ならいくらでもあります」

その視察にペンがついていく必要はない。彼はレーデに言った。

「デスとわたしは厨房に行ってきます。長くはかかりません」

「わかりました」

中庭を出ていこうとする彼の耳に、ふたりの会話が聞こえてきた。

「それで正確なところ、魔術師殿はあなたの患者に何をしているのですか」

「ええ、いまからお見せしますが……」

厨房での仕事も、毎日となると手慣れたものだ。今日の鶏も簡単に片づいた。診療所にもどると、視察を終えたふたりが柱廊の陰にある石のベンチにすわって、真剣に話しあっていた。レーデが彼に気づいて呼び寄せ、腰をずらしてスペースをつくってくれた。

ペンは疲れきったため息とともに腰をおろし、レーデごしに母神の信徒に視線をむけた。

「そちらの教団から援助を送っていただくことはできないのでしょうか」

彼女はいかにも遺憾そうにかぶりをふった。

「じつをいえば、できるものなら学師殿をお連れして、こちらの症例を見ていただきたいと思っているところです」

レーデが顔をしかめて背筋をのばした。

「ペンリック学師はここでの仕事で手いっぱいです。そちらの患者はひとりですが」――ずらりとならんだ病棟を示し――「ここには四十八人いるんです」

ついさっきまで四十七人だったはず……

「また、村にも大勢の患者がいます」レーデはつづけた。

「今日ふたり増えました」とペン。

トルガが顔をしかめた。

「この最初の症例が最後になると考えるほど、わたくしは無邪気ではありませんし、あなたも同様でしょう」

〈まさしくごもっとも〉と表情で告げながらも、レーデはそれをこらえて口にした。

「いずれにしても、ペンリック学師を呼び寄せたのはアリセイディア将軍です。ここを離れる許可を出せるのも将軍だけで、いま将軍は砦におられません」

　トルガはまっすぐふたりとむきあった。

「それはちがいましょう。神官として、第一の忠誠は教団に捧げられなくてはなりません。さらに上級魔術師は——おのが意志でどこにでも行くことができると聞いております」

「ある意味、確かにそれは正しいといえます」ペンは答えた。「だからわたしはここにきたのです」

　そこからどのような結論を導きだすかは彼女しだいだ。それにしても……町で。脅威はいまやヴィルノック市城壁の内側にまではいりこんでしまった。ニキスとフロリナと、ささやかなペンの家族にまで。

「わたくしの輿をお貸しします。もしくは、もう一台呼んでもかまいません」

　魅力的な提案だ。輿なら道々睡眠もとれるから、時間を二倍有効に使うことができる。しかしながら、ペンは首をふった。

「砦の馬を借ります。そのほうがはやい」

「行くのですか」レーデが心配そうにたずねた。

「そのほうがいいと思います。何が起こっているか、確かめるためにも」

「あなたがもどってくださらなかったら、それにも意味はないです」

　ペンは膝に肘をついて手を組み、ひたいをのせた。

「どれだけ魔法の力をもっていようと、一度にふたつの場所にいることはできません。神殿魔術師がもうひとりいれば。ある程度の訓練を受けた魔をもつ神殿魔術師なら誰でもいいんです、もうひとりいさえすれば。そうしたら、数時間でこの基本的な技を教えることができます」足もとをにらみながら激情をこらえて、「里居の魔術師でもかまいません」

「どこからも返事はないのですか」トルガがたずねた。

「いまのところは」ペンは背筋をのばした。「あなたのところと同時に、何通もの書状を送っています。オルバスにはあまり魔術師がいないのですね――わたしの故郷、連州の宗務館にはもっと大勢いました。大神官領としてはこの公国の四分の一もなかったのですけれど。わたしが把握していないはぐれ魔術師でもいいです、誰か心当たりはありませんか」

「どうしてわたくしなどが知っていましょう」トルガの視線には、非難と……なんとしても彼を手に入れたいという貪欲さがこもっている。「とにもかくにも、わたくしの教団は魔術師を隠してはおりません。いまのところ、取るに足らない聖者さえもおりません」

「残念です」

「ええ」彼女は悲しげに同意し、それから決然とあごをもちあげた。「今日のうちにきていただけましょうか」

「はい」ペンはしぶしぶ約束した。「この診療所で、もうひとまわり治療をおこなわなくてはなりません。それに、出発前には沐浴をしたほうがいいでしょう。ですが日没までにはうかがえると思います」

彼女が鋭くうなずいて了解を示した。勝ち誇った彼女を前に、レーデががっくりと肩を落とした。

「ではわたくしは失礼いたします。いまの学師殿のお言葉を、町の者たちに伝えます」

彼女がベンチを離れ、担ぎ手たちに合図を送った。四方の柱廊すべてからできるだけの距離をとって輿のつくる小さな物陰に不安そうにうずくまっていた彼らが、ぱっと立ちあがった。理由は異なれど、女主人と同じくらいさっさとこの場を離れたがっているようだった。

緑のサッシュの医師は、訪れたときと同じように、輿に揺られながら去っていった。ペンとレーデはなおもベンチに腰かけたままだ。

彼女を見送って、レーデがたずねた。

「神殿の医師魔術師はなぜそんなに少ないんですか」新たな当惑に眉を寄せている。「あなたがどれほど貴重な存在か、わたしにもようやくわかってきたんです。母神教団が、できるだけ多くの医師魔術師をつくってくれればいいのに」

「確かにそうですけれど、候補者は木になっているわけではありません。それに、医師魔術師を育てるには、木の成長以上に長い時間がかかるのです」どう説明すれば理解してもらえるだろう。「つかまえた野生の魔を、そうした仕事がこなせるよう馴らすには、少なくとも丸々一世代、ときにはそれ以上の時間が必要です。信頼できる神殿神官とペアを組み、必要な……人生の知識というか、そう、いわば、よりよく生きていくための知識を魔に伝え、吸収させるのです。また、魔を受け入れる側としては、強靭な精神をもった者を選ばなくてはなりません。

できるなら、すでに医師の技を身につけた人であることが望ましいです。医療魔法には、知られているかぎり、もっとも強力かつもっとも微細な技がふくまれます。魔はそもそも混沌の存在ですが、所有者の優位に立ったりその肉体を奪って逃げたりするような魔にそうした知識を手わたすのは、じつに危険なことです」

理解したのだろう、レーデが考え深げに息を吐いた。ペンはこわばったうなじをこすった。

「神殿魔の多くが時の流れの中で失われていきます。ときには事故で。あるものは庶子神に連れもどされて。不心得な乗り手——ただ不適格なだけの場合もありますが、そうした乗り手によって損なわれてしまうこともあります。また、次世代への移行にも困難がともないます。候補者は、年老いた魔術師の臨終の場に居合わせなくてはなりません」

〈もしくは街道脇に……〉

ペンはずっと疑問に思っていたのだ。死を迎えようとしていたルチア学師と魔とのあの運命的な出会いは、当時そう考えられていたように、ほんとうにまったくの偶然だったのだろうか。もちろん〝神殿〟によって計画されたものではないけれども。

「ご存じのように、人はめったに予定どおりに死を迎えたりしませんから」

「だったら……なぜあなたは母神のもとで働いていないんですか。あなたはじつにすばらしい。ほんとうに多くの人を助けられるじゃないですか！」

ペンは陰鬱《いんうつ》な笑みを浮かべた。

「その〝多くの人〟というのが問題だったのです。マーテンズブリッジにいたとき、わたしも一度はその職につこうとしました。デスは、わたしの上長の差配がまずかったのだと考えています。マーテンズブリッジの母神教団は、医師魔術師の扱いに不慣れだったのです」

〈問題だったのは、欲深な間抜けどもが、ぼろぼろになるまであなたを使いつぶしたことですよ〉デスがぶつぶつとこぼしている。〈そしてあなたときたら、最後の最後までノーと主張することを学ばなかったんですからね〉

「とにかく、わたしにとって医術は天職でなかったのです。わたしはそう判断し、最後の最後で母神教団に誓約を捧げることをやめました」

〈当たり障りなく言えばそういうことになりますね〉デスが身ぶるいした。

「そんなこと、あり得ないです。どう見たって天職じゃないですか！」

「多くの症例を手がけると、それだけ失敗も多くなります。そしてわたしのところには、もっとも困難な症例だけが集中的にもちこまれていました。治療がうまくいって喜んでもらえるときはいいのですが、失敗したときは怒りをぶつけられます。あの人を助けたのに、なぜこの人を助けてくれなかったのか。ほんとうに、疲れてしまったのです」

　レーデはいらだたしげに否定の身ぶりをした。

「医師はみな同じ悩みを抱えています」

「率直な話」ペンはサンダルにむかって打ち明けた。「ここから脱出するにはみずからを殺すしかないと思い詰め、いざそれを実行しようというときになって、ようやくわたしはいまこそほかの仕事をさがすべきだと気づいたのです。いえ、そう考えたのはデスですね。ご存じのように、わたしは翻訳ができますから」

ああ、なんということだ。こんな話をしてしまうなんて。

〈それは、あなたがもうどうしようもないほど疲れているからですよ〉とデス。〈そして、相手が優秀な医師だからでしょうね。あなたの患者だって、いつもあなたに打ち明け話をするじゃありませんか〉

「すみません」ペンは口ごもった。

レーデはふいに黙りこんで、ベンチの背にもたれた。

「ああ、そうなんですね」ややあってレーデが口にした。

困惑はしていないようだ。

〈よかった〉

レーデはならんだ病棟を数えようとするかのように視線をあげ、いくぶん遠慮がちに改めてたずねた。

「それで……いまはもう大丈夫なんですか」

「ええ」ペンは背筋をのばし、ぱたぱたと手をふった。「いまはもう、そんな危うい気分にはなりません。あのころは人とのつながりが希薄だったものですから」

いまになっておちついて考えてみれば、母と敬愛する王女大神官をつづけざまに失ったことで、当時、彼の精神は不安定だったのだ。新しい家族とオルバスでの暮らしを手に入れたいま、二度とそんな形での逃避を企てたりはしない。今回の仕事でどれほど追い詰められようと、けっしてそのことを恨みに思ったりはしない。それだけは確かだ。

この話題はもう終わりだ。

「蚤に嚙まれたあとはどうですか」

「痒《かゆ》いですよ」レーデが腕の包帯をこすりながら答えた。「何か起こるにしても、まだはやすぎるんでしょうね」そこでペンに目をむけ、「学師殿にはわかるんですか」

「わかりません。よい徴候なのか、もしくはあなたが言うようにはやすぎるのか。よい徴候のほうを期待しましょう」

「紫色の痣ができはじめたら、怖くなるのか安心するのか、どっちでしょうねえ。わたしはとにかく答えがほしいです。こんな、こんな……」こぶしを握りしめ、「どんな答えだってかまわないから！」

「求めるべきは正しい答えだけです」

「ええ、そうですね」レーデは顔をしかめて患者病棟をにらみ、声を落とした。「……もしこのままとまらなかったら、どうしたらいいんでしょうね」

これは修辞疑問として受けとるべきだろう。〝ならば、わたしたちもとまらずにいるだけです〟と声に出して答えるのはあまりにも恐ろしい。だがレーデには答えを得る権利がある。この病がなぜこんなに無作為にひろまるかがわからないかぎり、ただ闇雲に戦っていくしかない。アデリス式の頭脳が必要だ。戦術的に思考しなくては。

〈完全にアデリス式になっては駄目ですよ〉デスが忠告した。〈アデリスは病室ではまったく

の役立たずなんですからね〉

〈それでもです〉ペンは足もとにむかってうなった。「今夜、町で何か手がかりがつかめるかもしれません」

「もどってきてくれますよね」とレーデ。

質問だろうか、要求だろうか。それとも不安だろうか……

「町で何が見つかるかによります。この病がヴィルノックでもはびこっているようなら、優先順位が変わることもあり得ます」

「医師に患者を選ぶことはできません」

「医師の倫理に反することは知っています。アンベレインとヘルヴィアとわたし自身と、三度訓練を受けていますから。でもわたしは母神教団に誓約を捧げていませんし、それを後悔したこともありません。弁解がましいかもしれませんが、わたしは医師ではないのです」

白の神が仕事を与えるときの、なんといえばいいか、融通のきくやり方と、いま彼に巣くっている魔のほうが、その職よりもずっと自分にむいている。あまりにも常軌を逸しているように思えることもあるけれど。

……それにしても、これもまた、かの神が彼に与えたもうた仕事なのだろうか。もしそうだとしたら、ずいぶんな皮肉ではないか。裏切られたような気さえしてくる。

抗議の声をあげようとしたのか、レーデが口をひらき、そのまま閉じた。

「それじゃ、ヴィルノックで何か新しい進展があることを祈ってます」

「ええ、そうですね」

もう日が暮れようというころ、ペンは借りた軍馬でとぼとぼとヴィルノックの西門をくぐった。母神教団の大宗務館と診療所は、町の反対側にある。曲がりくねった街路を抜けながら、あたりを見まわした。何ひとつ異常はない。人々はみないつものように、夜を過ごそうと家路についている。あの角を曲がればわが家がある。町の人たちと同じように、家に帰って満ち足りた夜を過ごしたい。

〈駄目だ〉

大市場は閑散として、数人の物売りが諦めて商品を片づけはじめていた。いちばん奥の家畜売り場だけはべつで、夜のあいだもつながれた何頭かの馬や騾馬が、頭を垂れて、散らばった干草をむしゃむしゃと食べている。一頭がペンの馬に関心をもったのか、いなないてよこし、ペンの馬も挨拶を返した。商品を売り損なった馬主は、馬たちと飼い葉をとりあったあげく、干草の上に寝袋を敷いている。朝に雪辱戦を試みるつもりなのだろう。陶磁器の壺の山など、かさばる荷物を見張って野営している者も何人かいる。

さらにいくつか角を曲がり、小さな広場を抜けて坂をのぼると、ようやく母神教団が見えてきた。ヴィルノックの母神宗務館は一世代前にさる商人によって遺贈された古い邸宅で、診療所は、新たな使途のため少しずつ改装されてはいるものの、以前は倉庫に使われていた建物だ。ペンも家族もこれまで診療所の世話にならずにすんでいるため、中にはいったことはない。

ちょうど門番がオイルランタンを吊るしているところだった。開け放した戸口で、ひと晩じゅう燃えつづける明かりだ。門番はペンの衣裳に気づき――洗濯はしてあるが、非常事態の毎日のため、持ち主同様くたびれている――敬意のこもった挨拶とともに馬を預かり、マスター・トルガの居場所を教えてくれた。

母神の医師は、何人かの同僚と共有している書斎にいた。ほかの者たちはみな、帰宅したか、食事に行っているようだ――ペンの夕食は、馬を走らせながら口にした少しばかりのパンと干し肉だった。戸枠をノックした音で、トルガはすぐさま立ちあがった。

「ああ！　ペンリック学師！　きてくださったのですね！」

「そう約束しました」

彼女は肩をすくめた。

「物事は必ず思うように運ぶとはかぎりません」

「ええ。こちらではその後、何かありましたか」

「残念ながら。もうひとり、若い娘が熱を出しました。学師殿さえかまわなければ、彼女のところにも案内いたします」

「わたしはそのためにきたのです」

彼女はうなずくと、ペンを連れて回廊に出た。階段をおりてアーチをくぐり、かつて倉庫だった聖なる診療所へと案内する。病棟は、柱廊のある中央中庭を囲んで四角形に配置されている。中庭には、新たに掘られた深い井戸がある。昔の商人たちが荷物をもって階段ののぼりおりをしたくなかったからだろう、建物はどれも平屋だ。中庭の奥には馬車も通れる大きな門があるが、いまは閉ざされ、閂《かんぬき》がかかっている。とはいえ、誰ひとり追い返しはしないという教団の宣言に従って、宗務館の正面入口はいついかなるときも開け放たれている。当然ながらその結果、診療所は貧しい病人や怪我人でいっぱいになり、そのいっぽう、余裕のある者たちは医師に自宅にきてもらうことを好む。

病室の寝台はどれも埋まっていたが、それらはみなふつうの病人で、ペンが診るべき患者だけがいくらか離れた寝台に横たわっていた。改装にさいして奥の壁につくられた換気用の小さな格子窓から、薄闇が忍びこんでくる。ひとりの信士がオイルランタンを灯して中央の鉤にさげ、トルガがガラスをかぶせた蠟燭《ろうそく》をとりあげて寝台の上に掲げた。明かりの必要がないことは告げなかった。発熱しおちつかなげに横たわる患者には、ペンの姿が見えたほうがいい。

視覚と〈視覚〉ですばやく調べた結果、トルガの誤診ではないことがわかった。手と足に間違えようのない赤い斑点があらわれはじめている。幸運にも、まだそれほど病状が進んではいないので、話したり質問に答えたりすることはできる。男はじたばたともがくように身体を起こして寝台の頭板にもたれ、熱でぼんやりしながらも興味深そうにペンを見つめた。

男はトリゴニエ商人の助手で、十日前にさまざまな品を積んで入港してきたばかりだった。ヴィルノックについてから、一度も市城壁の外には出ていない。ごく最近に発症したのだから、彼がこの病の原因ということはあり得ない。ヴィルノックにきてから罹患したのは間違いない。ここに連れてきたのはあるじの商人だった。死にいたる病にかかった者と同じ部屋で寝泊まりしたくないと考えても理不尽とはいえないし、治療費として充分な前金をわたしていったというから、きっと善人なのだろう。つまり、困窮はしていない。故郷を遠く離れてさびしい思いはあった。助手の仕事は主として港の周辺にかぎられるが、あいている時間は町じゅうを歩いて見物した。

その患者はもちろん、これまで一度も魔術師に会ったことがなかったものの、当惑をあからさまに浮かべながらも、ペンの祈禱と魔法を受け入れた。熱をおさえる役に立つという説明から、柳の樹皮の煎じ薬の霊的ヴァージョンだとでも考えたのだろう。最後に念を押して、ヴィルノックの母神教団がいかに優秀であるかをごくありきたりな言葉で語って聞かせた。患者も医師もともにありがたく受けとめてくれたが、少なくともそれは嘘ではない。またくるという約束はしなかった。

立ちあがり、ズボンの膝をはらいながらトルガに声をかけた。

「では、もうひとりの患者を診てみましょう」

トルガは婦人用病室へとペンを案内した。

寝台に横たわる娘は、リンのような町の邸の使用人で、熱が非常に高く、ひどく混乱していた。これまでの症例同様、とつぜんとんでもない高熱に襲われたのだが、混乱の原因は、そのまま街路に放りだされ、自分で診療所に行けと命じられたことにあった。あっさり解雇されたわけだ。それもどちらかといえば、家族を感染から守るためというよりは、使用人の治療代を支払いたくなかったからのようだ。ペンはそれを聞いて、顔をしかめたくなるのをこらえた。

娘は何カ月ものあいだ市城壁の外に出ていない。言いつけられた用事で町じゅうを走りまわっていただけだ。すべてを思いだすことはできないものの、娘が列挙した行き先は途方もない数で、そしてその中に港はふくまれていなかった。

ペンはもてるかぎりの魅力をふりまき、娘の身体が受け入れられるかぎりの上向きの魔法を注入した。どちらが功を奏したのか、ペンが去るとき、娘は弱々しく微笑していた。ごく初期の症状だ。何度か処置をおこなえば回復の見こみは充分にある。

新しい症例を調べることで何かわかることを期待していたのに、いっそう霧が深くなっただけだった。ニキスを案じる気持ちも強くなるいっぽうだ。だがいまそれをここで口にするわけにはいかない。

「どこか話ができる場所はありませんか」トルガにたずねた。

ふたりは闇が濃くなりつつある中庭で、ガラスにおおわれて揺らめく蠟燭をあいだにはさみ、井戸の脇にあるベンチに腰をおろした。

「あの娘も同じ病気でしょうか」トルガがたずねた。

「はい。よく気がついてくれました。明日には手足に赤みがさしてくるでしょう。はやめに治療をおこなったので、抑えることができたかもしれませんが」

トルガは納得したようにうなずいたが、そこにはまた、いらだちもまじっていた。

「正確にいって、学師殿は何をなさっているのですか」

「あなたは医師魔術師と働いたことがありますか」

「何年か前に一度、冬の都で。ですがほんの短期間でしたし、その方が何をしておられたのか、理解できたとはいえません」

若いレーデほど知識がないわけではないものの、たいしたちがいではない。ペンは軍医に説明したときと同じように、上向きの魔法の使い方とその限界について語った。トルガは顔をしかめたが、それは理解できないからではなかった。

たくましい男の信士がやってきて、桶二杯の水を汲みはじめた。足で車輪をまわす面白そうな仕掛けを使っている。ぜひとも調べてみたい。もし時間がとれればだけれども。

「この熱病の患者はまだ増えるでしょうか」水汲みの音が消え、トルガがたずねた。

「ほんとうにわからないのです。そもそも、あの腹立たしい病がどうやってひろがっているかすら、見当がついていないのですから。砦やティノの村と同じパターンをたどっているなら、きっとそうなるでしょう」

まずはぱらぱらと。どんどん増えて、そして……

「ここにとどまっていただけますか」

「無理です」

「……またきていただけますか」

「わかりません。砦では、わたしが巡回するたびに病人が増えているようなので」

それに、移動に二時間かかることを考えると、たとえ教団への訪問を一日一度に抑えたとしても、すでに受け持っている患者すべての予定が遅れる。最大を意図しながらすでに最小にまで希薄化している彼の治療は、いずれまったく無意味になってしまうかもしれない。

〈デス、何か言いたいことはありませんか〉

彼の魔は、ここずっと奇妙に沈黙したまま、辛辣《しんらつ》な皮肉すらひと言も発しようとしない。

〈気がついたことでも、思いだしたことでもいいです〉

〈役に立ちそうなことは何もありませんね。このままおつづけなさい〉

デスも彼自身と同じくらい疲れきっているのだろうか。これまでにないほど過酷に、連続的に、力を使わされているのだから。〝強さ〟が〝不死身〟と同じでないことを、ペンは誰よりもよく心得ている。

つづけてトルガに言った。

「それでも、新しい患者が出たら詳細を砦に送ってください。とりわけ知りたいのは、その人が感染する前にどこにいたか、何をしていたかです」息を吐いて、「もうすでにそうした情報はたくさん集まっていて、そしてなんの役にも立っていないのですけれど」

トルガとしては、ペンを去らせたくない思いはやまやまだろう。だが誘拐するわけにはいかない。そうしたがっていることははっきりとわかる。どうすればそれを実行できるか、教えてやるのはやめておこう。

宗務館の前で馬に乗り、馬の首をヴィルノック西門にむけた。今夜またニキスに手紙を書こう。尾鰭のついた市場の噂ではなく、新たな展開について正確に伝え、警告しておかなくては。この前の書状は、セージを燃やした煙でしっかり消毒してから送った。紙に奇妙な匂いがついた以上の効果があったかどうかはわからない。

また、わが家のある街路の横を通りすぎた。心が痛い。いつだってわかっている。あれだけの困難を経てようやく手に入れた学者としての生活は――妻と、子供と、平和な書斎と、猫と、質素ながら立派に切り盛りされている家は――大公や大神官の命令で出かけた彼が何かの事故に遭遇したら、すべて失われてしまう。背をむけているあいだに愛しいわが家が奪われると考えたことはないものの、ペンのあまりにも豊かな想像力はいま、それが起こり得るさまざまなケースをつぎつぎに描きだしてとまらない。

危険にさらされているのは彼の家族だけではない。孤児院にいるリュビとその息子、教団宗務館にいるレンシアとセウカと大勢の若い信士たち、宗務館と大神官庁にいる神殿の友人たちすべて、ジュルゴ大公の家族と周囲の人々までふくめて――オルバスにきてまだ三年しかたたないというのに、いったいいつのまに、運命に翻弄《ほんろう》される友人がこれほどたくさんできてしまったのだろう。それにアデリスだ。アデリスは軍人という職業ゆえつねに危険にさらされているが、これは、彼がみずから思い描いているような英雄としての死ではない。

ペンは闇の中でも目が見えるが、彼の馬はそうではない。真正面を見据えたまま、砦にむかう道をゆっくりと進んだ。

つづく三日のうちに、しだいに意識が朦朧《もうろう》としていった。診療所から厨房へ、ティノの村へ、そしてまた厨房へと行き来をくり返す。日に一度、町まで馬を走らせるときが唯一の休息時間だ。町ではトルガのもとに、さらに五人の発熱患者がやってきた。ペンにわかるかぎり、五人のあいだにはなんの共通点もない。もしかすると、自宅にこもったきりペンの目に触れない病人がもっといるのかもしれない。とはいえ、彼のほうからさがしにいくつもりはなかった。

ある夜、夕刻のヴィルノック訪問からもどったペンは、職員食堂で同じく遅い夕飯をとっているレーデに会った。レーデはぼんやりと、冷えかけた料理をフォークでかきまわしている。兎肉のシチューだ。レーデが調べている走り書きのノートは、新しいページになっている。

ペンは彼のむかいにどすんと腰をおろし、熱意をもって食事に取り組もうとした。腹は減っている。ただ、疲れているだけだ。

「わたしが町に行っているあいだに、患者は増えたのでしょうか」ペンはたずねた。

「ええ、ふたり。だけどひとりが回復病棟に移ったから、その分はあなたのリストからはずれています」

二歩後退して、一歩前進というわけか。行進自体が間違った方向に進んでいるようではあるけれども。

「それはなんですか」

「患者名簿。ここにきた日と人数だけをまとめたものです。ティノとヴィルノックの分もありますよ。だけど、進行のしかたに何か奇妙なものが感じられるんです。感染速度が思ったほどはやくないっていうか」

ペンは首筋をこすった。

「頭がおかしくなったのですか。これ以上増えたら、わたしは完全にまいってしまいます」まだまいっていないとすればだけれども。

　レーデがいらだたしげに紙をふった。

「人から人へ直接感染するんだったら、罹患数は倍々にふくれあがっていくはずじゃないですか。感染症とはそういうものでしょう。だけど、最初にどっと発生してから、そのあとは安定してるんです。確かに増えてはいるけれど、でも……でも、そういう増え方じゃないんですよ」

「それは、むしろありがたいことではないでしょうか」

「ええ。だけど見てください、これは……何がどうとはっきり言えることじゃないんですけれど。つまり、感染源はひとつなんじゃないでしょうか」

「砦と、ティノと、ヴィルノックと、おまけに百マイル西の国境の町でですか」

　最初の三つはもしかするとそうかもしれない。だが最後のひとつは絶対にあり得ない。ペンはレーデの左腕に目をやった。蚤の噛み痕はもうほとんど治りかけている。

「鼠の蚤でなかったことは確かなようですね」

「学師殿の、その、魔法の視覚で、わたしの内側になんの異常も見えないってことですね」

「わたしはこれまで、この病にかかった非常に多くの、そしてあらゆる段階の患者を、外側からも内側からも見てきました。いまでは眠っていても診断をくだすことができます」

　不快な夢の中でいつも治療をおこなっている。目覚めているあいだの悪夢はもっとひどい。これ以上におぞましいものはもういらない。

「痣熱の初期症状は見えません。愚者と狂人の神に感謝を捧げてください。つまりは、わたしの神にということですけれど」

「あはは」

ペンは皿にむかって話しかけた。

「今朝、ティノの村で兄のほうの御者が亡くなりました。それも書き加えておいてください」

彼の妻は——未亡人は——一度は与えられた希望が失われたことで、なおいっそう取り乱していた。ペンがけっして確かな言質を与えず、いくら説明を簡単にしても、人々は彼の魔法に期待を寄せ、失敗によってより大きな打撃を受ける。まったく手を出さずにいたほうがよかったのではないかと思えることすらある。

「ですが、弟のほうは回復にむかっています」

レーデはうなずいた。自身が会って触れて話した患者ではないから、冷静でいられるのだ。

「わたしは……わたしは、ほんとうに自分が何かをしているのかどうか、わからなくなっています。ただ自分をごまかしているだけなのではないかと」

そして、ほかの人々みなをごまかしているのではないかと。

レーデがぽんとノートをたたいた。

「ものすごく興味深いデータがあるんですよ。痣熱で運びこまれた最初期の患者は、ええと、まだ三週間前のことなんですよね、そのころはふたりにひとりが亡くなっています。アリセイディア将軍があなたを連れてきて数日たつと、それが五人にひとりに減りました。いまは十人にひとりです。ときどき逆もどりすることもありますけれどね。これだけ改善されたのは、すべてあなたのおかげです」

「それだけでは……充分ではありません。わたしの上向きの魔法は薄くなりすぎています。二、三日もすればあなたにもはっきりわかるでしょう。死亡率がまたあがりはじめますから。でもわたしには、いまのままで精いっぱいなのです」視線をあげてレーデを見つめ、「そのときがきたら、どの患者の治療をつづけ、どの患者を見捨てるか、あなたが決めてください。わたしにはできません」

アデリスが望んでいたように、最初に砦の兵を選ぶのだろうか。つまるところ、レーデの忠誠もそこに捧げられているのだから。

「わたしは……」レーデは頭に手をやって首をすくめ、顔をしかめた。「わかりました」

〈軍人というやつは〉

それを感謝すべきなのだろうか、それともおぞましいと思うべきなのだろうか。

〈どちらでもいい〉

ペンはほとんど薄めていない砦のワインでシチューを流しこみ、席を立って病室にむかった。

翌日の午後遅く――近頃はいつも遅くなる――ペンリックは厨房からもどりながら、沐浴をしてヴィルノック訪問をすませてからティノの巡回に行くのと、その逆と、どちらが効率的だろうと思案していた。砦の正面ゲートの内側、前庭を横切ろうとしたとき、思いがけない新来者が目にとまって足をとめた。

ひとりの老人が、年老いた馬の手綱を腕に巻きつけて、ゲートの衛兵と立ち話をしている。旅で汚れ、刺繍や装飾のない簡素なものながらも、庶子神の夏の白衣を身につけている。チュニックの立襟には、正式なトルクのかわりに光沢のない金属のような組紐を巻いているし、サッシュの銀の組紐は安っぽい灰色の布にすぎないが、内側にひそむ魔は間違いなく本物だ。老人自身よりもずっと若い魔だ。

「庶子神の祝福あれ」

ささやいて、かすかな希望を胸に、ふたりに近づいていった。

六十代後半くらいだろうか。痩せこけた農馬と同じく、若いときはもっとがっしりしていただろう。歳とともに皮膚がたるみ、いまは皺が寄っている。肌の色はセドニアのものだが、切りだされたばかりのオーク材のように明るい。鋏をいれすぎた軍人のように短く、かつては黒かっただろう髪に、いまは白い筋がまじっている。まるで解けかけた雪の上に漂う霧のようだ。

衛兵が顔をあげて言った。

「ああ、いらっしゃいましたよ」

訪問者が衛兵の視線をたどってペンを見つけ、灰色の眉が吊りあがった。老人は懸命に近づいてこようとしているのに、彼の内に棲む若い魔が濃密なデスの存在に恐れをなしてしりごみする。足が斜めに動いてまっすぐ歩けない。男は険しく顔をしかめて姿勢を正した。

「やめろ。行儀よくしてるんだ」

魔は、厳しいあるじの前ですくみあがる犬のようにおとなしくなった。なるほど。あの魔は以前、犬だったのだ。というか、以前、犬の中にいたのだ。間違いない。それよりも前、生まれたばかりの素霊だったころに、より下等な獣を何匹か経由しているかもしれないが、犬の影響が強い。この老人は明らかに、魔にとってははじめての人間の乗り手で、神殿に認可され、幸運にも白の神の教団によって訓練されている。もしそうでなければ……

その魔術師はペンを見つめ、驚いたようにまばたきした。

「ほんとうに、マーテンズブリッジとロディのペンリック学師なんですか。もっと年配の方だと思ってましたよ」

そして空いたほうの手に握りしめた紙をふった。見おぼえのある書状。なるほど、これを見てきてくれたわけか。だが、さっきの呼びかけは間違っている。いそいでしたためた書状には、『ヴィルノックのペンリック学師』と署名されていたはずだ。

「以前はそうでしたが、いまはヴィルノックの庶子神宗務館を通して、オルバスの大神官に仕えています」とにかく、彼の俸給はその宗務館から支払われている。「そしてあなたは……？」

「ああ、イズベトシアの町からきたデュブロ学師といいます。ペンリック学師からしたら、たいして学を積んでいるとはいえませんがね」みずからを卑下するようにいくぶん神経質な笑い声をあげ、「おれはもうずっと、あの町で、ブラザー・デュブロとして秋の御子神に仕えてたんです」心臓の上で手のひらをひろげて終わる聖印を結び、「それからこの魔がやってきちまって。おかげで思いがけず、人生にいろんな変化が起こりましたよ」そして最後に、詫びるようにくちびるをはじいた。

「ええ、そうですね」ペンは同意した。「ですが、なぜ白の神の教団は、秋の御子神に誓約を捧げているあなたに魔を贈ったのですか」

「順番が逆なんです。おれが魔を手に入れたのは、なんていうか、ほんの偶然だったんですけど、神殿が、その魔をもっててもいいって決定してくれたんで」

「ああ。そうした形で生まれる魔術師は、通常考えられているよりずっと多いようですね。あとでゆっくり聞かせてください。ですがいまは——。あなたが手にしている書状は、痣熱についてわたしが書いたものですね」

「はい、ヴィルノックの宗務館がイズベトシアのおれんとこに転送してくれたんです。ですけど、ほんとうにどんな魔術師でもお役に立てるんでしょうか。おれは医師としては、からっきし訓練を受けてないんですけれど」

「そこはわたしが補完します」声に熱がこもる。「ここにきてくれた。それだけで資格は充分です」

デュブロはためらいがちにうなずいたが、その視線はいくぶん不思議そうにまだペンに据えられている。疑惑ではない。ペンが犬のような彼の魔を感じとったように、デュブロもまたデズデモーナをはっきりと感知しているのだ。

ペンは衛兵に、鞍袋をはずしてデュブロの馬を厩舎に連れていくよう命じた。鞍袋を誰が運ぶかという礼儀正しい論争が起こり、持ち主の勝利に終わった。ペンは歓迎すべき来客を連れて砦を横断し、診療所へとむかった。

「わたしは看護兵と同じ部屋の簡易寝台で休んでいます」ペンは語った。

看護兵の中にも何人か罹患した者がいるからとは、いまは告げないほうがいい。この、神よりの贈り物が怖がって逃げだしてしまっては困る。

「あいている寝台を使ってください。眠っている人を起こさないよう気をつけて――夜勤のために休んでいるのでしょうから」

荷物をペンの寝台におかせて、沐浴のため中庭の泉水に案内した。

「イズベトシアからは、どれくらいかかったのですか」旅の汚れを見ながらたずねた。

アデリスの大縮尺地図を調べれば、その町を見つけることができるだろうか。

「老いぼれ馬とおれとで、できるだけいそいで二日です」しきりに顔をこすりながらデュブロが答える。

「すぐに出発したのですか」

「手紙を受けとってから、一日考えて、お祈りしました」

「恐ろしい病ですから」

「いえ、そうじゃないです」否定するように手をふると、水滴が飛び散り、太陽に熱せられたタイルにあたって蒸発した。「おれたちが役に立てるかどうか、自信がもてなかったもんで」

「確かに、こうした仕事につかせるにはとても若い魔のようですね。できるだけ簡単な、わかりやすいやり方を考えています。ためしてみましょう」

「いますぐですか」彼は驚いて身体を起こした。

「ええ、そうです」

勇気をふるいおこすと主張しながら、デュブロは最初の病室の入口でためらった。それでもごくりと息をのみ、ペンについて悪臭のこもる薄闇の中に踏みこんだ。さきに何か医学的な講義をしておくべきだったかもしれない。だが現実問題として、説明するより実演を見てもらうほうが簡単だ。熱で朦朧として文句も意見も言えそうにない兵士を選び、年配の魔術師を自分とならんでひざまずかせた。

「最初の何人かは見ているだけでいいです」

あまりにも多忙であるため、ペンは数日前から形ばかりの祈禱を省略していた。それでも敬意をこめて聖印を結び、上向きの魔法の注入をはじめる。デュブロは両眼をなかば閉じて意識を集中し、外的な見かけではなく、内的な現象をたどっている。

「おれはこれまで、下向きの魔法しか使ったことがないです」デュブロがつぶやいた。「ささやかな、危険のないものばっかり」

「師がいないのなら、それが賢明でしょう。その、イズベトシアではひとりでやっているのですか」

「神殿には上級神官がいて、おれの上長になってくれてます。だけどその方は父神の神官なんで。ごく小さな町なんです」

師として教え導くのではなく、きっと用心深く監督しているのだろう。実験や研究を奨励するとは思えない。冬の父神に仕える人々に典型的な几帳面さがなくとも、理解も制御もできないものに対する責任を負わされると、人は頑なになる。

〈ペン、あなたはちょっと面倒見がよすぎますよ〉デスがたしなめた。〈確かに、この老人が見かけくらい長くこの犬を飼っていたのだとしたら、ずいぶん多くの時間が無駄にされたことになりますけれどね〉

デュブロの視線が横に流れた。声にならないデスの話が理解できるわけではないが、デスが話していることはわかるのだろう。

〈この犬はあんまりおしゃべりではなさそうね〉とデス。

〈ええ。あなたがた十人とはちがって……〉

〈わたしの最初の人間の乗り手はスガーネで、その前は馬とライオンでしたからね、物言わぬ獣の痕跡を宿した魔に、スガーネはとんでもなく混乱していましたよ。しかもあの当時、スガーネは神殿の助けなんてまったく受けられなかったんですからね。それに比べれば、このオルバスの田舎者はずっと運がいいですよ〉

ペンはその部屋の患者六人すべてに処置をおこない、デュブロをまた外に連れだした。

「では、厨房に行きます」

「厨房ですか。ええ、おれも小腹がすきました」

「食事はあとで職員食堂に行って摂りましょう。厨房では料理人と、デスの混沌を排出するために必要な取り決めをしているのです。それを簡単にお見せします。それに、あなたが最初に上向きの魔法をためすにあたって、相手は人間でないほうがいいと思います」

デュブロのひたいに皺が寄った。

「わかりました……」

「ついてきてください」

診療所の中庭を出ながら、デュブロが小さな笑い声をあげた。

「この砦のことならだいたいわかります。ていうか、思いだしました。おれはここに勤務してたんですよ、ええと……四十年以上前になりますかね。お若いジュルゴ大公の生誕祭をおぼえてますから」

大公はいま四十代半ばの男盛りだ。だからその計算も正確だろう。

「オルバス軍に所属していたのですか」

「ええ。十六で入隊しました。若くて性急で——故郷の村を出たくてたまらなかったんです。おかしな話ですね、二十年たったころは、無性に村にもどりたくてたまらなくなってましたよ。退役したとき、生まれ故郷にできるだけ近いイズベトシアの郊外に配当地をもらいました。そして、子供のころから知っていて寡婦になってた女と結婚して、閉経までにふたりの子を授かりました——幸せでしたよ。ふたりとも、いまじゃもうすっかり大人です。おれは平信士として、祝祭日に町の神殿の手伝いをしてました」

「そのころはまだ魔はいなかったのですね」

「ええ、そいつはもっとあとです。ほんとうに思いがけないことで、びっくりさせられましたよ。マスカっていう、年寄りだけど賢い犬を飼ってたんですけどね。そいつがある晩、鶏を狙った鼬《いたち》を殺したんです。ずっとあとになってわかったことなんですけど、その鼬は、たぶん鶉《うずら》だと思うんですけど、野生の鳥を殺したとき、それについていた素霊の魔をもらっちまってたんですね。しばらくのあいだ、マスカのようすがあんまり変なもんで、気が狂ったのか病気になったのか、楽にしてやらなきゃならないんじゃないかって、おれはずいぶん悩みました。でも一週間か二週間たつと、すっかりおちついたんです。前とはまったく変わっちまったけれど、でもやっぱり、それからもずっとおれのことを主人と思ってくれてるようでした」

つまりデュブロは、兵士としてであれ農夫としてであれ、心を鬼にして取り組まなくてはならないつらい仕事を精いっぱいひきのばしたのだ。そして、非常に強い犬の意志が、魔と以前の獣の影響を完全に抑えこんだ。神学的にとても興味深い、めったにない現象だ。

「マスカはそれからも一年くらいうちにいたんだけど、腫瘍で死んじまったんです。おれの腕の中でね。それでそのとき、魔が飛び移ってきたんです。あとで考えてぞっとしましたね。もしマスカが女房か子供の前で死んでたら、魔はそいつらに移ってたかもしれないんですよね。女房は、マスカの死を悲しむあまり、おれがおかしくなったか病気になったと思ったみたいです。おれ自身もそんな気がしてました」

「わたしの魔は、少なくともそれまでに何人かの人間を経ていたので、自分で説明してくれました」〈とても長々と〉

〈あらあら〉デスが面白そうにつぶやいた。ペンと同じくらい夢中になって、デュブロの話に耳を傾けているようだ。

「へえ。そいつはものすごく助かりますね。おれの場合、町の神官さまがヴィルノックの神殿能力者のとこに連れてってくれるまで、まったく理由がわからなかったんです。おれはそのあと、魔を取り除く特別な力をもった聖者がいらっしゃるっていう、トリゴニエに送られました。だけど聖者さまは、おれをじっと見て、この魔はそのままとどめおいて、神殿のために飼い馴らしなさいっておっしゃったんです。それでおれはしかたなく、白の神に誓約を捧げて、一年間そこにとどまることになりました。神官みたいなものになる訓練を受けなきゃならなかったんですね。そのときはものすごく不満だったけど、おとなしく言われることをきちんとこなしてたんで、そのうちにやっと農場に帰してもらえました」

「それからずっと農場をやっているのですか」

「はい。女房はおれを怖がって家を出てたんですけど、しばらくしたらもどってきてくれました。いい女でした。四年前に女神さまんとこに行っちまいましたけどね。いまじゃおれのかわりに、もっぱら息子が農場をやってくれてます」

「そうですか」

厨房中庭の裏口までできたので、デュブロを促して中にいれた。彼の魔はまだデスをひどく怖がっている。新しい師に近づいて見聞きしたいデュブロと、できるだけ遠く反対側に逃げたい魔のあいだで短い争いがあり、デュブロが勝利をおさめた。デスはいらだちながらも、うまくそれを抑制していた。

いつものように、夜の非常食用の鶏がひと箱、ペンのために用意されている。

「下向きの魔法は使ったことがあるのでしたね。蚤とか鼠とかの害獣退治でしょうか」

「はい、それはごくはやい時期に習いました」

「食用の鳥は？」

「ほとんどないです。マスカには仔犬のころ、鶏に手を出すなと厳しく教えこんだもんで、鳥類にはどうしても神経質になるみたいです。うちじゃ鶏を絞めるのもふつうのやり方でやってます」

「あなたはその魔をマスカだと考えているのですね。そして、その名前で呼んでいるのですね」ペンは嬉しくなってにっこり笑った。

「前の名前をそのまま使うほうが簡単だと思ったんで。ああ、ペンリック学師の魔には名前があるんですか。もしかして、いくつももってるんですか」

「十一の名前があります。以前の人間の乗り手十人の名前と、全人格をまとめてあらわすため、わたしが彼女に贈った名前がひとつ。デズデモーナといいます、短い呼び名はデス。魔に名前をつけるのはとてもよいことなのですが、ほとんどの魔術師はそれに気がついていません。あなたは立派ですね」

「はあ、おそれいります」

デュブロはじっとペンを見つめている。ペンを通してデスを見ているのかもしれない。

「その魔は――女の魔、なんですよね？――ものすごく濃密ですね。でも優位に立ってるんじゃないんですよね。怖くないですか」

「わたしたちは、その、ごく初期に、たがいに合意に達していますから、心配はありません」

ペンはそこで目前の問題にむきなおった。

「いわゆる上向きの魔法を病人に送ることで生じる過剰の混沌の排出は、正確に狙いを定めた害獣退治と変わりがありません。ですから、この点に関して教えることはないでしょう」〈ありがたいことに〉「ではいまから、上向きの魔法の注入をためしてください。さきほど病室でお見せしたとおりに。ただし相手は鶏です」

「ああ、わかりました」

デュブロは箱をあけて、手慣れたしぐさで一羽をとりだした。羽根を撫で、顔をしかめて精神を集中する。ひと吹きの風のような上向きの魔法。少なくとも狙いは正確だった。鶏は甲高い声をあげて激しく翼をばたつかせ、心臓発作のようなものを起こしたのだろう、そのまま死んだ。

「ああ、やっちまった」

デュブロは落胆の声をあげ、羽毛に包まれた死体をそっと地面におろした。鶏は少しのあいだぴくぴくしていたが、やがて静かになった。

「それほどまずくはありませんよ。一度に大量の魔法を送りこみすぎただけです。あれでは病人にも多すぎます。ですが、やり方自体は間違っていません。もっとうまく制御できるようにやってみましょう」

さらに三羽の鶏の死を経て、デュブロもコツを会得した。新しい技を習得するときにペンもしじゅう経験する、あの不思議なほどとつぜんの開眼だった。デュブロはペンの称賛の言葉を本気に受けとめはしなかったが、それでも残りの鶏をつぎつぎとためし、最後の二羽は、マスカに染みついた禁止令を解除してから、たまった無秩序を排出する練習に使った。

生き延びた鶏はペンが容赦なく処理した。このあとティノの村まで行かなくてはならないのだ。遅くなったから走っていったほうがいいかもしれない。ふたりの魔術師は、十数羽の死んだ鶏に囲まれて、汚れた敷石にすわりこんだ。デュブロが首をふった。

「こんなんで、ほんとにうまくいくんですか」

「ええ」ペンはきっぱりと答えた。

魔を扱うにあたって、そして人間を扱うにあたって、自信はとても重要だ。ペンはよろよろと立ちあがり、年長のデュブロに手を貸した。それから厨房の小僧たちに羽根むしりの仕事にとりかかるよう声をかけ――嬉しそうではない返事があった――診療所にもどった。

「おれなんかがこんな魔法を使って、神殿のお偉い方たちは何もおっしゃらないでしょうかね」デュブロがためらいがちにたずねた。

最初の鶏を殺してしまったショックがまだつづいているのかもしれない。

「ヴィルノックにおいて、魔法に関してはわたしが神殿の最高権威です。大丈夫です」

デュブロのくちびるがゆがんだ。

「だけど、軍の上官は……」

「それはアデリスに会ってから言ってください。ああ、その、アリセイディア将軍です」

「なんか、ほんとにすごいです」デュブロは純粋な驚きをこめてうなずいた。

つぎの病室で、ペンはデュブロの最初の試みとして、それほど病状の進んでいない患者を選んだ。ふたりの魔法はうまくまじりあうだろうか。それとも、患者をふたつにわけて、それぞれ担当するべきだろうか。

〈できればべつべつのほうがいいですね〉デスが助言した。〈わたしはやっていけますけれど、このわんこは新しい仕事でいっぱいいっぱいになっていますよ〉

もっとも症状の重い患者はペン自身が引き受ける。何をどうしなくてはならないか、こんどもまた明らかだった。

年配の魔術師を見つめるその患者の視線には、いかにも見かけの若いペンリックにはむけられたことのない信頼がこもっていた。ペンはその勘違いを訂正しなかった。デュブロは膝をつき、息をのんで、祈禱を捧げ――患者のためというより、むしろ自分自身のためだろう――ひらいた手を熱っぽい胸にあてて一回分の魔法を流しこんだ。

「いいでしょう、それまでです」

デュブロを中庭に連れもどした。彼は西に傾いた太陽の光の中でまばたきをし、身体をふるわせた。彼の魔は、新しい仕事と流れこんできた無秩序にいくぶんいらだっているが、制御がきかなくなるほどではない。

「完璧です」少なくとも完璧に近い。「おちついたら、マスター・レーデをさがしてあなたを紹介しましょう。砦の上級医師で、この診療所をきりまわしています。この一カ月近くは大変な思いをしていますが、いい人ですよ」

必要とされるまま、デュブロを底なしの淵に投げこんでしまいたい思いはやまやまなれど、それはどう考えてもまずい。若い魔は、扱いを間違えると致命的な事態を引き起こすことがある。のちのちのことを考えれば、少しばかり時間をかけて訓練したほうがいい。

レーデは治療室で腕を折った兵士の手当てを終えたところだった。砦ではいまもなお日常生活がつづいているのだ。住人の多くは恐怖をおぼえながらも、痣熱の影響を受けずにいる。感謝すべきではあるが、なぜなのだろう。なぜ感染せずにいるのかは、なぜ感染したのかと同じく、謎のままだった。

レーデは三角巾で腕を吊った兵士によく休むよう指示を与えて送りだし、新たな来客にむきなおった。ペンがデュブロ学師を紹介し、なぜ、どうやってきたかを説明すると、疲れきった顔がぱっと明るくなった。

「必要な治療について説明を終えたところです。あなたに預けるので、少し休ませてください。馬で遠路をやってきたばかりだというのに、とつぜん授業を受けさせられて、まだ食事もしていません」レーデに目をむけて、「あなたはちゃんと休んでいますか」

レーデは、ダルサカ語で話しかけられたかのようにぼんやりと視線を返していたが、やがて答えた。

「いくつか葬儀に出てきたんです」

「つまり休んでいないということですね。わたしは大急ぎでティノまで行ってきます」暗くなるまでにもどるつもりなら、文字どおり大急ぎだ。「それからヴィルノックに行きます」

一日に一度ではなく何度か訪問できれば、もっとよい結果が得られるのだが。デュブロがきてくれたことで、それが可能になるだろうか。

「患者が増えているんでしょうか」

「まだわかりません。デュブロ学師のお話はとても面白いです。そしてデュブロ学師のほうでも、治療を手伝う以上は、この病についてあなたが知り得たすべてを学ばなくてはなりません。もどったときに、またお目にかかりましょう」

ペンは手をふりながらも、うしろを見ることなく大股に部屋を出ていった。

夜もずいぶん遅くなってヴィルノックからもどると、レーデとデュブロはレーデの書斎にこもり、ランプの明かりのもとで熱心に話しこんでいた。

「ああ、よかった、もどられたんですね」

レーデはペンがもどってくるたび、安堵をこめて迎えてくれる。ペンがどこかへ逃亡してしまうのを、いや、より高い可能性としては、母神教団に攫《さら》われて幽閉されてしまうことを恐れているのだろう。きっとトルガも、実行しようと考えたことが一度ならずあるはずだ。

「何か新しい展開がありましたか」レーデがたずねた。

ペンは、馬を走らせながら食べていた、たぶん牛だと思う乾燥肉の最後のひとかけをのみこんで答えた。

「村で新しい患者が三人。町でひとりです。この午後はひとりも亡くなっていません。ですが、教団の患者ふたりが悪化していました。その人たちのために、明日はできれば二度、町に行きたいと思っています」

実際には三度か、うまくすれば四度、訪問したいところだ。これまでの経験から、一日に四度を超えると患者がパワーを吸収できなくなり、治療が無駄になってしまう。三度か四度が理想なのだが、それだけの余裕はない。だから考えてもしかたのないことだ。だがどうだろう。デュブロがくる前なら問題外だったけれども、いまならもっとよい数字が出せるのではないか。ペンはもうひとりの魔術師にむかって、レーデやトルガが彼にむけるのと同じ、餓えたような笑みをむけた。デュブロからためらいがちな微笑がもどった。

レーデのデスクの上、ふたりのあいだに、思いがけず見慣れた薄い書物がひらかれているのが目にはいった。魔法の基礎についてルチア学師が書き記し、ペン自身がアドリア語に翻訳した入門書。三年前、ロディの大神官印刷所で刷られたものだ。

「ああ、それは！　いったいどこで手に入れたのですか」

「それじゃ、これを書いたのはほんとうにあなたなんですね」とデュブロ。「同一人物なんだろうとは思ってたんですけど、あまりにもお若いんで。昨年、トリゴニエ神殿にいる友人が送ってくれたんです」

「では、あなたはアドリア語が読めるのですね」ペンは喜んでたずねた。

デュブロは残念そうに首をふった。

「いや。アドリア語は町の神官さまが少しわかるんで、手伝ってもらったんですけど。でも神官さまは、魔法に関する部分がちゃんと理解できなかったみたいで」

「あの、それは……ほとんどぜんぶが魔法に関することなのですが」

「それでもおれには、マスカがきたときに教わったことより、こっちのほうがわかりやすかったです。いろんなことがはっきり書いてあるし」そしてひらいたページをぽんとたたいた。

「そうですね。ルチア学師はほんとうに優秀でしたから。それは、わたしがはじめて手に入れた魔法に関する書物でしたけれど、いまも最高のものだと思っています。わたしはほんとうに幸運でした」

デュブロが眉をひそめた。

「ルチア学師はいまもあなたの頭の中で生きてるんじゃないんですか」

「彼女の残像が、ですね。いまもほんとうに助けられています。わたしがのろのろしていると、辛辣なことを言われてしまいますけれども。マーテンズブリッジではじめてルチアの本に出会ったとき、それはわたしの故郷のウィールド語で書かれたものだったのですが、手書きの写本がほんの数冊あるきりでした。恐ろしいほど稀少で、貴重なものだったのです。若き神官としてのわたしの最初の仕事は、印刷のためにそれを筆写することでした。つまり、魔法で版木をつくるのです――そうそう、この技術もそのうちお教えしましょう。今週は無理ですけれど」

「ああ、付記に載ってましたっけ」

「ええ、あの部分はわたし自身の文章です。わたしが考案した技術ですから」

レーデが夢中になってたずねてきた。

「医療魔法に関する第二巻が出るというのはほんとうなんですか」

「ええ、ええ！」ペンは大喜びで答えた。「やっとのことで版木の作成をすべて終え、昨年秋にアドリア大神官に船で送ったところです。物理的にも内容的にも、この本より三倍は分厚くなっていますから、時間がかかりました。第二巻の完成は、オルバスに移るにあたってアドリア大神官とかわした条件のひとつだったのです。それでここにくることができました。いずれにしても、わたし自身がどうしても完成させたかった仕事なのですから、約束するのに否やはありませんでした。刷りあがった本はすぐに送られてきます。そのはずです」

「そうなんですか」

「マスター・レーデはアドリア語が読めるのですか」ペンは期待をこめてたずねた。

「少しなら。どっちかといえばロクナル語のほうが得意ですね。軍人は敵の言語を学ぶことが多いんです。でも、ロクナル語で書かれた医療魔法の本はまずないでしょうね」

「いえいえ。どんなものがひそかに出まわっているかを知ったら、きっとあなたもびっくりしますよ。ただしわたしが読んだかぎりでは、ロクナル語の魔法の本は、厳格なルチアの基準でいって曖昧で奇妙なものばかりでした。ひとつには、書きたい内容を隠しごまかそうとしているためで……それはもう、ものを書くという目的そのものの敗北です。そしてひとつには、彼らの理解が四神教の教義でゆがんでいるせいでしょう」

この話題ならいつまでも語りつづけていられるのだが、いまはそのときではない。

デュブロがおずおずとたずねた。

「セドニア語の翻訳はないんですか。それなら、たぶんおれにも読めると思うんですけど」

ペンは力いっぱいうなずいた。

「ジュルゴ大公の後援を受けて作業中です。改訂版といいますか、翻訳するたびに、わたし自身がより多くのことを学んでいるようで。前よりもどんどん長くなり、したがって、遅くなってしまうのです」

〈そんな状態がつづくなら、共著者としてあなたの名前も載せておくべきですね〉つんと澄ました口調でデスが言った。

それとも、いまのはルチアだろうか。ともあれ、ペンリックの頭の中の誰かは彼の進歩を喜んでいる。ウィールド語の印刷本を出し、ダルサカ語とアドリア語の翻訳を終えてからというもの、デスは、またまた仕事のあいだじゅうじっとすわっていなくてはならないのか、退屈だとぶつぶつこぼすだけになった。

「いったい何回翻訳したんですか」デュブロが目を瞠ってたずねた。

「ええと、四回ですか？　ウィールド語を一度と数えればですけれど。四回と半分ですね。イブラ語の翻訳はあまり進まないうちに中断してしまいました。いつかまた再開したいと思っています」

「わたしはセドニア語の第二巻がはやく読みたいです」とレーデ。

「わたしもお見せしたいです。第一稿がしあがったら、現在セドニアで使われている医学用語にくわしい人にチェックしてもらわなくてはなりません。それから印刷版に転写します。ジュルゴ大公の版にはできれば金属板を使いたいと考えていて、宮廷印刷所と話しあっているところです。木よりも長持ちしますから、磨滅するまでに、より多くの本を刷ることができます」

レーデとペンは一瞬、底知れぬ貪欲さをこめてたがいに見つめあったが、やがてレーデがため息をついた。

「これが終わったら、ですね」

「はい」

ペンは立ちあがる準備として、ぐいと身体をのばした。もう一度。さあ、立ちあがれ。

レーデが考え深げにそっと本を撫で、静かに閉じた。

「これはきわめて重要なことかもしれません。一度に弟子ひとりとだけむきあうのではなく、何百人に知識を伝えることができるんですから。けっして会うことのないような人々にも」

「わたしもそれを望んでいるのです。だからこそ、何カ月ものあいだずっと、書き物デスクにむかっていられるのです」

〈あら、それは嘘でしょ〉デスがつぶやいた。〈あなたはただ、書き物デスクが大好きなだけですよ〉

もちろん、いまはまりこんでいるこの悪夢なんかよりずっとずっと大好きだ。だけどももしかすると、それだけではないのかも?

「病室で、もう一度やってみる気になれましたか」デュブロにたずねた。

デュブロは息をのんでからこっくりとうなずき、ペンにつづいて立ちあがった。

レーデは、患者でいっぱいのつぎの部屋でふたりが働くさまをじっと見守っていた。さぞいらだたしいにちがいない。あたりまえの人の目には、ちぐはぐな神殿神官がふたり、寝台の脇に膝をついて手を動かしながら、低い声で話しあっているとしか見えないのだから。デュブロと彼の犬には、それ以上のものが見えている。地方神官であるデュブロは、教育を受けたのは遅かったかもしれないが、愚鈍だったことは一度としてないのだろう。

真夜中の混沌排出のため厨房にむかうころ、ペンは、はやければ明日の午後にも、監督なしでデュブロひとりに仕事をまかせても大丈夫なのではないかと期待しはじめていた。通常の指導では信じられないほどはやい展開だが、それをいうならば、いまはすべてが通常ではない。そもそものはじまりにおいて、この魔術師候補の精神の強さを見抜いたトリゴニエの聖者の判断は、まさしく正しかったといえる。

〈もしくは、聖者の〝あるじ〟の判断、でしょうね〉とデス。

〈そうであることを祈りましょう〉

デュブロが新しい試みにうまく順応できたのは、兵として受けた訓練のおかげだろうか、それとも農夫としての経験だろうか。どちらも大変な仕事を休みなく毎日くり返さなくてはならないが、農夫のほうがより過酷かもしれない。来る年も来る年も、家畜や農作物を——子供はもちろんのこと――病にかからせることなく、健康に生かしつづけなくてはならないのだ。砦の守備よりもずっと複雑な仕事だ。

デュブロにどれだけの覚悟ができていたかはわからないものの、ペンは翌日の正午、レーデの監督のもとならば、彼ひとりに患者の巡回をまかせても大丈夫だと判断した。その中には、つい最近ペンの魔法を拒絶した者たちもふくまれている。デュブロがこの国の人間であること、軍曹と祖父を兼ねたような存在で、安心できる年齢であることが、以前の迷信的な恐怖を打ち消したのだ。そう思うと、面白いような、うんざりするような気分になる。もちろん、病が進行し苦情を申し立てるだけの体力がなくなってしまったという事実もあるのだけれども。

若い魔マスカのことはそれ以上に不安だった。それでも、魔が犬から受け継いだあるじへの忠誠心――および、同じくらい大きな愛情――が、内在する魔の混沌をうまく抑制しているようだ。ペンが教えたのはかなり高度な技ではあるものの、ひとつだけだし、これほどの短期間にこれほど頻繁にくり返していれば、誰だって否応なしに熟達する。魔が同じ作業をくり返すとすぐに飽きて怒りっぽくなることは、ペンもいやというほど知っている。だがそのいっぽうで、犬は際限なく、あるじが投げた棒を喜んでひろってくる。

充分やっていけると確信がもてるまでふたりを見守り、それから、ティノとヴィルノックで待ち受けている患者に、今日最初の――ただし最後ではない――訪問をするべく、馬を駆った。

そうしながらも、ペンにはマスカよりももっと身近に、気を配ってやらなくてはならない魔がいる。ヴィルノックでいまや十人になったトルガの患者にかき集められるかぎりの上向きの魔法をそそぎこみ、つづいてティノの十七人を手当てして砦にもどるころ、彼のチュニックは汗でじっとりと重く、デスはぎりぎりまで混沌をためてむっつりと黙りこんでいた。これはよい沈黙ではない。

砦の風下側、坂の下にある食肉加工場に馬をむけた。中庭のある小さな建物だが、主な作業は外庭でおこなわれる。ペンも故郷にいた若いころ、狩りでしとめた獲物の処理を手伝ったことがある。この砦では、肉はもちろん毛皮や角や蹄もすべて無駄なく使用されるが、それでも隅には残った屑肉が山となって、鴉や野良犬や蠅に日々の食事を提供している。ペンは中にはいりながら、杯からあふれこぼれる祝い酒のように、周囲の蠅に混沌をふりまいた。だがそんなものではまだまだ足りない。

外庭の隅に、ここでほふられる生き物への感謝をこめて、それらを司る秋の御子神を祀ってささやかな祠が設置されている。ここを預かる軍曹は、日々の仕事をはじめる前に部下たちに短い祈禱を捧げさせているのだろう。その光景を思い浮かべ、ふだんは意識しない彼らの仕事から受ける恩恵を思い、ペンは改めて気力をふるいおこした。

作業員たちは屋内で鋭い道具をふるい、調理場に届ける肉を薄切りにしていた。ここを預かるジャセニク軍曹は、砦の食堂長ブラエと同じくオルバス軍の古参兵で、皺だらけの偏屈爺だ。部下のふたりが痣熱にかかってペンのもとに送りこまれている。彼らの容体を案じる気持ちが、魔法に対して抱いていた恐怖に打ち勝ったのだろう。砦の診療所と厨房におけるペンの行動は、もちろん脚色されているだろうが、すでに噂となって彼の耳にも届いている。だからペンも、まったくのゼロから説明をはじめる必要はなく、マーテンズブリッジの宿屋の厨房でどのような役割を果たしていたかを詳細にわたって語った。ジャセニクはそれを聞いて、ペンに対して奇妙な職業的共感をおぼえたのか、少なくとも彼のことを典型的な都会育ちの愚か者ではないと判断したようだった。

「肉の処理はたいてい午前中にすましちまうんだ」軍曹が言った。

もちろんそうだろう。

「だが今日はまだ豚が一頭残ってるぜ」

「ああ、それでかまいません。わたしは一度に一頭しか扱えませんから」

「ああ、そんじゃおれたちと同じだな。あんたとはうまくやっていけそうだ」

彼は四人の部下を集めて外に連れだした。囲いの中で不機嫌そうな豚が待っている。祠に捧げる彼らの祈禱は考えていたよりおざなりだったが、ペンが最後につけ加えた正式な神殿神官としての祝福は、それなりに敬意をもって受けとめられた。豚はおとなしく運命に従おうとせず、熟練した兵たちとの格闘のすえに押さえこまれた。

ペンは静かに仕事をすませた。抱えこみすぎ、神経にそって金切り声をあげていた混沌が、豚の吐息とともに消えていった。

〈ああ、楽になった〉デスが心からの安堵をこめて息をつく。

ペンも素直に共感した。

思いがけない静寂に、全員が驚いてあとずさった。

「それで……大丈夫なんですか……？」ひとりがたずねた。

「安らかに死を迎えました」ペンはきっぱりと宣言した。

一同はためらいながらもそれを受け入れた。とはいえ以後、わずかながらペンとの距離がひらいたようだった。

〝大丈夫なのか〟という問いは、神学的にいってあまりにも広義にすぎる。家畜は秋の御子神の保護下にあると見なされ、庶子神の雑多な害獣の一群には加わらない。つまりペンは、わずかながらべつの神の領域に踏みこんだことになる。それ以上に重要なのは、犠牲となる動物の大きさだ。大型の獣を殺すのは、魔法を使って人間を殺すのとほとんど変わらない。まったく同じといってもいいくらいだ。理論だけではなく実践を重ねることにより、自分がいかに簡単にそれを実行できるか、ペンははっきりと自覚している。だがそれは、彼にとってはつねに、直面したくない自己認識だった。

〈たった一度だけですよ〉デスが言った。〈標的とされた相手の死を通して、わたしはすぐに白の神に呼びもどされてしまいますからね〉

〈あなたもわたしも、それが必ずしも真実ではないことを知っています〉

医療魔法における失敗は例外と見なされるが、それだけでも充分に苦しい。かなうならば、そういうものはすべて、理論だけであってほしいと思う。

それはそれとして。厨房の鶏はすべてデュブロとマスカのためにとっておいてやり、ここへの訪問とその曖昧さは自身で引き受けることにしよう。そのほうが混沌処理が楽だからではない。今後何世代にもわたって神殿のために働くだろう前途有望な若い魔を、第一歩となるここでつぶしてしまうのは、たとえ誰の目にとまらずとも、未来にとって莫大な損失となる。

ああ、もうそろそろ、あのふたりのようすを見にいかなくてはならない。もう遅いくらいだ。ペンはジャセニクと、いまや警戒心あふれる部下たちに礼を述べて、明日の約束をし、馬に乗っていそぎ砦にもどった。


夕刻、アデリスの事務官が恐る恐る届けてくれたニキスからの手紙によって、ペンの気持ちはぱっと明るくなった。希望と不安を胸に、薄明かりの残る診療所の中庭に出て封を切った。穏やかな家庭的な知らせばかりで、思いがけないことや不安をもたらすことは何ひとつ書かれていない。何度も何度も何度も読み返しているうちに、心臓が静かにおちついていった。ニキスはじつに巧みな言葉で、赤ん坊らしいフロリナのしぐささを描写していた。

「すべてよし、というわけですね」デスにむかってつぶやいた。

ニキスは『あなたがここにいてくれればいいのに』とは書いていない。そのかわりに、ペンがふたり分しっかりとそれを願っている。

〈そうですね〉デスもまたいつものように、彼の肩ごしに、もしくは彼の目を通して、同じ手紙を読んでいたのだ。〈この手紙には、あなたの気を散らして仕事のさまたげになるようなことは何も書かれていませんね。よい妻とはそういうものです〉

ペンはためらった。

〈明るすぎるとは思いませんか。何か隠しているのでしょうか〉

〈もしかするとね。でもニキスのことだから、もしほんとうにせっぱつまった何かが起こったら、必ず助けを求めてきますよ。出征軍人の妻がどういうものか、あなただって知っているでしょう。つまらないことで騒ぎ立てたりしない。不安を自分の胸におさめてしまうんです〉

　感謝すべきだろうか、それとも嘆くべきなのだろうか。

〈ニキスはきっと感謝されるほうを喜びますよ〉

「わたしは……」

　妻を支え妻に信頼される人間になりたいのであって、甘やかしたり問題を隠したりしなくてはならない相手だと思われるのは心外だ。

　手紙をサッシュにはさみこんだ。運がよければ、今夜のうちに大急ぎで返事が書けるだろう。何よりもデュブロのことを知らせたい。ルチアの本の第二巻、未完成のセドニア語翻訳のことはできるだけ考えずにおく。書斎一面に散らばったまま、残してきてしまった。何がどこにあるかは彼にしかわからない。リンが書斎を片づけたりしないよう、ニキスに注意しておかなくてはならない。

　そろそろまた病室の巡回にいかなくてはならない。いままでは時間を節約して、庶子神への祈禱のかわりにくちびるをはじくだけ、寝台脇でも一瞬魔法の注入をおこなうだけにしている。そのいっぽうで、削ることができないのは砦と村と町を行き来する時間、混沌を排出するべく診療所と厨房を往復する時間だ。そこに食肉加工場を加えることで、デスがより多くの混沌を蓄積できるようになれば、いっそう効率があがると期待できる。

〈やれやれ、ですね〉デスがこぼした。

基本的に魔は混沌を好むものだ。だがデスはもはやペンと同じくらい、この手の混沌を楽しんではいなかった。


つづく数日の昼と夜は、どの日がどれかわからないほど曖昧になってしまっている。それでも、デュブロが軽症患者を一手に引き受けてくり返し治療をおこなってくれるおかげで、ペンは日に二度ヴィルノックに、日に三度ティノに、そして砦の重症患者はときとして日に四度訪れることができた。治療ごとに、そしてさらには日ごとに、効果がはっきり目に見えてきはじめた。熱と痣と痛みの進行が遅くなるばかりでなく、回復にむかいはじめたのだ。干からびた山でがんばって冬を越す芝の根を見守るのと、春になって勢いよく芽吹きはじめた豆を見守るほどにもちがう。

食肉加工場にはいまも頻繁に世話になり、作業員たちも協力してくれたが、母牛の乳を求めるようにそっとペンの手に鼻を押しつけてきた驚くほど人懐っこい大きな目のおとなしい仔牛を扱って以後、ペンは、マーテンズブリッジでなぜしばらくのあいだ肉を食べられなくなったかを思いだしてしまった。

すべてが終わって家に帰り、くたくたになった衣類を燃やすときのことを思い描いてみる。女たちはせっかく縫った衣服を処分することに反対し、少なくともキッチンタオルか、ボロ布の最終的行き先である編みこみラグにしたいと言いだすだろう。他国からきた書状も、新しい本も古い本も読まなくなって、もう……どれくらいになるだろう。そう。これがはじまって二週間以上になる。いつか終わりがくるのだろうか。それとも、何世紀もつづく呪詛にかけられたお伽話の男のように、果てしなく働きつづけなくてはならないのだろうか。

レーデなら、発散せずにはいられないこのいらだちを理解してくれるだろうと、ペンは食堂で愚痴をこぼした。思いがけない答えが返ってきた。

「ええ、そうでしょうとも。あなたは余裕ができても休もうとしないで、さらに仕事を抱えこむだけなんですから。症状が軽くなった患者は、さっさとべつのところに移動させるようにします。確かに変化が起こりつつありますよ。回復する患者はどんどん増えているし、回復の速度もあがっています。デュブロ学師がやってきて、あなたの治療回数が増えてからのことです。あなただってそう言ってたじゃないですか。そしてそのとおりになってるんです」

「患者が増えたら、また逆もどりするだけです。今日は何人増えたのですか」

レーデのくちびるがひろがって笑みをつくり、白い歯がのぞいた。

「砦で？　ゼロですよ」

「なんですって？」

「ひとりもいません」

「そんな……そんなことはあり得ません。それはきっと偶然のいたずらで、明日には二倍か、それに近い患者がくるでしょう」ペンはそこで、秤のバランスをとろうとする両替屋のようにつけ加えた。「ティノではふたり増えました」

「あなたの魔法を必要としなくなった患者はどれくらいいるんですか」

「いつやめたらいいか、はっきりわからないので」

「ああ、そうですね」

だがつぎの日も、砦に新しい患者は発生しなかった。そのつぎの日も。

「わたしたちはほんとうに、これを〝撲滅〟したのでしょうか」言葉遊びではなく、ペンは真剣にレーデにたずねた。

「もしかすると。それとも、自然と鎮静化したかもしれませんね。伝染病はときどきそういうことがあるじゃないですか。ええ、最終的には必ずおさまるんですよ」

「生存者がひとりもいなくなって、という結末だけは勘弁してほしいです。ほんとうになんだっていうんでしょう。さっきまではひろがっていた。いまはひろがっていない。な﹅ぜ﹅です？」

レーデが力なく肩をすくめた。

「その答えが見つかったら、ぜひ教えてください」

「いのいちばんにお知らせしましょう、約束します」

翌日も、さらにその翌日も、砦に新しい患者は出なかった。罹患者の増加よりははるかに歓迎すべき謎だが、頭がおかしくなるくらいわけがわからない。それでもペンははじめて、寝台で目を覚まし、自分が今日の仕事を楽しみにしていることに気づいた。これで終わると期待しているわけではない。それでも変化が目に見えて確かになってきた。これまでの努力に、ようやく成功という報酬が支払われつつある。それだけで気力がわいてくる。

……そして、アデリスが砦にもどってきたのだった。負傷兵三十人と、痣熱でいまにも死にそうな騎兵四十人と、病んだルシリ二十人をともなって。

それからの二日で、ペンリックとデスとデュブロとマスカが築きあげてきた成果のすべてが、指のあいだからすべり落ちていった。

砦の診療所は、戦闘後に急激に増える負傷者を受け入れるよう設計されてはいるものの、この十年、ヴィルノック近郊で発生した事件といえば、無法な艦隊が港を略奪しにくるくらいのものだった。さらに多くの寝台を設置することで、かろうじて新たな患者全員を病室におさめることができたとはいえ、いかにもぎゅう詰めといった感じだ。それでもレーデは、病人と怪我人をべつべつの病棟にわけて収容した。ひと晩のうちに怪我人が病人になってしまう可能性を恐れたのだ。ルシリは自分たちで面倒を見るよう収容所に送り返された。ペンは、あとを追って彼らの面倒も見るべきかどうか、疲れ果てたアデリスと激論を闘わせた。

その問題はルシリ自身によって解決された。怯えきった彼らは収容所入口に集まり、ものすごい勢いでペンを追い返したのだ。それも、大幅に増強されたオルバス軍衛兵と交渉して、ようやく警備所前を通してもらったあげくのことだ。ペンはきた道をもどりながら、もし気が変わったらどうすれば自分に伝言が届くかの指示を、ルシリ語でさけんだ。だがそのときにはきっと、もうどうしようもないほど手遅れになってしまっているだろう。今日ルシリを訪れたのは、ティノでの治療にあてるはずの時間だった。ティノの訪問により、砦での時間が削られる。ヴィルノックには一度も行くことができなかった。彼の想像力は町で起こっているにちがいない逆行現象をまざまざと思い描くことができた。その材料に事欠くことはない。ここでもまさしく同じことが起こっているのだから。

そして何より、砦でもふたたび新しい患者が出はじめたのである。はじめはアデリスとともに帰還した騎兵や馬丁だった。仲間より遅れて罹患したのか、それとも人によって発症までの期間が異なるのか、それともその両方なのだろうか。帰還した遠征隊だけでもかなりの数になる。今後の発症がその範囲内でおさまるだろうと考えるほど、ペンは楽観的ではなかった。

三日目の朝、デュブロがよろよろとやってきて報告した。

「いくら呼んでもマスカが反応しないんです！」

ペンはふたりを観察した。マスカは乗り手の奥で小さくなっていた。神を前にしたときのデスに似ているが、どちらかといえば、叱られて寝台の下にもぐりこんだ犬だ。〝優位に立つ〟と正反対の行動をとっている。魔は逃げることも引退することもできない。かわいそうに。

「あなたの魔は疲れきっています」ペンはあっさりと告げた。「今日の昼と夜、仕事をやめて休んでください。明日の朝、もう一度ようすを見ましょう」

「まだできますよ」皺だらけの顔をゆがめてデュブロが主張した。「まだやらなきゃならんでしょう！」

「わかっています。でも無理です」

「せめて診療所の手伝いくらいは。汚い仕事だって平気ですから」

ペンは敬意をこめてうなずいた。

「そういう仕事のための人手は、アデリスに頼めば集めてもらえます」脱走兵が増えるという代償を支払うことになるかもしれないが。「あなたは休んで、魔の面倒を見てあげてください。魔には替えがきかないのですから」

あとでなんとか時間を捻出して、魔術師を派遣してくれるよう宗務館に依頼の手紙を書こうか。どんな魔術師でもいい。だがペンは、もうすでに二度そうした手紙を送っている。そして得られた成果はデュブロひとりだ。

「ペンリック学師の魔はどうなんですか、大丈夫なんですか」デュブロが心配そうに目を細くしてペンを見つめた。

マスカがヒステリーを起こしているいま、〈視覚〉は使えないはずだ。

「彼女は二百歳を超えていますから。わたし以上に辛抱《しんぼう》強いですし、たぶん、もっとひどい疫病を見たこともあるでしょう」

〈もちろんですよ〉デスがつぶやいた。〈だからって楽しいわけではありませんけれどね〉

「ほんとうに、優位に立ってあなたを攫ってっちまうようなことはないんですか。ものすごく強力な魔に見えるんですけど」

「その気になったらできるでしょうね」

〈出会ってすぐのころならできたでしょうね。でもあなた自身もずいぶん強くなっているんで

すよ、ペン。だから、昔みたいに簡単にはいきませんね〉

〈あなたもわたしといっしょに、さらに強くなっているじゃないですか。同じペースで〉

〈うふふん〉

「でも彼女はそんなことはしないです」ペンはきっぱりと結論した。

魔も疲労でつぶれるのだろうか。いや、そんなことは知りたくもない。

そして結局は仕事にもどるしかないのだ。病室巡回をしてから食肉加工場へ行って、また病室をまわる。ときどきは厨房にも寄った。今日はデュブロの訪れがないから鶏があまっている。

その夕方、町のトルガから、いらだちと怒りのこもった書状が届いた。もどってこいと、これは懇願しているのだろうか、命令しているのだろうか。いずれにしても、かなえることはできない。手紙はさらにつづけて、彼が診ていた最悪の患者の、進行具合というか退行具合について、くわしく報告していた。それはペンが想像したとおりの経過をたどっていた。

書状をサッシュにはさんだ。燃える炭のように熱く感じられた。


マスカも翌朝にはいくらか回復していた。ペンはデュブロに厳選した十二人の患者をまかせ、それで打ち切りとした。マスカのためにはその半分にするべきだったのだが、しかたがない。

砦のため二倍になってしまった。この程度では、ティノを訪れるだけの時間を稼ぐことはできない。それでもペンはなんとか診療所を抜けだした。

予想していたとおり、村では何人かの病状が悪化し、皮なめし屋の家でひとりの死者が出ていた。亡くなった女の亭主がペンにむかって泣きながらさけんだ。

「なんできてくれなかったんだ。よくなってると思ってたのに！　なんでもっとはやくきてくれなかったんだ！」

何も答えることはできなかった。真実を告げても意味はない。

「すみませんでした」

可能なかぎりすばやく悲嘆と非難から逃げだし、ほとんど誰もいない村の通りに立ってためらった。食肉加工場に行こうか。いずれにしても、砦にもどる途中であそこに寄り、彼のためにとっておいてもらった罪のない獣とむきあって、それに死をもたらさなくてはならないが。

気がつくと村の神殿にむかっていた。

ティノの神殿は、中央広場と呼ばれる場所のすぐ脇に立つ、こぢんまりと簡素な石造りの建物だった。外壁には白い化粧漆喰が塗られ、がっしりとした構造は、軍に所属する技師が設計建造したことを示している。てっぺんに円窓のあいたコンクリートのドームを六面の壁が支え、街路に面した側が前廊と入口になっている。木製の両開き扉の片側だけがひらいたまま固定され、祈禱を捧げ、あわよくば供物を残していってくれる今日の請願者を迎えている。

ペンリックは涼しいドームの中にはいり、聖印を結んだ。足もとはただの板石だが、微妙な色の違いを巧みに組みあわせて興味深い模様が描きだされている。祭壇をしつらえた五面の壁は、それぞれの神に関連したお馴染みのフレスコ画で飾られている。技巧よりも熱意が目立つ、おびただしい数の作品群だ。中央の台座では聖火が燃え尽きて炭となり、香の匂いが漂っている。ペンは通りがかりに、籠から新たな薪をとって足してやった。

夏の母神の祭壇の前でふたりの村人が立ちあがり、祈禱用敷物を片づけて、おずおずとペンに会釈をして出ていった。いまではティノじゅうの村人が、ペンが何者であるかを知っている。だが残念ながら、それはみなが彼を信頼しているということではない。

ほんの一瞬、母神の祭壇を選ぼうかと思案し、それからいつものように謝意をこめて臍に触れ、庶子神の祭壇にむきなおった。村の信心深い女がつくって寄贈したのだろう敷物をとりだして、膝をつく。一瞬考えてから、最高度の嘆願をあらわすべく、両腕を投げだしてひれ伏した。もっとも、どちらかといえば敬虔さではなく、疲労困憊ばかりが目につくかもしれない。

それにしても何を祈ればいいのだろう。許し？　それは白の神の司る分野でない。もっと魔術師をと祈ろうか。神々のために何かをしようと申しでる人よりも、自分たちのために何かをしてくれと神々に懇願する人々のほうがはるかに多い。五神はうんざりしているのではないか。それとも、神々はあまりに広大であるから、人の祈禱など海に落ちる雨つぶにすぎないのかもしれない。ペンはどうしても絶対必要なとき以外、おのが神をわずらわせないようにしている。応えてくれないだろうと思うからではなく、応えてもらえたときのほうが恐ろしいからだ。だいたいからして庶子神の応えというものは……

泡立つ心を神聖な瞑想にふさわしい状態に静めなくては。精神を開放する？　神をひっかけるための餌らしく？　ゆっくりと心がおちついていった。このまま眠ってしまう危険のほうが大きいかもしれない。

あくびが出た。もう諦めようか。デスは彼の内側で、身を守るように小さく丸まっている。〈視覚〉が使えないため、肉体の知覚を最大限にひろげてみた。古い敷物が頰にあたってむずむずする。台座の火が燃えるかすかな音と匂い。入口と円窓からはいってくる村の生活音の遠いこだま。

左手の甲にちくりと違和感が走った。

ふりむいて、ぱちくりと目を瞠《みは》った。一匹の馬蠅が血を吸っている。小さな傷は痛くも痒くもない。この生き物は、長く血を吸っていられるよう、犠牲者の痛みを消すことができるのだろうか。どうやって？　その方法はペンにも学べるだろうか……

馬蠅ではあるけれども、ふつうの蠅ほど大きくはないし、醜くもない。身体と翅は鮮やかな綺麗な青だ。

地震で倒れる塔のように、瞬時にしてすべてがつながった。

〈血。レーデが言っていた蚤による感染理論。青い魔女……〉

ペンはとっさに馬蠅をつかまえようと立ちあがったが、問題の虫は輪を描いて円窓から逃げていった。

〈なんてことだ〉

「デス！　あの忌ま忌ましい虫が、わたしの祈りへの応えなんでしょうか」

〈わかりません〉デスもあえぐように答えた。〈わたしは見ていなかったんですもの〉

ゆっくりと、彼女が存在をほぐしはじめた。

〈デスの役立たず！〉

ペンはいらだちをこめて円窓にむかってさけんだ。

「もうそんなふうに隠れていることはできませんからね！　わかっていますね！」

外に駆けだして見あげたが、蝿はとうの昔にいなくなってしまっていた。どっちにしても、この距離であんな小さなものを見わけられるはずもない。

かまわない。蝿なのだから、一匹いればどこかに千匹いる。たとえいまの砦にはいなくても。これまで見たことのある虫だろうか。たぶんはじめて見るものだ。もちろん連州にはいなかった。野山を走りまわっているときに、そうしたものはとっくりと観察している。あの青はとても目立つ。

頭の中で問題をいじりまわしながら、夢中で食肉加工場まで歩いた。

建物の横を通りすぎ、外庭にむかったところで、激しい怒鳴り声が響いてきた。ジャセニクが軍曹らしい罵声《ばせい》を浴びせていたのだ。もうひとつの声は、いまにも泣きだしそうに甲高い。角を曲がると、おそらく今日のペンの割り当てだろう、育ちすぎの不格好な仔牛が狭い囲いにいれられているのが見えた。ジャセニクと、もうひとり、砦からきた馬丁がふるえる馬の手綱を握っている。

「騎兵隊に言ったはずだぞ。ここは清潔な食用肉を扱う場所なんだ、病気の馬なんか連れてくるんじゃねえ！　まっすぐ皮なめし屋に行っちまえ！」ジャセニクがわめく。

「でも、誰も教えてくれなかったんです！」馬丁が訴えた。

「何事ですか」ペンはふたりに歩み寄りながらたずねた。

　ジャセニクがふり返った。

「ああ、ペンリック学師。ちょうどいい、こいつもやっちゃってくだせえ。ただし、ここでじゃねえ。歩けるようなら、村まで歩かせてくだせえ」

「どういうことですか」

　草原の長毛ポニーだ。この種はふつう、信じられないほど頑丈だといわれている。だがこの馬は毛並みが悪く、目もどんよりして、頭を垂れ、脚はふるえている。やわらかな鼻面に血がこびりついている。

「こいつは腰ふら病なんです」馬丁がむっつりと教えてくれた。「馬がよくかかる病気です。気がついたらすぐほかの馬から離して、放牧場に送りこむようにしていて、たいていがそのうちに治るんですけど、こいつはぜんぜんよくならなくて」

〈デス、視覚を〉

　この病にかかった果てしないほど大勢の患者と密接に関わり没頭してきた数週間がなければ、果たしてこの馬の中にひそむそれに気づくことができただろうか。だがまさしくその甲斐あって、ペンは一瞬にして見抜いたのだった。

「腰ふら病ではありません。ええ、馬の場合はそう呼ばれているのかもしれません。ですがこれは、あの唾棄すべき痣熱です」

　ふたりがはっとあとずさった。

ではないか。

ペンは一瞬、こみあげる疑惑に身ぶるいした。これはもちろん、彼にとってもまったく新しい概念だ。あまりにも突拍子がないだろうか。追い詰められたあげくの思いこみにすぎないのではないか。

「なんだって？」とジャセニク。「馬の病気は人に伝染《うつ》ったりしねえぞ！」

〈ほんとうに……？〉

一瞬の間をおいてデスが言った。

〈鵞口瘡《がこうそう》がありますね。アンベレインが鵞口瘡にかかったかわいそうな患者を治療したことがあります。あれは、蹄叉腐爛《ていさふらん》にかかった馬の蹄を舐めたせいじゃないかと思いますよ。もちろん、今回のことと関係があるなんて主張はしませんけれどね〉

ペンは意識を集中した。胸が悪くなるようなイメージを抑えこんで、馬丁にたずねる。

「砦では、いつからこうした病気が馬のあいだに流行りはじめたのでしょう」

馬丁は目をなかば閉じて考えこんだ。

「一カ月ですかね。いや、二カ月かな。それ以上前ってことはねえです」

痞熱の最初の発生と同じころだ。

「これはどこからきた馬ですか」

「こいつは」――とふるえている馬を親指で示し――「グラビアトの戦利品です。だけど、どんな馬だってかかる病気でさあ。いまんとこ、騾馬も一頭やられてます」

「牛はどうですか。ほかの家畜は」

「これまでんとこ、聞いたことはねえです。馬だけです。騎兵隊長はかんかんでさあ」

「マスター・オリデスかマスター・レーデに報告しようと考えた人はいないのですか」

馬丁は目をむいた。

「あのおふたりは馬なんか診てくれませんや」

「グラビアトから、西街道を通って連れてきたのですね」

痃熱で悪戦苦闘していると報告のあった国境の町と砦を通って。生きた戦利品だ、公国を横断して送り届ける前に砦で休ませるのは当然だろう。

「ほかにどうしろってんです？　セドニア半島をまわって船で運ぼうなんて、無茶な話でしょうが」

「病気になった馬の隔離場所はどこですか——ほかの馬と離して、どこに集めてあるのですか」

「街道をあがったさきの」——と上流を指さし——「植林地のむこうの、いちばん遠い牧草地でさあ」

「見にいってきます」ペンは背をむけ、もう一度むきなおって指示をくだした。「その馬は皮なめし屋に連れていってはいけません。できるだけ手を触れず、人がこないところに埋めてください。犬も掘り返すことができないくらい深い穴を掘って。けっして血に触れないよう……。人手を集めて穴を掘り終わるまでにもどってこられたら、わたしがその馬を苦しまずに死なせてあげます」

「自分がそんな話をしたって、誰も集まっちゃくれませんよ」ペンの激しい口調に驚きながらも、馬丁が反論した。

「あなたが話すのではありません。騎兵隊長に、ペンリック学師の指示だと伝えてください」

ペンリックが指揮系統のどこにも属していないという事実は、いまは指摘しないでおく。

「もどったらアデリスに説明します。全員に説明します。この考えを証明することができたらですが」

改めて背をむけて街道にむかおうとしたとき、デスがうめいた。

〈ペン、忘れないで〉

〈ああ、そうでした〉

彼が手をふると、仔牛がくったりと倒れた。デスが安堵の息を吐いた。

ペンはそのまま走りだした。


目的地につくまでひたすらに走り、歩き、走った。その〝いちばん遠い牧草地〟は、街道を優に二マイルものぼったさきにあった。ゲートによりかかって息をつきながら、柵の中にいるものを観察した。馬の診療所といえそうな場所だ。

十頭ほどの物憂《ものう》げな馬と一頭の騾馬が、ぼんやりと歩きまわり、もしくはぼうっと突っ立っている。頭を垂れていても、草を食《は》んではいない。いまにも死にそうに横たわった馬も一頭いる。ペンは中にはいり、不思議な青い蝿をさがした。

馬蝿はふつう、飼育場の湿った場所に群がって、人に嫌悪感をもよおさせる。一匹の蝿が不快なら、何十匹もが羽音をたてて群がるとなると、その不快さは何十倍にもふくれあがる。ペンは一瞬、自分はもしかして感情的になるあまり間違った仮説にとびついてしまったのではないかと不安にかられた。だがやがて、青い侵入者が目にとまった。群をつくることなく一匹ずつ、こっそり馬の腹にしがみついたり、尻の隙間にはいりこんだりしている。数分のうちに、ひとつかみの蠅の死骸が集まった。サッシュの布地をひっぱって即席のポケットをつくり、そっと蠅の死骸をおさめた。

それからデスに命じて、放牧場にいるすべての蠅とあらゆる種類の寄生虫を退治し、いちばん体調がよさそうな馬を選んだ。元気なときはきっと立派だろう、黒いたてがみの牝馬だ。いまのデスに可能な最大限の上向き魔法を送りこむと、馬は驚いて鼻を鳴らし、とびすさったが、ありがたいことに心臓発作で倒れることはなかった。死にかけている馬に混沌を投げこんで苦しみを終わらせ、つづいて牝馬に強力な巫師の呪をかけて従わせる。その代価として少しばかり鼻血を流しながら、馬をゲートの外に連れだした。フェンスに足をかけてどうにかその背にまたがり、たてがみを握る。そして、手綱も鞍もつけないまま、蹴りをいれて街道を走りだした。

ティノについたが、馬をとめることもむきを変えることもしなかった。馬が一瞬、砦のほうにむかいたがった。そう、騎兵隊の馬だから、きっと家にもどりたいのだろう。ペンと同じだ。それでもできるかぎりの速度でいそがせ、ようやくルシリ収容所の警備所についた。すべての道のりを自分の足で走ってきたかのように、息が切れ、髪も乱れている。顔もチュニックも血で汚れている。だが少なくとも、自分で走るよりもはやくここまでやってこられた。鞍のない背からすべりおりる。汗にまみれ、息を切らし、ふるえながら立っていた馬が、歩きだしたペンに鼻を押しつけ、ついてこようとする。ペンはすたすたと警備所に歩み寄った。衛兵たちがぎょっとしてあとずさった。

「通してください」怒鳴りつけた。

返事を待つ必要もなく、十人以上もの重装備の衛兵が、彼のために道をあけた。

今回、彼を出迎える指導者集団はいなかった。あたりにいた者たちもみな、そそくさと小屋の中か木陰に姿を消す。

ペンはほんの一瞬いらだちをこらえたが、すぐさま空き地の真ん中に立って、ルシリ語でわめいた。

「誰でもいい、いますぐ出てきてわたしと話をしないなら、あなたがたの小屋をすべて燃やします！」

その空脅し——たぶん——を証明するため、近くにはびこる支障のなさそうな小さな繁みに火をつけた。夏のあいだに乾ききっていたためか、繁みは充分以上にすさまじいとどろきをあげて燃えあがった。ペンは火事がひろがることのないよう用心深く目を光らせたが、炎はすぐさまおさまった。

怯えたような静寂が二、三分つづき、ひとつの小屋から見おぼえのある人影が出てきた。リユビの伯母、イェナだ。彼女が連れている灰色の鼻面の猟犬は、いまにも発火しそうなペンリックに近づくにつれて、すくみあがり、哀れっぽく鼻を鳴らしながらも、あるじのそばを離れようとしない。まるでマスカのようだ。

イェナは勇敢に背筋をのばし、まっすぐに立った。

「なんの用かね、神殿の人」

ペンは玉虫色に光る虫の死骸をのせた手をつきだし、問い質した。

「青い魔女とはこれのことですか」

イェナは近づいてきて目をこらし、それから怒りに燃えるペンの目を見あげた。正気を疑われているのだろうか。それともすでに狂気の範囲に踏みこんでいると思われたのか。

「あたしにはわからないが……」

「わかる人はいませんか。もっと年配のご婦人とか、西からきた部族の人とか」

彼女はくちびるを結んで考えこんだ。

「そうだね。ちょっと待っていておくれ」

そして木立の中に姿を消した。焦りと不安でおかしくなりそうだ。

さらに何分かたって、イェナが彼女自身よりも歳のいった女を連れてもどった。目はしょぼしょぼしているし、杖をついてもよろめいているし、まさしく老女だ。集団脱走の試みがあったとき、アデリスの話では、弱い者はあとに残されたという。この老女もきっと、そのうちのひとりだったのだろう。脱走にあたって、なぜ彼らが殺されなかったのか、自決しなかったのかは、推測するしかない。戦において、ルシリはしばしばそういう形で、恐るべき抵抗を示すといわれている。

「西部ルシリはこうした馬蠅をなんと呼んでいるのですか」ペンはたずねた。

老女は近視の目をせばめて彼の手をのぞきこみ、それからとびすさって魔除けの印を結んだ。もちろん魔法としてはなんの効果もない。

「忌まわしい！　わたしらが子供のころ、それは青い魔女と呼ばれていた。嚙まれるとひどい目にあう。見つけたら必ず、すべて殺した」

「庶子神の涙にかけて」

感謝の祈りをこめて、ペンはくしゃりと目もとに皺をよせ、深く息を吸った。

「ありがとう、感謝します」

そして見本となる蠅をサッシュにしまい、馬のもとへと駆けもどった。


アデリスは地図室兼写字室でデスクにつき、腕を組んでいた。彼の前には、食肉加工場にいた馬丁と、革のように硬い顔と細身ながら鍛えあげた身体をもった男が立っている。砦の騎兵隊を率いるスラン隊長だ。息を切らして駆けこんできたペンに、三人の視線がそそがれた。

「ああ、やっと魔術師本人のご登場だ」とアデリス。「これで事態がはっきりする」

興奮しきったペンのようすに、アデリスの眉が好奇心をこめて吊りあがる。ペンはサッシュから五、六匹の蠅の死骸をとりだし、デスクの上にひろげた。アデリスがとつぜんの風変わりな贈り物にぎょっとしてのけぞった。

「こ、これが犯人です。少なくとも、感染症の運び手です。西部ルシリが青い魔女と呼んでいるのはこれだったんです」

アデリスが驚いたように顔をしかめた。

「魔術師でも幽霊でも魔でもお伽話でもなかったのか。おれはてっきり、おまえの作り話だと思っていたぞ」

「わたしもそう思っていました。最初にわたしに情報を与えてくれたルシリもそう考えていたのは間違いありません。でもあなたも知っているでしょう。ひとりが何かについて説明すると、それを聞いた人は、解釈を間違えたり、聞き間違えたり、ときには自分の思いこみで脚色したりするのです。それが三人もつづくと、まったくもとの面影もなく変質してしまいます。たった一度の伝達でそれが起こることもあります」

「運び手とはどういうことですか」と騎兵隊長。「馬蠅とこの呪われた瘧熱と、どういう関係があるっていうんですか」

「呪ってやりたい気持ちはわたしも同じですけれど、これはけっして呪詛ではありません。これほど不気味であろうと、この病は超常的なものではないのです。これは血によって感染します。レーデの推測は正しかったのです。でも、媒介者は鼠でも蚤でもありませんでした。馬から人へ、この吸血蠅の嚙んだ傷を通して、感染していくのです。ついさっき、ティノの神殿でわたしも嚙まれました」

その出来事に関する神学的考察については語らずにおく。

それを証明するべく、左手をさしだした。甲からはまだ血が流れている。これはたぶん馬に巫師の呪をかけた副作用だが、いま話を中断し、それについて説明しても、聞き手は混乱するだけだろう。それでも、実例として見せるにはうってつけだ。なかなかに劇的で、このあと知らせなくてはならないありがたくないニュースの補強証拠ともなる。

「アデリス、これはただの推測ではありません。あなたの騎兵隊が病気の馬を休ませている放牧場にも行ってきました。この蠅はそこでつかまえたものです。馬に貼りついていたものもあります。馬の体内に瘧熱が見えました。五柱の神々にかけて、わたしはこの数週間、人の中に巣くうあの病をずっと調べてきたのです。腰ふら病なんてとんでもない、あれは瘧熱と同じものです。なぜ誰もわたしたちに話してくれなかったのですか……！　感染した馬は、感染した血の供給源となります。いますぐ始末して埋めなくてはなりません。蠅は、ええ、デュブロでもわたしでも、蠅をさがすことは誰にでもできます。でも、馬はいまもすぐ目の前にいるのですよ。馬が感染した場合、ふつうの馬蠅や家蠅も血を運ぶ媒体になるのかどうか、それはまだわたしにもわかりません。ですが、すべてまとめて処分しても、たぶんどこからも文句は出ないと思います」ペンは言葉をとめて息をついた。

馬丁が、〝そうなんです、自分もそう話そうとしていたところなんです！〟と言いたげに、ペンにむかって困惑の身ぶりをした。

騎兵隊長は動揺と反感をこめてあとずさった。

「すべての馬をだと？」

「いえ、それはわかりません。すべてでなければいいとわたしも思います。病気がかなり進んで明らかな症状があらわれているものは、あなたがたでもわかるはずです。もうすでに選別していますよね。初期段階のものは、わたしとデュブロ学師が協力しますから、無事なものとわけてください。時間がとれたらですけれども」

もうすでに、診療所のつぎの巡回時間から大幅に遅れている。だがこれは純粋に知覚の問題で、微妙な魔法の操作をおこなわずにすむことだから、すべてデュブロとマスカにまかせられるかもしれない。

「回復したように見える馬が、それ以後も感染源となるかどうかはまだわかっていません」

「元気そうな馬まで殺すなんぞということになると、部下たちが叛乱を起こすかもしれん」騎兵隊長自身、どちら側につくか、決めかねているようだ。

アデリスもまた茫然としている。

「そんな必要があるのか。兵を治したように、馬を治すことはできないのか」

「理論的には可能だと思います。でもそのためには実験が必要です。そしていまこの瞬間も診療所には患者があふれていて、どの人間に治療をおこなうべきか、選択をせまられているのです。百頭の馬をそのリストに加えるというなら、わたしは誰ひとり助けることができなくなります」それからしかたなくつけ加えた。「砦とティノとヴィルノックで、すべての人間が危機を乗り越えたら、そのときならできるかもしれません。デュブロといっしょに何かためしてみましょう」

「だけどそのときまで待っていたら、わたしの馬はみんな殺されてしまう！」スラン隊長はペンを指さしながらアデリスに詰め寄った。「将軍はこんなとんでもない話を信じるんですか！」

アデリスの手が目を縁取る火傷痕に触れる。

「ああ」重々しい答えが返った。「おれの知るかぎり、医術に関してペンリック学師はならぶもののない第一人者だ」

神殿魔術師にせよ里居の魔術師にせよ、これまでアデリスは魔術師と関わったことがほとんどない。それを思うと、このような評価も言葉どおりの説得力をもちにくいだろう。だがそれでも、騎兵隊長は不満そうながらもうなずいたのだった。

「それからルシリですけれど」ペンはつけ加えた。「収容所にいれてもらえるようなら、わたしは彼らも治療するつもりでいます」

アデリスは騎兵隊の馬をさきにしろと言いたそうになりながらも、反論しなかった。ルシリは何よりも馬を愛する部族だから、もしかすると彼らのほうでもアデリスの意見に賛成するかもしれない。

「……それで考えたのですが、ルシリの収容所では今後、新たな患者は出ないかもしれません。第一波のときもそうでしたが、距離があるからです。つまり、青い蠅はきっと馬からそれほど離れることができないのです。さもなければ、この病はもっとずっと前に、草原から東にひろがっていたでしょう」

ペンはそこで恐ろしいことに気づいて身ぶるいした。自分は軍馬を借りてヴィルノックを訪れている。もしかしたら、町に病をもちこんだのは彼自身だったのではないか。

〈そのときにはもう、ヴィルノックでも患者が出ていましたよ〉デスがたしなめた。〈おちつきなさい、ペン〉

〈ああ、そうですね〉

だが、砦から町までこの病が伝播したのは、グラビアトからの旅と同じく、馬とともに、もしくは馬の体内にひそんで、もしくは蠅によって、運ばれたのだと考えるのがもっとも論理的だ。

「病気の馬か騾馬が町に行ったことはありませんか」ペンはたずねた。

「あるわけがない」騎兵隊長が答えた。

「その……」馬丁が口ごもった。

三人全員の視線にさらされ、馬丁が怯えあがって口をつぐんだ。

「吐いちまえ」アデリスがうなった。「ろくなことにならんぞ」

馬丁は息をのんで話しはじめた。

「たぶん……皮なめし屋に連れていくよう命令されたやつが、何頭か町の市場で売ったことがあるんじゃないかと。自分じゃないです！」とあわててつけ加え、「それに、たいした金にはなってません」

市場。病気の馬がやってきたその危険な日にも、ありとあらゆる人々がいたるところから集まっていただろう。それで、患者の発生がばらばらであったことの説明がつく。また、ペンもついさっき経験したことだが、蝿に噛まれても痛みはほとんどない。数日後、最初の熱の徴候が出たときに思いだせないのも当然だ。きっとほかの馬のときも同じだったのだろう。ああ、神々にかけて、それらの馬のあとをたどらせなくては。

　アデリスがこれ以上はないという怒りをこめて顔をこすり、騎兵隊長に命じた。

「それが事実かどうか確認しろ。もし事実なら、ひとりだか複数だか知らんが、そいつらをつかまえて報告しろ」

「承知いたしました」スランはふるえあがっている。

「ちくしょう、そいつら、縛り首にしてやる」アデリスがつぶやいた。

「手伝います」ペンも歯の隙間から絞りだすようにささやいた。

「おまえは人殺しを禁じられているだろうが」

「魔を使った殺人は禁じられています。ロープは禁令にふくまれません。考えてみれば、処刑人は白の神の守護下にあるんですよね。もしそれがほんとうだとわかったら、せめては神官として、死刑執行人に祝福を与えましょう」

　アデリスが首をふった。

「ときどき思うんだが、おまえというやつはほんとうに底が知れん……」

　彼はすわったまま姿勢を正して気をとりなおし、不快だが必要な命令をくだすべく、士官を呼んだ。

　写字室を出る前に、ペンは鵞筆と紙とインクをとりあげ、ニキスに宛てて、新たに判明した危険について警告する手紙をいそいでしたためた。

『……チーズクロスかガーゼを使って、いそいでフロリナの揺り籠にかぶせるおおいをつくってください。蠅が一匹たりともはいりこまないよう、周囲をしっかりとめて。布があるなら、全員の寝台も同じようにおおってください』

連州の機密性の高い木造建築ならチーズクロスを窓に張りつけるだけで虫よけになるが、オルバスの開放的なセドニア式建物ではそんなものは役に立たない。それでも、だ。

『近所で子供のいるお宅にも教えてあげてください』そこで一瞬考え、『すべてのお宅に教えてあげたほうがいいですね。家の中で蠅を見たらすべて殺すこと。ただし、手でつぶしてはいけません。できるだけはやくもどり――』

ペンは最後の一行に線をひいて消した。

『いつ帰れるかはわかりません。事態が急展開を迎え、わたしはいっそう忙しくなりつつあります。それでもやっとのことで、解決の糸口が見えてきたようです』

それからさらにもう一通、国境砦の軍医に宛てて、新たな発見のこと、青い蠅のことを詳述し、感染防止のための思いきった処置を推奨した。彼らもきっといまごろは、自分たちの魔術師を見つけてペンの忠告が正しかったことを確認し、そしてもちろん実行しているにちがいない。さもなければ、今回の手紙はとんでもない暴言にしか聞こえないだろう。それからもうひとつ――ペンはうめきをこらえた――誰かを派遣して、ルシリ追跡にあたってアデリスの騎兵隊が通った道筋すべてを調べさせなくてはならない……。最後に、トルガへの短い手紙を書いた。少なくとも彼女には長々しい説明をしなくても大丈夫だ。

ペンはアデリスの事務官に三通すべてをつきつけ、即刻急使を送るよう命じて、いそぎ診療所へともどった。

診療所の中庭に駆けこむと、病室からレーデとデュブロがそろって出てきたところだった。

「いったいどこに行ってたんですか」レーデの声は、恐怖のみが引き起こすことのできる怒りでとがっている。「もう何時間も前にもどっているはずだったのに！」

ペンは駆け寄って彼の両手を握り、そのままぐるぐるとふりまわした。

「でも、とても有意義な時間だったんですよ！　レーデ、わたしはみごと、この木の実の殻を割ることに成功したんです！」

そう、理論的には。実践はもっと困難になる。だがそれはいつものことだ。

レーデが彼の手をふりはらい、頭がおかしくなったのかと言いたげにペンを見つめた。もちろんそう見えるに決まっている。しばらくのあいだ、どちらの顔にも〝高揚〟が浮かぶことはなかった。

ペンはサッシュから蠅をとりだし、必死になって説明をくり返した。ふたりが近づいてきた。デュブロがうなずいている。もと農夫であったためか、レーデよりもはやく理解にいたったのだ。ペンはさらにデュブロにむかって、アデリスには話さなかったこと——ティノ神殿の庶子神の祭壇の前で、彼と魔が何を経験したかを、詳細に語った。

デュプロが大きく目を見ひらいた。

「つまり、神に触れられたってことですか」

「庶子神のことなんて、わたしに理解できるわけがないです。でもデスは、いつも神々の前に出たときの反応を示していました。つまり、ひきこもってしまうということですけれど」

正確にいえば〝縮みあがる〟だ。

〈失礼な言葉は使わないでね〉デスが鼻を鳴らす。

「そして蠅に嚙まれたのは」――と左手をふって――「庶子神に典型的なユーモアなんだろうと思います」

レーデがペンの手をとり、やっとのことでかさぶたになりかけている傷を、職業的な興味でしげしげと観察した。それから、ペンのチュニックについた血の染みをさらに近くで調べ、顔をしかめた。

「それはあなたの血なんですか。患者のではなく?」

「巫師の魔法には、魔によるものとはまったく異なる規則性があるのです。いつでも喜んでくわしくお話ししますけれど――」

「ああ、そうですね」レーデがつぶやいた。

彼にもようやくペンという人間がわかってきたようだ。

「でもいまはやめておきましょう。まずはデュプロを連れて――あれ、そうじゃない、まずしなくてはならないのは――いえ、そうではなくて、まずは……」

ペンは口ごもり、深く息を吸って一瞬とめてから、改めて口をひらいた。

「まずは病室をひとまわりして、重症患者の治療にあたります。それからデュブロを騎兵隊の厩舎に連れていって、病気の馬の見わけ方を教えます。あそこでは歓迎されない仕事になるでしょうけれど、すべての責任はデュブロではなくわたしにあることを、全員にしっかりと理解してもらいます」

「文句をつけたやつの名前をリストにしておいてください」レーデがきっぱりと言った。「臨時看護兵として徴集してやります。そうしたらすぐにも理解するでしょうよ」

ペンはうなずいた。レーデは完全に本気だ。

「おれも患者の治療に行っていいですか」デュブロがたずねた。「もうマスカも大丈夫みたいだし」

「駄目です。ああ、そうか。これに終止符が打たれるのなら、あなたの魔の忍耐を危険にさらさないよう気をつける必要もなくなりますね。ですがあなたはまず、病気の馬を選別し、蝿を絶滅させることに取り組んでください。それによって、新たな症例の発生をふせぐことができるのですから」

「あとどれくらいで終えられるでしょうね」レーデが熱をこめてたずねた。

「断言はできません。いまになってわかることですけれど、終わりはすでにはじまっていたのです。それなのに、騎兵隊が病気の——人間と馬と寄生虫をもってもどってきたため、すべてが逆もどりしてしまいました」そしてルシリだ。これを忘れてはならない。「最初に混沌を排出したとき、わたしは砦じゅうの青い蠅を、ほかの虫ともどもすべて退治していたのですから。最後に嚙まれた人が発症するまでにどれくらいの時間がかかるか、それによって終わりのときが決まります」

どこぞで繁殖した蠅がまた飛んでくるまでは。ティノの片隅で、川谷の上流や下流で、そして、ああ、ヴィルノックで。村や町における感染した家畜の処分は、砦よりも困難になる。よほどあからさまに病んでいないかぎり、貴重な家畜を喜んで手放す者はいない。

アリセイディア将軍は民間人に命令をくだす直接的な権限をもたない。だからこの問題に関しては、ジュルゴ大公をひっぱりだすしかないだろう。これまではありがたいことに、大公からの問い合わせはすべて、アデリスがうまく処理してくれていた。大公宮に出てこいという要求ももちろん、ペンは頭までどっぷり病人に埋もれているから参上するわけにはいかないという、まっとうきわまりない言い訳によってはねつけてくれた。だがもし大公の家族や家臣や使用人が痣熱にかかったら、ペンの優先順位はすぐさま組みかえられる。家畜を処分した市民に大公の財布から補助を出すよう、ジュルゴを説得しよう。ああ、ペンの後援者たる大公は絶対に喜ばない。それでも、お仕事リストに加えておかなくてはならない。つぎのつぎくらいの優先順位でいいから。

レーデがはっと息をのんでもう一度ペンの左手をとり、かがみこんでかさぶたをじっと見つめた。

「最後に嚙まれた人というのは、あなたのことなんですか」

「それは……」

新たな発見に興奮するあまり、霊感をもたらしてくれた聖なる贈り物に毒がふくまれている可能性など考えもしなかった。白の神は、ペンがその問題をけっして見落とすことがないよう、わざわざ感染した蠅を送りこんだのだろうか。答えは残念ながら、〝決まっている〟だ。

〈祈るときは気をつけなくてはいけないと、いつも言っているじゃありませんか〉デスがため息をついた。

「その問いに、いますぐ答えることはできません」ペンはレーデと、新たな不安にとらわれたデュブロにむかって言った。「たとえそうだとしても、ほかの患者と同じように、デスが治してくれます。デスは以前、わたしの頭蓋骨骨折を治癒したうえに、穿孔して血の塊を取り除いてくれたこともあるんです。そのあいだじゅうずっと意識を保っていなくてはならないのが大変でしたけれど……」

「母神の血にかけて」レーデがつぶやいた。「その話、ものすごく聞きたいです」

「いつかきっと。ワインを一ガロンも飲んだら話せると思います」ペンは約束し、それからデュブロにむきなおった。「たぶんあなたは教わっていないでしょうけれど、魔術師はほかの魔術師を治療することができません。魔と魔が相容れないからです。あなたの健康を維持する方法を、いくつかマスカに教えておかなくてはなりませんね。あなたが家にもどるまでに、なんとかしましょう」

デュブロはまだ大きく目を見ひらいたままだ。

「ありがとう……ございます……?」

ペンはふたりにむかってにっこり笑った。一時的な高揚状態にある彼の勢いに誘われて、ふたりも笑みを返す。めったに見られない、なんとも心地よい表情だった。

「いいでしょう。それじゃ、やっつけてしまいましょうか!」

病室の巡回を終えるとすぐさま、ずらりと待ち受ける仕事の中で、もっとも重要なものにとりかかった。デュブロは騎兵隊厩舎で、ペンと同じくらいたやすく病気の馬を選りわけられることを証明してみせた。背後でとどろくわめき声の始末はスラン隊長にまかせ、ペンははじめて同僚たる彼をティノの村に連れていった。お試し訪問として重症患者の家をまわり、それから皮なめし屋に寄った。皮なめし屋における感染がひどかったのは、蠅に嚙まれたからなのか、それとも病をふくんだ血に触れたからなのか、はっきりとはわからない。それをいうならば、マスター・オリデスの感染が最初の解剖のせいだったのかどうかも判然としていない。それはともかく、皮なめし屋の悪臭きつい作業場には、あの異国の蠅が何匹も飛んでいた。まさしく青い魔女だ。

マスカがすばやく蠅を退治した。犬の魔は明らかに、農場で兎や鼬の狩りしていたときのように、死をもたらす青い蠅を狩ることを楽しんでいる。そこでペンは安心して、村とその界隈で徹底的に蠅をさがして撲滅する仕事をふたりにまかせることにした。病気の馬や騾馬は、権威ある誰かがやってくるまでそのままにしておくしかないが、蠅がいなくなってしまえば直接的な感染の危険はなくなる。

食肉加工場にまわると、明日ペンの皿にのせるべく、羊が用意されていた。じつのところ、肉にはもううんざりしている。ペンはジャセニク軍曹とその部下たちに、連れてこられた馬と侵入者たる草原の蠅について説明した。ジャセニクは恐怖にとらわれながらも、病気の家畜に関する自分の慧眼《けいがん》が証明されたことを自賛した。いずれにしても、ペンが砦にむかう坂道をとぼとぼのぼっていったあとには、羊も、いかなる種類の蠅も、生き残ってはいなかった。

西日に照らされた砦の前庭にたどりついたときのことだ。ひとりの乱心した騎兵が槍をもって突進してきた。

疲労困憊していたペンは、驚いたデスの助けを借りながらも、その攻撃を完全によけきることができなかった。背中を貫こうとした槍の穂先が、チュニックと皮膚を切り裂き、左腕の下で肋骨をかすめる。槍の柄が粉々に砕け、穂先が曲がった。だがすべては一瞬遅すぎて、衝撃がペンを襲った。

「庶子神に嚙まれるがいい！」

ペンは毒づいて、いつのまにか熟練してしまった技で相手の脚の神経をひねろうとふり返った。だがそのときには、仰天したゲートの衛兵がふたり、騎兵にとびかかっていた。

「ああ、よかった」ペンはあえぐように言って、赤く濡れた脇腹に手をあてた。

たぶん一分としないうちに痛みはじめるだろう。

「学師殿！　大丈夫ですか」通りかかった将校が心配そうに彼の腕をとった。

〈大丈夫そうに見えますか〉

破れたチュニックを通して真紅の皿がこぼれ、ズボンにまでしたたり落ちている。なんてことだ、繕いと洗濯が必要になってしまったではないか。ペンはいらいらと将校の腕をふりはらった。

「わたしの血に触れてはいけません。感染源となるかもしれませんから」

将校があとずさった。

「学師殿！」もがきつづける暗殺者の成り損ないを押さえこんで、衛兵がたずねた。「この男はどうしたらいいでしょうか」

騎兵はまだペンを罵《ののし》りながら泣きじゃくっている。では、病気の馬の処分がはじまったのだ。この男の愛馬も？　もちろんそうだ。

まだ若い騎兵だった。やっと少年期を過ぎたところか。ペンより何歳も年下だろう。一家の最年少メンバーであった彼は、どんな人間でも子供扱いされてしまう二百年もの齢を重ねた魔を宿しているにもかかわらず、いまだ自分が年長者であること、それにともなう義務を果たさなくてはならないことに、とまどいをおぼえずにはいられない。いずれはそれも、あたりまえになってくるのだろうけれども。

「スラン隊長のところに連れていってください」ため息を漏らし、「そして、何があったか報告してください。一時的な気の迷いとして処理してもらえると思います」

〈もう二度とこんな事件を起こさないなら〉そうあってほしい。

「わたしには、こんなことにかかずらっている時間はありません」

「診療所までお連れしましょうか」将校が心配そうに申しでてくれた。

ペンはむっつりと彼をにらんだ。

「道くらいわかっています。どうぞご心配なく」

〈そうよ！〉突然の襲撃と防御にまだ少しばかり逆上しているのだろう、デスが怒りの声をあげた。〈もっともっと厭味を言ってやればいいのよ！　わたしにやらせて！　やらせてよ！〉

〈おちついてください〉

そう、いずれにしてもマスター・レーデに報告しなくてはならない。食肉加工場に行ってから洗っていない手を背中にまわし、診療所にむかった。目眩《めまい》はない。ほんとうに？　あったとしてもこの傷のせいではない。浅いけれども、不揃いな……

レーデは興味深げに彼を迎えたが、血なまぐさい話をくわしく聞くと、恐怖を浮かべ、あわててペンを治療室に連れこんだ。ペンはありがたくスツールに腰をおろし、レーデがあれこれと世話を焼くにまかせた。とはいえ、デスのおかげですでに血はとまっている。

〈このチュニックはもう駄目ですね〉レーデの手で脱がされ、くしゃりと丸めて床に落ちたチュニックを見ながら思う。

「痛みますか」アルコールに浸した海綿を使いながら、レーデがたずねた。

なぜ人はいつもこんな質問をするのだろう。消毒液が染みて、ペンは息をのんだ。

「ものすごく。あなたが触れるまでは平気だったのですけれど」

「いやあ、それはどうでしょうねえ」すくみあがるペンの傷を容赦なく消毒しながら、「自分がショック状態にあるんだって自覚はありますか、マスター不正規の医師殿」

「わたしが?」ペンは疑わしげにたずね返した。

「ええ、ショック状態を起こしていますよ」デスが声に出して言った。

「うちの軍人馬鹿どもはときどきやらかしていますけれど、あなたがこうなるとは予想外でしたね」

「ううむ」ペンは一瞬の間をおいてつづけた。「今夜、ヴィルノックに行こうと思っていたのですが」

「駄目です」レーデが手を動かしながらきっぱりと否定した。

部屋がまわりはじめた。それから吐き気。ペンは深く息を吸ってそれをこらえた。

「あなたの魔が将軍に言ってましたよね、あなたはやめるべきときを知らないって。ほんとうにそのとおりです」レーデは不満げにこぼしつづける。

ペンは反論しなかった。いまこの砦に、レーデが自分の感情をぶつけられる相手はほんのわずかしかいない。ペンと……そう、ペンだけだ。それから、たぶん、デスと。

「だから、わたしは医師という職業にむいていないんです」ペンはぼそぼそと答えた。「要求は無限につづくのに、わたしの力は無限ではありません。いついかなるときも、世界のすべての苦痛を一度に取り除くことができるのは、神々だけです。神々がなぜ狂気に陥らないのか、不思議でなりません。もしかすると、もうすでに狂っているのかもしれませんね。それで説明がつくこともあります。神学的にいってですが。魔術師もまた、自分ひとりの力で神になることはできません。絶望にかられた人々がどれほど願おうとも」

「医師も同じですよ」レーデがため息とともに言った。

「そうですね」

〝自分ひとりの力で〟問題は、翌日の昼近く、両人にとって一部解決された。大型の旅行用馬車が砦のゲートに乗りつけ、ペンが期待することをやめていた人々がどっとおりてきたのだ。冬の都の母神教団から派遣されてきた上級医師魔術師と、その助手の一団だった。

マスター・ラヴァナ学師は小柄な老女で、その身内では、少なくとも四世代を経た魔が濃密な存在を放射していた。こんどばかりはデスも、ライヴァルに対してふざけた揶揄《やゆ》の言葉を投げたりはしない。高度に外交的な交渉をおこなうべくテーブルに案内された敵同士が、一分の隙もなく礼儀正しい挨拶をかわしあっているといったところだ。なにはともあれ、ペンとレーデが来客を出迎えるべくとびだしてきたとき、ラヴァナの魔は、あるじの簡潔にして決然とした挨拶の邪魔をしようとはしなかった。

つづいて、ペンに設定できる最高速度での病室めぐりと、これまで発見されたすべてについての簡潔な説明がおこなわれた。じつに的を射た質問が返るところから察するに、ラヴァナはなんの苦もなくすべてを理解している。それからペンは容赦なく彼女とその馬車を強奪し、困り果てているマスター・トルガに彼女をひきわたすべく、ヴィルノックにむかった。

母神の医師ふたりは多くの共通点をもっているから、きっとうまくやっていける。トルガは最近顔を出していないペンに腹を立てているが、ラヴァナに怒りを示すことはないだろう。ペンは何度も彼女のもとを訪れていて、ラヴァナは一度も行ったことがないにもかかわらず。人は得てしてこのように不合理なものだ。ペンはときどき、人よりも魔のほうが好ましくなる。

〈あら、嬉しいこと〉デスは喜んでいる。

〈黙っていてください〉

いっそのこと、ジュルゴもこの上級魔術師にまかせてしまおうか。べつにありがたくもなんともないが。なんといっても、彼女はペンなどよりもずっと前から、大公のために働いているのだから。

ペンは腰をおろせることに感謝しながら、馬車の隅で小さくなった。

「こんなに接近してしまって申し訳ありません」

曖昧なしぐさで強力な魔ふたりを示した。ふたりははじめて出会う二匹の猫のように、慎重にたがいを無視しあっている。

ラヴァナは手をふって謝罪を退けた。

「しかたのないことです」

彼女は深くすわりなおし、目を細くして彼を——ふたりを見つめた。

「では、ジュルゴ大公が話しておられたのは、あなたのことなのですね。このような状況ではありますが、ようやくお会いできて嬉しく思います」

「わたしもあなたにお会いできて嬉しいです」

さっき聞いた話によると、ジュルゴ大公その人の命令書を添えたペンの二度めの要請により、まといつく厄介な義務を引き剝がしてヴィルノックまで旅してきたのだという。それに加えて、もしこの痣熱が冬の都にまで飛び火したら、彼女自身がそれに対処しなくてはならないという事情もある。ならばさきに手を打っておこうというわけだ。ラヴァナはごく率直にそう語った。ありがたいことだ。

ラヴァナはこの機会にと、痣熱についてさらに鋭い質問を重ねた。ついてきた助手——彼女自身も医師だ——が熱心に耳を傾けている。ペンとしては、すわっていられるだけでもありがたいのだが、それでも馬車がくぼみにはまって揺れるたびに、肋骨を押さえて思わず顔をしかめてしまう。

ラヴァナが彼の脇腹を示してたずねた。

「その傷はどうなさったのですか。超常的な力で治癒していますが、ずいぶん新しいもののようですね」

今日のペンは家用の古いチュニックを着ているのだが、彼女は濃密な魔によって、出会ってすぐさま彼の地位を見抜いた。彼女の〈視覚〉にとっては、包帯と布に隠されていようとも、彼の傷などむきだしも同然だろう。彼やデスだとて、他人を見るときは同じだ。ペンはため息をついて、動揺のあまり殺人を犯しそうになった騎兵のことを語った。

理解と諦めをこめて彼女のくちびるがゆがんだ。

「馬はほんとうにかわいそうなことです。ですが、即刻馬を処分したあなたの判断は、けっして間違っていません。お気の毒に！　その若者は縛り首になるのでしょうか」

「恩情ある計らいをお願いしてあります。騎兵隊長は怒り狂っていますけれど、彼の立場に同情もしています。だからきっと聞き届けてくれるでしょう」

「そうですか」彼女はこつこつと膝をたたきながら眉をひそめて窓の外をながめ、それから考え深げな視線でペンにむきなおった。「昨年、あなたがダルサカ語に翻訳してくださった魔術に関するルチア学師のご本、第一巻と第二巻、両方ともが手にはいりました。ご親切にもジュルゴ大公が届けてくださったのです」

何年か前にマーテンズブリッジで印刷した版だ。ペンと同じくらい遠くまで旅してきたことになる。もしかすると、ペン自身が後援者に贈ったうちの一部かもしれない。

「ああ！　あなたはダルサカ語が読めるのですね」

「まだまだ不勉強ですが、弟子たちよりはましですね。いまはセドニア語への翻訳をなさっていると、大公がおっしゃっていましたけれど」

「ええ、そうなんです！」胸が高鳴る。「第一巻は終わりました。あとは印刷用の金属版をつくるだけです。第二巻はまだ翻訳中です」

「医療魔法に関する巻でしたか」

「そうです。一巻よりも分厚くて、こみいっています。だから時間もかかるんです」

「弟子たちにとってはすばらしい恩恵となるでしょう」

「わたしもそれを望んでいるのです。わたしがローズホールの神学校にいたころは、参考書が少ないため、しじゅう争いが起こっていました。とんでもない刃傷沙汰も一度起こっています。版木を使った印刷を考えたのは、そうした事情によるものでした。第一巻の付記に書いてあるとおりです。もちろん、刃傷沙汰の部分は省いていますけれど」

「読みましたよ」彼女は背筋をのばし、特別な微笑をペンに投げてよこした。「弟子たちのために求めたいものですね。わたくし自身のためにも」

「ジュルゴ大公にお願いすれば手にはいります。すべてがうまくいったら、大公の印刷所で刷ることになっていますから」

彼女はきっぱりとうなずいた。

「お願いですから、翻訳が終わるまで、誰かに刺し殺されたりしないでくださいね、ペンリック学師」

もしかして、これからもペンを狙う剣は絶えないということだろうか。とんでもない状態で放りだしてきた書斎を思いだす。ほんとうにそのとおりだ。ペンはおずおずと笑みを返した。

「努力します」

馬車が母神教団に到着し、ふたたびすべてが騒がしく、せわしなくなった。困り果てていたトルガは、ペンが期待したとおり、この救援部隊を心から歓迎したばかりか、病気の馬と青い蠅についてくわしく語る彼にも、その恩情をわずかにわけ与えてくれた。まもなくペンは、この場はふたりにまかせて大丈夫だと判断し、輿と担ぎ手を借りて砦にもどった。

けっして仮病ではない。槍の傷はいまもずきずき痛みをもたらしている。ゆったりともたれて目を閉じ、デスの知覚を最大限にひろげて、ヴィルノックからティノまでの街道全域に巣くう人を噛む虫を一掃した。これが終わったら、もう一生、家畜を手にかけたいとは思わないだろう。それでも、旅に出たときにはこうやって、道々虫退治に従事するのは楽しいかもしれない。そう、いまをはじまりとして。

五日のあいだに新たな患者は徐々に減り、とうとうゼロになった。十日後、ペンとデュブロとレーデは、最後の患者を病室から回復棟に移すことができた。治療しなくてはならない重症患者が減れば、それだけ残った患者の回復もはやくなる。おかげでペンがティノを訪問する機会も増え、そこでも同じ結果がもたらされた。ヴィルノックで母神教団の診療所を預かるラヴァナとトルガからも、同様の報告が届いた。

そうしたさなか、とうとうルシリ収容所からも救援の要請が送られてきた。ペンはデュブロをともなっていった。また怒りの槍がとんでくる場合に備えたばかりではない。病気のルシリは、強力な魔力をもちながらいかにも若く見えるペンリックよりも、自分たちの言葉をひと言も話せない年配の魔術師に篤《あつ》い信頼を寄せたのだ。不思議な現象ではあるが、そういえば砦でも、ペンの手には負えない兵士たちが、祖父のようなデュブロのたたずまいに懐柔されていた。もっとはやく治療をはじめられたらもっとよかったのは間違いない。いつだってそうだ。だが感染源はすべて断たれたのだから、どうにか間にあうだろう。そして二日のうちに、ルシリ訪問は特別任務としてデュブロにまかされることになったのだった。

　デスがペン自身の身体から完全に病を追いだしたと絶対的な確信を得るまでに、十日がかかった。そう、ティノ神殿の馬蝿は、もちろん病原体をもっていたのだ。熱が出はじめたときも、ペンは驚かなかった。軍の帳簿係は間違いなくあきれているだろうけれども、兵士たちの食欲はつねに旺盛で、食肉加工場には混沌を排出するための家畜がつねに用意されている。ペンはついでに自分の肉体における初期の無秩序も排出し、おかげでほかの症状が出ることなく、熱はひいていった。

　砦に二時間の訪問をするべく家を出てから三十と六日後、ペンはふたたびわが家の玄関前に立つことができた。

　陽気なレッドオレンジの扉は、前からこんなに剝げていただろうか。誰かになんとかしてもらうべきかどうかと考えるよりもはやく、その扉がばたんとひらき、ニキスが腕の中にとびこんできた。

「ああ、やっともどってきた、元気なのね、生きているのね、ほんとにここ、ここにいるのね！」

　興奮の声をあげながら、ペンを広間《アトリウム》へとひっぱりこむ。

　ペンは逆らわなかった。笑みが顔じゅうにひろがっていくことにも、そして彼女にも、抵抗などできるわけがない。

「昨日手紙を送ったはずです。まったく急だったわけでもないのだから……」

「朝からずっと目を光らせていたのよ。それから、リンには書斎をさわらせていないわ」

「それはいいんです。どっちにしても、書斎で何をしていたか、もうおぼえていませんから」

フジツボのように書き物デスクに貼りついて、もう二度と剝がされるものかと心に誓う。

「まあ、こんなに瘦せてしまって！」彼女はほんのわずかに身体を離し、上から下まで彼をながめまわした。「瘦せられる余裕なんてないと思っていたのに。デス、ちゃんと食べさせてくれなかったの？」

「軍の食事はあれですし、誰もかれもが熱に浮かされたみたいになっていましたからねえ」デスが自己弁護をはかる。「わたしのせいではありませんよ」

「いいわ、ここにはそのどっちもないもの」

「五柱の神々に感謝を」ペンは言った。

足音と、猫に似たかすかな声が聞こえ、ペンはニキスのむこうに視線をむけた。フロリナを抱いて、イドレネが立っていた。

「ああ、驚きです。ずいぶん首がしっかりしました！」

「そんなものですよ。四カ月ですからね」イドレネが穏やかに答える。

「ええ、そうですね。知っています。いえ、デスが知っています――デスの以前の乗り手のうち、六人が母親でしたから。これは話しましたっけ？　もちろん、魔を受け継ぐ前のことですけれど」

眠そうな赤ん坊にむかって手をのばすと、イドレネがふいとあとずさってそれをはばんだ。

「もう感染の心配はまったくありません。でなければ、ここにもどってきません」

そして、イドレネからわが子をとりあげて肩にもたせかけ、驚嘆をこめてふわふわの頭を撫でた。

「ほんとうに……奇跡です。すばらしい奇跡。あなたは奇跡なんです。そう、あなたは……」

われながら、なんて間の抜けた言葉をつぶやいているのだろう。でもかまうものか、そんなこと、まったく気にもならない。

広間《アトリウム》を見まわした……以前とまったく変わらずきれいに片づいていて、静かだ。いったいいつのまに、そんなことを驚異と感じるようになったのだろう。片手をのばしてニキスを引き寄せた。

「話したいことがほんとうにたくさんあるんです」

彼女は笑いでむせそうになっている。

「わたしはほとんどないわよ！」

「いいえ……そんなことはありません……この家のすべてが奇跡なのですから」彼女の巻き毛にささやきかけた。「そう、すべてがです」

エピローグ

「それじゃ」と、長方形の金属板を指さしながらレーデが言った。「魔法でしあげた印刷版というのは、こういうものなんですね」

「もってみても大丈夫ですよ。壊れたりしません」ペンは熱心に勧めた。

レーデは計り知れない好奇心をもって金属板の山から一枚をとりあげ、ペンリックの書斎の窓からはいってくる明るい光の中であちらこちらへと傾けた。

「これはセドニア語訳の第一巻です。順調にやっていたのですけれど、第二巻に痞熱の章を加えようと思って、しばらく中断していたものですから。第二巻の初校ができたら、まずはぜひ、あなたに読んでもらいたいと思っています。間違いがないかチェックしてください。この疾患に関しては、いま現在あなた以上に経験を積んだ医師はいないのですから。大変な経験ではありましたけれども」

「あなたと、マスター・トルガと、ラヴァナ学師もいるじゃないですか」レーデが指摘する。

ペンはうなずいた。

「でも、ここにいるのはあなたです。それはともかく、痞熱の章はまず、別冊の小雑誌として出そうと思っています。宮殿の印刷所から、オルバスじゅうの必要と思われる教団に送ってもらいます。地域によっては緊急の問題でしょう」

「青い蠅はほんとうに根絶されたんでしょうか」レーデが考え深げにたずねた。

ペンは顔をしかめた。

「わたしはもう何年にもわたってふつうの蠅を駆除していますが、その数はまったく減ったようには見えません。さらには、あの邪悪な虫がやってきたところ、西部のルシリ種族のあいだには、まだまだ生き残っているでしょう。西部ルシリが東部を脅かし、東部ルシリがセドニアやグラビアトや南の国々の国境を脅かしているかぎり、必ずまたやってきます」

「しばらくはそんなことがないようにと祈りますよ」レーデがため息を漏らした。

ペンも同意のうなり声をあげた。そう信じることはできないが、期待だけはしておこう。

広間《アトリウム》のほうから、リンが来客を迎え入れる音が聞こえてきた。少しでも風をいれて初秋の暑さをやわらげるべく、書斎のドアは開け放してあるのだ。

「これはこれで大切な問題ですけれども、今日あなたにきてもらったのは、べつの用件をお話しするためです。もうひとりの客人がいらしたようです」

ペンは立ちあがり、リンが案内してきたデュブロ学師に挨拶をした。デュブロは興味津々といった顔で室内を見まわした。

「へえ、これこそ学者の巣ってやつですね」

ペンはにっこりと笑った。

「散らかっていて申し訳ありませんと言うべきなのでしょうが、すまないなんてまったく思っていませんから。さあさあ、すわってください」

ペンは椅子の上に積んだ巻物を片づけて、レーデの横にひっぱっていった。

ふたりは軍人式の挨拶らしきものをかわしあった。

「またお目にかかれて嬉しいです」とレーデ。

「おれもです」とデュブロ。

リンが冷やしたお茶の水差しと香料入りロールケーキの皿をもってきたため、用件を切りだすまでに社交的な時間がとられた。デュブロはそうした気遣いにびっくりしながらも、より姿勢を正して出された茶菓に手をつけた。

「それでですね」ペンはお茶をひと口飲んで、咽喉を潤してから口をひらいた。「少し前から考えていたことなんですけれど。デュブロ学師が死を迎えたとき、その魔を受け継ぐ後継者として、マスター・レーデが理想的ではないかと思うのです。オルバスにおけるつぎの医師魔術師としても」

レーデがぎょっとしたような声をあげた。

デュブロは彼ほど驚いていない。

「そんな目で見ないでくださいよ、マスター・レーデ。あなたはまだお若いから。人はみな、いつかは死ぬんです。マスカをあなたに預けていけるなら、おれはとっても嬉しいです」

「だって――あなたが死ぬ話なんですよ」

「だけどそういう仕組みなんですから。四神教徒が神殿魔術師を死霊使いと呼ぶのも無理はないと思います。もっともおれだって、べつにわざわざはやく死んでやろうとは思ってませんから、安心してください」

「あなたもわたしも」――とペンはデュブロに会釈を送り――「必ずしも間違いによってではありませんが、偶然魔を手に入れました。まったく見知らぬ他人ではなく、知人である魔術師から計画的に魔を受けとるのは、きっともっと不思議な感覚だろうと思います」そこで改めてレーデにむかい、「あなたが受け継ぐのはマスカだけではありません。移行がうまくいった場合、あなたの頭の中には、残る人生のあいだずっと、デュブロ学師の亡霊ともいうべき残像が棲みつきます。そしてその残像が話しかけてくるのです」

「マスカも彼なりの方法で話しかけてきますよ」デュブロが反論する。

ペンは手をふってそれを認めた。

「それは、神々から切り離されて孤立した魂ってわけではないんですよね?」レーデが不安そうにたずねる。

「通常はちがいます。ですが移行がうまくいかなかった場合は――それは専門的な問題になるので、ここでわざわざ時間をとって説明するのはやめておきましょう。あとからゆっくり知ることができます。わたしは、魔が乗り手の人生から得た形態を〝残像〟と呼ぶのにはどうしても抵抗があるのです。静止し固定したもののようではありませんか。でも魔は、乗り手の中で生きていて、成長し、学び、変化して、さらには乗り手のすべての記憶をためこんでつぎに伝えていくのです。何世代かを経た魔は、何層にも重なったレイヤーケーキのようだといえるでしょう。デスを構成している十人のご婦人の下には、最初の野生馬と、その馬を殺したライオンがいまも存在しています。わたしに不思議な夢を見せてくれることもあります」

デュブロがうなずいた。

「おれもときどき、鼬や鶉の断片を見ることがありますよ。でもほとんどはマスカですね。犬の夢には色がないんですけど、でも匂いはすごく豊かです」デュブロのくちびるがゆがんだ。「〝デュブロの夢〟がどんなふうになるかはおれにもわかりません。だけどおれの一部をゆだねるなら、ほかの誰よりもマスター・レーデがいいです。たぶん最終的には、おれの女房やお袋以上に、おれのことを知るようになるんですよね。おれの魔を受け継ぐ人は、みんなそうなるってことです。だけどきっと、魂が神さまんとこに召されたら、もうそんなことはどうでもよくなっちまうんでしょうね」

「その時点で、魔を譲った人の魂は、より広大でより不可思議な世界に迎えられています」とペン。「受けとった側は、いささかの衝撃を受けながらも、そうした親密さに慣れていかなくてはなりません」

デスが忍び笑いを漏らしたので、ペンは淡々とたずねた。

〈専門家として、何かつけ加えることはありますか〉

〈いいえ、そのままおつづけなさいな。いまのところはうまくやっていますよ。でも——レイヤーケーキって、ほんとうにそうなの？〉

〈それがいちばん説得力のある譬《たと》えだったんです。わたしはいま、それを売りつけようとして

いるのですから〉

〈魔を売る商人？　ああ、なるほど、魔で風味づけしたケーキはいらんかねぇって、行商するわけね〉

〈やめてください。わたしがここで笑いだしたら、かわいそうに、レーデがいっそう混乱してしまうじゃないですか〉

デスはそこで満足したように傍観にもどった。

「いそぐ必要はありません」ペンはレーデに言った。「まだ何年もさきのことでしょうから」

デュブロが、老齢の染みが浮いて節くれだった自分の手を見つめた。

「そんなにさきではないかもしれんです」

ペンはそれを認めて軽く首をかしげた。

「今日はただの意思表示、契約の前段階にすぎません」

「特別な事情のある婚約のようなものですか」

レーデの言葉に、ケーキを食べかけていたデュブロが笑いの発作を起こした。欠片が気管にはいったらしく、咳きこみ、お茶を飲んでどうにかおさまった。

〈あなたには見当もつかないのでしょうね〉とペンは思う。

「婚約のようでもありますが、ある一面、遺言でもあります。ですが、未来のことはわかりません。さきにべつの神殿魔が手にはいるかもしれませんし、この魔が失われるかもしれません。庶子神にかけて、そんなことが起こってほしくはありませんが。でも……白の神は、よいものであれ悪いものであれ、あらゆる〝運〟を司ります。意にかないさえすれば、思いがけない手段を講じて物事を動かすのです」こっそりと左手の甲をこすり、「ときとして、とてもささやかにして巧妙なやり方で」

ときとして、大胆に。

「神学について多くの学習をしなくてはなりませんが、あなたなら心配はいらないでしょう。それから神殿に誓約を捧げます。それはすべての誓約の上に立つもので、軍への誓約よりも優先します。ですが、軍医の仕事をつづけたければ、それはそれでなんの問題もありません。あなたはいますでに、母神への誓約とオルバスへの誓約を両立させているのですから。母神の技は、まさしくあなたの天職です」

「確かにわたしは、医師魔術師が少なすぎるとこぼしはしましたけれど。その訴えに対する、これが、直接的な解決策なんですね」レーデの声はどこか悲しそうだ。

「わたしに提供できる唯一の解決策です」とペン。「あなたも、白の神に祈りを捧げるときは気をつけるようにしたほうがいいです」

レーデが笑いをはじけさせた。

「そうみたいですね」そしてティーカップをおろして息を吸い、デュブロにむきなおって手をさしだした。「いいでしょう、デュブロ学師。これが運命だというなら、受け入れてみますよ」

その手を握り返しながら、デュブロの皺だらけの顔に笑みが浮かぶ。

「マスター・レーデ。それが白の神の御心にかなうなら、おれも従います」

連州の春の街道脇の記憶が、奇妙な二重写しになって心によみがえる。「わたしでお役に立てることがあればなんなりとお申しつけください」そして「申し出を受けましょう」という会話。あのときの彼は、自分がどのように広大な新しい世界にとびこんでいくことになるのか、レーデよりもはるかに何も知らなかった。

〈ええ、何も知りませんでしたね〉とデス。〈わたしもまた、自分で思っていた以上に何も知ってはいませんでしたよ。ですがきっと〝あのかた〟が、わたしたちふたりともを守っていてくださったのでしょう〉

〈わたしたちはこれまで、ちゃんとうまくやってきましたよね、デス〉

〈ええ、もちろんですとも〉

「白の神の御心のままに」ペンは心からそう祈った。

訳者あとがき

長らくお待たせしました、ロイス・マクマスター・ビジョルド〈五神教シリーズ〉の中でも明るく楽しい〈ペンリック&デズデモーナ〉の第三弾、『魔術師ペンリックの仮面祭』をお届けする。

本書にはこれまでと同じく三つの中編が収録されている。三話仕立てではあるが、時間的・場所的に密接につながってひとつの物語を構成していた前巻『魔術師ペンリックの使命』とは異なり、最初の巻『魔術師ペンリック』と同じく、それぞれがまったく独立した物語となっている。しかも、順を追って物語が進行してきたこれまでの二冊とはちがって、今回は時間軸が少しばかり交錯する。

まず、第一話「ロディの仮面祭」は、シリーズ全体で考えるならば、本来は『魔術師ペンリック』と『魔術師ペンリックの使命』のあいだに挿入されるべき物語である。第一巻ではウィールドで王女大神官に仕えていたペンリックが、第二巻ではアドリアにいるという設定でありながら冒頭からセドニアにおもむいていた。その後、みなさまご存じの事情によりオルバスに住むことになったので、ペンリックがアドリアにいたのはおよそ一年にすぎない。「ロディの仮面祭」は、彼がアドリアにきて約四カ月後の真夏の物語で、これまでまったく触れられることのなかったアドリアでのペンリックを、新たに紹介する形となっている。

本書の三編はそれぞれ地名をタイトルとしているが、アドリアの首都ロディは、ヴェネチアに似た運河の町だ。ビジョルドは『スピリット・リング』を執筆した際にヴェネチアについて調べ、できれば続編で主人公ふたりをヴェネチアに連れていきたいと考えていたという。残念ながら『スピリット・リング』の続編は書かれずに終わってしまったが、ビジョルドとしては〝運河の町〟の冒険という設定が捨てがたかったのだろう、この中編ができあがった。

また、「ロディの仮面祭」は、「ラスペイの姉妹」「ヴィルノックの医師」のあとに発表されていて、そこでもまた時間軸が逆転している。本書では物語の時系列にそって三編をならべたが、発表順に読んでいる場合、「ラスペイの姉妹」でロディにおける親しい友人として名前だけ登場したイセルネ学師が、どのような人物であり、どのようにしてペンリックと知りあったかが、ここで説明されるのである。

ロディの庶子神祭はもちろん、有名なヴェネチアのカーニヴァルをモデルにしている。その祝祭前夜、ペンリックはじつに魅力的な若い女性とともにある不可解な事件に挑む。だがご心配なく、彼がその女性と恋に落ちることはない。

第二話「ラスペイの姉妹」は『魔術師ペンリックの使命』の二年後になる。ペンリックはニキスと無事結婚し、オルバスの夏の都ヴィルノックで新居をかまえ、ニキスの母イドレネと三人（＋デズデモーナの四人）で、穏やかに静かな暮らしを送っている。アデリスは将軍としてヴィルノック近郊の砦の指揮をまかされているのだが、ときどき砦を抜けだしてはペンリックの家に遊びにきているようだ。

許されるなら丸一日でも書斎や書庫にこもっていたいペンリックだが、オルバスでもやはり上司（人間と神、両方の）からさまざまな用事を押しつけられている。今回は大神官の用事でトリゴニエまで出向き、その帰国途中、乗っていた船が海賊に襲われてしまった。相変わらず実年齢よりはるかに若く見える美貌ゆえに高く売れると評価されたのか、海賊船の船倉に放りこまれ、そこで八歳と十歳の姉妹に出会い……という物語である。ビジョルドははじめ、ペンリックと、セドニアから脱出するアデリスとニキスとの出会いに、そうした設定を考えていたのだが、結局、彼らの物語はご存じの展開を迎えたため、かわってこの冒険譚が生まれた。

ラスペイは、イブラ半島北西部に位置するジョコナ公国の港町である。ロクナルで生まれた姉妹が、なぜはるか遠いこんな海域までやってきたのか。ペンリックは海賊や奴隷商人を相手どり、運命に翻弄される姉妹と自分の身を守るべく、さまざまな策略をめぐらして対抗していく。

第三話「ヴィルノックの医師」はさらにその一年後、ニキスが女の子を産んだ直後の物語となる。赤ん坊は、先代アリセイディア将軍の正妻、アデリスの母の名をもらって、フロリナと名づけられた。べたべたの親馬鹿ペンリックの姿がなかなかの見ものなのだが、アデリスから、彼が指揮をとる砦で謎の疫病が流行りはじめたのできてくれないかとの要請があり、至福の時は中断される。

医術の道を捨ててマーテンズブリッジを離れたペンリックが、ふたたび医師として働かなくてはならないことで、さまざまな苦悩がよみがえる場面もあり、この第三話だけはあとの二話よりもやや重苦しい雰囲気となっている。新型コロナのパンデミックを迎えた現実世界と考えあわせても、つらい話であることは間違いない。この物語が発表されたのは二〇二〇年五月であるが、ビジョルドは、この構成を思いついて書きはじめたのは二〇一九年、新型コロナが流行りはじめる前だと、くり返し主張している。訳者としても、本書の刊行が新型コロナの流行がある程度おさまったこの時期であることに、いささか安堵している。もちろん物語はペンリックの尽力によってハッピーエンドを迎える。現実世界でも、同じように一刻もはやく、なんの不安もない穏やかな日常がとりもどせることを願いたい。

以上、三つの中編について簡単な紹介をしてみた。当然ながら、そのすべてにおいて、無敵のお姉さま軍団デズデモーナも大活躍をしている。

さて、ペンリックとデズデモーナの物語は、これで九つの中編が紹介されたことになる。つづく第十話 *The Assassins of Thasalon* は、なんと、ペンリック・シリーズ初の長編となる。ニキスとアデリスの故郷セドニアで皇帝が崩御し、九歳の少年が新帝として即位したのだが、彼を補佐する周囲の大人たちのあいだで権力闘争が起こり、オルバスにいるアデリスにまで暗殺者がさしむけられた。ペンリックは新たに得た協力者とともに、セドニアの都ササロンにむかい……という物語である。前巻で強烈な個性を印象づけた貴族令嬢とそのアルビノの秘書も再登場する。

前巻でも紹介したことであるが、ペンリックのシリーズは、まずkindleで電子書籍として発表され、のちに一話ずつハードカバーとして書籍化され、さらに日本と同じく三話ずつをまとめた単行本になって出版されている。

Penric's Progress（二〇二〇）『魔術師ペンリック』
Penric's Demon（二〇一五）「ペンリックと魔」
Penric and the Shaman（二〇一六）「ペンリックと巫師」
Penric's Fox（二〇一七）「ペンリックと狐」

Penric's Travels（二〇二〇）『魔術師ペンリックの使命』
Penric's Mission（二〇一六）「ペンリックの使命」
Mira's Last Dance（二〇一七）「ミラのラスト・ダンス」
The Prisoner of Limnos（二〇一七）「リムノス島の虜囚」

Penric's Labors（二〇二一）『魔術師ペンリックの仮面祭』
Masquerade in Lodi（二〇二〇）「ロディの仮面祭」
The Orphans of Raspay（二〇一九）「ラスペイの姉妹」
The Physicians of Vilnoc（二〇二〇）「ヴィルノックの医師」

The Assassins of Thasalon（二〇二一）
Knot of Shadows（二〇二一）

最後のKnot of Shadowsはこれまでの九作と同じく中編で、これだけがいまのところ宙に浮いている。これとあわせて単行本化できる中編が、あと二作、いずれ発表されることを期待したい。

訳者紹介　東京女子大学文理学部心理学科卒、翻訳家。主な訳書に、ホブ「騎士の息子」「帝王の陰謀」「真実の帰還」、ウィルソン「無限の書」、ビジョルド「魔術師ペンリック」「スピリット・リング」「チャリオンの影」「影の棲む城」他。

検印
廃止

魔術師ペンリックの仮面祭

2023年5月31日　初版

著　者　ロイス・マクマスター・ビジョルド

訳　者　鍛《か》　治《じ》　靖《やす》　子《こ》

発行所　(株)東京創元社
代表者　渋谷健太郎

162-0814／東京都新宿区新小川町1-5
電　話　03・3268・8231－営業部
03・3268・8204－編集部
URL　http://www.tsogen.co.jp
DTP　工友会印刷
晩印刷・本間製本

乱丁・落丁本は、ご面倒ですが小社までご送付ください。送料小社負担にてお取替えいたします。

ISBN978-4-488-58716-1　C0197